Der Rache süßer Klang

Karen Rose

Der Rache süßer Klang

THRILLER

Aus dem Amerikanischen
von Kerstin Winter

Weltbild

Die amerikanische Originalausgabe erschien 2005 unter
dem Titel *Nothing to Fear* bei Warner Books, New York.

Besuchen Sie uns im Internet:
www.weltbild.de

Genehmigte Lizenzausgabe für Verlagsgruppe Weltbild GmbH,
Steinerne Furt, 86167 Augsburg
Copyright der Originalausgabe © 2005 by Karen Rose Hafer
Copyright der deutschsprachigen Ausgabe © 2007 by Knaur Taschenbuch.
Ein Unternehmen der Droemerschen Verlagsanstalt
Th. Knaur Nachf. GmbH & Co. KG, München
Übersetzung: Kerstin Winter
Umschlaggestaltung: ZERO Werbeagentur GmbH, München
Umschlagmotiv: Getty Images, München (© DreamPictures)
Gesamtherstellung: CPI Moravia Books s.r.o., Pohorelice
Printed in the EU

ISBN 978-3-8289-8785-2

2011   2010   2009   2008
Die letzte Jahreszahl gibt die aktuelle Lizenzausgabe an.

Für Martin.
Ich liebe dich.

Prolog

Western Florida
5. Juni, 14.30 Uhr

Es war eine traditionelle Beerdigung gewesen. Ein paar Trauergäste trugen grüne Golfhosen aus Polyester, aber die meisten hatten sich trotz der feuchten Hitze Floridas schwarz gekleidet.

Von ihrem Beobachtungsposten aus fünf Grabsteinen Entfernung konnte Sue Conway den Geistlichen das übliche »Asche zu Asche, Staub zu Staub« intonieren hören. Sie blickte auf die Blumen herab, die sie auf das ihr unbekannte Grab gelegt hatte, und zog die Brauen zusammen. Die verdammte Beerdigung war beinahe vorüber, ohne dass die eine Person aufgetaucht war, die sie zu sehen gehofft hatte.

Der Geistliche trat zurück, damit die Trauernden Abschied nehmen konnten. Die Leute waren noch immer wie betäubt, wie man dem ungläubigen Gemurmel entnehmen konnte, das Sue durch das kleine Knopfmikro in ihrem Ohr vernahm.

»Und ich habe mich hier einmal sicher gefühlt«, sagte jemand.

»Unsere Gegend wird nie wieder dieselbe sein«, sagte ein anderer.

»Ich habe früher meine Tür nie verriegelt. Ihr könnt sicher sein, dass ich das jetzt tue.«

Es war das erste Mal, dass jemand aus ihrem Kreis ermordet worden war. Und dass es so grausam geschehen war, ging über das Begreifen hinaus.

Dieser Mord war nicht ihr erster gewesen, aber er hatte ihr mehr Vergnügen bereitet als jeder andere. Das Stöhnen, das Knirschen der Knochen unter ihren Händen. Das sprudelnde Blut, wenn sie schnitt, immer nur ein wenig. Sie hatte noch lange danach davon geträumt, von jedem Aufschrei, jedem Schnitt in Fleisch und Knochen, von jedem Blutstropfen. Es war ein reines, unverdorbenes Vergnügen gewesen. Etwas, an das sie sich klammern konnte, während sie ihre Suche fortsetzte.

Denn selbst unter der Folter hatte ihr Opfer ihr nicht das gegeben, wonach sie verlangt hatte. Sie musste also weitersuchen, und wenn sie gefunden hatte, was sie wirklich haben wollte … dann würde dieser Mord in der Rückschau wie ein Spaziergang wirken. Sie hatte viele Jahre aufzuholen, so viele Fantasien aufgestaut, hatte so unfassbar viel zurückzuzahlen. Aber sie konnte das Stück nicht beginnen, bevor nicht alle Teilnehmer auf der Bühne standen. Denn wenn sie erst einmal angefangen hatte, gab es kein Zurück.

Sie kniete nieder und tat, als ob sie betete, während der Gottesdienst endete und die Leute sich zerstreuten. Einige Minuten verstrichen, dann hörte sie die heisere Stimme des Friedhofdirektors.

»Lasst ihn runter, Jungs.«

Sue zog rasch das Mikro aus dem Ohr, bevor das Rumpeln

des Sargs, der in die Erde hinabgelassen wurde, ihr Trommelfell beschädigte. Sie seufzte. Die Show war vorbei, und der Ehrengast war nicht erschienen. Sie stand auf, klopfte sich die Erde vom Rock und machte sich auf den Weg zu ihrem Wagen, als sie aus den Augenwinkeln eine Bewegung bemerkte, die sie innehalten ließ.

Sie trat hinter eine große Grabanlage und beobachtete, wie ein kleiner Wagen mit Avis-Aufkleber auf die Zufahrt zu diesem Teil des Friedhofs bog. Der Wagen hielt, und die Person, die gefahren war, stieg aus.

Sues Herz begann zu hämmern. Hundert verschiedene Gedanken rasten durch ihren Kopf. *Endlich* war das Wort, das alle anderen schließlich überlagerte. Nur mit Mühe gelang es ihr, einen triumphierenden Schrei zu unterdrücken.

Der Ehrengast war also endlich gekommen. Nun konnte das Spiel der Vergeltung beginnen. Aber sie musste behutsam vorgehen und sich an ihren Plan halten, denn es war wichtig, dass alle Puzzleteile am richtigen Platz lagen.

Nun hielt sie die Karten in der Hand. Nun hatte sie die Macht.

Fürchte dich. Ich komme.

1

Wight's Landing, Isle of Wight Bay, Maryland
Mittwoch, 28. Juli, 2.00 Uhr

Autsch. Das tut weh. Das war sein erster Gedanke, als sich die Finger in seine Schulter gruben und ihn schüttelten. Fest. Es tat wirklich weh. *Hör auf.*
Wieder wurde er geschüttelt, aber er schlug die Augen nicht auf. Es konnte noch nicht Morgen sein. Er holte Luft und roch ihr Parfum. Das war nicht fair. Sie hatte versprochen, dass er die ganze Woche frei haben würde. Keine Lektionen. Keine Lernkarten. Keine blöden Wortspiele, keine Sprachtherapie. Nur Sonne, Strand und Spaß. Angeln, Krebse fangen. Auf den Wellen reiten. Den ganzen Abend Videospiele. Schlafen, solange er wollte. Aber nun rüttelte sie ihn einfach wach.
Sie würde ihr Versprechen brechen. Das taten sie früher oder später alle. Also würde er die Sache eben einfach aussitzen, wie er es bei den anderen Sprachtherapeuten auch gemacht hat. Sie würde aufgeben und verschwinden, wie alle anderen auch. Cheryl hatte allerdings länger bei ihm ausgehalten als die meisten anderen. Das musste er ihr lassen.
Er schlug nach ihrer Hand und versuchte, sich auf die Seite zu rollen, aber sie packte ihn und zog ihn am T-Shirt hoch.

Ihre Hand verschloss seinen Mund, als er endlich die Augen aufriss. Und in ihr Gesicht blickte, das im Mondlicht geisterhaft weiß aussah. Ihre dunklen Augen waren riesig und ängstlich. Nein, nicht einfach ängstlich. Cheryl war in Panik, und augenblicklich packte auch ihn die Furcht. Er hörte auf, sich zu wehren.

»Kein Wort«, formulierte sie lautlos mit den Lippen. Er nickte. Sie nahm die Hand von seinem Mund, zog ihn vom Bett und drückte ihm den Signalprozessor in die Hand. Normalerweise mochte er das Hörgerät für vollständig Taube nicht anlegen, wehrte sich dagegen, solange er konnte, aber nicht jetzt. Nun schob er ihn ohne Protest hinters Ohr.

Und fuhr zusammen, als das Dröhnen einsetzte. Als der Prozessor »seine Ohren einschaltete«, wie Cheryl sagen würde. Mit einem Schlag war die ruhige, stille Welt seiner Taubheit zu einer lauten, schmerzhaften Kakophonie geworden. Er konzentrierte sich. Um zu hören, was in diesem Getöse für ihn bedeutend war. Aber sie sagte nichts, sondern zog ihn nur durch das Zimmer zum Schrank.

Sie schob ihn hinein und drückte ihn zu Boden. Hockte sich hin, um ihm in die Augen zu sehen.

»Da unten ist jemand.« Sie flüsterte und machte gleichzeitig die Zeichen, und er sah, dass ihre Hand zitterte. Ihr ganzer Körper zitterte. »Paul sieht nach. Komm nicht raus, bevor ich dich hole.« Sie packte sein Kinn. »Hast du verstanden? Bleib hier. Und keinen Mucks.«

Er nickte, und sie richtete sich hastig auf und riss den Stapel Schwimmwesten, den sein Vater hier verstaut hatte, aus dem Regalfach. Muffiger Geruch hüllte ihn ein, als sie ihn damit bedeckte. Und dann schloss sich die Tür, und er war allein in der Dunkelheit.

Er versteckte sich. Wie ein Feigling.

Wut keimte in ihm auf und mischte sich mit der Angst. Er war kein Feigling. Er würde bald dreizehn sein, um Himmels willen. Und sie hatte ihn wie ein Kleinkind in den Schrank gesteckt. Hatte ihn unter einem Haufen Schwimmwesten vergraben, während *Paul* nachsah. Behutsam schob er die Westen zur Seite, bis er etwas sehen konnte, und starrte auf die Schranktür. Was sollte er tun? Ganz gewiss nicht hier ausharren, während irgendein Kerl ins Haus einbrach. Ganz gewiss nicht zulassen, dass *Paul* nachher für seinen ach so mutigen Einsatz gelobt wurde.

Ein Lichtschein drang durch den Türspalt, und sein Mut löste sich in nichts auf. Da war jemand ins Zimmer gekommen. Er rutschte zurück in die Schrankecke und spürte sein Herz hämmern. Seine Nackenhaare richteten sich auf, und er schauderte unwillkürlich. *Nein. Ich muss etwas tun!*

Durch den tosenden Lärm drang plötzlich ein Schrei. Cheryl! *Ich muss ihr helfen!*

Aber sein Körper war erstarrt. Erstarrt zu einem nutzlosen Gewicht unter einem Haufen Schwimmwesten. Er konzentrierte sich, lauschte. Sperrte das Dröhnen aus, wie Cheryl es ihm beigebracht hatte. Und lauschte.

Nichts. Nichts war zu hören. Sie waren fort. Er sollte aufstehen. Sollte er.

Dann ein Krachen, so laut, dass es ihm wehtat. Sein Kopf fuhr zurück, knallte gegen die Schrankwand, und ein heftiger Schmerz durchfuhr ihn.

Eine Waffe! Sie hatten eine Waffe. Jemand hatte geschossen. Cheryl! Sie hatten sie erschossen.

Und sie würden auch ihn erschießen. Oder Schlimmeres machen. *Tu was. Tu endlich was!*

Was?

Er wusste es nicht. Er wusste nicht, was er tun sollte. *Dad!* Was würde sein Vater tun?

Er spürte einen scharfen Schmerz in der Brust. Er war zu alt, um nach seinen Eltern zu weinen, aber er wünschte sich so sehr, dass sie hier wären. Wünschte, sie wären nicht ausgerechnet heute nach Annapolis gefahren. Sie hatten Hochzeitstag. Wollten tanzen gehen. Sie würden nach Hause kommen und seine Leiche finden. Mom würde weinen.

Er blinzelte und bemerkte, dass sein Gesicht nass war. Er versteckte sich im Schrank und heulte, während sie Cheryl umbrachten. Und er konnte sich nicht regen!

Er fuhr zusammen, als der zweite Schuss ertönte, gedämpfter diesmal. Und Schreie.

Sie schrie. Dann lebte sie noch. Schreien. Der Lärm drang ihm wie Messer ins Hirn. Er konnte es hören, spüren. Millionen Messer, die zustachen. Mit hämmerndem Herzen und bebenden Fingern riss er den Prozessor vom Ohr.

Und es war still. Minuten verstrichen in atemloser Stille. Dann öffnete sich die Schranktür.

Er drängte sich in den hintersten Winkel, kniff die Augen zusammen, presste die Lippen aufeinander. Versuchte, kein Geräusch zu machen. Eine Schwimmweste wurde fortgezogen. Dann noch eine. Und noch eine. Der muffige Geruch war weg, und er spürte frische Luft auf dem Gesicht.

Er zwang sich, die Augen zu öffnen. Ein Wimmern steckte in seinem Hals, als er aufblickte.

Sie war groß, größer als Cheryl. Massiger. Ihre Haare eine wilde Mähne.

Ihre Augen verrückt. Weiß. *Sie hat weiße Augen.*

Ihre Lippen waren zu einem Lächeln verzogen, einem grausamen Lächeln, und er wollte schreien.

Aber er tat es nicht. Denn ihr T-Shirt war voller Blut, und die Pistole in der Hand war auf ihn gerichtet.

Eastern West Virginia
Donnerstag, 29. Juli, 3.30 Uhr

Das schrille Klingeln ihres Handys ließ sie augenblicklich erwachen. Sie hatte einen leichten Schlaf. Das war nicht immer so gewesen, aber das Gefängnis veränderte einen nachhaltig. Und obwohl sie schon sechs Monate draußen war, war dies eine lästige Angewohnheit, die geblieben war. Obwohl sie schon sechs Monate draußen war, dachte sie beim Aufwachen noch immer als Erstes ans Gefängnis.

Und allein dafür musste jemand bezahlen.

Nur ihr Bruder Bryce kannte ihre Handynummer, und doch blieb sie misstrauisch. »Ja?«

»Ich bin's.«

Sie setzte sich auf und verfluchte ihren steifen Nacken. Die Rückbank eines Kleinwagens war nicht gerade komfortabel, aber sie hatte schon in schlechteren Betten geschlafen.

»Sind sie zu Hause?« Ihr Herzschlag beschleunigte sich, ihre Lippen verzogen sich zu einem leichten Lächeln. Die

Vaughns waren zurück. Hatten das Chaos in ihrem Haus entdeckt. Das leere Bett. Den Zettel auf dem Kopfkissen. Das Geschenk im Schuppen. Sie würden sich entsetzlich fürchten. Sie würden weinen. Sie würden machtlos sein. *Machtlos*. Das war nicht annähernd genug, aber es war ein verdammt guter Anfang.

»Ich b-bin n-nicht s-sicher«, stotterte Bryce furchtsam.

Ihr Triumph löste sich rasch auf. »Was soll das heißen?«, fragte sie mit beherrschter Stimme. Wenn er die Sache verdorben hatte, würde er weit mehr Grund haben, sich zu fürchten. »Wo bist du?«

»Im Gefängnis.« Sie schloss die Augen. Rief sich in Erinnerung, dass das Prepaid-Handy, das sie in Maryland gekauft hatte, nicht zurückzuverfolgen war. Dennoch brachte sie der Gedanke, dass er sie aus dem Gefängnis anrief, zum Kochen. »Die haben mich verhaftet, weil ich einen Laden ausgeraubt habe. Du musst mich hier rausholen.«

Ihr Lachen war kalt. Sie standen kurz davor, Millionen zu verdienen, und er raubte einen gottverdammten Laden aus. »Du willst, dass ich dich raushole? Du machst Witze.«

»Verdammt noch mal«, zischte er. »Ich hab dich angerufen, weil … du weißt schon. Ich hätte auch Earl anrufen k-können.«

Er hatte sie angerufen, weil er nicht länger auf seinem Posten war. Weil er nicht länger das Haus der Vaughns beobachtete, um ihr Bericht zu erstatten. Weil er ihr nicht mehr sagen konnte, ob sie nach Hause gekommen waren und ob sie die verdammten Bullen gerufen hatten.

»Du bist erst siebzehn. Die hauen dir auf die Finger und stecken dich in die Jugend.«

16

»Nein!« Bryces Flüstern war voller Angst. »Sie haben gesagt, die wollen mich wie einen Erwachsenen behandeln.
Ich komme in den Knast. B-bitte«, flehte er. »Hol mich
doch hier raus.«

Dass sie und Bryce dasselbe Erbgut hatten, kam ihr unmöglich vor. Und selbst die Tatsache, dass dem so war,
würde sie nicht dazu bringen, jetzt den Kopf für ihn hinzu-
halten. Aber sie musste ihn aus dem Gefängnis herausholen, bevor irgendein windiger Anwalt ihn dazu veranlasste, alles auszuspucken. Dass Bryce seine stotternde Klappe
halten würde, war nicht zu hoffen; er würde auch unter
überaus zivilisierten Verhörmethoden plappern wie eine
alte Klatschtante. Bei Onkel Earl aufzuwachsen hatte sein
Hirn zersetzt. Bei Tante Lucy aufzuwachsen hatte seinen
Willen zersetzt. Es war eine Schande, dass sie sich nicht
selbst um seine Erziehung hatte kümmern können, aber
sie war … indisponiert gewesen. Inhaftiert. Und nun war
auch Bryce auf dem Weg dorthin. Ihr Vater musste im
Grab rotieren wie ein Hähnchen am Spieß.

»Ich rufe Earl an«, sagte sie barsch. »Ich behaupte, ich sei
eine Angestellte im Gefängnis.« Dass ihr Onkel ihre Stimme erkennen würde, war unwahrscheinlich, da sie seit Jahren nicht miteinander gesprochen hatten. »Wo bist du?«

»O-Ocean City.«

Wenigstens war er schlau genug gewesen, es nicht in diesem
elenden Kaff namens Wight's Landing zu tun. Ocean City
war eine Stunde Fahrt entfernt. Niemand würde die zwei
Ereignisse miteinander in Verbindung bringen, selbst wenn
die Vaughns die Bullen riefen. »Ich melde mich bei Earl. Du
hältst den Mund und die Augen offen.« Sie grinste. »Und

wenn jemand die Seife fallen lässt, bück dich nicht, um sie
aufzuheben.«

»D-das ist nicht l-lustig, Sue.«

Als sie ihn ihren Namen nennen hörte, schwand das Grinsen augenblicklich. »Nein, ist es nicht. Und dass du mich
aus dem Knast anrufst, auch nicht.« Sie brach die Verbindung ab und starrte aus dem Rückfenster in den dunklen
Wald, in dem sie geparkt hatte, um ein wenig zu schlafen.
Sie war weit weg von allen größeren Straßen, und das
schon, seit sie am Morgen zuvor die Ostküste Marylands
verlassen hatte.

Sie war nur langsam vorangekommen, weil sie alle paar
Stunden anhalten musste, um dem Kind im Kofferraum zu
trinken zu geben, damit es nicht dehydrierte, aber es war
besser, die großen Straßen zu meiden. Sie war nicht sicher,
wann die Vaughns wieder zu Hause eintreffen würden,
und obwohl sie sie gewarnt hatte, nicht die Polizei zu informieren, konnten sie es dennoch tun. Aber sie würden
sie nicht kriegen. Zu viel stand auf dem Spiel. Der Preis,
der auf sie wartete, war zu wertvoll.

Sie stieg aus dem Wagen und machte den Kofferraum auf.
Betrachtete die zwei Gestalten darin, die sich wie Föten
zusammengerollt hatten. Sie waren noch da, sie waren
noch gefesselt.

Ihr Preis. Ihre Rache.

Alexander Quentin Vaughn. Ein großer Name für ein so
schmächtiges Kind. Er war zwölf, sah aber nicht älter als
zehn aus. Bryce hatte es hübsch treffend ausgedrückt, als
sie den Bengel, der sich im Schrank des Strandhauses versteckt hatte, gesehen hatten. »Sieht nicht aus, als ob er 'ne

Million wert ist.« Aber wörtlich genommen hatte er Recht.
Der Junge war fünfmal so viel wert.

Aber Geld war nicht alles.

Manchmal war die Rache bedeutender.

Und wenn man beides gleichzeitig bekommen konnte …
war das ausgleichende Gerechtigkeit.

Alexander Quentin Vaughn und seine Sprachtherapeutin,
die sich gewehrt hatte wie eine Löwin. Cheryl Rickman
hätte in Zukunft ein Leibwächter-Gehalt verdienen können, falls sie denn eine Zukunft gehabt hätte, was natürlich
nicht der Fall war. Und der entsetzte Ausdruck ihrer Augen belegte, dass sie das auch wusste. Sue hatte Rickman
nur deshalb bisher am Leben gelassen, weil sie mit dem
Jungen kommunizieren konnte.

Der Junge versuchte gerade, seine Tränen zurückzudrängen. Versuchte zurückzuweichen, bis sein magerer Körper
gegen Rickmans stieß. Ihn zu fesseln war wahrscheinlich
unnötig gewesen. Triefend nass konnte er nicht mehr als
achtzig Pfund wiegen, und er kämpfte wie eine Gummi-
puppe. Der Knebel war wahrscheinlich auch überflüssig,
aber Sue war sich nicht sicher, ob er nicht schreien konnte.
Taubstumm zu sein bedeutete nicht, keine Laute ausstoßen
zu können.

Seine Behinderung hatte Sue anfangs ein wenig durchein-
andergebracht. Sie hatte eindeutig eine gute und eine
schlechte Seite. Er konnte den Leuten, die sie auf dem Weg
trafen, zwar nichts verraten, aber er konnte auch seine
Eltern nicht herzerweichend anflehen, das Lösegeld zu
bezahlen. Sehr schade. Sie hatte sich auf dieses Flehen so
gefreut. Aber so musste man eben umdisponieren.

Annehmen, anpassen, verbessern. Ein guter Leitsatz. Witzigerweise der ihres alten Herrn. Wenn sie nicht die Stimme des Kindes verwenden konnte, würde sie eben sein Gesicht nehmen. Ein Foto sagte mehr als tausend Worte. Sie blickte hinab auf ihre Geisel, auf ihren Gewinn, und spürte, wie sie die Kontrolle zurückerlangte. Bryces Verhaftung hatte im Grunde nur wenig geändert. Solange sie ihn da herausholte, bevor er einem übereifrigen Rechtsverdreher irgendetwas erzählen konnte, hatte sie nur einen Beobachtungsposten eingebüßt. Und es wäre zwar schön gewesen, von Bryce zu hören, wie entsetzt die Vaughns gewesen waren, aber letztendlich spielte es keine Rolle. Sicher hätte es ihr genützt zu wissen, ob Streifenwagen vor dem Strandhaus standen, aber auch die Bullen würden sie nicht kriegen. Sie würde schon weit, weit weg sein und sich in Earls Haus verstecken. Das musste sich nicht ändern. Es war sogar noch einfacher, wenn Earl und Lucy unterwegs waren, um Bryce aus dem Knast zu holen. So würde Sue das Haus noch ein paar Tage für sich haben. Und wenn sie aus Maryland zurückkehrten, würden Earl und Lucy und sie Wiedersehen feiern. Ein Wiedersehen, das sie mit Begeisterung geplant hatte. Sie nahm ihr Telefon und wählte Earls Nummer. Er würde noch schlafen und benebelt abnehmen. Keine Chance, dass er ihre Stimme erkannte.

Beim ersten Klingeln wurde abgehoben. »Ja?«, erklang eine tiefe Stimme.

Sue erstarrte, jeder Muskel bis zum äußersten angespannt. Die Stimme war nicht schläfrig oder benebelt. Die Stimme war auch nicht Earls. Sie sagte nichts, brachte kein Wort heraus. Der Mann am anderen Ende der Leitung lachte leise.

»Bist du's, Bryce?« *James.* Sue gefror das Blut in den Adern. Unmöglich. James war tot. Sie selbst hatte ihm die Kehle aufgeschlitzt. Aber offensichtlich nicht gründlich genug.

»Nicht Bryce?«, sagte er freundlich. »Dann musst du Sue sein. Sue, wie geht's dir denn so?« Seine Stimme verhärtete sich. »Ein Rat von mir und ganz umsonst. Wenn du jemanden umbringen willst, dann vergewissere dich, dass er wirklich tot ist. Und? Willst du mit deinem Onkel Earl reden?« Ein Stöhnen drang durch das Telefon. »Tja, leider kann er gerade nicht rangehen.«

Sue knirschte mit den Zähnen. »Du Dreckschwein. Finger weg von ihnen.«

»Na, na, liebe Sue, du als brave kleine Nichte. Ich bin wirklich schockiert.« So klang er nun wirklich. Schockiert. »Du willst Onkel und Tante, die du verabscheust, beschützen?«

»Nicht beschützen, du Arschloch«, zischte sie. *Finger weg, weil sie mir gehören.* Um sie zu töten. Um sie weinen und schluchzen und stöhnen zu hören. Sie hatte Pläne mit ihnen. *Dieser Mistkerl.*

James unterdrückte ein Lachen. »Du wolltest Onkel und Tante umbringen, so wie du die Frau in Florida umgebracht hast. Aber diesmal bin ich dir zuvorgekommen. Ach, Sue, du bist köstlich.«

Er wusste von dem Mord in Florida. James Lorenzano wusste zu viel. Sie hätte sich tatsächlich vergewissern müssen, dass er tot war, aber jemand war gekommen, und sie hatte rasch verschwinden müssen. Und jetzt war er gewarnt. *Verdammt!* Sie musste ihm aus dem Weg gehen.

»Danke.«

»Gern geschehen. Und vergiss nie, dass ich viel mehr über dich weiß als du über mich. Ich finde dich, Sue. Du weißt es. Und wenn es so weit ist, bist du tot.«

Ein kalter Schauder schüttelte sie. Ja, er konnte sie finden. James wusste, wie man Leute aufstöberte. Deshalb hatte sie ihn ja engagiert. Dann richtete sie sich entschlossen auf.

»Nein, du wirst mich nicht finden.«

Sie unterbrach die Verbindung und atmete ein paar Mal tief durch, um sich zu beruhigen. James lebte. Das war nicht leicht zu verdauen. Und er war bei Earl und Lucy. Was bedeutete, dass sie nicht nur darauf verzichten musste, die beiden sich vor Schmerzen winden zu sehen. Sie brauchte jetzt auch einen neuen Unterschlupf.

Annehmen, anpassen, verbessern. Sie würde ihr Ziel nicht ändern. Es musste Chicago sein. Keine andere Stadt konnte diese ersetzen. Kein anderer Ort bedeutete Rache.

Also musste sie sich dort ein Versteck suchen. Nur lange genug, bis sie ihr Geld und ihre Rache hatte. Mit dem Geld konnte sie das Land verlassen und James entkommen.

Die Rache … nun, die war unerlässlich. Ohne sie gab es wenig Grund, am Leben zu bleiben.

Sie musste sich irgendwo verstecken, wo James sie niemals suchen würde. In einer Hinsicht hatte er nur allzu Recht. Er wusste mehr von ihr als sie von ihm. Er würde all ihre ehemaligen Bekannten aufsuchen, von denen die meisten ihre eigene Mutter für ein paar lächerliche Kröten verkaufen würden, also konnte sie niemanden anrufen. Noch nicht jedenfalls. Sie musste den Jungen verstecken, denn ohne ihn würde der ganze Plan in sich zusammenfallen. Sie blickte auf ihre Geisel herab und zwang ihren Verstand zu arbeiten. Und wie immer formierte sich in ihren Gedanken ein neuer Plan.

Zum Glück wusste James nicht alles.

Im schwachen Licht des Kofferraums sah sie auf die Uhr. Sie hatte einiges zu tun. Mit beiden Händen packte sie Rickmans Hemd und zerrte sie ohne Probleme aus dem Wagen. Die steinharten Muskeln waren ungefähr das einzig Gute, was sie aus dem Hillsboro Frauengefängnis mitgebracht hatte. Nun, das stimmte so auch nicht ganz. Wäre sie nicht in Hillsboro gewesen, hätte sie niemals Tammy kennen gelernt, von der James eindeutig nichts wissen konnte.

Sie schleifte Rickman vom Weg und in den Wald hinein, während sie an ihre Zellengenossin dachte. Fünfundzwanzig Jahre hatte man Tammy dafür aufgebrummt, dass sie ihren brutalen Ehemann umgebracht hatte, und in den fünf Jahren, die sie beide eine Zelle geteilt hatten, hatte Sue jede Nacht ihrem Geheule lauschen müssen. Aber um fair zu bleiben, musste sie zugeben, dass sie ohne Tammy nichts von dem Zufluchtsort wissen würde, in dem sie sich die nächsten Wochen würde verstecken können. Ein geheimes Haus in Chicago, dessen Tür stets für Frauen in Not offen war. Sue grinste. *Ich bin eine Frau.* Und dass sie in Not war, stand außer Frage.

Annehmen, anpassen, verbessern. Ein gutes Motto. Ein Plan war nur effektiv, wenn er flexibel war. Sue zog ihre Pistole aus dem hinteren Hosenbund und jagte eine Kugel in Rickmans Hinterkopf. Die Frau sackte sofort in sich zusammen. Mit wenigen Schritten war Sue zurück am Kofferraum, aus dem sie die entsetzten Augen des Kindes anstarrten. Sie legte ihm den Lauf der Pistole einen kurzen Moment an die Wange und nickte, als sie einen gedämpften Laut hörte. Er konnte also schreien. Gut zu wissen. Ein roter Brandfleck erschien auf seiner Haut, die Markierung des heißen Metalls. »Komm, Junge«, sagte sie, zog ihn aus dem Wagen und schleifte ihn zu Rickman, deren Blut nun den Waldboden tränkte. Tränen rollten ihm über die Wangen, und sie wusste, er hatte begriffen, was Tod bedeutete. Mit zwölf war es auch höchste Zeit dazu. Sie jedenfalls hatte in diesem Alter Bescheid gewusst.

Chicago
Dienstag, 29. Juli, 4.30 Uhr

Es war schon spät. Oder früh, dachte Dana Dupinsky, als sie durch die Hintertür in die Küche vom Hanover House schlüpfte. Jedenfalls schien es keinen Sinn zu haben, wieder ins Bett zu gehen. Die Bewohnerinnen des Hauses würden in spätestens zwei Stunden aufwachen, und der Lärm ihrer morgendlichen Aktivitäten und der Duft frisch gebrühten Kaffees würden es ihr unmöglich machen, weiter zu schlafen.

Sie schob die drei Riegel vor, die ihnen ein gewisses Maß an Schutz geben sollten – zum Teil vor der Gegend, in der sie sich befanden, aber noch mehr vor den Männern, die ins Hanover House eindringen könnten, um ihre Frauen zu suchen. Die Frauen, die Dana zu beschützen geschworen hatte. Sie zuckte zusammen, als der dritte Riegel quietschte. Er musste geölt werden. Sie würde das erledigen, sobald sie Zeit hatte.

»Und – wo sind sie?«

Mit einem erstickten Schrei wirbelte Dana herum und presste sich die Hand aufs Herz. Ihr Schrecken verflüchtigte sich jedoch sofort, als sie die junge Frau sah, die am Küchentisch saß und von dem bläulichen Licht des Laptopbildschirms beleuchtet wurde. »Mach das nicht noch mal«, zischte Dana.

Evie Wilson wirkte nicht besonders zerknirscht. »Tut mir leid. Ich dachte, du hättest mich gesehen. Aber psst.« Ihr Blick fiel auf ihren Schoß. »Er schläft.«

Dana kam um den Tisch herum und war nicht überrascht, als sie das Baby in Evies Arm sah. Es war Rubys Sohn, das Kind ihrer jüngsten Mitbewohnerin. Gerade achtzehn Jahre alt und unverheiratet, hatte Ruby sowohl vor dem Vater des Babys als auch vor sich selbst Angst. Als sie angekommen war, hatte sie überall blauschwarze Flecken auf dem Körper gehabt und war ein verschrecktes Bündel Mensch gewesen. Doch nach ein paar Wochen in der Sicherheit von Hanover House war das Mädchen nun bereit, einen neuen Anfang zu wagen. Und das war es, was die Frauen hier bekamen. Einen neuen Anfang. Und manche, dachte Dana, bekamen einen neueren Anfang als andere.

»Er ist aufgewacht, und Ruby war so müde, da habe ich ihr gesagt, sie solle liegen bleiben. Schon okay.« Evie deutete auf den Computerschirm. »Ich musste sowieso noch lernen.«

Dana verkniff sich einen finsteren Blick. Evies Internet-College war ein Thema, bei dem sie beide nicht konform gingen. »Ich dachte, du wolltest dich zum Sommersemester am Carrington einschreiben.«

Evie schaute auf, dann wieder zum Bildschirm. »Das wollte ich ja auch, aber … dann habe ich meine Meinung geändert.«

Danas Schultern sanken herab. »Evie.«

Evie schüttelte den Kopf. »Bitte nicht, Dana. Bitte … mach das nicht. Ich bin ja hingefahren, wirklich. Ich bin sogar ausgestiegen und zum Büro gegangen, aber …« Sie ließ den Satz unbeendet.

Danas Herz wurde schwer, als sie sich zwang, auszusprechen, was gesagt werden musste. »Du kannst dich nicht ewig hier verstecken, Liebes.«

Die eine Hälfte von Evies Gesicht verzog sich zu einer Grimasse, während die andere reglos wie in Stein gemeißelt blieb, was das Vermächtnis eines Wahnsinnigen war, der Evie vor zwei Jahren überfallen hatte. »Ich weiß.« Sie blickte mit blitzenden Augen auf. »Willst du mich rauswerfen?« Ein Hauch Trotz hatte sich in ihre Stimme geschlichen.

»Natürlich nicht.« Dana sank auf einen der Küchenstühle. Sie war so erschöpft. »Meine Güte, Evie.« Dass sie das überhaupt gefragt hatte. Verdammt.

Eine ganze Weile herrschte Schweigen, dann ergriff Evie wieder das Wort. »Um noch einmal auf meine ursprüngliche Frage zurückzukommen – wo sind sie?«

»Nicht aufgetaucht. Ich habe gut drei Stunden gewartet, aber aus keinem der Busse ist jemand gestiegen, auf den ihre Beschreibung passte.« Dana rieb sich müde den Nacken. Sie fragte nie, wie die Frauen vom Hanover House erfuhren. Sie wusste, dass Informationen im Umlauf waren. Krankenschwestern, Polizisten, ehemalige Opfer machte sie publik. Manchmal riefen Frauen von außerhalb an, und dann wartete Dana an der Busstation auf sie, aber die Hälfte der Anruferinnen erschien nicht. Wie in dieser Nacht. »Aber es war keine totale Zeitverschwendung.« Sie zog einen Mundwinkel hoch. »Ich habe einen unsittlichen Antrag erhalten. Ein Typ hat mir fünfzig Dollar angeboten.«

»Damit hätten wir die Telefonrechnung bezahlen können«, sagte Evie unbekümmert und erhob sich. »Wenn du Dylan nimmst, mache ich dir Kaffee. Du siehst aus, als könntest du welchen gebrauchen.«

»Danke.« Sie legte sich das Baby an die Schulter und sah zu, wie Evie mit einer Hand mit den Kaffeefiltern hantierte. Der brutale Überfall hatte nicht nur dafür gesorgt, dass Evie nicht mehr lachen konnte und ihr Gesicht voller Narben war, sondern hatte auch die Nerven in ihrer rechten Hand schwer beschädigt. Nach drei Operationen waren die Narben zwar nicht mehr so stark sichtbar, aber ihre Hand würde niemals wieder voll einsetzbar sein. Dennoch bat Evie nie um Hilfe. Und nahm auch keine an, wenn man ihr sie anbot.

Evie löffelte Kaffeepulver aus der Dose. »Ich dachte, Caroline hätte heute Busdienst.«

Caroline war Danas beste Freundin. Ihre hochschwangere, beste Freundin. Und sie war eine Erfolgsgeschichte des Hanover House, denn es war ihr gelungen, sich mit ihrem

Sohn Tom ein wundervolles Leben einzurichten. Sie war inzwischen seit zwei Jahren verheiratet und würde in sechs Wochen das Baby ihres liebevollen Mannes Max bekommen. Es gab nicht viele solcher Geschichten in diesem Umfeld.

»Nein, nicht mehr. Mutterschutz.«

»Und was sagt sie dazu?«, fragte Evie mit ironischem Unterton.

»Das Übliche. Dass eine Schwangerschaft keine Krankheit und sie so gesund wie ein Pferd sei. Ich habe ihr gesagt, sie soll es einfach aufgeben. Max hat gedroht, sie ans Bett zu ketten.«

»Was wahrscheinlich die Methode war, wie sie das Kind gemacht haben«, witzelte Evie, und Dana grinste.

»Wahrscheinlich. Jedenfalls bin ich diejenige, die für die nächsten sechs Monate oder länger Busdienst hat.« Dass Evie es tat, war leider unmöglich. Sie hatte es einmal versucht, und es war für keinen der Beteiligten eine angenehme Erfahrung gewesen. Das Kind der Frau, die sie abholen wollte, hatte Evie gesehen und war in Tränen ausgebrochen. Die Frau weigerte sich, mit Evie zu gehen, also hatte Dana selbst zur Haltestelle fahren müssen. Seitdem ging Evie niemals ohne eine dicke Schicht Make-up im Gesicht vor die Tür, und obwohl Dana fand, dass es die ganze Sache noch schlimmer machte, wusste sie doch, dass die Schminke Evie eine gewisse Sicherheit gab. Und daher sagte sie nichts.

Evie schien sich ebenfalls an das eine Mal am Busbahnhof zu erinnern, denn sie starrte blicklos auf den tröpfelnden Kaffee.

Dana beschloss, das Thema zu wechseln, und deutete mit dem Kopf auf den Laptop. »Was willst du machen?«

»Kinderpsychologie und Statistik. Letzteres brauche ich für einen Abschluss.«

Dana riss die Augen auf. »Du willst Psychologie als Hauptfach machen?« Der Gedanke daran, dass Evie in ihre Fußstapfen trat, erfüllte sie einerseits mit Stolz, andererseits mit banger Furcht.

»Ich hab's überlegt. Ich würde gern mit Kindern arbeiten. Und ja«, setzte sie säuerlich hinzu, »ich weiß sehr gut, dass ich mich nicht ewig hier verstecken kann. Die Kinder werden kaum zu mir kommen.« Evie rupfte die halb gefüllte Kanne aus der noch tropfenden Maschine und schenkte Dana eine Tasse ein. »Ich arbeite dran.«

Dana tauschte das Baby mit einem Seufzen gegen den Becher ein. »Ich weiß, Liebes.« Sie hätte Evie sagen können, dass die Narben nicht mehr so schlimm waren, und sie war im Grunde auch davon überzeugt, dass das der Wahrheit entsprach, aber Evie nicht, und das war das Problem. Es war ganz normal, aber entsetzlich falsch. Es war falsch für eine Zwanzigjährige, sich in einem Frauenhaus zu verstecken, weil sie der Welt nicht gegenübertreten wollte.

Evie setzte sich nicht, sondern wiegte das Baby sanft in ihrem Arm. Es war kein Geheimnis, dass Evie Babys am meisten liebte, und es konnte auch niemanden wundern. Babys starrten einen nicht an, urteilten nicht, zuckten nicht zusammen. Sie schmiegten sich nur an und schenkten einem ihre bedingungslose Liebe. Ein großartiger Handel.

Evie küsste das Kind auf die Stirn. »Bald bist du weg«, murmelte sie.

Dana beobachtete sie über den Rand ihres Bechers. »Du hast dich in ihn verliebt.«

Evie schaute mit undefinierbarem Ausdruck auf. »Wenn du glaubst, dass ich ihn hier behalten will, irrst du dich. Kein Kind sollte in so einer Umgebung aufwachsen.«

Ihre Stimme klang so hart, dass Dana sich fragte, ob Evie von dem Kind oder von sich selbst sprach. Evie war im Alter von fünfzehn durch eine befreundete Polizistin ins Frauenhaus gebracht worden. Das freche, intelligente Mädchen hatte Danas Herz im Sturm erobert, und Dana war ihr Vormund geworden, obwohl sie sie eher als jüngere Schwester betrachtete. »Nein, da hast du Recht.«

Evie wiegte das Baby weiter. »Er wird das Haus verlassen, und wir werden nie wissen, ob es ihm gut geht oder nicht. Ob Ruby sich von dem Vater fernhält oder wieder zu ihm zurückkehrt.« Eine Pause. »Das sind die Dinge, die mich nicht schlafen lassen, Dana. Geht dir das auch so?«

»Ach was. Nur jede Nacht«, antwortete Dana und sah, wie sich Evies einer Mundwinkel hob. »Ich wünschte immer, ich könnte sie alle hier behalten, aber das geht nicht. Also tue ich, was ich kann, und hoffe, dass es reicht.«

»Wenn Ruby Chicago verlassen würde, wäre sie sicherer.«

Dana nickte. »Wahrscheinlich. Aber sie will nicht, das weißt du.«

»Vielleicht hätte sie ja gesagt, wenn sie gewusst hätte, dass sie neue Papiere kriegen könnte.«

Neue Papiere. Oh ja, manche Bewohnerinnen bekamen einen neueren Anfang als andere. Ein paar wenige verließen das Haus mit einer neuen Identität. Neuer Geburtsurkunde, neuer Sozialversicherungskarte, neuem Führerschein. Alles dank Dana Dupinsky, Vollzeit-Therapeutin und Gelegenheitsfälscherin. Und sie war in beiden Fächern verdammt gut. Ihre Dokumente hielten seit über zehn Jahren auch den schärfsten Kontrollen stand.

Dana wusste genau, worauf dieses Gespräch hinauslief. Dennoch blieb ihre Stimme ruhig. »Du kennst die Regel, Evie. Eine Klientin muss erst ihre Heimatstadt verlassen wollen, bevor wir die Möglichkeit von neuen Papieren ansprechen.«

Evies Kiefer spannten sich an. Auf der einen Seite. »*Deine* Regel.«

Dana trank einen weiteren Schluck Kaffee. Sie war verärgert, aber sie würde es nicht zeigen. »Mein Risiko. Meine Regel.« Was sie tat, war illegal. Sie verschaffte Frauen gefälschte Papiere. Fälschte offizielle staatliche Papiere. Sie tat es aus ehrenhaften Gründen, aber sie bezweifelte, dass irgendein Richter für sie Partei ergreifen würde. Es war unbedingt wichtig, dass die Frauen, denen sie auf diese Weise half, diskret waren, denn sobald sie ihr neues Leben begannen, war das Geheimnis in der Welt. Wenn eine der Frauen redete … *dann sitze ich im Knast. Nicht Evie. Ich.*

Evie wurde wütend. »*Deine* Regel könnte *unsere* Klientinnen in Gefahr bringen.« Das Baby wimmerte, und Evie setzte die wiegende Bewegung fort. »Was ist mit all den Frauen hier in Chicago, die keine Ahnung haben, dass wir ihr Leben verändern könnten?«, flüsterte sie rau. »Kannst du noch mit dir leben, wenn einer etwas passiert?«

Dana sog scharf die Luft ein. Es war nicht so, dass sie nicht auch schon oft daran gedacht hätte. *Mein Gott, jeden verdammten Tag.* »Evie, ich sage das jetzt nur noch einmal.

Du wirst die Regel nicht brechen. Du wirst keiner Bewohnerin irgendetwas von neuen Papieren erzählen. Haben wir uns verstanden?«

Evies Blick hätte Stahl durchschneiden können. »Ja, Ma'am, wir haben uns bestens verstanden.« Und damit wandte sie sich so abrupt um, dass Dylan erwachte und laut zu weinen begann. Dana warf einen Blick zur Wanduhr, als auch schon Stimmen aus den oberen Zimmern drangen. Nein, es hatte ganz sicher keinen Sinn, noch einmal ins Bett zu gehen. Der Tag hatte offiziell begonnen.

2

Wight's Landing, Maryland
Freitag, 30. Juli, 19.00 Uhr

Ethan Buchanan saß am Tisch im Strandhaus der Vaughns und fuhr sich frustriert mit den Händen über das Gesicht. Der kleine Alec war fort, genau wie seine Therapeutin, Cheryl Rickman, die bei ihm gewesen war. Er kämpfte die Panik, die aus seinen Eingeweiden aufsteigen wollte, mühsam nieder. *Fort*. Der kleine Alec, der schon gar nicht mehr so klein war. Er war zwölf. Alt genug, um zu wissen, was mit ihm geschah, alt genug, um sich entsetzlich zu fürchten. Und doch noch zu klein, um sich zu wehren.

Und er konnte nicht einmal um Hilfe rufen.

Ethan musterte die betäubten Gesichter seiner ältesten Freunde und wünschte, er hätte gewusst, was zu tun war. Er kannte Stan Vaughn seit fünfundzwanzig Jahren, dessen Frau Randi seit zehn. Dennoch wirkten die beiden nun wie Fremde. Ihr Sohn war fort, doch weder Stan noch Randi hatten die Polizei oder das FBI benachrichtigt. Randi hatte das Telefon an ihre Brust gepresst, und Stan hatte ausgesehen, als wollte er sich auf Ethan stürzen, als dieser sein Handy aus der Tasche gezogen hatte.

Erst nachdem er geschworen hatte, nicht die Polizei zu

rufen, hatte Randi das Telefon wieder auf die Station gestellt. Stan hatte sich ans Fenster begeben und starrte nun seit einer geraumen Weile auf die Bucht hinaus. Ethan blickte von Randis bleichem Gesicht zu Stans steifem Rücken und seufzte. »Fangen wir noch einmal ganz von vorne an. Wann genau habt ihr bemerkt, dass Alec weg ist?«

Schweigen. Ethans Geduldsfaden wurde dünner. Die Zeit verrann. »Stan?«

Stan legte müde die Stirn an die Fensterscheibe. »Um halb vier heute Nachmittag.«

»Fünf nach halb vier«, flüsterte Randi.

Stan warf ihr über die Schulter einen wütenden Blick zu, den Randi trotzig erwiderte.

Ethan sog voller Unbehagen die Luft ein. So standen die Dinge also. »Wo wart ihr?«

»In Annapolis«, murmelte Randi. »Am Mittwoch war unser zehnter Hochzeitstag.«

Ein Bild blitzte in Ethans Erinnerung auf, eines aus besseren Tagen. Stan im Smoking, Stans Bruder Richard als Trauzeuge in seiner Marines-Uniform und Randi, so wunderschön in weißer Spitze. Er selbst, der den kleinen, zappelnden Alec auf dem Arm hielt und verzweifelt bemüht war, seine eigene Marines-Uniform vor matschigen Cornflakesresten zu schützen, bis die beiden sich das Jawort gegeben hatten. Zehn Jahre war es her. Und sie waren so schnell vergangen.

Alec war nun zwölf. Und er war fort, vielleicht seit Stunden, vielleicht seit Tagen. Stunden, in denen Stan und Randi nichts getan hatten. *Nichts, außer mich anzurufen.*

»Wir hätte gestern zurückkommen sollen«, presste Randi

wütend hervor. »Du hast gesagt, du hättest Cheryl angerufen. Du hättest mit ihr gesprochen.« Randi trat einen Schritt vor, am ganzen Körper vor Zorn bebend. »Du hast mich *angelogen*, damit ich bleibe und …« Sie brach ab und wandte sich um.

Stan presste die Lippen aufeinander. »Ich habe auf Anrufbeantworter gesprochen«, erwiderte er heiser. »Woher hätte ich es denn wissen sollen? Verdammt, Randi, du tust gerade so, als sei das meine Schuld.«

»Geh zum Teufel, Stan.« Sie hatte ruhig gesprochen, ruhig und mit kalter Stimme.

Ethan legte Randi behutsam einen Arm um die Schultern und führte sie zu einem der Küchenstühle. Sie setzte sich und schob die verschränkten Hände zwischen die Knie. Die zitternden Knie. Er drückte ihre Schulter. »Und was ist passiert, als ihr beide heute hier eingetroffen seid?«

Stan deutete in Richtung Fenster. »Wir rochen es, sobald wir ausstiegen. Wir sind sofort zu Alecs Zimmer gelaufen. Da haben wir den Zettel auf dem Kopfkissen gefunden.«

Es. Der beißende Gestank von verwesendem Fleisch, der bei ihm augenblicklich Brechreiz ausgelöst hatte, als er aus dem Wagen gestiegen war. Stan wollte ihm nicht sagen, was *es* war. »Was stand auf dem Zettel?«

Stan zögerte. Dann wandte er sich abrupt um und winkte Ethan, ihm zu folgen. »Komm mit.«

Gemeinsam gingen er und Stan durch die Hintertür, die zum Strand führte. Der Gestank wurde mit jedem Schritt stärker, als sie über den Sand auf den kleinen Schuppen neben dem Anleger zugingen, in dem das Sommerspielzeug verstaut war. Stan öffnete die Tür.

»Sieh selbst.«

Ethan blieb auf der Schwelle wie angenagelt stehen. Sein Magen hob sich, als sein Gehirn erfasste, was er da sah. Es war ein Mann gewesen. Der einmal einen Kopf gehabt hatte. Einen ganzen Kopf. Summende Fliegen bedeckten nun das, was noch von ihm übrig war. Die Leiche war von der Hitze aufgedunsen und fast nicht mehr als menschlicher Körper zu erkennen.

Schockiert zwang er seinen Blick tiefer zu der Pistole, die quer über dem nackten Torso lag. Noch weiter nach unten entlang des Seils, das am Abzug der Waffe befestigt war, unter der Boxershorts durchlief und am großen Zeh des rechten Fußes verknotet war. Der Mann hatte wahrscheinlich den Lauf in den Mund genommen und die Waffe mit einer Bewegung des Zehs ausgelöst.

Ethan wandte sich um zu Stan, der auf die Bucht hinausblickte. Die ruhige Schönheit der See stand im krassen Gegensatz zu dem grauenhaften Anblick im Schuppen.

»Wer …« Das Wort blieb Ethan im Hals stecken, und er räusperte sich. »Wer war das?«

Stan fixierte den Horizont. »Paul McMillan. Cheryls Verlobter.« Er schluckte heftig. »Das war kein Selbstmord.«

Nein. Das hatte Ethan sich auch schon gedacht. Aber im Augenblick konnte er nur daran denken, dass derjenige, der das getan hatte, Alec entführt hatte. »Was stand auf dem Zettel?«

Stan zog ein zerknülltes Stück Papier aus seiner Tasche und reichte es Ethan. Frustriert, dass Stan wahrscheinlich einen wichtigen Beweis unbrauchbar gemacht hatte, nahm er das Blatt vorsichtig an einer Ecke. Die Nachricht war ausgedruckt worden. Schwer, wenn nicht unmöglich zurückzuverfolgen.

»›Wir haben euren Sohn‹«, stand dort. »›Wenn ihr die Polizei ruft, bringen wir ihn um. Wenn ihr uns nicht glaubt, schaut im Schuppen nach. Wir haben es wie Selbstmord aussehen lassen, falls die Polizei die Leiche entdeckt und Fragen stellt. Sorgt dafür, dass sie keine Antworten kriegen. Wir melden uns. Und nicht vergessen: Keine Polizei.‹«

Stan starrte noch immer über die Bucht. »Jetzt verstehst du, warum wir niemanden informiert haben.« Sein Flüstern war im Wind fast nicht zu hören. »Wir wussten nicht, was wir tun sollten.«

»Also habt ihr mich angerufen.«

Nun wandte Stan sich um, und in seinen Augen las Ethan Angst, Verzweiflung und hilflosen Zorn. Und Hass. Nach zwei Jahren verachtete Stan Vaughn ihn immer noch. »Ja, wir haben dich angerufen«, brach es aus ihm heraus, und es klang, als ob er jedes Wort ausspuckte. »Du musst uns helfen, Alec zu finden.«

»Stan …« Ethan hob die Hände, als er schockiert begriff, was Stan von ihm verlangte. »Ich leite ein Unternehmen für Sicherheitsberatung. Ich spüre Hacker im Computersystem auf. Ich organisiere Überwachungen. Ich bin kein Cop.« Die einzige Uniform, die er je getragen hatte, war die der Marines gewesen. Und Gott allein wusste, wie sehr er sich wünschte, sie jetzt zu tragen.

Stan schüttelte den Kopf. »Du hast eine Privatdetektiv-Lizenz.«

»Aber nur, weil ich die Vertragspartner meiner Kunden überprüfen lasse. *Ich bin kein Cop.*«

Stan sah ihn eisig an. »Du weißt, wie man Leute aufspürt.«
Die Leute, die er aufgespürt hatte, waren Terroristen gewesen, die sich in Höhlen in Afghanistan verborgen hatten, keine kleinen Jungen, die von grausamen Verbrechern entführt worden waren. »Stan, hör mir zu. Ich habe kein Labor. Ich kann keine kriminaltechnischen Untersuchungen durchführen. Alles, was ich anfasse, würde eine Verunreinigung des Tatorts bedeuten. Ich würde vielleicht Beweise vernichten, die das FBI auf Alecs Spur bringen könnte. Stan, ruf das FBI an und lass sie ihre Arbeit tun.«
Plötzlich trat Stan vor, packte Ethans Jackenaufschläge mit beiden Händen und schüttelte ihn. Ethan bekämpfte die Welle der Übelkeit, die in ihm aufstieg, und wehrte sich nicht.

»Verdammt, du musst uns helfen. Diese Leute haben meinen Sohn. Sie bringen ihn um.« Er ließ Ethan los, ließ sein Kinn auf die Brust, die Hände an die Seiten sinken, und einen Moment lang sagte keiner von beiden etwas. Als Stan das Wort ergriff, war seine Stimme hart. »Du und Richard habt Taliban in der Wüste aufgespürt. Das hat er mir gesagt. Du weißt, wie man es anstellt.« Er schaute auf, seine Augen voller Zorn. »Ich würde ja Richard bitten, aber er ist nicht hier.« Stans Augen verengten sich, und er biss die Zähne zusammen. »Mein Bruder ist ja nicht nach Hause gekommen.«

Und du bist schuld. Der Satz hing zwischen ihnen, als ob Stan ihn ausgesprochen hätte. Das hatte er natürlich. Das letzte Mal, als Stan und er sich gesehen hatten.

»Das ist nicht fair, Stan«, sagte Ethan ruhig, und Stan explodierte.

»*Das ist mir völlig egal!* Diese Schweine haben meinen Sohn. Und sie sind *dafür* verantwortlich!« Er beugte sich vor und zeigte auf die Leiche. »Sie werden ihn umbringen, Ethan.« Langsam richtete er sich wieder auf. »Wenn du es nicht für mich tust, dann tu es für Richard. Das wenigstens schuldest du ihm.«

Ethan sog langsam die Luft ein. Er erinnerte sich nur allzu gut an die letzten Augenblicke, bevor er das Bewusstsein verloren hatte, nachdem ihr Fahrzeug auf die Mine auf der Straße von Kandahar gefahren war. Richard hätte ihn liegen lassen, hätte sich retten müssen. Aber er hatte es nicht getan. Er war geblieben und hatte gekämpft, hatte mit seinem Körper Ethans gedeckt und die Kugeln abgefangen, die der Feind aus dem Hinterhalt auf sie abfeuerte. Richard war geblieben, und er hätte es für jeden getan, nicht nur für seinen besten Freund. Weil Richard eben genau so ein Mensch gewesen war. Und er hätte sich bereits auf die Suche nach Alec gemacht.

Ethan wandte langsam den Kopf und blickte auf die grausam zugerichteten Überreste eines ehemals gesunden, jungen Mannes. Auf die Leiche, die hier zurückgelassen wurde, um sie in Angst und Schrecken zu versetzen. Aber obwohl Ethan um Alec fürchtete, war er nicht blind vor Sorge. Er stieß den Atem aus. »Also gut. Aber ich kann das nicht allein machen. Du musst mir zugestehen, meinen Partner anzurufen. Clay war nach der Armee ein Cop. Er weiß, was zu tun ist.«

Stan schüttelte vehement den Kopf. »Nein. Keine Polizei. Er wird es melden. Er wird alles sagen.«

»Stan, hör mir zu. Ich bin Computerspezialist. Ich küm-

mere mich um Rechner und deren Sicherheit, Himmel-
herrgott. Ich habe keine Ahnung von Spurensuche und
-auswertung, aber Clay schon. Er war ein Bulle, und zwar
ein verdammt guter. Ich könnte nicht mit dem Gedanken
leben, dass mir etwas entgangen ist, was Alec hätte retten
können. Clay wird deinen Sohn nicht noch zusätzlich in
Gefahr bringen, das verspreche ich dir.«
Stan schloss die Augen. »Wie schnell kann er hier sein?«
»Er braucht drei Stunden von Washington, D.C.«
»Dann ruf ihn an. Und sag ihm, er soll sich beeilen.«

Wight's Landing
Freitag, 30. Juli, 22.30 Uhr

Ethan trat hinaus auf die Veranda, als Clay Maynards Wagen auf der Auffahrt zum Stehen kam. Der Wind hatte ge-
dreht und der Gestank etwas nachgelassen. Aber vielleicht
hatten sie sich auch nur schon daran gewöhnt.
Clay stieg aus dem Wagen und verzog das Gesicht, und
Ethan kam zu dem Schluss, dass Letzteres der Fall war.
»Das ist nicht in Ordnung, Ethan«, sagte Clay ohne Umschweife.
»Das weiß ich.« Ethan hatte an nichts anderes gedacht, seit
er Clay vor ein paar Stunden hergebeten hatte. Sie waren
Geschäftspartner und Freunde, und beide Beziehungen
setzte er aufs Spiel, indem er Clay in diese Geschichte
verwickelte. »Gib mir meinen Laptop und fahr zurück
nach D.C.«
»Mist.« Clay fuhr sich müde mit der Hand über das Ge-

sicht. Seine Bräune sah im Mondlicht fahl aus. »Das hier wird Richard nicht zurückbringen, das weißt du.«

Ethans Kiefer verspannten sich gegen den Ärger, der in ihm aufstieg. Es war nicht fair von Clay, die Situation auf ein allgemeines Schuldgefühl zu reduzieren. »Hier geht es nicht um Richard, sondern um Alec. Und wenn du nicht helfen willst, dann gib mir meinen Laptop und geh mir aus dem Weg.«

Clay kam näher, blieb vor der Veranda stehen und schaute verärgert zu ihm auf. »Reiß dich zusammen, Ethan. Das ist ein Job für das FBI, nicht für uns. Jede Minute, die wir die Sache für uns behalten, bringt Alec in noch größere Gefahr. Wenn dir an diesem Jungen wirklich etwas liegt, dann rufst du die Bullen.«

Ethan holte tief Luft und schmeckte McMillans verwesenden Leichnam. Und spürte die ihm nun schon vertraute Mischung aus heißer Angst und kalter Wut in sich aufsteigen. Langsam ging er die Treppe hinunter, bis er Clay in die Augen blicken konnte. »Dieser Junge ist mein Patenkind.«

Clays Blick flackerte. »Ich dachte, es war Richards.«

»Du hast Recht.« Ethan presste die Worte zwischen den Zähnen hervor. »Es *war* Richards. Aber Richard ist *tot*, und wie du so passend bemerkt hast, wird nichts ihn zurückbringen. Nachdem er gestorben war, bat Randi mich, das zu übernehmen. Stan wollte es natürlich nicht, weil er der Meinung war, ich wäre einer solchen Verantwortung nicht wert, aber Randi setzte sich durch, also bin jetzt ich es.« Die Kehle wurde ihm eng, als er an den Augenblick vor zwei Jahren dachte, als das Wenige, was von seiner

Freundschaft mit Stan geblieben war, endgültig zerbrochen war.

»Mein *Patenkind* ist von Leuten entführt worden, die einen unschuldigen Mann ermordet haben. Wenn wir zur Polizei gehen, bringen sie ihn auch noch um.« Zweifel schlichen sich in Clays Blick, und Ethan schluckte, als er vergeblich versuchte, das Bild von Alec in den Händen dieser Schweine zu verdrängen.

»Er ist doch nur ein Kind, Clay«, flüsterte er heiser. »Er muss furchtbare Angst haben.« *Und er kann nicht einmal um Hilfe rufen.*

Clays Augen verhärteten sich wieder. »Falls er noch lebt.« *Alec könnte inzwischen schon tot sein.* Das war ein Gedanke, den er aus seinem Kopf halten musste. »Er lebt. Es kann nicht anders sein. Hör zu, wenn irgendjemand das Haus hier beobachtet, dann bieten wir ihm eine richtig gute Show. Entweder du gehst jetzt oder du bleibst, aber hier draußen sollten wir nicht länger miteinander reden.«

Clay sah ihn einen langen Moment an, dann seufzte er und holte seine Sporttasche und Ethans Laptop vom Beifahrersitz. »Verdammt. Sag bitte, dass die eine Klimaanlage haben.«

»Drinnen ist es besser.« Ethans Nerven beruhigten sich ein wenig. Clay war dabei. Er führte seinen Freund direkt in die Küche, wo Randi wieder das Telefon festhielt und Stan mit einem Glas Whisky in der Hand unruhig auf und ab ging.

Randi schaute auf, als sie eintraten. Sie war leichenblass. »Sie sind Ethans Partner. Vielen Dank, dass Sie gekommen sind.«

»Ich habe mit Richard gedient«, erwiderte Clay schlicht. Und mehr brauchte er auch nicht zu sagen. Marines kümmerten sich umeinander. Auch dann noch, wenn sie keine Uniform mehr trugen.

»Richard und ich dienten mit Clay, als wir in Somalia stationiert waren. Wir kamen direkt von der Akademie«, erklärte Ethan. Stan versteifte sich. Stan hatte niemals verstanden, wieso Richard sich den Marines verschrieben hatte, und es war stets ein Streitpunkt zwischen den beiden Brüdern gewesen. Dass Ethan und Richard dies miteinander geteilt hatten, hatte die Kluft zwischen Stan und Richard nur noch breiter gemacht. Und Richards Tod hatte sie letztlich in eine tiefe Schlucht verwandelt.

»Ja, natürlich – gutes, altes *Semper fi*«, sagte Stan bitter und trank den Rest Whisky in einem Zug. »All das Getue mit Brüderschaft und ewiger Treue hat ihm verdammt viel genützt.« Er knallte das Glas auf die Arbeitsplatte und verließ steif die Küche.

Randi schloss die Augen. »Es tut mir leid.«

Ethan drückte ihre Schulter. »Schon gut.«

Clay ging vor ihrem Stuhl in die Hocke. »Randi. Wer wusste davon, dass Sie nicht hier sein würden?«

Randi schlug die Augen auf, als ihr klar wurde, was er damit sagte. »Oh Gott, es könnte jemand sein, den wir kennen.« Unwillkürlich legte sie sich die Hand vor den Mund. »Ich weiß es nicht. Ich kann nicht denken.«

Ethan rieb ihr tröstend die Hand über den Rücken. »Bleib hier sitzen und überleg, wer davon wusste, dass ihr im Strandhaus sein würdet. Und dann wird dir auch einfallen, wer außerdem wusste, dass ihr nach Annapolis fahren wolltet. Ich bringe Clay nach draußen, dann sehe ich zu, ob ich die E-Mail zurückverfolgen kann.«

Sie zuckte bei dem Wort »draußen« zusammen, nickte aber. »Gut.«

Clay wartete, bis sie auf dem Weg zum Schuppen waren. »Sie haben eine E-Mail bekommen? Wann?«

»Donnerstagmorgen um Viertel vor acht von Rickmans E-Mail-Adresse. Alec sei am Leben, und sie sollten daran denken, nicht die Polizei zu rufen. Und es gab einen Anhang.«

»Von Rickmans Adresse?«

»Ja. Der Laptop war nicht mehr in ihrem Zimmer. Die Kamera auch nicht.«

Clay warf ihm einen raschen Seitenblick zu. »Und der Anhang? Foto von Alec, gefesselt, geknebelt?«

»Genau. Nachts aufgenommen, im Hintergrund etwas, das nach Wald aussieht.«

»Ethan, ich weiß, dass der Junge dir etwas bedeutet, aber das ist ein Fall fürs FBI. Du weißt das.«

Er wusste es. Er wusste auch, was sich im Schuppen befand. »Warte noch eine Minute.«

Einen Augenblick später waren sie am Schuppen angelangt. »Drinnen ist kein Licht.« Ethan bückte sich und hob eine Taschenlampe auf, die er neben dem Schuppen hatte liegen lassen. »Nimm die.«

Clay öffnete die Tür, und einen Moment lang war nur der Nachtwind und das sanfte Platschen der Wellen gegen Stans Boot zu hören, das am Steg befestigt war. Sein Partner lenkte den Lichtstrahl über die Leiche im Schuppen.

»Sein Name ist Paul McMillan. Er war Architekt in Baltimore. Er und Cheryl Rickman wollten am nächsten Valentinstag heiraten.«

Clay schaltete die Lampe ab. »Wie sieht es aus mit der Idee, dass Rickman etwas damit zu tun hat?«

»Das können wir wohl nicht ausschließen, aber ich halte es für unwahrscheinlich. Randi sagt, Cheryl hätte Alec mit ihrem Leben beschützt, und im Kinderzimmer hat ein höllischer Kampf stattgefunden. Lampen zerschmettert, Bilder von den Wänden gerissen. Und ein Einschussloch in einer Wand. Sieht aus wie von einer Neunmillimeter.«

»Die Waffe, die sie bei McMillan benutzt haben, ist alt und rostig, aber hier brauchte man wohl keine große Treffsicherheit«, sagte Clay grimmig. »Das Ding haben sie garantiert nicht für den Eigengebrauch mitgeschleppt. Es ist im Grunde nutzlos. Wir können also davon ausgehen, dass sie von vornherein geplant haben, McMillan hier zu deponieren, was wiederum bedeutet, dass sie von seiner Anwesenheit wissen mussten.«

»Er wollte hier bei Cheryl bleiben, während Stan und Randi unterwegs waren. Wenn sie das Haus observiert haben, wussten sie es natürlich. Sie haben Alec irgendwann zwischen Dienstagabend um acht und Donnerstagmorgen Viertel vor acht, als die E-Mail durchkam, entführt. Randi hat am Dienstagabend noch mit Cheryl telefoniert. Cheryl sollte Alec gute Nacht sagen. Er telefoniert nicht.«

Clay setzte sich in Bewegung, und Ethan folgte ihm. Sie hielten am Anleger an. »Alec ist taub, richtig?«

»Unter anderem, ja. Er hatte mit zwei Meningitis, knapp einen Monat nachdem Randi und Stan geheiratet hatten. Er wäre daran fast gestorben. Seitdem ist er taubstumm und Epileptiker. Gegen die Epilepsie nimmt er Medikamente. Die Flaschen mit den Tabletten sind aus dem Bad verschwunden. Vor drei Jahren, als Alec neun war, hatte er eine OP wegen seiner Taubheit. Sie haben ihm ein Cochlea-Implantat eingesetzt.«

»Erklär's bitte für Nichteingeweihte«, forderte Clay ihn barsch auf.

»Für Nichteingeweihte ist das ein Hörgerät, das in den Knochen am Ohr implantiert wird. Es fängt den Schall ein wie ein normales Hörgerät, aber anstatt die Laute zu verstärken, übersetzt es sie in Signale, die das Gehirn als Sprache und andere Geräusche interpretieren kann. Alec trägt hinterm Ohr ein Gerät, das die Töne auffängt und übersetzt. Ich habe es in seinem Schrank auf dem Boden gefunden. Ohne das Ding ist er vollkommen taub.« Und nicht in der Lage, sich Hilfe zu holen. Ethan zog eine Grimasse. Er durfte daran nicht mehr denken.

Clay machte eine unbestimmte Geste. »Und wo ist das Ding jetzt, dieses … Gerät?«

»Noch auf dem Schrankboden. Ich habe nichts angerührt. Ich dachte, wir sollten uns nach Abdrücken umsehen.«

»Kann Alec reden?«

»Nein. Deshalb war Rickman ja hier – sie sollte ihm beibringen, wie man das CI benutzt, um hören und sprechen zu lernen. Alec sträubt sich allerdings dagegen. Er hat zu lange Zeichensprache benutzt.«

Ethan dachte an die E-Mails von Alec, in denen er sich über das Gerät beschwerte. »Er findet das Ding zu laut. Er würde Kopfschmerzen davon kriegen, sagt er. Die Ärzte haben Randi gesagt, dass er sich dran gewöhnen würde.

Bisher kann davon aber keine Rede sein. Er hat schon drei Therapeutinnen vergrault.«

»Eine kleine Nervensäge?«

Ethan schüttelte den Kopf. »Höchstens etwas stur. Er ist ein nachdenkliches Kind. Als wir an der Front waren, hat er Richard jede Woche gemailt. Als ich im Krankenhaus lag, hat er mir gemailt.« Seine Kehle wurde eng. »Er nennt mich Onkel Ethan.«

»Tut mir leid, Ethan. Ich wusste nicht, dass ihr euch so nahe steht.«

Ethan blickte hinaus auf das stille Wasser der Bucht, in der er die schönsten Jahre seiner Kindheit verbracht hatte, und seufzte, als die Sehnsucht in ihm aufstieg. »Wir sollten uns näherstehen, aber nachdem Richard gestorben war, schien sich alles einfach aufzulösen, und Alec geriet zwischen alle Fronten. Wir schreiben uns, aber Stan erlaubt mir keine Besuche. Ich will nicht einen noch stärkeren Keil zwischen Randi und Stan treiben, also habe ich nie darauf bestanden. Aber ich hätte vielleicht einfach trotzdem kommen sollen.«

»Ethan, warum hasst Stan dich so?«

Ethan grunzte. »Gute Frage. Er ist der Meinung, dass Richard sich niemals nach Afghanistan hätte schicken lassen, wenn ich ihn nicht darum gebeten hätte, und dann wäre er natürlich noch am Leben. Aber Richard wollte es unbedingt. Er hatte die ganze Zeit schon darauf gewartet, sich darauf vorbereitet. Er konnte Farsi, du meine Güte. Wir brauchten ihn unbedingt. Aber ich glaube, dass Stan mich schon lange vorher nicht leiden konnte. Als wir Kinder waren, spielten wir im Sommer immer zusammen – wir waren die drei Musketiere. Aber dann wurden wir älter, und Stans Interessen drifteten von unseren ab. Richard und ich sollten auf die Akademie gehen. Stan kaufte sich direkt nach der High School ein Motorrad und brauste los. Geriet in Schwierigkeiten. Irgendeine Ordnungswidrigkeit, glaube ich, nichts Wildes. Aber seine Eltern waren enttäuscht. Stan ließ sich also widerwillig ins Geschäft seines Vaters einspannen, und Richard und ich gingen zur Akademie. Danach war eigentlich nichts mehr wie früher. Stan betrachtete Richard und mich als die Lieblingssöhne seiner Eltern.« Ethan zuckte die Achseln. »Obwohl ich natürlich nicht ihr Sohn bin.«

»Und Alec ist auch nicht Stans, richtig?«, fragte Clay.

»Nicht im biologischen Sinn, das stimmt«, antwortete Ethan und dachte wieder an den Tag vor zehn Jahren, der so schön gewesen war. »Als Stan und Randi sich kennen lernten, war sie eine allein erziehende Mutter, die versuchte, sich mit einem Kellnerinnengehalt über Wasser zu halten. Sie war mit Alecs Vater nicht verheiratet. Stan hat nach der Hochzeit Alec adoptiert.« Er seufzte. »Sie waren einmal eine glückliche Familie, Clay. Wirklich glücklich.«

Clay schwieg lange. »Warum haben Stan und Randi so lange damit gewartet, Alec operieren zu lassen? Wenn er schon mit zwei Meningitis gehabt hat, warum dann erst mit neun?«

Daran konnte sich Ethan noch sehr gut erinnern, und er hatte selbst einige Schlüsse gezogen. »Die Operation ist sehr teuer – über fünfzigtausend Dollar –, und die Versicherung deckt das nicht ab. Damals hatten die beiden nicht genug Geld. Stan arbeitete im Elektrogeschäft seines Vaters und kam gerade so über die Runden. Wir alle halfen mit, etwas zum Sparkonto für Alec beizutragen, aber Richard konnte nicht viel abzweigen. Er hatte auch eine Familie.«

»Drei Töchter, richtig?«

Ethan dachte an sie, dachte an die kleinen Mädchen, die der Mittelpunkt in Richards Leben gewesen waren. Die kleinen Mädchen, die nun ohne Vater aufwachsen mussten. Der Kummer verengte ihm die Kehle, aber Ethan schluckte ihn entschlossen hinunter. »Ja. Dann fing Stan an, das Geschäft seines Vaters auszudehnen. Er eröffnete neue Läden. Und verdiente letztendlich genug, um Alecs OP bezahlen zu können.«

»Wobei er sich einen Feind gemacht haben könnte, der ihn genug hasst, um seinen Sohn zu entführen?«

»Der Gedanke ist mir schon auch gekommen. Stan hat mir versprochen, eine Liste von Kunden und Zulieferern zu erstellen.«

Clay nickte knapp. »Glaubst du, dass sie Alec umbringen werden, wenn wir jetzt die Polizei benachrichtigen?«

Ethan hatte die Frage erwartet, und er hatte sie sich selbst bestimmt schon hundert Mal gestellt, seit Stan ihn um Hilfe gebeten hatte. »Sie haben bereits einen Mann getötet. Viel zu verlieren haben sie nicht. Stan und Randi jedenfalls glauben es, und sie werden bestimmt nicht anrufen. Falls sich Polizei oder FBI einmischt, dann nur, weil wir ihnen Bescheid geben. Aber ich könnte nicht mit dem Wissen leben, dass Alec sterben musste, weil wir es getan haben.«

»Was ist mit ihm?« Clay deutete mit dem Kopf auf den Schuppen.

»McMillan? Natürlich muss Stan melden, dass er ihn

gefunden hat. Er kann behaupten, es habe einen Selbstmord auf seinem Grundstück gegeben. Vielleicht kann die Ortspolizei ja etwas am Körper des Mannes finden, das uns weiterbringt.«

»Und meinst du, dass Stan es tun wird?«

Ethan schürzte die Lippen. Versuchte, seine Erinnerungen an den Stan von früher mit dem Mann in Einklang zu bringen, der vorhin vorgeschlagen hatte, die Leiche eines unschuldigen Mannes im Meer zu versenken. »Wenn er will, dass wir ihm helfen, wird er es wohl müssen.«

Wieder schwieg Clay eine lange Weile. »Dann lass uns mal sehen, ob wir die E-Mail zurückverfolgen können.«

Chicago
Freitag, 30. Juli, 22.45 Uhr

Dana stand am Ostausgang des Busbahnhofs. Es war der am wenigsten auffällige Platz, die beste Stelle, wenn man nicht gesehen werden wollte. Sie wusste nicht mehr, wie oft sie über all die Jahre hinweg schon hier gewesen war, aber sie vergaß keine der Frauen, die sie hier getroffen hatte. Das Gesicht einer jeden war unauslöschlich in ihrer Erinnerung eingebrannt. Sie kamen aus allen Gesellschaftsschichten, von allen möglichen Orten, waren in jedem Alter. Ihre Wege hätten sich vermutlich unter normalen Umständen niemals gekreuzt, aber diese Frauen lebten nicht unter normalen Umständen. Viel zu viele von ihnen hatten nie normale Umstände kennen gelernt. Alle waren geschlagen worden, manche mehr als andere. Die meisten trugen die Zeichen sichtbar für jeden, der sich die Mühe machte, hinzusehen. Ihre Verletzungen konnten behandelt werden und heilten früher oder später.

Doch die Wunden der Seele waren schwieriger zu behandeln. Einige fanden die Kraft, das Leben wieder in Angriff zu nehmen und weiterzumachen, andere nicht. So einfach war das. Und gleichzeitig so kompliziert.

Heute Abend sollte sie eine Frau treffen, die sich Jane Smith nannte. Nicht gerade originell ausgedacht, aber das war Dana egal. Jane würde von außerhalb kommen und einen zehnjährigen Sohn mitbringen. Er hieß Erik.

Für Dana war es stets am schwersten, mit den Kindern umzugehen. Die Furcht in den Augen, ihre Verzweiflung waren kaum zu ertragen. Und dann war da die Scham, die Resignation. Was immer Dana auch für die Kinder tun konnte, mit den Narben auf der Seele mussten sie leben. Für immer. Und das wusste Dana nur allzu gut.

Sie straffte den Körper und konzentrierte sich wieder auf die Menschen. Der Bus war gerade eingetroffen, und die ersten Passagiere kamen durch den Bahnhof. Alte Frauen, alte Männer. Eine Frau mit Kind. Dana erkannte schnell, dass sie nicht die waren, auf die sie wartete. Das Lächeln der Mutter war echt, die Augen des Kindes zu vertrauensvoll.

Dann sah sie sie. Die Frau war mittelgroß. Ihre Figur war schwer zu erkennen, weil sie einen formlosen Overall trug. Sie hielt den Kopf gesenkt und hatte eine Baseball-Kappe auf. An ihrer Hand hielt sie einen zart gebauten Jungen, der hinter ihr herstolperte. Als er zu fallen drohte, hievte ihn die Frau wieder auf die Füße.

Dana hoffte, dass die Trägheit des Jungen auf die lange Reise und die späte Stunde zurückzuführen war, nicht auf Krankheit. Die Frau blickte sich unruhig um, ihre Anspannung war beinahe greifbar. Dana trat aus dem Schatten und sah, wie die Anspannung augenblicklich nachließ. »Jane? Erik?«

Die Frau blickte lange genug auf, dass Dana ihr zerschlagenes Gesicht sehen konnte. Dann senkte sie den Blick rasch wieder. Sie war verprügelt worden, und das vor kurzem. Aber das Kind machte ihr im Moment größere Sorgen. Es sah nicht auf, als sie seinen Namen rief, aber das war nicht weiter ungewöhnlich. Was sie weitaus mehr verstörte, war die Intensität seiner Weigerung; es kam ihr vor, als ob er sich darauf konzentrierte, keinen Augenkontakt herzustellen. Sie ließ sich auf ein Knie sinken und versuchte, ihm einen Finger unters Kinn zu legen, aber er fuhr zurück, begann zu zittern und schob seine knochigen Schultern zusammen. Dana wurde es schwer ums Herz. Wie immer.

»Schon gut«, murmelte Dana. »Niemand tut dir hier was. Du brauchst keine Angst mehr zu haben.« Sie erhob sich und berührte die Schulter der Frau, die sich sofort versteifte. Dennoch tippte sie ihr leicht ans Kinn und hob ihr Gesicht an. Böse Prellungen und Platzwunden bedeckten ihr Gesicht, aber es waren die Augen, die Dana fast hätten zurückfahren lassen. In dem dämmrigen Licht des Bahnhofs wirkten sie beinahe weiß. Dana gelang es, die Gänsehaut zu unterdrücken und ein warmes Lächeln zustande zu bringen. »Ich bin Dana. Willkommen.«

Wight's Landing
Freitag, 30. Juli, 23.00 Uhr

Ethan setzte sich an den kleinen Arbeitstisch an der Wand und bereitete alles vor, um die E-Mail zurückzuverfolgen, während Clay die oberen Zimmer in Augenschein nahm. Geübt vernetzte er Randis Laptop mit seinem und öffnete die Mail mit ihrem scheußlichen Anhang. Auf seinem Computer befand sich die Software, die er brauchte, um den Absender der Nachricht aufzuspüren.

»Machst du das oft?«, fragte Randi leise von der Couch.

»Das hier? Ja.«

Sie stand auf und stellte sich hinter ihn, die Arme vor der Brust verschränkt. »Ethan, was genau machst du eigentlich?«

Er lächelte über ihre zögernde Stimme.

»Clay und ich arbeiten für Firmen, die sich mehr Sicherheit wünschen. Ich sorge dafür, dass kein Hacker in ihr System eindringen und Informationen herausholen kann. Außerdem installiere ich Überwachungssysteme, mit denen die Firmen internen Diebstahl aufdecken können.«

»Du meinst, du hilfst den Chefs, ihre Angestellten auszuspionieren.«

»Im Grunde ja. Viele der Kunden sind Firmen, die für die innere Sicherheit des Landes sorgen. Ihre Geheimnisse müssen geheim bleiben.«

»Und was macht Clay?«

»Er trainiert die Sicherheitsbeamten. Manchmal auch Polizisten in kleineren Städten im Gebrauch von Schusswaffen oder in Selbstverteidigung.«

»Und seid ihr erfolgreich?«

Diesmal war Ethans Lächeln grimmig. »Ja, Randi, das sind wir.« Sie waren gut in dem, was sie taten, Clay und er. Er konnte nur hoffen, dass es für Alec reichen würde.

Er gab die letzten nötigen Informationen ein und ließ die Software das tun, wozu sie geschrieben worden war – E-Mails zu ihrem Ursprungsort zurückzuverfolgen. Und spürte Erleichterung, als er das Ergebnis bekam. »Tja, wenigstens haben wir es nicht mit jemandem zu tun, der sich mit Servern auskennt. Diese Nachricht ist den direkten Weg gegangen.« Eine Person, die etwas geübter war, hätte die Nachricht erst an verschiedene Rechner geleitet, bevor sie sie auf Randis Laptop geschickt hätte.

»Ist das … ist das gut?« Randis Stimme war kleinlaut, aber Ethan hörte den Hoffnungsschimmer heraus.

Er blickte über die Schulter und begegnete ihrem Blick. »Ja, das ist es.« Er schickte die Fühler in umgekehrte Richtung aus. »Diese Mail kommt … von Camus Joe's Copy Store in Morgantown, West Virginia.«

Er wirbelte im Drehstuhl herum. »Kennst du da jemanden?«

Mit weit aufgerissenen Augen schüttelte sie den Kopf. »Nein. Ich bin noch nie da gewesen.«

Clay kam mit finsterer Miene die Treppe herunter. »Hast du etwas gefunden?«

Randi rang die Hände. »Die Mail kam aus West Virginia. Dort oben wird Alec festgehalten.«

Clays Stirnrunzeln verstärkte sich. »Sie sind unterwegs.«

Ethan klappte den Laptop zu. »Ich fahre nach Morgantown. Kannst du hier bleiben, falls sie ihre Lösegeldforderungen stellen? Hast du mir den Koffer aus dem Büro mitgebracht?«

»Im Auto.«

»Gut. Ich installiere die Abhöreinrichtung, bevor ich fahre.«

Er stand auf, aber Clay packte seinen Arm, Besorgnis in seinen dunklen Augen. Er warf einen Blick zu Randi, dann wandte er sich wieder an Ethan.

»Du hast einen Achtzehn-Stunden-Tag hinter dir. Ich fahre.«

Ethan versuchte, den aufkommenden Ärger zu unterdrücken. Bei all seinem harten Getue sorgte sich Clay Maynard um ihn wie eine Mutter. »Danke, ich schaff das schon.«

Clay ließ seinen Arm los.

»Na, schön«, murmelte er. »Dann viel Spaß bei einem weiteren Vorfall hinterm Steuer.«

Ethan zwang sich zu einer ruhigen Stimme. »Das ist seit Monaten nicht passiert, und das weißt du.«

Randi sah misstrauisch von einem zum anderen. »Was ist denn los?«

Ethan tätschelte ihre Hand. »Nichts. Und jetzt hör mir bitte genau zu. Wenn ich weg bin, will ich, dass du isst, selbst wenn du keinen Appetit hast. Und ich will, dass du schläfst, auch wenn du dazu eine Tablette nehmen musst. Alec braucht jetzt eine starke Mutter, keine erschöpfte. Verstanden?«

Sie schien in sich zusammenzusinken, während er sprach. Doch dann nickte sie ernst.

»Ethan, wirst du ihn finden?«

Statistiken ratterten durch seinen Geist, und keine ließ sich positiv auslegen. Wenn man jemanden suchte, waren die ersten Tage die wichtigsten, und diese waren bereits verstrichen. Aber Randi sah ihn so vertrauensvoll an, dass er unwillkürlich nickte. Und aussprach, was hoffentlich keine Lüge war: »Ich finde ihn.«

3

Chicago
Samstag, 31. Juli, 17.45 Uhr

Du wirst dir noch den Hals brechen.«
Aus ihren Gedanken aufgeschreckt, umklammerte
Dana die Streben der Leiter und schaute herab, obwohl sie
genau wusste, wer dort unten stand. David Hunter sah zu
ihr auf. Er hatte die Hände in die Hüften gestemmt und
trug genau den verärgerten Gesichtsausdruck zur Schau,
der den meisten Frauen augenblicklich weiche Knie verschaffte. Dana hatte sich schon oft gefragt, ob sie vielleicht
nicht normal war, dass sie auf David anders reagierte, aber
sie sah ihn vor allem als guten Freund. Er war einer der
wenigen, die wussten, was sie hier tat, und die halfen, wann
immer sie konnten. »Wahrscheinlich, wenn du mich noch
einmal so erschreckst.« Sie wandte ihre Aufmerksamkeit
wieder den Dachschindeln zu. »Wir haben ein Leck.«
»Verdammt, Dana, ich habe dir gesagt, dass ich in ein paar
Tagen vorbeikomme und mich darum kümmere.«
»Aber du hast viel zu tun. Ich wusste nicht, wann du es
einrichten konntest.« Aber in Wahrheit befand sie sich auf
dem Dach, weil sie nicht stillsitzen konnte. Seit ihrem
Streit mit Evie war sie unruhig und dachte ständig daran,
ob sie tatsächlich mehr tun konnte. Oder sollte.

»Tja, jetzt bin ich aber hier«, sagte David. »Komm runter und lass jemanden ran, der es richtig macht.«

Dana schürzte die Lippen. »Ich habe immer alles repariert, bevor du hier aufgekreuzt bist, Herzchen.«

»Stimmt«, gab er zu. Er schwieg einen Moment, dann sagte er: »Ich kann dir unter den Rock gucken.« Dana lachte schnaubend und zog an dem lockeren Dachziegel. »Nicht, dass mich das stört«, fuhr David fort. »Ich dachte nur, du wolltest es vielleicht wissen.«

»Hau ab oder ich sag deiner Mutter, dass du Mädels unter den Rock guckst.«

»Mach doch. Mama wird dich bloß ausschimpfen, weil du im Rock eine Leiter hochsteigst.«

Da hatte er allerdings Recht. Nur würde Phoebe Hunter es nicht bei dem einen Tadel belassen, sondern eine längere Tirade über die Nachteile der weiblichen Unabhängigkeit beginnen; ein Mann in Danas Leben, würde sie ihr zu verstehen geben, würde alles in Ordnung bringen, was zu reparieren war. Dann würde sie ihrem einzigen unverheirateten Sohn – David – einen bedeutungsvollen Blick zuwerfen, den Dana und David wiederum nur mit einem Lächeln quittieren würden. Sie waren Freunde. David hatte ein eigenes Leben, und darin gab es Freundinnen. Sie hatte ihr eigenes Leben, und Hanover House bildete den Mittelpunkt darin. Sie stieg herab und sah ihn finster an, als sie am Boden ankam, was ihr nicht leichtfiel. David entlockte ihr immer ein Lächeln. »Du musst mir ja nicht unter den Rock gucken.«

David strahlte sie unschuldig an. »Da bin ich leider gar nicht deiner Meinung. Und jetzt lass mich mal nachsehen.«

Sie sah zu, wie er die Leiter hinaufstieg, und war dankbar, dass er gekommen war, auch wenn er sich manchmal unerträglich benahm. Sie konnte durchaus jede Menge Reparaturarbeiten erledigen, aber ein Dach bedeutete mehr Arbeit, als sie im Augenblick bewältigen konnte. »Und?«

»Da rutscht was. Ich besorge Bitumen und Schindeln und bringe es in Ordnung.« Er setzte sich abwärts in Bewegung. »Ich komme morgen Nachmittag wieder.« Als er wieder unten war, sah er sie einen Moment lang an. »Du hast Ringe unter den Augen. Was ist los?«

Dana zog eine Grimasse. »Man spricht so etwas nicht aus. Das ist unhöflich.«

Sein Grinsen hätte sie beinahe entwaffnet. »Seit wann bin ich höflich? Schließlich gucke ich auch Mädchen unter den Rock.« Er wurde wieder ernst, schaute auf die Spitze seiner Arbeiterstiefel und warf ihr aus dem Augenwinkel einen Blick zu. »Hast du dich mit Evie gestritten?«

Dana stieß die Luft aus. »Hast du mit ihr geredet?«

»War gar nicht nötig. Ich habe sie gefragt, wo du bist, und sie hat nur schweigend und leidend nach draußen gezeigt. Was ist denn passiert?«

Dana zwang sich zu einem Lächeln. »Evie ist der Meinung, ich tue nicht genug für unsere Klientinnen.«

David legte die Stirn in Falten. »In wessen Universum? Falls überhaupt, tust du zu viel.« Er betrachtete sie einen Moment lang ernst. »Und seitdem fragst du dich, ob sie wohl Recht hat, und machst dir Gedanken und Vorwürfe, bis du es nicht mehr ausgehalten hast und auf die Idee gekommen bist, dass es viel besser ist, in Rock und Sandalen aufs Dach zu klettern.«

Er kannte sie gut. »Schon möglich.«

»Tja, aber sie hat Unrecht. Du tust mehr als genug. Zu viel sogar.«

Seine vehemente Antwort verwandelte ihr gezwungenes Lächeln in ein aufrichtiges. »Danke. Das brauchte ich jetzt. Gehen wir rein und trinken einen Eistee. Es ist verdammt heiß hier draußen.«

David regte sich nicht. »Ich meine es ernst, Dana. Ich finde, du tust zu viel, und das macht mir Sorgen.« Er schaute sich vorsichtig um und senkte dann die Stimme. »Ich weiß, dass das, was du machst, notwendig, ja lebenswichtig ist. Aber das hilft dir gar nichts, wenn man dich erwischt.«

Sie ging um ihn herum und versuchte, sich ihren aufkommenden Ärger nicht anmerken zu lassen. Sie hatte keine Lust, diese Sache zu erörtern. Nicht schon wieder. »Ich habe nicht vor, mich erwischen zu lassen.«

Er packte ihren Oberarm und drückte ihn leicht, bis sie ihn über die Schulter ansah. Seine grauen Augen blickten sehr ernst, beinahe grimmig.

»Niemand hat vor, sich erwischen zu lassen. Versprich mir wenigstens, dass du nachts nicht mehr allein am Busbahnhof herumstehst.«

»Das kann ich dir nicht versprechen, David, du weißt das.«

»Du meinst, du willst nicht.«

Ihr Mund verzog sich zu einem halben Lächeln. »Ein bisschen hiervon, ein bisschen davon?«

Er erwiderte das Lächeln nicht. »Das ist nicht lustig, Dana. Es ist gefährlich. Wenn du mir das nicht versprechen kannst, dann ruf mich demnächst wenigstens an, so dass ich mitgehen kann.«

»Nein. Du bist ein lieber Kerl, David, aber diese Frauen laufen vor Männern weg. Sie werden mir nicht trauen, wenn ich in männlicher Begleitung auf sie warte. So – wie war das nun mit dem Tee?«

Mit einem frustrierten Kopfschütteln gab er auf und folgte ihr in die Küche. Er schloss die Tür und zog den Kopf ein, als der Riegel quietschte. »Das bringe ich auch in Ordnung, wenn ich wegen des Dachs komme.«

»Danke. Der hat fürchterlichen Krach gemacht, als ich gestern Abend reinkam.«

David verengte die Augen, während sie Tee einschenkte. »Als du mitten in der Nacht vom Busbahnhof kamst?«

»Ich war vor Mitternacht zu Hause.« Mit Jane Smith mit den seltsamen Augen und den Prellungen im Gesicht und ihrem Sohn Erik mit der hässlichen Verbrennung an der Wange und seiner Weigerung, jemandem ins Gesicht zu sehen. Als Dana Salbe auf die Verbrennung getan hatte, hatte der Junge die Augen zugekniffen, keine einzige Frage beantwortet und auch kein Essen angenommen. Er war noch immer vollkommen verschreckt, obwohl seine Mutter die ganze Zeit über die Hand auf seinem Rücken gehabt hatte. Sie hatte Jane heute nur ein einziges Mal gesehen. Sie war hinuntergekommen, um ihrem Sohn etwas zu essen zu holen, weil er, wie sie sagte, zu müde sei, um selbst zu kommen. Das war nicht gerade üblich, aber auch nicht besonders unnormal. Jane würde zurechtkommen. Dana machte sich mehr Sorgen um Erik.

»Na gut«, brummelte David. »Vor Mitternacht geht ja noch.«

»Schön, dass das deine Billigung findet«, erwiderte Dana

trocken. *Heute* würde sie mitten in der Nacht zum Bahnhof gehen, aber sie war klug genug, das nicht zu erwähnen. Die Frau, die am Donnerstag hätte kommen sollen, hatte angerufen und gesagt, dass sie ihrem Mann nicht hatte entwischen können, es aber heute schaffen würde. Dana glaubte nicht wirklich daran, aber es bestand natürlich die Möglichkeit, dass es doch so war, und für den Fall musste sie dort sein.

David hob seine Tasse an die Lippen, hielt jedoch plötzlich inne. Sein Blick richtete sich auf etwas hinter ihr. »Dana.«

Evie stand in der Tür, die Miene absichtlich ausdruckslos. Die kleine blonde Frau neben ihr wirkte viel zu ernst, und Dana spürte, wie ihr die Knie wackelig wurden und ihr Herzschlag sich beschleunigte.

»Mia«, sagte sie. Es war nie gut, wenn alte Freunde so ernst wirkten, am wenigsten, wenn es sich um Detectives der Mordkommission handelte. »Was ist passiert?«

Mia und Dana hatten sich vor Jahren kennen gelernt, als Mia noch Streifenpolizistin gewesen war und Dana gerade das Hanover House übernommen hatte, und sie hatten sich schnell angefreundet. Eine große Anzahl von Frauen waren auf Mias Anraten hin zu Dana gekommen. Dana fragte sich oft, ob Mia von der Sache mit den Papieren wusste, aber falls sie es tat, erwähnte sie es nie.

Mia Mitchell war nicht auf einen Freundschaftsbesuch gekommen, und an Danas blassem Gesicht erkannte sie, dass ihre Freundin das wusste. Mia hasste diese Art von Besuchen. Sie begannen normalerweise mit *Mein Name ist Detective Mitchell* und endeten mit *Es tut mir sehr leid*. Es war schlimm genug, wenn man mit Fremden ein solches

Gespräch führen musste. Aber wenn es sich um Freunde handelte …

»Dana, ich muss mit dir reden.« Mia blickte bedeutungsvoll zu dem großen, dunklen Mann mit dem Werkzeuggürtel. Dass sich ein Mann im Hanover House befand, war ungewöhnlich. Sie hatte, soweit sie sich erinnern konnte, hier noch keinen gesehen. »Unter vier Augen.«

»Das ist schon in Ordnung, Mia. Er weiß Bescheid. David, das ist Detective Mia Mitchell.«

Er streckte ihr die Hand entgegen. »David Hunter.«

»Carolines Schwager«, erklärte Dana.

Mia zog die Brauen hoch, als sie seine Hand schüttelte. Max Hunters Bruder. Sie hätte es sofort sehen müssen, aber sie war … abgelenkt. Sie musste Dana eine Nachricht überbringen, die sie vollkommen aus der Bahn werfen würde. »Ja, jetzt, wo du es sagst … Wie geht's Caroline, Mr. Hunter?«

»David, bitte, und sie schiebt einen enormen Bauch vor sich her«, antwortete David ruhig. »Aber sie ist gesund und munter.«

»Das freut mich.« Mia straffte sich. »Ich muss dir etwas sagen, Dana, und zwar nichts Schönes. Vielleicht setzt du dich besser.«

Dana verschränkte die Arme vor der Brust. Sie zitterte. »Ich bleibe stehen. Wer?«

Mia seufzte. »Lillian Goodman.«

An der Tür schnappte Evie nach Luft. »Nein!«

Dana schloss die Augen, als ihr der letzte Rest Farbe aus dem Gesicht wich. »Wann ist es passiert?«

»Donnerstag. Ein Streifenwagen wurde zur Wohnung

63

ihrer Mutter gerufen, und als sie ankamen, waren sowohl Lillian als auch ihre Mutter tot.« Mia drückte Danas Schulter. »Es tut mir so leid, Dana. Ich wünschte, ich hätte es dir nicht sagen müssen.«

»Und wie ist es passiert?«, fragte sie heiser.

»Ihr Mann hat sie erschlagen. Beide.«

Dana versuchte zu schlucken, aber es ging nicht. »Und die Kinder?«

»Sie leben.«

»Sie ist am Freitag erst gegangen«, murmelte Dana und wandte den Blick ab. »Sie hatte eine Arbeit gefunden. Sie wollte es von jetzt an allein schaffen. Aber sie hat keine Woche überlebt.«

Was jetzt kam, war für Dana das Schlimmste, wie Mia wusste. »Ein Streifenwagen hat auf den Notruf der Kinder reagiert. Naomi, die Ältere, hat den Polizisten erzählt, dass sie und ihr Bruder bei Freunden gewesen waren, und als sie nach Hause kamen … fanden sie sie.«

Dana ließ sich vorsichtig auf einen Stuhl nieder. David legte ihr schützend die Hände auf die Schultern. Evie, die ein wenig abseits stand, hatte sich keinen Millimeter bewegt. Stumme Tränen rannen ihr übers Gesicht. Lieber Gott … wieso durfte es so etwas geben?

»Wo sind sie jetzt?«, fragte David leise. »Naomi und Ben?«

Also kannte auch er sie, dachte Mia. Und anscheinend hatte auch er sie in sein Herz geschlossen. »In einem sicheren Haus.« Mia ging neben Dana in die Hocke und nahm sanft ihr Kinn. »Wenn du sie sehen willst, kann ich das wahrscheinlich einrichten. Warte nur ein oder zwei Tage.«

Dana nickte betäubt. Die Worte sanken nur langsam ein. Die Kinder mussten sich also verstecken, *wieder* verstecken, diesmal bei Fremden. Das letzte Mal waren sie im Hanover House gewesen, mit ihr und Evie und … und ihrer Mutter. Die nun tot war. Die Kinder waren schon zuvor traumatisiert gewesen, doch wie es jetzt um sie stand, mochte Dana sich gar nicht vorstellen. »Wann, denkst du?«

»Mir wäre es am liebsten, dass du wartest, bis wir Goodman in Gewahrsam haben.«

Davids Hände packten ihre Schultern unwillkürlich fester. »Sie meinen, Sie haben ihn noch gar nicht?«, zischte er. »Verdammt. Weiß er von Dana? Und dem Haus hier?«

Mia richtete sich wieder auf. »Keine Ahnung. Aber ich denke nicht, denn andernfalls wäre er bereits hier gewesen. Ihr solltet aber trotzdem aufpassen und die Türen verriegeln. Ich rufe an, wenn ich mehr weiß. Und wenn Sie irgendetwas hören, dann muss ich das erfahren.« Mia reichte David ihre Karte. »Ich finde selbst raus.«

»Mia.« Evie hob die Hand und hielt sie auf. »Wann ist die Beerdigung?«

Mia runzelte die Stirn. »Morgen. Aber ich will euch dort nicht sehen. Wenn Goodman auftaucht, könnte er euch hierher verfolgen. Okay? Ich gehe jetzt. Dana, ruf mich an, wenn du mich brauchst.«

Evie wartete, bis die Tür hinter Mia ins Schloss gefallen war, bevor sie sich mit glitzernden Augen an Dana wandte. »Er hätte sie nicht gefunden, wenn sie Papiere gehabt hätte.«

Dana riss die Augen auf; Evies Vorwurf war wie ein Schlag in ihre Eingeweide. »Das ist nicht wahr.«

Evies Blick verhärtete sich. »Aber wahr ist, dass Lillians Mann sie einfach so umgebracht hat – als wäre sie ein Nichts gewesen.« Sie ballte die Hände zu Fäusten. »Wenn du nicht so hochnäsig wärst und auf deine verdammten *Regeln* bestehen würdest, dann wäre sie vielleicht noch am Leben!«

»Evie! Das reicht!«, fuhr David sie an.

»Sie wollte Chicago nicht verlassen, Evie. Ich habe sie angefleht, aber sie wollte nicht.«

»Hätte sie aber vielleicht, wenn sie gewusst hätte, dass sie wirklich vollkommen von der Bildfläche hätte verschwinden können.« Evie machte auf dem Absatz kehrt, blieb aber noch einmal stehen, um ihre letzte verbale Handgranate auszuwerfen, während ihr die Tränen über die Wangen strömten. »Aber das werden wir jetzt wohl nicht mehr herausfinden, nicht wahr?«

Dann war sie fort. David zog einen Stuhl neben Dana und ließ sich schwer darauf fallen. »Dana …«

»Sag's nicht«, unterbrach sie ihn. »Sag mir nicht, dass ich nichts dafür kann, dass ich nichts hätte tun können. Tu's nicht.«

»Okay. Mach ich nicht. Im Grunde genommen hast du es ja schon ganz perfekt formuliert.«

Er legte einen Arm um sie, und sie ließ den Kopf an seine Schulter sinken und blieb für einen Moment so. Gönnte sich einen Moment lang die Schwäche, sich zu wünschen, sie hätte jemanden, der sie nachts in den Armen hielte, wenn sie aus Alpträumen aufschrecken würde. Doch dann unterdrückte sie den Anflug von Selbstmitleid und konzentrierte sich auf das, was wichtig war. »Die armen Kinder«, murmelte sie. »Sie werden nie wieder sein wie früher.«

»Ich weiß.« Er drückte sie kurz. »Soll ich eine Weile hier bleiben?«

Sie schüttelte den Kopf. »Nein, geh ruhig wieder. Ich komme schon klar.«

»Ich mag dich aber nicht allein lassen.«

»David, Mia hat Recht. Wenn Goodman von uns wüsste, wäre er längst hier aufgekreuzt. Wahrscheinlich ist er bei irgendwelchen alten Kumpels und lässt sich volllaufen. Früher oder später kommt er hervorgetorkelt, und dann schnappt die CPD ihn sich. Ich mache mir mehr Sorgen um die Kinder. Ich weiß nicht, wer sich jetzt um sie kümmert. Lillian hatte außer ihrer Mutter keine Familie. Sie ist in Chicago geblieben, um sich um sie zu kümmern.« Dana schluckte hart. »Das war der Grund, warum sie die Stadt gar nicht erst verlassen wollte.«

»Aber du wartest, bis man Goodman gefasst hat, bevor du sie besuchst, okay?«

Dana hörte die Warnung in seiner Stimme und zwang sich zu einem Lächeln. »Natürlich. Ich bin nicht blöd, David.« *Nur hochnäsig und stur.* Die Worte hatten sie getroffen. Sehr sogar. Wie Evie es beabsichtigt hatte. Und das tat vielleicht sogar noch mehr weh.

David stand auf und schob dabei Mias Karte in seine Brieftasche. »Ich komme morgen wegen des Dachs vorbei.« Er zögerte, dann entfuhr es ihm: »Hast du die Pistole noch?«

Dana schauderte. »Ja. In meiner Wohnung.«

»Nimm sie mit hierher. Und ruf mich an, wenn du mich brauchst. Wirklich. Und egal, wie spät es ist.«

»Das mach ich.«

»Wir sehen uns morgen. Und schließ die Tür hinter mir ab.«

Dana folgte ihm zur Tür und schob die drei Riegel vor. Und fuhr zusammen, als jemand leise ihren Namen sagte. Sie wandte sich um und entdeckte eine Frau im Türrahmen der Küche. »Jane.« Die Klientin, die sie gestern Nacht abgeholt hatte. Prüfend musterte sie das Gesicht der Frau. Hatte sie etwas gehört? Und wenn ja, wie viel? Doch Jane sah sie nur ausdruckslos aus ihren unheimlich hellen Augen an – Augen, die Dana einen Schauder über den Rücken jagten.

»Ich wollte bloß Benadryl für Erik besorgen«, sagte Jane so leise, dass es beinahe ein Flüstern war. »Er hat Atemprobleme. Eine Allergie wahrscheinlich. Aber wenn es jetzt gerade schlecht ist …«

Dana zwang ihre Füße voran. Lillian war tot, und das war nicht mehr zu ändern. Jane aber war hier, am Leben, und brauchte Hilfe. »Nein, das geht schon.« Sie schloss den Schrank auf, in dem sie die Medikamente verstaut hatten, und nahm eine Flasche Benadryl und einen Becher heraus. »Erik wiegt … so um die achtzig oder neunzig Pfund?«

Janes Augen verengten sich. »So ungefähr. Aber wenn das nicht reicht?«

Dana brachte ein Lächeln zustande. »Dann bekommt er eben noch etwas. Wir haben es uns hier zur Regel gemacht, Medikamente nur in Einzeldosierungen auszugeben. Ich habe immer Angst, dass ein Kind sich an einer Flasche vergreift, wenn sie offen herumsteht.«

Jane blickte zu Boden. »Natürlich. Vielen Dank.«

Dana sah zu, wie sie den kleinen Plastikbecher nahm, und lauschte den Schritten auf der Treppe, als die Frau zu ihrem Kind zurückkehrte. Dann schloss sie den Schrank

wieder ab und legte ihre Stirn gegen die Tür. Regeln. Ohne
sie würde hier Chaos herrschen.

Erinnerungen an Lillian, Naomi und Ben stürmten plötzlich auf sie ein, und sie spürte den Kummer wie ein Messer
in ihrem Herzen. Lillian war so tapfer gewesen, die Kinder
so voller Hoffnung. Nun mussten die beiden Kleinen allein
aufwachsen. Wie es aussah, brach das Chaos auch so über
sie herein.

Ich bin so müde. Sie würde sich schlafen legen, wenn auch
nur für ein paar Stunden. Um vier Uhr morgens musste sie
wieder am Busbahnhof stehen. Das Leben ging weiter.
Und nicht ohne mich.

4

Chicago
Sonntag, 1. August, 5.30 Uhr

Entschuldigen Sie«, sprach Ethan den Wachmann an. »Ich muss Ihren Manager sprechen.«

Der junge Mann hob seine sandfarbenen Brauen. »Weswegen?«

Ethan griff nach seiner Brieftasche und hob beschwichtigend die Hand. »Meine Beglaubigung.«

Er hatte die Privatermittler-Lizenz beantragt, um für seine Kunden Überprüfungen durchführen zu können. Er hatte nie geglaubt, dass er sie je ganz wie ein Privatdetektiv hervorholen und den entsprechenden Leuten zeigen würde, aber genau das hatte er getan. Sechs Mal schon in den vergangenen sechsunddreißig Stunden. Wäre die Situation nicht so ernst gewesen, wäre er sich albern vorgekommen.

»Ich suche eine Frau und einen kleinen Jungen.« Er zuckte nachlässig mit den Schultern. »Eine Vormundschaftsangelegenheit. Die Mutter hat das Kind von der Schule abgeholt und ist mit ihm verschwunden.«

Er sprach die Lüge inzwischen sehr glatt und routiniert aus, da er sie immerhin schon sechs Mal in den vergangenen sechsunddreißig Stunden hatte üben können.

»Sie ist möglicherweise hier durchgekommen, und ich würde gerne ihre Überwachungsbänder sehen.«

Dann hielt er den Atem an. Genau genommen musste ihm niemand die Bänder ohne richterlichen Beschluss zeigen, aber bisher hatte er fünfmal Glück gehabt. Er betete stumm um das sechste Mal.

Der Wachmann verengte die Augen. »Da muss ich erst mit dem Dienst habenden Manager sprechen.«

Ethan lehnte sich mit dem Rücken an die Theke und stützte sich schwer auf die Ellenbogen. Vor Kandahar hätten vier Stunden Schlaf für die nächsten achtundvierzig gereicht. Aber die Zeiten waren vorbei. Er musste nicht erst auf die Uhr sehen, um festzustellen, dass er seit Freitag nicht mehr geschlafen hatte. Die Marschkapelle, die durch seinen Kopf zog, war Beweis genug. Sein Handy surrte in seiner Tasche und machte ihn wieder hellwach. Die Nummer verriet ihm, dass es sich um Clay handelte. »Ja?«

»Wo bist du?«, fragte Clay.

»In Chicago. Endlich.«

»Und?«

Von seiner Position am Schalter des Busbahnhofs konnte Ethan beobachten, wie der Wachmann mit dem Mann, der im Managerbüro saß, sprach. Der Mann hob den Kopf, und Ethan spürte seinen stechenden Blick aus der Entfernung von zwanzig Fuß. »Ich fürchte, die lassen mich die Bänder erst sehen, wenn ich geduscht habe und rasiert bin.«

»Dann such dir ein Hotel und schlaf ein paar Stunden«, sagte Clay scharf. »Du bist wahrscheinlich so erschossen, dass du Alec übersiehst, wenn er auf der Aufnahme zu sehen ist.«

»Möglich.« Wahrscheinlich. »Ist noch eine E-Mail eingegangen?«

Clays Stimme nahm einen besorgten Tonfall an. »Nein.«

Was gar nicht gut war. Das musste keiner von ihnen aussprechen. Es war nun vier Tage her, dass Alec entführt worden war, und die Kidnapper hatten sich nur ein einziges Mal gemeldet. Keine Informationen. Keine Lösegeldforderungen. Keine Anrufe, keine E-Mails, nichts.

»Wir müssen bald irgendetwas in die Finger bekommen.« Ethan rieb sich seine schmerzende Stirn. »Ich brauche bloß einen Hinweis auf die Stadt, in der sie sich befindet. In St. Louis jedenfalls nicht«, fügte er bitter hinzu.

»Hör endlich auf, dich dafür zu kasteien, Ethan. Du hast nur logische Schlüsse gezogen.«

Ethan presste die Kiefer aufeinander. »Hoffen wir bloß, dass meine *logischen Schlüsse* Alec nicht umbringen.«

»Hör auf.« Clays Stimme war wieder scharf. »Du hast getan, was du tun konntest. In den letzten sechsunddreißig Stunden hast du sie von diesem Copy Store in Morgantown bis ganz nach Chicago verfolgt. Das ist nicht übel, also spar dir deine Selbstvorwürfe.«

Ethan sog die Luft ein. »Ja, schon gut.« Er stieß den Atem wieder aus und zwang sich, ruhiger zu werden. »Ich bin einfach nur frustriert. Ich jage diese Frau seit eineinhalb Tagen, weiß aber immer noch nicht, wie sie aussieht.« Auf jedem Überwachungsband, auf dem er sie entdeckt hatte, war ihr Gesicht von einer großen Baseball-Kappe verdeckt gewesen.

»Weil sie nicht will, dass du es weißt«, sprach Clay das Offensichtliche aus. »Dumm ist sie nicht. Du selbst dozierst doch immer darüber, dass man nicht sehen kann, was die Kamera nicht erfasst.«

»Ja, du hast ja Recht. Ich weiß es.« Bisher hatte Ethan eine Suche von dieser Art immer höchst professionell, ja leidenschaftslos durchgeführt, hatte terroristische E-Mails zurückverfolgt, Luftbilder ausgewertet, Höhlen und Tunnel ausfindig gemacht. Aber diesmal war es anders. Diesmal ging es um Alec. »Aber jetzt hat sie einen noch größeren Vorsprung. Verdammt, was habe ich mir bloß dabei gedacht?«

»Bring mich nicht dazu, dir nachzufahren und in den Hintern zu treten, Ethan«, warnte Clay. »Sie hat zwei Tickets nach St. Louis über Columbus, Ohio, gekauft. Es war nur sinnvoll, direkt nach St. Louis zu fahren, um ihren Vorsprung zu verkleinern.«

»Was genau das war, was sie von uns wollte. Ich habe mindestens fünfzehn Stunden verloren, weil ich ihr auf den Leim gegangen bin.« Er hatte Randi anrufen und ihr sagen müssen, dass er ihren Sohn verloren hatte. Dann war er, ihr inständiges Flehen noch in den Ohren, nach Columbus, Ohio, zurückgefahren.

Dort hatte er auf den Überwachungsbändern gesehen, dass die Kidnapperin mit Alec ausgestiegen war. Dieses Mal hatte sie zwei Tickets nach Indianapolis gekauft. Wieder mit Bargeld. Kein einziges Mal hatte sie bisher einen Pass zeigen müssen.

»Sie hat das genau geplant, Ethan. Sie hat uns ausgetrickst. Aber immerhin hast du sie in Indianapolis gefunden. Und zumindest wissen wir jetzt, dass sie nicht Cheryl Rickman ist.«

Die Frau hatte von Morgantown bis nach Columbus einen formlosen Overall getragen, sich aber irgendwo auf dem Weg nach Indianapolis umgezogen. Sie hatte eine vollkommen andere Figur als Rickman. Rickman war schlank und zierlich. Diese Frau hatte gut entwickelte Muskeln und ziemlich viel Oberweite. Der Mann am Fahrkartenschalter in Indianapolis bestätigte, dass sie Tickets nach Chicago gekauft hatte. Der nächste Bus musste Donnerstagnacht angekommen sein.

»Und wir wissen jetzt, dass Cheryl nicht mehr bei Alec ist. Wie hat Randi die Nachricht aufgenommen?«

»Nicht besonders gut. Ich glaube, sie hatte gehofft, dass es sich um Cheryl handelt, auch wenn sie behauptet hat, dass es unmöglich sein könne.«

»Logisch. Schließlich war sie überzeugt, dass Cheryl Alec im Grunde nichts hätte antun können.« Der Meinung war er auch gewesen, dachte Ethan grimmig. »Aber die Hoffnung ist gestorben.«

»Allerdings. Und jetzt müssen wir uns nach einer anderen weiblichen Verbindung umsehen. Nachdem du angerufen und gesagt hast, dass es definitiv nicht Cheryl ist, habe ich mich mit Stan und Randi zusammengesetzt, um zu überlegen, welche andere Frau noch ein Motiv oder das Wissen haben könnte, Alec zu entführen. Randi hat nur Stans schuldbewusste Miene gesehen und ist durchgeknallt. Hat sich auf ihn gestürzt, auf ihn eingeschlagen, gekratzt und so weiter.«

Ethan blinzelte überrascht. »Sie hat ihn beschuldigt, eine Affäre zu haben?«

Clays Seufzen klang gequält. »Meinst du, ›Du mieses

Schwein, konntest du deinen Schwanz nicht in der Hose lassen‹ ist eine Anschuldigung?«

Ethan hustete. »Ja, ich denke schon. Was hast du gemacht? Hast du eingegriffen?«

»Ich habe Randi von Stan gezerrt und ihr etwas für ihre Nerven gegeben. Sie hatte übrigens alles da, Ethan. Tranquilizer, Antidepressiva, was immer du willst.«

»Na, toll.«

»Anschließend haben Stan und ich uns ein wenig unterhalten. Er hat mir eine Liste von Namen gegeben.«

»Eine *Liste*?« Ethan wand sich. »Du meinst, er hatte mehrere Affären?«

»Ungefähr zehn«, sagte Clay trocken, aber die Verachtung war herauszuhören. »Und das waren nur die, deren Namen Stan kannte. Sieht so aus, als ob unser guter Stan ein wenig süchtig ist. Er hat Randi wohl versprochen, damit aufzuhören, aber das war nichts.«

»Sieh mal einer an«, murmelte Ethan, froh, dass er nicht dort gewesen war. Er hätte Randi vermutlich nicht daran gehindert, auf Stan einzuprügeln. Hätte es womöglich selbst getan.

»Ich schaue mir mal die Finanzen der Damen an und überprüfe sie auf Vorstrafen.«

»Was ist mit Stans Geschäftspartnern?« Sie mussten sich um jeden kümmern, der möglicherweise Groll gegen die Familie hegte. Um jeden, der ein Lösegeld gebrauchen konnte.

»Nichts bisher. Ich sitze noch an der Liste mit seinen Zulieferern und Kunden. Und das sind nicht wenig. Ich sage Bescheid, wenn ich etwas finde.«

Ethan zögerte, seine nächste Frage zu stellen. »Was ist mit Alicia Samson?« Das war der Name auf der Kreditkarte, die die Frau im Copy Store in Morgantown gezeigt hatte, als sie die E-Mail abgeschickt hatte.

»Samson ist Studentin an der Universität von Morgantown. Ich habe ein paar Mal bei ihr angerufen, aber niemand hebt ab. Ich werde es heute immer wieder versuchen, aber es sieht nicht gut aus.«

»Nein, wirklich nicht. Verdammt.« Noch eine vermisste Person, die er mit seinem Gewissen vereinbaren musste. Er konnte nur hoffen, dass man ihr ihre Brieftasche gestohlen hatte und sie irgendwo anders war. Schließlich war es Sommer – Urlaub war nicht abwegig. »Versuch herauszufinden, wo sie arbeitet und ob sie seit Donnerstagmorgen dort war. Wenn nicht, melde das bei der Ortspolizei. Anonym natürlich.«

»Das hatte ich vor«, sagte Clay. »Ich habe außerdem jemanden hinzugezogen, der sich um das Einschussloch in der Zimmerwand kümmert, und einen alten Kumpel von mir gebeten, das, was wir finden, zu untersuchen.«

»Und wann kriegen wir ein Ergebnis?«

»In zwei, drei Tagen. Vielleicht vier.«

»Dieser Jemand, den du hinzugezogen hast – kann man ihm trauen?«

»Bisher konnte ich ihr immer trauen.«

Eine Sie. Aha. »Eine alte Flamme?«

»Eher ein Fünkchen. Aber keine negativen Gefühle, daher macht sie das durchaus gern für mich.«

»Und das Gewehr im Schuppen bringt uns nichts?«

»Nichts, was ich sehen kann, ohne etwas zu bewegen.

Vaughn muss die Polizei rufen, Ethan. Und zwar heute noch. Die Leiche verwest. Niemand wird ihm glauben, dass er sie gerade entdeckt hat.«

Stan hätte es bereits gestern melden sollen. Ethan spürte, wie Ärger in ihm aufstieg. »Sag ihm das. Und wenn er daraufhin nicht reagiert, dann mach es selbst. Anonym.« Das gehörte zu ihrer Abmachung. Stan musste MacMillans Leiche den Behörden melden. Der junge Mann war ermordet worden. Er verdiente etwas Besseres, als ins Meer geworfen zu werden.

»Vielleicht findet der Leichenbeschauer ja etwas«, murmelte Clay. »Wir könnten eine heiße Spur gebrauchen.«

»Wenn ich mich recht entsinne, ist der Leichenbeschauer ein ehemaliger Gerichtsmediziner aus Baltimore. Ein cleverer alter Kerl. Er wird bestimmt etwas finden.« Ethan richtete sich mit beträchtlichen Schwierigkeiten auf. Der Wachmann kam wieder auf ihn zu. »Ich muss Schluss machen. Ich rufe dich später wieder an.«

»Ethan, sieh zu, dass du Schlaf kriegst.« Clay zögerte. »Ist alles okay mit dir?«

Ethan stieß ungeduldig den Atem aus. »Keine Vorfälle, Clay. Nichts. Nada. Bis dann.« Er zwang sich zu einer entspannten Miene und wandte sich dem milchgesichtigen Wachmann zu.

»Tut mir leid, Mr. Buchanan«, sagte der. »Der Nachtmanager und ich sind beide neu hier. Er sagt, Sie müssen noch einmal kommen, wenn der Security Manager hier ist.«

Ethan rieb sich den verspannten Nacken, sowohl frustriert als auch dankbar für die erzwungene Pause. Damit würde er der Frau, die Alec hatte, nur noch einen größeren Vorsprung verschaffen. Tatsächlich konnten sie überall sein. Aber er war so müde. Er würde die Zeit nutzen, um etwas zu essen und sich ein Hotelzimmer zu nehmen. »Um wie viel Uhr kommt der Mann ungefähr?«

»Normalerweise nach neun, aber sein Sohn hat heute ein Baseball-Spiel, also wird es wohl Mittag werden. Vielleicht wollen Sie …« Der Wachmann wirbelte herum, als ein Schrei durch den Bahnhof gellte. Er griff nach seiner Waffe und bewegte sich auf den Lärm zu.

Die eigene Waffe sicher im Holster an seinen Nieren verstaut, folgte Ethan ihm hastig. Ein plötzlicher Adrenalinschub trieb ihn voran. Eine Frau Anfang dreißig lag neben einer der Metallbänke am Boden. Ein dünnes Rinnsal Blut rann aus ihrer Schläfe und sickerte in ihr kupferrotes, kurzes Haar.

Eine alte Frau hatte zu jammern begonnen, während eine Handvoll schockierter Reisender stumm zu einem Ausgang deutete. Der Wachmann nahm die Verfolgung auf, während er in sein Funkgerät sprach.

»Sie ist tot, sie ist tot«, weinte die alte Frau. »Er hat sie umgebracht, und ich bin schuld daran.«

Ethan ließ sich neben der Frau auf die Knie sinken. Nahm ihr Handgelenk und atmete erleichtert aus, als er das gleichmäßige Pochen ihres Pulses spürte. Er hatte gerade sein Handy herausgeholt, um Hilfe zu rufen, als sie die Augen aufschlug.

Große braune Augen, die verwirrt und alarmiert flackerten, als sie ihn sah, doch dann legte sich die Verwirrung, und sie musterte ihn wachsam, sein Gesicht, seine Augen. Nachdem sie offenbar zu dem Schluss gekommen war, dass hier keine weitere Gefahr drohte, schien sie ... sich einfach zu beruhigen.

Und unglaublicherweise tat er das auch. Alles in ihm, der Aufruhr der Gefühle, die Verwirrung, die Furcht ... alles ließ nach, ebbte ab. Es war, als hätte sie ihm eine tröstende Hand aufgelegt, obwohl sie die ganze Zeit keinen Muskel bewegt hatte.

Er auch nicht. Noch hatte er geatmet, wie ihm jetzt auffiel. Er holte Luft, als sie sich langsam streckte und mit einer Hand ihren Rock herabzog, so dass sich sein Blick unwillkürlich auf ihre langen, wohlgeformten Beine richtete.

»Sagen Sie ihr, dass ich nicht tot bin.« Ihre Stimme war weich und etwas rau, als sei sie aus einem tiefen Schlaf erwacht, und er ließ seinen Blick wieder aufwärtswandern, die langen Tänzerinnenbeine hinauf, an den kurvigen Hüften, den üppigen Brüsten vorbei und zurück zu den warmen braunen Augen, die ihn ansahen. Und erst als sie begann, sich aufzurichten, kam ihm die Situation, in der er sich befand, wieder zu Bewusstsein, und es traf ihn wie ein Hammerschlag auf den Kopf. Sie war verletzt, während er sie angaffte wie ein Idiot und die alte Frau noch immer laut jammerte. »Sagen Sie ihr, dass ich nicht tot bin«, wiederholte sie, diesmal eindringlicher. »Bitte.«

Ethan schaute auf und sah, dass die alte Frau näher gekommen war und nur noch ein paar Schritte entfernt händeringend dastand. »Sie ist nicht tot, Ma'am. Bitte beruhigen Sie sich.« Er wandte sich wieder der jüngeren Frau zu, die sich bemühte, sich auf einen Ellenbogen zu stützen, und legte ihr eine Hand auf die Schulter. »Sie sollten sich lieber nicht bewegen. Wo sind Sie verletzt?«

Sie blinzelte. »Nur am Kopf.« Vorsichtig berührte sie ihre Schläfe und verzog das Gesicht, als sie sah, dass Blut an ihren Fingerspitzen war. »Verdammt.«

»Ich würde sagen, das trifft es recht gut.« Ethan hielt zwei Finger hoch. »Wie viel?«

Sie blinzelte wieder. Ihre Augen waren ein wenig geweitet, aber nicht alarmierend. Wieder begegnete sie seinem Blick, und sein Herz setzte einen Schlag aus.

»Zwei«, sagte sie. »Wer sind Sie?«

Er betrachtete sie einen Moment lang. Die Farbe kehrte in ihr Gesicht zurück, ihre Augen wurde mit jedem Augenblick wieder klarer, fokussierter. Sie war attraktiv, aber bestimmt keine klassische Schönheit. Sie war irgendwie …
mehr, und er konnte plötzlich nicht mehr wegsehen. Die Luft um sie herum vibrierte förmlich. Er spürte tatsächlich das eigene Blut durch seine Adern strömen. »Ethan. Ich habe Ihren Schrei gehört. Der Wachmann verfolgt den Kerl, der das getan hat. Er hat auch schon die Polizei verständigt.«

Etwas blitzte in ihren Augen auf und verschwand wieder. »Falscher Ort, falsche Zeit«, murmelte sie, schob sanft seine Hand von ihrer Schulter und stemmte sich endlich in eine sitzende Position. Dann drehte sie vorsichtig ihren Kopf zu der alten Frau, die noch immer die Hände rang. »Hat er Ihnen etwas getan, Ma'am?«

Die Frau schüttelte den Kopf. »Nein. Aber Ihnen, nicht wahr?«

Unglaublicherweise begann die Frau, die vor ihm saß, zu lächeln. »Nicht so schlimm. Er hat mich bloß umgehauen. Und Ihre Tasche?«

»Weg.« Die Lippen der alten Frau bebten, und Ethan begriff plötzlich mit einem Anflug von Empörung, was geschehen war. Der Empörung folgte rasch Unglaube, dass dieser Rotschopf sich tatsächlich einem Räuber in den Weg gestellt hatte.

Mit einem Stirnrunzeln blickte er auf sie herab. »Sie haben versucht, einen Taschendieb aufzuhalten?«

Mit freundlichem Blick sah sie ihn an. »Er hatte seine Hände um ihren Hals gelegt. Ich habe mir nicht so viele Gedanken um ihre Tasche gemacht, bis er danach gegriffen hat. Haben Sie auch einen Nachnamen, Ethan?«

Ethan hockte sich auf die Fersen. »Buchanan. Und Sie sind?«

»Dana Dupinsky. Könnten Sie mir vielleicht beim Aufstehen helfen, Mr. Buchanan?«

Er öffnete den Mund, um ihr vorzuschlagen, sitzen zu bleiben, schloss ihn aber wieder. Er wusste schon jetzt, dass sie eine Frau war, die nur das tat, was sie für richtig hielt. »Geben Sie mir Ihre Hand.«

Einen kurzen Moment lang zögerte sie, und ihre braunen Augen flackerten unsicher. Doch dann straffte sie ihre Schultern und griff nach seiner Hand. Und bevor er sie berührte, wusste er es. Wusste, dass es mehr sein würde, als er erwartete. Wusste, dass sie es auch wusste. Und wusste dann, dass er Recht gehabt hatte, als er ihre Hand nahm und es ihn bis in die Zehenspitzen durchfuhr. Sein Herz setzte wieder einen Schlag aus.

Falscher Ort, falsche Zeit, hatte sie gesagt. Vielleicht ja, vielleicht nein. Aber er wollte es verdammt noch mal herausfinden. Er legte ihr unterstützend eine Hand an den

Rücken und zog sie auf die Füße, wobei er spürte, wie sich ihre Muskeln im Rücken anspannten, bis sie das Gleichgewicht gefunden hatte. Als sie ihn ansah, hatten sich ihre Augen erneut verändert. Sie waren verengt und … glühten. Sie hatte es auch gespürt, die Elektrizität, die zwischen ihnen bestand, und er konnte sehen, dass sie das ganz und gar nicht freute.

War sie liiert? Er hob ihre linke Hand und blickte auf ihre ringlosen Finger. Nun, wenigstens war sie nicht verheiratet. Und falls sie einen Freund hatte, musste der ein echter Mistkerl sein, dass er sie um diese Zeit zum Busbahnhof gehen ließ. *Wenn sie zu mir gehörte, würde ich es nicht erlauben.* Er schaute mit hochgezogener Braue auf, und in ihren Augen blitzte es, als könnte sie seine Gedanken lesen.

Höflich, aber bestimmt befreite sie ihre Hand aus seiner. »Vielen Dank, Mr. Buchanan. Ich weiß Ihre Hilfe zu schätzen, aber wie Sie sehen, ist mit mir alles in Ordnung. Ich möchte Ihre Zeit nicht länger als nötig beanspruchen.« Sie wandte sich zu der alten Frau um und legte ihr einen Arm um die mageren Schultern. »Sie müssen sich setzen«, sagte sie und führte sie auf eine leere Sitzreihe zu. »Wie geht es Ihrem Herzen? Nehmen Sie Medikamente? Warten Sie auf jemanden?«

Ethan ging hinter ihnen her, er war besorgt, aber vor allem neugierig. Er hörte die alte Frau antworten, dass ihr Herz so stark wie Danas sei und dass sie auf ihren Enkel warte.

»Hatten Sie etwas Wertvolles in Ihrer Tasche?«, fragte Dana.

»Ich nehme nie etwas Wertvolles mit. Es gibt zu viele

Verrückte auf der Welt.« Sie tätschelte Danas Hand, inzwischen schon sehr viel ruhiger. »Ich war nur so entsetzt, dass dieser schreckliche Mensch Sie gestoßen hat.«

»Mit mir ist alles in Ordnung, machen Sie sich keine Sorgen.« Sie stand auf und schloss für einen Moment die Augen, und Ethan erkannte, dass sie Schmerzen hatte.

»Der Wachmann wird gleich zurück sein, Ma'am. Hoffen wir, dass er Ihre Tasche mitbringt.«

»Vielen Dank.« Die alte Frau warf einen kurzen Blick zu Ethan. »Ihr Samariter wartet.«

Dana sah auf, wandte sich jedoch rasch wieder der Frau zu. »Ich muss jetzt wirklich gehen.« Herzlich ergriff sie die knochige Hand der Frau. »Passen Sie auf sich auf.« Dann setzte sie sich in Bewegung und ging direkt auf den Ausgang zu, und Ethan musste sein Tempo beschleunigen, um mit ihr Schritt zu halten.

An der Tür legte er ihr eine Hand auf den Arm, um sie aufzuhalten. »Vielleicht sollten Sie noch einen kurzen Moment hier bleiben, Miss Dupinsky.«

Wieder blitzten ihre Augen auf. »Sind Sie Arzt, Mr. Buchanan?«

»Nein.«

»Anwalt?«

»Lieber Himmel, nein.«

Sie lächelte wieder, aber das Lächeln erreichte ihre Augen nicht. »Schön. Wir wissen nun immerhin, dass Sie weder eine medizinische noch eine rechtliche Grundlage für Ihre Meinung haben. Wissen Sie, ich bin müde und habe plötzlich Kopfschmerzen bekommen. Was ich wirklich brauche, ist ein Ort, wo ich mich waschen kann und Kaffee kriege, mit dem ich ein oder zwei Aspirin herunterspülen kann.«

»Ich bin eben an einem Coffeehouse vorbeigekommen.« Er blickte auf seine Uhr. »Jetzt ist es nach sechs, die sollten also aufhaben.«

»Ich kenne den Laden. Sie haben rund um die Uhr auf, also gehe ich jetzt, und Sie können tun, was immer Sie vorhatten, bevor Sie der Dame in Not zu Hilfe gekommen sind.«

Sie entließ ihn – höflich, aber äußerst bestimmt. Das Dumme war nur, dass er sich nicht in der Stimmung befand, entlassen zu werden. Irgendwie war seine Müdigkeit verschwunden, und seine Kopfschmerzen waren so weit erträglich geworden, dass er wissen wollte, wohin ihn diese Zufallsbekanntschaft führen würde – und sei es nur in der nächsten Stunde. Danach würde er schlafen, damit er gegen Mittag zurück sein und die Überwachungsvideos ansehen konnte.

Er war hier, um nach Alec zu suchen. Aber essen musste er schließlich auch. Und wenn er aß, konnte er überlegen, was er als Nächstes wegen der Frau unternehmen sollte, die seine Haut mit einer schlichten Berührung zum Glühen bringen konnte. »Ich bin im Augenblick hier fertig. Ich wollte ohnehin gerade gehen, als ich Sie schreien hörte.«

»Das war ich nicht.« Und darauf schien sie stolz zu sein. »Sondern sie.« Dann wurde ihr Blick weicher, und er spürte eine seltsame Wärme im Bauch. »Vielen Dank für Ihre Hilfe, Mr. Buchanan. Nicht viele Menschen heutzutage nehmen sich Zeit, den Samariter zu spielen.«

84

»Sie schon. Also kann ich das auch.« Er machte eine Pause, ließ seine Worte wirken und fügte dann hinzu: »Ich hatte vor, in diesem Café zu frühstücken.«

Sie seufzte, und ihre Schultern fielen nach vorn. »Ich will wirklich nicht unhöflich sein, und wie gesagt, ich weiß Ihre Hilfe zu schätzen, aber ich bin an keinerlei neuen Beziehungen interessiert. Und ich möchte Ihnen keine Illusionen machen.«

Ethan fühlte plötzlich mit den Frauen, die sich ihm in den vergangenen Monaten genähert hatten. Wenn er auch nur halb so ablehnend gewesen war wie diese Frau hier jetzt, dann hatte er ihnen vermutlich kräftig auf die Zehen getreten. Auch sein Ego hätte sicherlich gelitten, wenn er nicht deutlich gesehen hätte, dass ihr kurzer Kontakt sie genauso aufgewühlt hatte wie ihn.

»Ich habe Sie nicht gebeten, mich zu heiraten, Miss Dupinsky.« Als ihre Augen sich weiteten, zuckte er mit den Achseln.

»Im Augenblick möchte ich einfach nur frühstücken und mich vergewissern, dass Sie keine Gehirnerschütterung haben. Wenn ich beides gleichzeitig tun kann, ist meine Zeit meiner Meinung nach gut investiert.«

Sie schloss die Augen. »Ich habe keine Gehirnerschütterung«, sagte sie knapp.

»Sind *Sie* Ärztin?«

Sie schlug die Augen auf und betrachtete ihn. »Nein, bin ich nicht.«

»Dann können Sie das nicht wissen, oder?« Und bevor sie noch etwas sagen konnte, fügte er hinzu: »Haben Sie Hunger?«

Sie lachte leise und sehr müde. »Ich könnte durchaus etwas essen.«

»Na schön, dann warten wir auf den Wachmann und gehen dann frühstücken.«

Chicago
Sonntag, 1. August, 6.15 Uhr

Dana drückte die Tür des Waschraums zu und lehnte sich gegen das billige, weiß gestrichene Holz. Der dumpfe pochende Schmerz in ihrem Kopf machte ihr zu schaffen, aber sie hatte Glück gehabt.

Sie hatte im Schatten gestanden und auf die Frau gewartet, die ursprünglich schon am Donnerstag hatte kommen wollen. Es war riskant gewesen, mitten in der Nacht allein hinauszugehen, und Mias Warnung klang ihr noch im Kopf, aber sie hätte der Frau nicht absagen können, selbst wenn sie gewusst hätte, wie sie Kontakt mit ihr hätte aufnehmen können. Sie hatte überlegt, ob sie David anrufen sollte, sich aber dagegen entschieden. Die Frauen, die zu ihr kamen, misstrauten Männern. Selbst ein netter Kerl wie David Hunter würde den Fluchtinstinkt in ihnen wecken.

Also war sie allein gegangen, obwohl sie nervös auf jedes Geräusch, jede Bewegung geachtet, sich jedes Gesicht genau angesehen hatte. Sie hatte eine lange Zeit gewartet und gerade gehen wollen, als sie sah, wie sich ein junger Mann der alten Frau näherte, und der halbirre Blick in seinen Augen war ihr nur allzu vertraut. Ihr eigener Ex war oft genug mit einem solchen Ausdruck in den Augen nach

Hause gekommen, wenn er seinen Schuss nicht bekommen hatte und unter Entzug litt. Er hatte der alten Frau die Hände um die Kehle gelegt, und Dana hatte einfach reagiert. Es war nicht besonders mutig gewesen und schon gar nicht klug, denn bevor sie sich versah, flog sie durch die Luft und schlug sich den Schädel an einer Bank an. Verdammt, und wie das wehtat!

Sie hatte also dort gelegen, versucht, wieder zu sich zu kommen, und das Jammern der alten Frau gehört, als sie plötzlich die Wärme des großen Mannes spürte, der sich neben sie gekniet hatte. Und dann hatte sie in grüne, ruhige Augen geblickt. Nicht das leuchtende Grün von Jade oder Smaragden, sondern das weiche Grün junger Blätter nach einem langen Winter. Und alles in ihr, all der Aufruhr der Gefühle wegen Evie und Lillian und der alten Frau … alles hatte sich beruhigt. Es verschwand nicht, aber es war plötzlich zu bewältigen. In diesem einen Moment war sie nicht mehr allein gewesen.

Und dann hatte er ihre Hand gehalten, und ihr Inneres hatte sich plötzlich nach außen gekehrt. Noch immer war sie nicht wieder sie selbst. Noch immer pochte ihr Herz heftig, noch immer war ihre Haut so sensibilisiert, dass es fast schmerzte. Sie hätte versuchen können, sich einzureden, dass es daran lag, niedergeschlagen worden zu sein, aber es hätte wohl nicht funktioniert. Dana Dupinsky hielt nichts davon, sich selbst zu belügen.

Sie trat ans Waschbecken und betrachtete sich im Spiegel. Blut klebte in ihrem Haar, in ihrem Gesicht, auf ihrem schlichten Poloshirt. Ihre Wange war geschwollen, doch die Prellung würde in ein oder zwei Tagen zurückgehen.

Ich habe schon Schlimmeres eingesteckt, dachte sie. Dennoch hatte sie Glück gehabt.

Mit zitternden Händen drehte sie den Hahn auf und wusch sich das Gesicht. Dann nahm sie ein Papierhandtuch und wischte sich vorsichtig das Blut ab, bis sie die Platzwunde freigelegt hatte. Sie war schlimmer, als sie gedacht hatte. Wahrscheinlich musste sie genäht werden. Buchanan hatte Recht gehabt.

Buchanan. Er wartete draußen auf sie, der Mann mit den ruhigen grünen Augen und den sanften Händen. Saß jetzt an einem Tisch. Sie glaubte keinen Moment lang, dass er aufgegeben hatte und verschwunden war. Und zu ihrem Entsetzen konnte sie nicht mit Sicherheit sagen, dass sie es lieber gesehen hätte. Nein, sie konnte sich nicht selbst belügen und so tun, als sei nichts passiert, als er ihre Hand genommen hatte. Sie hatte es gespürt. Lieber Himmel, sie hätte tot sein müssen, um es nicht zu spüren. Es war, als sei ein elektrischer Strom durch ihren Körper gefahren, und es war eine sehr starke und sehr reale Erfahrung gewesen. Nichts, was ihr jeden Tag passierte.

Nichts, was ihr jemals passiert war.

Also hatte sie eingewilligt, mit ihm zu frühstücken. Anschließend würde sie gehen, und er konnte sich wieder um das kümmern, was immer ihn vor Sonnenaufgang zum Chicagoer Busbahnhof getrieben hatte. Sie konnte sich auch nicht selbst belügen und behaupten, dass sie das nicht ebenfalls ein ganz klein wenig interessierte. Was hatte er um halb sechs Uhr morgens am Busbahnhof zu suchen? Warum sah sein Anzug aus, als habe er darin geschlafen, seine Augen aber, als habe er seit Tagen nicht geschlafen? Und warum hatte er sich die Zeit genommen, den Samariter zu mimen? Nun, es gab nur eine Möglichkeit, das herauszufinden.

Das Coffeehouse füllte sich, als sie aus dem Waschraum kam, aber sie brauchte nur eine Sekunde, um ihn zu entdecken. Unglaublicherweise war er ein so höflicher Mann, dass er seine stattliche Gestalt am Tisch ganz hinten an der Wand erhob und ihr entgegensah. Geduldig wartete, bis sie bei ihm war.

Und sie konnte das Gefühl nicht abschütteln, dass sie schon einmal zu ihm gegangen war. Dasselbe Gefühl, das sie gehabt hatte, als sie auf dem Boden im Busbahnhof gelegen und zu ihm aufgeblickt hatte. Als ob sie ihn schon seit Ewigkeiten kannte.

Er setzte sich nicht, als sie ihn erreicht hatte, sondern griff sanft nach ihrem Kinn, zog sie näher heran und drehte ihren Kopf behutsam ins Licht, so dass sie eine Nahaufnahme von seinem gebräunten, kräftigen Hals erhielt. Die Krawatte unter seinem Kehlkopf war gelockert, und sie sah einen Hauch goldfarbener Haare aus seinem offenen Kragen lugen. Ein Schauder rann ihr über den Rücken, und natürlich spürte er es.

Seine Brust weitete sich, als er tief einatmete. »Das muss genäht werden«, sagte er heiser.

»Oder geklammert«, erwiderte Dana. Unsicher. Sie rang nach Luft. »Es hat längst aufgehört zu bluten.« Obwohl es im Grunde ein Wunder war, dass das Blut nicht heraussprudelte, so hastig und heftig wie ihr Herz pumpte. Er ließ sie nicht los. Er zog sie sogar noch näher.

»Aber es wird sich entzünden.« Nur ein leises Murmeln. Der nächste Schauder.

»Ich … ich hasse Nadeln«, gestand sie.

Wieder weitete sich sein Brustkasten, diesmal in einem lautlosen Lachen. »Tja, ich fürchte, dagegen habe ich kein Argument.« Er ließ sie los, und sie wünschte, er hätte es nicht getan. »Setzen Sie sich und essen Sie«, sagte er ruhig und ließ sich auf die Kunststoffbank auf seiner Tischseite nieder. Dann deutete er auf den Teller mit den dampfenden Pommes frites, der auf sie wartete. »Wie mir scheint, sind Sie schon ein oder zwei Male hier gewesen«, fügte er trocken hinzu. Dana bereute augenblicklich, dass sie dieses Café ausgesucht hatte. Es lag so nah am Busbahnhof, dass sie häufig hierherkam, wenn ein Bus verspätet war. Sie hatte nie genug Bargeld, um mehr als einen Teller Pommes frites und eine Cola zu bezahlen, also war das immer alles, was sie bestellte.

Dana blickte hinüber zur Theke, wo die Besitzerin stand und breit grinste. Betty, etwas über fünfzig und mannstoll, ließ ihren Blick genüsslich über Buchanans Figur gleiten, bevor sie Dana den erhobenen Daumen zeigte. Buchanan lächelte nur höflich und salutierte schneidig.

Dana verdrehte die Augen und setzte sich. »Achten Sie bloß nicht auf die Frau hinter der Theke, Mr. Buchanan. Sie ist allein dieses Jahr schon dreimal eingewiesen worden.«

Seine Brauen flogen hoch, als er seine Eier salzte. Er sah neugierig zu Betty hinüber, die ihn unverblümt anglotzte. Nicht, dass Dana es ihr verübeln konnte. »Tatsächlich?«

Mit finsterer Miene quetschte Dana Ketchup auf ihren Teller. »Nein. Sie ist bloß neugierig.«

Buchanan lächelte, und bei dem Anblick musste Dana erneut um Atem ringen. Wenn er so weitermachte, war sie einem Herzinfarkt nahe. Sogar mit dem zerknitterten Hemd und dem unrasierten Gesicht war er noch umwerfend genug, um den Puls einer jeden Frau zu beschleunigen. Allerdings konnte sie sich nicht vorstellen, dass sich ihrer noch weiter beschleunigen ließ.

»Jedenfalls habe ich mir gedacht, dass Sie relativ oft herkommen, auch bevor sie den Teller gebracht hat«, sagte er und pikte die Gabel in sein Steak. »Als wir hereinkamen und Sie direkt zum Waschraum gegangen sind, fing sie mich ab und fragte mich besorgt, warum Sie so blutig im Gesicht sind. Ich musste ihr erst die ganze Geschichte erzählen, bevor ich mich setzen durfte. Aber ich glaube, sie mag mich jetzt.«

Dana warf Betty einen finsteren Blick zu, die sie nur fröhlich anstrahlte. »Bitte, wechseln wir das Thema.« Sie tauchte ein Kartoffelstäbchen in den Ketchup und sah zu, wie er mit großem Appetit aß, als hätte er seit Tagen nichts mehr zu sich genommen. »Und – was haben Sie um halb sechs schon am Busbahnhof gemacht?«

»Na ja …« Er schluckte und wischte sich den Mund mit der Serviette ab, was ihren Blick natürlich auf seine Lippen lenkte. Sehr, sehr hübsche Lippen. Wirklich lecker. »Geschäfte.«

»Was für Geschäfte?«

»Ich bin Sicherheitsberater für verschiedene Unternehmen.«

Dana runzelte die Stirn. »Sicherheiten – wie Aktien und Zinspapiere?« Wenn der Mann ein Banker war, war sie die Königin von England. Kein Banker hatte solche Schultern.

Er schüttelte den Kopf. »Ganz und gar nicht. Ich meine Sicherheit in der üblichen Wortbedeutung. Ich kümmere mich darum, dass die Computer der Firmen so gut wie möglich vor Hackern und Viren geschützt werden. Außerdem installiere ich Überwachungssysteme und helfe den Leuten gemeinsam mit meinem Partner Clay dabei, ihr Sicherheitspersonal zu trainieren.«

Sie musterte ihn nachdenklich. Nun, das passte besser, jetzt, da sie wieder etwas klarer denken konnte. »Und es ist normal bei Ihnen, dass Sie Kunden mitten in der Nacht unrasiert und in zerknautschtem Anzug besuchen?«

Er räusperte sich. »Ihnen entgeht wenig, was?«

»Richtig.«

Er verengte die Augen. »Und warum konnten Sie dann den Kerl, der Sie niedergeschlagen hat, nicht beschreiben, als der Wachmann mit leeren Händen zurückkehrte?«

Dana begegnete seinem Blick, ohne mit der Wimper zu zucken. »Hab ich doch.«

»Oh, na klar. Groß, um die zwanzig, keine Augenfarbe, braune Haare. Die Frau, die geschrien hat, hat eine bessere Beschreibung abgeliefert, und ihre Brillengläser waren dicker als mein Daumen.«

Die Wahrheit lautete, dass Dana gar nicht unbedingt wollte, dass der Dieb gefasst wurde, weil sie keine Lust hatte, vor Gericht auszusagen und erklären zu müssen, was sie in aller Herrgottsfrühe am Busbahnhof gemacht hatte. Sie hätte es getan, wenn der alten Dame etwas zugestoßen wäre oder er Wertvolles gestohlen hätte, aber dem war nicht so, und daher wollte sie lieber nichts sagen müssen. »Es ist alles so schnell gegangen.«

Buchanan glaubte ihr nicht. »Aha. Und was haben Sie um diese Zeit im Bahnhof gemacht?«

Wenigstens auf diese Frage war sie vorbereitet. »Ich habe auf einen Bus gewartet.«

»Ach nein. Wohin?«

»Woher. Ich wollte eine Freundin abholen.«

»Und wo ist sie?«

»Sie ist nicht ausgestiegen, daher nehme ich an, sie wird wohl doch nicht kommen.« Sie hatte zwei Stunden lang vergeblich auf die Frau gewartet. Zum zweiten Mal.

Er zog eine Braue hoch. »Sie haben aber unhöfliche Freundinnen.«

Dana zuckte die Achseln und schmückte die Geschichte noch etwas aus. »Eher schusselige. Sie vergisst alles oder vertauscht Daten. Wahrscheinlich ruft sie mich morgen an und entschuldigt sich tränenreich.«

»Und Sie sind ihr wieder grün.«

»Natürlich. Sie ist meine Freundin.«

Er legte den Kopf schief. »Und was machen Sie, wenn Sie nicht gerade schusselige Freundinnen vom Busbahnhof abholen, Dana?«

»Ich bin Fotografin. Sie wissen schon, Mütter und Kinder und so was in der Art.« Und das stimmte sogar. Irgendwie jedenfalls. Sie hatte sich Sorgen gemacht, dass der konstante Strom an Frauen und Kindern ins und aus dem Hanover House die Nachbarn neugierig machen würde. Es war Evies Idee gewesen, ein kleines, diskretes Schild am Eingang anzubringen, das auf ein Fotostudio für Familienporträts hinwies. Dana hatte ohnehin eine aufwändige Kameraausrüstung, um die Fotos für die neuen Führerscheine zu machen, und es erklärte immerhin, warum so viele Frauen und Kinder zu ihr kamen. Aber zu Danas Verdruss und Evies Vergnügen kamen manchmal tatsächlich Fotokunden. Normalerweise genug, um die monatliche Telefonrechnung zu bezahlen, aber nicht genug, um die wahre Mission des Hauses zu gefährden, also waren im Grunde alle zufrieden.

Sie lehnte sich zurück und betrachtete ihn genauer. »Und Sie? Warum *waren* Sie denn nun mit Dreitagebart und Knitteranzug im Busbahnhof?«

Er zog einen Winkel seines sehr hübschen Munds nach oben, und jeder Millimeter ihrer Haut begann zu prickeln – manche Millimeter mehr als andere. »Nett. Ich wollte Ihnen gerade ein Handicap zugute halten.«

Sie verbiss sich das Grinsen. »Vergessen Sie's. Beantworten Sie einfach meine Frage.«

»Ich bin gerade erst in dieser Stadt angekommen und wollte mir die Nachtarbeit hier in Ruhe anschauen, bevor ich zum Manager gehe. Die beste Strategie, um an neue Aufträge zu kommen. Finde heraus, wo sie verwundbar sind« – er beugte sich verschwörerisch vor –, »und biete ihnen etwas Besseres an.«

Seine Stimme war weich und rau geworden, so dass es beinahe wie ein Schnurren klang und Dana an einen großen goldbraunen Kater erinnert wurde, der seine Beute umkreiste. Allerdings fühlte sie sich nicht bedroht. Nicht im konventionellen Sinn jedenfalls. Sie fühlte sich eher … mächtig, als habe er ihr einen geheimen Schlüssel geschenkt.

»Versuchen Sie gerade herauszufinden, wo … ich verwundbar bin, Mr. Buchanan?«

Die ruhigen grünen Augen leuchteten. »Ethan.«

Sie nickte kurz. »Ethan. Also – tun Sie es?«

Er schwieg einen Moment, hielt nur ihren Blick fest. Dann lehnte er sich zurück, und die Samtigkeit in seiner Stimme war verschwunden. »Wollen Sie, dass ich es tue?«

Das war nicht die Antwort, die sie erwartet hatte, und sie blinzelte. »Ich?«

»Ja, Sie. Ich habe den Eindruck, dass Sie nichts tun oder sagen, was Sie nicht wollen. Und wenn jemand versucht, etwas anderes zu bewirken, weichen Sie wie ein Profi aus.«

Sie blinzelte wieder. »Eine merkwürdige Beurteilung.« *Und ziemlich wahr.*

»Nur scharfsinnig, nehme ich an. Nun?«

Sie holte tief Luft und gab die aufrichtigste Antwort, die ihr möglich war: »Ich weiß nicht.«

Er nickte. »Damit komme ich klar, nehme ich an. Noch eine Frage und ich lasse Sie in Ruhe.«

Bei dem Gedanken, dass er sie in Ruhe lassen wollte, zog sich ihr Inneres enttäuscht zusammen. »Okay. Fragen Sie.«

»Haben Sie einen Freund, Ehemann, Liebhaber … oder irgendetwas anderes, das dem entspricht?«

Nun war es an ihr, indigniert zu husten. »Im Augenblick weder Mann noch Freund, und ich bin heterosexuell, vielen Dank.«

Er musste lächeln. »Schön zu wissen. Kann ich dann annehmen, dass Sie einen Ex-Mann haben?«

Sie dachte an ihren Ex, an die vielen Jahre, die sie unter seiner Gewalttätigkeit gelitten hatte. An die Erleichterung,

95

als sie ihm entkommen war. Sie hatte nie zurückgeblickt.
»Sehr Ex. So ex, dass es schon etwas von Exitus hat. Und
Sie?«

»Auch Ex. Aber nicht so ex wie Sie. Vielleicht eher auf
dem Weg zu extern.« Als sie ihn anlächelte, wurde er vollkommen ernst. »Sie haben es vorhin auch gespürt, oder?«
Augenblicklich wurde auch sie ernst. Wollte es abstreiten,
konnte es aber nicht. »Ja.«

Erst als er ausatmete, begriff sie, dass er die Luft angehalten hatte, während er auf ihre Antwort gewartet hatte. Begriff, dass er sich verwundbar gezeigt hatte. Er schob seine
Hand über den Tisch und legte sie über ihre. »Ich muss
jetzt gehen. Kommen Sie morgen hierher. Zur selben
Zeit.«

Es war keine Frage. Es war eine dringende Aufforderung.
Dana saß da und spürte es wieder, diesen Strom, elektrisch,
die Spannung, die durch seine Berührung durch ihren
ganzen Körper strömte. Und plötzlich stand sie am Rand
eines Abgrunds und wusste, dass ihre Antwort sehr wichtig war. Die Vorsicht, mit der sie lebte, das Misstrauen jedem gegenüber, dass sie immer und überall an den Tag legen musste, war wieder da. »Ich kann nicht …«

Er schüttelte den Kopf. »Sie sind vorsichtig, und das verstehe ich. Ich frage weder nach Ihrer Telefonnummer noch
nach Ihrem Sternzeichen, noch nach Ihrer Lieblingsfarbe.
Versprochen.« Er presste einen Moment lang die Kiefer
zusammen, dann entspannte er sich wieder. »Das Leben ist
zu kurz, Dana. Zu kurz, um nicht wunderschöne Gelegen-
heiten zu ergreifen, wenn sie sich bieten.«

Etwas hat sich verändert. Fort war der schnurrende Kater,

und an seine Stelle war ein aufrichtiger Mann getreten, wie sie ihn noch nie getroffen hatte. *Es geht doch nur um Fritten und Cola. Was könnte harmloser sein?*

Ihr Blick fiel auf seine Hand, die noch immer ihre bedeckte. Noch immer ihre zum Glühen brachte. Sie sah zu ihm auf und entdeckte, dass er sie betrachtete. »Grün.« Das Wort war heraus, bevor sie wusste, dass sie es gesagt hatte.

Seine Augen verengten sich. »Was?«

»Meine Lieblingsfarbe ist Grün.«

Er lehnte sich zurück, Erleichterung in den Augen. »Morgen also? Zur selben Zeit?«

Seine Hand bedeckte ihre nicht mehr, und sie wollte sie zurück. Und weil sie es wollte, wollte sie davonlaufen. »Ich überleg's mir.«

Seine blonden Brauen zogen sich ganz leicht zusammen. »Dann überlegen Sie gut. Ich bin hier.«

5

Wight's Landing
Maryland, Sonntag, 1. August, 8.30 Uhr

Sheriff Louisa Moore schüttelte ungläubig den Kopf. Der Gestank des verwesenden Fleischs war so stark, dass ihre Augen tränten. Mr. Stan Vaughn hatte heute Morgen, deutlich aufgelöst, ihr Büro benachrichtigt. Er habe eine Leiche gefunden, hatte er gesagt. Nun, dass es sich um eine Leiche handelte, war jedenfalls unbestreitbar. Lou presste sich ein Tuch über den Mund und steckte den Kopf in den Schuppen. »Und? Was gefunden, Doc?«

County Coroner John Kehoe schaute auf. Seine obere Gesichtshälfte war durch eine Brille verdeckt, die untere durch eine Atemmaske. »Noch nicht.«

Ihr erster Partner damals in Boston hatte immer behauptet, sie würde sich an solche Anblicke und Gerüche gewöhnen, aber zehn Jahre und einen bedeutenden Karriereschritt später konnte davon noch keine Rede sein. »Können Sie dann wenigstens sagen, wie lange er schon tot ist?«

John hockte sich auf die Fersen. »Drei Tage, vielleicht vier. Irgendwann zwischen Mittwoch und Donnerstag, nehme ich an. Die Larven werden es uns genau sagen.«

Lou kämpfte den Würgereiz nieder. »Ach ja, die Larven.«

»Sicher. Ich schicke Proben der Käfer- und Madenlarven

ins Labor.« Er kniete sich hin. »Geben Sie mir noch eine halbe Stunde, dann können wir ihn eintüten. Ich brauche Sie hier nicht, falls Sie zum Haus hoch gehen wollen.«

»Danke.«

Sie ging langsam den Weg hinauf und ließ währenddessen ihren Blick über den Strand schweifen. Ihre Leute hatten im Umkreis von mehreren hundert Metern jeden Zentimeter Sand durchkämmt. Aber Donnerstagnacht hatte es ein schlimmes Unwetter gegeben. Alles, was an Beweisen hätte existieren können, war mit ziemlicher Sicherheit weggespült worden.

Da es allerdings nach Selbstmord aussah, würde das kein besonderes Problem darstellen. Nur, dass er Boxershorts getragen hatte, störte sie. Warum sollte sich ein Mann den Schuppen einer fremden Familie aussuchen, um, nur in Unterhose bekleidet, Selbstmord zu begehen? Wo war der Abschiedsbrief? Und konnte es wirklich sein, dass den Vaughns dieser Gestank erst so spät aufgefallen war? Sie betrat die Küche. »Mr. Vaughn?«

»Wir sind im Wohnzimmer.«

Das waren sie. Sie saßen nebeneinander auf einem alten Sofa. Lou betrachtete das Paar einen Moment lang. Beide waren blass. Das war nur natürlich. Man fand nicht jeden Tag eine Leiche bei sich im Schuppen. Dennoch war etwas an den beiden, das sie störte. »Dr. Kehoe untersucht die Leiche jetzt«, sagte sie, und die beiden nickten. »Können Sie mir sagen, wie lange Sie schon hier sind?«

»Ungefähr eine Woche«, sagte Mrs. Vaughn mit zittriger Stimme. »Wir sind am Sonntag angekommen, aber am Dienstag wieder gefahren.«

Lou holte ihren Notizblock aus der Brusttasche, ohne den Augenkontakt zu unterbrechen. »Wieso?«

Mr. Vaughn legte seine Hand auf die seiner Frau. »Wir sind nach Annapolis gefahren, um unseren Hochzeitstag zu feiern.«

Wenn sie nicht genau hingesehen hätte, wäre ihr entgangen, wie Mrs. Vaughn ganz leicht zusammenzuckte, als ihr Mann sie berührte. Nun – die Frau hatte einen Selbstmörder in ihrem Schuppen entdeckt, und das Szenario war ganz und gar unappetitlich gewesen. »Wann sind Sie zurückgekommen?«

»Freitagnachmittag«, antwortete Mr. Vaughn.

Nur die Fakten, Ma'am, dachte Lou. Sie lächelte freundlich. »Um wie viel Uhr?«

»Halb vier oder so.«

»Und wo haben Sie in Annapolis übernachtet?«

Mr. Vaughn zog die Brauen zusammen. »Im Statehouse Hotel, aber was soll die Frage?«

Lou zuckte die Achseln. »Ich versuche nur, alle Informationen zu sammeln. Haben Sie jemand hier herumstreifen sehen?«

Mr. Vaughn blickte noch immer finster. »Nein.«

»Mr. Vaughn, Mrs. Vaughn.« Lou schüttelte den Kopf, achtete aber auf einen freundlichen Ausdruck. »Ich bin wirklich neugierig, wie Sie diesen Geruch eineinhalb Tage lang ignorieren konnten.«

»Das ist nicht besonders mysteriös«, sagte Mr. Vaughn glatt. »Manchmal findet man nach einem Unwetter tote Fische am Strand. Einmal wurde sogar ein kleiner Hai angespült. Normalerweise nimmt die Flut die Tiere wieder mit. Am Donnerstag hat es ein Unwetter gegeben, und da haben wir einfach angenommen ...« Er ließ den Satz offen und schüttelte nun seinerseits den Kopf. »Bei uns in der Familie war es immer mein Bruder, der den eisernen Magen hatte. Mir wird schon übel, wenn ich nur an tote Tiere denke. Da dachte ich eben, ich lasse das Meer die Arbeit für mich machen. Aber es geschah nichts, und irgendwann haben wir es nicht mehr ausgehalten und nachgesehen. Dabei haben wir den armen Kerl gefunden.«

Lou blickte auf ihren Notizblock. Es irritierte sie, wie wohl einstudiert seine Antwort klang. »Nun ja, dann will ich Ihnen nicht länger die Zeit stehlen. Aber sagen Sie mir bitte Bescheid, wenn Sie abreisen wollen.« Draußen bedeckte sie Mund und Nase wieder mit dem Taschentuch und kehrte zum Schuppen zurück. Dr. Kehoe gab ihren Leuten Anweisungen, als sie die Bahre mit dem Leichensack darauf fortschoben. Er streifte seine Maske ab. »Ich rufe Sie an, wenn ich etwas finde.«

»Und ich erkundige mich, welche Personen vermisst werden«, sagte sie. »Mehr können wir im Moment nicht tun.«

Chicago
Sonntag, 1. August, 8.00 Uhr

Dana roch das Rindergulasch, bevor sie Hanover House noch betreten hatte. Wie jeden Sonntag war Caroline da und kochte das Essen, das sie recht gut über die Woche bringen würde.

»Ich habe mich schon gefragt, wann du endlich wiederkommst«, sagte Caroline. Sie blickte über die Schulter und riss die Augen auf. »Was ist passiert?«

»Ich hatte im Busbahnhof einen kleinen Unfall.«

Caroline holte rasch den Erste-Hilfe-Koffer und drückte Dana auf einen Stuhl. »Das muss genäht werden.«

»Ein Schmetterlingsverband reicht auch.«

»Das sagst du immer.« Sie begann, die Wunde mit Peroxyd zu reinigen. »David ist gestern Abend vorbeigekommen und hat mir von Lillian erzählt. Es tut mir so schrecklich leid.«

Dana sog bebend die Luft ein. »Mir auch.«

»David hat außerdem erzählt, dass Evie und du eine Meinungsverschiedenheit hattet.«

»So könnte man es wohl nennen.«

»Dana, du weißt, dass Evie Unrecht hat. Ich habe schließlich auch mit Lillian gearbeitet. Sie wollte Chicago nicht verlassen. Ein neuer Name hätte ihr auch nicht geholfen.«

»Ich weiß.«

»Dann weißt du auch, dass du alles probiert hast. Was ist passiert, Liebes?«

Aus dem Augenwinkel beobachtete Dana, wie Caroline die braune Flasche gegen das Desinfektionsmittel tauschte. »Wirklich nur ein kleiner Unfall. Autsch. Das ziept.«

Caroline drehte Danas Kopf ins Licht. Ihre blauen Augen blickten besorgt. »Du hast da auch eine ziemlich böse Prellung. War das der Mann von irgendjemandem? Lillians Mann?«

»Nein. Wie ich schon sagte – ein Unfall. Irgendein Junkie wollte einer alten Dame die Handtasche stehlen.«

Caroline seufzte, während sie ein Stück Pflaster von der

Rolle löste. »Und du hast dich mal eben eingemischt, richtig?«

»Es war ein Reflex. Er stieß mich weg, und ich bin mit dem Kopf gegen eine Bank geknallt.« Ihre Augen tränten, als Caroline das Haar von der Wunde löste. »Aua, verdammt, Caroline. Das tut wirklich weh.«

»Tut mir leid. Wann ist es passiert?«

Dana blickte auf die Küchenuhr. »Vor ungefähr eineinhalb Stunden.«

Caroline wich überrascht zurück. »Und wieso kommst du erst jetzt?«

Dana zögerte, zuckte aber dann die Achseln. »Da war so ein ... so ein Kerl.«

Caroline ließ die Hände sinken. »Und hat dieser ... Kerl auch einen Namen?«

»Ethan Buchanan.«

»Hmm. Klingt nett.« Sie drückte das Pflaster behutsam auf die Wunde.

»Der Name war nicht das Einzige, was nett an ihm war«, bemerkte Dana trocken, und Caroline kicherte leise, bevor sie ihren hochschwangeren Leib auf einen Stuhl senkte.

Sie lehnte sich zurück und legte die Arme auf ihren riesigen Bauch. »Erzähl.«

»Na ja, es war, direkt nachdem dieser Junkie mich niedergeschlagen hatte. Ich schlug die Augen auf und ... da war er.«

Caroline hob eine Hand. »Moment mal. Soll das heißen, du warst bewusstlos? Und du bist nicht ins Krankenhaus gegangen? Hast du eigentlich noch alle Tassen im Schrank?«

»Wenn ich weggetreten war, dann höchstens ein paar Sekunden. Und ich war nicht im Krankenhaus, weil ich nicht versichert bin. Nicht jeder hat einen reichen Ehemann, weißt du.«

Caroline sah sie gequält an. »Du weißt, dass wir dir die Versicherung bezahlen würden, Max und ich.«

»Und du weißt, dass ich nichts annehme, was ich nicht selbst verdient habe. Also willst du das jetzt hören oder nicht?«

»Natürlich will ich. Also – da war er. Ethan Buchanan. Und dann?«

Dana rollte voller Unbehagen die Schultern vor. Nun, da sie es aussprechen sollte, klang es ziemlich dämlich. *Dann hat er mich angesehen.* Toll – wie kindisch. Aber er hatte tatsächlich nichts weiter getan, jedenfalls am Anfang. »Ich weiß nicht. Das ist so schwer zu erklären.«

»Versuch's einfach.«

»Ach, verdammt, ich weiß es einfach nicht. Ich war vollkommen aufgewühlt und durcheinander und mein Kopf tat weh, und er war plötzlich da. Er … er hat mich angesehen. Und dann …«

Blonde Brauen wanderten aufwärts. »Und dann?«

»Plötzlich hatte ich das Gefühl, dass alles gut wird. Als würde ich ihn schon ewig kennen. Blöd, nicht?«

»Nein.« Carolines Stimme war sanft. »Ganz und gar nicht. Und was ist dann passiert?«

Dana holte sehr tief Luft. »Er hat meine Hand genommen, um mir aufzuhelfen, und es war … wie ein Stromstoß. So als versuchte man mit diesem komischen Defibrillator, ein Herz wieder zum Schlagen zu bringen.«

104

Caroline hatte die Augen aufgerissen. »Erbarmen!«

Dana musste grinsen. »Genau. Ich wollte verschwinden, bevor der Wachmann, der den Junkie verfolgt hat, wiederkam, aber Ethan ließ mich nicht gehen. Meinte, er habe Angst, ich hätte eine Gehirnerschütterung. Dann hat er mich überredet, mit ihm zu frühstücken.«

»Überredet.«

Dana warf ihr einen säuerlichen Blick zu. »Das macht dir Spaß, richtig?«

»Und wie. Und was passiert jetzt?«

»Er hat gefragt, ob ich ihn morgen wiedersehen wollte. Ich habe gesagt, dass ich's mir überlege.«

Wieder zog Caroline die Brauen hoch. »Heißt das ja oder nein?«

»Ich weiß es nicht.«

Caroline berührte sanft ihre Hand. »Wo liegt das Problem, Liebes?«

Dana stieß geräuschvoll den Atem aus. »Ich weiß nicht. Ich hab einfach …« Sie rieb sich über die Brust, damit der Druck, der sich darin aufgebaut hatte, nachließ. »Glaubst du an Schicksal?«

Caroline zuckte nicht mit der Wimper. »Ja. Und nein.«

»Tja, das ist mal eine eindeutige Antwort.«

Caroline lächelte. »Nicht wahr? Das habe ich im letzten Semester an der juristischen Fakultät gelernt. *Wie man den wichtigsten Fragen des Lebens ausweicht.* Kursbuch für Fortgeschrittene. Ich habe übrigens eine Eins bekommen.«

Danas Lippen verzogen sich, obwohl ihr gar nicht nach Lächeln zumute war. »Ich meine es ernst.«

»Ich auch.« Caroline lächelte ein wenig traurig und zuckte

plötzlich zusammen. »Autsch. Volle Breitseite.« Sie verlagerte ihr Gewicht auf dem Stuhl und rieb sich über den Bauch. »Er/Sie ist ziemlich aktiv heute Morgen.«

Sie lehnte sich wieder zurück und legte instinktiv ihre Hände über das Ungeborene. »Wie kann ich hier sitzen und dir sagen, dass ich nicht an Schicksal glaube? Ich habe Max genau zur richtigen Zeit kennen gelernt … zur richtigen Zeit für uns beide. Ich denke, das Schicksal bestimmt vor allem, wann und wo wir einander begegnen. Aber ich kann mich sehr, sehr gut an den Moment erinnern, in dem ich selbst beschloss, dass ich bei ihm bleiben will.«

Ihr Blick schärfte sich.

»Schicksal ist die Gelegenheit. Du allein entscheidest, was du damit tust.«

»Ja, das sehe ich genauso«, erwiderte Dana ruhig.

Caroline legte den Kopf schief.

»Ethan Buchanan hat mächtig Eindruck auf dich gemacht.«

Danas Lachen war freudlos. Das hatte er in der Tat. Sie wusste bloß nicht, wie sie damit umgehen sollte. »Ich habe über dich und Max nachgedacht und überlegt – was, wenn ich nie jemand kennen lernen würde?«

»Dana …«

Dana schüttelte den Kopf. »Nein, wirklich. Und dann dachte ich, und was wenn doch? Würde das etwas ändern? Würde ich das, was ich mache, im Stich lassen? Könnte ich das überhaupt? Das hier ist, was ich bin.«

»Du bist eine Menge mehr als nur Leiterin von Hanover House, Dana. Aber davon abgesehen – warum aufgeben, was du tust?«

106

»Caroline, ich bitte dich. Ich wohne praktisch hier. Ich schlafe vielleicht einmal die Woche in meiner Wohnung. Ich könnte doch niemals so viel Zeit abknapsen, wie eine echte Beziehung braucht.«

»Na, dann hast du wohl deine Wahl getroffen.« Caroline fuhr sich durchs Haar. »Aber ist dir jemals in den Sinn gekommen, dass du nicht ewig hier arbeiten musst?«

Bilder von Lillians Kindern, die ihre tote Mutter fanden, stürmten auf Dana ein, und obwohl sie verzweifelt versuchte, die Gedanken niederzukämpfen, verschmolzen sie mit der einen Erinnerung, die es noch immer schaffte, ihr Herz in der Mitte durchzureißen. Sie starrte auf ihre Hände herab. »Nein. Das ist etwas, das ich tun muss. Es ist mein … Leben. Das ist alles.«

Caroline nahm Danas Hände und strich ihr mit den Daumen über die Innenflächen. »Sieh mich an, Dana, sieh mich an.« Dana hob langsam den Blick und betrachtete Carolines eindringliche Miene. »Deine Hände sind rein, Dana. Glaubst du nicht, dass du dir ein eigenes Leben verdient hast? Glaubst du nicht, dass auch du es verdient hast, glücklich zu sein?«

Die Frage traf sie härter als die Bank. Dana öffnete den Mund, aber es wollte kein einziger Laut herauskommen, und Carolines Augen wurden traurig. »Geh und schlaf ein bisschen, Dana. Vielleicht kannst du klarer sehen, wenn du nicht mehr so erschöpft bist.«

Chicago
Sonntag, 1. August, 11.00 Uhr

Evie hielt vor dem Spiegel im Flur inne und betrachtete sich. Das Make-up war perfekt, man sah nichts von der verdammten Narbe. Lächeln würde sie nicht müssen. Das war das Gute an Beerdigungen. Sie presste die Lippen zusammen, während sie sich kritisch musterte.

Sie wollte verdammt sein, wenn sie nicht zu Lillians Beerdigung ginge. Hätten sie und Dana ihre Arbeit richtig getan, würde Lillian jetzt noch leben. Sie würde zum Gottesdienst gehen und sich ganz nach hinten setzen. Erst kommen, wenn die Feierlichkeiten schon begonnen hatten, und wieder gehen, bevor es zu Ende war. Niemand würde sie sehen, und Dana konnte in Ruhe ihre Paranoia pflegen.

Sie wandte sich der Tür zu, als sie ein leises Hüsteln hinter sich hörte. Sie fuhr erschreckt zusammen.

»Jane.« Ihr Puls beruhigte sich wieder. Evie musterte die Frau, die hinter ihr gestanden hatte. Sie war seit Freitag im Haus, die zehnte Jane Smith, die in diesem Jahr hier gewesen war. Evie wünschte, die Frauen würden in ihrer Namenswahl mehr Kreativität beweisen. »Was kann ich für dich tun?«

Jane rang nervös die Hände. »Nichts. Ich warte, bis du zurückkommst.«

Evie zog einen Mundwinkel zu dem Dreieckslächeln hoch, das sie im Spiegel sorgsam eingeübt hatte. »Ich werde eine ganze Weile weg sein. Ich muss auf eine Beerdigung. Was brauchst du denn?«

»Ich wollte nur wissen, ob ich Benadryl für Erik haben kann. Er kriegt Ausschlag.«

Armer Junge. Tat nichts anderes, als auf dem Bett zu liegen und vor sich hin zu dämmern. Für das, was dem Jungen angetan worden war, würde jemand bezahlen müssen.

»Geh schon rauf zu ihm. Ich bringe dir was.«

Chicago
Sonntag, 1. August, 11.15 Uhr

Der Plan und seine Ausführung waren perfekt. Besser konnte es nicht laufen. Sie befand sich an einem Ort, an dem James niemals suchen würde. Langsam stieg sie hinauf zu dem kleinen Zimmer, das man ihr am Freitag gegeben hatte, und betrachtete den Jungen, der noch immer auf dem Bett lag. Er wachte gerade auf.

»Das geht gar nicht«, murmelte sie. Sie holte eine von den Pillen aus ihrem Rucksack und brachte ihn dazu, sie zu schlucken. Im Badezimmer der Vaughns hatte sie zwei Flaschen davon gefunden. Sie hatte versucht, aus Rickman mehr über die Medikamente des Jungen herauszubekommen, aber nachdem die Frau gesehen hatte, wie ihr Verlobter seine Schädeldecke einbüßte, hatte sie nicht mehr klar denken und Sue nicht wirklich helfen können.

Die Internetrecherche, die sie betrieben hatte, als sie in Morgantown im Netz war, hatte bessere Resultate hervorgebracht. Keppra war das wirksamere Mittel, aber Phenobarbitral konnte ein Kind betäuben, wenn es in großen Dosen verabreicht wurde. Der Junge sollte schlafen. Er durfte keine Anfälle kriegen, die die Aufmerksamkeit anderer auf sie ziehen würde, aber er sollte auch nicht sterben.

Es war notwendig, dass der Junge atmete. Wenigstens noch eine Woche. Also hatte sie ihm genügend Keppra gegeben und die Pheno-Menge verdoppelt. So hatte er den ganzen Weg bis nach Chicago geschlafen. Aber langsam gingen ihr die Drogen aus.

Annehmen, anpassen, verbessern. Ihre Mutter hatte gewöhnliches, rezeptfreies Bendryl mit Wein vermischt, um Bryce den Mund zu stopfen, als sie noch klein gewesen waren, und was für ihre Mutter gut war, musste auch für sie reichen. Sie würde das Pheno mit Benadryl strecken, bis sie eine Möglichkeit bekam, ihre Vorräte aufzustocken. Und das Aufstocken war, wenn sie den anderen Frauen in diesem Haus hier glauben konnte, kein echtes Problem. »Frag einfach Dana«, hatte die Frau im Zimmer nebenan gesagt.

Dupinsky war allerdings gestern Abend mit dem Benadryl etwas pingelig gewesen. Hatte ihr bloß eine einzige Dosierung gegeben. Doch Scarface hatte ihr die ganze Flasche vermacht.

Also verabreichte Sue dem Jungen die Pille jetzt mit einem großen Löffel Benadryl. Das Kind wehrte sich anfangs, doch ein einziger kalter Blick brachte ihn zur Räson. Sie beobachtete, wie seine Kehle arbeitete, aber ein winziges Aufflackern in seinen Augen – beinahe etwas wie Trotz – machte sie misstrauisch. Er wehrte sich, kämpfte gegen ihre Hände an, als sie seinen Kopf packte und seinen Mund aufzwang, aber dann sah sie die rote Flüssigkeit, die sich in seiner Backentasche gesammelt hatte.

»Schluck es runter«, murmelte sie, bevor ihr einfiel, dass es wenig Sinn hatte, dem Jungen mit Worten zu drohen. Während sie mit einer Hand seine mageren Kiefer zusammenhielt, griff sie mit der anderen Stift und Notizblock, den jemand rücksichtsvollerweise neben dem Bett hatte liegen lassen. Sie schrieb ein paar Worte auf, dann zeigte sie ihm den Zettel.

Und sah zu, wie ihm die Farbe aus dem Gesicht wich. Ohne noch einmal zu protestieren, schluckte er.

Sie nickte knapp, schob den Zettel in die Tasche und drückte seinen Kopf grob aufs Bett zurück. Dummer Junge. Glaubte tatsächlich, er könne sie austricksen. Er war zwölf, verdammt noch mal. Und wie clever konnte er schon sein? Jedenfalls wenn man in Betracht zog, wer sein Vater war.

Einen Moment lang stand sie da und blickte auf den Jungen herab. Wenn der letzte Vorhang fiel, würde er tot sein. In gewisser Hinsicht hätte dieser Gedanke sie beunruhigen müssen. Tat er aber nicht.

Sie ballte langsam die Faust. Ihre Hand war klebrig vom Benadryl. Und sie musste unbedingt eine rauchen. Mit einem letzten warnenden Blick griff sie nach Zigaretten und Feuerzeug und ging ins Badezimmer.

Alec sah sie gehen, schloss die Augen und rollte sich zu einer Kugel zusammen. Er dachte an den Mann, der mit ihr im Strandhaus gewesen war. Der, der Cheryl eine Pistole an den Kopf gehalten hatte, während die weißäugige Frau ihn gefesselt hatte. Bryce hieß er. Das wusste Alec jetzt. Alec wusste, dass Bryce am Haus geblieben war und auf seine Eltern gewartet hatte. Und Alec wusste, dass

Bryce nun die Pistole an den Kopf seiner Mutter hielt. So hatte es auf dem Zettel gestanden.

Vielleicht log die weißäugige Frau. Aber das konnte Alec nicht riskieren.

Seine Mutter würde sterben. Wie Cheryl. Und Paul. Es sei denn, er tat, was sie wollte.

Alec schluckte wieder und spürte brennende Tränen in seinen Augen. Dafür hasste er sich. Er heulte wie ein Baby, während seine Mutter so dringend Hilfe brauchte. Er hatte sich von dieser gemeinen Frau betäuben lassen, obwohl seine Mutter dringend Hilfe brauchte.

Er hatte keine Ahnung wo er war oder wer all die Leute um ihn herum waren. Die Rothaarige behandelte die weißäugige Frau sehr nett. Also war sie wahrscheinlich auch böse. Zum ersten Mal in seinem Leben sehnte er sich nach seinem Signalprozessor. Er hätte ihn hinters Ohr schieben und lauschen können, wie Cheryl es ihm beigebracht hat. Dann würde er herausfinden, ob die Rothaarige böse oder gut war. Aber er hatte seinen Prozessor nicht. Cheryl war tot. Und seine Mutter brauchte Hilfe.

Aber die Medikamente verwandelten seine Glieder in Blei und seinen Kopf in etwas Schwammiges. Er kämpfte dagegen an, aber schließlich trieb er ab.

Zufrieden setzte sich Sue auf den Rand der altertümlichen Badewanne in dem ebenso altertümlichen Bad. Sie steckte sich eine Zigarette in den Mund, zündete sie an und inhalierte tief. Dann zog sie den Zettel aus der Tasche, hielt eine Ecke an die brennende Zigarettenspitze und sah fasziniert zu, wie das Papier schwarz wurde, Feuer fing und die Flamme aufwärts raste. Kurz bevor sie ihre Finger erreichte, ließ sie den Rest in die Toilette fallen und zog ab. Sie hatte ihm gedroht, dass Bryce seine Mutter töten würde, und es war äußerst effektiv gewesen. Dass ihr Bruder tatsächlich in irgendeinem Knast in Maryland vor sich hin schmorte, brauchte der Junge nicht zu wissen.

Wieder zog sie an der Zigarette, und zum ersten Mal an diesem Tag entspannte sie sich. Als ihr Handy klingelte, wäre sie vor Schreck beinahe in die Badewanne gefallen. Mit hämmerndem Herzen zog sie das Telefon aus der Tasche. *Bryce. Oder noch schlimmer – James.* »Ja?«

»Baby, ich bin's, Fred.«

Sie stieß, erleichtert und verärgert, den Rauch aus. »Was willst du?«

»Na, na, redet man so mit seinem persönlichen Botenjungen?«, spottete er.

Davor hatte sie sich gefürchtet. Einen verdammten winzigen Gefallen, um mehr hatte sie nicht gebeten. Einen Gefallen, für den sie erst vor zwei Tagen in mehr als einer Hinsicht bezahlt hatte. »Was willst du?«

Er lachte leise. »Ich wollte nur mal hören, wie's dir geht, Baby. Ist das Haus okay?«

»Ja.«

»Und? Haben sie dir geglaubt? Habe ich gute Arbeit geleistet?«

Sue beäugte ihr Spiegelbild über dem Waschbecken. Die Prellungen und blauen Flecken, die er ihr mit großer Freude beigebracht hatte, begannen gerade zu verschwinden. Aber sie waren nötig gewesen, um Dupinsky und Tammy zu überzeugen.

Sie hatte wissen müssen, wie sie zu dem Frauenhaus kam,

von dem ihr Tammy so viele Male während ihrer fünfjährigen Zellenzeit in Hillsboro erzählt hatte. Das Frauenhaus, in dem Tammy sich versteckt gehalten hatte, bevor sie nach Hause zurückgekehrt war und ihren Mann umgebracht hatte. Tammy hätte ihr die Geschichte ohne die Prellungen niemals abgenommen, hätte ihr niemals die Nummer von Hanover House gegeben, wenn sie nicht sicher gewesen wäre, dass Sue in echter Gefahr war. Das war das Problem mit Menschen, die impulsiv töteten. Wenn sie wieder bei Verstand waren, neigten sie dazu … Skrupel zu haben. Sue verzog das Gesicht, als schmerzte sie das Wort. »Ja, sie haben mir geglaubt. Ich muss jetzt Schluss machen.«

»Nicht so schnell, Baby. Ich bin heute meine Runde gegangen, und Tammy hat nach dir gefragt. Sie wollte sichergehen, dass es dir gut geht.« Ein Lachen klang in seiner Stimme mit, und sie wusste, dass das, was nun kam, ihr nicht gefallen würde. »Ich habe ihr versprochen, mich selbst nach dir zu erkundigen.«

Fred war die beste Möglichkeit gewesen, Tammy die Nachricht zu überbringen. Sue hatte keine große Lust gehabt, zur Besuchszeit nach Hillsboro zurückzukehren, selbst wenn man sie durch die Tore gelassen hätte, was keinem ehemaligen Insassen gestattet war. Fred war Wachmann in ihrem Zellenblock gewesen und hatte zuverlässig von draußen alles besorgt, was man haben wollte – natürlich zu einem gewissen Preis. Fred war nicht gerade Hollywoodmaterial, aber auch kein hässlicher Vogel wie viele der anderen Wachen, so dass die meisten Mädchen keine großen Bedenken hatten, seinen Forderungen nachzukommen. Sue allerdings schon. Jedes verdammte Mal.

Am Morgen von Sues Entlassung hatte er sie mit in den Lagerraum genommen, um noch einmal »ein bisschen zu schmusen«, wie er es so gern nannte – nur um der alten Zeiten willen. Als er fertig war, hatte er ihr gesagt, sie solle ihn anrufen, wenn sie jemals etwas von ihm brauchte.

Und das hatte sie getan. Sie hatte ihn von Columbus angerufen und gebeten, sie an der Busstation in Indianapolis zu treffen, aber er war nicht aufgetaucht, der Mistkerl, und sie hatte, während sie wartete, den Bus nach Chicago verpasst. Schließlich hatte sie den Bus am Freitagmorgen nach Chicago nehmen müssen, war im Anschluss in den Bus umgestiegen, den regelmäßige Besucher »Gefängnis-Express« nannten, und hatte eine Taxifahrt später auf Freds Türschwelle gestanden.

Sie hatte Fred erklärt, dass sie ein paar überzeugende Prellungen im Gesicht brauchte, ein Polaroid als Beweis und einen Briefumschlag, in den sie das Foto und eine Nachricht stecken konnte. Nachdem sie das Kind ins Bad eingesperrt hatte, bezahlte sie Freds Preis, biss die Zähne zusammen, als er sie auf ihre Bitte hin verprügelte, und wartete anschließend, als er sich auf den Weg zum Gefängnis machte.

Ein paar Stunden später war er zurück. Tammy hatte ihr die Geschichte abgekauft, und Sue war in Besitz der Telefonnummer, die sie benötigte. Sie und der Junge waren wieder in den Bus nach Chicago eingestiegen und hatten einige Stunden später Dana Dupinsky am Bahnhof getroffen. Alles in allem war alles recht glatt gegangen. Bis auf die Sache mit Fred. Er war ein Störfaktor, und Störfaktoren waren eine ärgerliche Sache. Sie hätte ihn am Freitagnachmittag in seiner Wohnung erledigt, wenn er nicht ebenfalls bewaffnet gewesen wäre.

»Sag Tammy, mir geht's gut. Ich muss jetzt Schluss machen.«
»Nicht so hastig«, wiederholte er. »Nun, da du da bist, tust du mir einen Gefallen.«

»Evie!«

Sue fuhr zusammen. Der Ruf war direkt vor der Badezimmertür ertönt. »Da ist jemand«, flüsterte sie. »Ich muss jetzt Schluss machen.«

»Aber denk daran, dass auch ich die Telefonnummer habe, Herzchen. Ein Anruf von mir, und du und der Junge, wer immer das ist, fliegt auf. Ruf mich später zurück.« *Verdammt.* Sie musste sich um dieses Ärgernis kümmern, und zwar bald. Sie warf den Zigarettenstummel ins Klo und spülte ihn weg.

»Evie! Wo bist du?« Ein Klopfen. »Evie?«

Sue schlüpfte hastig wieder in ihre Rolle und öffnete die Badezimmertür, vor der eine hochschwangere Frau stand, die sie bisher noch nicht kennen gelernt hatte. Ihr blondes Haar war zu glänzend, die Augen zu ruhig, ihr Gesicht zu fröhlich, um eine normale »Klientin« zu sein, wie Dupinsky die Frauen nannte, die sie aufnahm. Blondie musste zum Personal gehören. Die Frau zog überrascht die Brauen hoch. »Oh, dann muss ich Evie wohl woanders suchen«, sagte sie sanft und mit einem freundlichen Lächeln. »Du bist bestimmt Jane. Dana hat erzählt, dass du gestern erst angekommen bist. Ich bin Caroline.«

Sue senkte den Blick und schaute durch die Wimpern wieder auf. Sie brachte ein zittriges Nicken zustande. »Ja«, murmelte sie. »Mit meinem Sohn.«

»Erik, richtig?« Noch immer lächelte Caroline. »Dana sagte, er sei zehn.«

»Genau.« Das hatte sie jedenfalls Dupinsky erzählt. Der Bursche war so mager und klein, dass sie befürchtet hatte, die Frauen würden einen Arzt rufen, wenn sie sagte, dass er schon zwölf sei. »Arbeitest du hier?«

»Ab und zu. Aber ich suche Evie. Hast du sie vielleicht gesehen?«

Evie war Scarface, das Mädchen, das am Abend zuvor wütend aus der Küche gerannt war. Sue hatte draußen vor der Tür gelauscht und gehört, wie die kleine blonde Polizistin die Nachricht von dem Mord an der anderen Frau überbrachte.

Der Streit zwischen Dupinsky und Evie war durchaus spannend gewesen, aber als Sue nach Evies stürmischem Abgang einen Blick in die Küche geworfen hatte, hatte sich ihr ein noch viel interessanteres Bild geboten: Dupinsky in den Armen eines absolut appetitlichen Exemplars der Gattung Mann. Selbst jetzt noch lief ihr bei dem Gedanken an ihn das Wasser im Mund zusammen.

»Sie, ähm ... ist vor ungefähr einer Stunde gegangen.« Um zu der Beerdigung zu gehen, was ihr von Dupinsky und dem weiblichen Bullen ausdrücklich verboten worden war. »Sie wollte zu einer Beerdigung.« Und aus dem Augenwinkel sah sie, wie Carolines Gesicht sich einen Moment verdunkelte, bevor die Frau den Zorn verbergen konnte und wieder ein Lächeln auf ihr Gesicht zauberte.

»Vielen Dank, Jane. Gibt es noch etwas, was du und dein Sohn braucht?«

Eine Netzverbindung für meinen Laptop, dachte Sue. Die

nächste Nachricht an die Vaughns war längst überfällig. Und zwei Stunden Zeit mit dem Adonis, den sie gestern Abend unten in der Küche gesehen hatte ... Sie zog den Kopf ein. »Nein. Wir haben alles.«

Caroline berührte leicht ihre Schulter, und Sue musste gegen das Bedürfnis ankämpfen, ihre Hand wegzuschlagen. Sozialarbeiter waren wirklich unausstehlich. Entweder sie mischten sich in Dinge ein, die sie nichts angingen, oder sie versuchten, jeden zu analysieren.

»Es wird alles gut, Jane«, setzte Caroline noch hinzu. »Hier bist du in Sicherheit.«

Sue presste sich eine Träne ab und ließ ihre Lippen zittern. »Danke«, flüsterte sie.

»Wir müssen nachher am Dach arbeiten. Wird das Hämmern Erik stören?«

Eine Atombombe konnte Erik nicht stören. Selbst wenn er wach war, war der Junge tauber als ein Stein. Sue hatte mehrmals ausprobiert, ob er nur vortäuschte, vollkommen gehörlos zu sein, aber das tat er nicht. »Nein, das geht schon.« Sie zog die Brauen besorgt zusammen. »Wer arbeitet denn am Dach?«

Carolines Lächeln war ein Hauch zu strahlend, und Sue sah, dass unter ihrem gelassenen Äußeren Verärgerung lauerte. Sie war noch immer sauer auf Evie. Sehr schön. Zankerei unter dem Personal lenkte ganz hervorragend von ihr ab.

»Mein Schwager David. Er ist der vertrauenswürdigste Mann, den ich kenne. Nun, natürlich nach meinem Ehemann. Er wird schnell fertig sein, so dass du heute Nacht ruhig schlafen kannst.«

Der Adonis war ihr Schwager? Wenn der Ehemann nur halb so gut aussah wie dieser David, war das ein Grund mehr, Caroline zu hassen. Sue senkte den Blick zu dem abgetretenen Teppich, der auf dem Boden lag. »Danke. Ich muss jetzt wieder zu Erik zurück.«

»Sicher. Oh, Jane?«

Sue wandte sich um und sah die noch immer lächelnde Caroline an. »Ja?«

»Als du aus dem Bad kamst, habe ich den Zigarettenrauch gerochen. In Hanover House ist Rauchen nicht gestattet. Zum einen wegen der Kinder und zum anderen, weil die Brandgefahr zu groß ist. Der Kasten hier ist alt. Ein kleiner Funke …« Sie schnitt eine lustige Grimasse. »Okay?«

Sue holte tief Luft, um den Ärger niederzukämpfen. *Du hast mir gar nichts zu sagen, du kleine Schlampe.* Sie senkte rasch den Blick, damit Caroline das wütende Blitzen in ihren Augen nicht sah. Plötzlich fiel es ihr höllisch schwer, der Jane-Rolle gerecht zu werden. »Tut mir leid«, presste sie mühsam hervor.

»Kein Problem. Nur, dass du Bescheid weißt. Bis später dann.«

Sue nickte abgehackt. »Okay.« Sie zog sich rasch in ihr Zimmer zurück und blickte in den Spiegel an der Wand. Caroline stand noch im Flur und sah ihr besorgt nach. Sue schloss die Tür. Behutsam.

Sie würde sich beherrschen. *Beruhige dich schon.* Sie blieb abrupt stehen, als sie merkte, dass sie wütend hin und her ging. Holte tief und kontrolliert Luft.

Nur eine Woche. Sie warf einen Blick auf das Kind, das friedlich schlief. Eine Woche, in der sie noch einiges zu tun hatte. Sie holte die Digitalkamera, die sie Rickman abgenommen hatte, aus dem Rucksack und machte ein Foto von dem schlafenden Jungen. Nichts Dramatisches, nur eine kleine Erinnerung für die Vaughns, wer hier am längeren Hebel saß. Dann zog sie den Laptop hervor und schaltete ihn ein. Jetzt würde sie die Bedingungen stellen. Fünf Millionen, die auf ein Auslandskonto transferiert werden sollten. In der Gefängnis-Bibliothek hatte sie alles Nötige über Auslandskonten gelernt.

Sie runzelte die Stirn. Der Bildschirm blieb schwarz. Mist. Die Akkus waren leer. Aber der Computer hatte noch jede Menge Saft gehabt, als sie die erste E-Mail von Morgantown aus abgeschickt hatte. *Ich muss vergessen haben, ihn auszumachen, als ich fertig war,* dachte sie wütend und wühlte durch ihren Rucksack, fand jedoch den Adapter nicht. Verdammt. Dieser Idiot Bryce hatte ihn in seinen Rucksack gepackt, der nun irgendwo bei der Polizei von Maryland lagerte. Ihr Herz setzte einen Schlag aus. Hatte sie ihn angefasst? Nein, sie war sicher, dass sie es nicht getan hatte. Sie war sauber. Sie musste nur eine andere Möglichkeit finden, die Vaughns zu kontaktieren.

Chicago
Sonntag, 1. August, 14.00 Uhr

Dana schloss die Tür zu ihrem Büro und fuhr zusammen, als Evies Zimmertür so heftig zufiel, dass das Haus zu erzittern schien. Caroline hatte sie wach gerüttelt und ihr erzählt, dass Evie zu Lillians Beerdigung gegangen war. Dana hatte versucht, Evie einzuholen, aber sie war nicht rechtzeitig gekommen. Also hatte sie vor der Kirche gewartet, bis Evie mit dicken Tränenspuren in ihrem zugekleisterten Gesicht wieder herauskam. Die Fahrt zurück war nicht angenehm gewesen. Sie hatten sich heftig gestritten, und wieder hatte Evie geweint – bis ein Blick in den Rückspiegel Evie schaudernd zum Verstummen gebracht hatte.

Ohne Make-up hatte Evie ein Narbengesicht. Mit wirkte es wie eine starre Maske. Aber wenn die Schminke in ihrem Gesicht zerrann, dann sah sie tatsächlich gruselig aus, musste Dana zugeben. Wie das Phantom der Oper. Da sie die junge Frau nur allzu gut verstehen konnte, hielten sie kurz bei Danas Wohnung, damit Evie sich wieder zurechtmachen konnte und niemand anderes sie so sehen würde. Seitdem hatte Evie kein Wort mehr gesprochen.

Dana setzte sich an ihren Schreibtisch und schloss die Augen. Ihr Kopf tat von heute Morgen noch immer weh. Und sie hatte Hunger. Die Pommes frites mit Ethan Buchanan waren schon lange her. Ethan Buchanan. Er wollte sie morgen früh wieder sehen. Sie hatte darüber nachgedacht, während sie auf Evie vor der Kirche gewartet hatte. Sie wusste nichts von diesem Mann, außer seinen Namen und dass er sie mit einem einzigen Blick beruhigen und mit einer einzigen Berührung in Aufruhr versetzen konnte. Aber sie konnte mehr erfahren. Die Ressourcen des Internets waren nur einen Klick entfernt.

Sie beäugte ihren schlummernden Computerschirm. Sie konnte etwas über ihn herausfinden, aber das erschien ihr unhöflich. Wie eine Überschreitung seiner Privatsphäre. Sie stieß die Maus mit dem Zeigefinger an.

Und seufzte, als der Bildschirm zum Leben erwachte und die Google-Suchmaschine zeigte. Eine der Bewohnerinnen, Beverly, würde diese Woche ausziehen und an die Westküste gehen, und Dana hatte am Abend zuvor preiswerte Wohnungen in Kalifornien gesucht. Nun kam es ihr vor wie ein Zeichen. Wenn ihr Computerschirm zu Solitaire erwacht wäre, hätte sie die Achseln gezuckt, ein wenig gespielt und sich dann auf das Tagesgeschäft konzentriert. Aber Google schien sie zu locken. Zögernd gab sie seinen Namen ein. Und klickte auf SUCHE.

Dana starrte auf den Schirm, als die Ergebnisse erschienen. Nichts, was irgendwie augenfällig war. Sie war dumm gewesen. Aber die Pfeile unten am Bildschirm schienen zu leuchten, und sie klickte die nächste Seite an, dann wieder die nächste. Sie wollte gerade aufgeben, als zwei kursiv gedruckte Wörter ihre Aufmerksamkeit weckten. Sie hielt den Atem an. *Kandahar* und *Todesopfer* sprangen ihr ins Auge. Sie erinnerte sich an den zackigen militärischen Gruß am Morgen, als Betty zu ihnen herübergesehen hatte. Er war ein Soldat. Oder ein Ex-Soldat. Mit verschwitzten Händen klickte sie auf den Link. Und sah zu, wie die Verbindung langsam hergestellt wurde und eine Seite lud, die wie ein Newsletter aussah.

Jemand klopfte an ihre Tür, und Caroline steckte den Kopf herein.

»Hast du schon was gegessen?« Ohne die Antwort abzuwarten, stellte sie einen Teller Gulasch auf den Tisch. »Wonach suchst du?«

Dana warf ihr einen verdrossenen Blick zu. »Ein Lachen, nur ein Kichern, und du bist erledigt, Caro.«

Mit weit aufgerissenen Augen zog Caroline sich einen Stuhl heran. »Keine Sorge, ich mache nichts. Was ist das?«

»Eine Seite von einer Marines-Basis in Kalifornien«, murmelte Dana. Eine weitere Minute, die Dana wie eine Stunde vorkam, verstrich, während der Computer ein Bild lud, und dann blickte Dana erneut in diese ruhigen grünen Augen, die diesmal jedoch ernst unter der Kappe der Marines hervorblickten. Ihr Puls beschleunigte sich wie auf Knopfdruck, ihr Herz setzte sich in ihrer Kehle fest. Er war genauso attraktiv, wie sie ihn in Erinnerung hatte. Er war Marine gewesen. Er war verwundet worden. Doch nun ging es ihm gut. Sehr gut. Er war am Leben und überaus munter. Und genauso fühlte sie sich in diesem Moment. Sehr, sehr lebendig.

»Ist er das?«, fragte Caroline.

Und ob er das war. »Ja.«

Caroline drückte ihre Schulter. »Dein Ethan Buchanan scheint ein Kriegsheld zu sein.«

Dana musste lächeln, als sie die Missbilligung in Carolines Stimme hörte. Stumm überflog sie den Artikel. »Er gehörte zu einer Expedition, die nach dem 11. 9. nach Afghanistan geschickt wurde.«

»Und da ist er verwundet worden. Ist er wieder genesen?«

»Oh ja.«

»Dann sieh zu, ob du herausfindest, was er jetzt gerade macht.«

Dana verfeinerte ihre Suche, indem sie »Sicherheitsberatung« eingab, und blinzelte, als die Suche sie auf seine

123

Webseite brachte. »Maynard and Buchanan. Er hat also tatsächlich ein solches Unternehmen.«

»Das heißt, er ist genau der, der er zu sein vorgegeben hat. Daran hast du nicht wirklich geglaubt, was?«

»Als wir uns gegenübersaßen und unterhalten haben, schon. Später sind mir Zweifel gekommen.«

Caroline streckte den Arm aus und nahm die Maus. »Schauen wir uns mal das Personal an.« Sie klickte und pfiff leise, als ein neueres Bild von Ethan erschien, diesmal ohne militärische Kappe. »Er ist blond. Das hast du mir nicht gesagt.«

Dana verschränkte die Arme vor der Brust, um das laute Hämmern des Herzens zu dämpfen. Sie erinnerte sich nur allzu gut an das blonde Haar, das aus seinem Kragen ragte. »Er ist blond, na und?« *Überall blond übrigens.*

»Und klasse gebaut. Das hast du mir auch nicht gesagt.« Dana bekämpfte den Drang, sich Luft zuzufächeln. Das Bild wurde ihm nicht wirklich gerecht. »Ja, auch das.«

Carolines Augen funkelten. »Und schau mal da. Da ist ja die Telefonnummer seines Büros.«

»Es ist Sonntag. Da ist sowieso keiner da. Im Übrigen … was soll ich denn sagen, wenn jemand drangeht? Hi, mein Name ist Dana, und ich hätte gern gewusst, ob Ihr Chef ein psychotischer Spinner ist?«

»Genau, warum eigentlich nicht?« Caroline wandte sich mit einem leichten Stirnrunzeln wieder dem Bildschirm zu. »Aber du hast Recht. Wenn man bei einem Mann vorsichtig sein muss, dann garantiert bei dieser Kategorie.«

»Was soll das denn heißen? Er ist ein verdammter Kriegsheld! Das hast du selbst gesagt.«

Caroline tippte neben dem Foto auf den Bildschirm. »Schau mal hinter die hübsche Fassade und die Brust mit Medaillen, Dana.«

Mit Mühe konzentrierte Dana sich und begriff, was ihre Freundin meinte. »Verdammt. Hirn hat er auch noch.«

»Ingenieur, Elektronikspezialist, Experte im Kommunikationswesen ...«

Dana blickte finster auf den Schirm, hin- und hergerissen zwischen Bewunderung und Ärger. »Wenn er will, kann er alles Mögliche über mich in Erfahrung bringen.«

»Wie es dir natürlich nie in den Sinn käme«, sagte Caroline trocken.

Dana nagte an ihrer Lippe. »Okay, aber *er* kann nicht in den Knast wandern für das, was er macht.«

Caroline seufzte. »Wir werden zu alt für diese Art von Verschwörungskram, Dupinsky.«

»Ich weiß.«

6

Chicago
Sonntag, 1. August, 17.15 Uhr

Ethan schaute auf, als eine Tasse Kaffee vor ihn auf den Tisch gestellt wurde. »Danke.«

Sicherheitsmanager Bill Bush grunzte. »Ich kann kaum glauben, dass Sie noch immer auf den Monitor starren.«

»Ich auch nicht«, sagte Ethan trocken. Seine Augen brannten, sein Kopf schmerzte, und sein Magen knurrte. Das Sandwich, das er sich vor drei Stunden aus dem Automaten gezogen hatte, war verdaute Geschichte.

»Haben Sie denn was?«, fragte Bush nicht unfreundlich.

»Nichts.« Ethan nippte an der Tasse und wand sich innerlich. Der Kaffee war heiß und stark, aber nicht stark genug, um seine Müdigkeit zu vertreiben. Die wenigen Stunden Schlaf, die er bekommen hatte, nachdem er sich von Dana getrennt hatte, hatten nicht annähernd ausgereicht. Insbesondere, da er sich die meiste Zeit unruhig herumgeworfen hatte. Jedes Mal, wenn er die Augen geschlossen hatte, hatte er die Leiche im Schuppen gesehen. Oder Alec. Oder Dana. Nun, da er auf den Bändern nach Alec suchte, befand sie sich die ganze Zeit am Rande seines Bewusstseins. »Ich wäre froh, wenn ich sicher sein könnte, dass die Mutter des Kindes den Bus überhaupt genommen hat. Sie hat mich schon einmal hereingelegt.«

Bush setzte sich an einen Tisch, hinter dem seine Abschiedsurkunde vom Chicago Police Department hing. »Der Fahrer kommt leider erst morgen wieder zur Arbeit. Aber ich gebe Ihnen Bescheid, sobald er da ist.«

»Es ist wirklich sehr nett von Ihnen, dass Sie das für mich herausgefunden haben«, sagte Ethan.

Bush nickte grimmig. »Ich habe zwei Enkel in demselben Alter. Wir mussten uns auch einmal Sorgen machen, dass der Ex-Mann meiner Tochter die Kinder mitnimmt. Und zwar nicht, weil er sie bei sich haben wollte, sondern nur, um sie zu quälen.«

Ethans Sorgerechtsgeschichte war auch hier wieder problemlos akzeptiert worden. Wie es aussah, war er nur einer von einer ganzen Reihe Privatermittler, die sich die Überwachungsbänder aus diesen Gründen ansehen wollten. Er wünschte, er hätte Bush die Wahrheit sagen können, denn dieser Mann schien verdammt anständig zu sein. Aber er hatte Stan versprochen, nicht die Polizei einzuschalten, und obwohl der Mann außer Dienst war, war er noch immer ein Cop. Das Problem war nur, dass er mit den Bändern schneller durchkommen könnte, wenn ein weiteres Paar Augen mitsuchte. Seines war inzwischen viel zu erschöpft, um noch viel aufzunehmen. »Ich glaube, ich brauche eine Pause. Ich schnappe ein bisschen Luft und mache gleich weiter.«

Ethan ging hinaus und blinzelte in der hellen Sonne. Er blickte hinüber zum Coffeehouse und dachte wieder an

Dana. Dachte daran, wie sie genau unter sein Kinn passte. Wie sie ihm erlaubt hatte, sie an sich zu ziehen, als würden sie beide sich schon eine Ewigkeit kennen. Wie sie geschaudert hatte, wie ihre Stimme rau und tief geworden war, als er ihr Haar berührt hatte. Genau wie er hatte sie es körperlich gespürt. Aber zwischen ihnen war noch so viel mehr gewesen. Der Humor und die Intelligenz in ihren Augen. Die Wärme.

Dana Dupinsky hatte ihn, schlicht ausgedrückt, verzaubert.

Er blinzelte wieder, als ihm Schweiß in die Augen lief. Wieso stand er in der prallen Augustsonne und starrte auf die Fenster eines Restaurants, das rund um die Uhr geöffnet hatte? Er holte sein Handy hervor und wählte Clays Nummer, während er sich in Bewegung setzte.

»Hättest du dich nicht spätestens in einer halben Stunde gemeldet, dann hätte ich dich angerufen«, sagte Clay streng.

»Tut mir leid. Ich schaue mir seit mindestens fünf Stunden Bänder aus dem Busbahnhof an.«

»Und?«

»Noch nichts. Mein Blick verschwimmt ständig, deswegen mache ich gerade eine Pause. Wie sieht's bei dir aus?«

»Stan hat endlich die Polizei angerufen, und die haben McMillans Leiche abgeholt.«

»Und wann?«

»Heute Morgen, nachdem wir telefoniert hatten.«

»Warst du die ganze Zeit über da?«

»Nein, ich wollte nicht, dass die Polizei mich fragte, was ich hier zu suchen hatte, also bin ich weggefahren … na ja, allerdings erst, nachdem ich Stan überredet hatte, den Anruf zu tätigen. Dann habe ich gewartet, bis die Luft wieder rein war, und bin zurückgekommen.«

Ethan spürte, dass Clay eine Menge ungesagt gelassen hatte. »Was ist passiert?«

»Während wir beide heute Morgen telefoniert haben, hörte ich, wie Stan sein Boot startklar machte. Ich bin zu ihm gegangen und habe ihm auf den Kopf zugesagt, dass er die Leiche aufs Meer rausbringen wollte. Er hat es abgestritten.«

Ethan sackte in sich zusammen. »Aber er hatte es tun wollen, meinst du?«

»Aber sicher. Stan dachte ja gar nicht daran, die Bullen anzurufen. Er zeterte und wetterte, dass es uns ja egal sein konnte, was mit Alec passiert. Dann kam Randi und schleuderte ihm wieder seine Affären ins Gesicht. Es war sehr … unerfreulich.«

»Tut mir leid, dass du da hineingezogen worden bist, Clay. Aber Stan ist nicht mehr der Alte.«

»Ich weiß nicht, ob es dir was nützt, aber ich bin mir nicht sicher, ob er je der Mann war, für den du ihn gehalten hast. So sehr ändern sich die Menschen nicht, Ethan. Klar, im Augenblick steht er unter extremem Stress, und das mag erklären, warum er den Mord an McMillan nicht melden oder warum er die Leiche einfach versenken wollte, aber die Sache mit seinen Geliebten entschuldigt das nicht. Verdammt, du hättest Randis Gesicht sehen sollen, als ich die Liste der Frauen durchging, die er mir gegeben hat.«

Ethans Wut kochte hoch. »Mistkerl. Sie soll sich ziemlich schnell testen lassen.«

»Irgendwie habe ich das Gefühl, dass das gerade nicht ihre erste Sorge ist«, sagte Clay trocken.

Alec. »Nein, natürlich nicht.« Ethan kam zu einem Straßenabschnitt, wo die Sonne durch die Häuserschluchten fiel, und er zuckte im grellen Licht zusammen. Er blieb stehen und starrte auf eine Ampel, während ihm die Realität der Situation langsam, aber sicher zu vollem Bewusstsein kam. »Das ist doch vollkommen verrückt. Wir suchen die Nadel im Heuhaufen. Ich hätte mich niemals überreden lassen dürfen, bei dieser Sache mitzumachen. Was hab ich mir bloß dabei gedacht?«

»Dass du nicht zulassen kannst, dass Alec wie Paul McMillan endet«, antwortete Clay schlicht. »Hör mal, falls es dich irgendwie tröstet, wir tun alles, was die Polizei auch täte.«

»Außer Alecs Bild überall in diesem Land öffentlich zu machen.«

»Das würden sie vielleicht auch nicht tun, E. Nicht, wenn sie sich vor einer Vergeltungsmaßnahme fürchteten. Wer immer Alec entführt hat, hat keine Spur hinterlassen, mit der Ausnahme von McMillans Leiche, und die hat die Polizei jetzt. Wir müssen einfach warten. Sieh zu, dass du was zu essen und ein paar Stunden Schlaf bekommst.«

»Tu mir bitte noch einen Gefallen. Überprüf für mich einen Mann namens William Bush. Ex-Sergeant des CPD, jetzt bei der Sicherheit am Busbahnhof. Mein Bauch sagt mir, er könnte uns eine große Hilfe sein, aber mein Bauch ist momentan ziemlich erschöpft.«

»Okay. Sonst noch Namen, die ich abchecken soll, wenn ich schon dabei bin?«

»Ja.« Dana Dupinsky. Ethan öffnete den Mund, um den Namen auszusprechen, klappte ihn aber plötzlich wieder zu. Dass Clay ihren Hintergrund überprüfte, schien ihm irgendwie zu … persönlich, zu intim. Nein, wenn er beschließen sollte, sie genauer zu betrachten, dann würde er das selbst tun. »Ach, schon gut. Ruf mich an, wenn du etwas über Bush gefunden hast.«

Chicago
Sonntag, 1. August, 20.15 Uhr

Dana stand an der offenen Tür des Zimmers ihrer neusten Klientin. Evie saß neben Erik auf dem Bett und strich ihm übers Haar. Jane war nirgendwo zu sehen.

»Wie geht's ihm?«, murmelte Dana, und Evies Rücken versteifte sich. Sie hatten kein Wort miteinander gesprochen, seit sie vor Stunden von Lillians Beerdigung zurückgekehrt waren.

»Schläft immer noch. Jane meinte, er sei praktisch die ganze Fahrt wach gewesen, also hat er einiges aufzuholen.«

»Kein gesundes Kind braucht derart viel Schlaf«, sagte Dana besorgt.

Irgendetwas stimmte mit diesem Jungen nicht. »Und der Lärm, den David auf dem Dach macht, könnte Tote aufwecken. Ich werde morgen Dr. Lee anrufen, damit er sich den Burschen ansieht.«

Evie streichelte das Kind weiter. »Danke.«

»Wo ist Jane?«

»Draußen. Rauchen.«

Dana seufzte. »Waren Naomi und Ben auch auf der Beerdigung?«

Evies dunkler Kopf bewegte sich hin und her. »Ich habe sie nicht gesehen, aber ich bin auch ganz hinten geblieben. Mia war da. Wenn es dich tröstet, sie hat mich direkt angesehen und nicht erkannt.«

»Hat sie doch. Sie hat mich vorhin angerufen. Sie hat getan, als ob sie dich nicht erkannt hätte, damit Goodman, falls er denn irgendwo gewesen wäre, nicht auf dich aufmerksam werden würde. Evie, du bist alt genug, um erst zu denken und dann zu handeln. Du hast heute jede Frau hier in Gefahr gebracht, indem du Mias und mein Verbot missachtet hast.«

Nichts außer zähes, undurchdringliches Schweigen.

»Ich habe Mia gefragt, wann wir Naomi und Ben besuchen können«, sagte Dana schließlich. Evies Kopf bewegte sich ein wenig in ihre Richtung, nur ein winziges Zeichen dafür, dass sie an dem Gespräch noch teilnahm. »Sie meinte, wir sollten es in ein oder zwei Tagen tun, selbst wenn sie Goodman noch nicht erwischt haben.«

Schweigen.

»Morgen rufe ich Dr. Lee wegen Erik an. Ich brauche dich heute Nacht hier. Die Frau, die ich heute Morgen abholen sollte, hat angerufen. Sie kommt mit dem Bus um halb zwölf.«

Wieder straffte Evie sich. »Du gehst also, wohin du willst, obwohl du weißt, dass Goodman irgendwo da draußen ist, während ich hier in diesem … diesem Haus eingesperrt werde«, flüsterte sie. »Sind das die Spielregeln, die du aufgestellt hast, Dana?«

Dana biss die Zähne zusammen. »Du kannst gehen, wohin du willst, Evie. Niemand hält dich hier fest.«

»Vielleicht gehe ich tatsächlich bald. Ich kann irgendwo anders richtig arbeiten und Geld verdienen.«

Das Wissen, dass Evie aus ihrem eigenen Schmerz heraus um sich schlug, machte den Treffer nicht weniger spürbar. Mühsam beherrscht murmelte Dana: »Wenn du dir einen anderen Job suchen willst, dann tu das. Sag es mir nur früh genug, damit ich mir eine andere Assistentin suchen kann.«

Evies leises Lachen war voller Bitterkeit. »Also bin ich nur eine Assistentin? Hast du auch eine Regel, die auf mich anwendbar ist?«

Dana seufzte. »Du weißt genau, dass ich das so nicht gemeint habe. Und du weißt auch, dass du mehr für mich bist als eine Assistentin. Du bist …« Meine Freundin. Meine Schwester. Aber beim Anblick von Evies steifem Rücken brachte sie die Worte einfach nicht hervor. »Du bist mir wichtig. Ich mache mir Sorgen um dich.«

»Unnötig«, sagte Evie bitter. »Ich habe die Hölle durchgemacht und es überlebt. Alles andere ist dagegen ein Spaziergang. Selbst Goodman. Lass ihn doch kommen. Ich habe keine Angst vor ihm.«

Dana hasste das Gift, das aus Evies Stimme troff. Und sie wusste nicht, was sie ihm entgegensetzen sollte. »Evie.«

»Was?« Evie stand auf und drehte sich um, die eine Seite des Mundes ein gerader Strich, während die andere herabhing. »Sei nicht so verbittert? Tut mir leid. Ich kann's nicht ändern. Tu nichts Unüberlegtes? Ja, das kann ich wohl hinkriegen. Ich lasse dich wissen, wann ich zu gehen gedenke. Und im Augenblick …« Sie ließ den Satz offen, als ihr Blick sich auf etwas konzentrierte, das hinter Dana war, und ihre Miene war plötzlich voller Unbehagen. »Hallo, Jane.«

Dana wandte sich um und sah Jane hinter sich stehen, zwei rote Flecken auf den Wangen, die seltsamen Augen verengt, während ihr Blick von Dana zu Evie zu Erik und wieder zurück glitt. »Jane. Evie und ich wollten nur mal nach Erik sehen.«

Jane stieß den Atem aus, und ihre Schultern sackten nach vorne. »Ich habe mich bloß erschreckt, als ich euch beide hier sah. Ich war nur eine Minute weg.«

Dana nahm Janes Hand, ließ sie aber sofort wieder los, als sie spürte, dass die Frau erstarrte. »Erik ist hier in Sicherheit«, sagte sie leise. »Ich war nur besorgt, weil er nicht aufwacht. Er hat schon so lange geschlafen. Sollen wir einen Arzt rufen?«

Jane schüttelte den Kopf, den Blick noch immer auf den Teppich geheftet. »Er war die ganze Nacht wach. Wahrscheinlich ist sein Rhythmus völlig durcheinandergeraten – kein Wunder bei der Fahrt. Er ist … nicht wie andere Jungs.«

Dana warf einen Blick zu dem schlafenden Jungen. »In welcher Hinsicht?«

»Manchmal sitzt er Stunden nur da und starrt ins Leere. Das hat er gestern Nacht auch getan.«

»Hast du ihn mal testen lassen?«, fragte Evie, während sie wieder sein Haar streichelte.

»Ja, mehrmals. Aber niemand weiß so richtig, was mit ihm los ist. Ich weiß, dass man noch andere Tests machen lassen

kann, aber die können wir uns nicht leisten.« Als sie auf-
schaute, waren ihre Augen voller Tränen, und Dana unterdrückte das überwältigende Mitgefühl, das inzwischen zu
einem Reflex geworden zu sein schien. Sie musste daran
arbeiten. Sie durfte nicht immer halb zusammenbrechen,
wenn sie in die feuchten Augen einer Frau blickte.
»Ich kann ein paar Anrufe tätigen, wenn du willst.«
Jane schüttelte den Kopf. »Vielleicht bald. Im Augenblick
müssen wir einfach nur zur Ruhe kommen.«
Evie versuchte ihr Drei-Punkte-Lächeln. »Wir wollen
wirklich nur helfen.«
Jane zögerte. »Vielen Dank«, murmelte sie schließlich.
Den Blick wieder zu Boden gerichtet, schlüpfte sie an
Dana vorbei ins Zimmer. »Ich bin müde. Ich denke, ich
werde auch ein bisschen schlafen.«
Evie verließ das Zimmer, als Jane ihnen auch schon die Tür
vor der Nase zudrückte. Dana bedeutete Evie, mit ihr ans
Ende des Flurs zu gehen. »Was immer du tun willst, tu es.
Aber solange du noch hier bist, hilf mir bitte, ein Auge auf
Erik zu haben. Ich war auch den größten Teil der Nacht
auf, aber ich habe von den beiden nichts gehört. Egal was
Jane sagt, ich meine, er schläft viel zu viel. Und die Verbrennung auf seiner Wange ist ziemlich frisch. Trotzdem
hat sie noch nicht nach einem Arzt gefragt.«
»Ich habe heute Nachmittag antibiotische Salbe aufgetragen«, sagte Evie ruhig. »Vielleicht lässt sie mich das morgen ja noch einmal tun. Und jetzt bin ich auch müde. Ich
denke, ich mache für heute Schluss.«
Nachdem Evie ihre Tür leise geschlossen hatte, stand Dana
allein im Flur. Allein in einem Haus voller Frauen. Mit

einem Seufzen machte sie sich auf den Weg die Treppe hinunter. Bis sie am Busbahnhof sein musste, war nicht mehr genug Zeit, um an Schlaf auch nur zu denken, aber sie hatte ausreichend Arbeit, um sich zu beschäftigen. Beverly würde am Mittwoch gehen, und sie musste die Papiere noch fertig stellen.

Sie schloss sich in ihrem Büro ein, zog weiße Handschuhe über und holte das nötige Werkzeug aus ihrer Schublade. Stifte, Rasierklingen, Laminierfolie. Und blickte düster auf die Utensilien herab. *Habe ich je in Betracht gezogen, Hanover House den Rücken zu kehren?* Dana wusste, dass es keinen Unterschied machte, was sie in Betracht zog oder nicht. Dies hier war ihr Leben. Sie hatte das Recht auf jedes andere eingebüßt. Am Ende würde immer nur die Arbeit stehen, und das musste genügen.

Resolut schüttelte sie die latente Unzufriedenheit ab und fügte die Teile für Beverlys Führerschein zusammen. Sie blinzelte, als sie statt Beverlys Foto das Bild Ethan Buchanans vor sich sah. Der ernste Ethan Buchanan mit der Marines-Kappe. Sie hätte gern gewusst, ob es ihm fehlte. Sein Leben als Marine.

Er war wirklich ausgesprochen attraktiv. Das hatte Caroline ihr nicht erst sagen müssen. Allein der Gedanke, wie attraktiv er war, machte ihre Handflächen unter dem Stoff der Handschuhe schwitzig. Und es war so verdammt lang her. Sie hatte vielleicht kein Recht auf ein persönliches Leben, aber sie hatte durchaus Bedürfnisse. Die schon lange nicht erfüllt worden waren. Er war offensichtlich interessiert. Und er wohnte nicht in Chicago. Wenn er seine Geschäfte hier erledigt hatte, würde er nach Hause gehen.

Nach Washington. Auf Nimmerwiedersehen. Es konnte funktionieren.

Sie schloss die Augen und legte die Handflächen auf den Tisch. Ein Abenteuer. Sie dachte tatsächlich über ein kleines Liebesabenteuer nach. Sie schluckte, als ihr zu Bewusstsein kam, was sie da vorhatte. Sie zog eine Affäre mit einem Mann in Betracht, den sie praktisch nicht kannte. Mit einem Mann, der ihren Puls beschleunigte, ihre Haut zum Prickeln brachte und in ihrer Fantasie eine Serie von Bildern auslöste, die alle zerwühlte Laken und sich darauf wälzende Körper zum Inhalt hatten. Heißer, schwitziger Sex. Sie presste die Schenkel zusammen und holte sehr tief Luft. Es war lange her, dass sie Sex gehabt hatte, schwitzig oder nicht. Und es fehlte ihr. Und wie es ihr fehlte.

Sie war sicher, dass er ziemlich gut im Bett war. So gut, dass es eine lange Zeit vorhalten würde. Denn wer konnte schon wissen, wann ihr wieder ein Mann wie Ethan Buchanan über den Weg lief? Was für ein Mann er auch sein mochte.

Sie zog eine Affäre mit einem Mann in Betracht, den sie kaum kannte. Na, dann sieh zu, dass du ihn besser kennen lernst, drängte die Stimme in ihrem Kopf. Sie zog den Handschuh ein Stück hinauf, um auf ihre Uhr zu sehen. Keine zehn Stunden mehr bis zum Frühstück. Bis sie ihn besser kennen lernen konnte. Danach würde sie entscheiden. Im Augenblick musste sie einen Führerschein basteln.

Sues Handflächen schmerzten, als ihre Nägel sich hineinbohrten, aber der Schmerz tat ihr gut. Es würde ihr allergrößtes Vergnügen bereiten, diesen beiden neugierigen

Schlampen zu sagen, wohin sie sich ihre Hilfe stecken konnten. Es wäre ihr ein noch größeres Vergnügen, ihr dummes Grinsen verschwinden zu sehen. Ausgelöscht für immer. Aber das würde ihr nichts nützen. Jetzt jedenfalls nicht. Jetzt brauchte sie sie noch, auch wenn sie es hasste, das zuzugeben. Sosehr sie sie auch verabscheute.

Sue hasste Sozialarbeiter. Sie hatte nur bis zum heutigen Tag vergessen, wie sehr. Sie waren neugierig und steckten ihre Nase ständig in fremde Angelegenheiten. Sagten, man solle aufhören zu rauchen, und kümmerten sich ungebeten um fremde Kinder, als ob man nicht selbst dazu in der Lage wäre. Sie waren arrogant und selbstzufrieden und mischten sich in alles ein. Sue blickte mit verengten Augen zur Tür, die sie Dupinsky vor der Nase zugemacht hatte. Scheinheilige Hexen, alle zusammen. Ihrer Mutter war es gelungen, sie über viele Jahre hinweg auf Abstand zu halten. War von einem schmierigen Loch ins nächste gezogen, wann immer keine weitere Lüge half, sich einen »wohlmeinenden« Lehrer oder Nachbar oder irgendeinen anderen Idioten mit zu viel Zeit vom Leib zu halten. Sie waren recht gut zurechtgekommen. Bis eines Tages ein Sozialarbeiter mit Bullen im Schlepptau bei ihnen hereingeplatzt war und sie und ihren Bruder mitgenommen hatte. Ihre Mutter war zu stoned gewesen, um zu protestieren. Bryce, der damals noch ein Baby gewesen war, hatte aus vollem Hals geschrien.

Damals war sie zwölf gewesen. Im gleichen Alter wie Alexander Quentin Vaughn jetzt. Sue wandte sich um und grinste höhnisch, als sie den Jungen betrachtete. Ein paar lächerliche Drohungen und er knickte ein wie eine rückgratlose

138

Marionette. Mit zwölf war sie bereits ein ganz anderes Kaliber gewesen. Sie war aus dem Pflegeheim mit seinen dämlichen Regeln geflohen und hatte ihren Vater gefunden, der Sozialarbeiter genauso verabscheute wie sie.

Gemeinsam hatten sie Bryce geholt und waren losgezogen. Immer auf Achse. Bis ihr Vater eines Nachts die großartige Idee hatte, während die Kinder im Auto saßen, einen Laden auszurauben. Wie der Vater, so der Sohn, dachte sie. Es wäre interessant zu wissen, ob Bryce schon bei den Cops sein Inneres nach außen gekehrt hatte. So wie ihr Vater es auf dem Boden des Ladens getan hatte, nachdem der Besitzer ihm eine Ladung Schrot in den Bauch gejagt hatte.

Und dann waren sie und Bryce bei Lucy und Earl eingezogen. Weil das Sozialamt es bestimmt hatte. Aber was wussten die schon? Bei ihrer Mutter hatten sie es besser gehabt. Sie musterte den Jungen leidenschaftslos. *Genau wie er.*

Ihr Zorn hatte sich so weit gelegt, dass sie überlegen konnte, was als Nächstes zu tun war. Sie war hier an einem Ort, den Dupinsky als »sicher« bezeichnete. Die Ironie war bittersüß, auch wenn sie es noch ein paar Tage mit Dupinsky aushalten musste. Sozialarbeiter, die sie beschützten – die ihr halfen! Wenn das keine ausgleichende Gerechtigkeit war.

Aber in anderer Hinsicht musste der Gerechtigkeit noch Genüge getan werden. Aus ihrem Rucksack holte sie ein Blatt Papier. Eine Liste mit Namen, von denen jeder einzelne Erinnerungen weckte. Schlechte Erinnerungen. Da stand natürlich der Name Vaughn oder der, den sie damals gekannt hatte. Der nächste war Vickers, der widerliche

Hurensohn, der beim Prozess gegen sie ausgesagt hatte. Sie hatte zehn Jahre für den Handel mit Drogen bekommen, dasselbe wie all die anderen Jungs – außer Vickers, der gegen Sue ausgesagt hatte, um seine Haftstrafe zu reduzieren. Dass sie wegen Dealerei verurteilt werden würde, war zwar unvermeidlich gewesen, denn die Bullen hatten Beweise gefunden. Und dass sie verhaftet worden war, war auch nicht auf Vickers zurückzuführen gewesen. Aber in seinem Fall ging es um mehr. Um viel mehr.

Sie habe Kuriere eingesetzt, hatte Vickers im Zeugenstand behauptet. Aber sie habe sie nicht nur eingesetzt, sondern einen davon auch ermordet. Sie konnten ihr nichts beweisen. Sie fanden keine Leiche, weil es keinen verdammten Mord gegeben hatte. Dennoch wollte der Staatsanwalt sie unbedingt verurteilen und schaffte es, noch weitere fünf Jahre wegen »leichtfertiger Gefährdung« draufzupacken. Fünfzehn Jahre lautete das Urteil, mehr als alle anderen bekommen hatten. Und das dank diesem kleinen Dreckschwein Vickers. Nun würde sie *ihn* »leichtfertig gefährden«, dachte sie wütend. Er würde bezahlen, und zwar bald.

Und dann gab es noch einige andere, die bedeutende Rollen gespielt hatten. Eine alte Nachbarin. Ein Polizist. Der verdammte Staatsanwalt. Sie alle hatten sich verschworen, ihr all die Jahre ihres Lebens zu stehlen. Und sie alle würden dafür bezahlen, bevor die Woche verstrichen war.

Aber sie hatte auch eine Liste von Namen, an die bessere Erinnerungen geknüpft waren. Ihre Partner beim Transport des Zeugs. Ihr Produkt war erlesen gewesen. Sie hatten es selbst importiert. Waren direkt an den Zollkötern im Flughafen vorbeigegangen, und es war wie ein Rausch gewesen zu wissen, dass sie es niemals finden würden, dass sie sie ausgetrickst hatten … ein Adrenalinschub erster Güte, ein Gefühl der Macht. Herrlich. Aber dann waren sie verraten worden. Und gefasst.

Soweit es Sue betraf, waren Vickers und die anderen nur Nebenfiguren. Das Hauptziel, das Zentrum ihrer Rache, war die Person, die sie verraten, die alles in Gang gesetzt hatte. Die Person, die ihr Geschäft zunichte gemacht hatte. Ihre Leben zerstört hatte. *Mal sehen, ob die anderen noch ebenso viel von unserer ehemals engen Verbindung halten wie ich.*

Donnie Marsden war ihr Anführer gewesen und vor langer Zeit ihr Liebhaber. Donnie hatte sieben von seinen zehn Jahren absitzen müssen. Er war jetzt ein Buchmacher, aber man munkelte, dass er immer noch eine Hand in der Keksdose hatte. Sie wählte seine Nummer und hörte hektische Geschäftigkeit im Hintergrund. »Donnie, hier ist Sue.«

Einen Moment lang herrschte verblüfftes Schweigen, das sich ein wenig zu lang hinzog, dann seufzte Donnie. »Herrgott, Suze, was hast du getan?«

Sie presste die Kiefer zusammen. *James.* »Du hast offenbar Besuch bekommen. Wie viel hat er dir geboten?«

»Fünfzehn.«

Sue war nicht sicher, ob sie verärgert oder beleidigt sein sollte. »Scheiße.«

Donnie lachte leise. »Jetzt schmoll nicht, Suze. Und mach dir keine Sorgen. Ich bin frisch genug, um dich nicht für fünfzehn zu verkaufen. Sechzehn vielleicht. Aber dein Kumpel wollte nicht handeln.«

»Gut für dich, Donnie«, sagte Sue trocken. »Ich kann dir gar nicht sagen, wie sehr ich das zu schätzen weiß.«

»Und warum rufst du ausgerechnet jetzt an? Ich habe gehört, du bist vor Monaten rausgekommen.«

»Wie würde es dir gefallen, den kleinen Vogel zu erwischen, der dich in den Käfig gesteckt hat?«

Donnies Stimme war ernst. Und kalt. »Du weißt, wer uns verpfiffen hat?«

Sie hatte es von Anfang an gewusst. Aber sie hatte das Geheimnis für sich behalten, weil sie warten wollte, bis sie sich auf ihre Art rächen konnte. »Allerdings. Interessiert?«

»Mir den Kerl zu greifen, der mir sieben Jahre meines Lebens gestohlen hat? Und ob. Was hast du vor?«

»Das sag ich dir, wenn es so weit ist. Halt dir am Wochenende einfach Zeit frei.«

»Also gut. Ich warte. Aber, Suze, du solltest wirklich auf dich aufpassen. Dieser Freund von dir hat es ernsthaft auf dich abgesehen. Was hat er mit der ganzen Sache zu tun?«

»Nichts. Ich muss ihm bloß aus dem Weg gehen, bis diese Sache hier erledigt ist.« Bis das Spiel sein Ende erreicht hatte. *Bis ich gewonnen habe.*

Chicago
Sonntag, 1. August, 22.45 Uhr

Dana zog sich weiter in den Schatten zurück und lehnte sich müde gegen die Mauer im Busbahnhof. Der Bus hatte eine Stunde Verspätung, das hatte ihr heute Abend wirklich noch gefehlt. Ihr Nacken war steif, weil sie so lange über dem Führerschein gesessen hatte, aber noch schlimmer war der Frost, den Evies kalte Schulter ausströmte.

»Du hast aber lange gebraucht, Liebes«, sagte eine amüsierte Stimme.

Dana fuhr so heftig zusammen, dass sie sich beinahe den Kopf an der Wand gestoßen hätte. Caroline stand ein paar Schritte von ihr entfernt. »Was machst du denn hier?«

»Ruby hat gehört, wie du Evie gesagt hast, dass du heute herkommen würdest, und Ruby hat es Beverly erzählt, die wiederum mich angerufen hat. Unter den gegebenen Umständen fanden wir alle es nicht besonders gesund, dass du noch einmal allein hier herumlungerst.«

Dana beäugte Carolines ausladende Körpermitte misstrauisch. »Ausgerechnet du willst mich vor Goodman beschützen? Mit was – einer Bauchnuss? Oder hast du vor, dich einfach auf ihn draufzusetzen?«

Caroline zog eine Braue hoch. »*Ich* bin nicht allein gekommen.« Sie warf einen Blick in den Wartesaal, wo Dana einen ihr wohl bekannten Stock und einen großen Mann sah, der Zeitung las.

»Max«, murmelte Dana. »Du bist verrückt, weißt du das?«

»Ach, und du nicht? Hier einfach mutterseelenallein mitten in der Nacht herumzustehen? Glaubst du wirklich, du bist kugelsicher?«

Mit einem Seufzen ließ Dana ihren Kopf zurück an die Wand sinken. »Nein. Ich bin nicht kugelsicher.«

»Du kannst Evie nicht ausschimpfen, weil sie zu einer Beerdigung geht, und dann selbst durch die Nacht laufen.

Wenn du nicht an deine eigene Sicherheit denken willst, dann denk an meine.« Sie verschränkte die Arme über ihrem Bauch. »All dieser Stress ist ganz schlecht für mich. Ich muss umsichtig behandelt werden. Ich bin momentan schwer empfindlich.«

Dana schnaubte. »Ausgerechnet.« Sie wandte den Kopf, um Caroline zu betrachten. »Evie ist schon wieder stinksauer auf mich.«

»Und ich würde sagen, dieses Mal ist sie im Recht. Warum hast du mich nicht angerufen?«

»Weil du schwer empfindlich bist.«

Caroline zeigte ihr Grübchen. »Touché.« Dann wurde sie wieder ernst. »Geh nach Hause. Ich fange die Frau ab und bringe sie dir.«

»Sie wird sich vor Max fürchten.«

Caroline schüttelte den Kopf. »Das sagst du immer. Aber ich denke, das kriegen wir hin.«

»Nein.« Müde schloss Dana die Augen. »Und jetzt Schluss mit der Diskussion.«

»Aber …« Doch Caroline brach ab. »Gnade. Da ist *er*.«

Dana öffnete die Augen und riss sie weit auf. »Lieber Himmel.« Ja, da war er. Ethan Buchanan persönlich. Er kam mit dem Mann, der, wie sie wusste, der Security-Manager war, aus dem Büro des Busbahnhofs. Ethan und Bush schüttelten sich die Hände, und Ethan setzte sich in ihre Richtung in Bewegung. Hinter ihr lag der Ausgang.

Dana zog Caroline aus dem Schatten. »Komm. Ich will nicht, dass er meint, ich würde mich immer hier im Dunkeln rumdrücken. Du und ich sind hier, um eine Freundin abzuholen, die zu schusselig war, sich den Abfahrtstermin

144

vom Bus heute Morgen zu merken. Deswegen war ich heute Morgen hier, und deswegen bin ich jetzt auch hier. Alles klar?«

»Ja, doch. Autsch. Zieh nicht so fest.« Caroline grinste breit. »Ich muss umsichtig behandelt werden.«

»Herrgottnochmal.« Dana hielt neben einer Sitzreihe an. »Dann setz dich schon.« Sie schaute auf und sah, dass Ethan sie schon entdeckt hatte.

Er war stehen geblieben und starrte sie an, und wieder spürte sie seinen Blick wie eine Berührung, die ihr durch Mark und Bein ging. Wieder begann ihre Haut zu prickeln und ihr Herz zu rasen.

Er setzte sich erneut in Bewegung und verringerte die Distanz zwischen ihnen mit raschen, kräftigen Schritten. Ihr stieg das Blut in die Wangen. Sie überlegte, was sie zu ihm sagen sollte, und spürte, wie ihr Gesicht noch heißer wurde, als sie an die aufregenden Bilder dachte, die sie am Nachmittag heimgesucht hatten.

Und dann war er da, stand vor ihr. Blickte sie an mit diesen ruhigen grünen Augen. Und sie wäre am liebsten in Ohnmacht gefallen. »Hallo.«

Er lächelte. »Auch hallo. Verfolgen Sie mich, Dana?«

Dana erwiderte das Lächeln, während jeder Nerv in ihrem Körper »Pling« machte. »Nein, leider nicht. Meine Freundin hat nur wieder angerufen, genau wie ich es erwartet hatte.«

Er sah über ihre Schulter und betrachtete Caroline. »Ich finde nicht, dass sie sehr schusselig aussieht.«

Caroline kicherte. »Hiev mich hoch, Dana, damit ich deinem Kriegshelden würdevoll begegnen kann.«

Dana entging nicht, dass seine Augen sich weiteten, als er eine Hand ausstreckte, um Caroline auf die Füße zu ziehen. »Bitte vorsichtig, Ma'am. Ich habe schon viele Dinge im Leben gemacht, aber Kinder zur Welt bringen gehört nicht dazu.«

Caroline zupfte ihr Schwangerschaftsoberteil zurecht und schüttelte dann die Hand, die er ihr bot. »Ich bin nicht die schusselige Freundin. Ihr Bus hat eine Stunde Verspätung. Und meine Wehen werden auch nicht gleich einsetzen, keine Sorge. Ich bin Caroline Hunter, Danas nicht-schusselige Freundin.«

»Na ja, das wollen wir noch mal sehen«, knurrte Dana. »Das letzte Wort dazu ist noch nicht gesprochen. Caroline, das ist Ethan Buchanan.«

»Schön, Sie kennen zu lernen, Mr. Buchanan.«

»Nennen Sie mich bitte Ethan.« Er begegnete Danas Blick, und sie sah die dunklen Schatten der Müdigkeit auf seinem Gesicht. Aber es war mehr als nur schlichte Müdigkeit. Sie sah Sorge und etwas, das Verzweiflung sehr nah kam. Das Lächeln auf seinen Lippen erreichte nicht annähernd seine Augen. »Also gibt es wirklich eine schusselige Freundin. Ich gebe zu, ich hatte meine Zweifel.«

Sie wünschte sich so sehr, die Hand heben zu können und ihm die Sorge aus dem Gesicht zu streicheln, doch sie hielt die geballten Fäuste an ihren Seiten. »Also sind Sie wirklich ein Sicherheitsberater. Ich gebe zu, ich hatte meine Zweifel.«

»Offensichtlich waren Sie heute sehr fleißig«, bemerkte Ethan. »Sie scheinen einiges über mich herausgefunden zu haben.«

»Ich wollte mich nur rückversichern. Ich bin eine alleinstehende Frau. Da kann man nicht vorsichtig genug sein.«
Er wirkte überrascht bei dem Gedanken. »Wahrscheinlich
haben Sie Recht. Habe ich die Musterung bestanden?«
»Fürs Erste. Sie sehen müde aus, Ethan. Haben Sie den
ganzen Tag gearbeitet?«
»Nicht den ganzen. Nachdem Sie heute Morgen gegangen
sind, habe ich ein paar Stunden geschlafen, dann ein wenig
herumtelefoniert.« Er deutete mit einer knappen Kopfbe-
wegung zum Büro der Security. »Ich hatte eine Verabredung mit dem Chef hier.«
»Um halb elf abends?«, fragte Caroline. Dana hätte beinahe vergessen, dass sie da war.
Ethan zuckte die Achseln. »Einen Geschäftstermin nimmt
man dann wahr, wenn man ihn kriegt, Ma'am.«
Caroline musterte ihn unverblümt. »Sie sind also in Kandahar verwundet worden.«
Ethan zog die Brauen hoch. »Da in der Gegend.«
Caroline betrachtete ihn von Kopf bis zu den Zehen. »Was
haben Sie sich denn verletzt?«
Nun grinste er, genüsslich und anzüglich, und Danas Emp-
findungen sammelten sich heiß zwischen ihren Beinen.
»Nichts, ohne das ich nicht leben könnte, Ma'am.«
Caroline lachte, schürzte dann aber die Lippen. »Und was
sind so Ihre Absichten, Ethan?«
Dana stieß tödlich verlegen die Luft aus. »Caroline«,
presste sie hervor. »Das tust du nicht.«
Caroline warf ihr nur einen strafenden Blick zu. »Ruhe.«
Sie wandte sich wieder Ethan zu, der leicht perplex wirkte.
»Nun?«

»Ich werde ganz der Gentleman sein, wenn es das ist, was
Sie meinen. Ist es das, was Sie meinen?«

Caroline nickte zufrieden. »So ungefähr. Sehen Sie den
Mann da drüben? Den mit der Zeitung?«

Ethan sah hinüber, dann wieder zu ihr. »Der große?«

»Genau. Er hat zwei Brüder, die beinahe genauso groß
sind. Und Dana gehört zu unserer Familie.«

Seine sehr hübschen Lippen zuckten, und diesmal schaffte
das Lächeln es bis zu den Augen. Dana bekam weiche
Knie. »Ich freue mich, dass Dana eine Familie hat, die sich
um sie sorgt. Aber Sie werden sie mir nicht auf den Hals
hetzen müssen. Das garantiere ich.«

Caroline strahlte. »Fein. Dana, hast du schon zu Abend
gegessen?«

Dana verschluckte sich beinahe. »Nein. Caroline, ich …«

»Ach, halt die Klappe. Ethan, haben Sie schon gegessen?«

Ethan bedachte Dana mit einem Grinsen. »Nein. Ich hatte
gerade vor, mir einen Burger zu besorgen.«

»Wissen Sie, Dana liebt Burger. Und sie soll auch Salat essen, ja? Wenn ich sie nicht dazu kriege, Gemüse zu vertil-
gen, dann wird sie in spätestens einer Woche an Skorbut
sterben. Die Frau lebt von Pommes frites.«

Ethans Lippen zuckten. »Skorbut kommt von einem Mangel an Vitamin C.«

Unbeirrt nickte Caroline. »Dann soll sie das auch essen.
Dana, gib mir deine Autoschlüssel. Ich bringe deine Freundin nach Hause.«

Sie streckte ihr die Hand hin und schnippte mit den Fingern. »Komm schon, ich habe nicht die ganze Nacht Zeit,
und Ethan hat Hunger. Die Schlüssel.«

Dana zog die Brauen zusammen. »Ethan, würden Sie uns bitte entschuldigen?« Sie zog Caroline zum Wartesaal, wo Max immer noch Zeitung las. »Caroline, was machst du da eigentlich?«

»Ich helfe dir. Du hast gesagt, du willst nicht, dass die Klientin sich vor Max erschreckt, und das kriege ich hin. Ich fahre sie in deinem Auto zum Hanover House, und Max folgt uns. Im Haus kann Evie übernehmen.«

»Und wie komme ich nach Hause?«

»Nimm die EL. Oder besser nicht die Bahn – ein Taxi.« Sie wühlte in ihrer Tasche und holte zwei Zwanziger hervor. »Fürs Taxi. Dana, diskutier nicht mit mir. Geh jetzt mit diesem Mann essen.«

Dana schob Carolines Hand weg. »Behalt dein Geld. Ich habe genug für einen Burger und ein Ticket. Warum machst du das? Er könnte ein Axtmörder sein.«

Caroline schniefte. »Mein Gott, der Kerl hat nicht mal einen Strafzettel wegen Falschparkens gekriegt. Der ist quietschsauber.«

Dana zog die Brauen zusammen. »Und woher weißt du das?«

Caroline blickte unschuldig zur Decke. »Mia hat ihn überprüfen lassen.«

Dana presste sich die Finger an die nun schmerzenden Schläfen. »Überprüfen lassen.«

Caroline grinste. »Das war nur klug. Du bist eine alleinstehende Frau. Man kann nicht vorsichtig genug sein. Die Schlüssel bitte.«

Max senkte die Zeitung. »Dana, tu es einfach. Ich habe keine Lust, sie den ganzen Heimweg lamentieren zu hören, wenn du dich jetzt weigerst.« Und hob die Zeitung wieder, bevor sie protestieren konnte.

Dana klatschte die Schlüssel in Carolines ausgestreckte Hand. »Sie heißt Shauna Lincoln.«

»Ich kümmere mich drum.« Sie drückte Dana an sich. »Ruf mich morgen an.«

Dana drückte sie auch, eher dankbar als verärgert. Dies war ein Schritt, den sie allein in den nächsten Tagen wahrscheinlich nicht gegangen wäre. Wenn überhaupt jemals. »Und mach das ja nie wieder.« Sie rüttelte an Max' Zeitung. »Dank dir, Max.«

»Iss keine Zwiebeln. Vielleicht will er dich küssen«, sagte er trocken.

Dana verdrehte die Augen und ging davon, hörte jedoch noch Carolines Kichern. Ethan wartete ein paar Schritte entfernt und sah ihr entgegen, und beinahe augenblicklich stand ihr Körper in Flammen. Er hatte auf ihre Brüste gestarrt. Allein der Gedanke sensibilisierte sie, und Dana brauchte nicht an sich herabzuschauen, um zu wissen, dass man durch ihr bescheidenes Poloshirt harte Brustwarzen sehen konnte. Sie wollte schon ihre Arme verschränken, beschloss dann aber, es nicht zu tun. Er war eindeutig interessiert, und das war sie auch. Schüchterne Frauen erlebten keine Abenteuer.

Er schluckte, als sie vor ihm stehen blieb. Versuchte zu lächeln. Müdigkeit und Sorge verdunkelten noch immer seine Augen, aber nun lag eine Schärfe darin, die vorher nicht da gewesen war. Vielleicht gelang es ihnen, sich gegenseitig für eine Weile die Sorgen zu vertreiben. Und das schadete doch schließlich niemandem.

Er blickte zu der Stelle, wo Dana Caroline vermutete. »Hat sie versucht, Sie dafür zu bezahlen, damit Sie mit mir essen gehen?«

Dana schüttelte den Kopf. »Kirmesgeld«, sagte sie mit heiserer Stimme.

»Sie haben es nicht genommen.«

»Ich nehme nie Geld von ihr. Ich habe genug, um mit der EL nach Hause zu kommen.«

»Ich fahre Sie.«

Seine Stimme war so leise wie eine Liebkosung, und sie schauderte. »Vielleicht. Aber wie wär's jetzt mit echtem Chicagoer Essen?«

Er grinste. »Kriegt man da auch Gemüse? Nicht, dass Sie Skorbut kriegen.«

»Pommes frites sind Kartoffeln, und Kartoffeln sind Gemüse. Kommen Sie. Wir fahren nach Wrigleyville. Mit der EL.«

»Ich habe ein Auto.«

Sie schüttelte den Kopf. »Wir nehmen die Hochbahn.« Und wartete auf seine Ablehnung.

Aber er betrachtete sie nur einen Moment lang mit seinen ruhigen grünen Augen, wodurch ihre Körpertemperatur um ein paar Grad anstieg. »Alleinstehende Frau. Vorsicht. Schon verstanden. Wir nehmen die EL.«

7

Chicago
Sonntag, 1. August, 22.45 Uhr

Sue schloss leise die Bürotür hinter sich. Dupinsky war unterwegs, eine neue Klientin abzuholen, und Scarface hatte sich schmollend in ihr Zimmer eingeschlossen. Dupinsky hatte ein gutes Schloss in der Tür. Sue konnte die meisten Schlösser in zehn Sekunden knacken. Für dieses hatte sie elf gebraucht.

Sue konnte eine neue Identität bekommen, wenn sie danach fragte. Dupinsky schien zu glauben, dass es sich um ein ganz tolles Geheimnis handelte, aber laut Zellengenossin Tammy wusste es jeder. Aber aus Loyalität zu der Leiterin sagte niemand etwas. Niemand wusste, woher Dupinsky die falschen Pässe bekam, aber auf der Basis des Laminiergeräts und der Rasierklingen auf dem Tisch konnte Sue sich ihren Teil denken.

Das Schloss an der Schreibtischschublade ging leicht auf. Im Inneren fand sie einen fertigen Führerschein. Sue zog die Brauen hoch. Dupinsky hätte richtig dickes Geld verdienen können, wenn sie das als Hauptberuf gemacht hätte. Die Frau hatte Talent. Sue erkannte das Bild auf dem Schein. Es war Beverly, zwei Türen neben ihr. Außerdem entdeckte sie einen Reisepass mit vielen Stempeln darin, wieder mit Beverlys Bild darin. Führerscheine und Pässe. Gut zu wissen. Sue würde einen brauchen, wenn sie alles erledigt hatte und das Geld der Vaughns sicher irgendwo auf einem Auslandskonto deponiert war. Sie hatte keine Lust, in den guten alten Staaten zu bleiben und ständig über die Schulter blicken zu müssen. Sie würde nach Übersee gehen, und Paris klang ganz verlockend. Sie hatte vorgehabt, sich irgendwo neue Papiere zu kaufen, aber wenn Dupinskys Pässe so gut waren wie ihre Führerscheine …

Sie betrachtete Beverlys Fahrlizenz genauer. Ihre Gesichtsstruktur war ähnlich wie die von Sue. Ein bisschen Make-up, Kontaktlinsen und gefärbte Haare … es könnte klappen. Laut Ruby wollte Beverly in dieser Woche nach Kalifornien abreisen. Das Timing und die Umstände waren perfekt. Wenn Beverly erst einmal Hanover House verlassen hatte, würde einige Tage lang niemand erwarten, von ihr zu hören – wenn überhaupt. Niemand würde eine Vermisstenanzeige aufgeben oder sogar in den Leichenschauhäusern anrufen.

Chicago
Sonntag, 1. August, 23.45 Uhr

Sie befanden sich in einer Sports-Bar. Überall hingen Fernsehgeräte, und jedes zeigte etwas anderes. Es war eine willkommene Ablenkung von den körnigen Videos, die Ethan neun von den vergangenen zehn Stunden angesehen hatte. Als eine Pause nicht mehr aufzuschieben war, weil er so gut wie gar nichts mehr sah und sein Magen laut knurrte,

hatte er sich von Bush die Erlaubnis geholt, später wiederzukommen, und war gegangen. Und da war plötzlich sie
gewesen. Einen Sekundenbruchteil hatte er gedacht, er
habe sie sich aus lauter Müdigkeit eingebildet.

Dann hatten sich ihre Blicke begegnet, und es war dasselbe
Gefühl wie am Morgen gewesen. Die spürbare Spannung,
die Elektrizität, die plötzlich in der Luft gelegen hatte, und
der prompte Adrenalinschub hatten ihn durch das Buster-
minal getrieben. Und genau wie am Morgen hatte auch sie
es gespürt. Er hatte Bushs Büro verlassen, um Ablenkung
zu suchen, um seinen Kopf von allem frei zu machen, damit er frischer und ausgeruhter wieder an seine Arbeit zurückkehren konnte. Und er hatte wahrhaftig gefunden,
was er suchte.

Möglicherweise in mehr als einer Hinsicht.

Überall drängten sich Fans der Chicago Cubs – arme, irre-
geleitete Seelen, die sie waren –, aber er konnte sich nicht
beschweren. Durch die Enge drückte sich Danas Rücken
direkt an seine Brust und ihr rundes Hinterteil in seinen
Schritt. Doch obwohl sie sich so nah waren, musste er
brüllen, damit sie ihn hörte. »Darf ich dem hier entnehmen, dass Sie ein Cubs-Fan sind?«

Dana wandte sich um und zeigte ihm ein Grinsen, das eher
warnend als vergnügt war. »Bin ich, und wenn Sie es nicht
sind, dann würde ich Ihnen raten, das nicht allzu laut zu
sagen. Die Jungs hier sind high.« Sie deutete auf die Tafel
über der Bar. »Wir haben heute Abend gewonnen.«

Ethan neigte den Kopf zu ihrem Ohr. »Genießen Sie es. Es
könnte eine Weile dauern, bevor es wieder geschieht.«

Ihr Kopf fuhr herum, ihre braunen Augen verengten sich.

Ihre geschürzten Lippen waren nur Millimeter von seinen entfernt. Einen kurzen Moment war sie verblüfft über seine Nähe, dann weiteten sich ihre Augen. Ihre Lippen, voll und feucht, entspannten sich, öffneten sich ein winziges bisschen und boten das einladendste und provokanteste Bild, das er je gesehen hatte. Und sein Körper, ohnehin bereits leicht erregt von ihrem Anblick in diesem verdammten Busbahnhof, als sie auf ihn zugekommen war und sich ihre Brustwarzen durch das dünne Hemd gedrückt hatten, nahm plötzlich Fahrt auf.

Nur eine kleine Bewegung mit dem Kopf und er wusste, wie sie küsste. Und sie wollte es auch. Dessen war er sich sicher.

Doch ihre Augen verengten sich wieder, und ihre appetitlichen Lippen verzogen sich spöttisch, und er musste sich anstrengen, ihre Worte durch den Lärm und den zähen Nebel seiner Lust hindurch zu verstehen. »Zu Ihrer eigenen Sicherheit sollten wir dies lieber draußen diskutieren.« Sie bewegte sich auf die Bar zu und ließ ihn leicht vorgebeugt stehen, so dass er sich nicht nur wegen seiner steinharten Erektion wie ein Depp vorkam. Mit nicht geringen Schwierigkeiten streckte er sich, folgte ihr und zahlte wortlos die zwei Bier, die über die Theke auf ihn zugerutscht kamen. Dana nahm beide Krüge und deutete mit dem Kopf auf eine Hintertür. »Draußen.«

Wieder folgte er ihr. Er bemerkte, dass mehr als ein Mann sie neugierig beäugte, und musste den dringenden Wunsch, jeden einzelnen allein fürs Gucken ins Auge zu piken, niederkämpfen. Aber er konnte es ihnen im Grund nicht verübeln. Mit Rundungen genau an den richtigen Stellen war sie in ihrem ärmellosen Poloshirt und dem schlichten Baumwollrock pure, wandelnde Sinnlichkeit.

Er wollte sie. So einfach war das. Und gleichzeitig entsetzlich kompliziert. Er hatte sich zugestanden, sich die Zeit zum Essen zu nehmen. Essen, nichts anderes. Sosehr er sich auch etwas anderes wünschte und solange es inzwischen auch schon her war. Er würde essen und sie dann nach Hause fahren. Dann zurück zu den Videos. Bis es wieder Zeit zum Essen war.

Wenn darin nicht eine gewisse Symbolik lag!

Sie erwischten einen Tisch am Rande des Biergartens, der an einem heißen Sommernachmittag im Schatten des Stadions – Wrigley Field – liegen würde. Er nahm ihr einen Krug aus der Hand und prostete ihr zu. »Auf das, was eine Gewinnserie werden könnte.«

Ihre Lippen zuckten. »Mögen Sie Baseball, Buchanan, oder machen Sie sich nur gerne über Verlierer lustig?«

»Das wissen Sie nicht? Ich dachte, Sie hätte mich überprüft. Mich und meine … verwundeten Körperteile, heißt das.«

Ihr schoss das Blut in die Wangen.

»Auf Ihrer Website steht nichts über Ihre Baseballleidenschaften.«

Er trank nachdenklich einen Schluck Bier, ohne sie aus den Augen zu lassen. »Orioles Fan.«

Sie schnitt ein Gesicht. »Ah ja. Sie leben in D. C. Baltimore ist dann das nächste Team.«

»Ich lebe jetzt in D. C., aber ich bin schon immer ein Orioles-Fan gewesen. Und Sie – hängen Sie Ihr Herz immer an Verlierer?«

Etwas veränderte sich in ihrem Blick. »Ja«, murmelte sie.

156

»Ich denke ja.« Dann schenkte sie ihm wieder ein Lächeln.
»In Washington leben Sie also. Und wo ist Ihr Zuhause?«
»Maryland. Eine kleine Stadt an der Ostküste namens
Wight's Landing.« Und seine Gedanken rasten augen-
blicklich zurück zu der Leiche im Schuppen und zu dem
Foto von Alec, der gefesselt und geknebelt am Straßen-
rand lag. Plötzlich ruhelos, fixierte Ethan die Lichter der
Skyline in der Ferne und fragte sich, ob er überhaupt in
der richtigen Stadt war. Ob Alec hier war oder tausend
Meilen entfernt. Ob Alec verletzt war oder schon tot …
Das werde ich mir nie verzeihen.
Er fuhr zusammen, als Danas Hand seine Faust berührte.
Er hatte nicht bemerkt, dass er sie geballt hatte. Und dann
starrte er in die warmen braunen Augen, die ihn besorgt
musterten. »Was ist los, Ethan?«, murmelte sie.
Für einen Moment zog er tatsächlich in Betracht, ihr alles
zu sagen. »Nichts, was einer von uns im Augenblick wieder hinbiegen könnte.«
Sie neigte den Kopf. »Ich kann gut zuhören. Wenn Sie
reden wollen.«
Etwas an der Art, wie sie es sagte, ließ ihn aufhorchen. Es
klang routiniert. Nicht falsch oder unecht, sondern so, als
habe sie diese Sätze schon viele, viele Male zuvor ausgesprochen. Und plötzlich wollte er reden. Wollte, dass sie
zuhörte. Vielleicht nur, damit diese schönen Augen ihn
weiterhin ansahen, damit er die tröstenden Worte ihrer
samtigen Stimme hören konnte. Vielleicht nur, um das Gefühl der Ruhe in diesem Sturm, der um ihn herum tobte,
noch ein wenig länger festzuhalten.
Also zuckte er die Achseln. Und begann. »Wann immer

157

ich an zu Hause denke, denke ich auch an zwei Freunde von mir. Brüder.«

Sie zog die Brauen hoch. »Ihre Brüder?«

»Nein. Die beiden waren Brüder. Ich bin bei meiner Großmutter in Whight's Landing aufgewachsen, und die beiden kamen jeden Sommer von Baltimore herunter. Richard und Stan.«

»Und wo sind sie nun, Richard und Stan?«

Ethan biss die Zähne zusammen.

»Richard ist tot. Feindliches Feuer außerhalb von Kandahar.«

»Wo Sie verwundet wurden«, sagte sie leise. »In dem Newsletter, den ich gefunden habe, stand, dass Ihr Auto auf eine Landmine gefahren ist und Sie anschließend unter feindlichem Beschuss standen. Ich nehme an, Richard hat es nicht geschafft.«

»Er ist gestorben, weil er mich schützen wollte.« Ethan blickte zur Seite. »Wir wurden aus dem Auto geschleudert, und ich verlor das Bewusstsein, aber Richard nicht. Er hätte zum Humwee kriechen und ihn als Deckung benutzen können, bis die Sanitäter uns erreicht hätten.«

»Aber das hat er nicht getan. Er ist bei Ihnen geblieben.« Sie tippte an seine Faust, bis er sie ansah. »Genau wie Sie es getan hätten, wenn die Situation umgekehrt gewesen wäre. Aber das wissen Sie, nicht wahr?«

»Ja«, sagte Ethan bitter. »Ich weiß.«

»Aber um drei Uhr morgens erwischt es Sie trotzdem. Es kann unerträglich sein, zu den Überlebenden zu gehören. Schuldgefühle, die zusätzliche Verantwortung ... Sie wurden verschont. Er nicht. Viele Leute fragen sich plötzlich warum, fragen nach einem Sinn, für den sie zuvor nicht empfänglich gewesen sind.«

Ethan blinzelte. »Sie klingen wie der Psychiater im Krankenhaus.« Besser eigentlich. Der Psychiater hatte bei den Schuldgefühlen aufgehört. Das mit der Verantwortung war etwas, das er selbst begriffen hatte.

Sie hob die Schultern. »Und Stan war ebenfalls bei den Marines? Mit Ihnen und Richard?«

Ethans Lächeln war grimmig. »Nein. Stan war noch nie besonders diszipliniert.«

»Sehen Sie sich noch?«

Nur, wenn er etwas von mir will. »Wir verstehen uns nicht mehr besonders gut, seit Richard tot ist.«

»Er gibt Ihnen die Schuld.«

»Das könnte man so sagen.« Ethan nahm einen großen Schluck Bier. »Ja, allerdings.«

Sie rieb seine Faust mit ihrer Handfläche, bis er sich ein wenig entspannte. »Das ist … nicht nett.«

Ethan lachte rau. Er dachte an Stan, der seine Frau betrog, Stan, der ihm verbot, Alec zu besuchen, Stan, der McMillans Leiche im Meer versenken wollte. »Tja, das trifft es ganz gut. Nicht nett.«

Ihre Fingerspitzen strichen über seinen Handrücken. »Und war Richard auch ein Orioles-Fan?«

Ethan schaute auf und sah ihr Lächeln. »Ja, und ob. Er hat kein Spiel im Fernsehen ausgelassen. Wann immer er die Möglichkeit dazu hatte, kaufte er uns Tickets in der Fankurve.« Beide schwiegen eine Weile und blickten auf die Außenmauern des Wrigley, und er sah sich und Richard als Jungen, wie sie zu den billigen Plätzen im alten *Memorial*

Stadium in Baltimore liefen und ihr Geld in Hotdogs anlegten. Dann lächelte er, als eine beinahe verschüttete Erinnerung in sein Bewusstsein stieg. »1985 erwischte Richard einmal einen Ball. Gott, war ich neidisch. Aber dann stand ich trotzdem mit ihm am Mannschaftseingang und wartete auf Eddie Murray, damit er ihn ihm signierte.«

Sie grinste. »Steady Eddie. Fünfundachtzig war sein bestes Jahr. Er hat – wie viel RBIs gemacht? Hundertfünfundzwanzig?«

Er zog die Brauen hoch. »Eins vierundzwanzig. Die meisten Mädchen, die ich kenne, haben keine Ahnung von Punkten.«

»Ich kannte die Statistiken besser als jeder Junge in meiner Klasse. Und, hat er es getan? Den Ball signiert, meine ich?«

»Ja. Er und vier andere Spieler.«

Sie grinste wieder. »Ihr Jungs müsst im siebten Himmel gewesen sein.«

»Das kann man wohl sagen, aber als wir nach Wight's Landing zurückkehrten, hatte Richard plötzlich ein schlechtes Gewissen. Wir hatten mitten im Spiel die Plätze getauscht, weil da ein Mädel war, das er ansprechen wollte. Hätten wir das nicht getan, hätte ich den Ball vielleicht gefangen.«

»Und Sie waren an dem Mädchen nicht interessiert?«, fragte sie.

»Nee, damals nicht. Cal Ripken war auf dem Feld.«

»Oh, das verstehe ich natürlich«, sagte sie. »Das lässt jedes Mädchen verblassen.«

»Na ja, damals vielleicht. Aber Richard war ohnehin in diesem Bereich immer etwas schneller als ich. Als Erster eine Freundin, als Erster –« Er brach ab, aber ihr leises Lachen sagte ihm, dass sie es sich bereits gedacht hatte. »Als Erster *verheiratet,* wollte ich natürlich sagen.« Er schüttelte grinsend den Kopf. »Wie auch immer, auf dem Nachhauseweg stritten wir uns darüber, wer den Ball behalten durfte. Wir warfen eine Münze.«

»Und Sie haben gewonnen?«

Ethans Kehle verengte sich plötzlich, und er musste sich räuspern, bevor er antworten konnte. »Nein.« Er schluckte, entsetzt, dass die Erinnerung ihn so stark berührte. »Er. Und anschließend entschuldigte er sich jeden Tag vom Rest des Sommers, bis ich ihn am liebsten erwürgt hätte.«

Ihre Finger drückten seine Hand. »Und das Mädchen. Was war mit ihr?«

»Im Herbst danach kamen sie zusammen und heirateten acht Jahre später, nachdem wir den Abschluss an der Academy in der Tasche hatten.« Wieder verengte sich seine Kehle. »Ich war Trauzeuge.«

»Und der Ball? Existiert er noch?«

»Er liegt in einem Glaskasten im Bücherregal in meinem Schlafzimmer. Er hat ihn mir in seinem Testament vermacht.«

»Haben Sie ihm den Ball missgönnt, Ethan?«

In ihrer Stimme lag etwas, eine Autorität, der er sich nicht verweigern konnte. »Nein.«

»Aber Sie hatten die Plätze getauscht. Er saß auf Ihrem.«

Etwas in ihm rührte sich. »Richard war zur rechten Zeit am rechten Ort.«

»Umgekehrt hieße das, dass Sie zur falschen Zeit am falschen Ort gewesen sind. Wie an jenem Tag.«

An jenem Tag.

Genau so bezeichnete er die Sache auch immer in seiner Erinnerung. »Als ich zur falschen Zeit am falschen Ort gewesen bin.« Die Worte waren heraus, bevor er sie zurückhalten konnte.

»Im Ernst?« Sie hob die Brauen. »Sie wollten sterben?«

»Nein.« Nun wütend, schob er den Krug in die Tischmitte. »Ich wollte nicht sterben.«

»Glauben Sie, dass Richard Ihnen Ihr Leben missgönnen würde?«

»Es gibt einen verdammt großen Unterschied zwischen einem Ball und einem Leben.«

»Ja, richtig. Aber würde er?«

»Nein.« Er stieß bebend den Atem aus. »So ein Mensch war er nicht.«

»Ethan … manche Menschen finden ihr ganzes Leben keinen solchen Freund. Sie schon.«

Ihm wurde plötzlich angenehm warm, und er dachte an Richard als den Freund, der er war. »Ist Caroline eine solche Freundin für Sie?«

Ihre Lippen zuckten. »Oh, ja. Aber sie hätte nie im Leben nur einmal die Münze geworfen. Erst wäre es zwei zu drei gewesen, dann drei zu fünf. Sie ist ein winziges bisschen starrsinnig.«

»Das habe ich mir schon gedacht. Ich muss zugeben, ich bin seit Academy-Zeiten nicht mehr von der Familie einer Verabredung unter Druck gesetzt worden. Und damals beschloss ich, dass das Mädel das Risiko nicht wert war.«

»Und heute?«

Er drehte die Hand um und schob seine Finger in ihre.

162

Keine noch so große Brüderarmee würde ihn von ihr fernhalten können. »Ich bin hier, oder?«

Sie senkte den Blick auf ihre verschränkten Hände und
starrte darauf, als ob der Anblick etwas Fremdes sei. »Ja.
Ja, das sind Sie.«

Die braunen Augen, die ihm eben wieder Mut gemacht
hatten, wirkten plötzlich sehr verletzlich, sehr unsicher.
Traurig. Und er wusste nicht genau, was er sagen konnte,
um ihr dasselbe Maß an Frieden zu geben, das sie ihm hatte vermitteln können.

Doch dann blinzelte sie energisch, und der Ausdruck war
fort. Mit einem strahlenden Lächeln sah sie der Kellnerin
entgegen, die eine ausladende Platte Chicken Wings und
zwei riesige Burger anschleppte. Dana nahm sich eine
schlappe Stange Sellerie von der Platte und biss ein Stück
ab.

»Gemüse. Jetzt kann ich wenigstens Caroline gegenüber
mit Fug und Recht behaupten, ich hätte Gesundes gegos-
sen.« Lustvoll biss sie in einen Hähnchenflügel und seufzte.
»Ich war hungriger, als ich gedacht hatte.«

Während Ethan sich seinen Teller belud, dachte er über
den traurigen Ausdruck in ihren Augen nach, den er eben
gesehen hatte. Er hätte gerne gewusst, was ihn ausgelöst
hatte. Und in welchen Winkel ihres Bewusstseins sie ihn
verstaut hatte. Sie behauptete, gut zuhören zu können,
und was er erlebt hatte, bestätigte das. Aber ob sie auch
eine ebenso gute Rednerin war? Er bezweifelte es.

Chicago
Montag, 2. August, 1.00 Uhr

Sue schlüpfte in Scarfaces Zimmer und betrachtete das schlafende Mädchen eine Weile. Es würde so leicht sein, diese angehende Sozialarbeiterin loszuwerden. Aber obwohl es ausgesprochen befriedigend gewesen wäre, wusste sie, dass eine solche Tat unerwünschten Aufruhr erzeugen würde.

Sue nahm sich Scarfaces Camouflage-Make-up und schob es sich in die Tasche. Sie brauchte es, um einige unveränderliche Merkmale zu überdecken, bevor sie loszog, um den Vaughns die nächste E-Mail zu schicken. Sie wandte sich von dem Mädchen im Bett ab. Ihre Zeit würde noch kommen, genau wie Dupinskys oder die der zuckersüßen Caroline. Doch zunächst musste sie sich um die Vaughns kümmern.

Und außerdem hatte sie eine Verabredung. Ihr Blut rauschte bereits erhitzt durch ihre Adern. Er würde der erste Name von der Liste sein, den sie streichen konnte. Leroy Vickers.

Chicago
Montag, 2. August, 1.45 Uhr

Das war ja mal wieder typisch, dachte Dana verschnupft, banal, aber umso wahrer. Sie betrachtete Ethan Buchanan, der auf der Sitzbank neben ihr schlief, während die Lichter an den Fenstern der Hochbahn vorbeijagten. Sie war einfach nicht so gemacht. Sie hatte ihn besser kennen gelernt und erkannt, dass es kein Abenteuer geben würde. Kein heißer, schwitzender One-Night-Stand.

Keine Erleichterung also von den kleinen prickelnden Flämmchen, die sich im Laufe des Abends in ausgewachsene Sehnsüchte entwickelt hatten. Aber, verdammt, wem wollte sie etwas vormachen? Es hatte nie kleine prickelnde Flämmchen gegeben. Es waren Blitzschläge gewesen, die sie im Busbahnhof getroffen hatten, und das daraus entstandene Feuer hatte sich seitdem kontinuierlich ausgeweitet. Und dieser Moment, in dem sie sich in der Sports-Bar an ihn pressen konnte … *Gott.* Allein die Erinnerung an seine Erektion, die sich gegen ihr Hinterteil drückte, reichte aus, ihr Stunden später noch einen Schauder über den Rücken zu jagen. Sie hätte ihn küssen sollen, direkt nachdem er den gemeinen Hieb gegen die Cubs geführt hatte. Sie hätten Feuer gefangen – dann erst recht –, sich irgendwo ein Zimmer gesucht und wie die Karnickel gevögelt. So hätte sie ihn vielleicht aus ihrem Kopf und ihren Hormonen bekommen können. Ihre Reserven wieder auffüllen können. Aber sie hatte es nicht getan.

Nein, natürlich nicht. Stattdessen war sie hinausgegangen, hatte mit dem Mann gesprochen und festgestellt, dass er gut und freundlich und … ehrenhaft war. Nicht der Typ von Mann, den eine Frau zur eigenen Befriedigung benutzte und dann ablegte. *Zumindest bin ich keine solche Frau.* Mist. Er hatte sich ihr ganz geöffnet, hatte ihr von seinem besten Freund erzählt. Und ihr vertraut. Ihr Herz tat immer noch weh über das Elend, das sie in seinen Augen gesehen hatte. Es war zwei Jahre her, aber er fühlte sich noch immer schuldig an Richards Tod. Aber diese Art von Schuld verjährte nicht. Dana wusste das nur allzu gut.

Aber über seinen Freund zu reden hatte ihm geholfen, wie Dana es beabsichtigt hatte, und den Rest des Essens über war er regelrecht gesprächig gewesen. Er mochte Baseball und Kino, genau wie sie. Er liebte *Stirb langsam* und den *Terminator* und konnte die Statistik zu jedem Spieler der Liga herunterrasseln. Sie musterte sein Gesicht, das im Schlaf entspannt war. Die Statistik von jedem Spieler, der bis vor zwei Jahren aktiv gewesen war. Die neueren Zahlen kannte er nicht. Zuerst hatte sie geglaubt, dass er seit dem Vorfall in Kandahar an einer Art Gedächtnisverlust litt.

Aber der Grund war weit banaler. Nach seiner Entlassung aus dem Krankenhaus hatte Ethan sich in die Gründung seines Beratungsunternehmens gestürzt und geschuftet wie ein Ochse. Zu arbeiten lenkte von den Schuldgefühlen ab. Himmel, seine Arbeitswut war sogar hier, in dem hässlichen Waggon der Hochbahn, ersichtlich: Er schlief, weil er die ganze letzte Nacht über und das meiste des Sonntags gearbeitet und sich nur eine kurze Pause zum Essen mit ihr gegönnt hatte. Er hatte darauf bestanden, sie nach Hause zu bringen, anstatt direkt wieder zum Busbahnhof zu gehen. Aber es hatte nur fünf Minuten gedauert, bis das Ruckeln der Bahn ihn eingelullt hatte. Er war zu Tode erschöpft.

Und er war absolut begehrenswert. Aber obwohl es ihr in den Fingern juckte, ihn zu berühren, wusste sie doch, dass sie ihn nicht haben konnte.

Zum Glück näherten sie sich nun der Haltestelle, an der sie aussteigen musste. »Ethan.« Sie schüttelte ihn leicht. »Wachen Sie auf.«

Ethan fuhr hoch und setzte sich kerzengerade auf. Sein Puls schoss augenblicklich in die Höhe.

»Sie sind eingeschlafen«, sagte sie. »Fünf Minuten hinter Wrigleyville.«

Er hatte geschlafen. Und geträumt. Von Richard und Mc-Millan und Alec, aber über allem war Dana gewesen, Dana, die ihn an sich zog, die sich ihm willig öffnete, die ihn eindringen und ihm in der Wärme ihres Körpers Frieden finden ließ. Er hatte sich in ihr bewegt, sanft, langsam und genüsslich, rhythmisch …

Der Rhythmus, den er nun als Ruckeln des Zugs erkannte. Ärgerlicherweise war er wieder wach, blickte aber immerhin in ihre warmen braunen Augen. Er stöhnte. Er war hart und steif wie eine Lanze.

»Hier muss ich raus«, sagte sie.

Ethan blinzelte. Ihre Worte kamen ihm wie die surreale Verlängerung seines Traumes vor. »Wie bitte?«

Sie zeigte auf das Fenster, als der Zug in die Haltestelle einfuhr. »Meine Station. Ich steige hier aus.«

»Okay.« Er setzte zum Aufstehen an, aber sie drückte ihn sanft zurück.

»Sie müssen nicht auch aussteigen. Ich habe es nicht weit bis zu meiner Wohnung. Das geht schon.«

Er stand auf, und bei dem scharfen Schmerz in seiner Lendengegend wäre er beinahe zusammengezuckt. »Ich bringe Sie nach Hause, Dana«, sagte er durch zusammengebissene Zähne, und ihre Augen verengten sich.

»Also gut. Kein Grund, gereizt zu werden.«

Er folgte ihr hinaus, vor Schmerz beinahe hoppelnd. »Ich bin nicht gereizt.« Der Zug setzte sich wieder in Bewegung, und er bekam den ersten Eindruck von der Gegend, in der Dana wohnte. Und war entsetzt. »Soll das ein Scherz sein?«, fragte er heiser, weil es immer noch wehtat.

Sie war bereits ein paar Schritte gegangen, und er beeilte sich, sie einzuholen. Wenigstens wurde sein sexuelles Unbehagen jetzt durch eine rasch anwachsende Alarmbereitschaft ersetzt. Die meisten Fenster waren mit Brettern vernagelt, und er brauchte kein Cop zu sein, um in den Graffiti, die jede Mauer bedeckten, die Gang-Symbole zu erkennen.

Er packte sie am Arm, und sie blieb stehen. »Sie wohnen wirklich hier, nicht wahr?«

Ihre Wangen färbten sich dunkler, und ihre Augen blitzten. »Ja, wirklich.«

»Warum?«

Sie machte sich los. »Tut mir leid, dass ich kein Penthouse habe, aber etwas anderes kann ich mir nicht leisten.«

Er hatte sie in Verlegenheit gebracht, obwohl es das Letzte war, was er gewollt hatte. »Dana, es tut mir leid. Ich möchte diesen schönen Abend nicht ruinieren. Sehen Sie mich an, bitte.« Er drückte ihren Arm, als sie den Blick immer noch abgewandt hielt. »Und ich nehme auch jede Gemeinheit zurück, die ich über die Cubs gesagt habe.«

Ein kleines Lächeln huschte über ihre Lippen. »Jede einzelne?«

Er tat, als zögere er. »Oh, na gut. Jede einzelne.« Er legte einen Finger unter ihr Kinn und hob es an, doch sie hielt die Augen noch immer gesenkt. »Tut mir wirklich leid. Ich wollte kein Vollidiot sein.«

»Schon gut«, murmelte sie. »Ich stecke das meiste Geld in mein Geschäft. Da bleibt einfach nicht viel für Schnickschnack.«

Ein Mindestmaß an Sicherheit hätte er sicher nicht als Schnickschnack bezeichnet. »Ihr Fotostudio?«

»Etwas anderes habe ich nicht«, sagte sie langsam, und der Satz kam ihm seltsam vor.

»Ihre Arbeit ist Ihnen sehr wichtig.«

Sie zog die Brauen hoch. »Das von jemandem, der die letzten vierundzwanzig Stunden praktisch nur gearbeitet hat.«

Wenn sie nur wüsste. »Treffer und versenkt.« Er streckte ihr die Hand entgegen. »Kann ich Sie jetzt nach Hause bringen?«

Einen Moment lang zögerte sie, dann legte sie ihre Hand in seine und setzte sich wieder in Bewegung. Ethan war entschlossen, kein Wort mehr zu sagen, aber seine Entschlusskraft schwand rapide, als sie vor einem schmierigen, heruntergekommenen Haus anhielten. Zwei Betrunkene schliefen ihren Rausch im Hauseingang aus, ein dritter huschte davon in die Schatten. *Ach du Schande, dachte er. Und jeden Abend kommt sie hierher zurück.*

»Vielen Dank, Ethan«, sagte sie schlicht. »Es war ein sehr, sehr schöner Abend.«

Er schaute zum Haus hinauf und wieder hinunter. »Ich bringe Sie hoch.«

»Nicht nötig.«

»Für mich schon.« Er versuchte ein Lächeln. »Meine Großmutter hat mich anständig erzogen.«

Mit einem Seufzen führte sie ihn die Treppe hinauf. Die Anzahl der Betrunkenen und Junkies, die im Flur herumlungerten, stieg proportional zu seinem Ärger. Ein eigenes Geschäft zu haben war eine Sache. Sich selbst jedes Mal in Gefahr zu bringen, wenn man von der Arbeit kam, war etwas ganz und gar anderes.

Mechanisch schloss sie Schlösser und Riegel auf und schien den Gestank nach billigem Fusel, den der Penner keine fünf Schritte entfernt ausdünstete, gar nicht wahrzunehmen. »Vielen Dank, Ethan.« Ihre Lippen verzogen sich zu einem aufgesetzten Lächeln. »Ihre Großmutter kann stolz auf Sie sein. Gute Nacht.«

Verschwunden war die warme, mitfühlende Frau, die in ihm nur zwei Stunden zuvor solch einen Sturm an Gefühlen ausgelöst hatte. Und er wollte wissen, warum. »Bitten Sie mich herein. Bitte.«

Danas Blick huschte durch den Flur, aber während sie die Penner kaum noch wahrnahm, war sein höflicher, aber bestimmter Tonfall etwas, das sich nicht ignorieren ließ. Er würde sich nicht wegschicken lassen. Die Anstrengung, ihre sexuelle Frustration zu unterdrücken, kombiniert mit der Furcht vor seiner Reaktion, erzeugten einen bitteren Geschmack in ihrem Mund. Müde erkannte sie ihre Niederlage an.

»Kommen Sie.«

Sie beobachtete, wie er sich in ihrem Wohnzimmer umsah. Wusste, was er dachte. Wie kann sie nur hier leben? Nur wenige gute Freunde wussten, wieso sie es tat. Aber es war nichts, was sie einem Mann auf die Nase binden würde, den sie wahrscheinlich nie wieder sah.

Dies hatte sie zu vermeiden versucht. Aber sie hatte ihn nicht gut zum Hanover House einladen können, und er hatte ihre Wohnung ja sehen wollen. Er war vor ihrem alten Fernsehapparat stehen geblieben. »Ich habe diese Hasenohren-Antennen ewig nicht mehr gesehen«, sagte er, während er mit einem Finger das gebogene Metall nachzeichnete.

Wie es sich wohl anfühlen mochte, wenn er mit dem Finger auf ihrer Haut entlangstreichen würde? Ihr Mund wurde trocken. »Ich sehe nicht oft genug fern, als dass sich Kabel rentieren würde.«

Er warf ihr aus dem Augenwinkel einen Blick zu. »Sie stecken alles Geld ins Geschäft.«

Sie legte ihren Kopf zurück an die Tür. »Exakt.«

»Das ›Gute Nacht‹ draußen klang eher wie ›Leben Sie wohl‹. Sagen Sie mir Lebewohl?«

»Das wäre sicherlich einfacher«, murmelte sie.

Seine Schultern versteiften sich, und er stellte die Antenne wieder auf den Fernseher. »Als wir das Restaurant verließen, haben Sie gelächelt. Als ich in der EL aufwachte, nicht mehr.« Mit zwei langen Schritten stand er vor ihr. »Ich weiß, dass ich schnarche, aber nie so laut, dass ich damit Frauen verjage.«

Sie lächelte, obwohl ihr nicht danach zumute war. Und schüttelte den Kopf. »Ethan.«

Er senkte den Kopf und legte die Stirn an ihre, so sanft, dass sie am liebsten geweint hätte. »Dana.« Er umfasste ihr Kinn und strich ihr mit dem Daumen über die Haut. »Ich kann auch gut zuhören. Das habe ich doch schon gesagt.«

Und darin lag das Problem. Sie wünschte sich verzweifelt,

diesem Mann eine Chance zu geben. Sie hob traurig ihren Blick. »Ich suche keine feste Beziehung, Ethan. Das habe ich doch schon gesagt.«

Er richtete sich wieder auf und sah sie mit flackerndem Blick an. »Haben Sie. Und warum nicht?«

Sie schluckte. »Sie leben woanders. Und ich habe andere Prioritäten.«

Er presste die Lippen zusammen. »Ihr Fotostudio.«

»Unter anderem.« Sie schloss die Augen. »Obwohl ich eine heiße Nacht mit Ihnen in Erwägung gezogen habe.«

Sie spürte, wie er sich verspannte, obwohl er sie nicht berührte. »Tatsächlich.«

»Tatsächlich. Für mich ist es schon eine ganze Weile her, und …« Sie atmete kontrolliert aus. »Sie sind sehr attraktiv.«

Er räusperte sich. »Bin ich.« Es war keine Frage oder eine Bestätigung. Sie wusste nicht, was es war, also öffnete sie die Augen. Und sog scharf die Luft ein. Seine ruhigen grünen Augen glommen und blitzten. Brannten. Verbrannten ihre ohnehin schon überaus sensibilisierte Haut.

»Also dachten Sie, Sie nehmen sich, was Sie wollen, und schieben mich dann ab«, sagte er mit belegter Stimme.

»Nein.« Ihr Flüstern war heiser. »Ich dachte, ich nehme mir, was ich brauche, und Sie fahren wieder nach Hause. Nichts Schlimmes, niemand verletzt. Keine Komplikationen.«

Das Blut stieg ihm in die Wangen, und sein Atem beschleunigte sich. »Und was ist passiert, dass Sie Ihre Absicht geändert haben?«

Dana verdrehte die Augen. »Ach, das klingt so blöd.«

»Lassen Sie's darauf ankommen.« Er stemmte die Hände in die Hüften, und sie erkannte, wie sehr ihre Worte ihn erregt hatten. Sie verschränkte die Arme, um ihn nicht zu berühren.

»Sie sind ein netter Kerl.«

Seine Brauen flogen bis zum Haaransatz. »Das ist alles?«

Sie runzelte die Stirn. »Ein netter Kerl und ein Kriegsheld.«

Seine Lippen zuckten, und sie wünschte sich, er wäre wütend geworden. »Also springen Sie lieber mit einem feigen Mistkerl ins Bett als mit mir?«

Sie wäre am liebsten im Boden verschwunden. »Ich habe Ihnen ja gesagt, dass es blöd klingt.«

Er fuhr sich mit der Zunge über die Zähne. »Nein, ich finde es sogar ziemlich bemerkenswert. Dana, Sie haben heute etwas gesagt, das ein echter Volltreffer war. Die Überlebenden, meinten Sie, haben ein erhöhtes Verantwortungsgefühl. Wissen Sie, worüber Richard und ich uns unterhalten haben, kurz bevor wir auf die Mine fuhren? Über die Ehe. Insbesondere über seinen Erfolg in diesem Bereich und mein Versagen.«

»Sie sagten, Ihre Ex sei eher extern als exitus«, murmelte Dana.

»Jill ist eine wunderbare Frau. Wir haben einfach nur aus den falschen Gründen geheiratet. Richard war mit Brenda verheiratet, und Stan hatte gerade Randi geehelicht. Ich fühlte mich … außenstehend. Also marschierte ich los und suchte mir eine Frau. Das Problem war nur, dass ich mir nicht die Zeit ließ, mich zuerst zu verlieben, und sie wohl auch nicht, wie ich denke. Ich wusste vom ersten Tag an, dass wir einen Fehler gemacht hatten. Jill und ich entfernten uns voneinander, sobald wir aus den Flitterwochen zurückgekehrt waren, und dass wir auf zwei verschiedenen Kontinenten stationiert waren, half der Sache ganz sicher nicht.«

»Sie war auch ein Marine?«

»Sie ist Navy-Pilotin.« Dana hörte Stolz in seiner Stimme und spürte einen Stich Neid. Seine erste Frau hatte eine beachtliche Karriere hinter sich, und er glaubte, sie rackere sich für ein dämliches Fotostudio ab. »Ungefähr ein Jahr nach unserer Hochzeit rief sie mich an und sagte mir, dass sie jemand anderen kennen gelernt hatte. Es war beinahe eine Erleichterung. Ich wünschte ihr alles Gute, und das war's.«

»Ist sie glücklich?«

Sein Gesicht wurde weicher. »Ja, ist sie. Und ich freue mich für sie. Während wir verheiratet waren, bin ich nie fremdgegangen, aber nach der Scheidung …« Er zuckte die Achseln. »Wahrscheinlich hatte ich einiges aufzuholen. Ich benahm mich nicht wie ein Chauvi-Schwein, aber ich war auch bestimmt nicht die Hingabe in Person. Richard war erst ein paar Wochen zuvor in der Basis erschienen und war …« Er zog die Brauen zusammen. »Enttäuscht von mir. Hat mir die Hölle heiß gemacht. Meinte, ich sei jetzt lange genug herumgestreunt und sollte endlich mal zur Ruhe kommen. Eine Familie gründen.« Er blinzelte angestrengt. »Einen Erben in die Welt setzen«, fuhr er mit unsicherer Stimme fort. »Das war das Letzte, was er zu mir sagte.«

Der Schimmer in seinen Augen ließ sie erneut einknicken.

»Letzten Worten wie diesen kann man selten gerecht werden«, sagte sie leise.

»Also habe ich aufgehört, herumzustreunen, Dana. Ich habe angefangen, auf jemand Besonderen zu warten.«

Panik drückte ihr gegen die Brust. »Sie können mich nicht für etwas Besonderes halten«, sagte sie. »Das bin ich nicht.«

Er hob die Schultern. »Vielleicht nicht. Aber ich würde das verdammt gerne selbst herausfinden.« Er warf ihr einen harten Blick zu. »Du etwa nicht? Kannst du mir sagen, dass du es nicht auch fühlst, wenn ich dich berühre?«

»Das ist nur Lust, Ethan. Ich habe trotzdem noch Prioritäten, und du lebst immer noch woanders.«

»Kleinigkeiten, Dana. Im großen Plan des Lebens sind deine Arbeit und mein Wohnort nur Kleinigkeiten.« Sie schwieg, und er seufzte. »Es ist spät, und wir sind beide müde. Warum warten wir nicht einfach ab, wie … wie es weitergeht? Frühstücke morgen mit mir, und wir können uns noch ein bisschen unterhalten.« Er strich ihr mit einem Zeigefinger über die Wange. »Sieh es positiv«, sagte er mit rauchiger Stimme. »Du lernst mich besser kennen und stellst vielleicht fest, dass ich doch ein mieser Schuft bin, und dann kannst du dich ganz und mit Wonne auf den One-Night-Stand einlassen.«

Sie musste grinsen. »Frühstück ist nur noch ein paar Stunden entfernt.«

»Dann sieh zu, dass du schläfst. Wir treffen uns morgen im Coffeehouse um halb acht. Dann kannst du von da zur Arbeit gehen.« Er ging etwas in die Knie, bis er auf ihrer Augenhöhe war. »Na?«

Sie seufzte. »Okay.«

Sie sah Erleichterung in seinen grünen Augen. »Schön.« Er zögerte einen Moment, nahm dann sanft ihr Gesicht in die Hände und küsste sie auf die Stirn. »Gute Nacht. Und schließ die Tür hinter mir ab.«

»Mach ich.« Sie tat es und sank dann gegen die geschlossene Tür. Ihr Puls hämmerte. Was hatte sie getan? Sie hatte eingewilligt, ihn wiederzusehen. Das würde es nur noch schwerer machen, ihm Lebwohl zu sagen.

Aber was, wenn sie das gar nicht musste? Carolines Worte hallten in ihrem Kopf wider. Was, wenn sie Hanover House nicht mehr leiten musste? Hatte sie nicht auch ein Recht auf ein eigenes Leben?

Sie betrachtete den Boden ihres Wohnzimmers, den abgewetzten Teppich, der absichtlich schief lag. Dann blickte sie auf ihre Hände. Und erinnerte sich. Ethan fühlte sich noch nach zwei Jahren schuldig. Sie noch nach zwölf. Dies war ihr Leben. Und darin war kein Platz für Ethan Buchanan.

Sie wartete fünfzehn Minuten, dann verließ sie ihre Wohnung und verriegelte sie. Sie hasste es, in ihrer Wohnung zu schlafen, wo sie unweigerlich die falschen Träume plagten. Sie würde heute Nacht im Hanover House schlafen. Im Übrigen hatte sie eine neue Klientin, um die sie sich kümmern musste.

8

Chicago
Montag. 2. August, 7.25 Uhr

Ethan saß in einer Nische in Bettys Coffeehouse und versuchte damit fertig zu werden, dass er gleichzeitig müde und aufgekratzt war. Nachdem er Danas Wohnung verlassen hatte, war er erfrischt und arbeitswillig wieder zum Busbahnhof zurückgekehrt und hatte nach weiteren Stunden endloser Bändersichtung endlich einen kurzen Blick auf Alec erhascht.

Clay ging beim ersten Klingeln ans Telefon. »Hast du ihn auf dem Video gefunden?«

»Ja. Ich hatte gedacht, dass er am Donnerstag mit dem Nachtbus von Indianapolis gekommen sei, aber ich habe gesehen, wie er aus dem Freitagmorgen-Bus gestiegen ist.«

Clay stieß den Atem aus. »Gott sei Dank. Wir hatten hier eine verdammt lange Nacht. Randi will mit dir reden.«

»Ethan, du hast ihn gesehen?« Randis Stimme bebte. »Bitte sag mir, dass es ihm gut geht.«

Ethan stellte sich Randi vor, wie sie die ganze Nacht neben Clay gesessen und darauf gewartet hatte, dass sein Handy klingelte, und er empfand einen Moment lang den gleichen Schmerz wie sie. »Ich habe ihn nur ganz kurz gesehen, als er aus dem Bus ausstieg. Er sah groggy aus, war aber offenbar nicht verletzt.«

Sie schluchzte. »Ethan, versprich mir, dass du suchst, bis du ihn gefunden hast.«

Sie tat ihm so unendlich leid. »Schlaf ein bisschen, Randi. Ich verspreche dir, dass ich nichts unversucht lasse.«

Clay nahm das Telefon wieder. »Bleib dran, ich muss mal eben rausgehen.« Einen Moment später war er wieder dran. »So, jetzt können wir in Ruhe reden. Randi ist mir die ganze Nacht nicht von der Seite gewichen. Sie ist vollkommen am Ende.«

»Ich habe ihn nur ein paar Sekunden gesehen, Clay. Er wirkte, als ob er irgendetwas eingenommen hatte.«

»Man sollte meinen, dass es jemandem auffällt, wenn ein Zwölfjähriger torkelt.«

Ethan seufzte. »Im Busbahnhof? Wohl kaum. Drei Viertel der Leute, die dort herumlungern, wirken zugedröhnt. Vor allem, wenn sie aus den Nachtbussen kommen. Alec ist da nicht sonderlich aufgefallen. Aber die schlechte Nachricht ist, dass sie nach dem Aussteigen in der Menge verschwunden sind. Ich habe die Bänder aus der Eingangshalle und von jedem Bahnsteig überprüft, aber nichts mehr gefunden.«

»Wie lange hast du jetzt auf den Bildschirm gestarrt, Ethan?«

Ethan zuckte die Achseln und sah auf seine Uhr. Es war ein paar Minuten nach halb acht. Er konzentrierte sich auf die Eingangstür. Sie musste jeden Moment kommen. »Wahrscheinlich vierzehn Stunden von den letzten achtzehn. Ich habe allerdings ein paar Stunden geschlafen, also kannst du dir die Ermahnung sparen.« Und er hatte sich die Zeit genommen, mit Dana Dupinsky zu essen. Diese Zeit war erfrischender gewesen als Schlaf.

»Vielleicht sollte ich kommen und dir mit den Bändern helfen.«

»Das hätte zweifellos etwas. Ich kann nur noch wenige Stunden ohne Pause auf den Bildschirm starren, dann flackert alles. Ich bin von halb drei bis sieben bei der Security gewesen, musste jetzt aber wieder eine Pause machen. Und bis wir von ihr die nächste E-Mail kriegen, ist das die einzige Spur, die wir haben.«

»Ich könnte ein Flugzeug nehmen und bis Mittag bei dir sein.«

»Ja, könntest du, aber falls diese Frau jetzt eine Mail schickt, musst du da sein, um sie zurückzuverfolgen.«

»Ja, du hast Recht.« Clay klang nicht besonders glücklich über diese Aussicht. »Oh, übrigens habe ich deinen Sicherheitsmenschen mal unter die Lupe genommen. Diesen Bush. Er war ein guter Cop. Könnte sein, dass er auch ein guter Verbündeter ist.«

»Schön. Das dachte ich mir schon.« Ethan setzte sich aufrecht hin, als die Glocke an der Tür klingelte. Sein Herz machte einen zweiten Hüpfer, als Dana eintrat. Sie war pünktlich. Für ihn. »Ich muss jetzt Schluss machen. Ruf mich an, wenn etwas ist.«

»Moment. Ich bin noch nicht fertig. Alles klar mit dir?«

»Ja, mir geht's bestens.« Und das stimmte. Allein sie zu sehen, unter demselben Dach mit ihr zu sein, verlieh ihm frische Kraft. Er fühlte sich verjüngt, er konnte klarer denken. Sie suchte den Raum nach ihm ab, stand da, groß und schlank und stark, und einen Moment lang war er an die Szene in *Der Unbeugsame* erinnert, als Glenn Close in der Zuschauermenge aufstand und Robert Redford auf diese Art die magische Energie verlieh, mit der er den Ball aus dem Stadion schlagen konnte. Dana hatte denselben Effekt auf ihn, und er fühlte sich plötzlich, als könne er alles tun. Selbst Alec zu finden schien ihm plötzlich nicht mehr hoffnungslos.

Bevor er sich daran hindern konnte, war er auf den Füßen. »Mein Frühstück ist da, Clay.« *Und mein Mittag- und Abendessen,* dachte er. Sie war wie … ein Nährstoff. »Ich muss jetzt Schluss machen.«

»Ich kann auch mit dir reden, während du isst«, sagte Clay zwischen Verärgerung und Verzweiflung.

Ethan wusste genau, in welchem Augenblick sie ihn sah.

»Hat das, was du noch sagen willst, mit Alec zu tun?«, fragte er, während sie sich auf ihn zubewegte und ihm in die Augen sah. Die Luft blieb ihm in der Kehle hängen wie ein Fahrstuhl, der zwischen den Etagen stecken bleibt. Genau wie am vergangenen Abend, als er sie im Terminal gesehen hatte. Wie am Morgen zuvor, als ihre Blicke sich begegnet waren.

»Nein. Es geht um Stetson.« Ihren neusten Kunden. »Wir müssen überlegen, was wir den Leuten sagen, wenn du ihr Netzwerk diese Woche nicht fertig machen kannst. Könnte gegen den Vertrag verstoßen.«

»Clay, ich verspreche dir, ich rufe dich zurück und wir reden über alle Kunden, über die du reden magst. In einer Stunde, okay? Sag mir Bescheid, wenn du etwas Neues in Bezug auf Alec erfährst. Bis dann.« Er schnitt Clays frustrierten Ausruf mit einem Tastendruck ab, ließ sein Handy in die Tasche gleiten und streckte ihr die Hand entgegen. Sie war ähnlich gekleidet wie sechs Stunden zuvor, trug ein ärmelloses Poloshirt, das sich an Brüste schmiegte, die jeder Mann als Geschenk bezeichnen würde, und einen anderen schlichten Baumwollrock, der ihre schier unendlich langen Beine noch länger wirken ließ. Ethan fing bei ihrem Anblick beinahe an zu sabbern. Sein Körper hatte bereits bei dem Klingeln der Türglocke reagiert. Es war ein klassischer Pawlow'scher Effekt, aber das war ihm vollkommen egal.

Köpfe wandten sich um, als sie vorbeiging, aber sie bemerkte es nicht. Ihre braunen Augen waren auf ihn gerichtet. Ohne zu zögern, ergriff sie seine Hand, und es war genau wie zuvor. Wie ein Blitz durchfuhr es sie beide. Ihre Hand legte sich an seine Wange, strich über seinen Dreitagebart, und ihre Augen verengten sich, nicht misstrauisch, sondern besorgt.

»Was ist passiert?«, fragte sie, und wieder spürten beide die Verbindung, als würden sie sich seit Ewigkeiten kennen. »Du bist doch nicht zurück ins Hotel gegangen, um ein bisschen zu schlafen, richtig?«

Er wollte es leugnen, aber es ging nicht. »Ich habe schlechte Nachrichten von zu Hause bekommen.«

»Das tut mir leid.«

Er nahm ihre Hand, hielt sie an die Lippen, küsste die Handinnenfläche. Sah, wie ein Glühen in ihre besorgten Augen trat, wie das Blut in der Kuhle unter ihrer Kehle zu pulsieren begann, wie ihr Brustkasten sich schneller hob und senkte. Er warf einen kurzen Blick zur Theke hinüber, wo

Betty einmal mehr begeistert glotzte. »Wir setzen uns besser. Ich möchte nicht dafür verantwortlich sein, dass Betty dieses Jahr zum vierten Mal eingewiesen werden muss.«

»Sie würde bestimmt mit einem Lächeln auf den Lippen dahingehen.«

Sie setzten sich einander gegenüber, ihre Hände noch immer miteinander verschränkt. Ethan fuhr mit seinem Daumen über die Knöchel und wünschte sich innig, er hätte in der Nacht zuvor mehr getan, als nur ihre Stirn geküsst, während er gleichzeitig froh war, dass er es nicht getan hatte. Er lernte sie kennen, immer ein wenig mehr. Und er gab ihr Zeit, ihn kennen zu lernen.

Sie zog eine Braue hoch. »Gibst du mir jetzt ein Frühstück aus oder nicht?«

»Weiß nicht. Bringt mir das mehr Bonuspunkte ein?«

»Und wenn?!«

»Dann musst du selbst zahlen. Die Nette-Kerl-Spalte ist offensichtlich schon voll genug.«

Sie grinste, und Ethan rutschte unruhig auf seinem Sitz hin und her. Er war sofort erregt gewesen, als er sie durch die Tür hatte kommen sehen, aber den üppigen Mund lächeln zu sehen machte ihn steinhart. »Das ist ganz richtig, Mr. Buchanan.« Sie winkte Betty an ihren Tisch und bestellte Eier und Schinken für beide. Dann wurde sie wieder ernst. »Diese schlechten Nachrichten … kamen sie von deiner Familie?«

»Sozusagen. Eigentlich von Richards Familie. Aber sie sind alles, was ich noch habe.«

»Du hast gesagt, du bist bei deiner Großmutter aufgewachsen. Lebt sie nicht mehr?«

»Nein. Sie ist ein Jahr nach meinem Abschluss an der Akademie gestorben.«

»Und warum hast du bei deiner Großmutter gelebt? Wo waren deine Eltern?«

»Meine Mutter starb, als ich sieben war. Mein Vater war auf einem U-Boot irgendwo im Nordatlantik. Es dauerte über einen Monat, bevor er nach Hause konnte, also nahm Granny mich zu sich.«

Sie riss die Augen auf, diesmal aber vor Mitgefühl, als sie an den kleinen Jungen dachte, der ganz allein mit dem Verlust seiner Mutter fertig werden musste. »Das ist ja schrecklich.«

Wieder das achtlose Achselzucken, aber sie nahm es ihm nicht ab. »Mein Vater hat getan, was er konnte. Er hockte in einem U-Boot mit Atomwaffen, und wir waren mitten im Kalten Krieg«, sagte er spürbar reserviert. »Sie konnten nicht einfach auftauchen und ihn an der nächsten Haltestelle rauslassen.«

»Ich wollte dich nicht verärgern«, sagte sie ruhig. »Und ich meinte auch nicht deinen Vater oder die Armee. Ich habe nur an dich als kleinen Jungen gedacht. Du musst dich entsetzlich allein gefühlt haben.«

Er holte so tief Luft, dass sich die Knöpfe seines Hemds spannten. »Ich wollte mich auch nicht ärgern.«

Er betrachtete sie nachdenklich. »Habe ich noch nie zuvor.«

»Nie?«

»Jedenfalls nicht über meinen Vater.«

Betty tauchte an ihrem Tisch auf und stellte ihr Frühstück auf den Tisch. »Falls ihr noch was braucht, ruft mich einfach«, sagte sie und verschwand wieder, jedoch nicht, ohne noch ein paar Mal über die Schulter zu sehen.

Dana wartete, bis sie außer Hörweite war. »Dein Vater hat dich also noch nie in Rage gebracht.« Sie sagte es, als ob sie es nicht recht glauben konnte. »Und andere? Oder anderes? Was macht dich denn wütend?«

Das war eine gewichtige Frage, eine, die sorgsame Überlegung erforderte. Er schaute von seinem Teller auf. »Bist du sicher, dass du nicht doch mein Sternzeichen, meine Telefonnummer und meine Lieblingsfarbe wissen willst?«

Sie grinste. »Eigentlich schon, aber wenn du lieber darüber reden willst, nur zu.«

Sein Blick fixierte ihre vollen Lippen, und er fragte sich wieder, wie sie sich wohl auf seinen anfühlen würden. Dann sah er ihr wieder in die warmen, wachen Augen, und plötzlich erschien ihm ihre Frage gar nicht mehr so schwer zu beantworten. »Löwe, 205-555-8943, und Blau. Leute, die auf der Autobahn langsam fahren, Leute, die nicht zu ihrem Land stehen, und Leute, die kleinen Kindern etwas antun.«

Sie sog scharf die Luft ein. Nickte beim Ausatmen. »Klingt vernünftig. Wirst du jetzt, wo du die schlechten Nachrichten erhalten hast, wieder nach Hause fahren?«

»Muss ich irgendwann. Wann immer sie anrufen.«

»Kann ich dir helfen, Ethan?«

Er schüttelte den Kopf, war aber gerührt. »Nein, dabei leider nicht. Aber danke für das Angebot. Machst du so was immer?«

»Was?«

»Leuten Hilfe anbieten, die du kaum kennst? Gestern die alte Frau mit der Tasche, heute bin ich es.«

Ihr Lächeln war seltsamerweise selbstironisch. »Du bist nicht der einzige Samariter, der hier herumlungert. Im Übrigen dachte ich, ich würde dich so ein bisschen besser kennen lernen.« Sie streichelte seine Handfläche, bevor sie ihre Hand zurückzog. »Wie lange ist es her, dass du geschlafen hast, Ethan? Und ich rede nicht von dem Nickerchen in der Bahn.«

Er verzog das Gesicht. »Eine ganze Nacht lang? Ich glaube, am Donnerstag.«

»Dann sieh zu, dass du dich hinlegst.« Sie betrachtete ihn ruhig. »Ich kenne einen Hotdog-Laden in Wrigleyville, in der Nähe von der Bar, wo wir gestern gegessen haben. Die besten Hotdogs in der Stadt.«

Er musste lächeln. »Willst du dich mit mir verabreden? Ohne Carolines Hilfe?«

Sie erwiderte das Lächeln, und sein Herz vollführte einen kleinen Tanz in seiner Brust. »Sieht ganz so aus. Wie wäre es mit sieben Uhr heute Abend? Wenn du nicht da bist, dann versteh ich das.«

»Wie kann ich dich erreichen, wenn ich aufgehalten werde?«

Ihre Miene wurde gequält. »Bist du böse, wenn ich dich bitte, Betty anzurufen?«

»Nein«, sagte er und sah ihre Erleichterung. Und fragte sich, wer in ihrer Vergangenheit so wütend auf sie gewesen war, dass sie sich nun schon zweimal in fünf Minuten vergewissern musste, wie es um seine Laune stand. Er zog eine Visitenkarte aus seiner Tasche. »Die Nummer, die ich dir eben genannt habe, ist meine Handynummer. Ruf mich an, wenn du mich brauchst.«

»Okay.« Sie blickte auf ihre Uhr. »Ich muss jetzt langsam zur Arbeit zurück.«

»Ich bringe dich zu deinem Wagen.«

Draußen nahm er ihre Hand, und sie gingen in angenehmem Schweigen bis zu ihrem Auto, doch dort angekommen, wandte sie sich ihm zu und sah ihn wachsam an.

»Es wundert mich, dass du mir noch keinerlei Fragen gestellt und mich offensichtlich noch nicht überprüft hast. Wie kann das sein?« Sie wirkte, als würde ihr das Probleme bereiten.

»Gestern hatte ich keine Zeit dazu.«

»Und heute? Wirst du es heute machen?«

Er wusste, dass es ein Kinderspiel sein würde. Aber er schüttelte den Kopf. »Nein. Weil ich im Augenblick alles weiß, was ich wissen muss.«

»Im Augenblick«, wiederholte sie. »Also gut. Dann um sieben. Es sei denn, du wirst aufgehalten.«

»Dana, warte.« Er legte seine Hände auf ihre Schultern und drehte sie sanft zu sich herum. »Es gibt allerdings doch etwas, was ich wissen muss.«

In ihren Augen glomm Misstrauen. »Und was?«

»Nur dies.« Ohne eine Warnung senkte er den Kopf und legte seine Lippen auf ihre, nur ganz leicht, weil er nur zärtlich sein, nur probieren wollte, doch mit einem kleinen, heiseren Wimmern machte sie all seine guten Vorsätze zunichte, und was ein züchtiger Kuss hätte werden sollen, verwandelte sich in eine heiße, lustvolle sexuelle Begegnung. Er trat einen Schritt vor, drückte sie gegen ihren Wagen, und sie hob die Arme, schlang sie um seinen Nacken und stellte sich auf Zehenspitzen. Er drückte sich gegen sie, sie schmiegte sich gegen ihn, und bevor er sich selbst daran hindern konnte, legte er seine Hände auf ihre Brüste, strich mit den Daumen über die Spitzen, und sie versteifte sich in seinen Armen.

So hatte er es allerdings nicht geplant. Er wollte ihr nur einen kleinen Kuss geben, aber das Gefühl ihres Körpers an seinem hatte ihn die Beherrschung verlieren lassen. In weniger als einer Minute war sein Kopf vollkommen ausgefüllt mit dem Gedanken daran, in sie einzudringen, sie heiß und eng um sich zu spüren, ganz in und bei ihr zu sein. Aber Herrgottnochmal, sie standen am helllichten Tag auf einer belebten Straße. Was ihm vollkommen egal war.

Ethan riss sich zusammen und trat einen Schritt zurück. Ließ die Hände an seine Seiten sinken. Wartete darauf, dass sein Herzschlag sich wieder auf ein normales Maß verlangsamte, dass das schmerzhafte Ziehen in seinen Lenden sich verringerte. Sah zu, wie ihre Zungenspitze vorsichtig, prüfend über ihre Lippen fuhr und sich ihre Brüste unter dem schlichten, ärmellosen Polohemd, das sich unter seinen Händen so weich angefühlt hatte, hoben und senkten. »Es tut mir leid«, murmelte er.

Ihre Augen waren geweitet und glühten, aber sie begegnete seinem Blick, ohne mit der Wimper zu zucken. »Mir nicht.«

Er legte seine Fingerspitzen auf ihre feuchten Lippen und zeichnete sie langsam nach. Er hatte wissen wollen, wie es war, sie zu küssen. Nun wusste er es. Und er wusste auch, dass ein schlichter Kuss ihn niemals zufrieden stellen würde. Und verdammt, schlicht war der Kuss auch nicht gewesen.

Er holte tief Luft. »Dana?«

»Ja.«

»Das wollte ich gestern Nacht schon unbedingt tun. Und ich will es unbedingt wieder tun.«

»Ich auch.«

Der Atem, den er angehalten hatte, entwich mit einem Pfeifen. »Aber ich habe jetzt nicht mehr genug Zeit.«

»Ich auch nicht.« Sie stieg in ihren Wagen, blickte zu ihm auf, und die heiße Lust in ihren Augen ließ ihn die Fäuste ballen. »Wir sehen uns um sieben.«

Er stand da, wie im Asphalt angewurzelt, und sah ihr nach, als sie den Wagen vom Parkplatz steuerte und auf die Straße bog. Sie war gerade außer Sicht, als sein Handy klingelte.

»Bist du durch mit deinem Frühstück?«, fragte Clay beißend.

Ethan stieß hörbar den Atem aus. »Jap.«

»Dann hast du ja vielleicht Lust, wieder zur Arbeit zurückzukehren.«

Etwas in Clays Stimme sträubte ihm die Haare im Nacken. »Hast du einen Anruf gekriegt?«

»Eine E-Mail. Du musst irgendwo hingehen, wo du sie für mich zurückverfolgen kannst.«

Ethan begann, auf seinen Wagen zuzulaufen, und sein Herz hämmerte heftiger als eine Minute zuvor, als Dana Dupinsky in seinen Arme gelegen hatte. »Gib mir fünfzehn Minuten, dann bin ich im Hotel. Was stand drin?«

»Alec lebt noch.«

»Es hätte mich auch gewundert, wenn sie gesagt hätte, er sei tot. Ein Foto im Anhang?«

»Alec auf einem Doppelbett. Die Bezüge Baseball und Football.«

Ethan runzelte die Stirn. »Keins von den Hotels, in denen ich je untergekommen bin, hat solche Bettbezüge. Vielleicht hat sie ihn bei einer Privatperson untergebracht.«

»Ja, das habe ich auch gedacht. Unter Alecs Hand liegt eine Zeitung, das Datum von gestern. Der oberste Teil mit dem Städtenamen ist abgeschnitten.«

Gestern zumindest war Alec also noch am Leben gewesen. Ethan stieg das Blut in den Kopf. »Könnte es sich um eine Fotomontage handeln?«

»Du bist derjenige, der so etwas beurteilen kann. Ich schicke dir die E-Mail. Außerdem hat sie die Vaughns gelobt, weil sie die Bullen nicht eingeschaltet haben, und ihre Lösegeldforderung gestellt. Wenn sie ihn wiederhaben wollen, müssen sie fünf Millionen aufbringen. Einzelheiten später.«

Ethan bremste abrupt. »Stan hat doch gar nicht so viel Geld.«

Clay zögerte. »Doch, Kumpel, hat er.«

»Will ich wissen, woher?«

»Ich arbeite noch dran, aber fürchte, die Antwort lautet nein.«

»Verdammt.«

Chicago
Montag, 2. August, 7.30 Uhr

Die E-Mail zu schicken war lächerlich einfach gewesen. Sie hatte nicht einmal Rickmans Laptop dazu gebraucht. Sie hatte einfach einen Mail-Account bei Yahoo in einem Copy-Store eröffnet, wo der Angestellte zu angestrengt auf ihre Brüste in dem winzigen Tanktop gestarrt hatte, um sich ihren Ausweis genauer anzusehen. Das war auch gut so, denn Alicia Samson war nicht nur um einiges kleiner als Sue, sondern auch seit gestern als vermisst gemeldet, wie sie durch die Recherche bei der Zeitung von Morgantown herausgefunden hatte. Von jetzt an war ihr Pass nutzlos.

Nun stand sie vor dem Laden, in dem Leroy Vickers arbeitete, und wartete darauf, dass er sich blicken ließ. Es würde seine zweite Lieferrunde heute sein. Sue wusste das genau, weil sie jede Person auf ihrer »To-do«-Liste lange genug beobachtet hatte, um jede ihrer Bewegungen zu kennen. Und sie hatte alle allein gefunden, bis auf Vaughn. Um an die Vaughns heranzukommen, hatte sie James' Hilfe gebraucht. Er hatte die alte Frau in Florida aufgespürt, und von da an hatte Sue wieder allein fortfahren können. Sie brauchte ihn nicht länger und wünschte sich, sie hätte bei der Tötung genau dieselbe Sorgfalt an den Tag gelegt wie bei der alten Frau. *Denn jetzt wird sich James von nichts aufhalten lassen, um* mich *aufzuhalten.*

Nervös blickte sie sich um und verfluchte dann ihre Paranoia. James war in Chicago gewesen und hatte versucht, ihre alten Mitstreiter dazu zu bewegen, sie für Geld zu verraten. Aber Donnie Marsden hatte seit dem Tag, an dem James bei Earl und Lucy gewesen war, nichts mehr von ihm gehört. Und Sue hatte keinesfalls vor, Donnie zu verraten, wo sie sich aufhielt. Nur für den Fall, dass er doch Lust auf ein kleines Zubrot bekam.

Nun, Leroy Vickers würde gleich wissen, wo sie war. Sie sah sich wieder um, vergewisserte sich, dass die Luft rein war, und schlüpfte hinten auf die Ladefläche des Wäschereitransporters, den Vickers fuhr. Sein mieser Job war ihr eine Art Trost. Nachdem er aus dem Knast gekommen war, hatte er keine anständige Arbeit finden können, und die Drogenszene mochte ihn nicht einmal mehr mit der Kneifzange anfassen. Er hatte jemanden aus dem Geschäft verraten. Hatte sich gegen seine eigenen Leute gewandt. Hätte er das mit Donnie gemacht, wäre er vermutlich noch im Gefängnis gestorben. Sie selbst hatte damals noch keine solche Macht besessen.

Jetzt schon.

Endlich kam er aus der Wäscherei und warf sich hinter das Steuer, wobei er irgendeine Beleidigung für seinen Chef vor sich hin murmelte. Er hatte sich gehen lassen in den letzten Jahren. Schwabbelige Oberarme und Beine. Sie dagegen hatte als Vorbereitung auf diesen und kommende Momente immer fleißig Gewichte gestemmt. Sue wartete, bis er in eine kleine Nebenstraße gebogen war, dann schlang sie die Arme von hinten um den Sitz und presste ihm die Messerspitze an die Gurgel. Ihre Rechte hielt das Messer, die Linke Klebeband. Ein breiter Streifen davon brachte ihn zum Schweigen.

»Fahr einfach«, sagte sie und spürte mit Befriedigung,

191

wie sein Körper erstarrte. »Beide Hände ans Steuer.« Er schluckte, und die Messerspitze grub sich in seine Haut. »Ich bin wieder da, Vickers«, schnurrte sie. »Freust du dich denn gar nicht?« Seine einzige Reaktion war, sich in den Sitz zu pressen, um dem Druck des Messers zu entgehen. Sue drückte fester, zog mit der anderen Hand ihre Pistole aus dem Hosenbund und hielt ihm den Lauf an die Schläfe.

»Fahr da drüben in die kleine Gasse.« Er tat es, während sein Körper zu zittern begann. »Was, meinst du, hast du verdient, Vickers? Was, glaubst du, das mir fünf Jahre meines Lebens wert sind?« Sie hatte mit ruhiger Stimme gesprochen, obwohl ihr Herz vor lauter Vorfreude raste. »Was, glaubst du, schuldest du mir, Leroy? Ich will nämlich jetzt einsammeln. Stell den Wagen ab.«

Und dann jagte sie ihm, wie sie es oft für diesen Moment geübt hatte, in jedes Handgelenk eine Kugel. Selbst durch das Klebeband war sein Schrei zu hören, doch die Gasse lag hinter einer Grundschule, die zu dieser Zeit wie ausgestorben dalag. Niemand würde ihn hören. Er presste die Arme, die nutzlosen Hände an seine Brust. Blut rann über sein T-Shirt. Wenn sie genügend Zeit gehabt hätte, wäre sie sitzen geblieben und hätte zugesehen, wie er von dem Blutverlust schwächer und schwächer wurde. Aber sie musste ins Frauenhaus zurück, bevor Dupinsky auffiel, dass sie fort war. Und der Junge aufwachte.

»Jetzt hör mir gut zu, du kleines Stück Scheiße«, murmelte sie. »Ich werde jetzt das Messer wegnehmen. Ich will, dass du dich herumrollst und auf die Knie kommst.« Zwischen den beiden Vordersitzen war gerade genug Platz, dass er ihrem Befehl gehorchen konnte. »Und dann kriechst du hierher zu mir. Auf den Knien.« Sie drückte die Pistole fest gegen seine Schläfe. »Na, los, mach schon.«

Stöhnend rollte er sich herum und plumpste wie ein toter Fisch zwischen die Sitze. Sie wich auf die Ladefläche des Transporters zurück. »Jetzt kriech, Vickers. Wie der verdammte Hund, der du bist.«

Er schaute auf, die Augen weit aufgerissen vor Schmerz und Furcht. Und er kroch. »Leg dich hin.« Sie deutete mit der Waffe auf einen Stapel Wäsche. »Sei froh, dass der Minimarkt an der Ecke dich gefeuert hat.« Sue grinste. »In einem Wäschewagen ist es doch so viel gemütlicher. Und praktischer. Da kann ich direkt danach aufwischen.« Wieder riss er entsetzt die Augen auf. Er versuchte zurückzuweichen, stieß aber gegen einen Wäschesack. »Ja, ich habe dich das ganze letzte halbe Jahr über beobachtet«, fuhr sie fort, »und nur auf diesen Moment gewartet. Du warst der Einzige von uns, der zusammengebrochen ist, Vickers. Der Einzige, der den bequemen Ausstieg gewählt hat. Auf unsere Kosten! Und ich muss sagen, es erstaunt mich, dass noch kein anderer an deine Tür geklopft hat. Aber andererseits hat keiner so lange gesessen wie ich.«

Rasch schoss sie ihm in seine Schenkel, dann in die Knie. Nun konnte er nicht mehr laufen, und seine Hände waren nutzlos. Er lag auf dem Rücken, wand sich, und seine erstickten Laute waren Musik in ihren Ohren. Sie legte die Pistole weg und hielt das Messer hoch. »Ich seh es noch vor mir, wie du im Gerichtssaal gesessen und alles erzählt hast. *Alles*«, zischte sie. »Du bist ein Nichts ohne Eier. Bildlich gesprochen natürlich.« Sie fuhr mit dem Finger über die Klinge. »Und gleich auch noch im wörtlichen Sinn.« Sie ließ ihm Zeit, um zu begreifen, was sie meinte, und als das Entsetzen erneut in seine Augen trat, rammte sie ihm das Messer zwischen die Beine. Er schrie, doch das Klebeband dämpfte seine Schreie. Wie schade. Aber es war besser so. Sie zog das Messer heraus und stieß wieder zu. Und wieder. Der Adrenalinrausch, der ihren Körper durchströmte, war großartig. Sie fühlte die Macht, und es war besser als ein Orgasmus.

Er war inzwischen verstummt, hatte die Augen verdreht. Aber er war nicht tot. Noch nicht. Nachdem sie bei James nicht sorgfältig genug gewesen war, würde sie diesen Fehler nicht noch einmal begehen. Sie wischte das Messer an den weichen, weißen Handtüchern ab, die er hätte ausliefern sollen, und leerte das Magazin in seinen Schädel. *Jetzt* war er tot.

Sie hatte gerade noch genug Zeit, aufzuräumen und zu Hanover House zurückzukehren. Vielleicht konnte sie sich sogar noch eine Packung Zigaretten kaufen. Ein Name zu streichen, vier noch zu erledigen. Und Vaughn war das große Finale.

Wight's Landing
Montag, 2. August, 9.00 Uhr

Sheriff Louisa Moore blieb vor der Tür des Leichenbeschauers stehen. Kehoe saß an seinem Tisch und beugte sich über ein Mikroskop. Sie tippte leicht an das Glas, und er winkte sie hinein.

»Sie hatten Recht, Lou«, sagte Kehoe. »Ihr John Doe vom Strandhaus hat nicht Selbstmord begangen.«

Lou lehnte sich mit der Hüfte gegen den Tisch. Sie war nicht überrascht. »Es ergibt einfach keinen Sinn, dass jemand in Boxershorts eine fremde Hütte aufsucht, um sich umzubringen. Was ist bei der Autopsie herausgekommen?«

»Subdermale Prellungen um Hand- und Fußgelenke. Man konnte von außen nichts sehen, weil die Leiche schon zu aufgebläht war, aber das Mikroskop lügt nicht.«

»Also wurde er gefesselt, bevor man ihm das Hirn weggepustet hat.«

Kehoe sah sie über den Rand seiner Brille hinweg an. »So sieht's aus.«

»Können Sie den Zeitpunkt des Todes etwas näher bestimmen?«

»Mittwochmorgen, zwischen ein und vier Uhr.«

Lou zog beeindruckt die Mundwinkel herab. »Das ist allerdings ziemlich genau.«

»Ich habe die Larven an einen forensischen Entomologen an der Georgetown University geschickt. Ich kenne ihn von früher. Basierend auf den Entwicklungszyklen der Larven konnte er mir diesen Zeitraum nennen.«

»Stan und Randi Vaughn waren am Mittwoch noch in Annapolis«, dachte Lou laut nach. »Das Hotel hat bestätigt, dass sie am späten Freitagmorgen ausgecheckt haben.«

Kehoe blinzelte hinter den dicken Brillengläsern, die seine Augen eulenhaft wirken ließen. »Sie glauben, dass sie etwas damit zu tun haben?«

Sie zuckte die Achseln. »Als ich sie gestern morgen befragte, waren sie ziemlich nervös.«

»Das könnte Ihnen auch passieren, wenn Sie in den Ferien einen Ausflug machen und bei der Rückkehr eine Leiche im Schuppen finden«, gab Kehoe freundlich zu bedenken. »Ich glaube, ich entsinne mich, dass zwei Ihrer Deputys gestern Morgen ihr Frühstück über dem Vaughn'schen Anleger entsorgt haben.«

»Es war garantiert keine alltägliche Entdeckung, das gebe ich zu«, sagte sie, »aber ich habe trotzdem den Eindruck, dass Mr. und Mrs. Vaughn eine Menge mehr wissen, als sie sagen.«

»Nun ja, das ist Ihr Arbeitsbereich, Sheriff. Jedenfalls kann ich Ihnen sagen, dass Stan Vaughns Eltern über jeden Zweifel erhaben sind. Ich kenne sie seit Jahren.«

»Huxley meint, sie kämen im Sommer auch immer hierher.« Huxley war Lous leitender Deputy, eine wandelnde Enzyklopädie, was die Stadt und ihre Bewohner anging. Lou war schon tiefer unter Wasser gewesen, als Huxley sich je von Wight's Landing entfernt hatte, aber das traf auf die meisten Bewohner dieser kleinen Stadt zu.

»In den vergangenen Jahren mag das richtig gewesen sein. Aber seit Stan das Geschäft gekauft hat, reisen sie lieber herum.«

»Was für ein Geschäft betreibt Stan Vaughn denn?« Es war mehr als Neugierde, die sie diese Frage stellen ließ. Nun, da der Selbstmord keiner war, würde sie ihr Bauchgefühl nicht einfach ignorieren.

»Dick hatte ein Elektrogeschäft in Baltimore, aber in den letzten Jahren hat Stan – oh, ich weiß nicht – gute zwanzig Filialen überall an der Küste von Virginia bis New York aufgemacht. Jedenfalls läuft der Laden bestens, und Dick ist ausgestiegen, und er und Edna bereisen jetzt die Welt. Ich habe übrigens vor kurzem noch eine Karte aus London bekommen.«

»John, haben Sie noch irgendetwas anderes gefunden, das uns helfen könnte, die Leiche zu identifizieren?«

»Was seinen Tod betrifft nichts anderes als die Blutergüsse. Todesursache war ziemlich sicher die Gewehrladung in den Schädel. Mr. Doe war ungefähr fünfundzwanzig Jahre alt. Seine Fingerabdrücke sind nirgendwo gespeichert, und sein Kiefer wurde durch den Schuss zerstört, so dass wir auch keine Zahnarztarchive befragen können. Wenn wir passende Vermisste hätten, könnte ich natürlich die DNA abgleichen. Aber ohne etwas Derartiges kann ich Ihnen nichts zu seiner Identität sagen.«

»Ich habe mir gestern und heute Morgen wieder die Vermisstenanzeigen durchgesehen. Nichts, was passen könnte.«

»Tja, wenn er im Urlaub war, dann wird er vielleicht erst vermisst, wenn das Rückreisedatum ansteht.« Das Telefon klingelte, und er griff über den Tisch, um abzunehmen. »Gerichtsmedizin, Kehoe am Apparat … Ja, sie ist hier.« Er reichte Lou den Hörer. »Für Sie.«

»Sheriff Moore.«

»Guten Morgen, Sheriff. Ich bin Detective Janson, Mordkommission von Morgantown, West Virginia. Ich hoffe, ich störe Sie nicht bei etwas Wichtigem.«

»Ich habe mich gerade mit unserem Leichenbeschauer getroffen, aber wir sind im Grunde fertig. Was kann ich für Sie tun?«

»Nun, ich ermittle in einem Fall und habe gehofft, dass Sie mir vielleicht helfen könnten.«

Lou setzte sich auf die Lehne eines Stuhls und spürte, wie sich die Härchen auf ihrem Arm aufrichteten. »Natürlich.«

»Wir haben am Freitagmorgen abseits vom Highway im Wald die Leiche einer jungen Frau gefunden. Sie ist zwischen Mitternacht und sechs Uhr morgens gestorben. Am Donnerstag, am Tag zuvor.«

»Todesursache?«, fragte Lou knapp.

»Neun Millimeter in den Kopf. Warum?«

»Weil ich auch einen John Doe hier habe. Ebenfalls erschossen, aber vierundzwanzig Stunden früher. Kann ich Sie auf den Lautsprecher legen? Hier sind nur ich und unser Gerichtsmediziner, John Kehoe.«

»Sicher.« Janson wartete, bis sie die Lautsprechertaste gedrückt hatte. »Ich habe für meine Jane Doe inzwischen einen Namen, Sheriff. Deswegen rufe ich an. Ihre Fingerabdrücke gehören zu einer Cheryl Rickman. Miss Rickmans Abdrücke befanden sich in einer Akte, die der Schulbezirk von Baltimore angelegt hat. Sie war dort Sprachtherapeutin in einer Grundschule. Als wir ihre Eltern kontaktierten, sagten sie uns, ihre Tochter müsse eigentlich in Wight's Landing sein. Sie habe dort Ferien gemacht.«

Kehoe versteifte sich, als Janson »Sprachtherapeutin« sagte. »Ferien?«

»Ja. Sie hat eine Stelle als Privattherapeutin angenommen, und ihre Arbeitgeber haben sie gebeten, mit in ihr Strandhaus zu kommen. Sie hat für eine Familie namens Vaughn gearbeitet. Könnten Sie uns helfen, sie zu finden?«

»Oh ja, das können wir.« Lou wandte sich zu Kehoe um,

der sie erschüttert ansah. »Warum haben die Vaughns eine Sprachtherapeutin, John? Mir ist keine Sprachbehinderung aufgefallen.«

Kehoe sog scharf die Luft ein. »Nein. Die Therapeutin ist für ihren Sohn, Alec. Er ist taub.«

Lou verengte die Augen. »Ich habe gestern kein Kind im Haus gesehen.«

»Vielleicht haben sie ihn in Baltimore bei Freunden gelassen und sind allein in ihr Haus gefahren.«

»Und warum sollten sie dann die Therapeutin einladen?«

Kehoe schüttelte den Kopf. »Keine Ahnung.«

»Wir haben gerade herausgefunden, dass unser John Doe umgebracht worden ist. Aber der Täter hat versucht, es nach einem Selbstmord aussehen zu lassen. Wir haben die Leiche in einem Schuppen auf dem Besitz der Vaughns gefunden. Ich wollte gerade zu ihnen fahren. Soll ich mit ihnen über Cheryl Rickman sprechen?«

»Sind sie Verdächtige in Ihrem Fall?«

»Sie haben Alibis für die Tatzeit, also nicht direkt, nein.«

Lou konnte am anderen Ende der Leitung Papier rascheln hören. »Vielleicht können wir uns gegenseitig helfen, Sheriff. Cheryl Rickmans Eltern haben uns erzählt, dass sie verlobt war. Der Mann heißt Paul McMillan. Ich habe bereits versucht, ihn ausfindig zu machen, um ihn wegen Miss Rickman zu befragen.«

»Lassen Sie mich raten«, sagte Lou. »Weiß, ungefähr fünfundzwanzig Jahre, eins zweiundachtzig?«

Janson seufzte. »Volltreffer. Ja, reden Sie mit den Vaughns. Vielleicht können Sie ja etwas Licht in diese Sache bringen.«

»Wir hören voneinander.« Lou unterbrach die Verbindung und wandte sich zu Kehoe um. »Tut mir leid, John.«

Kehoe presste die Kiefer zusammen. »Ich kenne Stan, seit er klein war. Er ist kein Mörder.«

Da Vaughns Alibi wasserdicht aussah, wollte sie nicht streiten. Im Augenblick jedenfalls noch nicht.

Chicago
Montag, 2. August, 9.45 Uhr

Ethan sank in seinen Autositz und riss an seiner Krawatte. Das Handy hatte er zwischen Ohr und Schulter eingeklemmt. »Verdammt! Ich habe sie um zwei Stunden verpasst. Könnten auch zwei Tage sein.«

»Hast du diesmal ihr Gesicht gesehen?«, fragte Clay mit barscher Stimme.

»Nein, wieder diese elende Kappe. Der Typ vom Copy-Store hat mir zwar eine Beschreibung gegeben, aber er hat nicht auf ihr Gesicht geachtet.« Er startete den Motor und drehte die Klimaanlage auf. »Sie ist in Shorts und knappem Hemdchen hineinmarschiert und hat dafür gesorgt, dass der arme Depp hinter der Theke jede Bewegung ihrer stattlichen Oberweite sehen konnte.«

»Mit den Scheinwerfern geblendet, was?«

»Absolut. Himmel, sie hätte eine Nixon-Latexmaske tragen können, und es wäre ihm nicht aufgefallen. Er konnte nur sagen, dass sie unter vierzig war. Das Überwachungsvideo hatte etwas Pornografisches.«

»Ich gehe davon aus, dass die freigelegte Haut keinerlei

Tätowierungen oder andere unveränderliche Merkmale aufweist.«

»Vielleicht doch. Da war etwas auf ihrer Schulter. Ich habe es beinahe übersehen, weil sie es offensichtlich mit Make-up überdeckt hat, aber als sie sich über die Theke beugte, um ihm das Geld in die Hand zu drücken, verrutschte ein Träger ihres Tops, und darunter war etwas Dunkles zu erkennen.«

Clays Tonfall war anerkennend. »Kompliment. Eine Brille brauchst du offenbar nicht.«

»Danke.« Ethan schnitt eine Grimasse. »Dabei fühlen sich meine Augen an, als hätte ich sie mit Sand geschrubbt.«

»Halt sie trotzdem noch ein bisschen länger auf. Ist die neue E-Mail wieder von Rickmans Laptop gekommen?«

»Nein. Sie hat bei Yahoo einen neuen Account eröffnet. Sie hatte den Laptop nicht dabei.«

»Hm, merkwürdig. Was war mit ihrem Ausweis?«

»Wieder Alicia Samsons. Der Angestellte erzählte, sie habe behauptet, dass sie die Karte nicht benutzen könne, weil sie ihren Dispo schon überzogen hätte. Er hat das Ding nur festgehalten, während sie den Computer benutzte, anschließend hat sie bar bezahlt. Genau wie in Morgantown.«

»Wenn die Karte also als gestohlen gemeldet wird, kann man sie mit ihr nicht in Verbindung bringen. Irgendwelche Fingerabdrücke?«

»Sie hat die Tastatur vorher und nachher abgewischt. Und sonst nichts angefasst.«

»Mist. Und was jetzt?«

»Ich bin auf dem Weg zum nächsten Elektronikgeschäft

und besorge mir eine vernünftige Ausrüstung. Ich habe dem Burschen im Copy-Store hundert Mäuse in die Hand gedrückt, damit er mir das Band ausleiht. Vielleicht springt mir ja ins Auge, was sie zu verbergen versucht.«

»Völlig unzweideutig.«

Ethan lachte müde. »Ich bin zu erschlagen für deine Pennälerwitzchen. Ich werde die verdammte Ausrüstung kaufen, das verdammte Video kopieren und das Original dem Angestellten zurückbringen, der es wahrscheinlich abspielen wird, bis ihm Haare in den Handflächen wachsen. Danach gehe ich ins Hotel und schlafe wie ein Stein.«

Clay schwieg einen Moment. »Das klingt nach einem guten Plan. Ruf mich an, wenn du wieder wach bist.«

Er verschwieg ihm etwas. Furcht nistete sich in Ethans Eingeweiden ein, und ihm wurde die Kehle eng. »Was ist los, Clay?«

Clay seufzte. »Cheryl Rickman ist tot, Ethan.«

Trauer durchfuhr ihn. Die Frau hatte Alec mit ihrem Leben beschützt. »Ich wusste, dass es passieren würde. Aber ich habe trotzdem gehofft … Woher weißt du das?«

»Kurz nachdem du die letzte E-Mail zurückverfolgt hast, tauchte der neue Sheriff auf. Eine Sie, Louisa J. Moore. Sie hat von der Polizei in Morgantown erfahren, dass man Rickmans Leiche gefunden hat. Und nun weiß sie, dass die Leiche im Schuppen Paul McMillan war.«

»Und du warst da, als sie kam?«

»Ja. Sie hat uns überrascht. Konnte nicht mehr verschwinden. Ich habe gesagt, ich sei ein Freund, aber sie hat es mir nicht abgekauft. Sie erkennt Cops, wenn sie sie sieht. Und sie ist sich sicher, dass Stan und Randi etwas verbergen.«

»Hat sie was gesagt?«

»Nein, aber es war trotzdem klar. Sie fragte, wieso Cheryl nicht hier, bei McMillan, war. Stan hat ihr weisgemacht, dass sie ihr freigegeben haben, weil der Junge zu seinen Großeltern gefahren ist. Der Sheriff sah ihn nur seltsam an und meinte: ›London ist für einen Jungen in dem Alter sicher fantastisch.‹«

Ethan wurde beinahe übel. »Stans Eltern sind in England? Verdammt. Das hat er uns nicht gesagt.«

Clays leises Lachen war vollkommen humorfrei. »Stan hat uns ziemlich viel nicht gesagt, E, aber dazu komme ich später. Moore sah mich dann direkt an und erzählte, dass der Leichenbeschauer gut mit den alten Vaughns befreundet ist und erst letzte Woche noch eine Postkarte bekommen hat. Sie wollte mir eindeutig klarmachen, dass sie Stans Lüge als solche durchschaut hat. Im Lügen ist er übrigens ziemlich gut. Ihm ist nicht einmal der Schweiß ausgebrochen.«

Ethan presste sich die Finger auf die Augen. »Na, toll.«

»Ja, du hast wahrhaftig etwas verpasst. Dann sagte Moore ganz ruhig, sie wüssten, dass McMillan kein Selbstmörder war. Stan tat erstaunt, aber Randi wurde leichenblass. Schließlich sah Moore wieder mich an und fragte, ob sie das Haus durchsuchen dürfte.«

Das war es, was sie gewollt hatten, als sie Stan dazu gedrängt hatten, den Leichenfund zu melden. Sie wollten, dass die örtliche Polizei etwas fand, das sie auf die Spur des Killers bringen würde. Und dann drehte sich Ethan bei dem Gedanken der Polizeiarmee, die das Strandhaus durchsuchen würde, der Magen um. Er konnte nur ahnen, wie es Randi dabei ergehen würde. »Und was hast du gesagt?«

»Dass ich bloß ein Gast sei. Dass es den Hausbesitzern, den Vaughns, obliegt, ihr Okay zu geben. Aber dann fragte Randi – sehr ruhig, wie ich fand –, ob Moore einen Durchsuchungsbefehl habe. Ich war vollkommen verblüfft. Moore verneinte das, meinte aber, dass sie einen kriegen würde. Daraufhin wies Randi ihr würdevoll die Tür.«

Ethan war nicht sicher, was er dazu sagen sollte. »Mir war nicht bewusst, dass Randi zu so etwas in der Lage ist.«

»Nicht wirklich. Nachdem Moore weg war, ist sie ins Bad gestürmt und hat sich übergeben. Stan tobte, ich wäre dafür verantwortlich, dass Alec jetzt umgebracht wird, weil ich ihn gezwungen hätte, McMillans Tod zu melden.«

»Gott, bitte nicht«, murmelte Ethan.

»Ich denke nicht, E. Nachdem Moore weg war, habe ich Erkundigungen über sie eingezogen. Sie hat bei der Special-Victims-Einheit in Boston gearbeitet, bevor sie herkam. Wahrscheinlich hat sie bereits in der einen oder anderen Kinderentführung ermittelt. Ich denke, es ist Zeit, dass wir sie einweihen.«

»Clay, die Frau, die Alec entführt hat, weiß, dass wir die Polizei noch nicht informiert haben. Das hat sie schließlich in der E-Mail von heute Morgen gesagt. Es kann sein, dass irgendjemand in diesem Moment das Haus beobachtet. Wir wissen, dass sie skrupellos tötet. Zwei Leute sind bereits draufgegangen. Ich könnte nicht damit leben, wenn sie auch Alec umbringt.«

»Vielleicht hat sie nur die Lokalzeitung online gelesen und daraus geschlossen, dass die Polizei noch von nichts weiß«, wandte Clay ein. »Oder vielleicht hat sie auch einfach nur geraten. Jedenfalls können wir nicht mit Sicherheit sagen, dass sie ihn nicht so oder so umbringt.«

Ethan dachte darüber nach. Sie mussten es tatsächlich der Polizei sagen. Unbedingt. Aber dann sah er vor seinem geistigen Auge, wie die Frau mit Alec aus dem Bus gestiegen war. Er war groggy gewesen, wahrscheinlich durch Medikamente betäubt, aber er hatte gelebt. Und das Bild im Anhang der Mail von heute zeigte eine Zeitung von gestern. Also war er auch gestern noch am Leben gewesen. Und das musste unbedingt so bleiben. »Bist du gewillt, Alecs Leben aufs Spiel zu setzen?«

Ein langes Schweigen dehnte sich zwischen ihnen aus, dann seufzte Clay. »Nein.«

»Wenn irgendjemand die Polizei einweiht, dann müssen es Randi und Stan sein. Ich will nicht noch einen toten Vaughn auf dem Gewissen haben.«

»Richards Tod war nicht deine Schuld«, sagte Clay rau.

»Wenn die Vorzeichen umgekehrt gewesen wären, wärst du jetzt nicht mehr unter uns.«

»Das weiß ich«, sagte Ethan voller Bitterkeit und musste an Danas Worte denken. *Es kann unerträglich sein, zu den Überlebenden zu gehören.* »Das weiß ich«, wiederholte er ruhiger.

»Du bist müde. Besorge dir deine Videoausrüstung und geh schlafen. Nimm eine Tablette, wenn es sein muss.«

Tabletten. Ein Gedanke tauchte plötzlich in Ethans Kopf auf. »Kannst du herausfinden, wie viel Phenobarbital man braucht, um Alec zu betäuben? Ohne Randi zu fragen, meine ich? Ich will ihr nicht noch zusätzlich Angst einjagen.«

Ethan konnte förmlich sehen, wie Clay sich aufsetzte. »Randi meinte, in der Flasche war nur ein bisschen mehr als das, was sie für die Ferien brauchten. Wenn die Frau ihn betäubt, wird sie bald Nachschub besorgen müssen.«

»Das habe ich mir nämlich auch gerade gedacht. Ich werde mal in den Apotheken in der Gegend, in der sie heute Morgen war, nachfragen. Vielleicht hat sie sich dort etwas besorgt.«

»Das klingt wie der erste sinnvolle Plan, den wir haben, seit dieser Alptraum begonnen hat.«

»Allerdings. Ich rufe dich an, wenn ich eine Chance hatte, dieses Video zu analysieren.«

»Momentchen. Diesmal legst du mir nicht einfach so auf. Frühstück, Süßer. Was war denn das für eine Geschichte?«

Ethan holte tief Luft und spürte, wie ihm warm ums Herz wurde. Allein der Gedanke an Dana Dupinskys ernste braune Augen reichte, um seine Laune zu heben. »Schinken und Eier.«

»Verkauf mich nicht für dumm. Erzählst du mir jetzt von ihr oder nicht?«

»Woher weißt du, dass es um eine Sie geht?«

»Weil ich dich kenne, Ethan. Also?« Clays Stimme klang verärgert.

»Warum bist du plötzlich so an meinem *Frühstück* interessiert?«

»Weil du dich gewöhnlich nicht durch Essen von deinen *Prioritäten* ablenken lässt.«

»Ich kenne meine *Prioritäten* durchaus, Clay«, gab Ethan scharf zurück. »Sie liegen eindeutig bei Alec.«

Ein frustriertes Schnaufen. »Es ist bloß eine verdammt lange Zeit her, dass du anständig gefrühstückt hast, Kumpel.«

Ethan runzelte die Stirn. Er wusste ganz genau, wann er zuletzt anständig *gefrühstückt* hatte – bis auf die Minute genau sogar. Und sobald er an Dana Dupinskys warmen Körper dachte, der sich an seinen geschmiegt hatte, sehnte er sich verzweifelt nach dem *Abendessen*.

Ethan schwieg beharrlich, und schließlich fuhr Clay fort. »Du hast dich nach Jill in puncto Frauen nicht gerade auf eine strenge Diät gesetzt. Aber als du dann aus der Wüste heimgekommen bist, hast du dich … na ja, sozusagen aus allem herausgezogen. Du musst zugeben, Ethan, dass es etwas seltsam ist. Zwei Jahre ohne Beziehung und plötzlich lernst du ausgerechnet dann jemanden kennen, wenn es gerade gar nicht geht. Wie soll ich das verstehen?«

Ethan sog die Wangen ein. »Gar nicht. Meine Beziehungen sind nichts, was dein Verständnis erfordert.«

»Du bist mein Freund, Ethan. Ich will nicht, dass du verletzt wirst.«

»Sie verletzt mich nicht.«

»Bestimmt nicht mit Absicht. Aber wenn sie dich bei deiner Suche nach Alec ablenkt, dann wirst du dich irgendwann selbst dafür hassen.«

Das nahm ihm allen Wind aus den Segeln. »Clay, es ist kompliziert. Sie ist …« Er suchte in seinen Gedanken nach einem Vergleich. »Bist du jemals auf See in einen richtig üblen Sturm geraten? So, dass du befürchtet hast, höchstens kieloben wieder herauszukommen?«

»Ein oder zwei Mal, ja.«

»Und ist es dir je passiert, dass sich das Meer plötzlich beruhigte? Als hätte es nie einen Sturm gegeben?«

»Nein.«

»Bis gestern Morgen kannte ich das auch noch nicht.« Er
fuhr an und verließ den Parkplatz. »Ich muss jetzt los. Der
Elektronikladen wird gleich aufmachen.«

9

Chicago
Montag, 2. August, 10.00 Uhr

Du wolltest mich sprechen?«
Dana blickte von ihrem Computer auf und brachte
ein Lächeln für Jane Smith zustande. »Setz dich.« Jane gehorchte, den Blick auf den Teppich fixiert. »Ich wollte dir
erst ein, zwei Tage geben, damit du dich einleben kannst,
bevor ich mit dir spreche. Ich würde gern wissen, wo du
herkommst, was du vorhast und wohin du willst.«
»Wohin ich will? Aber … ich bin doch gerade erst angekommen.«
Janes Stimme war entsetzlich angstvoll. Sie hatte die Hände zwischen die Knie geschoben, die Schultern vorgebeugt.
»Natürlich nicht heute, Jane. Aber irgendwann wirst du
gehen wollen und mit Erik ein neues Leben beginnen.
Hast du vielleicht schon einmal darüber nachgedacht, wie
das aussehen soll?«
Sie hob zögernd eine Schulter. »Ich will nicht mehr ver-
prügelt werden.«
Das war die übliche Aussage.
»Ein guter Anfang. Magst du mir erzählen, wie es dir vor-
her ergangen ist?«
»Mein Mann ist ein Säufer. Hat mich geschlagen, wenn ich

was gemacht habe, was er nicht mochte. Und das war jeden Tag.«

»Was ist mit Erik?«

»Was soll mit ihm sein?«, murmelte sie.

Was soll mit ihm sein? Was für eine Frage. »Er wirkt ausgesprochen … gequält.«

Sie schaute auf, ihre seltsamen Augen leer. »Sein Daddy … hat ihm was getan.«

Das war etwas, das Dana glauben konnte. Der Junge hatte es noch kein einziges Mal in den vergangenen zwei Tagen geschafft, jemandem in die Augen zu blicken. Jedes Mal, wenn sie nach ihm gesehen hatte, hatte er zusammengerollt auf dem Bett gelegen. Einmal hatte sie ihn anfassen wollen, aber er war zurückgezuckt, als würde er sich vor ihr fürchten. Und wahrscheinlich war dem auch so. »Was hat er getan, Jane? Was hat sein Vater ihm angetan?«

»Er hat ihn verprügelt. Und sein Gesicht verbrannt. Da bin ich gegangen.«

»Ich würde gern mit Erik reden.«

»Nein.« Die Weigerung kam schnell und hitzig. »Er hat schon so viel durchgemacht.«

Dana lehnte sich zurück und musterte die Frau, die sich auf ihrem Stuhl so klein machte, wie es ihr möglich war. »Ich verstehe, dass du ihn beschützen willst, Jane, aber Erik braucht Hilfe. Wahrscheinlich mehr, als wir ihm hier geben können.«

Jane schaute auf, und Dana musste sich enorm zusammenreißen, um nicht zusammenzuzucken, als sie sah, wie sich die Augen der Frau mit Tränen füllten. »Lass ihn bitte in Ruhe. *Bitte.*«

Verwirrt nickte Dana. »Also gut. Dann rede ich erst einmal nicht mit ihm. Aber er sollte unbedingt von einem Arzt untersucht werden, Jane. Wenn sein Vater ihm etwas angetan hat, dann muss er untersucht werden.«

Janes Augen begannen zu glühen. »Niemand fasst mein Kind an.« Es war beinahe wie ein Knurren gewesen, und Jane fuhr zusammen, anscheinend genauso überrascht wie Dana. Hastig senkte sie wieder den Blick. »Erik ist noch nie … wie andere gewesen«, fuhr sie, etwas ruhiger, fort. »Er hat Anfälle.«

Es ist wohl eher die Mutter, die noch nie wie andere gewesen ist, dachte Dana. »Was für Anfälle?«

»Epileptische. Er nimmt Medikamente. Und ich brauche bald wieder was. Keppra und Phenobarbital.«

»Hast du die Flaschen noch?«

»Nein. Ich habe sie nicht mitgenommen, damit mein Mann nicht merkt, dass wir weg sind.«

»Na gut, ich werde mit Dr. Lee reden. Was hast du gemacht, bevor du hierherkamst, Jane?«

Janes Kiefer verspannten sich leicht. »Was meinst du damit?«

»Ich meine, ob du eine Arbeit hattest, irgendeine Ausbildung – etwas in der Art.«

»Warum?«

Dana ging um ihren Tisch herum und setzte sich seitlich auf die Kante, um weniger einschüchternd zu wirken. »Jane, Hanover House ist nur eine vorübergehende Station. Du kannst hier nicht ewig bleiben. Die Frauen kommen her, versuchen, wieder auf die Füße zu kommen, und verlassen uns dann wieder. Nach unserer Regel sind drei

Wochen das Maximum.« Eine Regel, die sie mit schöner Regelmäßigkeit brachen, aber irgendwie widerstrebte es ihr, das jetzt zu erwähnen.

»Aber ich will nicht wieder gehen«, flüsterte sie. »Ich habe Angst. Er findet mich und holt mich wieder zurück.«

Mich. Nicht *uns, mich.* »Zurück wohin?«, fragte Dana, und die Frau versteifte sich.

»Du verstehst das nicht. Ihr seid die Einzigen, denen ich vertrauen kann. Nur hier bin ich sicher.«

Wieder *ich.* Nicht *wir.* Nicht *mein Sohn und ich.* Das gefiel Dana überhaupt nicht. »Zurück wohin, Jane?«, wiederholte Dana.

Janes Brauen zogen sich zusammen. »Das spielt doch keine Rolle. Ich gehe sowieso nicht mehr zurück.«

»Und das ist auch gut so für dich und Erik. Aber dein Sohn braucht ein stabiles Zuhause. Und damit du ihm das bieten kannst, brauchst du einen Job. Hattest du eine Arbeit, bevor Erik geboren ist?«

»Ich war siebzehn.« Die Stimme war trotzig, ihre Arme verschränkten sich vor der Brust. Und das war der Moment, in dem Dana Janes Narben sah. Kleine, feine Narben, die sich auf der Innenseite der Arme vom Handgelenk bis zum Ellenbogen hinaufzogen. Und sie sagten Dana eine Menge über die Frau, die ihr gegenübersaß.

Jane hatte – wahrscheinlich vor langer Zeit – versucht, sich selbst zu verstümmeln. Nicht mit Selbstmordabsichten, sondern als Hilfeschrei. Anfangs zumindest. Später dann, um Kontrolle über das Einzige auszuüben, über das sie tatsächlich Kontrolle besaß – ihren eigenen Körper. Dana hatte so etwas mehr als einmal in den vergangenen Jahren als Therapeutin gesehen. Und nun stand Jane erneut unter akutem Stress. Stress brachte Menschen häufig dazu, in alte Bewältigungsstrategien zurückzufallen. Sie musste sowohl Jane als auch Erik genauer beobachten.

Dana konzentrierte sich wieder auf die Gegenwart. Jane wollte nicht an eine Arbeit denken, was nicht besonders ungewöhnlich war. Viele Frauen brauchten erst einmal Zeit, all die Dinge zu verarbeiten, die sie nun, da sie allein auf der Welt waren, zu tun hatten. Und viele der Frauen waren tatsächlich zum ersten Mal in ihrem Leben auf sich selbst angewiesen.

»Pass mal auf. Wie wäre es, wenn du dir heute die Stellenanzeigen in der Zeitung ansiehst und später am Nachmittag zu uns in die Gruppe kommst? Jane, du hast den wichtigsten Schritt überhaupt gemacht – du hast deinen Mann verlassen. Das war mutiger als alles, was die meisten Menschen in ihrem ganzen Leben zustande bringen. Und meine Aufgabe ist es, dir dabei zu helfen, aus dieser zweiten Chance das meiste herauszuholen.«

Jane nickte knapp. »Kann ich jetzt gehen? Ich mag Erik nicht so lange allein lassen.«

»Natürlich.« Dana hielt ihr die Zeitung hin und kämpfte gegen den Wunsch an, ihr das Blatt in den Schoß zu werfen, als Jane reglos sitzen blieb und es anstarrte. Endlich nahm sie die Zeitung, stand auf und ging.

Dana sah ihr nach, während ihr Instinkt sie anschrie, dass hier etwas überhaupt nicht stimmte. Aber die Erfahrung hatte sie gelehrt, dass keine zwei Frauen auf Misshandlungen gleich reagierten.

Sie setzte sich wieder, beendete ihre Arbeit und war tief in

Gedanken versunken, als sie wieder in die Wirklichkeit zurückgerissen wurde.

»Guten Morgen«, sagte Caroline, die an der Tür stand. »Kann ich reinkommen?«

»Kann ich dich daran hindern?«, fragte Dana trocken zurück.

Leise lachend schloss Caroline die Tür. »Nicht wirklich.« Sie ließ sich schwer auf einen Stuhl fallen. »Und – was ist gestern Nacht passiert?«, fragte sie unverblümt.

Dana bedachte sie mit einem gelangweilten Blick. »Da hättest du mich auch einfach anrufen können.«

Caroline grinste. »Damit mir entgeht, wie schön rot du jetzt gerade wirst? Niemals.«

»Ich werde nicht rot.«

Caroline blickte geduldig zur Decke. »Verleugnung kommt immer zuerst.«

Dana zuckte die Achseln und tat unbekümmert, wusste jedoch, dass ihre Freundin sich nicht täuschen ließ. »Na, dann.«

Caroline verengte die Augen. »Hat er etwas Falsches gemacht?«

»Nein, ganz und gar nicht. Er war der perfekte Gentleman.« *Bis er meine Brüste berührt hat. Und das war viel zu schön gewesen.* Dana stemmte die Ellenbogen auf den Tisch und legte das Kinn auf die Fäuste.

»Wir haben gegessen, und er hat mir von der Sache in Kandahar erzählt. Sein Freund ist dabei gestorben, und er trauert immer noch, aber das Reden scheint ihm zu helfen. Wir hatten Chicken Wings. Und ich habe Gemüse gegessen.«

Caroline zog eine Braue hoch. »Eine traurige kleine Selleriestange zählt nicht, Dana. Und was ist dann passiert?«

»Er wollte mich nach Hause bringen, aber ich habe abgelehnt.«

»Klug«, sagte Caroline.

»Aber er hat darauf bestanden, also bin ich mit ihm zu meiner Wohnung gegangen.«

Caroline verzog gequält das Gesicht. »Ich wette, das hat ihn richtig angemacht.«

»Ja, beeindruckt war er nicht. Wir haben noch ein bisschen geplaudert, dann ist er gegangen.«

»Gegangen.« Caroline fuhr sich mit der Zunge über die Zähne. »Du willst unbedingt, dass ich dir jede kleine Einzelheit mit Gewalt aus der Nase ziehe, richtig?«

Dana fuhr sich mit den Fingern durchs Haar. »Verdammt, Caroline. Wir haben uns unterhalten. Er hat mich auf die Stirn geküsst. Das war's. Keine stürmische Romanze. Kein heißer, schwitziger Sex, der meine Energiereserven wieder auffüllt. Tut mir leid, dass ich dich enttäuschen muss.«

Gott, und wie leid mir das tut!

»Okay. Und wann siehst du ihn wieder?«

Dana sah zur Decke. »Vor zwei Stunden.«

Carolines breites Grinsen erhellte den Raum. »Ah, jetzt kommen wir zur Sache, Dupinsky. Und was ist dann passiert?«

Dana musste über die offensichtliche Begeisterung ihrer Freundin lachen. »Wir haben uns noch ein bisschen unterhalten. Dann hat er mich zum Wagen gebracht. Und mich geküsst. Auf die Lippen.«

»Und?«

Dana schloss die Augen. Ihre Wangen glühten plötzlich, ihr Herz begann zu jagen, und sie spürte wieder das Prickeln auf ihren Lippen. »O mein Gott.«

»Also hat er wirklich nichts verloren, ohne das er nicht leben könnte«, sagte Caroline trocken.

Dana dachte an die harte Schwellung, die sich genau an die Stelle gedrückt hatte, wo sie sie brauchte. »Oh nein.«

»Und wann seht ihr euch wieder?«

»Heute Abend um sieben. Kannst du, falls Evie etwas anderes zu tun hat, ein oder zwei Stunden hier bleiben?«

»Für dich? Für das? Ganz, ganz sicher. Aber hör mal, ich hatte neben dem Buchanan-Report noch einen anderen Grund herzukommen.« Sie blickte zur Tür und senkte die Stimme. »Jane.«

Dana sah stirnrunzelnd auf ihre Notizen. »Was ist denn?«

»Sie macht mir echte Sorgen, Dana. Gestern habe ich sie beim Rauchen im Badezimmer erwischt. Ich habe gar nicht verärgert reagiert. Ich habe sie nur gebeten, das zu lassen. Aber sie wurde richtig wütend. Hatte eine Art von kontrollierter Explosion. Es war deutlich, dass sie das nicht beabsichtigt hatte, und sie gab sich allergrößte Mühe, ihre Wut zu verbergen.«

Carolines Gesicht verfinsterte sich. »Eine Sekunde lang hat sie mich an Rob erinnert.«

Caroline blinzelte. Carolines Ex-Mann war ein echtes Schwein gewesen. »Caroline. Jetzt hör aber auf.«

»Ich meine es ernst. Und dann später, als David kam und am Dach gearbeitet hat. Sie ging nach hinten, um zu rauchen, und starrte ihn an.«

»David ist attraktiv. Die meisten Frauen starren ihn an.«

»Aber nicht so. Das war irgendwie ... lüstern. Gemein. Berechnend.« Sie schauderte. »Hat mir gar nicht gefallen.«
Dana seufzte. Ihr eigener Instinkt war eine Sache. Dass aber Caroline etwas Ähnliches empfand, durfte sie nicht ignorieren. »Was sollen wir tun, Caroline? Die Prellungen und Blutergüsse, die sie hatte, als sie herkam, waren auf jeden Fall echt. Und Erik hat irgendetwas Schreckliches erlebt.«
»Ich weiß nicht, was wir machen sollen. Der Junge bricht mir das Herz. Behalte sie einfach im Auge, ja?«
»Ganz sicher.«

Sue schloss atemlos die Tür ihres Zimmers. Sie hatte gerade noch rechtzeitig die Treppe hinaufrennen können, bevor Caroline aus Dupinskys Büro gekommen war. Sue musterte das Kind, das sich nun benommen aufsetzte. Dupinsky musste dringend mit dem Medikamentennachschub kommen. Falls der Junge zu munter wurde, würde Dupinsky garantiert versuchen, mit ihm zu reden. Das war typisch für Sozialarbeiter – reden, reden, reden. Dass Dupinsky sie so schnell schon drängte, sich einen Job zu suchen, war beinahe ein Schock gewesen. Sie hatte erwartet, dass man sie zunächst ein wenig verhätschelte, tröstete. Verärgert warf sie die Zeitung aufs Bett und verpasste nur knapp den Kopf des Jungen, der erschreckt zusammenfuhr.
Wenigstens konnte sie die Arbeitssuche zu ihrem Vorteil nutzen. Heute Morgen hatte sie sich hinausgeschlichen, um die E-Mail abzuschicken und Leroy Vickers zu erledigen, aber wenn sie ohnehin auf Jobsuche war, war diese Vorsicht nicht mehr nötig. Sie konnte sich frei bewegen. Dennoch musste sie vorsichtig sein und sich von ihren

alten Jagdgründen fernhalten. Dort würde man sie vielleicht auch nach all den Jahren noch erkennen. Im Übrigen wartete James irgendwo da draußen auf sie, dessen war sie sich sicher.

Sie zwang den Jungen, noch eine von seinen Pillen zu nehmen und sie mit Benadryl herunterzuspülen, als sie eine Bewegung aus dem Augenwinkel sah. Sie blickte aus dem Fenster und sah, wie Caroline zu ihrem Wagen ging. Diese Frau war eine Gefahr. Sie hatte jedes einzelne Wort von dem, was Caroline gesagt hatte, gehört, und früher oder später würde Dupinsky die Beobachtungen ihrer Freundin ernst nehmen. Und ob man sie hier verhätschelte oder nicht – das Haus war ein verdammt gutes Versteck. Sie würde sich um Caroline kümmern müssen.

Sue holte ihr Handy aus dem Rucksack. Fred ging beim dritten Klingeln ran. »Ich habe schon angefangen, mir Sorgen zu machen, Susie. Ich dachte, du würdest nie zurückrufen.«

»Nun, du hast dich geirrt. Hör zu, ich tue, was du von mir willst, aber ich muss dich um noch einen Gefallen bitten.«

»Das häuft sich aber, Susie. Ich weiß nicht so recht.«

»Vertrau mir. An diesem hier wirst du Spaß haben.«

Chicago
Montag, 2. August, 16.30 Uhr

Sie war heiß und feucht und eine einzige fließende Bewegung und hob sich ihm entgegen wie eine Woge im stürmischen Meer. Ihre langen, langen Beine schlangen sich um ihn, ihre raue Stimme flüsterte seinen Namen, und ihre braunen Augen waren voller Lust. Er drang tiefer und tiefer in sie ein, und sie stöhnte und –

Ethan fuhr hoch und war mit einem Schlag hellwach. Der Wecker piepte aufdringlich. Er ließ sich zurückfallen und vergrub stöhnend das Gesicht im Kissen. Sein Kopf schmerzte noch immer, aber sein Körper schmerzte viel schlimmer, wobei manche Gegenden stärker betroffen waren als andere. Es war ein Traum gewesen. Nur ein Traum. Aber so verdammt real und so verdammt schön. Er war steinhart und kurz vor dem Kommen, und das nur von einem Traum. Wie würde es sein, wenn er sie wirklich anfasste? Denn das würde er. Er hatte daran gedacht, als sie ihn gestern Morgen im Busbahnhof zum ersten Mal angesehen hatte, aber er hatte es gewusst, als er sie an ihrem Auto geküsst hatte. Sie war in seinen Armen zum Leben erwacht, und es war gewesen … *als ob sie für mich gemacht ist. Und in wenigen Stunden sehe ich sie wieder.* Sein Magen begann zu knurren, aber er würde nichts essen. Nicht, bevor er sie am Hotdog-Stand traf. Er musste essen. Er musste sie sehen. Beides miteinander zu verbinden war die einzige Chance, es seinem Gewissen recht zu machen, denn wie er Clay gesagt hatte, wusste er, wo seine Prioritäten lagen.

Was nun bedeutete, die Ausrüstung, die er gekauft hatte, zu installieren und sich das Überwachungsvideo aus dem Copy-Store anzusehen. Er hievte sich stöhnend aus dem Bett und schaltete ESPN ein, um den Rest des Spiels der Orioles zu sehen, während er Schachteln öffnete, Kabel einsteckte und sich fragte, ob Dana dem Cubs-Match lauschte, während sie Mütter mit Kindern fotografierte.

Die O's lagen vorne, als er das Video digital umgewandelt hatte, und er richtete seine volle Konzentration auf den Computer-Bildschirm. Er vergrößerte die Schulter der Frau, spielte mit Kontrast und Farben und versuchte herauszufinden, was das Make-up verdeckte.

Eine halbe Stunde später lehnte er sich zurück. Auf ihrer linken Schulter befand sich eine Tätowierung, aber alles, was er erkennen konnte, war ein großgeschriebenes A, das wie ein erster Buchstabe in einem mittelalterlichen Text besonders hervorgehoben war. Der Rest blieb hartnäckig unter der Schminke verborgen.

»Besser, als es heute Morgen aussah, aber immer noch nicht genug«, murmelte er und fuhr sich mit beiden Händen über die Wangen. Er brauchte eine Dusche und eine Rasur. Und etwas zu essen. Aber das musste warten, bis er vor den besten Hotdogs der Stadt stand. Und neben Dana.

Er hatte noch einiges zu tun, bis er sie treffen würde. Er würde auch nicht lange bleiben können, denn er wusste in der Tat, was im Augenblick höchste Priorität hatte: ein zwölfjähriger Junge, dem er jede wache Minute widmen musste, die er hatte.

Chicago
Montag, 2. August, 17.45 Uhr

Mom. Alec war zu Hause. Seine Mom streichelte sein Haar, und er war zu Hause. Es war alles nur ein scheußlicher Alptraum gewesen. Er würde ihr davon erzählen, und sie würden darüber lachen. Trotzdem würde sie bei ihm bleiben, ihn weiterhin streicheln, bis er wieder einschlief. So, wie sie es immer tat.

Er würde ihr davon erzählen, wenn er die Augen aufschlug. Aber das fiel ihm so schwer. Die Augen zu öffnen. Er bemühte sich, kämpfte. Wollte sie sehen, musste sie so dringend sehen. Sie strich ihm übers Haar, und nichts hatte sich je so gut angefühlt.

Er konzentrierte sich auf seine Lider, spürte, wie sie flatterten. Hob sie gerade genug, um ihr Gesicht zu sehen. Verschwommene Bilder liefen zusammen, wieder auseinander, dann wieder zusammen. *Mom.*

Der Schrei blieb in seiner Kehle stecken. Das war nicht sie. Nicht seine Mutter. Das Gesicht seiner Mutter war glatt und wunderschön. Dieses Gesicht … eine hässliche rote Narbe zog sich hindurch. Der Mund lächelte nicht. Er versuchte zu atmen. *Mom.*

Aber sie streichelte ihn weiter, und er holte tief Luft. Nicht seine Mom. Kein Traum. Wer war sie? Ihr nicht lächelnder Mund bewegte sich seltsam, und er wusste, dass sie mit ihm sprach. Ihre Hand war zärtlich. Seine Augen schlossen sich wieder. Er kämpfte, kämpfte gegen den Strudel, der ihn hinabzog. Dort unten war es schwarz, so finster. *Nein. Nicht wieder. Mom!*

Evie sah auf, als ein Schatten über den Jungen fiel. »Er schläft wieder«, murmelte sie.

Jane verengte die Augen, entspannte sich jedoch wieder, als sie sah, dass mit ihrem Sohn alles in Ordnung war. »Ist er aufgewacht?«, fragte sie hoffnungsvoll.

»Nein, nicht wirklich. Er hat sich im Schlaf herumgeworfen.« Evie hatte eine volle Stunde bei Erik gesessen, ihn gestreichelt, beobachtet und gehofft, dass er aufwachen und ihr auf irgendeine Weise zeigen würde, dass mit ihm alles in Ordnung war. Und tatsächlich hatte er eben gerade die Augen geöffnet, und sie hatte das Gefühl gehabt, einen Funken Erkennen in seinen Augen gesehen zu haben, einen Hinweis darauf, dass er wusste, wo er war. Aber es hatte nicht gereicht, um ihr Unbehagen zu verscheuchen. Mit dem Jungen stimmte etwas nicht.

Sie strich ihm ein letztes Mal übers Haar und stand auf. »Ich wollte nur nachsehen, ob alles in Ordnung ist. Wie war die Gruppe?«

Jane zuckte die Achseln. »Ganz gut.«

Evie tätschelte ihren Arm. »Mach dir keine Sorgen. Du und Erik, ihr schafft das schon.«

»Das hat Dana in der Gruppe eben auch gesagt.« Die Frau lächelte tapfer, und es tat Evie im Herzen weh. »Es ist so schwer zu glauben, dass Leute einfach nett zu einem sind. Ich meine, nach …«

»Ich weiß. Es ging mir auch so, als ich damals herkam. Man fragt sich, wann die erste Flasche fliegt, aber es passiert nicht. Du hast hier nichts zu befürchten. Hör mal, wenn du willst, dass ich nach Erik sehe, damit du dir einmal eine Auszeit nehmen kannst, dann sag's mir einfach.«

»Du bist sehr nett«, murmelte Jane und senkte den Blick. »Danke.«

Evie zögerte, legte der Frau dann aber die Arme um die Schultern und drückte sie kurz und fest. »Mach ich gerne.« Durch gesenkte Lider beobachtete Sue, wie die vernarbte Frau auf nackten Füßen das Zimmer verließ. Diese verdammten Schlampen mussten unbedingt lernen, sich um ihren eigenen Kram zu kümmern. Dupinsky mit dem ewigen Gerede, Caroline mit ihren Regeln und jetzt auch noch Scarface, die sich viel zu sehr für den Jungen interessierte. Sue schloss die Tür, trat zum Bett, packte den Jungen an den Schultern und schüttelte ihn heftig. Einen kurzen Augenblick lang schlug er die Augen auf. Aber da war kein Funke, kein Trotz. Nur Dumpfheit. Das war genau das, was sie in seinen Augen sehen wollte.

Sie hatte Dupinsky gegenüber nun mehrmals angedeutet, dass der Junge geistig nicht wirklich auf der Höhe war. Erik war Epileptiker und Autist. Niemand schien ihr Urteil anzuzweifeln, und wenn doch … Teufel, sie war nur eine arme, dumme Frau vom Land, die vor ihrem Mann geflohen war. Und diese Geschichte klang ausgesprochen wahr.

Sie ließ das Kind los, und es sank zurück aufs Bett. Noch immer keine Reaktion. Gut. Einen Moment lang stand sie da, starrte ihn an und wartete auf einen Hauch von Mitgefühl. Mitgefühl für einen kleinen Jungen, den sie vor Tagen aus seinem Bett gezerrt hatte und den sie permanent unter Drogen setzte.

Sie nickte, als sich das Mitgefühl nicht einstellte. Sie hatte ein wenig Sorge gehabt, dass all diese Gefühlsduselei hier irgendwie auf sie abfärben würde. Aber das durfte nicht geschehen. Sie stand kurz davor, ihren Racheplan auszuführen, und nichts durfte sie davon abbringen. Das Kind war der Köder.

Das Geräusch von Stimmen in der Gasse hinter dem Haus ließ sie aufmerken. Caroline und Dana stiegen in verschiedene Autos. Sue wusste, dass Dupinsky ein Date hatte und Caroline entschlossen war, ihre Freundin angemessen auszustaffieren. Dann würde Dupinsky ihre Verabredung treffen und Caroline ebenfalls. Nur wusste sie noch nichts von Fred. Und wenn sie ihm begegnete, war es zu spät.

10

Chicago
Montag, 2. August, 18.15 Uhr

Fluchend sprang Ethan aus der Dusche. Das Telefon in seinem Hotelzimmer klingelte. »Ja!«

»Ich habe dich auf dem Handy angerufen, aber du bist nicht drangegangen«, beschwerte sich Clay.

Ethan rubbelte sich mit dem Handtuch trocken. »Ich stand unter der Dusche. Was ist?«

»Keine E-Mails, aber ich habe etwas über Stan herausgefunden. Ich habe mir seine Bücher angesehen.«

»Was für Bücher? Stan hat nie Bücher geführt. Das war immer Randis Aufgabe.«

»Tja, wohl schon länger nicht mehr. Stan hat einen Buchhalter eingestellt … und nebenbei eigene Bücher geführt.«

»Verdammt.«

»Oh, ja. Und es ist alles auf dem Laptop, den er mir anfangs nicht zeigen wollte.«

Ethan zog eine Boxershorts aus der Schublade. »Schieß los. Was hast du gefunden?«

»Sieht aus wie die klassische Geldwäsche. Und als sei Stan nur ein Mittler. Er verkauft einem Kunden etwas, nimmt verdammt viel Geld ein und dreht sich dann um, um von einem anderen zu kaufen. Ich möchte, dass du die echten

Bücher auf dem Server seiner Firma anzapfst, um mir das zu bestätigen.«

Ethan streifte sich einhändig ein Hemd über. »Kann Randi dich nicht einloggen?«

»Ich will sie nicht fragen, bevor ich mir nicht sicher bin. Im Übrigen hat sie ... etwas genommen.«

Ethan seufzte. »Pass auf, ich zieh mich an und nehme das Handy, dann versuche ich es.«

Zehn Minuten später befand sich Ethan dank einer Passwort-Datei, die Clay auf Stans Laptop gefunden hatte, auf dem Firmenserver. Anscheinend traute Stan seinem Gedächtnis nicht. Es war erschreckend, wie unvorsichtig manche Menschen mit Passwörtern umgingen, aber leider nur allzu üblich. Ethan hatte schon die Chefs von bedeutenden Gesellschaften Passwörter notieren sehen, um sie nicht zu vergessen. Aber gewöhnlich redete er sich nur den Mund fusselig, wenn er ihnen klarmachen wollte, dass damit die Sicherheit nicht mehr gewährleistet war. Saudumm, aber in ihrem Fall nun ausgesprochen nützlich, dachte Ethan, als er mit Leichtigkeit ins Firmensystem eindrang.

»Ich bin drin. Gib mir mal die Transaktionsdaten aus Stans Dateien.«

Clay tat es, aber keine stimmten mit den offiziellen Büchern überein. Ethan seufzte. »Wie lange geht das schon?«

»Seit dem Zeitpunkt, als er in Philadelphia seinen dritten Laden eröffnet hat. Vor drei Jahren.«

»Als Alec seine Operation hatte. Jetzt wissen wir wenigstens, woher das Geld kam.«

»Sieht aber aus, als ob er daraus erst eine Gewohnheit gemacht hat, als er nach New York State expandierte.«

»Und plötzlich war er so erfolgreich«, schloss Ethan grimmig. »Ich nehme an, er hat nach der OP festgestellt, wie
schön es ist, immer flüssig zu sein. Clay, jetzt, wo Alec
vermisst wird, wird es Randi umbringen. Dafür wandert
Stan ins Gefängnis.« Ethan rieb sich über die Augen. »Ist
es möglich, dass Stan aussteigen wollte und man Alec als
Druckmittel entführt hat?«

»Falls ja, sagt er es uns leider nicht. Jedenfalls verstehe ich
jetzt, warum er nicht zur Polizei wollte. Dabei würde alles
herauskommen.«

Ethan stieß den Atem aus. »Ich würde dennoch vorziehen
zu glauben, dass das zweitrangig war. Dass seine erste Sorge Alec Sicherheit gegolten hat. Ich will mir einfach nicht
vorstellen, dass er etwas weiß, was Alecs Entführung betrifft.«

»Ich weiß, E, aber leider können wir es uns nicht leisten,
das zu ignorieren. Alle Transaktionen betreffen Leute im
Bereich New York und New Jersey. Er hat ein paar Kon-
takte nach Chicago, aber dahin ist kein Geld geflossen. Ich
grabe weiter. Irgendwelche Fortschritte in Bezug auf das
kleine Flittchen aus dem Copy-Store?«

»Ich habe Aufnahmen von ihrem Körper, aber nicht von
ihrem Gesicht. Ich habe mir die Liste von Apotheken ausgedruckt, über die wir gesprochen haben. Ich werde mich
dort erkundigen, danach in anderen Läden um den Copy-
Store herum. Zu der Zeit hatten noch nicht viele auf, so
dass wir vielleicht Glück haben und jemand etwas gesehen
hat.«

»Es würde uns ein Riesenstück weiterbringen, wenn du den Leuten ihr Gesicht zeigen könntest«, bemerkte Clay.

»Ich werde heute Abend noch einmal zum Busbahnhof gehen und weitere Bänder durchsehen. Vielleicht finde ich sie ja noch. Aber jetzt muss ich erst einmal etwas essen gehen. Ich bin völlig ausgehungert.«

Wight's Landing
19.50 Uhr (18.50 Uhr Central Standard Time)

Lou sank auf ihren Stuhl nieder und massierte sich die Schläfen. Coroner John Kehoe tätschelte unbeholfen ihre Schulter.

»Identifizierungen sind eine scheußliche Sache«, brummte er. Sie nahm an, dass er in seiner dreißigjährigen Karriere genug davon hatte erledigen müssen. Auch für sie war es nicht neu. Aber sie hasste es immer noch.

»Allerdings. John, warum machen Sie nicht Feierabend und gehen einen trinken?«

Er stand seufzend auf. »Ja, ich denke, das klingt vernünftig. Und Sie?«

»Ich habe noch ein bisschen Papierkram zu erledigen. Wir sehen uns morgen.«

Sie hatte kaum die Oberfläche des Stapels abgearbeitet, als das Telefon klingelte. Dora erschien im Türrahmen.

»Sheriff, Detective Janson aus Morgantown ist auf Leitung eins.«

»Danke.« Sie nahm ab. »Janson, hier ist Moore. Die Leiche ist jetzt offiziell von den Eltern als Paul McMillan identi-

fiziert worden.« Ironischerweise an seiner Blinddarm-
narbe, das Überbleibsel einer Operation, die ihm Jahre
zuvor das Leben gerettet hatte. »Die Vaughns haben keine
Ahnung, was er in ihrem Schuppen zu suchen hatte. Sie
sagen, sie hätten Rickman Urlaub gegeben, weil ihr Sohn
mit den Großeltern nach Europa gereist ist.«

»Glauben Sie ihnen?«

»Nein. Ich weiß, dass die Großeltern in Europa sind, aber
Vaughn behauptet, er wisse nicht genau, wo. Ich habe beim
Grenzschutz angefragt, um herauszufinden, ob der Junge
wirklich das Land verlassen hat, aber es werden wohl einige Tage vergehen, bis ich etwas höre. Stan Vaughn und seine Frau wissen etwas, aber ihr Alibi ist wasserdicht.«

Dummerweise war ihr Alibi so wasserdicht, dass es ihnen
nicht gelungen war, den Richter davon zu überzeugen, ihnen einen Durchsuchungsbefehl auszustellen. Das wurmte
sie immer noch. In Boston hätte der Bezirksstaatsanwalt
ihr innerhalb einer Stunde das Gewünschte gegeben, aber
sie waren hier nicht in Boston, und der Richter kannte, wie
er ihr gesagt hatte, Stan Vaughns Vater ebenso lange, wie
Kehoe es tat. Und genau wie Kehoe konnte er sich nicht
vorstellen, dass die Vaughns mit Mord zu tun hatten.

»In der Nacht, in der McMillan ermordet wurde, haben sie
im Hotel den Zimmerservice bestellt«, fuhr Lou fort. »Beide sind in den nächsten beiden Tagen häufig vom Personal
gesehen worden. Es ist so gut wie unmöglich, dass sie in
Morgantown waren. Hin und zurück dauert der Ausflug
gute zwölf Stunden.«

»Das wäre meine nächste Frage gewesen. Ich werde nämlich morgen früh hinfahren.«

Lou richtete sich kerzengerade auf. »Was gibt's Neues?«

»Rickmans Eltern haben sich bei mir gemeldet. Sie sind vom Sheriff in Ocean City angerufen worden. Das ist, laut MapQuest, eine Stunde von Ihnen entfernt. Sie haben am Mittwoch gegen Mitternacht einen Siebzehnjährigen festgenommen. Bewaffneter Raubüberfall.«

»Das liegt zwischen den beiden Morden. Er hätte McMillan töten können, aber nicht Rickman.«

»Stimmt, aber es wird noch besser. In seinem Rucksack hatte der Kerl ein Laptopkabel, auf dem sich Rickmans Fingerabdrücke befinden. Der Sheriff von Ocean City hat Rickmans Eltern angerufen, die sich wiederum sofort mit mir in Verbindung gesetzt haben. Und ich habe gerade eben mein Gespräch mit dem Sheriff beendet. Der Typ hat bisher nichts gesagt. Ich habe morgen um zehn eine Verabredung. Treffen wir uns vor dem Gefängnis?«

Lou lehnte sich zurück und fing an zu lächeln. »Danke. Ich weiß zu schätzen, dass Sie mich mit einbeziehen.«

»Wir wollen doch beide den Kerl fassen, der dieses Paar getötet hat, nicht wahr? Wir sehen uns morgen.«

Lou legte auf. »Dora? Ist Huxley schon nach Hause gegangen?«

»Nein, er ist auf Streife, und ich habe ihn schon angerufen. Er ist auf dem Weg hierher.«

Lou würde Huxley zum Strandhaus der Vaughns schicken, damit er es beobachtete. Und während sie auf ihn wartete, würde sie den Mann überprüfen, der bei den Vaughns angeblich nur zu Besuch war. Alles in ihr hatte *Cop* geschrien, als sie ihn gesehen hatte. Sie rief das Programm auf und gab *Clay Maynard* in die Suchmaske ein.

Sie hatte keinen Moment geglaubt, dass Maynard Urlaub im Strandhaus machte, zumal es überdeutlich gewesen war, dass er Stan Vaughn nicht leiden konnte. Das konnte Lou ihm allerdings nicht verübeln. Der verdammte Bastard hatte auf alles eine aalglatte Antwort. Sie zog die Brauen hoch, als die Resultate ihrer Anfrage durchkamen. Achtunddreißig Jahre, wohnhaft in Washington. Ehemaliger Polizist. Keine Überraschung. Acht Jahre DCPD, ausgezeichnet. Ehemaliger Marine. Schien logisch. Hatte ein Unternehmen mit Ethan Buchanan. Sicherheitsberatung.

Warum brauchten die Vaughns Sicherheitsberatung? Das war eine gute Frage. Auf die Vaughn wahrscheinlich eine gute Antwort hatte. Das Problem war nur, dass Lou die Wahrheit wissen wollte.

Chicago
Montag, 2. August, 19.10 Uhr

Ethans Nase hatte den Hotdog-Laden schon lange vor seinen Augen ausgemacht. Eine Schlange von ungefähr zwanzig Leuten stand davor. Er suchte die Reihe ab und betete, die zu sehen, die hoffentlich noch auf ihn wartete. Er stieß einen erleichterten Seufzer aus, als er sie entdeckte. Und stand still, vollkommen reglos, um sie zu beobachten. Sie einfach nur anzusehen.

Sie stand in der Schlange, aber irgendwie etwas abseits. Beobachtete die Leute, die sich offenbar prächtig amüsierten. Sie hatte sich für ihn hübsch gemacht, und das Wissen ließ sein Herz heftiger schlagen, obwohl er gleichzeitig Frustration empfand, weil das schlichte, schwarze Kleid und die halsbrecherischen Pumps verschwendet waren. Er hatte kaum Zeit. Ihr Kleid endete in der Mitte ihrer Oberschenkel und ließ ihre Beine sogar noch länger wirken. Der Stoff schmiegte sich eng an ihre Rundungen, und es juckte ihm in den Händen, sie zu berühren, über die Rundungen zu streichen, ihren Körper zu erfühlen. Noch aus der Entfernung spürte er, wie die Luft um sie herum aufgeladen war. Es knisterte. Und sie raubte ihm schlichtweg den Atem.

In diesem Moment zog ein Grüppchen Teenager auf Skateboards an ihm vorbei. »Wollt ihr Jungs euch zehn Mäuse verdienen?«

Einer der Burschen sah ihn misstrauisch an. »Was müssen wir dafür tun?«

Ethan zeigte auf Dana. »Seht ihr die Lady da drüben? Ich habe nur ungefähr zwanzig Minuten, um mit ihr zu essen, und ich will die Zeit nicht in der verdammten Schlange verschwenden. Verstanden?«

Die Jungen folgten mit dem Blick seinem Fingerzeig und begannen zu grinsen. »Klar«, sagte der eine. Er hielt ihm die Hand hin. »Aber erst das Geld.«

Ethan zog ein paar Scheine aus der Tasche. »Das dürfte für die Hotdogs reichen. Ich zahle, wenn ich mein Essen habe. Jetzt hört auf zu sabbern und zieht los.«

Dana spürte seine Anwesenheit, bevor sie ihn sah. Sie hatte geglaubt, dass sie dieses Mal auf seinen Anblick vorbereitet war, aber die Wucht der Erkenntnis nahm ihr erneut den Atem, als sie ihn auf sich zugehen sah. Er überragte die meisten Männer in der Schlange, und sein Haar glänzte golden in der Abendsonne. Breitschultrig und schmalhüftig hob er sich in seinem Anzug und mit der Krawatte von den Menschen in knappen Röcken und Shorts ab. Er trug einen anderen Anzug als heute Morgen. Er hatte anscheinend geschlafen. Die dunklen Ringe unter den Augen waren fort, und sein Blick wirkte klar und aufmerksam. *Und auf mich konzentriert.*

Die Worte, die sie geübt hatte, waren aus ihrem Kopf gelöscht, als er sie erreichte, wortlos ihr Gesicht in die Hände nahm und sie zur Begrüßung küsste. Der Lärm der Menschen verblasste und ertrank im Getöse ihres hämmernden Herzens. Automatisch griff sie nach seinen Handgelenken und hielt sie fest. Er beendete den Kuss mit einem zärtlichen Zupfen seiner Lippen, das mehr versprach.

Dann wich er einen Schritt zurück und sah sie rasch von Kopf bis Fuß an. »Du siehst fantastisch aus.« Er lächelte. »Aber ich denke, das weißt du.«

Sie hatte es gehofft. Dennoch spürte sie, wie sie rot wurde. »Caroline hat gesagt, ich solle mich ein bisschen rausputzen.« Ihre Freundin hatte vor einer Stunde ihren Schrank durchwühlt und dieses Kleid gefunden. Es war das einzige vernünftige Stück, das sie besaß. »Sie kann sehr überzeugend sein.«

»Dann drück ihr bitte meinen Dank aus.« Er warf einen Blick über die Schulter zur Schlange vor dem Hotdog-Stand und wandte sich mit ernster Miene wieder um. »Sosehr es mich auch ärgert, aber ich kann leider nicht lange bleiben.«

Die Enttäuschung überschwemmte sie, aber sie hob das Kinn und lächelte gezwungen. »Ich verstehe.« Die Visionen von langen Gesprächen, gefolgt von heißen Küssen, wie sie sie heute Morgen am Wagen erlebt hatte, verblassten. Wenigstens war er so anständig, es ihr selbst zu sagen.

Er führte ihre vereinten Hände an die Lippen und drückte leicht. »Nein, tust du nicht. Ich habe Nachrichten von zu Hause. Diese Familiensache, von der ich erzählt habe.«

Zu einer anderen Zeit hätte sie ihn zum Weitersprechen gedrängt, aber die Härte in seinen Augen und seine angespannten Kiefer sagten ihr, dass sie es dieses Mal besser nicht tat. »Ich bin aber froh, dass du trotzdem gekommen bist. Selbst wenn du wieder wegmusst.«

»Ich musste dich sehen.«

Eine schlichte Aussage, aber sie berührte sie tief. »Ich habe den ganzen Tag an dich gedacht«, murmelte sie. Sie hob die Hand und strich mit dem Daumen dort über seine Haut, wo am Morgen die dunklen Ringe gewesen waren. »Du hast ein bisschen geschlafen. Das ist gut.«

Seine Augen blitzten plötzlich auf, und sie wurde daraufhin von einer Hitzewelle getroffen, die sich rasend schnell in ihrem ganzen Körper ausbreitete. »Ich habe von dir geträumt.«

Der Tonfall seiner rauchigen Stimme verschloss ihr die Kehle, und plötzlich fiel ihr keine Antwort ein. Sie konnte nur zu ihm aufstarren, ihn fasziniert und bezaubert anstarren. Und sie war so erregt. Es mochte nur eine belanglose Phrase gewesen sein, aber es war eine, die ihre Knie zum Zittern brachte. Doch seine Augen waren aufrichtig und

ehrlich, und sie wollte so sehr glauben, dass er die Wahrheit sagte.

Ein Lächeln huschte über seine Lippen. »Jetzt habe ich
dich eiskalt erwischt.«

Eiskalt ist der falsche Ausdruck.

Erneut beschleunigte sich ihr Herzschlag, obwohl sie nicht
gedacht hatte, dass das noch möglich war. »Das hast du
wohl.«

Wieder nahm er ihre Hände und küsste sie. »Tut mir leid,
dass ich so spät gekommen bin. Ich konnte keinen Parkplatz finden.«

»Ich hätte dich warnen sollen. Ich bin mit der Bahn gekommen.«

»Und ich bin froh, dass du auf mich gewartet hast.«

Wieder suchte sie nach Worten. »Es ist … ein so schöner
Abend. Ich beobachte gern andere Leute.«

»Ich weiß.« Sein Lächeln war neckend, und es ließ ihn Jahre jünger wirken. Sorglos.

»Du hast mich beobachtet«, beschuldigte sie ihn. Plötzlich
war sie verlegen. Es war eine neue Empfindung für Dana
Dupinsky, aber sie stellte fest, dass sie sie mochte. Sie flir-
tete und war verlegen, und auch sie fühlte sich viel jünger.
Sogar sorglos.

»Wirklich nur ganz kurz. Ich konnte nicht anders. Ich bin
um die Ecke gebogen, und da standst du, so hübsch, dass
ich einfach hinsehen musste.« Er ließ ihre Hand los und
berührte das Haar über dem Pflaster an ihrem Kopf, ohne
ihren Blick loszulassen. »Wie heilt es?«

»Gut.« Als ob sie das im Augenblick interessieren würde.
Ihr Herz hämmerte, und jeder einzelne Nerv in ihrem

Körper stand in Flammen. Ihre Knie zitterten. »Aber ich glaube, ich muss mich setzen. Diese Schuhe bringen mich um.«

Sein Blick huschte zu ihren Beinen und verweilte einen Moment lang dort, bevor er wieder aufwärtswanderte. »Ich würde dir gern sagen, dass du sie nicht hättest anziehen sollen, aber das wäre gelogen.« Er grinste, und sie wusste, dass ihre Wangen zu leuchten begannen. »Du siehst süß aus, wenn du rot wirst.«

Dana verdrehte die Augen, ein wenig erleichtert, dass die Spannung nachließ. Sie war sicher, dass ihr Herz diesen intensiven Blick nicht viel länger ertragen hätte. »Suchen wir uns eine Bank.«

Sie setzten sich einander gegenüber, und er legte einen Arm über die Rückenlehne, während seine andere Hand ihre hielt. Wieder war sein Blick auf sie fixiert. *Auf mich.*

»Erzähl mir von deinem Geschäftspartner«, sagte sie plötzlich.

Er riss überrascht die Augen auf. »Warum das?«

»Weil dir deine Arbeit wichtig ist, also wird dir auch dein Partner wichtig sein.« Sie senkte ihren Blick auf ihre ineinander verschränkten Hände, zwang sich dann aber, ihn wieder anzusehen. »Und weil ich versuche, dich besser kennen zu lernen.«

Er schwieg einen Moment, sah sie nur unverwandt an, und sie hatte einen Augenblick lang das unbehagliche Gefühl, dass er ihre Gedanken zu lesen versuchte. Ihr Unbehagen verstärkte sich, als ihr plötzlich in den Sinn kam, dass er es vielleicht sogar konnte. »Ich habe gestern schon die ganze Zeit geredet und dir von Richard erzählt. Du kannst wirklich gut zuhören. Aber bitte erzähle mir jetzt von dir, Dana. Ich kann auch gut zuhören.«

Dana war es nie leichtgefallen, über sich selbst zu reden, nicht einmal bei Caroline. Aber nun wünschte sie sich plötzlich, sie hätte es gekonnt. Wünschte, sie wäre in der Lage, ihr schlimmstes Geheimnis einem Mann zu verraten, den sie praktisch kaum kannte. Und weil sie es sich so sehr wünschte, wusste sie, dass sie es nicht konnte. »Das ist nicht so leicht für mich«, murmelte sie, und er beugte sich zu ihr, um sie besser zu verstehen. Einen Augenblick lang waren ihre Gesichter einander ganz nah, und sie glaubte, dass er sie küssen wollte. Fast hatte sie schon erwartungsvoll die Augen geschlossen, als er zu sprechen begann. Leise. Sanft.

»Mein Partner heißt Clay. Ich habe ihn nach meinem Abschluss an der Akademie kennen gelernt. Richard und ich stellten einen Antrag, zusammen eingesetzt zu werden, und ich war froh, dass er da war, weil Clay mir mein Leben in den ersten Wochen zur Hölle machte. Richard war meine Rettung.«

Er hatte sie verstanden. Verblüfft und dankbar sah sie ihn nur an, während er seine Erzählung fortsetzte. »Clay verpasste uns allen Spitznamen. Ich war Goldlöckchen.«

Dana befeuchtete ihre Lippen. »Zum Teufel mit dem Image der harten Jungs.«

Seine Lippen verzogen sich zu einem Lächeln. »So kann man es sagen. Aber Clay und ich wurden trotzdem Freunde. Nach der Zeit in Somalia stieg er aus und wurde Polizist. Wir blieben aber stets in Verbindung, und als ich aus Afghanistan heimkehrte, besuchte er mich im Krankenhaus. Und machte die erste Zeit zu Hause für mich wieder lebenswert. Ich hatte nie die Absicht gehabt, die Armee zu verlassen, aber er half mir zu verstehen, dass nicht alles aus war, nur weil ich kein aktiver Marine mehr sein konnte.«

»Danke, dass du mir das gesagt hast.« Sie biss sich auf die Unterlippe und war sich bewusst, dass er sie unverwandt ansah. Er war zu nah, aber nicht nah genug. »Das nächste Mal bin ich dran.«

Er kam näher, und sie hielt den Atem an. »Ich erinnere dich daran.« Dann lagen seine Lippen auf ihren, warm und weich, und wieder verblasste der Lärm um sie herum, und sie spürte nur noch sich und ihn, ihn und sich, die sich an diesem warmen Sommerabend küssten. Wie ein ganz normales Paar. Die Hand, die auf der Banklehne gelegen hatte, griff in ihr Haar, brachte sie näher heran, presste sie an sich, und als seine Zungenspitze ihre Lippen berührte, öffnete sie sich ihm. Die Hand in ihrem Haar drückte erst fest, ließ dann locker und wanderte ihren nackten Arm herab, um eine brennende Spur zu hinterlassen. Seine Finger tasteten sich unter den Träger ihres Kleids, und die Liebkosung brachte sie zum Stöhnen. Als Reaktion fassten seine Finger fester.

Dann folgte ein ungeduldiges Räuspern. Der Geruch nach Zwiebeln und gebackenen Kartoffeln. Wieder ein Räuspern. »Mann, is' ja nicht zu fassen. Sucht euch 'n Zimmer, Leute.«

Ethan fuhr zurück und sah mit finsterer Miene auf. Dana hörte noch seinen raschen Atem in ihrem Ohr, und sie brauchte einen Moment, um sich zu fassen und auf den

Teenager zu konzentrieren, der vor ihrer Bank stand. Er hielt eine Schachtel mit zwei Softdrinkdosen, Pommes frites und den besten Hotdogs der Stadt in seiner Hand.

»Jetzt krieg ich den Zehner.«

Ethan schnitt ein Gesicht, beugte sich vor und zog sein Geld aus der hinteren Hosentasche. »Die sollte ich dir für dein Mundwerk abziehen. Hier deine Kröten. Und tschüs.«

Dana kicherte, als der Junge davonging und misstrauisch den Zehn-Dollar-Schein beäugte.

»Die Jugend von heute. Kein Respekt vor dem Alter.« Sie nahm einen Hotdog und lehnte sich gegen die Bank, glücklich und zufrieden, als Ethan seinen Arm um ihre Schultern legte. Sie saß auf einer Bank im Arm eines Mannes und aß Hotdogs. Sie wusste, dass andere Menschen das so oder anders jeden Tag machten. *Aber es ist so schon so lange her, dass ich es getan habe.* Und viel zu bald zerknüllte Ethan die leere Schachtel.

»Ich sage es nur ungern, aber ich muss jetzt wieder gehen. Können wir uns …« Ethan fuhr hoch und griff dann hinter sich, wo ihre kleine schwarze Tasche klemmte. »Es hat vibriert.«

»Mein Pager. Ich trage ihn sonst immer in meiner Hosentasche.« Sie schaute auf das Display, und Ethan sah, wie sich ihr ganzer Körper versteifte. Mit einem Stirnrunzeln sah sie auf. »Ich brauche ein Telefon.«

Ethan drückte ihre Schulter, aber sie stand bereits auf und zupfte am Saum ihres Kleids. »Dana, Moment. Hast du kein Handy?«

Angespannt sah sie sich nach einer Telefonzelle um. »Kann ich mir nicht leisten. Verdammt.«

Nun stand auch Ethan auf. Er nahm ihren Oberarm und hielt ihn sanft fest. »Dann nimm meins.«

Sie nahm das Handy, entfernte sich ein paar Schritte und wandte sich diskret von ihm ab. »Ich bin's«, hörte er sie sagen. »Über ein Handy von einem Freund. Was ist los?« Dann strafften sich ihre Schultern abrupt. »Oh nein, mein Gott. Max, nein!« Ihre Stimme bebte, und ihre Hand flog zu ihrem Mund. »Und das Baby?«

Ethan trat hinter sie, legte seine Hände auf die Schultern und zog sanft, bis sie sich gegen ihn fallen ließ. Sie zitterte, und er begann, ihre Oberarme zu streicheln.

»Ich *bin* ruhig«, sagte sie ins Telefon. »Sag mir, wo ihr seid, und ich bin sofort unterwegs.« Sie drückte das Gespräch weg, holte ein paar Mal tief Luft und reichte ihm das Handy über die Schulter, ohne ihn anzusehen. »Es geht schon«, sagte sie, aber ihre Stimme war noch immer ein Zittern. Sie wandte sich um und brachte ein Lächeln zustande, das entsetzlich gezwungen wirkte. »Danke für den Beistand.«

»Caroline?«, murmelte er, und sie nickte.

»Ich muss ins Krankenhaus. Sie ist verletzt.«

Sie war inzwischen bleicher als am Morgen zuvor, als der Taschendieb sie niedergeschlagen hatte. »Was ist passiert?«

»Sie wollte einkaufen gehen, nachdem sie bei mir zu Hause war. Sie hat ihren Einkaufswagen zu ihrem Auto geschoben, als irgendein Spinner über den Parkplatz gerast kam und sie … angefahren hat.«

»Wie schlimm ist es?«

»Man weiß es noch nicht. Verdammt noch mal, dieses Arschloch hat noch nicht mal angehalten!« Sie schloss die

Augen, und er sah, wie sie sich um Konzentration bemühte.
»Ich muss zu meiner Wohnung und das Auto holen.«
»Ich fahre dich«, sagte er und führte sie zu seinem Wagen.

Chicago
Montag, 2. August, 19.45 Uhr

Sie hatte kein Wort gesagt, seit er sie auf dem Beifahrersitz
seines Wagens angeschnallt hatte. Sie starrte unverwandt
aus dem Fenster und nagte an ihrer Unterlippe. Ab und zu
murmelte sie etwas Unverständliches, was vielleicht ein
Gebet sein mochte, und auch er sprach in Gedanken eines
für die quirlige kleine Frau, die Dana am Tag zuvor nahezu
gezwungen hatte, mit ihm essen zu gehen. Er fand, er verdankte Caroline Hunter eine ganze Menge. Er nahm Danas Hand, und sie zerquetschte ihm seine beinahe.
»Ich weiß, dass du dir Sorgen machst«, sagte er ruhig.
»Aber wenn du so angespannt bist, wirst du sie nur unnötig aufregen.«
»Du hast Recht. Ich beruhige mich.« Dana fühlte sich, als
habe sie einen Ziegelstein verschluckt. Sie hatte keine solch
vernichtende Angst mehr empfunden, seit sie vor zwei
Jahren in ihrer Wohnung Evie gefunden hatte – niedergestochen und halb erwürgt. Das Schwein hatte sie damals
zum Sterben liegen lassen. Und nun war Caroline angefahren und verletzt worden. Am Tag nach Lillians Beerdigung.
Dana gefror das Blut in den Adern. Der Täter war abgehauen. Und wenn es Goodman gewesen war? Er hätte

Caroline von Danas Wohnung aus folgen können. *Aber er weiß doch nicht, wo ich wohne,* dachte sie verzweifelt. Es sei denn ... *Es sei denn, er ist mir gestern von Lillians Beerdigung gefolgt, als ich Evie dort aufgelesen habe.* Verdammte Göre! Wut kochte in ihr auf, und ein Schauder rann durch ihren Körper. Aber Wut half niemandem, genauso wenig wie Furcht. Sie konzentrierte sich auf ihre eigenen Angstbewältigungsstrategien und stellte sich vor, wie sie die Furcht in eine Kiste packte und diese fest verschloss. Sich umdrehte und wegging.

Denk an etwas anderes. An jemand anderen. »Und hast du bei Bill Bush geschäftlich etwas erreicht?«

Ethan warf ihr einen raschen Seitenblick zu. »Noch nicht. Aber ich gebe nicht so schnell auf. Du siehst etwas besser aus.«

So fühlte sie sich auch. »Danke. Ich muss Evie anrufen und ihr wegen Caroline Bescheid geben. Ich wollte es nicht tun, solange ich so aufgebracht war.«

»Wer ist denn Evie?«

»Sie ist meine ...« Ja, was? Wie standen sie jetzt, heute, nach diesem Streit, zueinander? »Ich bin ihr Vormund.« Sie näherten sich der Ausfahrt. »Du fährst am besten hier heraus.«

Er nickte. »Warum bist du ihr Vormund? In welcher Beziehung steht sie zu dir?«

Dana dachte einen Moment lang über ihre Antwort nach. Ihm die Wahrheit zu sagen barg im Grunde keine Gefahr. Es konnte sogar ganz günstig sein, falls sie ihm je die *ganze* Wahrheit sagen wollte. Falls. »Evie ist eine Ausreißerin. Sie gehört jetzt zur Familie.«

Ethan holte sein Handy aus der Tasche. »Ruf sie an. Sag ihr, was mit Caroline ist.«

In diesem Punkt musste Dana über nichts nachdenken. Sie würde Hanover House nicht von seinem Handy aus anrufen.

»Nein, lass nur. Ich mache es, wenn ich im Krankenhaus bin.«

Chicago
Montag, 2. August, 20.15 Uhr

»Erledigt.«

Sue saß auf dem Bett, das Handy zwischen Ohr und Schulter eingeklemmt, und lackierte sich die Fußnägel. Nun lächelte sie. »Ich weiß.« Evie – eine leichenblasse, zitternde Evie – hatte die Nachricht weitergegeben. Eine Evie, die auch vor Wut bebte. Sie hatte bereits zum Krankenhaus fahren wollen, als Dana angerufen und ihr befohlen hatte, im Haus zu bleiben. Ruby hatte Evies Seite des Gesprächs mitgehört, und Ruby erzählte Neuigkeiten nur zu gern weiter.

»Du hast mir nicht gesagt, dass sie schwanger ist«, sagte Fred angewidert.

»Doch, habe ich.«

»Na gut, meinetwegen, aber jedenfalls nicht, dass sie kurz vor den Wehen steht.«

Sue grinste.

»Oje. Hast du einen Madonna-Komplex, Fred?«

Einen Moment lang herrschte Stille, dann: »Treib's nicht

zu weit, Susie. Ich habe dir deinen Gefallen getan. Jetzt bist du dran.«

»Du hast mir nur einen halben Gefallen getan, Fred. Sie lebt noch. Aber ich bin nett und werde dir deinen Gegengefallen tun. Ich weiß ja, was du willst, und ich kümmere mich morgen drum.« Während sie auf »Arbeitssuche« ging. Sie drehte die Kappe auf den Nagellack und warf das Fläschchen in den Rucksack. »Wir sehen uns am Mittag.« Ihr Grinsen wurde breiter. Bis Mittag würde sie noch weitere Häkchen auf ihrer To-Do-Liste gemacht haben. Sie wählte Donnie Marsdens Nummer. Es wurde Zeit, die Bühne für das Finale zu bereiten. »Donnie. Ich bin's.«

»Ich habe langsam schon geglaubt, ich hätte mir dich nur eingebildet. Erzählst du mir jetzt von deinem Plan?«

»Noch nicht, aber es dauert nicht mehr lange.« *Genau dann nämlich, wenn ich bereit dazu bin.* »Hast du die Jungs angerufen?«

»Ja, alle bis auf Vickers. Ich konnte ihn nicht erreichen.« *Das überrascht mich nicht,* dachte Sue mit einem Lächeln. Der Transporter mit Vickers parkte im Wald hinter einer Grundschule. Irgendjemand würde ihn finden – irgendwann.

»Die Jungs wollen mehr Informationen«, fuhr Donnie fort. »Sie haben keine Lust, in eine Falle zu tappen. Kann ich ihnen nicht verübeln.«

»Sag ihnen, dass der einzige Vogel, der in die Falle tappen wird, unsere Zielperson ist.«

»Und wie?«

»Ich habe etwas, das unser Vögelchen wiederhaben will.«

»Und dann?«

Sie wackelte mit ihren frisch lackierten Zehen. Rache, dachte sie, war eine so schrecklich persönliche Sache. »Dann kriegt jeder eine halbe Stunde, um sich auszutoben. Seid so kreativ wie möglich. Ich hatte zehn Jahre Zeit, um darüber nachzudenken. Ihr habt vier Tage.«

Einen Moment lang herrschte Stille. »Bis was?«

»Bis ich meinen Job erledigen kann«, sagte Sue schlicht. »Und das Vögelchen muss wissen, dass ich es bin, die den Job erledigt, also darf es nicht das Bewusstsein verlieren. Alles andere bleibt euch überlassen. Wenn ihr im Voraus plant, könnt ihr aus dreißig Minuten eine halbe Ewigkeit machen.«

»Und was hast du von alldem, Suze?«, fragte Donnie ruhig.

Sie dachte an jeden einzelnen Tag der zehn Jahre, die sie hinter Gittern verbracht hatte. An jeden Geburtstag, an dem ihr das Älterwerden bewusst geworden, an jeden Tag, der fremdbestimmt gewesen war. Sie schnitt eine Grimasse. An jedes Mal, das Fred sie in den Lagerraum geführt hatte, um »ein bisschen zu schmusen«. Die Glut, die in ihren Eingeweiden geschwelt hatte, flammte zu einem alles verzehrenden Feuer auf.

»Ich werde zusehen.«

Chicago
Montag, 2. August, 20.15 Uhr

Dana konzentrierte sich auf die Fahrstuhlanzeige. »Du musst nicht mit mir kommen. Mit mir ist alles in Ordnung.«

»Das glaube ich dir nicht, aber ich werde nicht mit dir streiten«, erwiderte Ethan schlicht und sah die steile Falte zwischen ihren Brauen. Mit ihr war *nicht* alles in Ordnung. Sie zitterte immer noch von dem Streit, den sie mit Evie gehabt hatte. Sie hatte ihr Mündel von einem Münztelefon in der Eingangshalle des Krankenhauses angerufen und ihm streng befohlen, zu Hause zu bleiben, bevor sie den Hörer wütend auf die Gabel geknallt hatte. Er hätte gern mehr erfahren, und an jedem anderen Tag hätte er versucht, sie auszufragen, aber ihm war klar, dass jetzt nicht der richtige Zeitpunkt dazu war. Im Übrigen hatte sie ihm versprochen, das nächste Mal von sich selbst zu erzählen, und er hatte die Absicht, sie beim Wort zu nehmen.

Der Fahrstuhl hielt an, die Türen glitten zur Seite, und sie sahen den Empfang der Entbindungsstation vor sich. Als Dana nach Caroline fragte, deutete die Krankenschwester auf das Wartezimmer.

Ethan griff ihren Arm. »Ich werde jetzt gehen, Dana. Ich hatte nicht vor, mich in dein Leben zu drängen, ich wollte mich nur vergewissern, dass mit dir alles in Ordnung ist.« Er beugte sich vor und küsste sie auf die Wange und war bereits einen Schritt zurückgewichen, als sie den Arm ausstreckte und ihn am Revers festhielt.

»Bitte bleib«, murmelte sie. »Ich weiß, dass du weg musst,

aber wenn du nur noch ein oder zwei Minuten bei mir bleiben könntest, dann wäre ich sehr froh.«

Ihre Stimme war ruhig gewesen, aber unterschwellig lag darin eine so dringende Sehnsucht, dass er dem nichts entgegenzusetzen hatte. Ethan zog sie in seine Arme und hielt sie fest. Sie klammerte sich an ihn, schweigend, packte so fest zu, dass es ihm beinahe wehtat. Endlich ließ sie ihn wieder los, holte bebend Atem und sah zu ihm auf. »Danke. Hoffentlich hast du morgen keine blauen Flecken.«

Er lächelte. »Ich werde es überleben.« Er strich ihr eine Locke aus dem Gesicht und legte seine Hand an ihre Wange. »Was kann ich tun, Dana?«

Ihre Unterlippe zitterte, und einen Moment lang glaubte er schon, dass sie zu weinen beginnen würde, aber sie hatte sich rasch wieder unter Kontrolle. Sie zwang sich zu einem Lächeln. »Mich morgen zum Frühstück treffen?«

»Abgemacht.« Er senkte den Kopf, um sie zum Abschied zu küssen, als eine scharfe Stimme ihren Namen rief und beide Köpfe herumfuhren.

Ein großer, dunkelhaariger Mann kam mit grimmiger Miene auf sie zu.

»Wir haben überall nach dir gesucht.«

Dana erstarrte. »Wie geht's ihr?«

»Sie schläft. Der Zustand des Babys ist stabil.« Der Mann warf Ethan einen harten Blick zu. »Wir müssen reden, Dana. Unter vier Augen.«

»Okay. Ethan, das ist Carolines Schwager, David Hunter. David, Ethan Buchanan.«

Ethan nickte David zu, und dieser erwiderte den angedeuteten Gruß knapp. Der Besitzanspruch in seinen Augen war so eindeutig, dass Ethan dem kindischen Bedürfnis, den seinen anzumelden, nachgab, und Dana einen Arm um die Hüfte legte. »Wir brauchen nur noch eine Minute«, sagte Ethan.

Hunter deutete mit dem Kinn zur Seite. »Ich bin mit den anderen im Wartezimmer.«

Ethan wartete, bis er weg war, bevor er sie fragend ansah. »Die anderen?«

»Die Familie«, murmelte Dana. »Sie kommt in Krisenzeiten immer zusammen. Bitte nimm es David nicht übel. Er macht sich Sorgen um Caroline. Normalerweise benimmt er sich nicht so unhöflich.«

Hunter war aufgewühlt, das hätte Ethan ohne weiteres bestätigt. Worüber aber, war eine andere Geschichte. Da Hunter jedoch vermutlich unter Schock stand, ließ Ethan das Thema fallen.

»Ich habe morgen früh eine Verabredung.« Er wollte damit beginnen, die Gegend, in der Alecs Entführerin die E-Mail abgeschickt hatte, abzusuchen. »Könnten wir uns um sechs treffen? Im Coffeeshop?« Der Laden lag nah genug am Busbahnhof, wo er noch weitere Überwachungsvideos durchsehen wollte.

»Ja, ich komme. Ethan, danke. Für alles.« Sie stellte sich auf die Zehenspitzen, schlang ihm einen Arm um den Nacken und küsste ihn sanft. »Ich bin froh, dass du mit mir hergekommen bist.« Und damit wandte sie sich um und ging auf das Wartezimmer zu, und er sah ihr mit einem Gefühl der inneren Leere hinterher. Dann hämmerte er auf den Fahrstuhlknopf ein. Als der Fahrstuhl sich ankündigte, kam ihm plötzlich ein Gedanke.

Im Auto hatte sie ihn gefragt, ob er mit Bill Bush ins Geschäft gekommen war. Aber woher wusste sie den Namen des Security-Managers? Er warf einen Blick über die Schulter, als er den Fahrstuhl betrat, aber sie war fort. Er hatte direkt von Anfang an gewusst, dass Dana Dupinskys Hintergrund komplexer war, als sie ihn wissen lassen wollte. Nun war es an der Zeit, diese Komplexität etwas genauer zu untersuchen.

David trat aus dem Wartezimmer, bevor Dana eintreten konnte. »Wir müssen reden«, sagte er grimmig. »Aber nicht vor den anderen.« Er führte sie in die Kinderspielecke, die um diese Zeit verlassen war.

»Es geht ihr jetzt ganz gut«, fuhr er fort, bevor sie etwas sagen konnte. »Sie hat sich das Bein gebrochen, und in der Plazenta ist ein feiner Riss. Als man sie herbrachte, waren die Vitalfunktionen des Kindes instabil, aber inzwischen sind beide wieder in gutem Zustand. Der Arzt meint, wenn sie liegen bleibt und sich ausruht, kann alles ganz normal verlaufen.«

Kann. Dana schauderte. »Gott sei Dank.« Aber er schwieg, und als sie aufblickte, sah sie in harte Augen.

»Der Fahrer hatte keinerlei Absicht zu bremsen, Dana. Kein Gummiabrieb, keine quietschenden Reifen.«

»Du glaubst, dass es Goodman war?«

Seine Augen blitzten auf. »Du nicht?«

»Ich habe daran gedacht, als ich herkam. Wir müssen es Mia sagen.«

Er biss die Zähne zusammen. »Verdammt, Dana, ist dir eigentlich mal in den Sinn gekommen, dass du das hättest sein können?«

Sie begegnete seinem Blick, ohne mit der Wimper zu zucken. »Ja. Aber ich bin vorsichtig.«

»Vorsichtig. Na klar. Und wo hast du diesen Typen kennen gelernt?«

Dana verengte die Augen. Wagte er es wirklich anzudeuten, sie solle Ethan Buchanan auf eine Ebene mit Lillians Mann stellen? »Im Busbahnhof. Sonntagnacht.«

»Du warst mitten in der Nacht draußen? Nur Stunden nachdem Detective Mitchell dir gesagt hat, die Türen zu verriegeln? Und das nennst du *vorsichtig?*«

Ihr Temperament begann sich zu regen. »Ich nenne es meinen Job.«

»Dein *Job* ist der Grund, warum Caroline hier liegt und mein Bruder vor Angst bald umkommt.«

Seine Worte trafen sie tief. Sie öffnete den Mund, um sich zu verteidigen, aber er hatte ja Recht. *Caroline liegt im Krankenhaus, weil ein durchgeknallter Ehemann auf mich wütend ist.* Das Schuldgefühl meldete sich mit aller Macht zurück, und plötzlich hatte sie Angst, darüber nachzudenken, was Goodman noch alles tun konnte. Mit der Angst konnte sie zurechtkommen, konnte sie in die Schachtel stecken und sich davon abwenden, aber das Schuldgefühl lag schwer wie ein Felsbrocken in ihren Eingeweiden und verursachte ihr Übelkeit. Sie seufzte und fühlte sich plötzlich vollkommen erschöpft. »David, wir haben beide einen furchtbaren Schrecken bekommen. Beruhigen wir uns und rufen Mia an. Sie wird wissen, wie wir uns verhalten sollen.«

David sah zur Seite. »Gut. Ruf sie an.«

250

Wight's Landing
Montag, 2. August, 21.45 Uhr
(20.45 Uhr Central Standard Time)

Wight's Landing warb mit seinen malerischen Ausblicken, und James Lorenzano musste zugeben, dass sie nicht übertrieben. Von dort, wo er saß und Bier und Crabcakes zu sich nahm, genoss er den Anblick der malerischen Barfrau Pattie, die im knappen weißen Tanktop Martinis und Brüste schüttelte. Letztere mochten sogar echt sein. Vor nicht allzu langer Zeit hatte er noch geglaubt, er würde niemals mehr die schlichte Freude erleben, einer Frau im knappen weißen Tanktop zusehen zu können. Das war, als er in seinem eigenen Blut gelegen hatte, während die Notärzte, die ein Passant gerufen hatte, rasch und effektiv ihre Arbeit taten. Dieser Passant hatte ihm das Leben gerettet, denn wäre er nicht zufällig vorbeigekommen und hätte Sue verscheucht, hätte sie ihre Arbeit vermutlich gründlicher erledigt.

Seine Achtlosigkeit damals war unverzeihlich gewesen. Er hatte gewusst, was für ein Luder sie war, und er hätte darauf vorbereitet sein müssen, aber Sues sehr reale Brüste hatten ihn tatsächlich abgelenkt.

Er hatte es sich zur Regel gemacht, niemals etwas mit Klientinnen anzufangen, aber Sue war sehr verführerisch gewesen. Und sie hatte seine Reaktionen verlangsamt, indem sie ihm etwas in sein Glas getan hatte. In sein Glas, in dem sich außerdem zur Feier des Tages echter Champagner befunden hatte. Ihre kleine Belohnung. Ein Picknick zur Feier eines erledigten Auftrags. Er hatte ihre geheimnisvolle Frau in Florida aufgespürt, und sie war ach so dankbar gewesen.

Man würde sehen, wie dankbar sie war, wenn er sie gefunden hatte.

Sue bis nach Wight's Landing zu verfolgen war ausgesprochen unerfreulich gewesen. Sobald er aus dem Krankenhaus gekommen war, hatte er nach ihr gesucht, zunächst in ihrer Wohnung. Leer. Die zweite Station war das Haus ihres Onkels und ihrer Tante gewesen. Er hatte nicht erwartet, sie dort vorzufinden, aber doch gehofft, dass ihr Bruder etwas über Sues Aufenthaltsort wusste. Und es stellte sich heraus, dass ihr Bruder seinen Onkel von seiner kleinen Tour mit Sue tatsächlich angerufen hatte. In Richtung Osten würden sie fahren, hatte Bryce seinem Onkel gesagt, und mehr wisse er auch nicht – Sue habe ihm nichts weiter verraten. Das zumindest hatte James noch aus dem alten Mann herausbekommen können, bevor dieser seinen letzten Atemzug getan hatte. Mehr Informationen erhielt James von seinem Kontakt bei der Telefongesellschaft – die Adresse der Telefonzelle nämlich, von der Bryce den Anruf getätigt hatte. Von diesem kleinen Ort aus hatte er sich langsam in Richtung Osten bewegt, bis er die Nachricht von einem hässlichen Selbstmord am Strand gehört hatte.

Das war Sues Werk gewesen, er wusste es. Weil es eine Technik war, die sie von ihm gelernt hatte. Er hatte ihr davon während einer der heißen Nächte, die er inzwischen bereute, erzählt. Sie war hier gewesen. Doch leider konnte er weder sie noch ihren Bruder finden. Und so saß er in dieser Bar und versuchte, auf altmodischem Weg an Informationen zu kommen. Indem er die Männer in Blau nach einem langen Arbeitstag beim Bierchen belauschte.

Am Tisch hinter ihm saßen die wackeren Deputys der letzten Schicht. Das Polizistenkontingent der Stadt war offenbar knapp bemessen, so dass immer ein Mann nachrücken musste, sobald ein anderer für andere Aufgaben abgezogen wurde, wie James erfuhr. So zumindest war es anscheinend bei Deputy Billy geschehen, der sich beschwerte, dass sein freier Tag flöten ging, weil er für einen gewissen Huxley einspringen musste. Huxley wiederum sprang für Sheriff Moore ein, die irgendeinen Detective aus West Virginia im Knast von Ocean City treffen wollte. Und wie es sich anhörte, hatte das alles mit der Leiche im Schuppen zu tun. Und *das* hatte ganz sicher mit Sue zu tun.

James würde dem Sheriff nachfahren und herausfinden, was es im Gefängnis von Ocean City gab. Es musste wichtig sein, wenn der Sheriff selbst den Weg in Kauf nahm. Tja, nun ... als ob er es nicht schon wüsste. Es erklärte, warum Sues Spur hier in Wight's Landing so abrupt abgerissen war. Was es nicht erklärte, war ein anderes Warum. Warum dieser Ort? Was verband die alte Frau in Florida mit diesem Strandhaus? Aber er würde es noch herausfinden. Und Sue erwischen.

11

Chicago
Montag, 2. August, 20.45 Uhr

Mia hielt ihre Marke für die Krankenschwester hoch, die ihr mit einem Stirnrunzeln entgegensah. »Mrs. Hunter hat bereits eine Aussage gemacht. Sie muss sich jetzt ausruhen.«

»Ich will sie auch gar nicht belästigen, Schwester Simmons«, sagte Mia. »Ich will mit ihrer Freundin sprechen. Dana Dupinsky.«

Schwester Simmons zeigte zum Ende des Flurs.

»Dahinten.«

»Dahinten« war eine Spielecke. David Hunter und Dana saßen dort allein, David auf einem normalen Stuhl, Dana – in einem umwerfenden kleinen Schwarzen und halsbrecherischen Pumps – auf einem Kinderstühlchen. Sie baute nervös mit Legosteinen Türmchen, und selbst wenn Mia nichts von Caroline gewusst hätte, wäre ihr klar gewesen, dass Dana Angst hatte. Dana konnte ihre Hände nicht still halten, wenn sie Angst hatte. »Hübscher Fummel, Herzchen.«

Dana sah auf, und Mia seufzte. Das Schuldgefühl stand ihrer Freundin im Gesicht geschrieben, und Mia wusste, dass keine Macht der Welt es daraus löschen konnte. Dana

254

half anderen Menschen, mit Schuldgefühlen, Scham und Furcht fertig zu werden. Ihre eigenen jedoch wurden immer tiefer in ihrem Inneren vergraben.

»Und?«, fragte Dana, während sie mit den Bausteinen hantierte.

»Ich habe mit dem Officer gesprochen, der am Tatort gewesen ist. Keine Schleuder- oder Bremsspuren, keine quietschenden Bremsen; zumindest hat keiner der Zeugen etwas gehört. Modell und Baujahr des Autos stimmen nicht mit Goodmans überein, aber das muss ja nichts heißen. Wie könnte er sie gefunden haben?«

»Caroline war bei mir in der Wohnung.« Sie zupfte an ihrem Kleid. »Um mir bei der Auswahl von dem hier zu helfen.«

Mia warf Hunter einen Blick zu. »Heißes Date?«

»Nein.« Das einzelne Wort hatte die Wucht eines Güterzuges. Mit Tiefkühlwaggons.

Dana drückte sich die Fingerspitzen gegen die Schläfen. »Ich war mit Ethan Buchanan zusammen.«

Mia dämmerte es. »Ah. Den ich auf Carolines Bitte habe überprüfen lassen.«

»Wir waren heute Abend verabredet.« Dana hatte einen Turm roter Steine voneinander getrennt und verarbeitete sie nun in einem anderen Bau. »Und ich habe Evie gestern nach dem Begräbnis zu mir gefahren. Wenn Goodman uns gefolgt ist, weiß er, wo ich wohne. Falls er uns heute Abend beobachtet hat, hat er Caroline und mich mit ihrem Wagen abfahren sehen. Sie hat mich an der EL abgesetzt.«

»Zumindest klärt das schon einiges.« Mia setzte sich ebenfalls auf einen Kinderstuhl und legte ihre Hände auf Danas, als sie nach den blauen Steinen griff. »Hör auf. Du machst mich nervös.«

Danas Hände verharrten, aber sie schauderte. »Tut mir leid.«

»Schon gut. Wir kriegen ihn, Dana. Bis dahin musst du einfach besonders vorsichtig sein.«

»Toller Rat, wirklich konstruktiv«, sagte Hunter beißend, und Mia betrachtete ihn kühl.

»Wir haben seine Beschreibung rausgegeben. Mein Partner und ich werden uns noch einmal seine bevorzugten Aufenthaltsorte vornehmen.«

»Es ist vier Tage her.« Hunter sprang auf die Füße. »Wieso habt ihr ihn noch nicht gefunden?«

»David«, sagte Dana müde. »Sie tun ihr Bestes.«

Hunter drehte sich um und wandte ihnen seinen muskulösen, verspannten Rücken zu. »Offensichtlich reicht das nicht.«

Mia seufzte. »Sie haben Recht. Es reicht nicht. Aber mehr können wir nicht tun, Mr. Hunter. Es sei denn, Ihnen fällt noch etwas ein.«

Hunters Schultern fielen nach vorne, und er wandte sich schuldbewusst um. »Tut mir leid, Detective. Ich habe mich im Ton vergriffen. Können Sie ihr wenigstens raten, das verdammte Haus zu schließen? Oder ihr verbieten, mitten in der Nacht auf Busbahnhöfen herumzulungern?«

Mia begegnete seinem Blick. Sah, was Dana offenbar noch nie gesehen hatte, und fragte sich, wie lange Hunter sie schon liebte. Sie hatte Mitleid mit jedem Mann, der eine Frau liebte, die sich stärker an ihre Arbeit gebunden fühlte, als normales Menschsein erlauben dürfte. Sozialarbeiterinnen und Polizistinnen. Was für ein tolles Pärchen Dana und sie abgaben. »Das könnte ich schon. Aber sie würde auf mich nicht mehr hören, als sie es auf Sie tut.«

Offenbar hatte er das Mitgefühl in ihrer Stimme herausgehört, denn er wandte sich abrupt ab. »Nichts davon wäre passiert, wenn sie nicht dieses verdammte Haus betreiben würde.«

Dana sah mit bleichem Gesicht auf. »David, das ist unfair.«

Das war es, aber Mia konnte ihm nicht verübeln, dass er so empfand. Obwohl es zweifellos klüger gewesen wäre, es nicht auszusprechen.

»Ich glaube, Caroline würde sich über so einen Satz ziemlich aufregen«, murmelte sie, »Geht schlafen, ihr beide. Aber, Dana – bitte geh nicht nach Hause. Gib mir deinen Schlüssel, damit ich mich in deiner Wohnung umsehen kann.«

»Passen Sie bloß auf, dass Sie nicht auf die Penner und die Junkies treten«, sagte Hunter bitter.

Weil sie seine Gefühle zwar verstehen konnte, aber dennoch wusste, warum Dana dort wohnen blieb, legte sie ihm beruhigend eine Hand auf den Arm. »Lassen Sie es gut sein, Mr. Hunter.«

Er schüttelte ihre Hand ab. »Ich bringe meine Mutter nach Hause, Dana. Dann komme ich zurück.«

Dana machte sich wieder an ihre Bauarbeit. »Er ist wütend auf mich«, sagte sie, als er fort war. »Und er hat natürlich Recht. Goodman ist nicht hinter Caroline her, und es ist meine Schuld, dass sie verletzt worden ist.«

Dana begriff anscheinend nicht, warum David Hunter

wirklich wütend war. »Erzähl mir von deinem Ethan Buchanan.«

Danas Lippen verzogen sich zu einem Lächeln, das ihre Augen strahlen ließ. »Er ist ein wirklich netter Kerl, Mia.«

Der arme David Hunter hatte nicht den Hauch einer Chance. Mia zog Dana auf die Füße. »Abe wird gleich hier sein, aber wir haben noch Zeit, um in die Cafeteria zu gehen. Da bestellen wir eine Riesenportion Pommes, und du wirst brav alles aufessen.«

Dana warf ihr einen berechnenden Blick zu. »Mache ich, wenn du mich zu Lillians Kindern lässt. Bald.«

Mia sah sie finster an. »Bald. Und jetzt will ich ein paar saftige Details. Ich brauche Stoff für meine Fantasien.«

Chicago
Dienstag, 3. August, 1.45 Uhr

Es war dunkel, doch im Bad am Ende des Flurs brannte Licht. Alec hob vorsichtig den Kopf vom Kissen. Er durfte sie nicht wecken. Sie – die Frau mit den gruseligen Augen, die, wie er inzwischen wusste, gar nicht weiß waren. Sie waren blau, aber so hell, dass sie beinahe weiß wirkten. Er holte tief Luft und stieß sie wieder aus. Leise. Aber sie wachte nicht auf.

Er war so hungrig, so durstig. Sie gab ihm nur wenig Wasser – gerade so viel, dass er nicht starb. Wie viele Tage waren vergangen? Es war schwer zu zählen. Sie hatte ihm doppelt so viel Medizin eingeflößt, wie er normalerweise nehmen musste. Er stand die meiste Zeit unter Medikamenteneinfluss und konnte nicht klar denken. Aber das Zeug ging langsam zu Ende, und er entwickelte eine Toleranz. So nannten die Ärzte es, wie er wusste, wenn die gleiche Menge Medikamente nicht mehr denselben Effekt hatte.

Aber heute hatte er getan, als schlafe er, als sei er wieder benebelt. Er hatte auf dem Bett gelegen und sich gefragt, wer sie war und warum sie das tat. Es musste um Geld gehen. Seine Eltern hatten Geld. Sie konnte alles haben, was sie wollte. Er wollte nur zurück nach Hause zu seinen Eltern.

Wenn sie noch leben. Der Gedanke nahm ihm die Luft, aber er zwang sich, ruhig weiterzuatmen. Er konnte keinen Laut von sich geben, was umso frustrierender war, als er keine Ahnung gehabt hatte, wie wichtig es sein konnte, als es ihm möglich gewesen war. Wie oft hatte er sich mit Cheryl gestritten, weil sie gewollt hatte, dass er den Signalprozessor anlegte, hatte sich gegen den Krach und das Getöse gewehrt, das unvermeidlich in seine Gedanken branden würde. Er hatte Angst gehabt, Angst vor dem Lärm. Angst, albern zu wirken. Albern zu klingen. Nun wünschte er so sehr, dass er diesen kleinen Prozessor bei sich gehabt hätte. Wenigstens hätte er dann gewusst, was vor sich ging.

Aber er hatte ihn nicht bei sich, also musste er einen anderen Weg finden. Aber zuerst musste er essen. Die Frau hatte dann und wann etwas zu essen mit hinaufgebracht, aber immer für sich. Manchmal gab sie ihm ein Stück Brot. Oder etwas Käse. Wenn er nicht aß, würde er verhungern.

Alec glitt vom Bett. Wartete. Aber sie wachte nicht auf.

Er lebte noch. Und war vollkommen ausgehungert. Er konnte nur hoffen, dass sein Magen nicht knurrte und sie weckte, wie es immer Cheryl geweckt hatte. *Cheryl.* Seine Brust schmerzte plötzlich, und er wünschte sich beinahe, wieder in Dämmerzustand zu versinken. Dann würde er nicht über Cheryl nachdenken müssen. Würde sie nicht vor seinem inneren Auge sehen müssen. Cheryl war tot. Er hatte die Leiche gesehen. Sie hatte Cheryl am Straßenrand hinausgeworfen wie einen Sack Müll. Er war so ... so unglaublich wütend gewesen. Seine Augen brannten, als er daran dachte. Als er daran dachte, dass er nichts hatte tun können, um sie daran zu hindern.

Er musste etwas unternehmen, um sie aufzuhalten. Er musste etwas tun. Irgendwas.

Aber zuerst musste er essen, oder er würde wieder das Bewusstsein verlieren. Er bewegte sich vorwärts. Wartete. Er wusste, dass in alten Häusern Bodenbretter knarrten, aber er wusste nicht, ob sie es hier taten. Nun, er würde es wissen, sobald sie erwachte. Aber sie tat es nicht, und so machte er einen weiteren Schritt und noch einen, bis er draußen im Flur war, am Badezimmer vorbei und auf der Treppe.

Er hielt sich am Geländer fest und ging langsam und behutsam die Treppe hinab. Sein Kopf fühlte sich schwammig an, und mehr als einmal wäre er beinahe gefallen, aber dann war er unten und erlaubte sich ein kleines Hochgefühl. Hier unten war es ebenfalls dunkel, aber am Ende des Korridors war Licht. Keine Glühbirne.

Ein Computer. Jemand hatte einen Computer eingeschaltet. Nun konnte er wenigstens herausfinden, was für ein Datum heute war. Er schlich – hoffentlich lautlos – bis zur Tür und spähte hinein.

Die Küche. Auf dem Tisch stand ein Laptop. Und jemand arbeitete daran. Verdammt. Er musste ein Geräusch gemacht haben, denn die Person sah auf.

Er hielt den Atem an. Sie war es. Die Person aus seinen Träumen. Oder Alpträumen. Er wusste es nicht. Manchmal, wenn er aufwachte, saß sie neben ihm und strich ihm über das Haar. Beim ersten Mal hatte er geschrien. Lang und laut in seinen Gedanken, wo nur er es hören konnte. Sie hatte eine Narbe. Eine hässliche, rote, erschreckende Narbe. Aber sie hatte gelächelt. Wenigstens ansatzweise. Und dann hatte sie ihn gestreichelt, wie seine Mom es immer getan hatte. Also war er beim nächsten Mal etwas weniger vorsichtig gewesen, danach noch etwas weniger. Sie mochte ja mit der Frau zusammenarbeiten, aber sie hatte nettere Augen.

Sie lächelte auch jetzt wieder, legte den Finger auf die Lippen und deutete in ihren Schoß. Alecs Blick wanderte von ihr zum Kühlschrank. Er musste essen, und zwar bald. Und sie sah nicht böse aus, also trat er ein und drückte sich an den Schränken entlang, bis er sehen konnte, worauf sie zeigte. Ein Baby. Sie hatte ein Baby. Er sah auf und begegnete ihrem Blick. Sah, dass ihre Lippen sich bewegten. Sie redete mit ihm, aber er konnte es nicht verstehen.

Er hasste das. Er hasste es, nicht zu wissen, was die Leute zu ihm sagten. Oder ob sie über ihn sprachen.

Cheryl hatte gesagt, er sei paranoid, die Leute würden nicht über ihn reden. Er hatte ihr nicht geglaubt, aber das war ja nun kein Problem mehr, nicht wahr. Cheryl war tot, und wenn er nicht bald aß, dann würde auch er sterben. Alec zeigte auf den Kühlschrank, und die vernarbte Frau nickte. Der Schrank war voller kleiner Plastikschüsseln. Und da war auch ein Teller mit Hähnchenkeulen. Plötzlich glaubte er, alle aufessen zu können. Er nahm eine und warf ihr einen raschen Blick zu. Sie sah nicht ihn an, sondern konzentrierte sich auf den Computer. Also schlang er das Bein herunter, dann das zweite, das dritte. Einen Moment später war ihm speiübel.

Er hatte zu schnell zu viel gegessen. Er brauchte Wasser. Sofort. Oh nein. Nein!

Evie hielt den Blick auf den Schirm fixiert, um ihn nicht zu verschrecken. Versuchte, nicht hinzusehen, als er drei Hähnchenschenkel verschlang, als habe er seit Tagen nichts gegessen und wüsste auch nicht, wann es das nächste Mal etwas gab. Das war ein Gefühl, an das sie sich gut erinnerte. Also ließ sie ihn in Ruhe, sah nicht hin, bis er schwer zu atmen begann und sie Würgegeräusche hörte. Sie fuhr gerade noch rechtzeitig herum, um zu sehen, wie das Hähnchenfleisch aus seinem Mund quoll. Mit leichenblassem Gesicht sank Erik auf dem Küchenfußboden zusammen.

Chicago
Dienstag, 3. August, 2.00 Uhr

Ethan fuhr zusammen, als das Handy in seiner Brusttasche zu vibrieren begann. Er hatte höchstens ein paar Minuten geschlafen, also würde er das Band nicht weit zurückspulen müssen. Der Anruf kam von Clay, und sofort zogen sich seine Eingeweide zusammen. »Es ist zwei Uhr nachts. Was ist passiert?«

»Hier ist es schon drei«, erwiderte Clay kühl. »Sie haben Alicia Samson gefunden.«

Ethans Herz sank. Der Ausweis, den die Frau in Morgantown vorgezeigt hatte. »Ist sie tot?«

»Ja. Verdammt, ich hatte wirklich gehofft, dass sie nur im Urlaub sein würde. Ich habe das Restaurant angerufen, wo sie gearbeitet hat, um zu fragen, ob sie sich inzwischen vielleicht hat blicken lassen. Ihr Chef hatte es gerade erfahren und flippte beinahe aus. Ein paar Kids haben die Leiche im Wald gefunden. Sie ist seit Donnerstagmorgen tot.«

»Als unser Herzchen ihren Ausweis benutzte, um die erste Mail abzuschicken. Todesursache?«

»Kopfschuss, genau wie Cheryl Rickman. Ethan, wir müssen jetzt mit der Polizei reden.«

»Ich weiß.« Ethan presste sich den Daumen gegen die hämmernde Schläfe und überlegte, was zu tun war. Drei Menschen waren durch eine Frau gestorben, die sich offenbar in Luft auflösen konnte. Eine Frau, die Alec bei sich hatte. »Wir wissen nicht, wo sie ist, wissen nicht einmal, wer sie ist. Es wäre verdammt noch mal besser, wenn wir der Polizei irgendein Bild von ihr oder einen Hinweis auf ihre Identität zeigen könnten.«

»Wie nah sind wir denn dran, sie über das Busvideo zu finden?«

»Ich sehe sie mir schon wieder seit vier Stunden an, aber ich habe noch nichts gefunden.«

»Aber sie können doch nicht einfach verschwinden.«

Der Schmerz hinter Ethans Augen wuchs. Viel zu rasch. Er spürte es kommen und tastete verzweifelt seine Taschen auf der Suche nach den kleinen Pillen, ohne die er niemals das Haus verließ, ab. Er hatte seit Monaten keinen Vorfall mehr gehabt. *Verdammt.* »Das sagen wir schon die ganze Zeit.« Er fand die Schachtel und nestelte an der Öffnung, während um ihn herum alles schwarz wurde. »Verdammter Mist. Bleib dran.« Ethan legte sich die Pille hinten auf die Zunge und wartete.

»*Ethan?*« Er hörte Angst aus Clays Stimme, unverhüllte, nackte Angst.

Die Pille hatte sich aufgelöst. »Warte einen Moment, Clay. Es geht gleich wieder. Nur Kopfschmerzen.«

»Kannst du sehen?«

»Gleich wieder. Bestimmt.« Er wusste es, und doch war die Panik da, und mit ihr kam der hilflose Zorn. Diese Blackouts waren der Grund, warum er entlassen worden war. Der Grund, warum er nicht auf irgendeiner Mission in der Wüste war. Der Grund, warum er hier war. Auf der Suche nach Alec. Und im Augenblick war er Alecs einzige Chance.

Der Gedanke war gleichzeitig ernüchternd wie erschreckend. *Richtiger Ort, richtige Zeit oder falscher Ort, falsche Zeit?*, dachte er und erinnerte sich an Danas Spruch vom Tag zuvor. Alles hing nur davon ab, wie man es betrachtete. Von der Perspektive. Und die Perspektive war eine Frage der Einstellung. Und die Einstellung … konnte über Erfolg und Niederlage entscheiden.

»Ich habe kein Krachen, Scheppern und metallisches

Knirschen gehört, also nehme ich an, dass du gerade nicht im Auto gesessen hast.«

»Nein, hab ich nicht.« Blinkende Lichter erschienen am Ende eines dunklen Tunnels, und Ethan begann endlich, sich zu entspannen. »Ich sitze hier in diesem verdammten Büro im Busbahnhof.«

»Siehst du wieder?« Clays Stimme war rau.

»Clay, es ist alles okay. Pass auf, ich muss mich jetzt wieder um die Bänder kümmern.«

Clay seufzte. »Pass bloß auf dich auf.«

»Mach ich.« Ethan legte auf, wobei er sich sehr wohl bewusst war, dass sie zu keiner Entscheidung gekommen waren. Ein Mann und zwei Frauen waren tot, und Alec war noch immer fort. Er sollte zur Polizei gehen. Und das würde er auch. Er brauchte nur ein wenig mehr Zeit.

Chicago
Dienstag, 3. August, 2.30 Uhr

Heftig zerrte Sue das saubere Hemd über den Kopf des Jungen, schob die Arme durch die Ärmel und stieß ihn aufs Bett. Hielt den Zettel vor seine Augen. *Das war absolut unklug.*

Der Junge nickte, als er es las, und rollte sich zu einer Kugel zusammen. Er schwitzte und fror gleichzeitig. Sie hatte ihn sauber machen müssen. Hatte die Kotze aus seinem Gesicht wischen müssen. Wütend kritzelte Sue einen weiteren Satz auf und zwang ihn, ihn zu lesen. Sah, wie er noch bleicher wurde. Die Augen zusammenkniff. Wie ihm

265

die Tränen über die Wangen rannen. *Deine Mutter wird das ausbaden müssen.*

Der Junge wurde durch die Medikamente offenbar nicht so beeinträchtigt, wie sie geglaubt hatte. Und sie hatte nur noch zwei Pillen. Sie würde bis zum Morgen warten müssen, sie ihm zu geben, damit er schliefe, wenn sie unterwegs war, um ihren Auftrag für Fred zu erledigen. Sie würde das Zeug wieder mit Benadryl hinunterspülen. Das schien mehr Wirkung zu zeigen. Allerdings konnte sie den Jungen nicht mehr vierundzwanzig Stunden lang betäuben. Nicht jetzt, da Scarface ihn mit klarem Kopf erlebt hatte. Verdammt.

Sie musste eine andere Möglichkeit finden, um ihn zu disziplinieren. Sie dachte an den folgenden Tag. An das, was sie für Fred zu tun hatte. Für die Vaughns. An die Sendung, die die Vaughns gefügig machen würde. Und im Grunde den Jungen auch.

Annehmen, anpassen, verbessern. Ein verdammt gutes Motto.

Chicago
Dienstag, 3. August, 5.00 Uhr

Frustriert rieb Ethan sich die Augen. Er hatte dieselben Bänder immer und immer wieder abgespielt, aber es hatte nichts genützt. Stunden von Filmmaterial, aber keine Spur von Alec. Er und die Frau waren am Freitagmorgen angekommen und anscheinend spurlos verschwunden. Säuberlich stapelte Ethan die Videos, die er in der Nacht bereits durchgesehen hatte. Ein zwölfjähriger Junge verschwand nicht einfach so von der Bildfläche, also musste es eine andere Erklärung geben. *Ich suche wahrscheinlich an der falschen Stelle.* Er würde noch einmal zurückkehren und weitere Bänder sichten, sobald er in der Umgebung des Copy-Stores nach der Frau gefragt hatte.

Aber zunächst brauchte er eine Pause. Ein paar Meilen laufen hätte seine Gedanken freier gemacht. Aber er wollte Dana in weniger als einer Stunde treffen, also musste das Laufen warten.

Dana. Ethan beäugte den Laptop, der zugeklappt neben dem Videomonitor stand. Bush hatte WLAN im Büro, so dass Ethan ins Netz gehen konnte, wann immer er wollte. Dana kannte Bush. Sie hatte den Securitymanager gestern Abend mit vollem Namen genannt. Sie aß oft genug in Bettys Coffeeshop, dass die Frau ihr Lieblingsgericht kannte.

Offenbar verbrachte Dana Dupinsky viel Zeit im Busbahnhof. Und mehr, als es gewöhnlich brauchte, um schusselige Freundinnen abzuholen. Mit zusammengezogenen Brauen klappte Ethan den Laptop auf und startete den Browser. Wenn er ehrlich war, hatte er es die ganze Nacht aufgeschoben, weil er sich ein wenig vor dem fürchtete, was er finden würde. Ethan loggte sich in die Personendatenbank ein, die er meistens benutzte, wenn er Leute überprüfen wollte, und hielt plötzlich inne, die Hand über der Tastatur. Wenn er den Namen eintippte, gab es kein Zurück. Falls ihm nicht gefiele, was er las, war es vermutlich vorbei. Aber dann dachte er an Danas Augen, an die Herzlichkeit und die Klugheit und schüttelte das Unbehagen ab. Es konnte nichts geben, was ihm nicht gefiel, dessen war er sich sicher. Also gab er den Namen ein und wartete.

Und blinzelte, als die Ergebnisse auf dem Schirm erschienen. Sie war Fotografin. Zumindest etwas in der Art. Sie hatte bei der Steuer im vergangenen Jahr $2867 Einkommen angegeben. Als verdienende Fotografin war sie eine Null. Nur gut, dass ihre erste Sorge auch gar nicht der Fotografie zu gelten schien. Ihr Name tauchte als Leiterin eines Non-Profit-Unternehmens auf. Ein Haus für Ausreißer. Ethan dachte daran, was sie am Abend zuvor über Evie gesagt hatte. *Sie ist eine Ausreißerin. Sie gehört jetzt zur Familie.* Und jetzt verstand er auch, warum sie kein Geld hatte. Sie steckte all ihren Gewinn in ihr Geschäft, hatte sie gesagt. Was bedeutete, dass sie sich nur wenig bis gar kein Gehalt gönnte, damit das Geld ins Haus investiert werden konnte.

Er hatte Recht gehabt. Sie konnte tatsächlich zu gut zuhören – es musste ein Teil ihrer Arbeit sein. Erleichterung durchströmte ihn, und mit der Erleichterung ein gewisser Stolz. Sie war genau die Frau, für die er sie gehalten hatte. Eine Frau, die die Bedürfnisse anderer über ihre eigenen stellte.

Eine letzte Angabe auf der Seite rüttelte ihn komplett wach. Wie es schien, hatte Dana Dupinsky außerdem ein Vorstrafenregister. Eine Verurteilung wegen versuchten Autodiebstahls. Vor dreizehn Jahren. Offenbar hatte sie seitdem ihr Leben vollkommen umgekrempelt. Auf den Kopf gestellt.

Er dachte daran, wie sie sich ihr Leben eingerichtet hatte,

an ihren chronischen Geldmangel, an ihre schäbige Wohnung. Nichts davon konnte er in der nächsten halben Stunde ändern. Aber er konnte ihr Dasein ein wenig sicherer machen. Und zwar, indem er dafür sorgte, dass sie eine Möglichkeit hatte, um Hilfe zu rufen, falls einer der Junkies in ihrem Hausflur ihr zu nah kam, bevor sie ihre drei Riegel vorschieben konnte.

Er hatte gerade noch genug Zeit, ihr ein Prepaid-Handy aus dem Eckladen gegenüber zu kaufen, bevor er sie zum Frühstück traf. Ethan schob den Laptop in die Tasche. Er würde ihn mitsamt der Pistole, die in seinem Hosenbund steckte, im Kofferraum verstauen. So würde sie, falls ihre Hände über seinen Körper wandern sollten, nur ihn berühren und nicht die Waffe, die er noch immer nicht so recht zu erklären bereit war.

12

Chicago
Dienstag, 3. August, 6.00 Uhr

Ethan wartete diesmal auf dem Gehweg auf sie. Es überraschte sie, ihn dort zu entdecken, und sie war einen Moment aus dem Konzept gebracht. Er trug noch immer die Kleider, die er auch gestern angehabt hatte. Sie allerdings auch.

Er straffte sich, als sie sich näherte, und musterte ihr Gesicht. Er schien zu sehen, was sie so verzweifelt zu verbergen versuchte. Dass sie Angst hatte, wütend war und dass sie sich entsetzliche Vorwürfe machte.

Er breitete die Arme aus, und sie begab sich, ohne zu zögern, hinein und ließ zu, dass er sie an sich zog. Sie schob ihre Hände unter sein Jackett und strich über die festen Muskeln seines Rückens. Und empfand zum ersten Mal einen gewissen Frieden, seit ... seit sie das letzte Mal in seinen Armen gelegen hatte.

»Was ist passiert?«, murmelte er. Legte seine Wange auf ihren Kopf. Hielt sie warm und sicher.

»Sie hat die ganze Nacht über Wehen gehabt.«

Ethan legte seine Lippen auf ihre Schläfe, und sie seufzte.

»Wie viel zu früh würde das Baby kommen?«

»Sechs Wochen.«

»Nicht optimal, aber möglich.« Seine Stimme vibrierte und kitzelte sie an der Wange.

»Und du hast behauptet, du seist kein Arzt«, gab sie zurück und spürte sein stummes Lachen.

»Richard hat das einmal durchgemacht.« Er räusperte sich. »Mit seiner mittleren Tochter.«

Richard, der gestorben war, während er überlebt hatte. Sie hielt ihn ein wenig fester. »Und ging alles gut?«

»Zunächst sah es nicht so aus. Brendas Blutdruck spielte verrückt, und sie mussten das Baby sieben Wochen zu früh holen. Das Kind blieb einige Wochen im Brutkasten, dann konnten sie es mit nach Hause nehmen. Aber sie ist vollkommen in Ordnung. Sie ist gesund und … na ja, gesund eben.«

Seine Stimme war am Ende rauer geworden, was ihre ohnehin verwundete Seele noch stärker strapazierte. Sie lehnte sich zurück und sah zu ihm auf. »Wie viele Kinder hat Richard denn?«

»Drei. Alles Mädchen.« Abrupt wechselte er das Thema. »Du hast gar nicht geschlafen, oder?«

»Ein bisschen. Auf der Bank im Wartezimmer. Ich hole es nach, wenn ich im … zu Hause bin.« Dana brach ab und biss sich auf die Zunge. Beinahe hätte sie Hanover House gesagt. Sie war anscheinend noch erschöpfter, als sie geglaubt hatte. »Aber ich habe seit den Hotdogs gestern Abend nichts mehr gegessen. Gehen wir rein?« Sie versuchte, sich von ihm loszumachen, aber er hielt sie fest.

»Noch einen Moment.« Seine große Hand fuhr ihr durchs Haar und blieb an ihrem Hinterkopf liegen, während die andere sie noch fester an sich drückte, ihre Körper aneinanderpresste. Sie spürte ihn an ihrem Bauch, hart und pulsierend. Erregt. Er begehrte sie. Der Gedanke war berauschend. »Nur noch einen kleinen Moment.« Seine Stimme war sanfter, tiefer geworden, liebkosender. Ihr Herz überschlug sich, ihre Knie wurden weich. Sie hob die Hände zu seinem Gesicht. Seinem so schönen Gesicht. »Ich habe an dich gedacht«, murmelte er. »Die ganze Nacht.«

Ihr Inneres schien sich zu verflüssigen. »Ich auch. Und es war eine lange Nacht.«

Seine Lippen strichen über ihre, und sie hätte am liebsten gewimmert. »Ich habe daran gedacht, wie ich dich gestern Morgen an deinem Auto geküsst habe«, sagte er, und sie schauderte. »Wie du dich angefühlt hast. Und ich will dich noch einmal so spüren.«

Er verführte sie mit geflüsterten Worten, und prompt sehnte sie sich nach mehr, nach so viel mehr. Sie schlang die Arme um seinen Nacken und stellte sich auf Zehenspitzen. Sie konnte ihn nun wieder spüren, groß und hart, aber nicht mehr an ihrem Bauch, sondern an der Stelle, wo es sich so sehr viel besser anfühlte. Entschlossen, ihre Frau zu stehen, fing sie seinen Blick ein und hielt ihn fest. »Dann tu es.«

Seine Augen blitzten auf, und seine Finger pressten sich gegen ihr Kreuz. Er sog scharf die Luft ein. »Nicht hier. Hier kann ich nicht tun, was ich tun möchte.«

Oh Gott. Allein die Worte fluteten ihre Gedanken mit Bildern, von denen jedes erotischer war als das vorherige. »Was willst du denn tun?«, flüsterte sie. Heiser, tief, heiß.

Er starrte sie eine lange Weile an. Schien zu überlegen, was er darauf sagen sollte. Dann senkte er den Kopf, so dass seine Lippen leicht über ihr Ohr strichen. »Ich will, dass du deinen eigenen Namen vergisst.«

Und nun stieß sie tatsächlich ein leises Wimmern aus, bog ihm die Hüften entgegen, schmiegte sich noch enger an ihn. Jeder Nerv in ihrem Körper stand in Flammen. Ihr Herz schlug so heftig, als liebten sie sich tatsächlich ... und dabei hatte er nichts weiter als Worte benutzt. Er richtete sich wieder auf und betrachtete ihre Brüste, die sich unter dem schwarzen Kleid rasch hoben und senkten. Dann sah er ihr in die Augen. Und zog eine Braue hoch. Nun war sie an der Reihe.

Dies ist also das Vorspiel, dachte sie. Sie hatte so etwas noch nie erfahren. Weder in einem Schlafzimmer noch auf der Straße. Gewiss nicht auf der Straße. Aber sie war lernfähig. Sie streckte sich und leckte ihm über den Mundwinkel. Brachte ihn zum Stöhnen, einem tiefen, kehligen, wunderbaren Stöhnen, das ihr bis in die Zehenspitzen fuhr. »Ich habe einen kurzen Namen.« Sie leckte den anderen Mundwinkel, und seine Hand verließ ihr Haar, legte sich auf ihr Hinterteil und begann die Muskeln zu kneten. Sie konnte ihn zittern spüren. Zittern. »Nur vier Buchstaben. Du wirst dich ordentlich anstrengen müssen, damit ich ihn vergesse.«

In seinen Augen glitzerte es. Gefährlich, dachte sie. Aber sie hatte nicht die Spur von Angst. »Ich denke, ich bin der Aufgabe gewachsen«, erwiderte er samtig.

Ihre Lippen verzogen sich. »Oh, das glaube ich dir sogar.«

Dann musste auch er lächeln, und es raubte ihr den Atem.

»Guten Morgen, Dana.«

»Guten Morgen, Ethan. Wie geht's dir?«

»Jetzt wieder besser, weil du da bist.« Und dann küsste er sie, tief und wohlig und allumfassend, und als er den Kopf wieder hob, seufzte sie. Er küsste sie auf die Nasenspitze. »Und dir?«

»In deiner Gegenwart auch besser«, sagte sie. »Ich weiß nicht, wie du das machst, aber es klappt.«

»Sehr schön. Bereit zum Frühstücken?«

»Ja. Und ich habe einen Mordshunger. Die Hotdogs sind schon lange her.«

Das waren sie tatsächlich, dachte Ethan, als er die Tür für sie aufhielt. Sein Herzschlag verlangsamte sich wieder auf sein normales Tempo. Er hatte geglaubt, es würde ihm aus der Brust platzen, als sie ihn gefragt hatte, was er denn mit ihr tun wollte. Er hatte die Antwort recht neutral gehalten, weil er geglaubt hatte, das, was er wirklich wollte, würde sie in Angst und Schrecken versetzen, aber nun war er sich nicht mehr so sicher. Sobald er Alec gefunden und ihn zu Randi zurückgebracht hatte, würde er alles daransetzen, es herauszufinden.

Betty musterte sie neugierig, als sie sich in eine Nische setzten. »Wollen Sie ausgehen?«

Dana lächelte, und wieder warf es Ethan beinahe von den Füßen. »Leider nicht. Ethan muss gleich wieder los, könnten Sie uns also das Frühstück ziemlich schnell bringen?« Sie wartete, bis Betty fort war, und beugte sich dann vor. »Lass uns Caroline bitte nicht erwähnen. Betty würde nur anfangen, sich Sorgen zu machen, und es gibt schon genug Leute, die sich um Caro Sorgen machen.«

»Das kann ich verstehen. Clay – du weißt schon, mein Partner – ist genauso.«

Sie zog eine Braue hoch und sah ihn fragend an. »Auf mich machst du aber einen ziemlich gesunden Eindruck.«

Sein Blick flackerte. »Jetzt ja. Aber das war nicht immer so.«

Nach einem kurzen Zögern wagte sie einen Vorstoß. »Wie bist du in Afghanistan denn verwundet worden, Ethan?«

»Richard und ich wurden vom Wagen geschleudert, als wir auf eine Landmine fuhren. Ich schlug mit dem Kopf auf.« Er zuckte die Achseln. »War vollkommen weggetreten. Im Krankenhaus wachte ich mit einem Hirnödem auf. Es dauerte verdammt lange, bis ich wieder drei Worte zusammenhängend sprechen konnte. Ich konnte denken, aber nichts Vernünftiges sagen. Das war sehr ... frustrierend.«

Sie konnte es sich denken. Er war ein kluger Mann, der sich gut ausdrücken konnte. »Das kann ich mir vorstellen«, sagte sie.

»Seitdem kriege ich immer wieder Kopfschmerzen. Migräne mit Aura, wie die Ärzte es nennen.«

»Das heißt, du kannst vorübergehend nicht richtig oder gar nicht sehen. Ich hatte mal eine Kundin, die darunter litt. Nicht schön, aber man kann damit umgehen.«

Es war überhaupt nicht so schwer gewesen, ihr von den Kopfschmerzen zu erzählen. Sie schien es sehr locker aufzunehmen. Das konnte er respektieren. Er lehnte sich zurück und betrachtete sie aus reinem Spaß an der Freude. Sie wirkte etwas struppig, und das Make-up hatte sich längst aufgelöst, aber er fand sie noch immer wunderschön und faszinierend. Noch mehr nun, da er wusste, wer sie wirklich war. Er hätte gerne gewusst, warum sie es geheim hielt. »Eine Kundin, die du fotografiert hast?«

Sie blinzelte. Mehrmals. »Diese Kundin? Nein.«

Er wartete, aber sie sagte nichts weiter. Betty brachte den Kaffee, und als sie wieder gegangen war, seufzte Dana. »Du hast mich gestern nach mir gefragt, und ich habe dir gesagt, dass ich es erzählen werde. Und das werde ich auch. Vielleicht nicht alles auf einmal, weil es mir sehr schwer fällt, bestimmte Dinge auszusprechen. Du musst einfach Geduld mit mir haben.«

»Man sagt mir nach, dass ich diese Tugend durchaus besitze«, sagte Ethan trocken. »Dann los.«

Sie holte tief Luft, als ob sie sich wappnen musste. »Ich bin hier in Chicago geboren. Ich bin noch nie aus Illinois herausgekommen.«

Ethans Augen weiteten sich. »Du meinst, du hast noch nie das Meer gesehen?«

»Nein, noch nie.« Sie nippte nachdenklich an ihrer Tasse. »Ich habe auch niemals vermisst … was ich verpasst haben könnte. Jedenfalls bis vor kurzem nicht. Ich bin nicht sicher, warum sich das gerade ändert.« Sie schwieg einen Moment nachdenklich, dann fuhr sie fort. »Mein Vater war Alkoholiker, und meine Mutter arbeitete in einem Hotel als Zimmermädchen, um unsere Miete zu bezahlen.« Sie zog eine Braue hoch. »Bist du jetzt schockiert?«

Sie wollte es so aussehen lassen, als würde sie keinen Deut darauf geben, aber Ethan spürte, dass ihr seine Antwort wichtig war. »Nein.«

»Okay. Mein Vater starb, als ich zehn war. Zwei Jahre später heiratete meine Mutter einen anderen. Der Kerl war schlimmer als mein Vater.«

Ethan wurde plötzlich übel, was sich anscheinend in

seinem Gesicht abzeichnete, denn sie machte eine abwehrende Handbewegung und schüttelte den Kopf. »Nein, das war es nicht. Er hat uns nicht missbraucht. Er hat uns nur verprügelt, uns und sie, meine Mutter. Ich hasste ihn, und er hasste mich. Ich lehnte mich gegen ihn auf, und als ich vierzehn war, lief ich weg.«

»Wen meinst du mit uns?«

»Ich habe eine Schwester.«

Dem entschlossenen Zug um ihren Mund entnahm er, dass sie das Thema nicht weiter vertiefen wollte.

»Aber du bist in Chicago geblieben?«

Sie lachte. »Himmel, ich habe nicht einmal die South Side verlassen. Ich tat mich mit einer Bande zusammen und …« Sie brach ab. Dachte nach. Hob eine Schulter. »Und wurde wegen Diebstahls eingebuchtet. Jugendstrafe. Und – schockiert dich das jetzt?«

Von der Jugendstrafe hatte er nichts erfahren, aber das war nur logisch. Jugendstrafen wurden nicht öffentlich gemacht. »Nein.«

»Okay. Ich saß meine Zeit ab und kam wieder raus, und man schickte mich nach Hause. Mein Stiefvater prügelte ein paar Wochen auf mich ein, dann reichte es mir. Ich hatte auf der Straße ein bisschen gelernt. Ich wusste, wie man mit einem Messer umgeht.«

Ethan riss wieder die Augen auf. »Du hast ihn niedergestochen?« *Braves Mädchen. Gut gemacht.*

»Na ja, nicht wirklich. Ich hätte warten sollen, bis ich noch besser mit dem Messer umgehen konnte. Ich erwischte ihn, aber nicht so, wie ich wollte. Er ist wahrscheinlich genäht worden.« Sie lächelte und sah beinahe vergnügt aus.

»Aber das Schöne ist, dass er sich auch vor Nadeln fürchtete.«

»Fürchtete? Ist er tot?«

Ihr Blick flackerte. »Nein, noch nicht. Aber er wird es bald sein, denke ich. Er ist krank und alt und hat sich selbst eine so tiefe Grube gegraben, dass keiner ihn mehr herausziehen will. Ich am wenigsten. Bist du *jetzt* schockiert?«

Langsam ärgerte er sich über die Frage. »Nein. Lebt deine Mutter noch?«

Nun war es nicht nur ein Flackern, das in ihren Augen zu sehen war. Da war Schmerz, so intensiv, dass es ihm den Atem verschlug. Sie senkte den Blick und trank einen Schluck Kaffee. »Nein. Sie ist tot.«

»Das tut mir leid.«

Sie zog die Mundwinkel herunter. »Mir auch.« Dann straffte sie die Schultern. »Aber zurück zu mir.«

Er hielt die Hand hoch. »Moment.« Betty kam mit dem Essen aus der Küche, und es war anzunehmen, dass Dana sich keinen weiteren Zuhörer wünschte. Sie warteten, bis Betty gegangen war, dann nahm sie den Salzstreuer und salzte ihre Eier.

»Nachdem ich zugestochen hatte, tauchte ich unter, weil ich keine Lust hatte, wieder in der Strafanstalt zu landen. Inzwischen wusste ich, wie man Leute beklaute und nicht erwischt wurde. Du siehst, ich bin lernfähig.«

Er sagte nichts, weil ihm nichts einfiel, was er hätte sagen können. Seine eigene Kindheit, wenn auch einsam, war verglichen mit ihrer die reinste Idylle gewesen.

»Ich lernte hier ein bisschen, da ein bisschen. Dinge, die ein aufrechter Bürger vermutlich nicht wissen sollte. Ich habe allerdings nie Drogen genommen. Na ja, vielleicht habe ich mal Gras geraucht, aber ich habe nicht inhaliert, und dabei bleibe ich. Zum Glück musste ich mich auch nie auf die schmutzigere Seite der Straße begeben. Aber eines Tages wurde ich erwischt, als ich ein Auto stehlen wollte. Ich habe irgendwie nie begriffen, wie man die Dinger effektiv kurzschließt. Wahrscheinlich hätte ich eine lausige Elektrikerin abgegeben. Dummerweise war ich inzwischen schon achtzehn. Jetzt habe ich ein Vorstrafenregister. Schockiert dich *das*?«

Ethan schüttelte den Kopf, tief gerührt, dass sie es ihm gesagt hatte, und fest entschlossen, ihr niemals zu gestehen, dass er es bereits gewusst hatte. »Noch immer nicht, Dana. Da musst du mir schon etwas mehr bieten.«

»Als ich einmal auf meinen Bewährungshelfer wartete, lernte ich jemanden kennen. Eddie hieß er. Der Kerl, nicht der Bewährungshelfer. Eddie hatte eine Harley.« Nun funkelten ihre Augen wirklich vergnügt. »Ungefähr ein Jahr lang war ich eine echte Biker-Braut. Hab mich sogar tätowieren lassen«, fügte sie in aufgesetztem Slang hinzu. »Iss, Ethan.«

Das musste er, und zwar schnell, denn er hatte noch eine Frau aufzuspüren. Ironischerweise eine Frau mit einer Tätowierung.

»Und wo ist sie?«, fragte er und versuchte, den Bissen zu schlucken, der wie Knete in seinem Hals stecken bleiben wollte. »Die Tätowierung?«

Sie zog rasch die Brauen hoch. »Vielleicht findest du es ja eines Tages heraus.« Sie wurde wieder nüchtern. »Deswegen habe ich es dir erzählt. Wenn du mich überprüfen lassen würdest, so wie ich es bei dir getan habe, dann würdest du meine Strafakte finden.«

»Und? Hast du deine Schuld an der Gesellschaft abbezahlt?«

»Ich war geständig und reuig. Dreißig Tage Knast, zwei Jahre auf Bewährung. Ich war kaum lange genug drin, um mir Läuse einzufangen.«

»Du warst noch ein Kind.«

»Ich war achtzehn und hatte wenig Hirn. Falls es irgendeine Bedeutung hat, ich bin später zu der Frau, der ich den Wagen stehlen wollte, gegangen und habe mich entschuldigt.« Sie grinste freudlos. »Sie hat gesagt, ich sollte mich zum Teufel scheren, aber ich hab's versucht. Mich zu entschuldigen, nicht zum Teufel zu gehen.«

»Das dachte ich mir schon«, bemerkte Ethan trocken. »Und was geschah mit Eddie?«

Sie nahm eine Gabel voll Ei und zuckte die Achseln. »Ich habe ihn geheiratet. Es ging genauso aus, wie man das bei einer Ehe, die bei einem Bewährungshelfer entstanden ist, erwarten würde. Eddie hatte, wie sich zeigte, eine Menge Ähnlichkeit mit meinem Vater und Stiefvater. Sobald er trank, wurde er gewalttätig. Eines Tages landete ich in der Notaufnahme und musste genäht werden und dachte, *so nicht*. Also habe ich ihn verlassen.«

Da war eine Menge, das sie ihm nicht sagte, aber er wollte sie nicht drängen. Zumindest nicht heute. »Deshalb ist dein Ex schon so ex, dass er exitus ist.«

Sie lächelte traurig. »Genau.«

»Tja, du hast mich noch immer nicht schockiert, und ich möchte wirklich deine Tätowierung sehen.«

Sie grinste. »Du bist ein netter Mensch, Ethan, und ich gebe mir Mühe, das nicht zu deinen Ungunsten auszulegen.«

Er schob ihre Teller aus dem Weg und nahm ihre Hände in seine. »Du bist ein netter Mensch, Dana, und ich denke, du gehst mit dir weit härter ins Gericht als mit irgendjemand anderem.«

Ihr Blick wurde traurig. »Es ist schon spät, Ethan. Du musst gehen.«

»Warte.« Er hätte beinahe das Handy vergessen, das er ihr gekauft hatte. »Da sind fünfhundert Minuten Telefonzeit drauf.«

Sie zog eine Braue hoch, nahm aber das Telefon nicht an. »Ich nehme nichts, was ich mir nicht verdient habe, Ethan.«

Was er bis eben vielleicht nicht verstanden hätte. »Du hast mich das Essen bezahlen lassen. Nimm das verdammte Ding, Dana.«

»Das Essen war nur sechs Dollar fünfundneunzig. Ein Handy kostet eine Menge mehr.« Sie schüttelte den Kopf. »Ich erlaube Caroline nicht, mir ein Telefon zu schenken, also warum sollte ich es dir erlauben?«

»Weil Caroline deine Tätowierung nicht sehen will«, gab er zurück, und sie lachte. »Los, nimm es schon. Nur so kann ich mit dir in Verbindung treten. Meine Nummern sind schon drin, Handy und Hotel. Ich weiß nicht, wann ich heute freimachen kann, aber ich will dich noch sehen. Zum Essen.« Er schob das Handy über den Tisch und beobachtete, wie sie es musterte. »Du brauchst es nicht kurzzuschließen, Dana. Du drückst bloß auf die hübschen kleinen Zahlen, hältst das obere Teil ans Ohr und sprichst unten rein. Dazu muss man keine Elektrikerin sein, versprochen.« Er stand auf und richtete seine Krawatte.

Sie schaute mit einem ironischen Gesichtsausdruck zu ihm auf. »Du hältst dich für verdammt witzig, was? Okay ich nehme das blöde Ding, aber wenn du zurück nach Washington gehst, dann nimmst du es wieder mit.«

Sein Herz blieb mit einem heftigen Ruck in seiner Kehle stecken. Wenn er nach Washington zurückging. Sie hatte es so gesagt, als würde es sie nicht kümmern. Ja, sie hatte Recht, er würde zurückkehren, sobald er Alec gefunden hatte. Und in Washington sein altes Leben weiterführen. Sein altes Leben, das ihm nun noch leerer erschien als zuvor. Er kämpfte die aufkommende Frustration nieder, beugte sich herab und küsste sie hart auf die Lippen. »Geh nach Hause und schlaf ein bisschen. Und ruf mich an, wenn du mich brauchst. Wir sehen uns heute Abend zum Essen.«

Chicago
Dienstag, 3. August, 6.45 Uhr

Sue hatte nicht viel Zeit. Dupinsky hatte vom Krankenhaus angerufen und gesagt, dass sie um halb acht zurück sein würde. Sue hatte nur weniger als eine Stunde, um sich einen neuen Ausweis zu besorgen und wieder zum Haus zurückzukehren. Aber es war noch früh, die Rushhour hatte noch nicht eingesetzt, so dass es einfacher sein würde, das passende Opfer zu finden. Insbesondere, wenn die betreffende Person gerade von der Arbeit kam und müde und unkonzentriert war. Sue beschleunigte ihr Tempo, als sie auch schon eine passable Kandidatin aus der Hochbahn kommen sah.

Sue holte sie ein. »Entschuldigen Sie.« Die Frau war jung, leicht übergewichtig und trug einen Kittel mit Winnie-Puuh-Design, der leicht mit Blut besprenkelt war. Wie passend.

Sie warf einen misstrauischen Blick über die Schulter und setzte dann ihren Marsch fort. Sue beeilte sich, ihr auf den Fersen zu bleiben. »Verzeihen Sie, aber ich bin nicht von hier. Könnten Sie mir wohl mit dieser Adresse hier helfen?«

»Tut mir leid«, murmelte die Frau, ohne anzuhalten. Gute Instinkte, dachte Sue. Aber leider nicht gut genug. Mit einem Schultercheck, der jeden Eishockey-Spieler stolz gemacht hätte, stieß sie die Frau in eine Seitengasse, zog gleichzeitig ihre Pistole aus dem Hosenbund und drückte ihr den Lauf an die Schläfe. Die Bewegungen waren flüssig und beinahe schön. Wie beim Ballett.

»Halt die Klappe«, murmelte Sue, als die Frau angstvoll die Augen aufriss.

»Nehmen Sie mein Geld«, flüsterte sie heiser. »Aber bitte tun Sie mir nichts.«

Sue verdrehte die Augen. Sie hörten niemals zu. Immer mussten sie etwas sagen. Und immer zu viel. Eine kleine Bewegung des Fingers am Abzug, die Kugel, die durch Knochen drang, und – Abrakadabra! – die Blutspritzer auf dem Kittel der Frau wirkten plötzlich frisch. Der Schalldämpfer war eine wirklich kluge Investition gewesen.

Lautlos sackte die Frau zu Boden, und Sue holte ihre Börse aus der Handtasche.

Heute war sie Kristie Sikorski, Kinderkrankenschwester, dreifache Mutter.

Chicago
Dienstag, 3. August, 7.30 Uhr

Dana spürte noch immer das Prickeln auf ihren Lippen, als sie eine Stunde später auf den Parkplatz hinter Hanover House fuhr. Selbst die kurzen Küsse hatten ihre Sinne zum Taumeln gebracht. Aber noch erstaunlicher als die Küsse war sein Gesichtsausdruck gewesen, bevor er sie geküsst hatte. Sie hatte sich dazu gezwungen, seine Rückkehr nach Washington anzusprechen, einmal mehr anzuerkennen, dass er keine feste Größe in ihrem Leben sein würde. Die Sache mit dem Handy war eine so liebevolle Geste gewesen, etwas so Intimes! Sie hatte sich mit aller Gewalt in Erinnerung rufen müssen, dass das, was immer sie beide hatten, nur so lange dauern würde, wie sie in derselben Stadt waren. Sobald er seine Geschäfte hier erledigt hatte, würde er gehen.

Sie hatte erwartet, dass er leise lachen würde. Sie hatte nicht erwartet, dass er sie ansehen würde, als habe sie ihm in die Eingeweide geboxt. Als habe er vergessen, dass er zurückkehren würde. Als denke er nicht, dass sie nur eine vorübergehende Erscheinung in seinem Leben sei. Und allein der Gedanke, er könne so etwas gedacht haben, ließ ihr Inneres beben.

Das Beben wurde durch Ärger ersetzt, als sie gegen die Hintertür drückte und feststellte, dass sie unverschlossen war. Evie vergaß immer, die verdammte Tür abzuriegeln. Stirnrunzelnd warf sie sie zu und legte die drei Riegel vor. Der oberste quietschte nicht mehr. David hatte ihn geölt, als er das Dach repariert hatte.

David. Ihre Brauen zogen sich noch weiter zusammen. Er war zu weit gegangen in der vergangenen Nacht. Aber in einer Hinsicht hatte er Recht gehabt. Sie hatte Caroline und die anderen in Gefahr gebracht.

»Du bist nicht nach Hause gekommen.« Diese ruhige Bemerkung kam von der Frau, die neben der Kaffeekanne wartete. Beverly stand kurz davor, das Haus zu verlassen. Tatsächlich würde sie sich morgen von ihnen verabschieden. Heute war ihr letzter Tag.

»Nein. Ich war die ganze Nacht im Krankenhaus.«

»Wie geht es Caroline?« Beverly schenkte Dana einen Becher Kaffee ein und reichte ihn ihr.

»Im Augenblick ganz gut. Danke.« Der Kaffee war stark und schmeckte, als ob Evie ihn gemacht hatte. »Evie ist hier?«

»Oben. Mit den neuen Kindern.«

Shauna Lincoln, die Mutter, die Caroline Sonntagnacht an ihrer Stelle abgeholt hatte. Shauna war also endlich angekommen und hatte zwei kleine Kinder mit entzündeten Mandeln mitgebracht.

Beverly schloss die Augen und schauderte. »Die beiden haben die ganze Nacht geschrien.«

Dana tätschelte ihre Schulter. »Warte ab. Wahrscheinlich sitzt im Bus nach Kalifornien in der Reihe hinter dir ein

Baby, das, dir die Fahrt zur Hölle macht.« Sie lachte, als
Beverly das Gesicht verzog. »Bist du bereit, Beverly?«

»Ja, ich denke schon. Dana, ich bin dir so dankbar. Wenn
du nicht gewesen wärst, würde ich wahrscheinlich nicht
mehr leben. Ihr werdet mir fehlen.« Beverly zog sie unge-
lenk an sich, drückte sie und rannte dann aus der Küche
und hinauf in ihr Zimmer. Dana schluckte. Die Anerkennung war nötig gewesen. Sie wusste, dass ihre Arbeit wichtig und bedeutend war. Aber sie wusste auch, dass sie sich
auf gefährlichem Terrain bewegte. Etwas musste sich
ändern.

Aber im Augenblick hatte sie etwas anderes zu tun. Sie
musste mit Evie reden und die Wogen glätten. Ihr Telefo-
nat am Abend zuvor war alles andere als herzlich gewesen.
Dana fand sie oben in ihrem Zimmer auf dem Bett mit
einem der kranken Babys im Arm, das sie leicht hin und
her wiegte. Evie zog eine dunkle Braue hoch. »Caro?«

»Geht es besser heute Morgen.«

»Gut.«

»Die Plazenta ist eingerissen.« Dana sah, wie Evie bleich
wurde, ohne jedoch in ihrer wiegenden Bewegung innezu-
halten. »Vielleicht müssen sie das Baby holen, wenn ihr
Zustand sich nicht stabilisiert.«

»Hm«, war alles, was Evie dazu sagte. Dann: »Erik ist heute Nacht gegen zwei in die Küche gekommen, weil er
Hunger hatte.«

Danas Augen weiteten sich. »Erik? Das ist ja wundervoll.«

»Nein, eigentlich nicht.« Evie musterte das Baby in ihren
Armen. Ihre Stimme war eiskalt. »Er war klar im Kopf.

286

Ausgesprochen klar. Sah mich konzentriert an und bewegte sich ganz normal. Bis er innerhalb von zwei Minuten drei Hähnchenkeulen verschlungen hatte. Danach hat er sich auf dem Boden übergeben.«

Dana sog die Luft ein und stieß sie mit einem Seufzen wieder aus. »Jane hat seine Mahlzeiten bisher mit nach oben genommen. Offensichtlich hat er immer zu wenig gegessen.«

»Offensichtlich. Jedenfalls habe ich den armen kleinen Kerl in den Arm genommen, und er hat einen Schrei ausgestoßen. Jane kam die Treppe hinuntergeschossen, als ob das Haus in Flammen stünde. Sie war stocksauer auf Erik. Richtig, richtig sauer.«

Dana verengte die Augen. »Hat sie ihn geschlagen?«

»Nein. Ihn nur sauber gemacht. Aber nicht gerade sanft. Ich wollte kurz darauf nach ihm sehen, aber sie hat gesagt, dass er schlafen würde.«

»Dr. Lee kommt heute vorbei. Wir müssen ihm sagen, was passiert ist.«

»Ich habe es im Buch festgehalten.« Evie stand mit dem Baby im Arm auf und griff mit der freien Hand nach dem Türknauf. Ein glatter Rauswurf.

»Ich sehe jetzt mal nach ihm«, sagte Dana. »Und, Evie? Goodman läuft immer noch frei herum. Bitte denk daran, die Tür abzuschließen. Bitte.«

Evies dunkle Augen waren ausdruckslos. »Ich werde auch das festhalten.« Und dann machte sie Dana die Tür vor der Nase zu.

Mit einem weiteren Seufzen klopfte Dana an Janes Tür. Jane öffnete und weitete ihre durchscheinenden Augen, als sie

Dana entdeckte. In ihrem knappen Top ohne BH und den sehr kurzen Shorts wirkte Jane eher wie eine Bartänzerin als eine misshandelte Mutter eines zehnjährigen Jungen. Augenblicklich schalt Dana sich für diesen Gedanken. Jede Frau hatte das Recht, sich in ihrem Zimmer zu kleiden, wie immer sie wollte. Man musste nicht in Sack und Asche gehen, weil es einem schlecht ging. Und draußen war es unglaublich heiß. »Hi, Jane. Ich wollte nur mal nachsehen, ob alles in Ordnung ist. Wegen letzter Nacht.«

Jane wandte sich zu Erik um, und Dana erhaschte einen Blick auf eine Tätowierung auf ihrer Schulter. Ein stilisiertes A lugte unter dem Träger des Tops hervor. »Er schläft«, murmelte sie. »Ich fürchte, das Hähnchen ist ihm nicht bekommen.«

»Oder sein Magen ist eine Weile nicht voll genug gewesen«, sagte Dana ruhig. Die Narben an Janes Armen, die Tätowierung … irgendwie schienen sie nicht zu der niedergeschmetterten Frau zu passen, die vor ihr stand. »Hast du genug zu essen bekommen, bevor du herkamst, Jane?« Jane senkte den Blick. »Nicht immer. Manchmal hatten wir nichts. Ich habe versucht, das, was da war, zu strecken. Aber die Medikamente schlagen ihm auf den Appetit. Ich versuche, ihn zum Essen zu bringen, seit wir hier angekommen sind.«

»Du warst wütend gestern Nacht. Warum?« Dana betrachtete ihr Gegenüber genau. Sehr genau. Und hätte sie das nicht getan, wäre ihr vielleicht entgangen, wie Jane die Kiefer zusammenpresste. Denn der zornige Ausdruck war so schnell wieder fort, wie er aufgetaucht war, und an seine Stelle trat Verzweiflung.

»Es war mir peinlich. Ich war nicht wütend.«

»Manchmal bringt Druck von außen uns dazu, Dinge zu tun, die wir ansonsten niemals täten«, fuhr Dana fort, ohne den Blick von Jane zu nehmen. »Manchmal attackieren wir die, die uns am liebsten sind, ohne es eigentlich zu wollen.«

»Ich … ich weiß nicht, was du meinst.«

Dana nahm sanft ihren Arm und strich hauchzart über die verblassten Narben. »Unter Stress richten wir manchmal Aggressionen gegen uns selbst. Verletzen uns. Verletzen die, die uns am nächsten stehen.«

Und dann sah Dana, was Caroline gemeint hatte. In Janes Augen vollzog sich eine kontrollierte Explosion, und einen Sekundenbruchteil später stand darin Hass und nackte Wut. Dana wich unwillkürlich einen Schritt zurück, als Jane sich losriss und die Arme vor der Brust verschränkte.

»Ich würde meinem Sohn niemals wehtun«, zischte sie.

»Das glaube ich dir«, sagte Dana beruhigend. Ihr Blick wurde angezogen von Janes Händen, die sich in ihre Oberarme gruben. Und in diesem Moment sah sie die kleine Tätowierung direkt unter dem Knöchel des Ringfingers. Ein Kreuz. Eine Gefängnistätowierung. Sie sah auf. Erkannte, dass Jane wusste, wohin sie blickte.

»Was hast du gemacht?«, fragte Dana leise.

Janes Brust hob und senkte sich heftig. »Das geht dich nichts an, verdammt noch mal.«

Dana warf einen Blick über Janes Schulter zu dem Jungen, der auf dem Bett schlief. Sie musste mit Dr. Lee darüber reden. Und abklären, ob sie die Behörden einschalten sollten, um Erik von seiner Mutter wegzuholen. Aber das

konnte sie nur auf der Grundlage des Verhaltens, das Jane
jetzt und hier an den Tag legte. Nicht wegen des Verhaltens vorher. Menschen machten Fehler. Zahlten ihre Schuld
ab. Führten ihr Leben weiter. Dana hatte genau das getan.
Und sie wünschte sich, sie hätte glauben können, dass Jane
Smith ebenfalls zu den Leuten gehörte.

»Du hast Recht, das geht mich nichts an. Was zählt, ist
allein das Wohlergehen des Jungen. Haben wir uns verstanden, Jane?«

Jane nickte knapp. »Ja.« Und dann wurde Dana zum zweiten Mal innerhalb weniger Minuten die Tür vor der Nase
zugemacht.

»Na, toll«, murmelte Dana. Und sah auf die Uhr. Noch
immer vierzehn Stunden bis zum Abendessen.

Das Telefon klingelte, und Evie erschien mit steinernem
Gesicht. »Das war Max. Die Vitalfunktionen des Babys
brechen zusammen. Caroline will, dass du kommst.«

Chicago
Dienstag, 3. August, 9.00 Uhr

Evie setzte sich neben Erik und betrachtete ihn besorgt.
Jane war mit den Stellenanzeigen vom Sonntag auf Arbeitssuche gegangen. Sie strich dem Jungen über das Haar
und spürte den Schmutz an ihren Fingern. Nicht jede Frau,
die ins Hanover House kam, war eine aufmerksame Mutter, aber was Jane Smith tat, hatte eindeutig schon mit Vernachlässigung zu tun. Und sie war eine der ungeselligsten
Frauen, die je hier gewohnt hatten. Selten aß sie mit den

anderen zusammen, sondern nahm ihre Mahlzeit zu Erik mit ins Zimmer hinauf. Evie dachte wieder daran, wie der Junge sich über das Hähnchen hergemacht hatte – als habe er seit Tagen nichts Vernünftiges mehr zu essen bekommen. Es war beinahe zwingend, dass sie sich Gedanken machte, ob das Kind wirklich genug bekam.

Irgendjemand musste sich um den Jungen kümmern – unbedingt. »Und das kann ebenso gut ich tun«, murmelte sie. Sie würde Handtücher holen. Und dem Jungen hier auf dem Bett die Haare waschen, wenn es sein musste. Das hätte Jane nach der vergangenen Nacht, in der er sich übergeben hatte, längst tun müssen, verdammt.

Die vergangene Nacht. Das machte ihr am meisten Sorgen. Sein Blick war so klar, so wach gewesen. Nicht wie vorher. Nicht wie jetzt. Sie hatte seine Akte gesehen, wusste, dass er von Dr. Lee neue Medikamente gegen seine Epilepsie brauchte. Aber ob Jane ihm die richtige Dosis verabreichte? Er war so entsetzlich dünn. Vielleicht gab sie ihm zu viel.

Dass Jane es absichtlich tat, war ein Gedanke, den Evie nicht von sich schieben würde, aber es war auch einer, den man nicht ohne Grund laut äußerte. Die richtige Medikamentendosis war die eine Sache, die sie am Nachmittag mit Dr. Lee besprechen wollte. Eriks Hunger und die Abwehrreaktion seines Magens die andere.

Sie hob seinen Kopf an, um die Handtücher unter ihn zu legen, aber als sie die Hand wegzog, waren ihre Finger rot und klebrig. Entsetzt fuhr sie zusammen. Aber dann sah sie, dass es sich nicht um Blut handelte. Es war *zuckrig* und klebrig. Langsam hob sie die Finger an die Nase.

Nein, das war kein Blut. Es war Benadryl. Ihr fiel wieder ein, dass Jane sie am Sonntag nach der Flasche gefragt hatte, kurz bevor Evie zu Lillians Beerdigung hatte gehen wollen. Normalerweise gaben sie hier immer nur Einzeldosen aus, aber Evie war am Sonntag in Gedanken woanders gewesen. Und Jane hatte unbestreitbar die Flasche behalten. Sanft wusch sie Eriks Gesicht, Hals und Nacken, und er regte sich und schlug die Augen auf.

»Bitte rede mit mir, Erik«, sagte sie leise. »Vor mir brauchst du keine Angst zu haben.«

Aber Erik sah sie nur dumpf an, schloss die Augen und sackte wieder in sich zusammen.

Mit einem Seufzer rief Evie Danas Pager an. Auch wenn sie es nur ungern zugab: Sie brauchte Hilfe.

Ocean City, Maryland
Dienstag, 3. August, 10.00 Uhr
(9.00 Uhr Central Standard Time)

Als Lou Moore sich dem Empfang im Gefängnis von Ocean City näherte, sah sie gerade noch, wie Janson sich ins Buch eintrug. Der Mann rollte die Schultern, um sie nach der langen Fahrt zu lockern. »Detective Janson? Ich bin Sheriff Moore.«

»Freut mich, Sie kennen zu lernen, Sheriff«, sagte Janson und schüttelte ihr die Hand. »Unser Räuber heißt Bryce Lewis. Laut Führerschein ist er siebzehn und aus Chicago. Außerdem haben wir heute früh Cheryl Rickmans Wagen gefunden. Jemand hat die Nummernschilder ausgewechselt, weswegen wir ihn zuerst übersehen haben. Das Auto stand zwei Blocks vom Busbahnhof entfernt.«

»Der Mörder von Cheryl Rickman hat also vermutlich mit dem Bus die Stadt verlassen.«

»Das würde ich auch meinen. Wir werden uns mit der Reisegesellschaft in Verbindung setzen, aber da wir keine Ahnung haben, wonach wir tatsächlich suchen, erwarte ich keine bahnbrechenden Ergebnisse.«

Lou sah, dass ein Wachmann einen jungen Mann in Handschellen hereinführte. »Wird Lewis als gefährlich eingestuft?«

Janson zuckte die Achseln. »Er hat dem Inhaber des Ladens eine Zweiundzwanziger vor die Nase gehalten, woraufhin der Mann wiederum sein Samstagnacht-Special hinter der Theke hervorgeholt hat. Der Bursche guckt wie ein Reh im Scheinwerferlicht, und der Inhaber nutzt seine Chance und zieht ihm einen Sack Münzen über den Schädel.«

»Hat er schon gesagt, wieso er Rickmans Laptop-Kabel im Rucksack hatte?«

»Nein. Er hat noch gar nichts gesagt, allerdings einmal telefoniert. Er behauptet, er habe einen Verwandten angerufen, aber es ist niemand gekommen, um ihn auf Kaution herauszuholen. Er ist am Freitag festgesetzt worden.«

Sie gingen gemeinsam in den kleinen Besucherraum und setzten sich dem düster dreinblickenden Jungen und seinem jungen Anwalt gegenüber. Es war Jansons Verhör, also lehnte Lou sich zurück und hörte zu.

»Ich bin Detective Janson vom Police Department in Morgantown, West Virginia«, sagte er. »Mordkommission.« Er ließ das Wort verklingen, aber der Junge blickte nur gelangweilt auf den Tisch. »Das hier ist Sheriff Moore. Sie kommt aus Wight's Landing.«

Für einen Sekundenbruchteil verspannte Lewis sich. Der Anwalt zuckte nicht einmal mit der Wimper. »Mein Name ist Stuart Fletcher, Pflichtverteidiger. Lassen Sie uns diese Sache rasch hinter uns bringen, okay?«

Janson zuckte die Achseln. »Ich habe eine Leiche in der Gerichtsmedizin. Weiblich, sechsundzwanzig Jahre alt.«

»Wann getötet?«, fragte Fletcher.

Janson sog eine Wange ein. »Vergangene Woche, Donnerstagmorgen. Zwischen Mitternacht und sechs Uhr.«

Das Lachen des Verteidigers war verächtlich. »Mein Klient ist hier um Mitternacht verhaftet worden. Sechs Autostunden von Ihrer Leiche entfernt. Mir scheint, das verschafft ihm ein ziemlich gutes Alibi, Detective.«

Janson ließ sich nicht beirren. »Ihr Klient war zum Zeitpunkt seiner Verhaftung in Besitz eines Gegenstandes, das meinem Opfer gehörte.«

»Und was soll das sein?«

»Ein Kabel für ein Laptop.«

Fletcher schnaubte. »Ich kann mir nicht vorstellen, dass Sie wegen solch einer Lappalie den ganzen weiten Weg von West Virginia hierhergefahren sind.«

Eine lange Pause entstand zwischen Janson und Fletcher, die sich gegenseitig musterten. Lou spürte, dass Fletcher etwas wusste. Der Junge hatte ihm etwas gesagt, aber Fletcher dachte nicht daran, es ihnen zu offenbaren.

»Paul McMillan«, sagte Lou, und wieder sah sie Lewis zusammenzucken. »Und Vaughn«, setzte sie hinzu, und diesmal sprang der Junge beinahe ein Stück vom Stuhl. Sie

warf Janson einen Blick zu, der ihr erfreut zunickte. »Auch
ich habe eine Leiche, für deren Todeszeitpunkt Ihr Klient
dummerweise kein Alibi hat. Das Opfer ist der Verlobte
von Detective Jansons Opfer. Und ich finde, dass das
durchaus ein interessantes Zusammentreffen ist.«

»Todeszeitpunkt?«, fragte Fletcher ungeduldig.

»Letzte Woche Mittwoch, zwischen ein und vier Uhr
morgens.«

Fletcher neigte den Kopf. »Präzise Angabe.«

»Unser Gerichtsmediziner hat die Larven analysiert, die
den Rest von Paul McMillans Kopf vertilgt hatten.«

Lewis fuhr hoch, stolperte durch die Ketten an seinen
Fußgelenken und übergab sich.

Fletcher blieb ungerührt. »Das Essen hier ist widerlich«,
sagte er gelassen. »Und dieses Verhör ist nun vorbei. Wache, bringen Sie Mr. Lewis zurück in die Zelle.« Er beugte
sich vor, flüsterte Lewis etwas ins Ohr, streckte sich wieder und lächelte den beiden zu. »Ich wünsche Ihnen eine
angenehme Rückfahrt nach West Virginia, Detective.«

Als Anwalt und Gefangener fort waren, wandte sich Lou
stirnrunzelnd an Janson. »Er muss einen Komplizen
gehabt haben.«

»Anders lässt sich der Mord an Rickman nicht erklären«,
stimmte ihr Janson zu. »Ich lasse es Sie wissen, falls wir in
Rickmans Auto etwas finden. Wenn wir Bryce Lewis mit
diesem Wagen zusammenbringen können, ist das vielleicht
genug für eine Anklagedrohung, die ihn durchaus so wach-
rütteln könnte, dass er seinen Komplizen verrät. Solange
es nur um den Raubüberfall geht, hat er nicht viel zu verlieren, wenn er den Mund hält.«

295

Lou verabschiedete sich mit einem Händedruck. »Da noch niemand für ihn Kaution bezahlt hat, müssen wir uns wenigstens keine Sorgen machen, dass er untertaucht. Dadurch gewinnen wir Zeit.«

Ocean City, Maryland
Dienstag, 3. August, 11.30 Uhr
(10.30 Uhr Central Standard Time)

James Lorenzano saß auf der anderen Seite der Glasscheibe im Besucherraum und wartete geduldig. Sue war nicht hier, ihr Bruder aber sehr wohl. Hatte sich einsperren lassen, als er einen Laden hatte überfallen wollen, der Vollidiot. James musste lächeln, als er sich Sues Reaktion auf diese Dummheit vorstellte. Was immer sie vorgehabt hatte, ihr Bruder hatte ihre Pläne empfindlich gestört. Er hoffte, dass sie annahm, anpasste und verbesserte. Wo immer sie sich aufhalten mochte.

James wusste, dass Moore und ihr Detective verglichen mit ihm Stümper waren. Der Junge würde reden. Vielleicht nicht heute, aber morgen definitiv.

Bryce setzte sich auf der anderen Seite der Scheibe und sah ihn nur an.

»Ich komme von deinem Onkel«, begann James, ohne sich mit einer formellen Vorstellung aufzuhalten. Er sah den kleinen Funken Hoffnung in den Augen, den er sofort zu löschen gedachte. »Er ist tot.«

Schock. Ein Hauch Trauer. Hauptsächlich Furcht.

»Wieso?«

James lächelte. »Ich glaube, das weißt du schon. Wo ist sie, Bryce?«

Bryce leckte sich nervös die Lippen. »Wo ist wer? Ich habe keine Ahnung, was Sie von mir wollen.«

James stand auf. »Also gut. Machen wir es heute so, wie du möchtest. Morgen geht es nach meiner Nase.«

Chicago
Dienstag, 3. August, 11.00 Uhr

Dana sank auf das alte Sofa im Wartezimmer. Vollkommen ausgelaugt. Körperlich und emotional.

David setzte sich neben sie. Steif. Er sah genauso müde aus, wie sie vermutlich auch. Er trug immer noch seine Kleider von gestern. Sie hatte wenigstens noch duschen und sich umziehen können, bevor Max angerufen hatte. Als sie endlich eingetroffen war, hatten Caroline und das Baby die Krise beinahe schon wieder überstanden. Caroline ruhte sich nun aus. Das gezwungene Lächeln, das sie Dana geschenkt hatte, als diese ins Zimmer geplatzt war, hatte ihr Herz nachhaltiger gebrochen als der Anblick von Max' hagerem, tränenüberströmtem Gesicht. Und Dana hatte nur daran denken können, dass alles ihre Schuld war. *Alles meine Schuld.* Und das war es.

Vornübergebeugt, die Fäuste gegen die Augen gepresst, seufzte David. »Es tut mir leid, Dana.«

Sie blickte überrascht auf. »Was?«

Seine Hände sanken schlaff zwischen seine Knie, aber sein Rücken blieb gebeugt. »Alles, denke ich. Ich habe mich gestern dir gegenüber unmöglich benommen. Du bist für das hier nicht verantwortlich. Ich hatte bloß solche Angst.«

Dana lehnte sich an ihn und legte den Kopf an seine Schulter. »Mir tut es auch leid. Du hattest Recht. Das ist kein Spiel, und ich habe Caroline und Evie und alle anderen in Gefahr gebracht. Ich möchte, dass du weißt, dass ich verdammt viel nachgedacht habe. Ich weiß noch nicht, wie es gehen soll, aber es wird sich etwas ändern.« Sie hatte die ganze Nacht darüber nachgedacht. Und die ganzen drei Stunden, die sie um Caroline und das Baby gezittert hatten.

Ihre Arbeit war wichtig. Lebenswichtig. Caroline war davon genauso überzeugt wie sie selbst. Und Dana wusste, dass Caroline niemals freiwillig damit aufhören würde, denn sie hatte dem Hanover House viel zu verdanken. So viel, dass Caroline bis an ihr Lebensende dort mithelfen würde.

Dana schluckte. Ungünstige Wortwahl. Oder vielleicht auch nicht. Ihre Freundin hätte am Tag zuvor sterben können, und wenn das geschehen wäre, wäre Danas Verlust unbeschreiblich gewesen. Und daher hatte sie begriffen, dass sie Caroline nur von der Arbeit fernhalten konnte, wenn sie die Arbeit von ihr entfernte. *Ich werde Chicago verlassen.* Es war ein erschreckender Gedanke, denn sie war nie fort gewesen und würde alles hinter sich lassen, was sie kannte. Nun wusste sie, wie sich die Frauen fühlten, die dem Hanover House den Rücken kehrten. Sie hätte auf diese Erfahrung verzichten können.

David hatte eine lange Weile geschwiegen. »Hast du mich

gehört?«, sagte sie. »Ich werde einiges ändern. Caroline und Evie werden sich nicht länger einer solchen Gefahr aussetzen müssen.«

Nun wandte David den Kopf und sah sie traurig an. »Ich habe dich gehört«, sagte er leise. »Ich weiß, was du für Caroline und für Frauen wie sie getan hast. Und im Namen meines Bruders und meiner Familie bin ich dir sehr dankbar. Aber nicht so sehr, dass ich miterleben will, wie man dir etwas antut. Demnächst werden es Evie oder, Gott behüte, Caroline oder ich sein, der dich zusammengeschlagen oder sogar tot auf deinem Wohnzimmerboden findet.«

Dana zuckte zusammen, denn das Bild, das er heraufbeschwor, hatte eine nur allzu große Wucht. »Du überschreitest eine Grenze, David.«

»Ich bin dein Freund, Dana. Ich darf gewisse Grenzen überschreiten.«

»Diese nicht.«

Er stand auf und sah sie mit zusammengepressten Kiefern an. »Tja, dann weiß ich jetzt wenigstens, wo ich stehe.«

»David, warte.« Aber er winkte ab und setzte seinen Weg zur Tür unbeirrt fort.

»Nein, schon gut, Dana. Ich gehe für eine Weile nach Hause. Sag es bitte Max, falls er nach mir suchen sollte.«

Und dann war er fort, und Dana war in dem verlassenen Wartezimmer allein. Ihr Pager summte an ihrer Hüfte, und sie sah müde nach der Nummer. Wieder Evie. Sie hatte sie in den letzten Stunden fünfmal angesummt, aber niemals mit ihrem Notfallcode, 911, so dass Dana lieber hatte warten wollen, bis Caroline die Krise überstanden haben würde.

Mit einem Seufzer zog sie Ethans Handy aus der Tasche.

Und blickte auf die hübschen Zahlen. Gab die Nummer vom Hanover House ein. Hielt das obere Teil ans Ohr und sprach unten hinein. Und grinste freudlos, als sie sich erinnerte.

»Evie, ich bin's, Dana.«

»Was ist das für eine Nummer, die ich hier auf dem Display sehe?«

Die Nummer war nicht unterdrückt. Wieso auch. Wenigstens wusste Evie jetzt, dass sie über Handy erreichbar war.

»Die von meinem … meinem neuen Handy.«

Evie lachte ungläubig. »Woher hast du denn ein Handy, Miss Geizkragen?«

Der Spott war nicht scherzhaft gemeint. Sie und Evie mussten sich unbedingt vernünftig unterhalten. »Es war ein Geschenk. Du kannst mich von jetzt an darauf anrufen, wenn du Verbindung mit mir aufnehmen willst.«

»Ist mit Caro alles okay?«

»Ja. Und mit dem Baby auch.« Im Augenblick. »Was ist los?«

»Es geht um Jane und Erik.«

Dana seufzte. »Was ist mit ihnen?« Sie hörte zu, als Evie ihr erzählt hatte, was ihr Sorgen machte, und runzelte die Stirn, als sie von dem fehlenden Benadryl erfuhr.

»Ich hätte ihr nur die eine Dosis geben dürfen, aber ich war wegen Lillian nicht ganz bei mir. Ich will mich damit nicht herausreden.«

»Schon gut. Es ist ja nicht so, als ob wir nicht alle Fehler machen würden. Ist er jetzt wach?«

»Nicht wirklich. Er ist ziemlich groggy, und ich glaube, ich dringe nicht zu ihm durch. Ich habe keine Ahnung, wie viel sie ihm gegeben hat, aber sein Puls kommt mir ziemlich normal vor.«

Dana sah auf die Uhr. »Dr. Lee kommt heute Nachmittag vorbei. Wo ist Jane denn jetzt?«

»Auf Arbeitssuche.«

»Ruf Dr. Lee an und frag ihn, ob er früher kommen kann. Ich hätte gern, dass er sich den Jungen ansieht, ohne dass Jane dabei ist. Und er soll Erik neue Medikamente gegen die Epilepsie mitbringen. Vielleicht hat Jane deswegen das Benadryl genommen – weil sie kein anderes Mittel mehr hatte.«

Evie schwieg einen Moment. »Glaubst du dran?«

Dana seufzte erneut. Dachte an die kleinen Narben auf Janes Armen, an die feindliche, explosive Reaktion, die ihre durchscheinenden Augen verhärtet hatte, als sie sich bewusst geworden war, dass Dana sie entdeckt hatte. Drei Frauen hatten ein ausgesprochen schlechtes Gefühl bei dieser Klientin. Sie, Caroline und nun Evie. »Nein. Und sag das auch Dr. Lee. Oh, und Evie? Gute Arbeit. Wirklich richtig gute Arbeit.«

Wieder Stille, diesmal eine überraschte. »Danke. Das musste ich hören. Dana, du klingst so müde. Ich komme hier zurecht. Willst du nicht nach Hause fahren und ein bisschen schlafen?«

»Mia will nicht, dass ich zu mir fahre. Wegen Goodman. Ich schlafe hier.«

»Ähm … Dana? Hast du mein Make-up genommen? Es ist nicht in meinem Zimmer, und ohne kann ich nicht rausgehen.«

Das Make-up, ohne dass Evie nie das Haus verließ. Ihr

Schutzschild. Wahrscheinlich hatte jeder Mensch so einen Schild. Evies befand sich einfach nur in einer Kunststoffverpackung. »Evie, du weißt, dass ich dein Make-up nicht anrühre. Aber ich kann dir neues besorgen. Geh und schau nach Erik. Wir sehen uns später.«

Dana legte auf und lehnte den Kopf zurück. Schlief ein. Und träumte.

13

Chicago
Dienstag, 3. August, 12.40 Uhr

Man konnte durchaus sagen, dass er es nicht hatte kommen sehen. Weil Fred so ein verdammter Vollidiot war. Nun hatte sie ihn, wo sie ihn hatte haben wollen, und darüber hinaus sein hübsches halbes Pfund Koks, mit dem sie handeln konnte.

Da, wo sie ihn haben wollte. Mit seinen eigenen stinkenden Socken geknebelt und mit seinen eigenen Fesseln ausgestreckt ans Bett gekettet, so dass sie mit ihm tun konnte, was immer sie wollte. Und sie wollte viel. Denn er hatte es verdient. Er hatte sie erpresst, genötigt, sie wie eine Hure behandelt. Wie seine Sklavin.

Sue war keine Sklavin. Eine Tatsache, die Fred nun begreifen würde.

Er hatte sie um zwölf Uhr mittags in ein Motelzimmer bestellt, und sie war mit dem halben Pfund Kokain, das sie für ihn abgeholt hatte, ihren Waffen, den Papieren für das Auslandskonto, das sie soeben eröffnet hatte, sowie verschiedenen anderen Kleinigkeiten, die sie zur Umsetzung ihres Plans brauchte, pünktlich eingetroffen. Sie war an diesem Morgen in der Tat sehr produktiv gewesen.

Sie hatte außerdem den letzten Rest des Pulvers mitgebracht, das sie gekauft hatte, um James bei ihrer kleinen Feier vor Wochen zu betäuben. James hatte sie so viel davon eingeflößt, dass es ihn niedergestreckt hatte. Fred hatte nur so viel bekommen, dass er eine Weile weggetreten war. Sie wollte ihn wach und klar im Kopf haben. Sie wollte, dass er genau wusste, was mit ihm geschah. Sie wollte, dass er jeden kleinen Schnitt, jeden kleinen Schmerz genau spürte.

Sie hatte das lüsterne Leuchten in Freds Augen gesehen, als sie den niedlichen Spitzenbody aus dem Rucksack gezogen hatte. Hatte seine Augen funkeln sehen, als sie die kleine Flasche Sekt und die zwei Kelche hervorzauberte, die sie zuvor gekühlt hatte. Sie hatten etwas zu feiern, hatte sie gesagt. Den Anfang einer sehr fruchtbaren geschäftlichen Beziehung.

Und er hatte es ihr einfach so abgekauft. Der Dummkopf. Nach zwei Gläsern von dem billigen Schampus aus der Flasche mit dem Drehverschluss hatte er zu schwanken begonnen. Bevor er noch protestieren konnte, hatte sie ihn aufs Bett geworfen und mit gespreizten Gliedern gefesselt. Aus Erfahrung wusste sie, dass er stets mindestens ein halbes Dutzend Paar Kunststofffesseln mit sich herumschleppte, die zwar wie billiges Plastik aussahen, aber ultrastabil waren. Fred hatte sie in Hillsboro oft genug an ihr ausprobiert. Einfach, weil er es gekonnt hatte.

Tja, nun konnte sie. Und das tat sie. Einer der Vorteile der Einwegfesseln war, dass sie nicht in die Haut einschnitten wie metallene. Sue grinste, als sie den hilflosen Mann auf dem Bett betrachtete. Die Fesseln würden seine Haut nicht einschneiden, sie aber sehr wohl.

304

Ursprünglich hatte sie nicht vorgehabt, Fred in ihre Rache einzubeziehen, aber zum Teufel! Annehmen, anpassen, verbessern. Sie konnte sich kein dankenswerteres Opfer für ihre Rache vorstellen, und Hunderte von Frauen in Hillsboro würden einiges dafür geben, nun an ihrer Stelle sein zu können.

Denn jetzt wachte Fred auf und wirkte richtig angefressen. Er zerrte an seinen Fesseln, aber sie waren zu fest, und der versetzte Sekt hatte ihn schwach gemacht. Zunächst sah er sie wütend an, zog dann aber die Augenbrauen hoch. Sie stand nackt vor ihm. Fred, mieser kleiner Wichser, der er war, durfte sich glücklich schätzen. Sie hatte keine Lust, ihre Kleidung mit Blut zu besudeln. Nachher würde sie duschen.

Sie holte ihr Messer aus dem Rucksack und sah, dass er begriff, was auf ihn wartete. Der lüsterne Ausdruck in seinen Augen verwandelte sich in pures Entsetzen.

Sie lachte, nicht in der Lage, das Hochgefühl, das sie durchströmte, für sich zu behalten. Sie schaltete den Fernseher ein und suchte einen Kanal mit plärrender Musik. »Komm, lass uns ein bisschen schmusen, Fred.« Sie setzte sich aufs Bett und öffnete seinen Gürtel. »Nicht wahr, in Hillsboro hast du uns immer befohlen, das zu machen.« Sie zog den Gürtel aus seiner Hose. »Das Ding hier aufzumachen, meine ich. Wahrscheinlich hast du dich selbst überzeugen können, dass es sich um gegenseitiges Einvernehmen handelte, wenn wir es waren, die dir die Hose aufmachten.« Sie tat es. »Tja, heute hast du das Glück, dass ich tatsächlich willig bin.« Sie ließ das Messer seine Hose entlanggleiten und schnitt den Stoff der Länge nach auf.

305

»Aber du wahrscheinlich nicht.« Er bäumte sich auf wie ein Bronco und zerrte an den Fesseln, aber sie wusste, dass er ihr nicht entkommen konnte. Und er wusste es auch. *Mieser Schuft.*

»Halt still, Fred. Du willst doch nicht irgendetwas Wichtiges verlieren, oder?« Er sackte zurück aufs Bett, als habe man den Stecker gezogen. »Siehst du, das dachte ich mir. Natürlich wird es trotzdem geschehen. Aber erst die Arbeit, dann der Spaß.« Auf dem Nachttisch stand der kleine Sektkühler, den sie eigens für diesen Zweck mitgebracht hatte. »Ich brauche deine Finger, Fred. Keine Angst, es ist für einen guten Zweck.« Er riss die Augen auf und zerrte wieder verzweifelt an den Handfesseln, aber es nützte selbstverständlich nichts. Sue nahm den ersten Finger und schnitt ihn ab. Sein Schmerzgeheul wurde nicht nur von den Socken in seinem Mund gedämpft, sondern auch von dem Lärm aus dem Fernseher übertönt. Konzentriert wiederholte Sue den Vorgang noch neun weitere Male, und als sie fertig war, zitterte, weinte und stöhnte er.

Und blutete. Er blutete verdammt viel. Sue gab die einzelnen Finger in eine Plastiktüte und steckte sie in den Kühler. Die Finger würden für die Vaughns ein hübscher Anreiz sein, ihren Wünschen nachzukommen. Welche Eltern würden nicht alles tun, um ihrem Kind ein solches Schicksal zu ersparen? Es war verdammt brillant, wenn sie das selbst sagen durfte.

Aber nun musste sie sich beeilen, weil Fred kurz vor dem Schockzustand war und sie nicht wollte, dass er das große Finale verpasste. Sozusagen. »Das war die Arbeit, Fred.« Er sah sie nur mit vor Schmerzen stumpfen Blicken an.

»Und jetzt kommt der Spaß. Du hast deinen Spaß bereits gehabt. Achtundneunzig Mal in den vergangenen zehn Jahren, wenn ich richtig gezählt habe. Den letzten Freitag eingeschlossen. Und jetzt bin ich dran.« Sie nahm seinen schlaffen Penis in die Hand, tat einen sauberen Schnitt und wurde mit einem tiefen Stöhnen belohnt. Sie betrachtete das Glied mit Verachtung. Und warf es in den Müll.

Dann duschte sie und wischte anschließend sorgsam alles sauber. Sie zog sich an und betrachtete Fred eine Weile. Er lag in seinem Blut und rührte sich nicht, aber er war noch nicht tot. Sie jagte ihm eine Kugel durch den Kopf. Erledigt.

Dann sammelte sie Kühlbox, Rucksack und seine Brieftasche auf und sah sich noch einmal um. Sie schaltete den Fernseher ab, hängte das »Bittenichtstören«-Schild an die Tür und fuhr in Freds Wagen zurück in die Stadt. Der Morgen war wirklich überaus produktiv gewesen. Erst das Auslandskonto, dann eine weitere E-Mail an die Vaughns. Und das halbe Pfund Kokain für Fred, den sie um einige Körperteile erleichtert hatte. Sie war müde, aber sie hatte noch etwas Wichtiges zu tun.

Das Päckchen mit dem Bestimmungsort Wight's Landing musste unbedingt noch heute abgeschickt werden. Also würde sie noch einen kurzen Stopp bei FedEx machen, bevor sie wieder zu Hanover House zurückkehrte. Dupinskys Arzt würde um drei Uhr kommen und sich Alec ansehen, wie Scarface ihr heute Morgen gesagt hatte. Vielleicht konnte Sue sogar ein bisschen schlafen, bevor Dr. Lee eintraf.

Chicago
Dienstag, 3. August, 13.30 Uhr

Detective Mia Mitchell schaute auf, als ein Schatten über die tote Frau fiel. Da sie neben der Leiche kniete, musste sie verflixt weit aufblicken, denn ihr Partner war ein großer Mann. »Kopfschuss, direkt hinterm Ohr, Abe. Austrittswunde an der Schläfe. Ihre Tasche ist weg, keine Papiere. Aber aus dem Kittel zu schließen, ist sie Krankenschwester.«

Abe Reagan hockte sich neben sie und betrachtete den toten Körper. Seine Hände steckten genau wie Mias in Handschuhen. »Kinderabteilung«, sagte er. »Winnie Puuh.« Er blickte auf. »Die Schwester bei Karas Kinderarzt trägt denselben Kittel.«

Kara war Abes sieben Monate alte Tochter. »Kennst du sie?«

»Nein.« Er warf einen Blick hinüber zu dem Mann von der Gerichtsmedizin, der mit dem Leichensack wartete. »Wie lange liegt sie schon hier?«

»Nicht mehr als sieben oder acht Stunden«, sagte der Mann. »Kann ich sie jetzt mitnehmen?«

»Einen Moment noch.« Mia holte ihr Handy hervor, wählte die Vermisstenstelle an und hatte eine Minute später ein Ergebnis.

»Kristie Sikorski«, sagte sie Abe. »Ihr Mann hat sie heute Morgen vermisst gemeldet, als sie nicht nach Hause gekommen ist.« Sie schob das Handy zurück in die Tasche. »Er kommt, sobald seine Eltern eingetroffen sind, um auf die drei Kinder aufzupassen.«

Abe untersuchte ihre Hände. »Das sieht nicht nach einem Kampf aus.«

»Nein. Aber die Schrammen im Gesicht könnten darauf hindeuten, dass sie gegen die Wand gestoßen wurde.«

»Und sie trägt noch immer ihren Diamantring.«

Mia zog die Brauen zusammen. »Ja, das habe ich auch schon gesehen. Jemand überfällt sie, nimmt ihr Geld, aber lässt den Schmuck zurück.«

Abe stand auf und klopfte sich seine Hose ab. »Ich weiß, was du meinst. Als Raubüberfall merkwürdig. Ich habe schon viele Morde gesehen, die eher einer Exekution gleichkamen, und dieser Kopfschuss hat starke Ähnlichkeit damit.«

Abe hatte undercover in der Drogenszene gearbeitet, bevor er Mias Partner wurde. »Tja, dann lass uns mal mit ihrem Mann sprechen. Vielleicht kann er uns weiterhelfen.«

Chicago
Dienstag, 3. August, 13.30 Uhr

Ethan ließ sich auf den Fahrersitz fallen und drehte die Klimaanlage auf. Nichts. Sechs Stunden elende Sucherei und Fragerei in jedem Laden, Geschäft und sonstigem Etablissement in einem Radius von einer Meile um den Copy-Store vom vorherigen Tag herum, und es hatte nichts, aber auch rein gar nichts erbracht. Niemand hatte sie gesehen. Er war in einer Sackgasse gelandet und wusste nicht mehr weiter. Nicht, bevor sie entschied, sie erneut zu kontaktieren. Sie waren ihr sozusagen ausgeliefert. Genau wie Alec.

Er stöhnte, als sein Handy in seiner Tasche brummte. Das konnten keine guten Nachrichten bedeuten.

»Noch eine E-Mail«, sagte Clay gepresst.

Ethan lenkte den Wagen in den Verkehr. »Ich bin auf dem Weg zurück ins Hotel. Was ist es diesmal?«

»Sie will einen Vorschuss von fünfundzwanzig Riesen bis morgen Mittag. Auf ein Auslandskonto. Wir haben die Nummer.«

»Dann haben wir nicht mehr als das. Ich habe bisher nichts herausgefunden.«

»Teufel noch mal«, murmelte Clay. »Aber ich habe etwas über die Kugel, die wir aus der Wand gepult haben. Hier in der Umgebung gab es keine Übereinstimmungen, aber mein alter Kumpel beim FBI hat das Ding durch den Computer gejagt. Vor sechs Wochen wurde in Florida eine ältere Frau in ihrem Haus erschossen.«

Ethan rieb sich die Schläfe. »Das ergibt keinen Sinn.«

»Ich weiß«, gab Clay zurück. »Aber Waffen wechseln den Besitzer. Vielleicht gibt es keine Verbindung.«

Ethan seufzte. »Ich habe es so verdammt satt, keine Verbindungen zu sehen. Ich rufe dich an, wenn ich im Hotel bin.«

Chicago
Dienstag, 3. August, 14.35 Uhr

Dupinsky ist die Nächste, war alles, was Sue denken konnte, als sie auf Hanover House zuging und den fremden Wagen davor sah, auf dessen Beifahrersitz ein Stapel Post mit der Adresse eines gewissen Dr. George Lee lag. Der Mann hätte erst um drei hier sein sollen, doch nun war er früher gekommen, und Sue hatte keinen Zweifel an dem Grund dafür.

Dupinsky. Diese neugierige kleine Schlampe. Rief den Arzt an, um sich den Jungen anzusehen, obwohl sie *ausdrücklich* gesagt hatte, dass sie das nicht wollte. Wenn das vorbei war, würde Dupinsky dafür zahlen. Caroline aus dem Weg zu schaffen hatte zum Geschäft gehört. Dupinsky beizubringen, dass man seine Nase nicht in fremde Angelegenheiten steckte, würde eine rein persönliche Sache werden. Sie hatte noch den Geruch von Freds Blut in der Nase, und einen Augenblick lang erlaubte sie sich, sich die gefesselte und geknebelte Dupinsky vorzustellen. Der Knebel würde die einzige Möglichkeit sein, dieser ewig redenden Frau das Maul zu stopfen. Aber im Moment hatte sie größere Probleme zu bewältigen. Der gute Onkel Doc konnte durchaus gerade feststellen, dass Erik gar keine Verletzungen hatte, dass er keinerlei Anzeichen von Misshandlungen aufwies. Er konnte alles Mögliche herausfinden, wenn sie ihn nicht daran hinderte.

Sie schlich nach hinten und trat durch die Küchentür ein, die zu verschließen alle außer Dupinsky vergaßen. Und da war auch schon der Arzt, der Erik untersuchte. Evie und Dupinsky waren nirgendwo zu sehen. Irgendwo oben brüllte ein Kind zum Gotterbarmen, und Sue nahm an, dass Evie ebenfalls im ersten Stock war. Dupinsky befand sich wahrscheinlich im Krankenhaus, um der armen Caroline Händchen zu halten.

Dr. George Lee war ein kleiner Mann. Höchstens eins

siebzig groß, vielleicht fünfundsechzig Kilo schwer. Und dazu noch ziemlich alt, bestimmt an die siebzig Jahre. Sie konnte mit ihm fertig werden. Mit Leichtigkeit.

Mit gezogener Waffe räusperte Sue sich. Der Arzt schaute auf, und sie erkannte, dass er die Situation sofort richtig einschätzte. Vorsichtig zog er das Stethoskop aus seinen Ohren. »Sie müssen Jane sein.«

Sie lächelte. »Gehen wir, Doc«, sagte sie. »Holen Sie Ihre Tasche.«

»Ich könnte schreien.«

»Und dann bringe ich Sie und den Jungen um und verschwinde, bevor irgendwer hier unten angekommen ist.« Sie zeigte ihm die Pistole. »Hübscher Schalldämpfer, nicht wahr? Sehr effektiv. Und jetzt kommen Sie, bevor das Kind darunter leiden muss.«

Lee blickte auf den Jungen herab. »Sie vergiften ihn. Und lassen ihn langsam verhungern.«

»Ach, nur ein wenig.« Sie trat einen Schritt vor, packte den Arzt am Hemdkragen und hielt Erik die Pistole an die Schläfe. Aus dem Augenwinkel sah sie, dass die Augen des Jungen vor Entsetzen glasig wurden. »Ich habe diese Woche bereits sechs Menschen getötet, Dr. Lee. Falls Sie nicht wollen, dass er Nummer sieben wird, sollten Sie sich jetzt bewegen.«

Mit zitternden Händen nahm der Arzt seine Tasche. »Ich gehe. Aber damit werden Sie …«

»Nicht durchkommen, ich weiß, ich weiß. Das sagen alle. Moment. Ich habe eine Idee, Doc. Nehmen Sie Ihren Notizblock.« Die Hände noch immer zittrig, gehorchte der Arzt. »Kluger Mann. Schreiben Sie, dass Sie einen Notruf bekommen haben und wegmüssen. Dass der Junge bloß unter posttraumatischem Stress leidet. Los, schreiben Sie.« Er begann zu kritzeln, die Handschrift kaum lesbar. »Haben Sie das Epilepsie-Medikament für den Jungen mitgebracht?«

Der Arzt holte tief Luft. »Ja.«

»Dann stellen Sie es auf den Zettel. Und jetzt los.« Als der Arzt zur Tür schlurfte, drückte sie ihm den Lauf der Pistole an die Schläfe, bedeutete ihm aber noch einmal, stehen zu bleiben. Sie drehte sich um, sah dem Jungen direkt in die Augen und machte die drei Zeichen, die sie aus dem Buch für amerikanische Zeichensprache gelernt hatte. Sie hatte das Buch am Morgen in dem Laden gekauft, der außerdem als Internetcafé diente. Sie hatte seinen Eltern eine Lösegeldforderung schicken, Zeichensprache lernen und dabei einen köstlichen Milchkaffee trinken können. Alles unter einem Dach. So weit zu den Vorzügen von multifunktionalen Geschäften. *Mom ... wird ... sterben.*

Der Junge erbleichte, so dass sie annahm, dass sie die Zeichen gut genug hinbekommen hatte.

Sie führte den Arzt zu seinem Wagen, schob ihn hinters Steuer, sah sich seine Adresse auf der Post an und ließ ihn fahren, bis er ein paar Blocks von seiner Wohnung entfernt angekommen war. Sie zwang ihn, in einer Seitenstraße zu parken, auszusteigen und sich an die Wand zu stellen. Sie nahm ihm seine Brieftasche, seine Autoschlüssel und – in einer plötzlichen Eingebung – seine Brille ab und befahl ihm, sich umzudrehen.

Dann jagte sie ihm eine Kugel durch den Hinterkopf. Trat gegen seine Tasche, so dass sich der Inhalt auf den Asphalt ergoss. Nahm einige Flaschen und Schachteln mit Medikamenten, die er bei sich hatte. Es würde aussehen wie ein Überfall eines Süchtigen. Und so etwas geschah schließlich jeden Tag.

Ungefähr in einer Stunde würde sie ins Haus zurückkehren und von der anstrengenden Jobsuche erschöpft sein. Und ja, das war sie tatsächlich. Sie hatte heute so viel erledigt.

Chicago
Dienstag, 3. August, 17.15 Uhr

»Ich hasse Identifizierungen«, murmelte Mia und lehnte sich gegen das Sichtfenster im Leichenschauhaus. Ihre Augen brannten, und sie rieb sie. »Man gewöhnt sich einfach nicht dran.«

Abe seufzte und ließ die Schultern sinken. »Ich muss jetzt gehen, meine Frau küssen und mit dem Baby spielen.« Er sah zu Sikorskis jungem Ehemann, der allein auf einer Bank saß, das Gesicht mit den Händen verbarg und lautlos weinte. »Ich sorge dafür, dass er gut nach Hause kommt. Und du gehst auch, verstanden?«

»Ganz sicher.«

Als sie seinen zweifelnden Blick sah, fügte sie hinzu: »Doch, bestimmt. Ich habe heute Abend eine Verabredung, ich werde mich also hüten, meine Zeit mit Papierkram zu verschwenden.« Sie legte den Kopf zurück und schloss die Augen. »Ich brauche nur noch ein paar Minuten.«

Abe drückte ihre Schulter. »Viel Spaß mit deiner Verabredung.«

Sie zwang sich zu einem Grinsen. »Er ist Feuerwehrmann. Das *muss* Spaß machen.« Sie sah zu, wie er Mr. Sikorski auf die Füße half, ihn stützte und ihn behutsam nach draußen führte. Drei kleine Kinder hatten ihre Mutter verloren, und es war Mias Aufgabe, den Täter zu finden und ihn dafür bezahlen zu lassen.

An manchen Tagen aber war es alles zu viel. Zu viel Leid und Kummer. Jemand tippte an die Scheibe hinter ihr. Mia fuhr erschreckt herum, entdeckte Julia VanderBeck, die Gerichtsmedizinerin, die auf der anderen Seite des Fensters stand, und bedachte sie mit einem finsteren Blick. Julia bedeutete ihr, einzutreten, und Mia biss sich auf die Lippe und gehorchte.

»Ist Abe gegangen?«

»Ja, wieso?«

»Weil ich etwas gefunden habe, das ich euch beiden zeigen wollte.« Julia führte sie an Sikorskis Leiche vorbei zu einem anderen Körper, der mit einem Tuch bedeckt war. »Dieser Bursche hier ist vor einer halben Stunde eingeliefert worden. Man hat ihn in einer kleinen Gasse gefunden.«

Mias Nackenhaare stellten sich auf. »Neun Millimeter in den Kopf?«

»Genau. Erinnerst du dich an das Schalldämpfermuster, das ich dir an Sikorskis Schädel gezeigt habe? Die Art, wie die Haut vom Einschussloch weggedrückt wird?« Sie zog das Tuch zurück und enthüllte einen älteren Asiaten. »Dasselbe Muster, dieselbe Eintrittsstelle. Ich gehe jede Wette ein, dass die Ballistiker die beiden Fälle als identisch bezeichnen würden.«

Mia blickte auf das Schild am Zeh des Mannes und zog die Brauen zusammen. »Lee.«

»Dr. George Lee«, sagte Julia. »Seine Brieftasche war weg, aber er trug ein Identifikationsarmband von *MedicAlert.*« Mia ließ den Zettel los. »Oh, verdammt, ich kenne den Mann. Er hat ehrenamtlich für eine Freundin von mir gearbeitet, die ein Frauenhaus betreibt.« Sie betrachtete Lee und versuchte, die Puzzleteile zusammenzufügen. »Das ist bereits die zweite Person in zwei Tagen, die für meine Freundin arbeitet und zu Schaden kommt.«

»Ziemlich seltsamer Zufall«, murmelte Julia. »Und die andere Person? Angeschossen?«

»Nein, angefahren. Unfall mit Fahrerflucht. Erinnerst du dich an Lillian Goodman, die letzte Woche zu Hause getötet wurde?«

Julia verzog das Gesicht. »So etwas vergisst man nicht so leicht. Und diese Fälle gehören alle zusammen?«

»Vielleicht. Aber Sikorski passt überhaupt nicht da rein. Verdammt, ich muss Dana von Dr. Lee erzählen. Das wird sie garantiert umbringen.«

Chicago
Dienstag, 3. August, 18.00 Uhr

»Dana. Dana, wach auf.«

Dana fuhr hoch, rappelte sich hektisch auf und blickte entsetzt auf ihre Hände. *Da war so viel Blut. Überall. Blut an meinen Händen. Mein Gott.* Aber ihre Hände waren sauber, und Max Hunter blickte sie voller Mitgefühl an. Er war einer der wenigen, die den Inhalt ihrer Träume kannte. Immer noch benommen, blickte sie zu ihm auf.

Max drückte ihren Oberarm. »Caroline geht es gut, aber du hast ziemlich lebhaft geträumt.« Übersetzt bedeutete das, dass sie im Schlaf Dinge gesagt hatte, die andere nicht hören sollten. »Zeit zum Abendessen.«

Sie sah auf die Uhr und stieß einen Schrei aus. »Es ist sechs Uhr.« Ethan hatte gesagt, er würde sich melden. In ihrem Kopf sortierten sich die Gedanken. Sie holte das Handy aus ihrer Tasche und sah nach, ob jemand angerufen hatte. Nein. Enttäuschung überflutete sie. Aber er hatte ja gesagt, dass er nicht wüsste, wann er freimachen konnte.

Max starrte auf das Telefon. »Wo hast du das denn her?«

Sie spürte das Blut in die Wangen steigen. »Es ist so eine Art Geschenk. Wie geht es Caro?«

»Wach und hungrig. Sie will ein Chili-Hotdog. Geh und rede mit ihr. Sie kann Gesellschaft gebrauchen.«

Caroline lag auf dem Rücken und starrte an die Decke.

»Hi, Schätzchen«, sagte Dana zärtlich, und Caroline kicherte leise. Dana setzte sie sich auf die Bettkante. »Und? Gibt's einen Kaiserschnitt?«

»Sieht nicht so aus. Seit dem kleinen Schrecken heute Morgen ist unser Zustand stabil, aber sie wollen, dass ich noch einen Tag hier bleibe. Vielleicht darf ich morgen nach Hause, aber ich muss liegen, bis das Baby auf die Welt kommt.« Sie zuckte die Schultern. »Warten wir einfach ab. Ich hab's allerdings jetzt schon satt, im Bett zu bleiben. Ich habe Max losgeschickt, mir ein Chili-Hotdog zu holen, aber vielleicht muss er es verstecken und du zur Not für mich einspringen.«

»Das habe ich gehört«, sagte Mia von der Tür aus. »Eine Verschwörung, um kontra-diätetische Lebensmittel in ein Krankenhaus zu schmuggeln.« Sie bedachte sie mit einem süffisanten Grinsen. »Wie geht's dir, Caroline?«

»Gut, aber ich langweile mich und brauche etwas Anständiges zu essen. Mein Hintern tut weh. Oh, und ich habe heute alle Weihnachtseinkäufe über QVC erledigt. Meine Kreditkartenlimits sind ausgeschöpft, aber ich bin für Dezember gewappnet. Und wie sieht's bei dir aus, Mia?«

»Ganz gut.« Sie betrat mit einem Päckchen unterm Arm das Zimmer. »Ich habe etwas mitgebracht, das dir hoffentlich gefällt. Dana, machst du's auf?«

Dana riss das Papier von dem flachen Gegenstand, und zum Vorschein kam ein Ölgemälde mit Blumen, die üppig über einen Balkon hingen. Überall war Sonnenschein. Beinahe hätte sie sich besser gefühlt. »Wunderschön.«

»Die Frau meines Partners malt in ihrer Freizeit. Ich verstecke ihr Geburtstagsgeschenk für Abe im Austausch für ein paar Bilder, also habe auch ich meine Weihnachtseinkäufe beinahe erledigt.«

»Das Bild ist beinahe wie ein Fenster, durch das man auf die Pracht hinausblickt«, sagte Caroline. »Und was kriegt dein Partner von seiner Frau geschenkt?«

»Sie hat den Keller renoviert und ihm einen Billardtisch gekauft. Das blöde Ding blockiert meine komplette Wohnung.«

Sie drückte Carolines Hand. »Ich habe nicht viel Neuigkeiten für euch. Wir haben den Wagen gefunden, der dich angefahren hat. Gestohlen. Die Spurensicherung kümmert sich drum.«

Carolines Stimme war kleinlaut. »Ihr habt Lillians Mann also noch nicht festgenommen?«

Mia schüttelte den Kopf. »Es heißt, er sei in Detroit. Wir suchen weiter, bis wir ihn haben. Aber bis dahin müsst ihr Ladys weiterhin vorsichtig sein.« Sie ging hinaus, blieb aber im Flur stehen und winkte Dana, ihr zu folgen. Also gab es noch etwas zu sagen. Etwas, das Caroline nicht hören sollte.

Dana holte ihr Handy aus der Tasche, um eine Ausrede zu haben. »Caro, ich muss Ethan anrufen und nachfragen, ob wir uns zum Essen sehen.«

Caro riss die Augen auf. »Du hast das von ihm angenommen? Auweia, dann muss es ja was Ernstes sein!«

»Oh, halt die Klappe. Ich bin gleich zurück.« Schnell ging sie zum Wartezimmer, in dem Mia unruhig auf und ab lief. Ihre Eingeweide zogen sich zusammen. »Was ist passiert?«

»Ich konnte dir das gerade nicht sagen. Ich will nicht, dass sie sich aufregt. Dana, setz dich hin.«

Dana tat es und hatte plötzlich den Geschmack purer Angst auf der Zunge. »Was ist?«

Mia seufzte. »Dr. Lee. Er ist tot.«

»Oh Gott.« Sie schrie auf und rang um Atem, aber es tat so weh, dass sie einen Moment zu ersticken glaubte. »Bitte, Mia. Er war so lieb und so alt. Wer sollte ihm denn etwas antun wollen?«

»Es tut mir so leid, Dana. Er wurde ungefähr zwei Blocks von seinem Haus entfernt gefunden.«

»Evie hat gesagt, dass er heute bei uns war, aber auf einen Notruf reagieren musste. Er hat uns einen Zettel hinterlassen.«

Mia sah sie unverwandt an. »Es sieht so aus, als hätte er Probleme mit dem Wagen gehabt und sei beim Aussteigen überfallen worden. Aber unter den Umständen können wir Goodman nicht außer Acht lassen.«

Danas Gedanken wirbelten in ihrem Kopf herum, als sie sich die Szene vorstellte. »Hat er gelitten?«

Mia schüttelte den Kopf. »Nein. Die Gerichtsmedizinerin sagt, er sei sofort tot gewesen.«

Ein Gedanke kam Dana und raubte ihr den Atem. »Mia, wenn es Goodman war, ist er Dr. Lee vom Haus gefolgt. Dann weiß er, wo wir sind. Wir müssen das Haus räumen. Aber wo soll ich sie alle unterbringen?«

Mia setzte sich neben sie. »Jetzt gerate nicht in Panik. Es kann durchaus sein, dass das alles überhaupt nichts mit euch und dem Haus zu tun hat. Überleg doch mal. Wenn Goodman in Hanover House gewesen wäre, hätte er den Arzt direkt getötet und dann nach dir gesucht. Aber das ist nicht geschehen. Dr. Lee ist in der Nähe seiner Wohnung erschossen worden. Falls Goodman der Mörder ist, hat er Lee anders aufgespürt. Hätte er eine Verbindung zwischen Lillian und Dr. Lee finden können?«

Danas Puls hämmerte an ihren Schläfen.

»Ja. Dr. Lee musste Naomi die Schulter einrenken, als sie zu uns kamen. Dieses verdammte Arschloch von Vater hatte sie ihr ausgekugelt. Dr. Lee hat ihr etwas gegeben, damit sie schlafen konnte. Er hat die Rezepte immer aus eigener Tasche bezahlt, daher stand auch sein Name drauf.«

Und nun war dieser gutherzige Mann tot. Weil er ihnen geholfen hatte. »Falls eins der Medikamente in Lillians Wohnung war …«

»Dann können wir beinahe davon ausgehen, dass Goodman ihn auf diesem Weg aufgespürt hat.« Mia verzog das Gesicht. »Sieh es mal so, wenn Goodman jemand umbringen will, dann dich, und du bist nicht da. Ins Krankenhaus wird er wohl nicht kommen, also solltest du vielleicht heute Nacht hier bleiben.«

Dana sah sie an. »Du machst Witze, oder?«

Mia zuckte die Achseln.

»Nein, keinesfalls. Ich habe jeweils einen Streifenwagen abgestellt, der für alle Fälle an deiner Wohnung und am Hanover House vorbeifährt. Und ich werde auf dem Rückweg nachsehen, ob Evie alle Türen verschlossen hat. Du schläfst heute Nacht woanders.« Mia drückte sie kurz an sich, dann ging sie.

Dana saß eine Weile nur da und starrte auf ihre Füße. Dr. Lee war tot. Was vielleicht nicht ihre Schuld war. Caroline war angefahren worden, was ziemlich sicher ihre Schuld war. Sie fühlte sich unruhig, traurig, frustriert. Losgelöst und fremd in dieser Welt. Und sie war allein. Aber sie wollte nicht allein sein. Sie wollte Ethan. Wollte, dass er sie mit einem einzigen Blick beruhigte. Wollte, dass er sie mit einem ganz anderen Blick ablenkte. Verführte. Allein der Gedanke an ihn ließ ihr Blut pulsieren. Überall. Aber er hatte nicht angerufen.

Sie konnte ja ihn anrufen. Er hatte seine Hotelnummer in ihr Handy eingegeben. Sie nahm allen Mut zusammen und drückte die hübschen Tasten und hörte die Vermittlung des Chicago Sheraton Hotels, dann legte sie hastig wieder auf. Sie wollte nicht mit ihm reden. Sie wollte ihn sehen. Fühlen. Festhalten. *Fühlen, wie er mich festhält.* Sie kehrte in Carolines Zimmer zurück, um gute Nacht zu sagen, aber ihre Freundin schlief, also hinterließ sie eine Nachricht. Dann ging sie, bevor sie ihre Meinung ändern konnte.

Chicago
Dienstag, 3. August, 18.30 Uhr

Das Kind war wach und klar. Und duckte sich in einer Ecke, wie ein gefangenes Tier. Sue hielt ihm einen Teller Hühnchen, ein Glas Wasser und einen Zettel hin. *Iss langsam.*
Er beäugte das Essen eine lange Weile, dann nahm er es und begann, in kleinen Bissen zu essen. Und die ganze Zeit über beobachtete er sie, und obwohl er so ein kleiner jämmerlicher Feigling war, sah sie immer wieder Hass in seinen Augen aufblitzen, also holte sie die Brille des Arztes hervor und setzte sie mit großer Geste auf. Dass er sofort begriff, war nicht zu übersehen.
Dumm war er nicht. Aber das hatte er bestimmt nicht seinem Alten zu verdanken. Der Hass in seinen Augen verschwand, als sei er nie da gewesen. Sie nahm den Zettel wieder an sich und fügte eine Zeile hinzu. *Wenn du heute das Zimmer verlässt, bist du morgen tot.* Eine weitere mitternächtliche Wanderung konnte alles zerstören.
Im Augenblick war sie hier sicher. Caroline und ihre Bedenken waren vorübergehend aus dem Weg geräumt. Dr. Lees Tod wurde einem Überfall zugeschrieben. Vaughn hatte die Kontonummer und würde eine Anzahlung von fünfundzwanzigtausend Dollar in den nächsten vierundzwanzig Stunden überweisen, weitere fünf Millionen in

den nächsten achtundvierzig. Und der Ausweis, den sie brauchte, um das Land zu verlassen, lag in der obersten Schublade von Dupinskys Schreibtisch.

Alles in allem lief es ziemlich gut.

Chicago
Dienstag, 3. August, 19.15 Uhr

Noch eine. Das war alles, was Ethan denken konnte, als er am kleinen Tisch im vorderen Zimmer seiner Hotelsuite saß und auf das Video starrte, das er von dem Geschäft bekommen hatte, aus dem die letzte E-Mail abgeschickt worden war. Ein Internetcafé kombiniert mit einem Buchladen. Er hatte das Video digital bearbeitet und es Frame für Frame analysiert, bis er die Kreditkarte, die sie dem Angestellten gegeben hatte, um den Computer zu benutzen, deutlich sehen konnte. Ethan nahm das Foto und blickte mit wachsender Verzweiflung auf den Namen, der auf der Karte stand. Kristie Sikorski.

Er hatte herausgefunden, dass Kristie Sikorski eine Kinderkrankenschwester war und drei Kinder hatte. Ethan hatte nicht viel Hoffnung, dass sie sie lebend finden würden. Und das Miststück trug wieder einmal die Kappe, so dass er ihr Gesicht nicht sehen konnte. Einmal hatte sie aufgeblickt, woraufhin er ihre untere Gesichtshälfte erkennen konnte, doch die Vergrößerungen zeigten nur, dass sie eine dicke Schicht Make-up und dunkelroten Lippenstift aufgetragen hatte, der ihre wahre Mundform effektiv verbarg. Sie waren Alec nicht näher als zuvor.

Sie wurde dreister. Hatte sich erst einmal in Ruhe einen Kaffee gegönnt, bevor sie die E-Mail abgeschickt hatte. Und sie hatte ein Buch über Zeichensprache gelesen. Dieser Anblick hatte ihm die Haare zu Berge stehen lassen. Ethan nahm das Bild und starrte auf das Buch in den Händen der Frau. Sie hatte Zeichensprache gelernt, bevor sie ihre Lösegeldforderung abgeschickt hatte. *Eiskalt.*

Das Foto, das sie an die Mail angehängt hatte, zeigte Alec auf dem Bett, das sie nun schon kannten. Er hatte sich ganz klein gemacht und schien zu schlafen. Er hoffte es wenigstens. Er sah aus wie tot, und Ethan nahm an, dass die Frau das wusste. Dass sie versuchte, die Ängste einer entsetzten Mutter zu schüren. Ethan wünschte, er hätte Randi trösten können. Dana hätte es gekonnt. Dana hätte Randi begreiflich machen können, dass sie keine Schuld an der Entführung ihres Sohnes trug, und Randi würde es glauben, denn in der kurzen Zeit, die Ethan Dana nun kannte, hatte sie auch ihn dazu gebracht, wieder zu glauben.

Er brauchte sie, dachte er. Brauchte die Unterstützung, die allein ihre Nähe ihm gab. Er würde sie anrufen. Vielleicht hatte sie eine Stunde Zeit für ihn. Eine Stunde würde reichen, um ihn wieder so weit aufzubauen, dass er weitermachen konnte. Dass er weiter nach einem Kind suchen konnte, das in dieser Drei-Millionen-Stadt nahezu überall sein konnte. Müde stützte Ethan die Ellenbogen auf den Tisch und die Stirn auf die Fäuste.

Ein Klopfen an der Tür ließ ihn hochfahren. Rasch schob er die Bilder zusammen und steckte sie unter die große Mappe, in der das Hotel verschiedene Preislisten bereithielt. Dann stand er auf und öffnete die Tür.

Und konnte nur starren. Dana sah zu ihm auf, und der Blick ihrer sonst so ruhigen Augen war stürmisch. Sie hatte die Lippen fest aufeinandergepresst und ihre Hände an ihren Seiten zu Fäusten geballt. In seinem Bewusstsein fielen alle Gedanken in sich zusammen wie ein Kartenhaus.

Dana konnte nur starren. Er stand vor ihr mit zerzaustem Haar und rotgeränderten Augen. Sein Hemd war offen, so dass sie die Muskeln und das goldene Haar sehen konnte. Ihr Blick wanderte abwärts zu den ausgeblichenen Jeans, die sich eng um seine Hüften schmiegten. Der Reißverschluss war geschlossen, der Gürtel allerdings offen. Seine Füße waren nackt. Innerlich schmolz sie vor Verlangen dahin. Sie leckte sich über die Lippen und versuchte, Worte aus ihrer Kehle zu bringen. Als sie sie aussprach, klangen sie eingerostet. »Ich habe dich geweckt. Es tut mir leid.«

Er schüttelte den Kopf. »Ich habe nicht geschlafen.« Mit höflicher Geste trat er einen Schritt zurück, damit sie eintreten konnte. Mit einer ebenso höflichen Geste tat sie es. Aber das leise Klicken der Tür beendete jegliches höfliche Gehabe, und sie lag in seinen Armen, wühlte ihre Hände durch sein Haar und presste in verzweifelter Sehnsucht nach Erleichterung ihre Brüste an ihn. Er hob sie hoch und war mit zwei Schritten an der Wand, drückte sie dagegen, schmiegte sich an ihren Körper, legte dann seine Hände um ihr Hinterteil, hob sie noch weiter an, und sie konnte ihn spüren, oh, ja, sie konnte ihn spüren, hart und pulsierend. Gierig kam sie seinem Mund entgegen, und sie verschlangen einander, und sie erkannte, dass er es genauso brauchte wie sie. Seine Lippen waren heiß, der Kuss beinahe brutal in seiner Wildheit. Er schien es zu bemerken, denn er zog sich ein Stück zurück und ließ seine offenen Lippen über ihren Hals gleiten. Sein Atem ging stoßweise, als sei er eine Meile gerannt. Sanft küsste er die Mulde an ihrer Kehle. Dann schmiegte er sein Gesicht an ihr Schlüsselbein und schauderte.

»Ich brauchte dich«, flüsterte er, und ihr Herz schlug Purzelbäume. »Woher wusstest du das?«

Mit bebenden Hände strich sie ihm über das Haar. »Ich wusste es nicht. Ich wusste nur, dass ich nicht allein sein wollte. Dass ich bei dir sein wollte.«

»Habe ich dir wehgetan?«

»Sch, nein.« Sie spürte seine Traurigkeit, stärker als zuvor. Aber es war nicht nur Traurigkeit. Es war Verzweiflung. Was immer ihn in die Stadt geführt hatte, war schlimmer geworden. Viel schlimmer. »Was ist los, Ethan? Kann ich dir nicht doch helfen?«

Er richtete sich auf, zog sie von der Wand weg und an seinen Körper. Fuhr mit einer Hand ihren Rücken aufwärts und legte sie ihr in den Nacken. Zog sie näher, bis sich ihre Wange an seine nackte Brust legte und das raue Haar sie kitzelte. »Bleib einfach bei mir. Nur eine kleine Weile.«

Nur eine kleine Weile? Dana war sich nicht sicher, ob das ausreichen würde. »Also gut.« Und so stand sie da, strich mit der Wange über seine Brust, hielt ihn fest und wiegte ihn kaum merklich, als tanzten sie zu einer unhörbaren Musik. Sah den Schmerz in seinen Augen, den grimmigen Zug um seinen Mund. Und wusste, dass die Erlösung, auf die sie gehofft hatte, noch würde warten müssen. »Hast du etwas gegessen?«

»Nein.« Als er sie ansah, veränderte sich die Intensität seiner grünen Augen. Der Schmerz war noch immer da, aber nun gemischt mit derselben Erkenntnis, die sie darin jedes Mal gesehen hatte, wenn sie beieinander waren. Und in ihrer Magengrube begannen die Schmetterlinge zu flattern. »Ich hatte vor, dich anzurufen und mit dir essen zu gehen. Jetzt habe ich vor, den Zimmerservice zu bemühen.«

»Und bis der kommt, könnten wir ja eigentlich hier bleiben, oder?«

»Könnten wir.« Er zog einen Mundwinkel hoch, und obwohl es kein echtes Lächeln war, wirkte er schon ein klein wenig entspannter. Sie küsste ihn sanft.

»Schon besser.«

Er seufzte. »Du siehst nicht so aus, als sei dein Tag erfreulicher als meiner gewesen. Geht es Caroline wieder schlechter?«

»Nein, eigentlich nicht. Aber …«

»Aber was?«

Sie hätte es ihm so gern erzählt. Hätte so gern alles herausgelassen, ihren Kopf an seine Schulter gelegt und von ihm gehört, dass alles wieder gut würde. Aber sie konnte es nicht. Zumindest nicht alles. Im Grunde war es ein echter Witz, und vielleicht würde sie eines Tages darüber lachen können: Sie war heute Abend mit der vollen Absicht hergekommen, ihn ins Bett zu kriegen. Sie war bereit, ihren Körper zu verschenken, noch bevor sie ihr Innenleben offenbarte.

Sie seufzte und erzählte ihm, was sie konnte. »Ein Freund von mir ist heute getötet worden. Alles deutet auf einen Überfall hin.« Sie hoffte, dass es ein Überfall gewesen war. Hoffte es von ganzem Herzen.

Er legte seine Hände an ihr Gesicht und strich mit den Daumen über ihre Wangen. »Oh, Dana, das tut mir leid. Wer war es?«

»Ein Arzt. Er war ein so guter Mensch. Er hat nicht verdient, so zu sterben.«

Er führte sie zur Couch, setzte sich und zog sie auf seinen Schoß. »Erzähl mir von ihm. Woher kanntest du ihn?«

Die ganze Geschichte ihres Lebens lag ihr auf der Zunge. Aber damit würde sie Geheimnisse von anderen offenbaren, und nach nur drei Tagen konnte sie das nicht tun. Also machte sie mit sich einen akzeptablen Kompromiss aus.

»Ich arbeite ehrenamtlich mit Ausreißern.« Das war in jeder Hinsicht die Wahrheit. Es war so lange her, dass sie ein volles Gehalt gesehen hatte, dass sie tatsächlich eher ein Ehrenamt als eine echte Arbeit hatte, und jede einzelne der Frauen, die bei ihr Zuflucht suchten, liefen vor irgendjemandem davon. »Dr. Lee half uns kostenlos bei der medizinischen Versorgung.«

»Es tut mir leid.«

Sie legte den Kopf auf seine Schulter und seufzte tief. »Mir auch.«

Er küsste ihr Haar. »Ich habe mir schon gedacht, dass du nicht wirklich Fotografin bist.«

Ihr Kopf schnellte zurück, und ihr Rücken versteifte sich. »Ich sagte, ich arbeite ehrenamtlich für diese Menschen. Mit der Fotografie verdiene ich mein Geld.«

Ethan ließ den Kopf zurücksinken, um ihr ins Gesicht zu sehen. Er war erneut zutiefst gerührt. Sie hatte ihm wieder ein Stückchen ihres Lebens offenbart, obwohl es offensichtlich war, dass sie das als sehr privat betrachtete. Wenn er nur gewusst hätte, warum. Ihre Arbeit mit den Ausreißern sollte etwas sein, das sie stolz machte. »Kann ja sein, dass du dein Geld als Fotografin verdienst.« Dann aber nicht viel, dachte er. »Aber was verschafft dir mehr Befriedigung? Fotos zu machen oder mit weggelaufenen Jugendlichen zu arbeiten?«

Sie zögerte nicht. »Das zweite.«

»Dann ist es das, was du wirklich tust. Wie du dein Geld verdienst, spielt keine Rolle.« Träge ließ er seine Finger über ihren Bauch gleiten und spürte ihre Muskeln zittern und pulsieren. Sah, wie sich ihre Brüste unter dem ärmellosen Poloshirt hoben und senkten, dem Poloshirt, das anscheinend ihre Standarduniform ausmachte.

»Das war ein kluger Satz«, murmelte sie nachdenklich. »Und was ist mit dir? Was tust du wirklich?«

Er überlegte einen Moment. Eine interessante Frage. Und er musste über die Antwort nachdenken, weil sie wichtig war.

»Ich denke, ich habe nichts dagegen, Sicherheitsberater zu sein, aber ich werde wohl immer ein Marine bleiben, weil mein Herz daran hängt.«

Ihre Augen veränderten sich, ihr Ausdruck wurde wärmer. Er hätte stundenlang nur ihre Augen betrachten können.

»Sie fehlen dir«, sagte sie leise. »Die Marines.«

»Jeden verdammten Tag.«

»Es muss schlimm gewesen sein, sie zu verlassen.«

»Es war das Schwierigste, was ich je getan habe. Am Anfang im Krankenhaus machte ich mir immer vor, dass es schon wieder werden würde. Dass ich zurückkommen konnte.« Er schloss die Augen.

»Aber mit der Zeit wurde es leichter? Nicht zu tun, woran dein Herz hängt?«

»Ja, mit der Zeit. Manchmal geschieht es immer noch, dass ich aufwache und glaube, in der Wüste zu sein. Dass ich aufstehen und meine Sachen schultern, losziehen muss. Aber dann sehe ich den Ventilator an der Decke und höre die Klimaanlage und weiß, dass ich in der Zivilisation bin.« Er lächelte. »Oh, und da ist natürlich die Tatsache, dass nirgendwo Sand ist. Manche von den Jungs nehmen sich Sand in Flaschen mit nach Hause, aber ich fand, ich hatte genug davon im Mund und anderen Körperöffnungen, um für den Rest meines Lebens damit bedient zu sein.«

Sie zog ein Gesicht. »Danke für die anschauliche Darstellung.«

Seine Fingerspitzen wanderten zu der seidigen Haut ihrer nackten Arme. »Ich vermisse den Sand wirklich nicht. Aber den Rest … die Herausforderung, die Spannung …«

Sie begegnete seinem Blick. »Die sinnvolle Aufgabe?«, fragte sie ruhig, und er wusste, dass sie es verstand. Und er hatte gewusst, dass sie es verstehen würde, als er zum ersten Mal in ihre schönen, warmen, ruhigen Augen gesehen hatte.

»Ja, ich denke, das war das Wichtigste. Ich hatte teil an etwas, das größer als ich war. Ich tat etwas Bedeutendes. Ich habe alles, was ich gelernt habe, dazu angewandt, mein Land zu beschützen. Und wenn möglich die Welt besser zu machen. Und ja, ich weiß, dass viele Menschen das für altmodisch oder kitschig halten.«

Sie schluckte, löste ihren Blick aber nicht von seinem. »Ich tue das nicht.«

»Das weiß ich.«

»Und was gibt dir jetzt das Gefühl, wichtig zu sein?«

Er holte tief Luft, die ihm in den Lungen brannte. Nicht viel. Ganz gewiss nicht seine Suche nach Alec. »Ich weiß nicht.«

Sie schwieg eine lange Minute. Beugte sich dann vor und küsste ihn auf die Lippen. »Danke.«

Sie war so nah. So nah, dass er nur den Kopf zu wenden brauchte, um sie noch einmal zu küssen.

»Wofür?«

»Dass du es mir gesagt hast. Ich bin froh, dass ich hergekommen bin, Ethan. In deiner Gegenwart geht es mir schon besser.«

Etwas hatte sich verändert. »Ich könnte dir ein noch besseres Gefühl geben.«

Ihr üppiger Mund lächelte an seinen Lippen. Schmetterlingsküsse.

»Ich erinnere mich dumpf, dass mir jemand versprochen hat, mich dazu zu bringen, meinen eigenen Namen zu vergessen.«

Er zog eine Braue hoch. »Und?«

»Dana. D-A-N-A. Dana Danielle Dupinsky. Ich weiß noch alle.«

Seine Hände wanderten aufwärts und hielten an den Seiten ihrer Brüste an. Er konnte sehen, wie sich ihre Augen verdunkelten. Hörte ihr Herz lauter schlagen. Und in seiner neckenden Drohung klang plötzlich so viel mehr mit. Sie war hergekommen, um sich besser zu fühlen, und sie würde nicht wieder gehen, bis das tatsächlich der Fall war. Bis sie sich beide besser fühlten. Er strich mit den Knöcheln unter ihren Brüsten entlang und ließ seinen Daumen über die Spitzen gleiten. Nur einmal. Hörte sie nach Luft schnappen.

»D-D-D. Du könntest ins Stottern geraten«, murmelte er. Ihr Schlucken war in der Stille des Zimmers hörbar, ihre Stimme heiser. Erregt. »Davon träumst du, Buchanan.«

»Du hast Recht. Das tue ich. Aber ich habe keine Lust mehr zu träumen.«

Ein Aufblitzen in ihren Augen war die einzige Warnung, bevor sie sich plötzlich bewegte und ein Bein über seinen Schoß schob, so dass sie nun breitbeinig auf ihm saß. »Dann, würde ich sagen, ist es Zeit, aufzuwachen.« Und als sie ihre Lippen auf seine presste, tat jeder Nerv in seinem Körper genau das.

Mit einem Stöhnen beugte er sich vor, packte ihre Pobacken und schob ihren Rock aus dem Weg, bis zwischen ihnen nur noch Jeansstoff und feuchtes, heißes Nylon war. Und doch war es noch zu viel. Ihre Hände lagen auf seiner Brust, seinen Schultern, zerrten an seinem Hemd, und er wand seine Arme aus den Ärmeln. Sie zog ihm das Hemd über den Kopf und warf es hinter sich, während seine Finger an den Häkchen ihres BHs nestelten. Dann war er fort, und ihre Brüste pressten sich an ihn, die Nippel hart wie Diamantspitzen. Sie erstarrte bei diesem ersten, köstlichen Kontakt, schloss die Augen und legte den Kopf zurück, als wollte sie das Gefühl ganz in sich aufnehmen. Als sei es eine Ewigkeit her, dass sie so etwas gespürt hatte.

»Dana«, sagte er rau, und in Zeitlupe senkte sie den Kopf und schlug die Augen auf, und ihr Blick glühte. »Wie lange ist es her?«

»Fünf Jahre.« Ohne den Blick von ihm zu nehmen, bewegte sie die Hüften, und er stöhnte wieder. »Fünf sehr lange Jahre.«

Sein Herz schlug fest gegen seine Rippen, und er schob seine Hände in ihr kupferfarbenes Haar und zog ihren Kopf zu sich zurück. Seine andere Hand legte sich über eine volle Brust, und dann küsste er sie wieder und wieder.

Es war mehr, als sie sich erhofft hatte, mehr, als sie erwartet hatte. Mehr, als sie sich erträumt hatte. Sie löste ihren Mund von seinem und wanderte mit den Lippen über sein Gesicht, während sie sich ein wenig erhob. Er protestierte murmelnd, bis sie ihre Finger in sein Haar schob und seinen Kopf zu ihren Brüsten zog, und sie schloss wieder die Augen, als er zu lecken und zu saugen begann. Scharfe, elektrische Ströme jagten durch ihren Körper und sammelten sich an der Stelle, die sich am meisten nach ihm sehnte, und sie presste sich an ihn, suchte Erleichterung von der beinahe schmerzhaften Lust, die nur dieser Mann in ihr geweckt hatte.

Dann zupften seine Hände an ihrem Slip, und seine Finger tasteten, tauchten ein und brachten sie rasch an den Rand des Höhepunkts.

Sie schnappte nach Luft, dann schrie sie, als sie kam, und Ethan versteifte sich unter ihr, während er an einer Brust sog und sein Daumen immer wieder in sie eindrang und sie weiter und weiter trieb, bis sie sich aufbäumte, seinen Namen flüsterte und die Welt sich in herrliche, funkelnde Teile auflöste. Erschöpft und keuchend sank sie gegen ihn, das Herz so wild hämmernd, dass es in ihrer Brust schmerzte.

Mit einem Knurren kam er mit ihr auf den Armen auf die Füße, ihre Beine noch immer um ihn geschlungen. Ohne ein weiteres Wort trug er sie ins Schlafzimmer, wo er sie aufs Bett legte und ihren Slip herunterzerrte. Mit Mühe schlug sie die Augen auf und sah zu, wie er den Reißverschluss öffnete und das Gesicht verzog. Sah zu, wie er seine Erektion befreite.

Sie holte tief Luft, teils aus freudiger Erwartung, teils aus Anerkennung. Er war ein großer Mann, in jeder Hinsicht. Er schob ungeduldig die Jeans über die Hüften und bückte sich dann, um ein Kondom aus seiner Tasche zu holen. »Zieh deinen Rock aus.«

Ohne den Blick von ihm zu nehmen, setzte sie sich auf, damit er den Knopf und den Reißverschluss aufmachen konnte. Er zog, und der Rock landete neben seinen Jeans auf dem Boden. Dann war er über ihr, eine Hand neben ihrem Kopf, ein Knie an ihrer Hüfte, ein Fuß auf den Boden gestemmt. »Ist es das, was du willst?«, sagte er gepresst, und sie nickte nur stumm. Er drückte ihr das Kondom in die Hand.

»Dann mach du es.«

Mit bebenden Händen gehorchte sie und spürte, wie sein ganzer Körper zusammenfuhr, als sie ihn berührte. Sein Atem klang keuchend. »Verdammt, Dana, beeil dich.« Sie tat es und hob den Blick zu ihm auf. Und spürte, wie ihr Herz einen Schlag aussetzte. Er war bereit, bereit zu explodieren. Für sie bereit.

Langsam ließ er sich zwischen ihre Schenkel herab. Und stöhnte. Noch langsamer drang er in sie ein und verzog das Gesicht, als sie zusammenzuckte.

»Tut mir leid«, murmelte er. Schweißperlen standen ihm auf der Stirn.

Sie sah ihn ruhig an. »Mir nicht.«

Das hatte sie auch gesagt, als sie sich das erste Mal geküsst hatten. Er tat es nun wieder, küsste sie, wild, mit offenem Mund, nahm alles, was sie ihm anbot, und brauchte vielleicht noch mehr. Er schob seine Hüften vor, bewegte sie und drang in sie ein, bis er nicht mehr weiter konnte, und stöhnte tief auf, als sie ihre Beine um ihn schlang und ihn noch weiter in sich zog.

»Du fühlst dich verdammt gut an.«

Sie schnurrte vor Wonne. »Mein Zweitname wird langsam unscharf, Ethan, aber meinen ersten weiß ich noch sehr gut.« Mit einem heiseren Lachen begann er, sich zu bewegen, dann brach seine Stimme, als sie ihre inneren Muskeln anspannte und sich um ihn zusammenzog. »Mehr«, sagte er. »Bitte.«

Also tat sie es, und er auch, und sie fanden einen ruhigen Rhythmus. Sie war eng, und sie war heiß, und sie war sein, und er wünschte, er hätte ewig einfach so in ihr bleiben können. Aber dann veränderte sich ihr Gesichtsausdruck und ihr Atem stockte. Ihre Hände umklammerten seine Schultern, und sie begann zu wimmern. »Ethan.«

Der Klang ihrer Stimme zog ihn hinab, und er tauchte ein, nahm alles, was sie zu geben hatte. Ihre Hände lagen auf seinem Hintern, und ihre Nägel bohrten sich in seine Haut. Sie bäumte sich unter ihm auf, bog sich ihm entgegen, schrie seinen Namen und zog ihn in den Strom, den dunklen, wunderbaren Strom, und er ließ los.

Fiel, stürzte hinab. Jeder Muskel angespannt, die Lungen

in Flammen, kam er so heftig, dass er weiße Lichter vor seinen Augen blitzen sah. Aber diesmal gab es keine Dunkelheit. Keine Panik. Nur Frieden.

Er ließ den Kopf an ihre Schulter sinken und lauschte seinem wild hämmernden Herzen. Ihre Hände erschlafften, ihre Arme sanken reglos auf das Bett. Eine volle Minute lang war nichts zu hören außer dem Atem zweier Menschen, die verzweifelt nach Luft rangen.

»Ethan?«

»Hm?«

»Wer bin ich?«

Das Lachen auf seinen Lippen gerann, als die Erkenntnis ihn traf. *Mein. Du bist mein.* Er stemmte sich auf die Ellenbogen und sah auf sie herab. In seinem Kopf war kein bisschen Raum für Scherze. Er konnte nur noch in diese braunen Augen blicken, die zu ihm aufsahen. Ihr Lächeln schwand, und sie zeichnete seine Lippen mit einer Fingerspitze nach.

»Was machen wir jetzt bloß?«, murmelte er.

Ihre Zungenspitze stahl sich zwischen den Lippen hindurch und befeuchtete sie. »Ich habe keine Ahnung.«

Sein Körper allerdings schon, denn er begann sich wieder zu rühren, und ihre Augen weiteten sich. »Oder vielleicht doch«, flüsterte sie und presste sich ihm entgegen.

»Das war nicht, was ich meinte, Dana.«

Ihre Hüften verharrten. »Ich weiß. Aber können wir es für den Augenblick nicht dabei belassen?«

Er war noch immer tief in ihr, verharrte, versuchte, sich durch ihre Worte nicht verletzen zu lassen. Sie hatte ihm direkt zu Anfang gesagt, dass sie keine Beziehung suchte.

Tja, nun, zum Teufel damit. Sie hatte eine gefunden, ob sie nun wollte oder nicht. Sie hatte gerade einen Freund verloren. Den Arzt. Und einen anderen bekommen. *Mich.* Er drückte ihr einen Kuss auf die Stirn. »Können wir. Und jetzt wird geschlafen.«

14

Chicago
Dienstag, 3. August, 22.15 Uhr

Ethan erwachte schlagartig, als ihr Rücken gegen seine Brust prallte und ihre Füße über das Laken rutschten, als ob sie entkommen wollte. Sie träumte. Ein Alptraum. Er schlang seinen Arm um ihre Taille. »Dana.«

Sie verharrte abrupt, und er fühlte den dünnen Schweißfilm auf ihrem Körper. Ihr Herz hämmerte heftig unter seiner Hand. »Schsch. Du hast geträumt. Willst du darüber reden?«

»Nein.« Es klang wie ein Wispern, und er stützte sich auf einen Ellenbogen, um sie anzusehen. Im Licht, das durchs Fenster drang, sah sie sehr blass aus. »Tut mir leid. Ich wollte dich nicht wecken.«

»Macht nichts.« Er küsste ihre Schläfe. »Ich habe Hunger wie ein Wolf. Wir haben den Zimmerservice ganz vergessen.«

Ihr Lächeln war zittrig. »Ich habe auch Hunger.«

Er lehnte sich zurück, schaltete das Licht an und telefonierte mit dem Zimmerservice. »Es dauert mindestens eine Dreiviertelstunde, sagt er. Fällt dir irgendwas ein, was wir eine Dreiviertelstunde machen können, damit wir nicht wieder einschlafen?«

Die Farbe kehrte in ihr Gesicht zurück. »Tja, ich hätte da die eine oder andere Idee.«

»Hmm«, war alles, was er sagte. Dann, ohne Warnung, zog er ihr das Laken vom Körper, und sie schnappte nach Luft.

»Ethan!«

»Roll dich herum, Dupinsky.« Er versetzte ihr einen kleinen Schubs. »Na, los.«

Sie starrte ihn an, als habe er den Verstand verloren. »*Was?*«

»Ich will deine Tätowierung sehen.«

»Oh, ach so.« Brav rollte sie sich auf den Bauch, und er lachte laut auf.

»Oh Mann, Dana, wie einfallslos. Auf dem Hintern.« Eine auf jeder Backe, um es genau zu sagen.

Sie funkelte ihn biestig an. »Was denkst du denn? Auf der Schulter?«

Er blinzelte, als ihm die Video-Frau einfiel. »Nein, das ist immer ein schlechter Ort für eine Tätowierung.«

Sie ließ die Stirn auf das Kissen sinken. »Im Übrigen konnte ich nicht hinsehen, als sie mit der Nadel kamen.«

Er rutschte abwärts und kam näher an ihre appetitliche Kehrseite heran. »Das kann doch nicht wahr sein.«

Sie stieß den Atem aus. »Eddie spielte in einer Band. Und die nannte sich ›Born2Kill‹.«

Er küsste den Totenschädel, in dessen Gebiss ein Messer steckte. »Aber der Schmetterling ist niedlich.«

»Der Schmetterling ist ein Symbol für das Leben.« Sie rollte sich wieder herum und griff nach dem Laken, verdrehte aber die Augen, als er es wegzog. »Mir ist kalt.«

Er warf sich auf die Seite und zog sie an sich, bis sie sich Nase an Nase befanden. »Symbol für das Leben?«

Ihr Blick veränderte sich, wurde ernst. »Ich habe sie machen lassen, als ich die Scheidung einreichte.«

»Dann gefällt mir der Schmetterling am besten.« Er küsste sie und spürte, wie sie sich wieder entspannte.

»Du hast nur noch vierzig Minuten, Ethan«, murmelte sie. »Sieh zu, dass du in die Gänge kommst.«

Chicago
Mittwoch, 4. August, 8.15 Uhr

Dana griff neben sich und tastete blind das leere Kissen ab. Sie holte tief und entspannt Luft, unwillig, die Augen zu öffnen. Aber der Tag hatte begonnen. Sie konnte die Sonne auf ihren Lidern spüren.

Sie hob den Kopf und zuckte zusammen, als ihr Körper sie daran erinnerte, dass sie nicht mehr ganz so jung war. Aber selbst in jüngeren Jahren wäre sie nach solch einer Nacht wund gewesen. Sie öffnete die Augen und sah den Wecker, der ihr anzeigte, dass es Viertel nach acht war. Auf dem leeren Kissen neben ihr lag ein Zettel, und ihr fiel wieder ein, dass er gesagt hatte, er müsse früh wieder los.

Steif rappelte sie sich auf, nahm den Zettel und lachte leise. *Liebe Dana,* hatte er geschrieben, *ich hoffe doch sehr, dass du dich heute Morgen wieder an deinen Namen erinnern kannst. Falls nicht: Du bist Dana Danielle Dupinsky und Fotografin. Was die »Born2Kill«-Tätowierung auf deiner linken Backe angeht, kann ich nur fragen: »Was hast du dir*

bloß dabei gedacht?« Ich rufe dich später an. Süße Träume.
Ethan.

Behutsam ließ sie sich aus dem Bett gleiten. Sie hatte den altbekannten Alptraum gehabt, aber danach hatte sie tatsächlich nur Schönes geträumt. Zum ersten Mal seit vielen Jahren. Im letzten Traum am frühen Morgen war er in sie eingedrungen, und als sie erwachte, stellte sie fest, dass es gar kein Traum war. Zum dritten Mal in dieser Nacht hatte er sie zum Höhepunkt gebracht, und tatsächlich war der einzige Name, an den sie sich in diesem Moment erinnern konnte, der seine gewesen.

Aber nun musste sie wieder arbeiten. Sie war einen ganzen Tag nicht im Haus gewesen. Und sie musste Dr. Lees Familie anrufen, dachte sie ernüchtert. Ihnen anbieten, bei der Beerdigung zu helfen. Außerdem würde Beverly heute nach Kalifornien abreisen. Sie musste die Frau zum Busbahnhof bringen. Und das war eine Sache, die sie sehr gerne tat – eine Frau zu verabschieden, die ein neues Leben beginnen wollte.

Mia hatte ihr gesagt, sich dem Hanover House nicht zu nähern, falls man ihr folgte, aber Dana sah nicht ein, dass sie auf das eine, was sie am liebsten tat, verzichten sollte. Beverly würde sie am Busbahnhof treffen müssen. Dana nahm das Hoteltelefon vom Nachttisch. »Evie?«

»Wo bist du gewesen?«, explodierte Evie. »Wir haben überall nach dir gesucht. Du hast mich zu Tode erschreckt.«

»Oh, das tut mir leid.« Und das war die Wahrheit. Sie war gar nicht auf die Idee gekommen, dass jemand sich Sorgen um sie machen könnte. Aber nach dem, was mit Caroline und Dr. Lee geschehen war, hätte sie es tun müssen. »Evie, du hast Recht, das war absolut gedankenlos von mir. Ich wollte euch keine Angst machen. Mit mir ist alles in Ordnung.«

»Ich habe die Handynummer angerufen, die du mir gegeben hast, aber du bist nicht drangegangen.«

Dana zog die Brauen zusammen, aber dann fiel ihr ein, dass Ethan ihr den Rock hochgezogen hatte, als sie auf dem Sofa gesessen hatte. Wahrscheinlich war es herausgefallen. »Ich muss es im anderen Zimmer liegen gelassen haben. Ich war heute Nacht bei einem Freund.«

»Bei welchem Freund?«, fragte Evie misstrauisch. »Bei Mia warst du nicht, und sie wusste auch von nichts.«

»Du kennst ihn noch nicht.«

Verblüfftes Schweigen. »Du hast einen *Freund* und ihn mir noch nicht vorgestellt?«

»Du und ich sind diese letzte Woche nicht gerade freundschaftlich miteinander umgegangen, Evie«, sagte Dana trocken.

»Nein, wohl nicht.« Evies Stimme klang genauso trocken. »Jedenfalls musst du David anrufen, sobald wir aufgelegt haben. Er ist krank vor Angst, und er hat Caroline die ganze Nacht angelogen, dass er mit dir gesprochen habe und sie sich keine Sorgen zu machen bräuchte. Du hast uns echt auf Trab gehalten letzte Nacht.«

Dana seufzte. Sie hätte daran denken müssen. »Ich ruf ihn an, versprochen. Evie, Mia will nicht, dass ich zum Hanover House komme. Sie denkt, Goodman könne mir dort irgendwo auflauern. Ich will aber auch nicht, dass du hinausgehst, und du musst die Türen verschlossen halten.

342

Denk bitte auch an die Küchentür. Du vergisst sie immer.«

»Heute nicht. Was ist mit Beverly? Sie hat gepackt und ist abfahrbereit.«

»Sie soll mich in einer Stunde in Betty's Coffeehouse treffen. Ich bringe sie von dort zum Bus. Ihre Papiere sind in meinem Schreibtisch eingeschlossen. Du weißt, wo der Schlüssel ist.«

»Ich gebe sie ihr. Dana, was Dr. Lee angeht … es tut mir leid.«

Die Trauer wallte auf, und Dana schluckte entschlossen. »Ich weiß, mir auch. Evie, mir tut vieles leid. Ich weiß, ich sage es nicht oft genug, aber ich liebe dich.«

Dana hörte, wie Evie sich räusperte. »Ich liebe dich auch.«

Chicago
Mittwoch, 4. August, 9.00 Uhr

Security Manager Bill Bush stellte einen Becher Kaffee neben den Monitor, auf den Ethan einmal mehr seit Stunden starrte. »Sie sind der hartnäckigste Privatermittler, der mir je begegnet ist.«

»Danke.« Ethan meinte es so, denn der Kaffee war genau das, was er jetzt brauchte. »Ich bin zu dem Schluss gekommen, dass unsere Naturgesetze die Frau, nach der ich suche, daran gehindert haben müssen, einfach vom Erdboden zu verschwinden. Da sie den Busbahnhof am Freitagmorgen nicht verlassen hat, muss sie in einen anderen Bus eingestiegen sein.«

»Kommt mir wie eine logische Schlussfolgerung vor.«
Bush setzte sich in einen knarzenden Stuhl.

»Ich weiß, dass sie Montagmorgen in Chicago war, denn
da hat sie von hier eine E-Mail an den Vater des Jungen
geschickt.« Ethan hatte sich die Geschichte sorgsam ausgedacht und auswendig gelernt. Er hatte Bush erzählt, dass
sie nach einer Mutter suchten, die gegen die Sorgerechts-
bestimmung verstoßen hatte. Natürlich hatten sie nicht
gesagt, dass sie nach dem Gesicht der Frau suchten. Sie
hätten wissen müssen, wie sie aussah, und Bush war klug
genug, sich das auszurechnen.

»Ich will ein Band, auf dem sie mit dem Kind weggeht, so
dass wir das vor Gericht vorlegen können, da wir beweisen müssen, dass sie gegen die Auflagen verstoßen hat.
Vielleicht erreichen wir dann für den Vater das uneinge-
schränkte Sorgerecht.«

Bush musterte ihn eingehend. »Und Sie sind ganz sicher,
dass die Mutter nicht der geeignetere Elternteil ist?«

»Oh ja, da bin ich ganz sicher. Nun, da wir definitiv wissen, dass sie Montag hier war, schließen wir daraus, dass
sie irgendwann zwischen Freitag- und Montagmorgen
hier eingetroffen sein muss. Ich habe bisher nur die Aus-
gänge beobachtet. Ich bin jetzt bei Freitagabend Viertel
nach neun.«

»Sie sollten mal wieder eine Pause einlegen. Sie wirken erschöpft. Und nervös.« Er warf Ethan einen langen Blick zu,
den zu verstehen man kein Genie sein musste. Bush wusste,
dass hier etwas nicht ganz koscher war. »Eines der Dinge,
die ich in meinen fünfundzwanzig Jahren bei der Polizei gelernt habe, ist, dass man hin und wieder Hilfe annehmen

sollte. Das macht einen zu keinem schlechteren …« Er zögerte absichtlich. »Cop.«

»Ich bin kein Cop«, gab Ethan zurück.

»Das sind Sie nicht«, stimmte Bush ihm zu. »Ein Soldat vielleicht, aber kein Cop.«

»Kein Soldat.« Die Antwort kam automatisch. Marines waren keine Soldaten. Marines waren Marines. Und aus Bushs Reaktion konnte er schließen, dass der ältere Mann genau diese Reaktion erwartet hatte. Er hatte ihm direkt in die Hände gespielt.

Bush lachte leise. »Und wo haben Sie gedient, Buchanan?«

»Afghanistan.«

Bush schnitt ein Gesicht. »Sand.«

Ethan nickte grimmig. »Gott, ja.«

»Und Sie sind ausgestiegen?«

Ethan schüttelte den Kopf. »Ausgemustert worden. Landmine, danach ein Hinterhalt.«

»Ich war in Vietnam. Die Regierung hat die meisten von uns in den Siebzigern entlassen. Wurde dann ein Cop.«

»Mein Partner auch. Er ging zur Polizei, meine ich. Heute würde ich wahrscheinlich nicht einmal mehr den Sehtest bestehen.«

»Zum Teufel, Junge. Ich würde jetzt keinen einzigen Test mehr bestehen. Ich bin verdammt noch mal zu alt. Aber ich habe so lange gedient, wie ich konnte, und ich bin stolz auf das, was ich getan habe. Und das sollten Sie auch sein.«

Ethan zögerte, handelte dann jedoch aus dem Bauch heraus. »Ich suche nach dieser Frau, aber sie ist uns irgendwie immer ein paar Schritte voraus. Ich habe Bilder von ihr vom Hals abwärts, aber keins von ihrem Gesicht.«

»Und der Papa des Kinds hat kein Foto von ihr?«

Ethan sah Bush direkt an. »Sie sieht inzwischen ganz anders aus.«

Bush grunzte. »Das können Frauen gut. Und Sie sind wirklich sicher, dass sie der faule Apfel ist, Buchanan?«

»Absolut.«

»Haben Sie die Bilder dabei?«

Ethan klopfte auf seine Mappe. »Da drin.«

Bush rollte mit den Augen. »Brauchen Sie eine schriftliche Einladung, Junge? Zeigen Sie her.« Er wischte sich die Hände sauber und nahm die Bilder. Und stieß einen gedehnten Pfiff aus.

»Ja, dezente Kleidung ist nicht ihr Ding.«

»Und so was am helllichten Tag«, sagte Bush. »Sie hat eine Tätowierung.«

»Ja, ich weiß. Ich habe ein paar Vergrößerungen davon. Fängt mit A an.«

»Nein, die meine ich nicht. Ich meine diese.« Bush kniff die Augen zusammen und hielt eins der Vergrößerungen ihrer Hände ins Licht. »Eine Gefängnistätowierung. Hier am Ringfinger. Sehen Sie das kleine Kreuz unter dem Knöchel? Das heißt, sie hat gesessen.«

Ethan blickte nicht auf ihre Knöchel. Er sah auf ihre Hände. Die das Buch über Zeichensprache hielten. Sie trug keine Handschuhe, und das Buch hatte einen Hochglanzeinband. Es musste Fingerabdrücke geben. Und wenn sie im Gefängnis gewesen war, waren die Abdrücke gespeichert. Er hatte sich so auf ihr Gesicht konzentriert, dass er die Hände vernachlässigt hatte. Vielleicht hatten sie nun endlich etwas für die Polizei. Er musste mit Clay sprechen.

Chicago
Mittwoch, 4. August, 9.00 Uhr

Tja, diesmal hatte Ruby sich geirrt, dachte Sue, während sie aus dem Fenster zur Straße vor dem Frauenhaus sah. Evie umarmte Beverly, die Frau, die heute nach Kalifornien reisen sollte. Ruby hatte ihr versichert, dass Dupinsky die dahinziehenden Klientinnen stets mit großem Staat zum Busbahnhof fuhr. Aber anscheinend hatte Dupinsky einen neuen Freund, den sie vorzog. Wie süß.
Beverly jedenfalls würde nicht »California, here I come« singen. Sie wandte sich um und betrachtete den Jungen, der auf dem Bett lag und schlief. Zufrieden, dass sie ihn am Tag zuvor ausreichend eingeschüchtert hatte, griff sie nach ihrem Rucksack und verließ das Haus.

Alec wartete eine lange Zeit, bis der Geruch nach abgestandenem Zigarettenqualm nachgelassen hatte. Dann schlug er die Augen auf. Nur einen Spalt. Sie war weg. Und hatte den Rucksack mitgenommen. Er schauderte wieder, als er daran dachte, was er darin gefunden hatte. Er kämpfte die Übelkeit nieder und atmete ruhig und tief, bis sein Magen sich etwas beruhigt hatte. Sie hatte gestern Nacht geschlafen, und er hatte herausfinden müssen, was sie in dem Rucksack mit sich herumtrug. Außer der Brille des Doktors.
Jetzt wusste er es. Außer der Brille des Doktors hatte er eine kleine Kühlbox gefunden, eine von der Art, wie Mom sie immer verwendete, wenn sie zum Strand gingen. Alec schluckte die bittere Galle, die in seiner Kehle brannte. In dieser Kühlbox befanden sich drei kleine Plastiktüten. In

der einen waren Finger. Sie hatten wie Halloween-Imitationen ausgesehen, waren aber sehr, sehr echt. Alec holte tief Luft, als der Würgereiz erneut einsetzte. Aber es gelang ihm, ihn niederzukämpfen.

Sie hatte diesen Arzt getötet. Und er war so nett gewesen. Sie hatte ihn getötet und ihm seine Finger ... Wieder schauderte er. Schnappte verzweifelt nach Luft. Er schwitzte, entsetzlich sogar. Hatte es schon die ganze Nacht getan. Er blickte auf seine Finger und bewegte sie, nur um sich zu vergewissern, dass sie noch beweglich waren.

Sie hatte Paul umgebracht und Cheryl und nun diesen Arzt. Und sie würde ihn umbringen. Dessen war er sich sicher. Er hatte die ganze Nacht daran gedacht. Und sie hatte gesagt, dass sie seine Mutter umbringen würde. Alec füllte seine Lungen, bis sie schmerzten. Vielleicht war seine Mutter bereits tot. Aber sie würde nicht wollen, dass auch er getötet wurde.

Er musste etwas unternehmen, wenn er sein Leben nicht verlieren wollte. Alec spreizte die Finger. Oder etwas Schlimmeres. Er wollte nicht einmal darüber nachdenken, wie es sich ohne Finger lebte. Dann wäre er lieber tot. Aber er wollte auch nicht sterben. *Dann tu etwas. Und zwar jetzt.*

Vorsichtig holte er das, was er außerdem im Rucksack gefunden hatte, unter seiner Decke hervor. Es war eine Plastiktüte mit weißem Pulver.

Er wusste, was das war. Er hatte genug darüber im Internet gelesen, um genau zu wissen, was er in den Händen hielt. Kokain. Und bestimmt mehr, als eine Person in einer Woche verbrauchen konnte. Dies war Kokain, das verkauft

348

werden sollte. Das Miststück, das ihn entführt hatte, war eine Dealerin.

Alec wusste, dass seine Mutter es nicht leiden konnte, wenn er das Wort Miststück verwendete. Aber seine Mutter war nicht da. Er war ganz allein. Nun, vielleicht nicht ganz allein. Da war die rothaarige Frau und die mit der Narbe.

Die mit der Narbe war nett. Sie hatte gestern Nacht schrecklich geweint, und er wusste, dass sie um den Arzt geweint hatte. Alec hatte die Nachricht gelesen, die er hinterlassen hatte. Der Arzt war mit der weißäugigen Frau gegangen, um Alecs Leben zu retten. Und das Mädchen mit der Narbe verdächtigte das Miststück noch nicht einmal, etwas mit dem Tod des Doktors zu tun zu haben.

Aber sie hatte ihm durch die Tränen hindurch zugelächelt. Sie hatte gestern Morgen sein Gesicht gewaschen und ihn an den Tagen zuvor immer wieder gestreichelt. Er vertraute ihr. Er streckte wieder die Finger und dachte an die Kühlbox, an ihren Inhalt. Er hatte nicht viele Möglichkeiten.

Und so nahm er all seinen Mut zusammen, nahm die Tüte mit dem weißen Pulver und machte sich auf die Suche nach dem Mädchen mit der Narbe. Wenn sie das Zeug sah, würde sie die Polizei rufen. Wenn die Polizei kam, würde Alec Stift und Zettel bekommen und ihnen sagen, was er wusste. Der Polizei konnte man trauen. Das hatte seine Mutter ihm immer gesagt.

Und wenn das Mädchen mit der Narbe nicht die Polizei rief und das Pulver für sich behielt, dann … nun, dann wusste er, dass er sich in ihr getäuscht hatte.

Ocean City, Maryland
Mittwoch, 4. August, 10.00 Uhr

James saß auf der einen Seite der Glasscheibe und wartete geduldig. Heute würde er erfahren, wo Sue war. Was für ein Spiel sie spielte. Ihr Bruder sollte heute bereit sein, mit ihm zu plaudern.

Er neigte den Kopf zur Seite, als Bryce Lewis in den Besuchsraum stolperte. Eine seiner Gesichtshälften wies eine starke Prellung auf. James konnte sich vorstellen, dass er noch weitere Blessuren hatte, die man unter der Gefängniskleidung nicht sah. Er hatte keine bestimmten Anweisungen gegeben. Lewis hatte eine Abreibung bekommen sollen, aber nicht so sehr, dass man ihn ins Krankenhaus einliefern musste.

Der Junge setzte sich steif auf den Stuhl gegenüber, sein Gesicht nichts als stoische Akzeptanz. »Sie ist in Chicago«, sagte er ohne Einleitung.

»Warum?«

»Sie hat einen Jungen bei sich. Er heißt Alexander Vaughn.«

Die Verbindung. Den Vaughns gehörte das Strandhaus, in dessen Schuppen die Leiche gefunden worden war. Sie hatte ihr Kind entführt. Nun musste er nur noch herausfinden, was die Vaughns mit der alten Frau verband, die er für Sue in Florida aufgespürt hatte. Die Frau, die Sue getötet hatte. »Wie hoch ist die Lösegeldforderung?«

»Eine Million.«

»Und dein Anteil?«

»Die Hälfte.«

James lachte. »Wer's glaubt ... Sie gibt dir nie im Leben die Hälfte ab. Wo in Chicago ist sie untergeschlüpft?«

»Sie wollte zum Haus meines Onkels.«

»Unmöglich. Das Haus ist vollkommen abgebrannt. Dumm, wenn man schlechte Angewohnheiten hat und im Bett raucht.«

»Aber sie waren doch unschuldige alte Leute«, sagte Lewis heiser. »*Wieso?*«

Lewis' Augen füllten sich mit Tränen, und James stand auf. »Aus demselben Grund, warum deine Schwester eine Alte in Florida und den Kerl im Schuppen kaltgemacht hat. Sie kann es einfach, und ich kann es auch.«

Sue war also mit einem Kind in Chicago. Sie würde durchdrehen, wenn sie zu lange untertauchen musste. Und wenn sie den Kopf aus dem Loch steckte, würde er schon auf sie warten. Er sah auf die Uhr. Er konnte vor dem Abendessen in Chicago sein.

Chicago
Mittwoch, 4. August, 10.00 Uhr

Evie saß da und starrte auf den Beutel Kokain auf dem Küchentisch. Erik hatte ihn ihr gebracht, ohne ein Wort zu sagen, aber seine Augen waren klar und wach. Wachsam. Als wartete er ab, was sie als Nächstes tun würde. Sie hatte sofort Dana angerufen. Auf dem neuen Handy, das man ihr geschenkt hatte. Aber wieder klingelte es nur, ohne dass jemand dranging. Sie versuchte es wieder, aber auch dieses Mal hörte sie nur die vorgesprochene Nachricht, die vom Anbieter mitgeliefert wurde. Sie hatte inzwischen drei Nachrichten hinterlassen. Hatte Dana dreimal über den Pager zu kontaktieren versucht.

Anschließend hatte sie versucht, Mia zu erreichen, aber sie war außer Dienst und auch nicht auf Abruf. Ob sie eine Nachricht hinterlassen wolle?, hatte die Vermittlung bei der Polizei gefragt. Nein, wollte sie nicht. Caroline konnte sie nicht anrufen. Sie durfte sich nicht aufregen, und Evie war ziemlich sicher, dass bei Caroline mindestens die Wehen einsetzen würden, wenn sie hiervon erfuhr. Das Wichtigste war jetzt, Erik aus Hanover House zu schaffen und irgendwo unterzubringen, wo er sicher war. Evie rieb sich die Stirn. Wenn sie nur gewusst hätte, was sie tun sollte.

Und dann fiel ihr die Frau vom Amt für Familienförderung ein, die manchmal mit Dana zusammenarbeitete. Dana vertraute ihr. Ihr Name war Sandra Stone.

Dieses Mal hatte Evie Glück und drang sofort zur gewünschten Person durch. Wenn das nicht Schicksal war.

»Miss Stone, ich bin Evie Wilson. Ich arbeite mit Dana Dupinsky.«

Eine kurze Pause entstand, dann: »Was kann ich für Sie tun, Miss Wilson?«

Evie warf Erik einen Blick zu, der sie mit seinen riesigen, ernsten Augen in dem hageren Gesicht ansah. Sie schenkte ihm ein Lächeln, von dem sie hoffte, dass es aufmunternd war, und sah zu, wie er in das Erdnussbutterbrot, das sie ihm gemacht hatte, biss. »Ich habe hier ein Problem, Miss Stone, und ich hoffe, Sie können mir helfen.«

Chicago
Mittwoch, 4. August, 10.45 Uhr

Ethan legte gerade das nächste Überwachungsvideo ein, als sein Handy in seiner Hosentasche vibrierte. Er hatte Clay sofort nach der Entdeckung des Buchs über Zeichensprache angerufen, aber nur die Mailbox erwischt. Endlich rief sein Partner zurück.

Ohne sich mit überflüssigen Grüßen aufzuhalten, fuhr Ethan ihn an: »Wo bist du gewesen?«

»Ich hatte ein bisschen zu tun.« Clays Stimme klang gepresst. »Wir haben also endlich was?«

»Endlich, ja. Gestern hat sie in dem Buchladen ein Buch ohne Handschuhe angefasst. Ich denke, wir sollten jedes Exemplar aus dem Laden kaufen und die Abdrücke nehmen. Wir wissen nämlich auch, dass sie gesessen hat.«

»Woher weißt du das?«, fragte Clay, seltsam distanziert. Beinahe ungerührt.

Ethan runzelte die Stirn. Da stimmte etwas ganz und gar nicht. »Gefängnistätowierung am Finger.«

Clay schwieg einen Moment. »Dann lass die Polizei die Beweise einsammeln.«

Ethan zog die Brauen zusammen, als er den Rekorder einschaltete. »Warum?«

»Weil wir keine andere Wahl haben. Sheriff Moore weiß, dass Alec weg ist.«

Ethan ließ sich zurück auf den Stuhl sinken. »Und woher?«

»Nicht woher, sondern weil sie ein verdammt guter Cop ist, deswegen«, fauchte Clay. »Sie hat Stan die Geschichte von Alecs Europareise nicht abgenommen. Sie hat beim

Grenzschutz nachgefragt und heute Morgen erfahren, dass kein Pass auf Alec Vaughn ausgestellt worden ist. Deshalb kann Alec nicht mit seinen Großeltern in England sein. Deshalb haben wir *gelogen!*«

»Oh, scheiße«, murmelte Ethan. »Und was ist passiert?«

»Stan hat gemauert. Randi wurde leichenblass, und ich stand da wie ein Depp und tat, als ob ich von nichts eine Ahnung hatte. Was sollte ich auch sonst tun? Dann wurde Stan zickig und wollte wissen, ob er einen Anwalt bräuchte. Moore sagte nein, sie wäre aber dankbar, wenn sie die Stadt nicht verlassen würden. Auf dem Weg hinaus fragte sie mich ganz nebenbei, ob ich jemanden namens Johnson kennen würde. Er war mein Captain beim Police Department in D.C.«

»Also weiß sie bereits eine ganze Menge«, murmelte Ethan.

»Tja ... Teufel auch.« Er starrte schweigend auf den Bildschirm, auf dem sich lautlos graue Gestalten bewegten. Es war das Band von Freitagnacht, und gerade war ein Bus aus dem Süden gekommen. Aus Hillsboro, dachte er geistesabwesend.

Sie wussten bereits von vier Toten. Kristie Sikorski war gestern in einer Seitenstraße gefunden worden. Und sie hatten eine Kindesentführung, die eine schwere Straftat darstellte. Dass die Entführerin sich über Staatsgrenzen bewegt hatte, brachte das Verbrechen in den Zuständigkeitsbereich des FBI. Und nach fünf Tagen vergeblicher Suche hatten sie endlich eine Spur, der sie nachgehen konnten. Stattdessen musste er nun ins nächste Polizeirevier marschieren und ein Geständnis ablegen. Und inständig hoffen, dass sie durch ihre Einmischung die Sache für Alec nicht noch schlimmer gemacht hatten. Dass er nicht zu wenig getan hatte.

Ethan seufzte. »Ich gehe jetzt direkt zur Polizei, Clay. Sag es Stan und Randi.«

»Es ist das Richtige, Ethan.«

»Ich nehme an, es wäre am Freitag das Richtige gewesen.« Was für eine Ironie, dachte Ethan. Das Band, das er sich gerade ansah, war in der Zeit aufgenommen worden, in der er und Clay die erste E-Mail zurückverfolgt hatten.

»Du hast getan, was du für richtig hieltst. Und ich stecke genauso tief drin wie du.«

»Es tut mir leid.«

»Unnötig. Geh einfach und melde es der Polizei von Chicago, bevor noch jemand umgebracht wird.«

Ethan beobachtete, wie sich die Menge auf dem Video zerstreute, dann erstarrte er plötzlich. »Moment.«

»Ethan …«

Ethan sprang auf die Füße. »Nein, ich meine es ernst. Ich hab sie. Ich sehe sie. Das ist Alec.«

Die Frau hielt Alec am Oberarm gepackt und zog ihn durch den Busbahnhof. Zerrte ihn auf die Füße, als er stolperte. Sie trug wieder diese verdammte Kappe, aber er konnte Alec erkennen. »Sie geht auf den Ostausgang zu«, sagte er gepresst. Und sah, wie die beiden stehen blieben. Und dann hörte sein Herz auf zu schlagen.

Denn aus den Schatten trat eine Frau in einem ärmellosen Polohemd und einem schlichten Baumwollrock. Sie ließ sich vor Alec auf ein Knie herab und versuchte, ihn dazu zu bringen, sie anzusehen. Strich ihm über das Haar, als er es nicht tat. Ethan versuchte zu atmen.

Aber er konnte nicht.

»Ethan? Bist du noch dran?«

»Ja.« Er presste das Wort aus seiner Kehle.

»Verdammt, Ethan, was ist denn los mit dir?«

Blind sank Ethan auf seinen Stuhl nieder. Beobachtete, wie Dana ihren Arm um die Schultern der Frau legte, die ein Kind entführt und mindestens vier Menschen umgebracht hatte. Er sah zu, wie sie den Kopf der Frau am Kinn anhob, und blinzelte, als er das Gesicht zum ersten Mal sah. Es war zerschlagen und geschwollen, unkenntlich. Und er sah, wie sich Danas Züge vor Mitleid und Schmerz verzerrten.

Dass sie in so eine abscheuliche Sache verwickelt sein konnte, war undenkbar. Unmöglich.

Ausreißer. Dana arbeitete ehrenamtlich mit Ausreißerkindern. Nein, nicht mit Kindern, sondern mit weggelaufenen Frauen. Das musste es sein. Die Prellungen und Platzwunden im Gesicht der Frau wirkten echt. Dana kümmerte sich um misshandelte Frauen.

»*Ethan*«, knurrte Clay. »Was. Ist. Los?«

Ethan stellte das Band auf Pause und fror das Bild ein, als Dana der Frau, die sein Patenkind gestohlen hatte, ein warmes Lächeln schenkte. Dasselbe Lächeln, das sie ihm vor ein paar Stunden in seinen Armen geschenkt hatte. In seinem Bett. »Ich weiß, wo Alec ist.«

Chicago
Mittwoch, 4. August, 12.00 Uhr

Ich hätte im Sheraton duschen sollen, dachte Dana, als sie ihr Haar frottierte. Es war anzunehmen, dass der Wasserdruck dort höher war als in ihrem Bad, in dem nur ein kleines Rinnsal aus dem Duschkopf plätscherte. Kritisch betrachtete sie sich im Spiegel. Neigte den Kopf zur Seite und sah den kleinen Bluterguss, den Ethans Lippen im Nacken hinterlassen hatte. Sie schluckte. Was für einen Mund dieser Mann hatte. Allein der Gedanke daran machte ihr Lust, ihn überall zu spüren.

Nachdem sie Beverly am Busbahnhof abgesetzt hatte, war sie direkt nach Hause gefahren. Sie konnte nicht ins Hanover House, und sie brauchte dringend ein paar frische Kleider, also hatte sie es gewagt, einen Abstecher zu ihrer Wohnung zu machen, wobei sie dauernd über die Schulter geblickt hatte. Ihre Pistole lag für alle Fälle auf dem Wasserkasten der Toilette. Aber als sie die getragenen Sachen in den überquellenden Wäschekorb gestopft hatte, war ihr aufgefallen, dass sie sowohl Handy als auch Pager in Ethans Zimmer vergessen hatte. Also hatte sie im Hotel angerufen und eine Nachricht und ihre Telefonnummer von zu Hause hinterlassen. Noch nie hatte sie einem Mann ihre Telefonnummer gegeben.

Nun wühlte sie in dem Korb unter ihrem Waschbecken und kramte die Parfumflasche hervor, die Caroline ihr zu Weihnachten geschenkt hatte. Sie hatte sie bisher noch nicht benutzt. Jetzt aber war ihr danach, und sie hoffte, dass es Ethan gefallen würde.

Mit einem Seufzen betrachtete sie erneut ihr Bild im Spiegel. »Und was machst du, wenn er nach Hause fährt?«, murmelte sie. Gestern, unter der Last der Schuld, der Furcht und dem Schock, hatte sie beschlossen, Chicago zu verlassen. Auch heute war sie noch der Meinung, dass die Entscheidung richtig war. Sie konnte überall Arbeit finden. Auch in Washington, D. C. Sie konnte in Ethans Nähe wohnen. Es war ein berauschender Gedanke. Es sei denn … es sei denn, er wollte sie gar nicht in seiner Nähe. Was, wenn sie für ihn nur ein Abenteuer war? War es für sie denn mehr? Es hätte nicht sein dürfen, aber es war mehr. Zweifellos. Dana belog sich nicht selbst.

Ein Klopfen an der Tür ließ sie herumfahren. Niemand klopfte tagsüber an ihre Tür. Goodman? Sie streifte sich ihren Bademantel über und schob die Pistole in die Tasche. Resolut ging sie zur Tür, sah durch das Guckloch und blieb volle fünf Sekunden mit offenem Mund davor stehen, bevor sie öffnete.

Ethan stand mit grimmiger Miene auf ihrer Schwelle. »Dana, wir müssen reden.«

Chicago
Mittwoch, 4. August, 12.00 Uhr

»Ich bin losgefahren, sobald ich mich freimachen konnte.« Sandy Stone war eine Frau in den Vierzigern mit dicker Brille und ergrauendem Haar. Wichtig war jedoch nur, dass ihre Augen freundlich blickten und Dana ihr vertraute.

»Vielen Dank. Ich wusste nicht, was ich sonst tun sollte. Ich habe versucht, Dana auf dem Handy zu erreichen, aber sie geht nicht dran. Also habe ich mich an Sie gewandt.« Evie führte sie in die Küche, wo der schweigende Erik saß und ihnen entgegensah.

»Das ist Erik. Seine Mutter nennt sich Jane Smith.«

Sandy seufzte. »Sehr originell.«

»Wir haben eine Menge Frauen mit dem Namen«, sagte Evie. Sie fuhr Erik mit der Hand übers Haar und lächelte ihm zu. »Eriks Mutter geht meiner Meinung nach nicht richtig mit ihm um. Ich mache mir Sorgen, dass er nicht genug zu essen und die falschen Medikamente bekommt. Aber heute Morgen hat Erik mir das hier gebracht.« Evie tippte auf den Tisch neben den Beutel mit dem weißen Pulver. Sie mochte das Zeug nicht einmal anfassen und mied es, als ob es sich um eine zischelnde Schlange handelte.

Sandy sog tief die Luft ein. »Gehört das deiner Mutter, Erik?«

Eriks Blick schoss von Sandy zu Evie und zurück, aber er schwieg.

»Falls seine Mutter Drogen hergebracht hat, kann ich ihn jetzt mitnehmen und später wegen ihr zurückkommen.« Sandy klopfte mit einem Stift gegen den Beutel, und Eriks Blick folgte ihr. Noch einmal fragte Sandy: »Gehört das deiner Mutter?«

»Ja, in der Tat tut es das.«

Evie schnappte nach Luft und fuhr herum. In der Tür der Küche stand Jane. Aber nicht die Jane, die ein paar Tage zuvor verängstigt und zerschlagen zu ihnen gekommen war. Diese Jane stand aufrecht und stark und ungebrochen da. Und hatte Evies Make-up aufgelegt.

Und eine Pistole in der Hand.

»Ihr verdammten Weiber müsst euch einfach immer und überall einmischen«, sagte Jane. Ihre unheimlich hellen Augen verengten sich. Sie richtete den Lauf der Waffe auf Evie, und einen Augenblick lang war Evie in eine andere Zeit versetzt. Es war zwei Jahre her. Sie war einem Mann ausgeliefert gewesen, der denselben kalten Blick in seinen Augen hatte. Der sie schwer verletzt hatte. Und der sie verändert hatte. Sie würde niemals wieder dieselbe sein. Damals hatte sie sich nicht wehren können. Heute aber … Evies Hand schloss sich um Eriks magere Schulter und spürte seine Knochen, als er sich an ihre Brust presste. Heute stand noch sehr viel mehr auf dem Spiel. Sie überlegte, was Dana nun getan hätte, und spürte plötzlich, wie sie ruhiger wurde. Kalt begegnete sie Janes Reptilienaugen.

»Ich halte das nicht für einen Fehler. Wer bist du?«

Jane lächelte nur, und Evie spürte, wie ihr eiskalt wurde.

»Hol Stift und Papier. Sofort.«

Evie warf Sandy einen Blick zu. Die Frau wirkte entsetzt. »Tun Sie lieber, was sie sagt, Evie«, murmelte sie. Evie blickte auf Erik herab, der zu zittern begonnen hatte. Aber der Zug um seinen Mund war entschlossen, als er der Frau mit der Pistole entgegensah.

Evie fand Papier und Stift in der Kramschublade und wünschte sich innig, Dana hätte die Pistole hier im Hanover House gelassen. »Okay. Ich hab's.«

»Dann schreib jetzt Folgendes: ›Wir gehen. Wenn du dich benimmst, wird Evie überleben.‹ *Los, schreib schon.*«

Evie sah auf Erik herab, und endlich dämmerte es ihr. »Er ist taub. Deswegen …«

Jane sah sie amüsiert an. »Wow, schlaues Mädchen. Aber jetzt mach schon, denn ich will hier raus.«

Evie schrieb die Sätze auf, zeigte dann erst auf ihren Namen, dann auf sich selbst.

Eriks Augen blitzten auf, und sein Kiefer verspannte sich, und plötzlich wirkte er sehr viel älter als zehn. Und Evie wusste, dass er dasselbe wusste wie sie. Niemals würde Jane einen von ihnen am Leben lassen. Sie zwang sich zu einem Lächeln, das nicht wirklich gelang. »Es wird alles gut«, sagte sie und hoffte, dass er es verstand.

»Darauf würde ich nicht wetten, wenn ich du wäre«, sagte Jane. »Wer hat diese Sozialarbeiterin gerufen – du oder Dupinsky?«

Evie hob ihr Kinn. »Ich. Dafür brauche ich Dana nicht.« Das war gelogen, aber sie wusste nicht, wie sie Dana sonst hätte schützen können. »Im Übrigen haben sie und ich uns die ganze Woche gezankt.«

Jane überlegte einen Moment, nickte dann aber. »Ja, das kann man wohl sagen. Und du, die du dich Sozialarbeiterin schimpfst – du hast doch bestimmt in einem Büro hinterlassen, wohin du gehst, richtig?«

Sandy zögerte, offenbar unsicher, was Jane hören wollte. »Das ist Vorschrift«, flüsterte sie schließlich.

Jane lachte. »Na klar. Tja, falls ihr euch dann besser fühlt: Es wäre in jedem Fall so ausgegangen wie jetzt. Leider Gottes kann ich jetzt nicht mehr hier bleiben, und das ist verdammt schade. Das Bett ist zwar steinhart, aber das Gulasch war wirklich lecker. Auf den Boden, auf den

Bauch legen.« Sie machte eine Pause und fügte dann in vertraulichem Tonfall hinzu: »Übrigens hasse ich Sozialarbeiter wirklich aus tiefstem Herzen. Ich dachte, das interessiert euch vielleicht.«

Niemals würde Evie den Blick in Sandys Augen vergessen, als die Frau sich zu Boden bemühte. Sie wusste eindeutig, was passieren würde, und Evie wusste, dass es nichts gab, was sie hätte tun können, um sie zu retten. Ihr blieb nur noch, Eriks Kopf an ihre Brust zu drücken, damit er Sandy nicht sterben sah.

15

Chicago
Mittwoch, 4. August, 12.15 Uhr

Dana begegnete seinem Blick und spürte ein unange-
nehmes Ziehen in den Eingeweiden. »Warum bist
du hier, Ethan?«
Sein Blick wurde nicht weicher. »Ich muss mit dir reden.«
»Nein, ich meine, warum bist du in Chicago?«
Er zuckte zusammen, griff dann in seine Tasche und holte
das Telefon heraus, sah sie dabei jedoch unverwandt an.
»Ja«, sagte er ins Handy. »Ich bin da.«
Dana trat einen Schritt zurück, und er tat es ihr gleich, so
dass der ursprüngliche Abstand beibehalten wurde, und in
diesem Augenblick erwog sie ernsthaft, die Pistole zu ziehen.
»Nein, noch nicht. Sag ihr, sie muss noch etwas warten.«
Er lauschte, dann riss er plötzlich entsetzt die Augen auf,
und die Farbe wich ihm aus dem Gesicht. »Lieber Gott.«
Ein Flüstern. Erschreckt. Seine Lippen zitterten, und er
presste sie aufeinander. »Seine?« Er stieß den Atem aus.
»Ja. Sag ihnen, sie sollen kommen … Sheraton … Okay,
ruf mich an, wenn ihr hier seid.« Er klappte das Telefon
zu. »Du hast eine Pistole in deiner Tasche, Dana – warum?«

Sie schluckte. Er war anders, dieser Ethan. Verschlossen und gefährlich. Kein bisschen wie der Mann, der sie in der Nacht so zärtlich geliebt hatte. »Gefährliche Gegend.« Sie hob ihr Kinn. »Warum bist du in meiner Wohnung, und wer ist die Sie, die noch etwas warten soll?«

»Sie heißt Randi Vaughn. Stans Frau.«

»Richards Bruder.«

»Ja. Randis Sohn Alec ist vor einer Woche entführt worden.«

Dana zuckte mit keiner Wimper, aber jeder Muskel in ihrem Körper verspannte sich. »Und was hat das mit mir zu tun?«

In seinen Augen blitzte es gefährlich auf. »Ich habe Alecs Spur bis hierher, bis nach Chicago verfolgt. Ich habe die Überwachungsvideos in jedem größeren Busbahnhof zwischen Maryland und Chicago angesehen. Das war es auch, was ich am Sonntag getan habe. Was hast du am Sonntag im Busbahnhof gemacht, Dana?«

Ihre Kehle drohte sich zu verschließen. Er wusste es. »Das habe ich dir schon gesagt. Ich habe eine Freundin abholen wollen.«

Seine Augen blitzten erneut. »Warum erzählst du es mir nicht, Dana? Verstehst du denn nicht? Ich weiß, wer du bist und was du machst.«

Ihr Herzschlag ging zu schnell. »Was willst du hier, Ethan?«

Er beugte sich ein wenig vor. »Verdammt, Dana. Freitagabend um zehn Uhr fünfundvierzig hast du eine Frau und einen zwölfjährigen Jungen getroffen. Sie hat dieses Kind entführt, und du versteckst sie.«

Ihr Herz hämmerte nun schmerzhaft. Jane. Erik. Sie hatte geahnt, dass mit ihnen etwas nicht stimmte. Mit dem Jungen. *Aber doch nicht so etwas. Nicht so was. Das muss ein Irrtum sein. Er muss sich irren. Das kann mir doch nicht entgangen sein. Nicht so was.* Sie sah weg, unfähig, seinen Blick noch länger zu ertragen. »Zehn«, murmelte sie. »Er ist zehn.«

Ethan presste die Lippen aufeinander. »Er ist zwölf. Und ich muss es wissen. Er ist mein Patenkind.« Abrupt packte er sie am Arm und zog sie auf die Zehenspitzen, bis ihre Augen nur Zentimeter voneinander entfernt waren. *»Ist er am Leben?«*

Dana nickte. Langsam. Sein Patenkind. Er irrte sich nicht. *Oh lieber Gott.* »Ja. Er ist schwach, reagiert manchmal nicht, aber er lebt.«

»Was meinst du mit, er reagiert nicht? Ist er bewusstlos?«

»Er schläft sehr viel. Und wenn man mit ihm redet, reagiert er nicht.«

»Weil er taubstumm ist, verdammt noch mal. Wo ist er?« Er drückte ihre Schultern verzweifelt und schüttelte sie leicht. »Verdammt, Dana, sag mir, wo er ist!«

Seine Finger bohrten sich in ihr Fleisch, und sie wand sich in seinem Griff. *Er ist taubstumm.* Das erklärte vieles. »Er ist im Frauenhaus. Er ist dort in Sicherheit. Ethan, du tust mir weh!«

Ethan ließ seine Hände sinken, und sie rieb sich die Arme. »Wo ist dein Frauenhaus?«

Ihr Blick flog zu ihm, ihre Augen waren weit und wachsam. »Nein. Das werde ich dir nicht sagen.«

Ethan holte tief Luft, zwang sich, die Wut zu unterdrücken,

sich zu beherrschen, sie nicht noch einmal zu packen und zu schütteln, damit sie endlich *verstand.* »Du begreifst immer noch nicht. Die Frau, die du versteckst, hat ein Kind entführt und verlangt fünf Millionen Dollar Lösegeld. Die Frau, die du versteckst, hat Alecs Eltern gerade mit der Post einen abgetrennten Finger geschickt.«

Sie stand da und starrte ihn an, das Gesicht so blass, dass er glaubte, sie würde ohnmächtig werden. Er packte ihre Arme, als sie zusammensackte. Hievte sie wieder auf die Zehenspitzen. Zwang sie, ihm in die Augen zu sehen. »Die Frau, die du versteckst, hat vier Menschen umgebracht, Dana. *Niemand in deinem Frauenhaus ist in Sicherheit!*«

Sie sackte wie eine Marionette mit durchgeschnittenen Bändern zusammen und ließ sich auf ihre Couch fallen. Voller Schrecken sah sie zu ihm auf. »O mein Gott.« Dann machte das Entsetzen einer schockierten Panik Platz, als sie endlich verstand. Sie schnellte vor. »Evie ist da!« Sie packte seinen Arm und zog sich hoch. »Ich zieh mich an. Warte.« Sie rannte stolpernd in ihr Schlafzimmer, und er folgte ihr und sah zu, wie sie sich den Bademantel herunterriss und Unterwäsche überstreifte. »Ich wusste das nicht. Ich wusste es doch nicht.« Sie murmelte es leise vor sich hin, ein Singsang, der sie antrieb. Ihre Hände nestelten am BH-Verschluss, aber sie schaffte es. Ethan hielt ein T-Shirt bereit und streifte es ihr über den Kopf.

»Beeil dich, Dana, bitte!«

Sie zerrte sich einen Rock über die Hüften und schaute dann zu ihm auf. In ihren Augen lag Schrecken, Angst und ein Schuldgefühl, das Ethan das Herz zusammenzog. »Ethan, ich wusste es nicht. Ich schwöre es dir.«

Er zog sie an sich und drückte sie hart. »Ich weiß, mein Schatz. Los jetzt.«

Wight's Landing, Maryland
Mittwoch, 4. August, 14.00 Uhr

Dora steckte den Kopf ins Büro. »Sheriff, Sie haben einen Sheriff Eastman von Ocean City auf Leitung zwei.«

»Hier spricht Sheriff Moore. Was kann ich für Sie tun?«

»Ich habe Informationen für Sie«, sagte Eastman. »Ihr Bursche Lewis hat gestern Besuch bekommen, direkt nachdem Sie und Janson gegangen sind. Der Name war James Lorenzano. Sie haben sich ein paar Minuten unterhalten, dann ist Lorenzano gegangen. Aber er ist heute wiedergekommen.«

»Oh?« Lou notierte den Namen. »Lorenzano?«

»Ja. Ich habe ihn von meinem Büro überprüfen lassen. Auffällig wegen Verbindungen zur New Yorker Mafia. Zwischen den beiden Besuchen ist Lewis zusammengeschlagen worden.«

»Weiß Janson das schon?«

»Ich habe ihn angerufen. Ich habe versucht, mit dem Jungen zu reden, aber er mauert. Ich halte Sie auf dem Laufenden.«

»Danke.« Lou legte den Hörer mit einem Stirnrunzeln auf. Sicherheitsberater aus Washington, Mafiosi aus New York? Zwei Verlobte, die dreihundert Meilen voneinander entfernt ermordet werden? Und die Vaughns. Die durfte

367

man nicht vergessen. Sie hatten sie angelogen, was den Aufenthaltsort ihres Sohnes betraf.

»Sheriff«, rief Dora. »Janson auf drei.«

Wo sie gerade dabei waren … »Hey, Janson. Ich habe gerade mit Eastman aus Ocean City telefoniert.«

»Er hat mich auch angerufen. Ich wollte Ihnen etwas Neues mitteilen.«

»Hat man etwas in Rickmans Wagen gefunden?«

»Weiß ich noch nicht. Aber ich habe heute die Angestellten im Busbahnhof befragt, und die haben mir gesagt, dass am Freitagabend ein Typ da war, der eine Menge Fragen gestellt hat. Er wollte die Überwachungsvideos sehen. Erzählte irgendetwas von Verletzung gegen Sorgerechtsbestimmungen. Er heißt Ethan Buchanan.«

Lou schrieb den Namen unter Lorenzanos. »Vielen Dank.« Sie wusste noch sehr genau, wo sie Buchanans Namen schon einmal gesehen hatte. Sie legte auf und rief die Homepage von Clay Maynards Geschäft auf. Und da war Buchanan, genau wie sie es in Erinnerung hatte.

»Er hat mit meinen Kindern oft Baseball gespielt«, sagte Huxley, der hereingekommen war und ihr über die Schulter blickte. »Lucinda Banks war seine Großmutter. Hat den Burschen prima erzogen. Ist zu den Marines gegangen.«

Huxley war ihre Hauptinformationsquelle, ob sie es nun wollte oder nicht. Heute aber war sie ausgesprochen zufrieden damit. »Er ist aber nicht mehr bei den Marines.«

»Wurde in Afghanistan verwundet. Er war mit Richard Vaughn dort. Vaughn ist umgekommen.«

»Dann muss er wohl Stan Vaughns älterer Bruder sein, oder?«

Huxleys Lippen bildeten eine dünne Linie. »Der ältere und bessere. Stan kann ihm nicht einmal ansatzweise das Wasser reichen. Ganz große Enttäuschung für Dick und Edna. Jedenfalls waren die Jungs meistens den ganzen Sommer zusammen. Mein Zach war ab und an dabei. Aber Richard und Ethan waren beste Freunde, und irgendwann hatte Zach es satt, das fünfte Rad am Wagen zu sein. Man weiß ja, wie Kinder so sind.«

Also war Mr. Buchanan ein alter Freund der Familie Vaughn. Und er hatte in Morgantown Fragen gestellt.

»Ich denke, ich sollte den Vaughns noch einen Besuch abstatten.«

»Geht nicht.«

Lou sah verwirrt auf. »Wieso nicht?«

»Sind eben mit Stans Privatflugzeug abgehoben. Ich hab beim Tower nachgefragt. Sie fliegen nach Chicago. Sie haben gesagt, sie stünden nicht unter Arrest, daher habe ich sie nicht zurückgehalten. Sie sind übrigens alle weg. Stan und Randi und ihr Hausgast.«

Lou seufzte frustriert. »Fragt sich, ob unser Budget Spielraum für ein Ticket nach Chicago hat.«

Dora erschien in der Tür. »Sie starten vom Reagan National um fünf. Mit der Zeitdifferenz sind Sie um sechs da. Ich habe Ihnen ein Zimmer in einem Vorstadthotel gebucht, um Geld zu sparen. Aber Sie werden einen Mietwagen brauchen. Glauben Sie, dass Sie im dicken Verkehr von Chicago zurechtkommen?«

Lou musste lachen. »Ich weiß nicht, was ich in Boston ohne euch beide gemacht habe.«

Dora strahlte. »Danke, Sheriff.«

»Wenn Sie mir jetzt nur noch sagen können, wo die Vaughns unterkommen, bin ich wunschlos glücklich.«

»Chicago Sheraton«, sagte Huxley etwas verlegen. »Der Kerl, bei dem die Vaughns eingecheckt haben, hat gehört, wie Randi es erwähnte.«

Lou grinste breit. »Huxley, warum sind *Sie* hier eigentlich nicht Sheriff?«

»Weil er dann nicht mehr genügend Zeit zum Angeln hätte«, bemerkte Dora.

Huxleys Gesicht rötete sich bezaubernd. Aber seine Lippen pressten sich zusammen, und er wurde wieder ernst. »Eine Sache noch, Sheriff. Als ich an meinen Schreibtisch zurückkam, lag da ein Paket. An Sie adressiert.«

Lou stand auf, nun ebenso ernüchtert wie er. »Wo ist es?«

»Noch da. Ich hab's nicht angerührt.«

Lou war bereits durch die Tür. »Warum haben Sie mir das nicht gleich gesagt?«

Sie hörte Huxley hinter sich seufzen. »Das ist der Grund, warum nicht ich hier der Sheriff bin.«

Chicago
Mittwoch, 4. August, 13.15 Uhr

Dana schob den Schlüssel ins Schloss. Spürte ihr Herz aussetzen, als die Tür nachgab, noch bevor sie ihn umgedreht hatte. »Sie ist offen. Evie hat mir versprochen, darauf zu achten.« Bilder stürmten in ihr Bewusstsein, und sie schmeckte bittere Galle, als sie sich an den Tag vor zwei Jahren erinnerte, an dem sie Evie blutend und mit einem Strick um den Hals auf dem Boden ihrer Wohnung gefunden hatte. Ein Irrer hatte ihre Freundin zum Sterben liegen lassen. *Dieses Mal habe ich das Ungeheuer selbst hergebracht.*

Sie zitterte inzwischen so stark, dass sie kaum den Türknauf halten konnte. Reiß dich zusammen, Dupinsky. Vielleicht hatte sie ja einfach nur einmal mehr vergessen abzuschließen. Aber noch während sie die Tür aufdrückte, wusste sie, dass das nicht stimmte. Dann sah sie die Gestalt am Boden, erkannte sie sofort und stieß einen gemurmelten Fluch aus.

Mit zwei Schritten war sie neben der Frau, die in einer Blutlache lag, und sank auf die Knie. Drehte sie um. Es war so surreal. Ihr schlimmster Alptraum.

Aber leider war sie wach. Ethan ließ sich neben sie auf die Knie nieder.

»Evie?«, fragte er knapp.

Dana schüttelte den Kopf, verzweifelt bemüht, ihre Gedanken zu ordnen. Ruhig zu bleiben. »Nein.« Es war Sandy Stone. *Evie muss sie angerufen haben,* war alles, was sie denken konnte, während sie der Frau zitternde Finger an den Puls am Hals legte. Und nichts fühlte. Sandy war tot. Etwas war passiert, und Evie hatte Sandy angerufen, damit sie Erik holte. Wo waren Evie und Erik? *Wo ist Jane?*

Dann fragte eine Stimme von der Tür aus: »Wer ist sie, Dana?«

Dana riss den Kopf hoch und entdeckte Mia, Mia mit finsterer Miene und einer Pistole in der Hand. Hinter ihr ragte David auf, sein Gesicht ebenso grimmig. Neben Dana verspannte sich Ethan, dessen Blick auf Mias Waffe fixiert war. »Das ist Sandy Stone«, sagte sie mit zitternder Stimme zu Mia. »Sie ist Sozialarbeiterin im Amt für Familien-förderung.«

Mit scharfem Blick betrachtete Mia Ethan Buchanan, dann senkte sie die Waffe. »Dann ergibt zumindest die Nachricht Sinn.«

»Nachricht?« Dana versuchte, sich auf Mias Gesicht zu konzentrieren.

»Eine Nachricht von Goodman unterzeichnet. Er würde Sozialarbeiter hassen und die Nächste, die es erwischt, seist du. Die Beleidigungen habe ich ausgelassen. Aber Goodman war das nicht, Dana. Die Polizei in Detroit hat ihn in Gewahrsam. Warum also liegt eine tote Sozialarbeiterin auf deinem Küchenboden?«

Dana warf der toten Sandy einen Blick zu, betrachtete dann ihre blutigen Hände und spürte, wie sich ihr Magen umdrehte. Sandy war tot! »Wo ist Evie?«, fragte sie heiser.

»Hier jedenfalls nicht«, sagte David hinter Mia. »Ruby ist nach Hause gekommen, und Dylan schrie, aber sonst war keiner hier. Sie hat meine Nummer am Kühlschrank gefunden und mich angerufen. Und ich habe Detective Mitchell angerufen.«

»Wo ist Alec?«, fragte Ethan gepresst.

David runzelte die Stirn. »Wer?«

Dana zwang sich aufzustehen, obwohl ihre Beine sie kaum tragen wollten. »Er meint Erik.«

Mias Blick richtete sich auf Ethan, der auf die Füße kam. »Ist das Buchanan?«

Dana warf ihm einen Blick zu. Ethan war blass. »Ethan, das ist Detective Mia Mitchell. Sie ist beim CPD. Und meine Freundin. Mia, Ethan sucht nach einem vermissten

Jungen. Eine Frau, die sich selbst Jane Smith nannte, ist am Freitagabend hier eingetroffen. Ich habe sie am Busbahnhof abgeholt. Sie hatte einen Jungen bei sich, der angeblich Erik hieß. Es ist derselbe, den Ethan sucht. Jane hat uns erzählt, er sei ihr Sohn, aber das ist nicht wahr.«

Mia holte alarmiert ihren Notizblock aus der Tasche. »Sie hat den Jungen entführt? Warum?«

»Wegen Geld«, presste Ethan durch die Zähne. »Sie hat fünf Millionen Dollar Lösegeld verlangt.«

Mia warf ihm einen Seitenblick zu. »Privatermittler?«

»Ja«, sagte Ethan bitter.

»Und der Junge? Wer ist er?«

»Alec Vaughn. Mein Patenkind.«

»Mia, Erik war der Junge, dessentwillen Dr. Lee gestern gekommen ist.«

Ethan packte Danas Schulter und zog sie zu sich herum. »Der Mann, der gestern ermordet wurde?«, fragte er barsch.

Dana nickte und verstand endlich alles, was geschehen war.

»Sie glauben, dass diese Jane Dr. Lee getötet hat?«, wollte Mia wissen.

Dana sah zu Ethan auf, der die Augen schloss. »Wir wissen bisher von vier Menschen, die sie getötet hat«, sagte er gepresst. »Dr. Lee wäre der fünfte. Die Sozialarbeiterin ist Nummer sechs. Ich wusste bis vor ein paar Stunden nicht, dass sie hier ist.«

Mia wurde blass. »Sechs Morde. Weiß *irgendeine* Behörde davon?«

Ethan schüttelte den Kopf. »Sie hat gedroht, Alec umzubringen, wenn wir die Polizei kontaktieren.«

Mia sog die Wangen ein, und ihr Blick sagte deutlich, was sie davon hielt. »Dann sollten wir hoffen, dass wir nicht zu spät kommen«, sagte sie barsch. »Wie es aussieht, hat sie den Jungen fortgebracht, denn hier ist er nicht. Ich habe das ganze Haus von oben bis unten durchsucht. War Evie auch hier?«

Danas Magen brannte, als sie sich endlich zugestand, die Worte in ihrem Kopf zu formulieren. Jane hatte Evie. Jane, die schon so viele Menschen umgebracht hatte. Jane, die in Dana alle Alarmglocken ausgelöst hatte. *Ich habe sie hergebracht. Ich habe alle in tödliche Gefahr gebracht.* »Ja.« Ihre Stimme klang selbst in ihren Ohren fremd. »Evie hätte Erik nicht allein gelassen.« Evie, die in ihrem kurzen Leben schon viel zu viel durchgemacht hatte. *Bitte, lass Evie am Leben sein. Bitte.*

»Detective«, sagte Ethan langsam und verzog das Gesicht. »Hatte Dr. Lee noch alle Finger, als Sie ihn gefunden haben?«

Dana presste sich die Finger auf die Lippen, als ihr Magen heftig revoltierte.

Mia sah ihn angewidert an.

»Ja. Bitte sagen Sie mir nicht …«

»Alecs Eltern haben heute einen abgetrennten Finger – einen Männerfinger – erhalten. Sie sind gerade auf dem Weg nach Chicago.«

Mia stieß den Atem aus. »Herr im Himmel. Ich muss das hier melden und meinen Partner herholen. Dana, setz dich hin. Du wirst gleich ohnmächtig. Mr. Buchanan, wir werden uns unterhalten müssen, und das wird ganz sicher keine nette Plauderei.«

Ethan zog einen Stuhl unter dem Tisch hervor und drückte Dana sanft darauf nieder. Ihre Augen waren glasig, und sie konnte den Blick nicht von der Toten auf dem Boden lösen. »Ich weiß«, sagte er grimmig. »Und ich muss Alecs Eltern anrufen und ihnen sagen, dass ich die Spur wieder verloren habe.« Er nahm das Handtuch von der Arbeitsfläche und wischte Danas blutige Hände ab. »Und, glauben Sie mir, Detective, da rede ich sehr viel lieber mit Ihnen.«

Chicago
Mittwoch, 4. August, 16.30 Uhr

Detective Mia Mitchell wanderte unruhig im Raum umher, während ihr Partner am zerschrammten Tisch im Verhörraum saß. Detective Abe Reagan hatte bisher wenig gesagt und ihn nur mit seinen durchdringenden blauen Augen angestarrt, so dass Ethan sich am liebsten wie ein getadeltes Kind geduckt hätte.

Dana saß an Ethans Seite, hielt ihre Oberarme umfasst und die Augen geschlossen, während er noch einmal erzählte, was geschehen war. Als Ethan Paul McMillan, Cheryl Rickman und Alicia Samson erwähnte, sackte sie ein Stück in sich zusammen, und sie wirkte so erschüttert und zerbrechlich, dass er es nicht wagte, sie zu berühren. Und so ließ er seine Hände bei sich, obwohl er sich nichts mehr wünschte, als sie in den Arm zu nehmen, sie zu trösten und vielleicht selbst ein bisschen Trost zu bekommen.

Zwei ihrer Freunde waren tot, und Evie war fort.

Und Alec auch. Sie waren eine Stunde zu spät gekommen. Er hatte versucht, Clay und Randi zu erreichen, war aber immer nur in der Voice-Mail gelandet. Sie waren noch in der Luft. Sobald sie landeten, musste er ihnen die Wahrheit sagen. Die Frau, die Alec entführt hatte, war ihnen erneut entwischt.

»Und was passierte, als Sie nach Chicago gekommen sind, Mr. Buchanan?«, drängte Detective Reagan, als Mitchell nur ihre Wanderung fortführte.

Ethan seufzte und setzte seine Geschichte fort. »Ich ging zum Busbahnhof, wie ich es in allen anderen Städten auch getan habe. Habe der Sicherheit dort gesagt, es ginge um einen Sorgerechtsstreit.«

Reagan zog eine dunkle Braue hoch. »Mit anderen Worten, Sie haben gelogen.«

Ethan begegnete seinem Blick. »Ich habe gelogen. Ich habe mir alle Überwachungsbänder nacheinander angesehen. Dann bekamen die Vaughns am Montag wieder eine E-Mail.«

Dana schlug die Augen auf und warf ihm einen verwirrten Blick zu. »Das war, kurz nachdem wir zusammen gefrühstückt hatten«, sagte er sanft, dann straffte er sich und fuhr fort. »Darin hieß es, Alec würde noch leben und dass wir gut daran getan hätten, die Polizei aus dem Spiel zu lassen. Das Lösegeld sollte fünf Millionen betragen, Einzelheiten der Übergabe würden folgen. Ich verfolgte die Mail zu einem Copy-Store zurück. Und entdeckte dieselbe Frau, die ich auf den Bändern in Indianapolis und Columbus gesehen hatte.«

Mia stoppte ihre Wanderung. Und wandte sich um, um

ihn mit größter Verachtung zu mustern. »Und die Polizei hineinzuziehen ist Ihnen nicht ein einziges Mal in den Sinn gekommen?«

»Natürlich ist es das«, sagte Ethan heiser. »Jede verdammte Minute eines Tages. Aber die Frau hatte Alec und wusste, dass wir noch nichts gemeldet hatten. Verdammt, ich hatte doch gesehen, wozu sie imstande war. Ich habe den Mann im Schuppen gesehen. Sie hat gedroht, Alec umzubringen, und ich habe ihr geglaubt.«

»Wann hatten Sie denn vor, zu uns zu kommen, Mr. Buchanan?«, fragte Reagan ruhig.

Ethans Lachen war vollkommen humorlos. »Sobald ich etwas für Sie hatte. Was mit jedem Tag unwahrscheinlicher erschien. Dennoch beschlossen wir, Sie trotzdem anzurufen. Heute Morgen, um es genau zu sagen. Und dann sah ich Dana auf dem Band und konnte nur noch daran denken, Alec zu holen.«

Mitchell packte einen Stuhl, drehte ihn um und setzte sich rittlings darauf. »Was für E-Mails hat es noch gegeben, Mr. Buchanan?«, knurrte sie.

Guter Cop, böser Cop. Ethan kannte das Schema. Mitchell und Reagan waren ein gut eingespieltes Team. »Am nächsten Tag – das war gestern – kam eine weitere. Diesmal aus einem Internet-Café in einem Buchladen. In der Mail standen die Angaben für das Konto, auf das das Lösegeld gezahlt werden sollte. Sie hat ihnen bis heute Zeit gegeben, oder das nächste Päckchen würde etwas Kleineres enthalten. Wir hatten keine Ahnung, was sie damit meinte, bis die Vaughns heute Nachmittag eine Sendung bekamen … mit dem blutigen Finger eines erwachsenen Mannes.« Er schluckte. Ein Bild blitzte vor seinem inneren Auge auf. Alecs Hände. Seine unverletzten Hände. Und Ethans Magen hob sich, als er mit aller Gewalt versuchte, den Gedanken niederzuzwingen. »Ich darf mir nicht einmal … Gott.« Er sprang auf die Füße, schauderte, stemmte die Hände auf den Tisch. Atmete, so ruhig er konnte, hob dann den Kopf und sah mit verzweifeltem Trotz in Mitchells klare Augen. »Sie hat mein Patenkind, Detective. Wissen Sie, was aus seinem Leben wird, wenn seine Hände verletzt werden? Er ist taubstumm. Er benutzt seine Hände zur Kommunikation. Ich hätte zu Ihnen kommen sollen. Ich weiß, ich hätte es tun müssen, aber ich habe die ganze Zeit nur an Alec gedacht, an einen zu Tode erschreckten und hilflosen Alec.«

Tödliches Schweigen herrschte in dem ungemütlichen Raum, während Mitchell und er einander anstarrten. Dann sah er eine Bewegung aus dem Augenwinkel, und er spürte, wie Dana ihre Hand über die seine legte, die noch immer fest auf den Tisch gepresst war. Wieder schauderte er, ließ das Kinn auf die Brust sinken und spürte, wie seine Knie nachzugeben drohten. Eine so schlichte Geste, und doch war er es, der nun vollkommen erschüttert war. Es dauerte einen Moment, bis er merkte, wie kalt ihre Hände waren. Sie zitterte und rieb sich den Oberarm mit der freien Hand. Ethan streifte sich entschlossen das Jackett ab und legte es ihr um die Schultern.

»Geht's?«, murmelte er, und sie nickte.

»Wessen Ausweis hat sie dieses Mal benutzt, Mr. Buchanan?«, fragte Mitchell mit nun ruhiger Stimme.

Ethan begegnete wieder Mitchells Blick und sah, dass die

Verachtung beinahe daraus verschwunden war. »Der Name auf dem Ausweis, den sie gestern im Buchladen verwendet hat, war Kristie Sikorski.«

Mitchell und Reagan wechselten einen Blick. »Wir haben sie gestern Nachmittag gefunden«, sagte Reagan ruhig. »Sie ist tot.«

Ethan ließ die Schultern nach vorne fallen. »Ich weiß. Ich wollte heute Morgen zu Ihnen kommen. Dann entdeckte ich sie und Alec auf dem Überwachungsband, sah, wie Dana sie begrüßte, und fuhr direkt zu ihrer Wohnung. Von dort machten wir uns auf den Weg zum Frauenhaus. Den Rest kennen Sie.«

Reagan neigte nachdenklich den Kopf. »Und Sie haben keine Ahnung, wer diese Frau ist?«

»Wenn ich das wüsste, wäre ich schon vor Tagen zu Ihnen gekommen. Ich weiß weder, wer sie ist, noch, warum sie es getan hat, außer, dass sie sich fünf Millionen Dollar verdienen will.«

Reagan zuckte die Achseln. »Das Geld kann Grund genug sein.«

Mia wandte sich an Dana, die das ganze Verhör über noch kein Wort gesagt hatte. Sie hatte einfach nur dagesessen und zugehört und war mit jeder Enthüllung ein wenig bleicher geworden. »Dana, erzähl uns von Jane.«

Dana holte tief Luft und sammelte sich sichtlich. »Als ich sie abholte, war sie ziemlich zerschlagen. Jemand hatte sie misshandelt, und das vor nicht allzu langer Zeit.«

Reagan warf Mitchell einen Blick zu. »Mir sind schon Leute begegnet, die sich selbst verletzten, um die Ermittler auf die falsche Fährte zu locken, aber es ist selten.«

Dana schob eine Hand unter dem Jackett hervor und presste sich die Fingerspitzen gegen die Schläfe. »Ich habe Anzeichen dafür entdeckt, dass sie sich selbst vor längerer Zeit verletzt hat. Vor so langer Zeit jedenfalls, dass die Narben bereits verblasst sind. Aber sich selbst ins Gesicht schlagen? Diese Platzwunden waren brutal. Ich kann mir nicht vorstellen, dass man sich so etwas selbst antun kann.«

Mitchell runzelte die Stirn. »Könnte sie einen Komplizen haben, Buchanan?«

»In ihren E-Mails stand immer ›wir‹. Ich hatte Probleme, mir vorzustellen, dass sie McMillan so leicht überwältigt haben konnte, aber auf den Bändern habe ich nie jemand anderen außer Jane und Alec gesehen.«

»War Alec auch misshandelt worden?«, fragte Reagan.

Dana schüttelte den Kopf. »Wir haben jedenfalls nichts gesehen. Evie hat einmal seinen Rücken untersucht, als Jane gerade zum Rauchen draußen war, aber da hat sie auch nichts entdeckt. Jane hat uns allerdings nie erlaubt, ihn uns intensiver anzuschauen.«

Reagans dunkle Brauen wanderten aufwärts. »Und das hat Sie nicht misstrauisch gemacht?«

Danas Augen blitzten trotzig auf. »Zuerst nicht. Unsere Klientinnen haben in der Regel arge Probleme, jemandem zu vertrauen. Das schließt uns anfangs immer mit ein.«

Reagan ließ sich nicht beirren. »Und später? Sind Sie dann misstrauisch geworden?«

Danas Schultern fielen nach vorne. »Ja. Bis Sonntag haben wir uns eine Menge Fragen gestellt. Caroline war die Erste, die einen Verdacht hatte, dass etwas nicht stimmte. Jane wurde wütend, als Caroline ihr sagte, sie dürfe im Bad nicht rauchen. Caroline meinte, Jane hätte sie an ihren Ex-Mann erinnert.«

Mitchells Augen weiteten sich. »Tatsächlich? Wann war das genau?«

»Sonntagnachmittag, als Evie zu Lillians Beerdigung gegangen ist.«

Mitchell und Reagan tauschten einen Blick. »Das Timing ist in der Tat interessant«, murmelte Mitchell.

Dana sah sie entsetzt an. »Oh nein, Mia. Du denkst doch nicht, dass Jane ... aber Goodman ...«

»Die Detroiter Polizei sagt, er sitzt bei ihnen ein, seit er seine Frau umgebracht hat.«

Dana schüttelte den Kopf. »Aber Jane war im Hanover House, als ich Evie Montagabend anrief. Das weiß ich genau. Ich habe extra nachgefragt, ob alle anwesend waren. Ich habe mir Sorgen wegen Goodman gemacht.«

Ethan erinnerte sich wieder an den Anruf, den sie aus dem Krankenhaus gemacht hatte. Sie hatte sich mit dem Mädchen gestritten, ihr gesagt, sie solle dort bleiben und auf das Haus aufpassen. Nun ergab das Gespräch einen Sinn. »Wer ist Goodman?«

Dana warf ihm einen knappen Blick zu und zog die Jacke enger um sich. »Eine meiner ehemaligen Klientinnen wurde letzte Woche von ihrem Mann umgebracht. Wir dachten, dass Carolines Unfall ein Racheakt von seiner Seite war. Wir haben auch überlegt, ob er Dr. Lee getötet hat.«

Er dachte an den wilden Ausdruck in ihren Augen, als sie am Abend zuvor vor seiner Hotelzimmertür gestanden hatte. Nun ergab auch das einen Sinn. Dass ihre Arbeit sie in Gefahr brachte, schien sie nicht weiter zu belasten. Dass ihre Freunde in Gefahr waren, aber sehr wohl. Es machte ihn krank, dass sie sich so wenig um ihre eigene Sicherheit kümmerte. Dennoch gelang es ihm, seine Stimme ruhig zu halten. »Aber Goodman war es nicht.«

»Nein«, flüsterte sie. »Jane war es. Und ich habe sie ins Haus gebracht.«

Mitchell beugte sich zu Dana herunter. »Hattest du einen Verdacht, dass sie eine Mörderin sein könnte?«

Dana schüttelte den Kopf. »Nein. Ich war der Meinung, dass sie für sich selbst eine Gefahr bedeuten könnte. Evie glaubte, dass sie ihrem Sohn zu viel Medikamente gab. Aber dass sie töten könnte? Das ist mir nicht in den Sinn gekommen.«

»Dann ist es auch nicht deine Schuld. Caroline wäre die Erste, die dir das sagen würde. Und Evie täte es auch.«

»Caroline darf aber davon nichts erfahren, Mia. Bitte.«

Von Panik erfasst blickte Dana von Mitchell zu Reagan. »Sie darf sich unter keinen Umständen aufregen. Und es gibt ja auch nichts, was sie für Evie tun könnte.«

»Ich werde mein Bestes geben, um die Sache von ihr fernzuhalten.« Mitchell drückte Danas Hand und schenkte ihr ein aufmunterndes Lächeln. »Wir sagen Max, er soll sie auf QVC einschwören, so dass sie nicht auf die Idee kommt, Nachrichten einzuschalten.« Sie glitt von der Tischkante, und als sie sich Ethan zuwandte, wurde ihre Miene wieder streng. »Kommen Sie nicht auf die Idee, die Stadt zu verlassen. Und informieren Sie mich sofort, wenn die Vaughns eingetroffen sind.«

»Wird die Sache ans FBI weitergegeben?«, fragte Dana.

»Das entscheidet unser Lieutenant«, antwortete Reagan.

»Es ist möglich, weil der Junge über Staatsgrenzen gebracht wurde. Andererseits handelt es sich jetzt um eine Mordermittlung in unserem Zuständigkeitsbereich. Wir werden es Sie wissen lassen, wenn eine Entscheidung getroffen ist.«
Ethan kam auf die Füße. Leicht schwankend. Sein Kopf schmerzte, und er kam inzwischen wieder auf achtzehn Stunden Wachzustand nach den wenigen Stunden Schlaf, die er sich gegönnt hatte. Während Dana neben ihm geschlafen hatte. Es kam ihm vor, als sei es eine Ewigkeit her.
»Können wir gehen?«
»Ja.« Mitchell zog die Brauen zusammen. »Alles in Ordnung, Mr. Buchanan?«
»Ja. Nur müde.« Es war nur noch eine Frage der Zeit, bevor alles um ihn herum schwarz werden würde. Und er wollte nicht ausgerechnet hier bei der Polizei eine Pille einwerfen müssen. Er zog Dana auf die Füße und legte ihr einen Arm um die Schultern. Sie sank augenblicklich gegen ihn. »Wir nehmen ein Taxi zum Hotel, Detectives. Ich rufe Sie an, wenn die Vaughns da sind.«

Chicago
Mittwoch, 4. August, 17.30 Uhr

»Das ist ein Alptraum«, flüsterte Dana. Sie blickte auf die Fahrstuhlanzeige, während der Lift sie in den vierzigsten Stock brachte, wo die Vaughns ihre Suite hatten. Zwanzig Stockwerke höher, als sie gestern Abend gefahren war, als sie Ethan so gebraucht hatte. Und sie brauchte ihn auch jetzt.

Auf der Fahrt ins Hotel hatte sich etwas verändert. Sein Handy hatte geklingelt, es war sein Partner Clay gewesen. Und Ethan hatte ihm sagen müssen, dass er die Spur des Jungen erneut verloren hatte. »Sag Randi, dass es mir leid tut.« Es gab eine Pause, dann verzog er das Gesicht. »Noch nicht«, sagte er. »Aber der Abend ist noch jung.« Dann hatte er das Gespräch beendet und stur geradeaus geblickt.

»Was?«, hatte sie gefragt und die Antwort gefürchtet. »Noch nicht was?«

»Clay wollte wissen, ob die Polizei Anklage erhoben hat«, hatte er geantwortet, ohne sie anzusehen. Dann hatten sie beide geschwiegen, aber je näher sie dem Hotel kamen, desto drückender war das Schweigen geworden. Und plötzlich hatte sich seine ganze Körperhaltung verändert, und er hatte in seiner Tasche nach einer Packung Tabletten gesucht.

Er habe Augenmigräne, hatte er ihr gesagt, und er hatte im Taxi einen Anfall bekommen. Er hatte dort gesessen, die Augen fest geschlossen, die Fäuste geballt, der ganze Körper angespannt. Hatte sich vollkommen in sich zurückgezogen. Auch als seine Sicht zurückgekehrt war, hatte er kein einziges Wort gesagt. Und nun stand er allein im Fahrstuhl wie ein Krieger in voller Rüstung – eine Rüstung, die unsichtbar, aber nichtsdestoweniger vorhanden war. *Und sie schützt ihn auch vor mir.*

Endlich hielt der Fahrstuhl, und die Türen öffneten sich mit einem leisen Klingeln. Ganz der Gentleman ließ er sie zuerst hinaus.

»Sie haben die Suite 4006«, sagte Ethan und setzte sich in Bewegung.

Dana blieb stehen und sah ihm nach, bis er etwa fünfzehn Schritte gegangen war und sich umdrehte. »Kommst du?« Sie schluckte. »Ja, das habe ich ja gesagt. Ich habe gesagt, dass ich Eriks Mutter gegenübertrete.«

Etwas zuckte in Ethans Gesicht. »Alec. Er heißt Alec.«

»Ich sagte, ich trete Alecs Mutter gegenüber«, korrigierte sie sich und wünschte, sie hätte sich so ruhig fühlen können, wie sie sich gab. »Ich weiß, dass sie wütend auf mich sein wird. Und sie hat ein Recht darauf. Aber ich muss wissen, ob du dich auf ihre Seite schlägst. Ob du auch wütend sein wirst. Falls ja, dann muss ich …« Was? Weglaufen? In Tränen ausbrechen? Damit würde wohl keinem gedient sein, am wenigsten Evie und Alec.

»Mich darauf vorbereiten«, sagte sie schließlich. »Ethan, ich weiß, dass diese Leute deine Freunde sind. Du kennst sie fast dein Leben lang. Ich erwarte nicht, dass du mich auf ihre Kosten schützt. Aber wenn ich gleich ganz allein dort stehe, dann muss ich das jetzt wissen.«

Ethan schien plötzlich in sich zusammenzusinken, und obwohl Dana am liebsten zu ihm gerannt wäre, hielt sie den Abstand von fünfzehn Schritten bei. »Es tut mir leid«, sagte er heiser. Er machte einen unsicheren Schritt auf sie zu. Dana setzte sich in Bewegung, traf ihn auf halber Strecke, und wieder lag sie in seinen Armen, und wieder empfand sie Trost. »Es tut mir so leid.« Seine Stimme bebte. »Ich habe alles verdorben.«

Dana holte tief Luft, nahm seinen Duft in sich auf. Spürte, wie etwas in ihrem Inneren ruhiger wurde. »Das haben wir wohl beide. Aber ich würde sagen, dass wir die besten Absichten hatten.«

»Falls die Polizei Anklage erhebt …« Er legte seine Wange auf ihren Kopf. »Ich habe schon Clay mit hineingezogen. Du sollst nicht auch noch darunter leiden.«

Sie stieß erleichtert den Atem aus. Und wusste in diesem Augenblick, dass sie ihm die Wahrheit sagen würde. Bald.

»Das werde ich nicht. Das liegt gar nicht in deiner Verantwortung.« *Dafür sorge ich schon selbst.* »Was habe ich angerichtet, Ethan?«

Sein Gesicht nahm einen verzweifelten Zug an. »Nichts Schlimmeres als ich. Randi weiß, dass wir Alec wieder verloren haben. Dass die Polizei jetzt involviert ist. Lass es uns einfach hinter uns bringen.«

Gary, Indiana
Mittwoch, 4. August, 17.30 Uhr

Alec hatte dieses Fast-Food-Restaurant schon einmal gesehen. Es war schwer, den fünf Meter großen Hahn in Baseballuniform auf dem Dach des Ladens zu übersehen. Sie fuhren im Kreis. Es kam ihm vor, als seien sie Stunden unterwegs, seit sie das Haus der vernarbten Frau im Wagen der toten Frau verlassen hatten. Er hatte Papiere im Auto gesehen, Briefe, auf deren Kopf »Amt für Familienförderung« stand. Das Mädchen mit der Narbe hatte nicht die Polizei gerufen. Sie hatte eine Sozialarbeiterin gerufen.

Die jetzt tot war.

Mit einem Kopfschuss getötet. Er hatte es nicht gesehen. Das Mädchen mit der Narbe hatte sein Gesicht verborgen. Ihr Name war Evie. Das hatte auf der Nachricht gestanden, die sie geschrieben hatte. Nun wusste er, dass er ihr trauen konnte. Nun war es zu spät. Sie wurden von der weißäugigen Frau fortgebracht, deren Namen er noch immer nicht kannte. Deren Motive ihm jetzt genauso schleierhaft waren wie in der Nacht, in der er sie im Strandhaus zum ersten Mal gesehen hatte. Das war sieben Tage her. Und das wusste er, weil er heute Morgen in der Küche eine Zeitung gesehen hatte. *The Chicago Tribune.*

Heute war Mittwoch. Er war seit sieben Tagen fort und wusste nicht, ob seine Mutter noch am Leben war.

Sie waren zuerst eine ganze Weile gefahren, er auf dem Vordersitz, Evie hinten. Als er einmal einen raschen Blick nach hinten geworfen hatte, hatte sie angstvoll ausgesehen. Aber sie hatte ihm ihr seltsames halbes Lächeln geschenkt und lautlos gesagt, er solle keine Angst haben. Er konnte manche Worte recht gut von den Lippen lesen, und auch diesmal gelang es, obwohl sich nur eine Hälfte von Evies Mund bewegte.

Er versuchte, ruhig zu atmen, nicht in Panik zu geraten, aber sein Herz hämmerte viel zu stark. Er war von einer Mörderin entführt worden. Er hatte geglaubt, dass nun er an der Reihe war, als sie dem Wagen der alten Frau in eine Seitenstraße gefolgt war und ihn gezwungen hatte, auszusteigen. Er war froh, dass er lange kein Wasser getrunken hatte, andernfalls hätte er sich bestimmt vor lauter Angst in die Hose gemacht. Aber sie hatte ihn nicht erschossen. Sie hatte die alte Frau aus dem Wagen gezerrt und sie niedergeschlagen. Dann hatte sie ihn auf den Beifahrersitz geschubst und Evie in den Kofferraum gesperrt.

Alec sah, wie der Riesenhahn im Seitenspiegel kleiner

wurde, und konzentrierte sich auf das nächste vertraute
Gebäude, eine alte High School. Er hatte das Schild im
Vorbeifahren gelesen und es in seinem Gedächtnis gespeichert. Er hatte sich in den letzten Minuten jedes einzelne
Gebäude gemerkt, denn er musste wissen, wo er sich befand, wenn ihm die Flucht gelingen sollte. Und sie würde
gelingen. Er wusste nicht, wie, aber er musste weg.
Seit Tagen schon hatte er sich gesagt, dass er etwas unternehmen müsse, aber er war so müde gewesen. So schlapp
– zu schlapp, um sich zu bewegen. Nun jedoch war er
wach, sein Verstand war klar. Er hatte seit dem Morgen
nichts mehr genommen, und die letzte Pille hatte er aus-
spucken können, als Weißauge hastig das Zimmer verlassen musste. Aber er machte sich Sorgen wegen des anderen
Medikaments – das Keppra. Dass er einen Anfall bekommen würde, wenn er nicht genug davon bekam. Ein Anfall
wäre schlecht, sehr schlecht. Aber darüber durfte er sich
jetzt noch keine Gedanken machen.
Nun musste er eine Möglichkeit finden, zu entkommen
und Evie zu befreien. Er musste etwas tun.

Chicago
Mittwoch, 4. August, 17.35 Uhr

Ethan wäre mit Freuden einer kompletten Feuerwehrtrup-
pe gegenübergetreten, wenn er dafür nicht an die Tür des
Zimmers Nummer 4006 hätte klopfen müssen. Er stand davor und starrte darauf, bis Danas Arm sich um seine Hüfte
schob und leicht drückte. Dann klopfte sie an seiner Stelle.

Clay öffnete und musterte Dana wortlos von Kopf bis Fuß, bevor er Ethan ansah. »Du hast es der Polizei gesagt?«

Ethan nickte. »Ja, alles. Ich habe versucht, dich so weit wie möglich herauszuhalten.«

Clay zuckte die Achseln. »Das dürfte jetzt wohl vergeblich sein.« Er streckte Dana die Hand entgegen. »Clay Maynard. Ethans Partner.«

»Ich bin Dana Dupinsky.« Ethan beobachtete, wie ihr Kinn sich hob, als sie Clays Hand schüttelte, und spürte durch die Furcht, die beinahe seine Kehle verschloss, einen Hauch von Stolz auf ihre Haltung. »Ich leite ein Frauenhaus.«

»Kommen Sie rein. Wir haben auf Sie gewartet.«

Randi saß auf dem Sofa, Stan auf einem Stuhl. Alle Augen waren auf Dana gerichtet. Ethan fühlte ihr Zittern an seiner Seite, aber sie stand aufrecht da und hielt sich, den Arm noch immer um seine Hüfte, an ihm fest.

Clay zog ihr einen Stuhl heran, aber sie schüttelte den Kopf. »Nein, danke. Ich stehe lieber.«

»Dana«, murmelte Ethan. »Setz dich, bevor du mir umfällst. Bitte.« Also gehorchte sie, und Ethan stellte sich – sowohl buchstäblich als auch sinnbildlich – hinter sie. Er legte seine Hände auf ihre Schultern und drückte sie leicht. »Randi, das ist Dana Dupinsky. Alec war von Freitagnacht bis zu diesem Nachmittag in ihrem Frauenhaus.«

Dana wäre am liebsten zusammengezuckt unter dem Blick, den die Frau ihr zuwarf. Sie hatte Wut erwartet, war aber nicht auf das pure Gift vorbereitet, das in die Augen der Frau trat. »Mrs. Vaughn.«

Randi Vaughns Gesicht wirkte wie versteinert. »Sie haben diese Bestie bei sich zu Hause versteckt. Mit meinem Sohn.«

»Nein, Ma'am«, sagte Dana ruhig. »Es ist nicht mein Zuhause sondern ein Zufluchtsort für Frauen, die von ihren Männern verprügelt worden sind. Die Frau, die sich Jane nannte, schien Hilfe zu brauchen.«

Ethan drückte sie erneut. »Sie ist vollkommen lädiert angekommen, Randi. Ich habe ihre Verletzungen auf dem Überwachungsvideo im Busbahnhof gesehen. Dana hatte keinen Grund zu glauben, dass sie log.«

Randi warf ihm einen zornigen Blick zu. »Sie hat zugelassen, dass diese Bestie Alec wehtut.«

Dana gelang es, sich in Erinnerung zu rufen, dass diese Mutter in der vergangenen Woche die Hölle durchgemacht hatte. »Diese Bestie hat zwei Freunde von mir umgebracht und eine weitere Freundin als Geisel genommen.« Ihre Kehle verengte sich, und sie räusperte sich, als Ethan ihre Schultern streichelte. »Dies ist eine furchtbare Sache, Mrs. Vaughn, und ich kann Ihnen gar nicht sagen, wie leid es mir tut, aber ich hätte niemals *zugelassen,* dass Jane Ihrem Sohn etwas antut.«

»Sie hat meinen Sohn betäubt«, schrie Randi plötzlich. Tränen quollen aus ihren Augen. »Und Sie wollen ein *Profi* sein?« Sie spuckte das Wort förmlich aus. »Wie konnte Ihnen das entgehen?«

Danas Lippen zitterten, und sie presste sie schnell zusammen. Mrs. Vaughn hatte offenbar ein Talent dafür, wunde Punkte zu berühren. »Es ist mir nicht entgangen. Ich habe einen Arzt, dem ich vertraue, gerufen, damit er Ihren Sohn untersucht. Jane kam früher zurück als erwartet, und nun ist dieser Arzt tot. Meine Assistentin hat heute das Jugendamt angerufen, damit jemand Ihren Sohn holen kommt, und nun ist die Sozialarbeiterin tot und meine Assistentin weg.« Ihre Stimme zitterte, und sie räusperte sich wütend, bis sie sich wieder unter Kontrolle hatte. »Wir haben alles getan, was wir normalerweise tun.«

»Aber hier geht es nicht um eine normale Situation«, beendete Clay freundlich die Überlegung, und Dana bedachte ihn mit einem anerkennenden Blick. »Miss Dupinsky, Sie sind nämlich die Einzige hier, die ihr Gesicht gesehen hat. Können Sie uns irgendetwas sagen, das auch hilfreich sein kann?«

»Ich habe dem Zeichner bei der Polizei eine Beschreibung gegeben. Ethan hat das Bild.« Sie blickte über ihre Schulter auf und sah, dass Ethan die Skizze bereits hervorgeholt hatte. Sie wandte sich wieder Clay zu. »Sie hat eine Tätowierung auf der rechten Schulter, ungefähr sieben mal zehn Zentimeter groß. Ich habe sie aber nie ganz gesehen. Außerdem habe ich Narben auf ihren Armen entdeckt. Sie muss sich vor lange Zeit selbst Schnitte zugefügt haben, was mich überhaupt erst darauf gebracht hat, dass mit ihr etwas nicht stimmt. Aber das, was am auffälligsten an ihr war …« Sie brach ab und rieb sich die Arme, die erneut von einer Gänsehaut überzogen waren. »Sie hatte unheimliche Augen. Ein sehr, sehr helles Blau. Beinahe durchscheinend.«

Ethan hielt das Bild Clay hin, der es sich ansah, bevor er es an Stan Vaughn weitergab. Stan hatte noch kein Wort gesagt, seit Dana und Ethan das Zimmer betreten hatten.

»Und?«, fragte Clay, aber Stan schüttelte den Kopf. Traurig, dachte Dana.

»Ich habe sie noch nie zuvor gesehen«, sagte er ruhig und reichte die Zeichnung an seine Frau weiter.

Dana seufzte. »Sie hat Ihren Sohn nicht Alec genannt. Sie sagte …«

»Erik«, flüsterte Randi. »Sie hat ihn Erik genannt.«

Ethans Hände fassten Danas Schultern fester, als alle Köpfe zu Randi herumfuhren. Das Gesicht der Frau war so bleich, dass Dana glaubte, sie würde gleich ohnmächtig werden. Das Blatt in ihren Händen zitterte heftig.

»Woher weißt du das, Randi?«, fragte Ethan leise.

Randi Vaughn schaute auf. Ihre Augen waren weit und wild und voller Entsetzen. Nichts Giftiges oder Hasserfülltes war mehr darin zu sehen. Nur noch Schrecken. »Weil er so heißt.«

Dana wandte sich um und schaute zu Ethan auf, nur um festzustellen, dass er genauso schockiert war wie alle anderen auch. Randi legte die Zeichnung vorsichtig zur Seite, und tiefes Schweigen legte sich über sie.

Randi faltete die Hände im Schoß. »Weil sie seine Mutter ist.«

16

Chicago
Mittwoch, 4. August, 18.15 Uhr

Jane setzte sich auf die Kante des Motelbetts, das schwarze Metall ihrer Pistole im krassen Gegensatz zum Rostrot der Überdecke. »Ich bin extrem verärgert. Fessel ihn fester, oder ich bringe dich um.«

Evie warf Jane einen knappen Blick aus dem Augenwinkel zu, während sie sich bemühte, Eriks Hände mit einem Band zusammenzubinden. Jane sah in der Tat extrem verärgert aus. Aber es war eine seltsame Beschreibung für eine Frau, die vor ihren Augen eine andere erschossen hatte. »Ich fessel ihn, so fest ich kann«, sagte Evie möglichst ruhig. »Aber meine Hand ist behindert.«

»Ach ja.« Jane lächelte und wirkte dabei wirklich amüsiert. »Dein Zusammenstoß mit einem anderen Killer vor ein paar Jahren. Du hast wirklich Pech, Evie.«

»Tja, das kann man wohl sagen«, murmelte Evie. Sie strich Erik übers Haar. »Es tut mir leid«, formulierte sie lautlos in der Hoffnung, er würde es verstehen. Er blinzelte. Zweimal hintereinander, langsam. Erik schien mehr zu verstehen, als Evie anfangs geglaubt hatte. Sie dachte an seinen Gesichtsausdruck, als sie ihn aus der schützenden Umarmung freigegeben hatte, nachdem Jane Sandy erschossen hatte. Seine Miene hatte grimmige Akzeptanz ausgedrückt, als sei dies nicht die erste Leiche, die er gesehen hatte. »Warum, Jane?«

Jane zog eine Braue hoch. »Warum ich dich und das Kind entführt habe?«

Evie war ruhiger, als sie es von sich selbst erwartet hätte. Zwei Jahre zuvor hatte sie um ihr Leben gefleht, ohne dass es etwas genützt hatte. Rob Winters hatte sie mit dem Messer malträtiert, sie vergewaltigt, gewürgt und einfach liegen gelassen. Es war nur Danas panischem Notruf zu verdanken gewesen, dass sie überhaupt noch lebte.

Dieses Mal hatte sie keinerlei Absicht, um ihr Leben zu flehen. Sie hatte die letzten Stunden zusammengekauert und voller Furcht im Kofferraum einer Fremden verbracht, ohne dass es sie in irgendeiner Hinsicht weitergebracht hätte. Jane richtete noch immer die Waffe auf sie. Und Jane hatte noch immer Erik, wer immer er war.

Jane würde sie töten. *Ich habe schon einiges durchgemacht. Ich bin in Winters' Händen beinahe gestorben. Und bevor das alles vorbei ist, wird Jane mich umbringen.* Irgendwie war dieses Wissen ihr ein Trost. Denn sie hatte nichts mehr zu befürchten.

»Nein, ich erwarte nicht, dass du mir sagst, warum du Erik entführt hast«, antwortete Evie ruhig. »Ich weiß, dass du mich umbringen wirst. Ich würde nur gern wissen, warum du das nicht schon im Hanover House getan hast. Wie mit Sandy.«

Jane betrachtete sie nachdenklich. »Du benimmst dich ziemlich cool. Respekt dafür. Wenn es so weit ist, mache ich es so schmerzlos wie möglich.«

Evie neigte den Kopf. »Ich weiß es zu schätzen. Wirst du Erik auch umbringen?«

Jane sah sie amüsiert an. »Nicht direkt, nein.«

Evies Hand verharrte auf Eriks Kopf. Ihre Gedanken arbeiteten, suchten nach einer Möglichkeit, dieses Kind in Sicherheit zu bringen, wenn sie schon nichts anderes erreichen konnte. »Wirst du es für ihn auch so schmerzlos wie möglich machen?«

Jane zog eine Braue hoch. »Das hängt vom Verhalten einer anderen Person ab.«

»Warum also bin ich noch am Leben, Jane?«

»Weil Dana Dupinsky neben ihrem Frauenhaus an nur zwei Dingen hängt, und das sind Caroline und du. Um Caroline wurde sich bereits gekümmert. Dupinsky ist die Nächste.«

Evie sog scharf die Luft ein. Also war es gar nicht Goodman gewesen. Eine riesige Last rutschte von ihren Schultern. Seit zwei Tagen wurde sie von Schuld zerfressen. Sie hatte geglaubt, sie hätte Goodman zu Caroline geführt, weil sie auf dem Begräbnis gewesen war. »Also soll ich das Werkzeug deiner Rache sein.«

Jane lächelte. »Eines, ja. Und nun leg deine Hände zusammen, so dass ich sie fesseln kann. Ich muss weg und kann nicht zulassen, dass du irgendetwas Heldenhaftes anstellst, während ich weg bin. Und freu dich nicht zu früh – ich werde den Jungen noch einmal festzurren. Ich habe schon vor langer Zeit gelernt, dass man Dinge selbst erledigen muss, wenn man will, dass sie richtig getan werden.«

Chicago
Mittwoch, 4. August, 18.15 Uhr

Langsam erhob Stan sich und starrte Randi ungläubig an. »Was hast du da gesagt?«

Randi sog zittrig die Luft ein. »Sie heißt Sue Conway. Sie ist Alecs Mutter.«

Ethan schüttelte den Kopf. Er verstand rein gar nichts. »Du meinst, du hast ihn adoptiert?«

Randi schloss die Augen. »Nein. Ich habe ihn mir genommen.«

Das Schweigen im Zimmer war absolut. Dann ließ Stan sich auf den Stuhl fallen. »Vielleicht solltest du es uns erklären, Randi«, sagte er beißend. »So dass außer Frage steht, wer hier Schuld hat.«

»Halten Sie die Klappe, Stan.« Clays Tonfall duldete keinen Widerspruch. Stan hielt die Klappe.

Ethan ließ sich neben Dana auf einen Stuhl fallen. Er war erschüttert. »Wer ist Sue Conway?«

Randi schlug die Augen auf und sah Ethan an, als sei er ihr Rettungsanker. »Ich bin hier aufgewachsen, in Chicago. Nicht weit vom Lincoln Park entfernt. Meine Eltern waren nette Leute. Wir wohnten in einer netten Gegend. Unsere Nachbarn hießen Lewis. Sie hatten keine eigenen Kinder, bis eines Tages Nichte und Neffe bei ihnen einzogen. Sue war damals zwölf oder dreizehn, Bryce kann nicht älter als zwei oder drei gewesen sein. Ich war sechzehn. Ich habe oft auf die Kinder aufgepasst, wenn die Lewis' am Samstag weg wollten. Sues und Bryces Eltern waren tot. Es ging das Gerücht, dass der Vater bei einem Raub-

überfall getötet worden war. Er wollte ein Geschäft ausrauben.«

»Erspar uns die Einzelheiten«, knurrte Stan. »Rede weiter.«

»Seien Sie endlich still, Stan«, murmelte Clay. »Bitte.«

Aus dem Augenwinkel sah Ethan, wie Dana nacheinander
jedes Gesicht genau musterte, den Ausdruck in sich aufnahm und Schlussfolgerungen zog, und er war zutiefst
froh, dass sie an seiner Seite war. In diesem Augenblick
fühlte er sich weder ruhig noch vernünftig. In diesem Augenblick fühlte er sich, als ob sein Leben an einem End-
punkt angelangt war.

»Weiter, Randi«, sagte er sanft und nickte Randi zu.

»Ein paar Monate nachdem Sue und Bryce eingezogen
waren, bat Mr. Lewis mich, von jetzt an jeden Tag nach der
Schule die Kinder zu hüten, bis er und Mrs. Lewis von der
Arbeit nach Hause kommen würden.« Randi senkte ihren
Blick auf die Hände, die sie im Schoß fest verschränkt
hielt. »Ich brauchte Geld fürs College, also sagte ich ja. Ich
holte Bryce jeden Tag nach der Schule vom Kindergarten
ab. Er war ein lieber kleiner Junge. Sue war immer pampig
und ungehorsam, aber das sind Teenager ja schließlich
oft.«

»Die meisten schon, Mrs. Vaughn«, sagte Dana, und Randi
blickte, überrascht von der Freundlichkeit in Danas Stimme, auf. »Aber Sue war anders als die meisten Teenager,
richtig?«

Randi nickte. »Ich habe mich immer gewundert, warum
sie mir fürs Babysitten Geld bezahlten, wenn Sue doch alt
genug war, es selbst zu tun, aber dann sah ich eines Tages,

wie sie sich im Bad mit einer Rasierklinge die Arme aufschnitt. Aufwärts und abwärts, und es blutete höllisch. Ich habe so etwas noch nie gesehen.«

»Und was haben Sie gemacht, Mrs. Vaughn?«, fragte Dana.

Randi zuckte unruhig mit den Schultern; die Erinnerung schien sie noch immer aufzuwühlen. »Ich habe ihr die Klinge aus der Hand genommen und sie sauber gemacht. Sie schluchzte und rang mir das Versprechen ab, nichts ihrem Onkel und ihrer Tante zu sagen. Ihre Tante würde sie hassen und wolle sie unbedingt wieder loswerden. Sie sagte, ich sei für sie das, was einer Mutter am nächsten käme. Ich sei die Einzige, die sie lieb hätte.«

»Sie seien die Einzige, der sie vertrauen könne«, ergänzte Dana murmelnd.

Randi schüttelte angewidert den Kopf. »Sie wusste genau, wie sie mich packen konnte, was?«

»Oder mich«, erwiderte Dana sanft. »Sie hat es sich zunutze gemacht, dass Sie garantiert nicht noch mehr Leid verursachen wollten – für Sie oder ihre Tante. Und Sie haben es niemandem gesagt, richtig?«

Randi schloss erneut die Augen. »Nein, ich habe es nie jemandem gesagt. Sue wurde älter und wilder. Ich hatte sie nicht im Griff. Die Lewis' adoptierten Bryce und änderten seinen Nachnamen. Sie wollten auch Sue adoptieren, aber sie wehrte sich so lange dagegen, bis sie aufgaben. Sie wollte den Nachnamen ihres Vaters behalten. Ich konnte das nicht verstehen. Die Lewis' hätten sich gut um sie gekümmert.«

»Sue hat ihrem Vater wahrscheinlich sehr nah gestanden.«

Randi nickte. »Er war ein Krimineller, aber für sie ein Idol. Dann kam ich eines Tages von der Schule nach Hause und erwischte sie, wie sie mit einem ... einem *erwachsenen Mann* schlief. Direkt auf dem Sofa. Sie kann höchstens vierzehn gewesen sein.«

»Und sie weinte und schluchzte und sagte, ihre Tante würde sie rauswerfen, wenn sie davon erführe.«

»Genau. Also sagte ich wieder nichts.« Randi drückte sich die Finger an die Stirn. »Mein Gott, was habe ich mir bloß dabei gedacht?«

»Sie waren siebzehn«, sagte Dana pragmatisch. »Sie haben getan, was Sie für richtig hielten. Die Erwachsenen in ihrem Leben drangen nicht zu ihr durch, wie hätten Sie es schaffen sollen?«

Randi seufzte. »Tja, die Lewis' kamen jedenfalls überhaupt nicht mit ihr zurecht. Sue fing mit Drogen an, war jede Nacht auf irgendeiner Party. Man konnte sie nicht allein lassen. Niemals. Bryce war ein guter Junge, aber Sue ... Sie war einfach schrecklich. Dann stellte meine Mutter eines Tages fest, dass ihr Ring fehlte. Sie trug ihn im Grunde immer und nahm ihn nur ab, wenn sie Geschirr spülte, und dann legte sie ihn auf einen besonderen kleinen Teller. Aber an diesem Tag klingelte es an der Tür. Sie machte auf, sah niemanden, aber als sie in die Küche zurückkam, war der Ring fort. Mutter war am Boden zerstört. Und ich wusste, dass Sue ihn gestohlen hatte. Ich war so wütend auf sie wegen meiner Mom ... ich dachte nicht mehr nach, sondern ging zu den Lewis', direkt in Sues Zimmer und fand den Ring in einer Schublade. Sie kam herein, als ich suchte, und drehte vollkommen durch. Sie kreischte und fiel mich an und schrie, irgendwann würde sie mich und meine Mutter schon kriegen. Ihre Tante und ihr Onkel riefen die Polizei, die sie erst einmal mitnahmen. Als sie wieder freikam, rannte sie weg und kam nie zurück. Im folgenden Jahr ging ich aufs College.«

»Du bist doch gar nicht auf dem College gewesen«, warf Stan ein, nun verwirrt.

Randis Mundwinkel zogen sich herab. »Oh, doch, und ob. Ich machte meinen Wirtschaftsprüfer mit zweiundzwanzig, bevor ich dich kennen lernte. Was denkst du denn, wie ich all die Jahre die Bücher für dich führen konnte, Stan? Wegen Sue Conway habe ich ein komplettes Leben weggeschmissen. Ich hatte Eltern, eine Karriere, Freunde.«

»Was ist passiert, Mrs. Vaughn?«, fragte Dana, und Randi holte erneut tief Atem, wie um sich zu wappnen.

»Ich wohnte in der Stadt, als es eines Tages an meine Tür klopfte.«

»Es war Sue«, fuhr Dana sanft fort. »Und sie brauchte Ihre Hilfe.«

Randi nickte ergeben. »Sie war im achten Monat schwanger. Erzählte mir, dass sie vergewaltigt worden war. Sie weinte Mitleid erregend. Sie könne nicht zu Tante und Onkel gehen. Ich müsse ihr helfen, da schließlich alles meine Schuld sei.«

»Weil Sie diejenige waren, wegen der vor Jahren die Polizei geholt worden war.«

Randis Lider schlossen sich. »Ja. Ich war schuld daran, dass ihr Leben verkorkst war, aber ich konnte es wieder gutmachen. Sie meinte, sie bräuchte nur ein Zimmer, bis ihr Baby auf der Welt war.«

»Aber sie ist nicht geblieben, richtig? Sie haben ihr Sachen für das Baby gekauft und dafür gesorgt, dass sie zum Arzt ging, aber nach ein oder zwei Wochen war sie wieder fort, stimmt's?«

Randi schlug die Augen auf, und Ethan sah Verblüffung und Respekt darin. »Genauso war es. Ich habe ihr Vitamine und Babykleidung besorgt. Aber als ich eines Tages von der Arbeit nach Hause kam, hatte sie mein Schmuckkästchen ausgeräumt und drei Paar Schuhe mitgehen lassen.«

»Und dabei hatten ihre Füße nicht einmal dieselbe Größe«, sagte Dana.

Randi blinzelte. »Woher wissen Sie das?«

Dana lächelte freundlich. »Ich bin ein Profi, Mrs. Vaughn.«

Randi wurde blass. »Tut mir leid, dass ich das gesagt habe.«

»Schon gut. Ich habe das Potenzial für diese Art von Verhalten erkannt, als ich die Narben an Sues Armen sah. Es ist üblich bei Borderline-Persönlichkeiten. Sie sind so ziemlich die besten Manipulatoren, die es gibt. Ich hatte vor, mich intensiver mit diesem Aspekt zu beschäftigen, aber dann ging alles so schnell und …« Sie brach ab, und ihre Schultern, die eben noch so straff gewesen waren, sackten nach vorn. »Und ich war nicht wirklich bei der Sache.«

»Sie war in dieser Woche in Danas Haus ziemlich aktiv, Randi«, sagte Ethan und nahm Danas Hand. »Die Polizei glaubt, dass Sue es war, die Danas schwangere Freundin am Montagabend angefahren hat.«

401

Randis Blick huschte von Ethan zurück zu Dana. »Und wie geht es ihr?«

»Sie hat Glück gehabt. Sowohl ihr als auch dem Baby geht es gut.«

Randi sah betroffen auf ihre Hände. »Es tut mir leid.«

Dana schüttelte den Kopf. »Sie sind nicht daran schuld. Es war Sue.«

Randi seufzte müde. »Es tut mir leid, Miss Dupinsky. Ich habe Sie ungerechterweise angegriffen. Ich war unfair.«

Dana drückte Ethans Hand so fest, dass es wehtat, aber ihre Stimme blieb gleichmäßig. »Schon gut. Aber zurück zu Ihrer Geschichte. Ich vermute, dass ein paar Wochen vergingen, in denen Sie sich um das Baby sorgten, und plötzlich tauchte Sue wieder auf, bat um Verzeihung und weinte, sie sei verzweifelt und so allein gewesen.«

Randi nickte. »Das trifft es ziemlich gut. Sie flehte mich an, ihr mit dem Baby zu helfen … sie hatte bereits Wehen. Ich brachte sie ins Krankenhaus und blieb während der Geburt bei ihr.« Sie schluckte. »Ich war die Erste, die ihn auf dem Arm hatte. Er war so wunderschön.«

»Und dann haben Sie sich seiner angenommen, weil Sue nach Belieben kam und ging.«

Wieder ein Nicken. »Ich fand jemanden, der tagsüber auf ihn aufpasste, wenn ich arbeiten musste, und abends … Abends war es, als ob er mein Sohn wäre. Ich liebte ihn, und er liebte mich. Und ich lebte in ständiger Angst, dass Sue kommen und ihn mitnehmen würde.«

»Was sie tat.«

»Ein- oder zweimal, und jedes Mal für ein paar Tage. Sie brachte ihn immer zurück, wenn sie es satt hatte, Mutter und Kind zu spielen. Und Alec war dann immer verdreckt oder hungrig oder krank. Einmal brach sie einfach in meine Wohnung ein und ließ ihn da. Es war ein Glück, dass ich ausgerechnet an dem Tag früher als sonst nach Hause kam. Er war vollkommen ausgehungert, hatte ein Windelekzem und …« Ihre Stimme brach, und Tränen rannen ihr über die Wangen. »Ein paar Wochen später kam Sue zurück. Ich sagte ihr, dass ich das Sozialamt anrufen würde, dass sie als Mutter ungeeignet sei, und sie drehte durch. Sie schlug mich so fest, dass ich zu Boden ging, und drohte, mir Alec wegzunehmen und nie wiederzukommen. Ich wusste nicht, was ich tun sollte.«

Danas Griff um Ethans Hand hatte sich ein wenig gelockert, und nun ließ sie ihn los, um Randis Knie zu streicheln. »Was war der Tropfen, der das Fass zum Überlaufen brachte, Mrs. Vaughn? Drogen?« Randi nickte, und Dana beugte sich etwas vor. »Missbrauch oder Handel?«

»Beides.« Randis Lippen zitterten, und sie biss sich fest darauf. »Sie brachte komische Typen in meine Wohnung. Sie waren heruntergekommen und unheimlich. Ich mochte kaum noch bei mir schlafen. Dann hörte ich eines Abends ein Gespräch mit. Sie waren alle high. Sie wollten Drogen aus dem Ausland importieren, was ja schon schlimm genug war, aber sie wollten Alec dazu benutzen.«

Danas Augen weiteten sich. »Sie wollte ein Kleinkind als Kurier benutzen?«

Ethans Magen drehte sich bei dem Gedanken um. *Armer Alec. Arme Randi.*

»Sie hatten es anscheinend schon einmal getan – bei einem der Male, die Sue wochenlang verschwunden war. Sie hatten die Portionsfläschchen mit Folgemilch mit Kokain gefüllt und waren mit Alec im Arm durch den Zoll marschiert. Niemand dachte sich etwas dabei, dass sich in Babyfläschchen weißes Pulver befand.«

»Ich habe über solche Drogenringe gelesen«, sagte Clay. »Sie sind in New York ziemlich groß.«

»Tja, in Chicago auch«, sagte Randi voller Bitterkeit. »Ich wusste nicht, was ich machen sollte. Ich dachte daran, zur Polizei zu gehen, aber ich wollte nicht, dass Alec ins Waisenhaus käme oder nachher wieder bei Sue landete. Und ob Mrs. Lewis ihn nehmen würde, wusste ich auch nicht. Sie hasste Sue wirklich. Außerdem war mir klar, dass Sue mit Alec verschwinden würde, sobald die Polizei neugierig wurde. Und dann würde ich nie wissen, ob es ihm gut ginge.«

»Also haben Sie ihn mitgenommen«, murmelte Dana, »und ein neues Leben begonnen.«

Randi holte tief, sehr tief Atem. »Ich habe ihn mitgenommen und ein neues Leben begonnen.«

Dana stand auf und setzte sich aufs Sofa neben Randi. Sie nahm ihre Hand in ihre. »Ich hätte dasselbe getan.«

Randi hob ihr Kinn. »Und ich meldete alles der Polizei.«

Danas Mund verzog sich zu einem schiefen Lächeln.

»Anonym natürlich.«

Randis Lächeln waren ebenso schief. »Natürlich. Ich rannte in Richtung Osten, bis das Meer mich aufhielt – in Baltimore. Ich suchte mir einen Job als Kellnerin und verfolgte den Prozess in den Zeitungen aus Chicago, die in der Bücherei auslagen. Sue bekam fünfzehn Jahre für Drogenhandel und Kindesgefährdung. Sie wussten, dass sie ein

Kind hatte, aber sie konnte es nicht vorzeigen. Sie nahmen an, dass dem Kind etwas geschehen war, konnten aber nicht beweisen, dass es tot war, also blieb ihnen nur die Gefährdung. Ich bin nicht auf die Idee gekommen, dass sie es war, die Alec entführt hat, weil sie eigentlich noch hätte im Gefängnis sein müssen.«

»Offensichtlich ist sie früher entlassen worden«, sagte Ethan, der es immer noch nicht glauben konnte.

»Offensichtlich«, bemerkte Randi matt. Sie sah bittend von Ethan zu Clay. »Jetzt, wo wir wissen, wer Alec hat – wie stehen unsere Chancen, ihn zu finden?«

Ethan tauschte mit Clay einen Blick. Sein Freund dachte dasselbe wie er. Ihre Chancen waren lächerlich. »Ich weiß es nicht, Randi«, sagte Ethan. »Wir müssen es der Polizei sagen.«

Abrupt füllten sich Randis Augen. »Oh Gott, Ethan, sie hat meinen Sohn.«

Grimmig zog Ethan sein Handy aus der Tasche und reichte es Dana. »Kannst du Detective Mitchell anrufen, Dana? Du hast doch ihre Nummer.«

Dana trat ans Fenster, um den Anruf zu tätigen, und Ethan drückte Randis Knie. »Wo, denkst du, könnte sie Alec und Evie hinbringen?«, fragte er.

Randi schüttelte den Kopf. Die Tränen rannen noch immer ihre Wangen hinab. »Ich weiß es nicht.«

Und dann schwiegen alle und lauschten dem Murmeln von Danas Stimme.

Ein scharfes Klopfen an der Tür ließ sie zusammenfahren. Clay ging nachsehen, und man hörte weiteres Murmeln. Dann tauchte er mit resignierter Miene in Begleitung einer

Frau auf. Sie war Anfang dreißig und hatte braune Haare, die ihr nicht ganz bis zur Schulter reichten. Ihr Gesicht war wahrscheinlich hübsch, wenn sie nicht so finster dreinblickte, wie sie es gerade tat. Sie trug eine gut geschnittene Jacke, die ihr Schulterholster beinahe verbarg.

Clay seufzte. »Ethan, das ist Sheriff Louisa Moore. Sheriff, das ist Ethan Buchanan.«

Ethan stand automatisch auf. »Sheriff Moore.«

Sie nickte. »Mr. Buchanan.« Sie warf Dana am Fenster einen neugierigen Blick zu und begrüßte Stan kühl.

»Mr. Vaughn.« Dann wandte sie sich an Clay. »Ich habe das Paket erhalten. Es bei mir abzugeben ist wahrscheinlich das Einzige, was Ihren Hintern vor dem Knast bewahrt.«

»Darauf habe ich sozusagen gezählt.« Clays Stimme war knochentrocken.

Ethan zog eine Braue hoch. »Was ist los?«

Sheriff Moore sog eine Wange ein. »Sehr unangenehm, wenn man das Gefühl hat, dass man außen vor gelassen wird, nicht wahr, Mr. Buchanan?« Dann wieder zu Clay: »Sagen Sie mir jetzt endlich, was zum Teufel hier eigentlich vor sich geht?«

Clay nickte. »Wenn Sie mir sagen, wem er gehörte.«

Moore dachte einen Moment nach, dann nickte auch sie. »Also gut.«

»Ethan, ich habe den abgetrennten Finger bei Sheriff Moores Deputy hinterlegt, bevor wir ins Flugzeug gestiegen sind. Er war noch frisch genug, dass man einen Abdruck machen konnte.«

Das war etwas, das Ethan beinahe vergessen hatte. »Vernünftig.«

»Na, da bin ich aber froh, dass Sie dieser Meinung sind«, bemerkte Moore beißend.

Ethan seufzte nur. »Und das Opfer?«

»Fred Oscola. Gefängniswärter in der Frauenstrafanstalt in Hillsboro.«

Ethan blickte auf Randi herab. »Ist Sue damals dorthin geschickt worden?«

Randi nickte. »Ja.«

»Tja, ein paar Verbindungen haben wir also.« Ethan sah, wie Dana sein Handy zuklappte.

Sie ließ es in seine Hand gleiten. »Mia meint, wir sollen ihr eine halbe Stunde geben, dann ist sie hier.«

Ethan deutete auf einen leeren Stuhl. »Sheriff, setzen Sie sich. Wenn Sie sich noch eine kleine Weile gedulden können – die Detectives vom CPD sind auf dem Weg. Es ist wahrscheinlich sinnvoll, die Geschichte allen zu erzählen.«

»Wenn ich etwas zu essen bekomme, kann ich durchaus noch dreißig Minuten warten.«

»Ich bestelle was«, sagte Clay.

»Aber ich bezahle für mich selbst«, sagte Sheriff Moore.

Clay nickte grimmig. »Ich verstehe.« Und Ethan begriff, dass das, was sie getan – oder unterlassen – hatten, für Moore noch nicht ad acta war, aber darum würde er sich später Gedanken machen. Das Einzige, worauf er sich jetzt konzentrieren konnte, war die Tatsache, dass Dana immer bleicher wurde. Es war, als habe sie all ihre Kraft gebraucht, Randi durch ihre Geschichte zu helfen.

Danas Augen schlossen sich. »Für mich nichts. Ich kriege keinen Bissen herunter.«

Ethan legte einen Arm um ihre Schultern und zog sie sanft

weg von den anderen, zum Fenster, unter dem sich Chicago erstreckte. Mit halbem Ohr lauschte er, wie Clay beim Zimmerservice bestellte. Er legte seine Lippen an ihre Schläfe und spürte, wie sie sich an ihn sinken ließ. »Du hast das mit Randi wundervoll gemacht.« Ein weiterer Kuss auf die Schläfe ließ sie so heftig schaudern, dass ihr ganzer Körper erbebte. »Ich weiß, dass du dir über Evie Sorgen machst, aber was du getan hast, war nötig. Und nun musst du essen«, murmelte er. »Evie braucht deine Kraft.«

Der Name ihrer Freundin ließ Dana erstarren. »Diese Frau ist verzweifelt und … böse, Ethan. Vielleicht sehen wir weder Evie noch Alec je wieder.« Der letzte Satz kam fast unhörbar, aber es reichte, um auch Ethan eine Gänsehaut zu verursachen.

»Wir finden sie«, flüsterte er eindringlich. »Das müssen wir. Und wir müssen daran glauben.«

Und dann hielt er sie einfach eine ganze Weile fest und spürte, wie ihre Kraft langsam, aber sicher zurückkehrte. Spürte, wie auch seine Reserven sich wieder auffüllten. »Danke, Ethan. Das brauchte ich.« Sie trat ein wenig zurück und strich ihm über die Wange, die Augen nun wieder ruhig. »Du gehst etwas essen. Ich muss ein paar Anrufe erledigen, bevor Mia und Abe hier eintreffen. Wenn du mir den Schlüssel zu deinem Zimmer gibst, gehe ich hinunter und tue es da. Dann kannst du bei deinen Freunden bleiben.«

Ethan packte sie sanft und zog sie wieder in seine Arme zurück. »Nicht so schnell, Dana. Wenn du dieses Zimmer verlassen willst, dann gehe ich mit. Ich denke nicht daran, dich aus den Augen zu lassen.«

Ihre Augen weiteten sich. »Sie würde es nicht wagen herzukommen, Ethan«, sagte sie. Dann verengten sich ihre Augen wieder. »Und wenn doch, bringe ich sie um.«

Ethan zweifelte nicht daran, dass sie es tun würde. »Da ist sicher der Gefahrenfaktor«, sagte er ruhig. »aber noch mehr brauche ich dich in meiner Nähe.« Er legte seine Stirn an ihre. »Ich brauche dich, um das hier durchzustehen, und du nützt mir nichts, wenn du vor Hunger ohnmächtig wirst. Bitte. Ich brauche dich.«

»Du brauchst mich?«

Ethan nickte ernst. »Absolut. Du bist die Glenn Close für meinen Robert Redford.«

Sie lächelte traurig. »*Der Unbeugsame?* Okay, ich esse etwas. Aber ich denke nicht daran, mich ganz weiß anzuziehen.«

Wie Glenn Close es getan hatte, bevor Redford den Ball aus dem Park geschlagen hatte. »Und warum nicht?«

»Weil meine Tätowierungen durchschimmern.«

»Born2Kill.« Er strich mit den Lippen über ihre. »Meine Güte, Dana, wie konntest du nur?«

Sie legte ihren Kopf an seine Schulter und seufzte. »Sag's Mia nicht, aber ich habe doch inhaliert. Born2Kill war eins dieser Male.«

Ethan lächelte an ihrem Haar, selbst überrascht, dass er es konnte. Überrascht, dass allein sie zu halten die Welt etwas rosiger machte. *Falscher Ort, falsche Zeit,* hatte sie am Sonntagmorgen gesagt, als sie auf dem Boden des Busbahnhofs gelegen hatte. Zu dem Zeitpunkt hatte er gedacht, dass sie sich irrte. Nun war er sich dessen ganz sicher. »Dana. Ich bin so froh, dass du am Sonntag versucht hast, den Handtaschenräuber aufzuhalten.«

Sie küsste ihn auf die Wange. »Ich auch.«

Chicago
Mittwoch, 4. August, 19.30 Uhr

David ging beim ersten Klingeln an sein Handy. »Wo zum Teufel bist du?«, knurrte er. »Ich bin vor Angst fast verrückt geworden.«

»Ich bin in Ethans Hotel. Ich habe Alecs Eltern kennen gelernt. Ich war den ganzen Nachmittag bei der Polizei und habe Mia und dem Zeichner eine Beschreibung gegeben.« Ihre Stimme brach. »Sie ist weg, David. Evie ist weg. Und Jane ... Jane hat ...« Sie presste ihre Finger auf die Lippen und versuchte, sich zu konzentrieren. »Jane hat sechs Menschen umgebracht, David. Mindestens.«

»Mein Gott.« Einen Moment lang herrschte Schweigen. »Warum?«

Dana überlegte, wie sie ihm die Geschichte logisch darlegen sollte, aber ihr fiel nichts ein, also platzte es alles einfach aus ihr heraus.

»Wir müssen Evie finden, Dana«, flüsterte David heiser. »Das wird sie fertig machen.«

Dana hätte beinahe gelacht. Hysterisch gelacht. Ihre Augen füllten sich mit Tränen. »Ich weiß das. Verdammt, David, glaubst du nicht, dass ich das weiß? Du hattest Recht. Ich bin Risiken eingegangen, und jetzt ist Evie in Lebensgefahr.«

»Dana, niemand gibt dir die Schuld.«

»Nein, das tue ich schon selbst.«

»Dann hör damit auf. Hör zu, ich wollte dir sagen, dass ich deine Schreibtischschublade ausgeräumt habe, bevor ich Detective Mitchell angerufen habe. Deine Werkzeuge und die anderen Utensilien für die Papiere befinden sich in einem Karton unter meinem Autositz.«

Eine Woge der Dankbarkeit durchströmte sie. »David. Das hättest du nicht tun müssen.«

»Doch, Dana, musste ich. Und das Einzige, was man auf deiner Festplatte noch finden kann, sind Fotos.«

»Und ich habe nicht einmal daran gedacht«, flüsterte sie.

»Das war mir klar, deswegen habe ich für dich daran gedacht. Und ich habe Caroline gesagt, dass du heute Abend eine neue Familie aufgenommen hast, die deine ganze Aufmerksamkeit in Anspruch nimmt. Max sorgt dafür, dass sie nicht fernsieht. Aber ich habe auch noch nichts in den Nachrichten gehört. Sie sagt, du sollst dich endlich mal ein wenig ausruhen. Bis dann.«

Und damit unterbrach er die Verbindung. Langsam legte sie den Hörer des Hoteltelefons auf und saß wie betäubt auf Ethans Bett, bis er sie in die Arme zog. Er hob sie auf seinen Schoß und drückte sie an seine Brust.

»Ich habe alles falsch gemacht, Ethan. Ich habe ihr vertraut, habe sie in mein Haus gebracht. Und jetzt ist Evie weg.«

»Dana, du hättest doch gar nichts anderes tun können. Was denn – sie um Referenzen bitten? Willst du von all den Frauen einen Beweis verlangen, dass sie wirklich verprügelt worden sind?«

»Dann würden sie nicht mehr kommen«, murmelte Dana.

»Natürlich nicht. Wie vielen Frauen hast du zu einem besseren Leben verholfen?«

Dana seufzte. »Mehr als hundert. Vielleicht.«

»Mehr als hundert Frauen mit ihren Kindern. Denk an das

Gute, das du getan hast. Dana, diese **Arbeit** ist riskant. Ich bin wirklich nicht glücklich darüber, **dass** dir von Typen wie diesem Goodman Gefahr droht, **aber** du gehst Risiken für etwas ein, an das du glaubst. Das **macht** dich in meinen Augen zu einem verdammt besonderen Menschen.«

Dana empfand plötzlich einen Stolz, den sie so schon lange nicht mehr gespürt hatte. Dieser Mann, der selbst so viel aufgegeben hatte, verstand sie. »Du hast das auch getan. Etwas riskiert für eine Sache, an die du glaubst.«

»Ja, das habe ich. Ich habe an den **Schutz** unseres Landes geglaubt.«

»Und an die Suche nach Alec. Du hast deine berufliche Existenz riskiert.«

Er nickte nüchtern. »Ein Polizist, der sich streng an die Vorschriften hält, kann uns vor Gericht stellen. Aber was habe ich von einer beruflichen Existenz, wenn Alec tot ist? Hättest du dich noch im Spiegel ansehen können, Dana, wenn du jemandem die Chance auf ein besseres Leben verweigert hättest? Sue ist ein Parasit unserer Gesellschaft – und sie weiß, wie man andere manipuliert. Dass du sie ins Haus gebracht hast, ist nichts, was du dir vorwerfen kannst. Und aus dem, was du mir von Evie erzählt hast, ist sie ein zähes Mädchen. Sie beißt sich durch. Sie hält aus, bis wir kommen. Wo immer sie ist.«

Und während sie auf seinem Schoß saß und in seine ruhigen grünen Augen sah, spürte sie, wie ein Teil des Schmerzes nachließ. Nicht alles. Nicht einmal das meiste. Aber genug, um sie durch die nächsten fünf Minuten und vielleicht auch die danach zu bringen. »Danke. Ich glaube, das brauchte ich.«

Sein Daumen strich zärtlich über ihre Lippen. »Und jetzt lass uns etwas essen und mit den Cops reden.« Er stand mit ihr auf den Armen auf und ließ sie langsam herab, bis ihre Zehen den Teppich berührten. Bis sie vor ihm stand, ihre Lippen nur ein winziges Stück von seinen entfernt, und seine Augen baten stumm um etwas, das er nicht auszusprechen brauchte. Sie stellte sich auf die Zehenspitzen und legte ihren Mund auf seinen. Und bot ihm denselben Trost an, den er ihr geschenkt hatte. Seine Hände legten sich zärtlich an ihre Wangen, und der Kuss war warm und innig. Er beendete ihn und drückte ihr einen weiteren Kuss auf die Stirn.

»Und das brauchte *ich*«, gestand er. »Mehr als mir bewusst war.«

»Ich auch.« Sie stieß den Atem aus und straffte die Schultern. »Okay, ich bin jetzt bereit. Gehen wir.«

Chicago
Mittwoch, 4. August, 19.15 Uhr

James schaute von seinem Teller auf, als der Mann sich setzte. Nervös trommelte der andere mit den Fingern auf die Tischplatte. »So«, sagte James. »Du arbeitest also für Donnie Marsden.« Donnie Marsden war damals mit Sue verurteilt worden. Sie waren Partner gewesen.

»Seit einem Jahr«, gestand der Mann. Sein Blick huschte unruhig hin und her, seine Lider zuckten.

»Dein Chef behauptet, er hätte Sue Conway nicht gesehen. Lügt er?«

»Ich weiß nicht, ob er sie gesehen hat. Aber er hat mit ihr geredet. Mehrmals. Ich habe vom Nebenapparat zugehört, wie Sie es wollten.«

James hatte Lust zu lächeln. Jeder hatte seinen Preis. Marsden hatte nicht für fünfzehntausend gekauft werden können. Sein Laufbursche plapperte schon für fünfhundert. »Und? Was haben sie gesagt?«

Schweiß trat auf die Oberlippe des Mannes. »Er trifft sie heute Abend. Irgendwas geht da vor sich, weil Donnie die Jungs zusammengetrommelt hat. Es soll am Freitag stattfinden.«

James lächelte. »Ich verdopple deinen Lohn, wenn du mir sagen kannst, wann und wo genau.«

Der Mann stand auf. »Bestimmt. Danke.«

James sah ihm nach, wie er aus dem Restaurant schlurfte. »Nein. Ich habe zu danken.«

17

Chicago
Mittwoch, 4. August, 20.30 Uhr

Dana gab sich Mühe zu essen und bekam sogar ein paar Bissen herunter, stand dann jedoch auf, um vor dem Panoramafenster auf und ab zu gehen. Randi saß auf der Couch und wiegte sich. Stan saß nur da und schien das alles noch immer nicht zu fassen. Trotz der eigenen vernünftigen Worte konnte Ethan nichts essen. Zum Glück war das drückende Schweigen nur von kurzer Dauer. Es klopfte an der Tür, und als Ethan öffnete, standen Mitchell und Reagan mit ernsten Mienen auf der Schwelle.

»Lassen Sie uns rein«, sagte Reagan, »dann reden wir.«

Randi sprang auf die Füße, auf dem Gesicht eine verzweifelte Mischung aus Hoffnung und nackter Angst. »Was ist passiert? Haben Sie Alec gefunden?«

Mia schüttelte den Kopf. »Nein, Ma'am. Ich nehme an, Sie sind Alecs Mutter? Oder die Frau, die sich seit zehn Jahren dafür ausgibt?«

»Ich habe ihnen ein wenig am Telefon erzählt«, sagte Dana. »Ich wusste nicht, ob es in Bezug auf das FBI einen Unterschied macht.« Sie zuckte voller Unbehagen die Achseln. »Denn es handelt sich ja jetzt nicht mehr unbedingt um eine Entführung.«

Randi hob ihr Kinn. »Ich bin Alecs Mutter.« Ihre Stimme war trotzig.

Reagan trat vor. »Und das ist es im Moment auch, was zählt. Wir müssen Alec finden, den Rest können wir anschließend besprechen. Ich bin Detective Reagan, und das ist meine Partnerin, Detective Mitchell. Bitte setzen Sie sich, Mrs. Vaughn, und erzählen Sie uns, was Sie wissen.«

Randis Mut schien in sich zusammenzufallen, als sie von Reagan zu Mitchell und zu Detective Moore blickte. »Sie hat gesagt, sie tötet Alec, wenn wir die Polizei oder das FBI einschalten.«

Reagan drückte sie behutsam auf die Couch und nahm sich den Stuhl neben ihr. »Hier geht es leider nicht mehr nur um Alec, Mrs. Vaughn. Diese Frau hat mindestens sechs Menschen getötet. Unschuldige Menschen, die Familien hatten. Eine Frau war Mutter von drei Mädchen. Sie kann nie wieder zu ihren Kindern nach Hause, Mrs. Vaughn. Das hier geht über all die Ängste, die Sie vielleicht in Bezug auf die Polizei haben, hinaus. Wir haben beschlossen, noch nicht zum FBI zu gehen, aber Sie müssen uns sagen, was Sie wissen. Es kann sein, dass wir Ihre einzige Hoffnung sind, Ihren Sohn lebend wiederzusehen.«

Tränen rannen Randi über die Wangen. »Sie können das ja auch nicht verstehen.«

»Natürlich nicht«, sagte Reagan, noch immer sanft. »Aber vielleicht hilft es Ihnen, wenn ich Ihnen sage, dass ich auch Vater bin.«

»Dann würden Sie auch alles tun, um Ihr Kind zu beschützen«, flüsterte Randi.

»Falls – Gott behüte – meinem kleinen Mädchen irgendetwas Derartiges zustoßen sollte, dann würde ich wollen, dass Detective Mitchell den Fall übernimmt. Sie ist gut. Und ich bin es auch. Sie müssen uns vertrauen. Bitte!«

Ethan ging vor ihr in die Hocke und nahm ihre eiskalten Hände in seine. »Du weißt auch, dass es richtig ist. Wir haben alles versucht, was uns möglich war, aber Detective Reagan hat Recht. Sag ihm alles, was du weißt.«

Randi schwankte sichtlich. »Nur ein kleines Mädchen, Detective?«

Er zog seine Brieftasche hervor, öffnete sie und zeigte ihr das Foto eines pausbackigen kleinen Engels mit leuchtend roten Locken.

»Sie ist so hübsch«, flüsterte Randi.

»Genau wie ihre Mutter. Mrs. Vaughn, bitte reden Sie mit mir. Ich kann die Fakten auch von Dana oder Ethan bekommen, aber Sie haben Erinnerungen, mit denen sie nicht dienen können. Sie sind vielleicht notwendig, um Alec noch rechtzeitig zu finden.« Er neigte den Kopf und sah ihr direkt in die Augen. »Und die Zeit ist verdammt knapp.«

»Also gut.« Randi lehnte sich zurück, umklammerte Ethans Hände und erzählte dieselbe Geschichte noch einmal. »Ich habe nie damit gerechnet, dass sie so was tun würde«, endete sie leise. »Ich dachte, sie wäre mindestens noch fünf Jahre im Gefängnis. Ich weiß nicht einmal, wie sie mich gefunden hat.«

Clay fing Ethans Blick ein und hob die Brauen.

Ethan nickte und räusperte sich.

»Randi, weißt du etwas über eine Frau namens Leeds in Florida?«

Das letzte bisschen Farbe wich aus Randis Gesicht. »In Sun City?«

Clay und Ethan sahen einander an. »Ja«, sagte Ethan. »Wer war sie?«

Randi schloss die Augen. »Meine Mutter. Sie wurde vor einem Monat ermordet, als sie nachts einen Einbrecher in ihrem Haus überraschte. Es war kein Einbrecher, richtig?«

»Sind Sie zum Begräbnis gegangen, Mrs. Vaughn?«, fragte Reagan.

»Ich … ja, ich musste es tun. Ich hatte meine Mutter seit elf Jahren nicht gesehen. Ich hatte meinen Eltern erzählt, was Sue getan hatte, dass sie ins Gefängnis gegangen war, hatte ihnen auch von Alec erzählt. Ich flehte sie an unterzutauchen, und das taten sie. Mein Vater starb vor drei Jahren, ohne dass ich ihn noch einmal sehen konnte. Aber Mutters Beerdigung konnte ich einfach nicht übergehen. Ich bin auf den Friedhof gegangen, habe mich aber abseits gehalten. Niemand hat mich gesehen.« Sie hatte den letzten Satz beinahe verzweifelt hervorgepresst, doch nun fiel sie in sich zusammen. »Das war alles geplant, nicht wahr? Meine Mutter wurde getötet, um mich hervorzulocken.«

Ethan tätschelte ihr Knie. »Es sieht so aus«, murmelte er.

»Maynard, wie können Sie von dieser Frau wissen?«, fragte Moore ruhig.

»Kann die Diskette das abdecken?«, fragte Clay.

»Welche Diskette?«, wollte Ethan wissen.

»Die Diskette mit verschiedenen Buchauszügen, die zeigen, wie Mr. Vaughn sein Vermögen gemacht hat«, erwiderte Moore, ohne den Blick von Clay zu nehmen. »Beides befand sich im Paket mit dem abgetrennten Finger. Tja, wahrscheinlich schon, aber es kommt darauf an, was Sie getan haben.«

»Sie verdammtes Schwein«, knurrte Stan und sprang auf die Füße. »Sie haben mich verkauft.«

»Setzen Sie sich, Mr. Vaughn«, befahl Sheriff Moore in einer Stimme, die von den Wänden widerzuhallen schien. »Oder muss ich Ihnen Handschellen anlegen?«

Randi sah schockiert zu Clay, während Stan auf seinen Stuhl niedersank. »Sie haben ihn angezeigt?«

Clay zog eine Braue hoch. »Ja. Stan hat das Gesetz gebrochen. Ich war dazu verpflichtet.«

»Aber dann geht er doch ins Gefängnis.«

Clays Gesicht verhärtete sich. »Besser er als Ethan und ich. Wir haben Ihnen auf persönliches Risiko geholfen. Ich kann durch diese Geschichte meine Lizenz verlieren. Und Ethan auch, falls diese Officer hier Anklage gegen uns erheben wollen. Dann werden wir unsere Existenzgrundlage verlieren. Und wir denken nicht daran, für Stan in den Knast zu wandern.«

Detective Mitchell trat in die Mitte des Raums und hob die Hände wie ein Verkehrspolizist. »Was den Straftatbestand angeht, reden wir später«, sagte sie mit gleichmäßiger, ruhiger Stimme. »Jetzt, Mr. Maynard, nehmen Sie bitte einfach an, dass die Informationen, die Sie Sheriff Moore gegeben haben, Sie schützen, denn jede Minute, die Sie hier verhandeln, ist Zeit, die Sue Conway nutzen kann.«

»Wie also konnten Sie das wissen, Maynard?«, wiederholte Moore.

»Conway hat im Strandhaus einen Warnschuss abgegeben.

Eine Freundin von mir, Ballistikerin, hat sich das angesehen. Die Kugel passte zu einem Raubüberfall in Florida vor einem Monat, bei dem eine Frau getötet wurde.«

Moore seufzte. »Nur, damit ich das richtig verstehe – Sie haben Beweismaterial von einem Tatort entfernt?«

»Ja.« Clay lehnte sich zurück und verschränkte die Arme vor der Brust.

Moore seufzte wieder. »Das dachte ich mir. Wo wir schon bei Verbindungen sind, ich habe Bryce Lewis, Sues Bruder, gefunden. Er sitzt im Gefängnis von Ocean City wegen versuchten bewaffneten Raubüberfalls ein.« Sie erzählte ihnen von dem Detective aus West Virginia und Rickmans Fingerabdrücken auf dem Laptopkabel. »Lewis hat ein Alibi für Rickmans Tod, aber nicht für Mc-Millans.«

»Kann man ihn dafür belangen?«, fragte Reagan.

»Noch nicht. Wir brauchen mehr Beweise. Aber er weiß eindeutig etwas.« Moore nickte zufrieden. »Aber noch was: Nachdem Janson und ich gegangen waren, hat Bryce Besuch von einem James Lorenzano bekommen. Er hat Mafiaverbindungen in New York. Heute Morgen war er noch mal bei Lewis. Dazwischen ist der Junge zusammengeschlagen worden.«

»Aber was wollte Lorenzano?«, fragte Mia verwirrt, beantwortete ihre Frage dann aber selbst. »Sue finden wahrscheinlich.«

»Vielleicht«, sagte Clay langsam, »wollte sie aber auch Lorenzano entwischen.«

Ethan erhob sich und trat zum Fenster, wo Dana stand. Sie war allein in dem Raum voller Menschen. Er legte ihr den

Arm um die Schulter und spürte, wie sie sich versteifte. »Was mich interessiert, ist, wie Sue dich gefunden hat, Dana. Chicago hat nicht nur ein Frauenhaus – wieso ausgerechnet deins?«

Dana runzelte die Stirn. Sie glaubte es zu wissen, und der Gedanke war beängstigend. Was mochte Sue noch wissen?

»Wahrscheinlich hat ihr jemand von uns erzählt. Sie saß in Hillsboro. Mia, ruf das Gefängnis an und frag nach, ob es eine Zellengenossin oder eine andere Frau gab, mit der Sue zu tun hatte, die in der Vergangenheit misshandelt worden ist.« Sie kaute auf der Unterlippe. »Frag nach, ob Sue eine Frau namens Tammy Fields kannte.« Falls ja, dann hatten sie das fehlende Verbindungsglied.

»Wer ist Tammy Fields?«, murmelte Ethan.

Sie schaute besorgt zu ihm auf. »Eine ehemalige Klientin. Sie verließ uns mit großen Plänen für sich selbst und ihre Kinder, bekam dann aber Angst vor der eigenen Courage und ging zu ihrem Mann zurück. Sie erschoss ihn, wie ich aus den Nachrichten erfuhr. Die Verteidigung versuchte es mit Notwehr, aber die Geschworenen ließen das nicht gelten. Sie war einen Monat fort gewesen. Dass sie erst dann zurückkehrte, ließ ihre Tat wie Vorsatz aussehen.«

»Haben Sie ausgesagt, Miss Dupinsky?«, fragte Moore.

Sie wandte sich zu Moore um. »Nein. Tammy hat weder meinen Namen noch den vom Hanover House bei ihrer Verteidigung erwähnt. Ich besuchte sie noch vor dem Prozess und bot ihr an, für sie auszusagen, aber sie sagte, sie habe etwas Schlimmes getan und wolle nicht noch andere Frauen mit hineinziehen.« Sie sah weg. »Ich muss zugeben, dass ich erleichtert war.«

»Sie haben Jane am Freitagabend abgeholt«, fuhr Reagan fort. »Sie sagen, sie habe Platzwunden und Prellungen im Gesicht gehabt. Vielleicht hat dieser Lorenzano das ja getan.«

»Vielleicht, aber das erklärt nicht, woher sie unsere Telefonnummer hatte. Falls Tammy ihr sie gesagt hat, muss Sue Kontakt zu jemandem im Gefängnis gehabt haben. Es kommt mir wahrscheinlicher vor, dass sie Fred Oscola gebeten hat, die Telefonnummer von Tammy zu besorgen. Vielleicht glaubte Sue, wir würden ihr ihre Geschichte eher abnehmen, wenn sie sozusagen authentisch aussah.«

»Ich besorge mir Oscolas Einsatzplan«, sagte Mia. »Gleich morgen früh.«

»Wann hat Sue das Haus verlassen?«, fragte Abe. »Bitte so präzise wie möglich.«

»Meines Wissens erst am Dienstagmorgen. Gestern«, erklärte Dana. »Ich sagte, sie solle sich nach einer Arbeit umsehen. Angeblich hat sie das gemacht.«

»Wann ist sie gestern zurückgekommen?«, fragte Reagan. Dana sackte in sich zusammen. »Ich weiß nicht. Ich war nicht da – ich war bei Caroline im Krankenhaus.« Und später hier, im Bett mit Ethan. *Ich war hier und hatte die Nacht meines Lebens, während ...* »Ich habe Evie mit ihr allein gelassen. Die ganze Nacht.«

Ethan legte seine Hand auf ihren Rücken. »Du wusstest es nicht, Dana«, sagte er fest. »Du wusstest es ja nicht.«

»Ich habe ihr geraten, nicht zum Hanover House zurückzugehen, Abe«, murmelte Mia. »Wir dachten, dass Goodman sie beobachtete. Dr. Lee war gerade getötet worden.«

Dana nickte. Ihre Kehle verengte sich, als sie an Dr. Lees letzte Augenblicke dachte. »Evie sagte, er sei plötzlich gegangen und habe sich auch nicht verabschiedet. Er habe eine Nachricht hinterlassen, dass er zu einem Notfall gerufen worden war, und ein Epilepsie-Medikament für Alec dagelassen.«

Mrs. Vaughn blickte erleichtert auf. »Er hat also sein Keppra?«

»Mein Freund, der Arzt, hat ihm welches gegeben.« Danas Lippen zitterten, und sie schürzte sie entschlossen. »Nun ist er tot. Und Sandy auch.«

Ethan zog sie an sich, und sie ließ es geschehen. Sie war nicht sicher, dass sie sich dagegen hätte wehren können, selbst wenn ihr danach gewesen wäre. »Es tut mir so leid, Süße«, flüsterte er. »Wir finden sie, bevor sie noch mehr Schaden anrichten kann.«

»Dana.« Mias Stimme war sanft, und in Danas Kopf schrillte eine Alarmglocke. »Eine Streife hat Sandys Wagen vor ungefähr zwei Stunden gefunden.«

Dana riss die Augen auf, ihr Herz pochte wild. Dass Mia zuvor nichts davon gesagt hatte, konnten keine guten Nachrichten bedeuten. »Sag's schon.«

Mia wirkte gequält. »Der Polizist fand eine zweiundsiebzigjährige Frau auf dem Rücksitz des Wagens. Sie war bewusstlos geschlagen worden, es geht ihr aber inzwischen recht gut. Der Wagen der Frau wird vermisst. Und auch das hier haben wir auf Sandys Rücksitz gefunden.« Sie holte einen Plastikbeutel aus ihrer Jackentasche und reichte ihn Dana. »Nimm es nicht aus der Tüte. Es ist Beweismaterial.«

Dana nahm den Beutel mit zitternden Fingern. »Das gehört Evie«, bestätigte sie, ihre Stimme so bebend wie ihre Hände. »Es ist das Medaillon, das Caroline ihr vor zwei Jahren zum Geburtstag geschenkt hat. Direkt nachdem …« Sie schluckte. »Nachdem sie aus dem Krankenhaus gekommen ist.«

»Nach dem Angriff durch Winters«, erklärte Mia an Abe gewandt, der nickte und sich Notizen machte.

Abe Reagans Gründlichkeit hatte etwas Tröstendes, dachte Dana, als sie Mia den Beutel zurückgab. »Sie hat das Medaillon nie abgelegt, Mia. Nie.« Sie stieß bebend den Atem aus. »Sie wollte uns wissen lassen, dass sie da gewesen ist.«

Ethan verstärkte seinen Griff um ihre Schultern. Und tippte unter ihr Kinn, bis sie den Kopf hob. Auch seine Augen hatten etwas Tröstliches, und Dana ließ es zu, ließ sich Trost geben, so viel sie bekommen konnte. Seine Augen verengten sich leicht, als er sich auf ihr Gesicht konzentrierte. »Dana, so wie ich das sehe, wissen wir eine Menge mehr, als sie im Augenblick glaubt. Und das werden wir uns zunutze machen.«

Dana sah zu ihm auf. »Sie denkt, dass wir Evies Verschwinden auf Goodman zurückführen«, sagte sie mit mehr Ruhe, als sie fühlte, und Ethan empfand erneut eine Woge von Stolz.

Mia begann, auf und ab zu gehen. »Conway hat keine Ahnung, dass wir von den Vaughns wissen.«

»Wir müssen die Orte absuchen, wo sie sich häufig aufgehalten hat, bevor sie ins Gefängnis gegangen ist«, sagte Reagan. »Wir brauchen auch die Adresse Ihrer alten Wohnung,

Mrs. Vaughn, und die des Hauses, in dem Sie aufgewachsen sind. Außerdem lassen wir alle Drogenkuriere überprüfen, die damals mit ihr verhaftet wurden.«

Mia nickte, ohne ihre Wanderung zu unterbrechen. »Wir müssen herausfinden, was sie vorhat. Man sollte meinen, dass sie keine solchen Risiken eingehen würde, wenn sie nicht einen großen Plan hat.«

»Es wird etwas Symbolisches werden«, sagte Dana. »Etwas, das Mrs. Vaughn genauso viel Leid verursachte, wie Sue glaubt, durch sie erlitten zu haben. Und ich bin sicher, dass Sue glaubt, durch sie sehr viel gelitten zu haben.«

»Sie hat mir meinen Sohn genommen«, schrie Randi. »Reicht das nicht an Leid?«

Dana schüttelte den Kopf. »Ich denke nicht, Mrs. Vaughn. Ich denke, sie hat Alec genommen, um Sie hierherzulocken. Warum sonst sollte sie sich so anstrengen, nach Chicago zu kommen und sich hier in der Stadt zu verstecken? Hier geht es weit weniger um Alec als um Sie. Sie haben sie verraten. Sie haben einmal dafür gesorgt, dass sie in einer Jugendstrafanstalt landete, dann haben Sie sie ins Gefängnis gebracht. In ihrem Kopf sind Sie Ursache allen Übels in ihrem Leben. Ich denke, Ihnen soll noch Schlimmeres bevorstehen.«

Einen Moment lang herrschte Schweigen, bevor Ethan sich zwang, auszusprechen, was er dachte.

»Dir auch, Dana. Sie hat Alec entführt, um an Randi heranzukommen. Sie hat Evie entführt, um an dich heranzukommen.«

Dana sah auf, begegnete seinem Blick, und Ethans Herz setzte schlicht aus. Sie wusste, dass sie nach Randi Vaughn als Zweite auf der Liste stand. Aber typisch Dana Dupinsky kümmerte es sie nicht, dass auch sie in Gefahr war.

»Unter gar keinen Umständen«, knurrte er und bohrte seine Finger in ihre Schultern. »Unter gar keinen Umständen denkst du auch nur daran.« Er sah auf und bemerkte, dass Mitchell ihn ansah. »Sagen Sie ihr, dass das nicht geht. Es ist eine Dummheit, auch nur darüber nachzudenken.«

»Dana, Buchanan hat Recht. Schlag es dir aus dem Kopf.« Dana machte sich aus seinem Griff los. »Ihr könnt mich nicht daran hindern. Ich bin es, die sie hasst, nicht Evie. Das, was sie auf den Zettel geschrieben hat, der neben Sandy lag, war für mich gedacht. Das weiß ich. Und ich weiß auch, dass ich alles tun würde, um Evie unversehrt zurückzubekommen.« Sie wandte sie an Mia und zog die Brauen hoch. »Hast du mich verstanden, Mia? Alles! Wenn sie verhandeln will, soll sie.«

Mia schüttelte den Kopf. »Nein, Dana, wir handeln nicht. Sie wird dich töten.«

Dana trat ans Fenster, wieder allein in der Menge, genau wie sie am Montagabend allein im Park gestanden hatte. »Evie hat mit all dem hier überhaupt nichts zu tun. Ich will nicht, dass sie wegen mir leiden muss. Du wirst diesen Austausch in die Wege leiten. Sonst mache ich es.«

Nach diesem Satz verfielen alle in düsteres Schweigen, und erst das Klingeln eines Handys schreckte sie daraus auf. Alle griffen gleichzeitig nach ihren Telefonen. Dann legte Dana den Kopf schief. »Es kommt aus deiner Tasche, Ethan.«

Er fischte es aus seiner Jacke, sein Gesicht wie versteinert. »Das ist deins. Ich hatte vergessen, dass ich es eingesteckt hatte. Du hast es heute Morgen in meinem Zimmer liegen lassen.«

Dana starrte aufs Telefon, als ob es beißen würde. »Nur Evie kennt die Nummer.«

Mit einem Schlag geriet Mia in Aktion. »Alle im Raum Ruhe. Wenn es Sue mit Evie ist, halt die Verbindung so lange aufrecht, wie es geht. Und denk dran, du weißt nichts von Alec. Sie ist Jane, ihr Sohn heißt Erik. *Und du wirst dich nicht zum Austausch anbieten.* Los. Geh ran.«

Chicago
Mittwoch, 4. August, 21.35 Uhr

Sue lehnte sich an die Betonmauer, hinter der sich das Multiplex-Kino des Einkaufszentrums befand, und zog tief an ihrer Zigarette, den Hörer des öffentlichen Telefons am Ohr. Endlich eine Antwort. Eine zittrige Stimme. Also hatte Dupinsky die Sozialarbeiterin und die Nachricht gefunden. Allein die Vorstellung brachte Sue zum Lächeln.

»Hallo?«

Sue stieß eine Rauchwolke aus und zog die Brauen zusammen. »Dana, bist du das?«, fragte sie, so verschüchtert, wie sie konnte.

»Jane? Jane, mein Gott, wir haben uns zu Tode geängstigt. Wo bist du?«

»Dana …« Sue holte überzogen tief Luft. »Ich hatte solche Angst, dass ich … einfach weggelaufen bin. Aber du sollst wissen … ich musste dir sagen …«

»Jane, warst du heute Nachmittag im Haus? Hast du gesehen, was passiert ist?«

»J-ja«, flüsterte sie. »Ich … ich saß im Wohnzimmer und
hab mit Erik ferngesehen, als ein Mann durch die Tür kam.
Ich dachte, ich hätte sie abgeschlossen, als ich vom Rauchen wieder reinkam, aber … Und ich habe mich versteckt,
Dana. Es tut mir leid.« Sue schluckte wieder und wieder,
damit ihre Stimme belegter klang. »Ich wollte die Polizei
rufen, aber ich hatte solche Angst. Er hat die Frau umgebracht, Dana. Er hat sie … Oh Gott, er hat sie in den Kopf
geschossen!«

»Ich weiß, Jane.« Dupinskys Stimme war tröstend und
samtweich, und sie drang tief in Sues Inneres. *Ich hasse es,
wenn sie mit dieser Stimme reden. Als sei ich ein Tier, das
man besänftigen müsste.* »Bitte beruhige dich.« Sue biss
die Zähne zusammen, versuchte ruhig zu bleiben und
zwang sich zuzuhören. Bei aller Ruhe bebte Dupinskys
Stimme ein wenig. Sie hatte Angst. »Ich … ich habe Sandy
Stone gefunden, Jane. Sie ist tot. Ich muss genau wissen,
was du gesehen hast. Du bist die einzige Zeugin. Du musst
uns helfen, den Mann zu finden, der das getan hat, andernfalls ist niemand im Haus mehr sicher. Kannst du es der
Polizei sagen?«

»Nein. Ich will nicht zur Polizei. Aber ich kann es dir
sagen.«

»Okay. Aber zuerst – wie geht es Erik? Ist alles in Ordnung mit ihm?«

Tatsächlich ging Erik mit der ganzen Sache erstaunlich gut
um, dachte Sue. Vielleicht gab es ja doch noch Hoffnung
für den Jungen. Nur schade, dass er nicht lang genug leben

würde, damit sie herausfinden konnte, wie viel von ihrem Blut wirklich in seinen Adern floss. »Erik geht es nicht so gut. Er war zu Tode erschrocken, und jetzt sitzt er da und wiegt sich vor und zurück, vor und zurück. Er hatte einen Anfall, einen ganz schlimmen. Ich habe mich mit ihm in der Kammer unter der Treppe versteckt, als der Mann kam, aber er hat gar nicht nach anderen gesucht. Er wollte dich und Evie. Er schrie und brüllte. Evie sagte ihm, dass du nicht da bist, und da hat er sie geschlagen. Sie hat geblutet, Dana, richtig viel. Dann hat er sie mit sich nach draußen gezerrt. Die ganze Zeit hat er geschrien, dass er dich schon dazu bringen würde, zu ihm zu kommen. Und dass du für alles büßen solltest. Das hat er die ganze Zeit geschrien – dass du für alles büßen würdest.«

Sie hörte, dass Dupinsky nun heftig atmete. Ängstliche kurze Atemzüge. Es war beinahe erregend. »Jane, du musst mir jetzt genau zuhören. Und gut nachdenken. War Evie am Leben, als er sie mitgenommen hat?«

Sue grinste, als sie die Angst und die Sorge in Dupinskys Stimme hörte. Dann riss sie sich zusammen. Es war schwer, das verschreckte Weibchen zu spielen, wenn man von Ohr zu Ohr grinste. »Ja, aber sie hat so viel geblutet. Und sie hat immer nach dir gerufen. Ich wollte rauskommen, wirklich, aber ich musste mich doch um Erik kümmern.«

»Das war richtig, Jane. Deine erste Verantwortung ist dein Sohn. Wo bist du jetzt? Ich komme zu dir und bringe dich an einen Ort, wo du sicher bist.«

Sue sah sich auf dem Parkplatz um, auf dem es von Teenagern wimmelte. Hier war sie durchaus sicher. »Ich komme nicht ins Haus zurück«, sagte sie und fingierte Schluckauf, als sei sie den Tränen nah. »Ich weiß, was du für uns getan hast, aber bei dir geschieht zu viel Schlimmes. Du hast gesagt, dass wir sicher sind bei dir, dass niemand uns was tun kann, aber das stimmt nicht. Ich gehe jetzt in eine andere Stadt, aber ich wollte, dass du das mit Evie weißt. Sie war gut zu Erik.«

»Jane, warte. Wenn er dich gesehen hat, dann bist du auch in Gefahr.«

»Er hat mich nicht gesehen. Er wusste nicht einmal, dass ich noch da war. Danke, Dana. Ich werde dich nie vergessen.«

Und damit legte Sue auf, zog noch einmal tief und zufrieden an ihrer Zigarette und suchte in ihrer Hosentasche die Telefonkarte, die sie vor einer halben Stunde erstanden hatte. *Und weiter. Passt auf, ihr kleinen Vögelchen. Die Katze kommt.*

Müde reichte Dana Ethan das Handy, die Lippen zu einer dünnen Linie zusammengepresst. »Sie hat gesagt, dass Goodman Evie mitgenommen hat. Sie habe alles gesehen, sich aber versteckt. Als Goodman weg war, ist sie mit Erik verschwunden.«

»Sie weiß nicht, dass die Detroiter Polizei den Mann heute Morgen festgesetzt hat«, kommentierte Mia vom Türrahmen, während sie ihr eigenes Handy in die Tasche gleiten ließ. »Warum ruft sie dich an, Dana? Was will sie damit erreichen?«

Danas Schulterzucken war gequält. »Sie will meine Angst hören, will sich daran weiden, dass ich mich um Evie sorge und nichts tun kann. Sie hat es so dargestellt, dass Goodman Evie mitgenommen hat, damit ich zu ihm komme.«

Sie verengte die Augen, als Mia die Stirn runzelte. »Ich weiß. Kein Handel. Ich habe dich durchaus verstanden.«

»Du hast bloß nicht gesagt, dass du dich auch daran hältst«, bemerkte Ethan gepresst. Gott, das machte ihn so wütend.

»Sie geht noch immer davon aus, dass Sie sie für Jane halten«, meldete sich Reagan zu Wort, vermutlich um Frieden zu stiften und sie weiterzubringen. »Gute Arbeit, Dana. Sie haben Ihre Rolle meisterhaft gespielt.«

Ein anderes Mal hätte das Lob sie stolz gemacht, doch nun wurde es geschluckt von dem Tumult, der in ihrem Inneren tobte. Verzweiflung, Zorn und … Hass. »Ich will sie umbringen«, murmelte sie. »Langsam und qualvoll.« Sie wandte sich Randi Vaughn zu. »Sie hat gesagt, dass Alec einen Anfall hatte, aber es kann auch gelogen sein. Falls aber nicht – kann es für ihn gefährlich werden?«

Randi holte tief Luft, und Dana war beeindruckt, wie rasch es ihr gelang, sich zu fassen. »Das kommt darauf an, wie lange der Anfall gedauert hat und wie heftig es war. Normalerweise geht das immer nur ein paar Minuten, aber danach ist er für den Rest des Tages sehr schwach. Falls sie noch einmal anruft – können Sie dann nachfragen, ob er wirklich seine Medizin genommen hat?«

Dana brachte ein kleines Lächeln für die gequälte Mutter zustande. »Ich werde es versuchen. Sie hat außerdem …«

Ein anderes Handy klingelte, und Sheriff Moore zog die Brauen hoch. »Tja, möglicherweise können Sie das jetzt selbst tun, Mrs. Vaughn. Ich habe das Telefon im Strandhaus auf mein Handy umleiten lassen. Das Gespräch könnte für Sie sein. Aber denken Sie daran: Sie dürfen nicht erkennen lassen, dass Sie Bescheid wissen. Sie sind noch immer in Maryland, vergessen Sie das nicht. Und versuchen Sie, sie so lange wie möglich in der Leitung zu halten.« Sie legte das Telefon in Mrs. Vaughns sichtlich zitternde Hand. »Viel Glück.«

Randi umklammerte es mit beiden Händen, und ihre Haut nahm einen grünlichen Schimmer an. Ethan kam an ihre Seite und legte ihr einen Arm um die Schulter. Er nahm ihr das Telefon aus der Hand, klappte es auf und hielt es an ihr Ohr, so dass auch er mithören konnte. Er gab ihr einen kleinen Stups und nickte. »Los«, formulierte er lautlos.

»H-Hallo?«, stammelte Randi. Ihr Körper zitterte so heftig, dass er Sorge hatte, sie könne zusammenbrechen.

»Hallo, Mrs. Vaughn. Kennen Sie mich noch?«

Randi blickte panisch zu Ethan, und der schüttelte den Kopf. »Tust du nicht«, formte er mit den Lippen.

»Nein. Mit wem spreche ich?«

Ein Lachen jagte Ethan einen Schauder über den Rücken. »Dir fällt es wirklich nicht ein, Randi? Und was, wenn ich dich Miranda nennen würde? Hilft das deiner Erinnerung auf die Sprünge?«

Randi fielen die Augen zu. »Sue. Du bist es.«

»Du würdest mich kränken, wenn es dir nicht einfiele, Miranda. Bisher hast du dich ganz gut gehalten. Du bist brav gewesen und hast die Cops aus dem Spiel gelassen. Ich bin stolz auf dich.«

Randi versteifte sich; ihr Blick huschte von Reagan zu Mitchell, dann zu Moore. »Nein. Ich habe weder Polizei noch FBI eingeschaltet.« Das Wissen, dass Sue glaubte, sie würde noch immer mitspielen, schien ihr plötzlich den

Rücken zu stärken, denn sie setzte sich gerade auf. »Wo ist Alec, Sue?«

»Ja, das möchtest du wohl gern wissen, was? Das hätte ich auch gerne gewusst, als ich in der Zelle saß und der Bezirksanwalt mir Mord anhängen wollte. Das wusstest du und hast das Kind versteckt. Die sollten glauben, ich hätte ihn umgebracht. Du hast versucht, mich fertig zu machen, du miese kleine Schlampe.«

»Nein, das habe ich nie gewollt. Ich habe ihnen nie gesagt, du hättest Alec getötet.«

»Erik, Miranda. Er heißt Erik. Nein, du hast ihnen das nicht explizit gesagt, aber du hast es so aussehen lassen, indem du mit ihm untergetaucht bist. Mein Glück, dass der Staatsanwalt nichts drauf hatte. So konnte er nur Vernachlässigung und Unfähigkeit anbringen. Hast du das gewusst, Miranda?«

Blinder Zorn klang aus ihrer Stimme. Und sie hörten Leute im Hintergrund. Viele Leute. Dann eine Hupe. Eine Autohupe.

»Nein, das wusste ich nicht. Es tut mir leid, Sue. Ich habe getan, was ich damals für richtig hielt. Sue, Alec ist krank. Er braucht seine Medikamente. Bitte bring ihn nach Hause. Ich schwöre, ich werde kein Wort sagen, wenn du ihn mir nur wieder zurückbringst. Ich gebe dir, was du willst. Die fünf Millionen. Ich schwöre.« Ihre Stimme brach, versagte. »Bitte lass ihn nach Hause kommen.«

Sue lachte leise. »Ich habe ihn nach Hause gebracht. Du wirst kommen müssen, wenn du ihn wiedersehen willst. Und jetzt hör zu, denn ich sage dir, was du tun musst. Hast du Stift und Papier?«

Ethan holte einen Kugelschreiber aus der Jacke und bedeutete Reagan, ihm das Notizbuch zu geben. Dann nickte er Randi zu, die bebend einatmete. »Ja, habe ich.«

»Dann schreib auf. Du wirst nach Chicago kommen, mit deinem Mann. Nimm den Flug 672 vom National zum O'Hare. Miete dir einen Wagen. Dann gehst du zum Excelsior. Dort ist schon ein Zimmer für dich reserviert. Fahr zu keinem anderen Hotel und nimm kein anderes Zimmer, oder du kriegst einen weiteren Finger, und der wird diesmal viel kleiner sein. Hast du mich verstanden?«

Randi nickte. »Ja. Ist Alec am Leben? Bitte, Sue, sag mir, ist er am Leben?«

»Ja, ist er. Aber nicht mehr lange, falls du nicht genau das tust, was ich von dir will. Oh, und sieh in deine E-Mail. Du hast das mit dem Vorschuss nicht schlecht hinbekommen, jetzt sind wir bereit für mehr. Check-in morgen im Hotel ist drei Uhr.«

Es machte klick, und die Verbindung war unterbrochen. Randi saß einen Moment lang nur da, vollkommen ausgelaugt, dann straffte sie den Rücken. »Können wir von hier in meine Mailbox sehen?«

Ethan tippte bereits Befehle ein. Seine Augen wanderten hin und her, während er las, dann wich ihm die Farbe aus dem Gesicht. »Fünf Millionen bis Freitag um fünf Uhr nachmittags oder sie schickt uns Alec in Stücken.«

»Lassen Sie uns die Mail zurückverfolgen?«, fragte Clay gepresst. »Es wird Ihnen einiges an Zeit ersparen.«

Reagan nickte knapp. »Ich bitte darum.«

Chicago
Mittwoch, 4. August, 22.15 Uhr

Donnie Marsden hatte ein wenig Gewicht zugelegt, dachte
Sue, als sie zusah, wie er über den Kinoparkplatz in ihre
Richtung kam. Sie lächelte ihm zu, als er sich bückte und ins
Beifahrerfenster ihres kürzlich erworbenen Autos blickte.

»Suze.« Er sah sie verärgert an. »Du warst nicht dort, wo
du hättest sein sollen.«

»Gebranntes Kind, Donnie.« Sie hatte keine Lust gehabt,
das Opferlamm zu spielen, falls er sie doch verraten hatte.

»Steig ein. Es ist Zeit, ein paar Einzelheiten zu besprechen.«

»Moment. Du hast versprochen, niemanden in die Pfanne
zu hauen, aber du hast Leroy Vickers getötet.«

Sue lächelte. Sie hatten also Vickers' Transporter gefunden. »Habe ich das?«

Donnie runzelte die Stirn. »Spar dir die Spielchen, Sue. Du
hast Vickers umgelegt. Du könntest das auch mit mir machen.«

»Du hast nicht gegen mich ausgesagt, Donnie. Und die anderen auch nicht. Sie haben nichts zu befürchten. Steig
endlich in die verdammte Kiste.«

Nach einem weiteren Augenblick des Zögerns stieg er ein,
zog die Tür hinter sich zu und erstarrte, als er die Neun-
Millimeter sah, die in ihrem Schoß auf ihn gerichtet war.
»Was soll das?«

»Nur eine Versicherung, Donnie. Nicht, dass ich ausgerechnet dir nicht vertraue – ich vertraue niemandem.« Sie
griff unter den Sitz und holte einen Schuhkarton hervor.

»Leere deine Taschen in den Karton. Eine falsche Bewegung, und du bist tot.«

Bleich und knurrend gehorchte Donnie. Drei Flaschen mit Medikamenten, ein Messer, eine Pistole und ein benutzter, auf die richtige Länge abgeschnittener Halm landeten in der Schachtel. Sue runzelte die Stirn. »Dieses Wochenende bleibst du clean, verstanden?«

Donnie warf ihr einen wütenden Blick zu. »Damit prüfe ich bloß die Ware.«

»Okay, meinetwegen. Dann prüfst du eben bis Samstag keine Ware. Danach kannst du dir meinetwegen Lines ziehen, bis deine Nase qualmt. Zieh deine Hosenbeine hoch.«

Brummelnd gehorchte er, holte eine Beretta aus dem Knöchelholster und warf auch die in die Box. »Verdammt, Donnie, du bist ja ein wandelndes Waffenarsenal.« Sie schob den Karton wieder unter den Sitz und startete den Wagen. »Ich werde nervös, wenn ich zu lange irgendwo sitze. Entspann dich. Ich brauche dich viel zu sehr, um dich reinzulegen.«

Donnies ohnehin grantige Miene verfinsterte sich, als sie vom Parkplatz fuhren. »Wohin bringst du mich?«

»Auf die Straße der Nostalgie, mein Freund. Keine Sorge.«

»Verdammt, Suze, was soll das Ganze eigentlich? Und ich würde sagen, du solltest dir eine richtig gute Antwort einfallen lassen.«

Sue lächelte nur. »Oder was?« Sie ließ die Herausforderung verklingen. »Freitagabend, neun Uhr. Einer der Jungs muss unser Vögelchen abholen.«

»Von wo?«

»Excelsior. Zimmer 2021. Hier ist der Schlüssel.« Sie holte eine Key-Karte aus der Tasche und gab sie ihm. »Außerdem sollte er eine Pagenuniform tragen.«

»Woher hast du das Ding?«

»Unwichtig. Wen wirst du schicken?«

Donnie schob die Karte in seine Tasche. »Gregory. Er hat schon in Hotels gearbeitet. Müsste auch noch eine Uniform haben, und wenn nicht, weiß er, wie man sich eine besorgt. Wer ist die Person, Suze?«

Es war Zeit. »Erinnerst du dich an die Wohnung am Central, in der ich gewohnt habe?«

»Ja.« Er grinste langsam. »Das Bett hat ein paar gute Zeiten erlebt, was?«

»Ich staune, dass du das noch weißt«, erwiderte Sue trocken. Donnie hatte immer schon gern »Ware geprüft«, und Sue war sicher, dass es komplette Abschnitte gab, die in seiner Erinnerung fehlten. Aber wenn er nüchtern und clean war, gab er einen höllisch guten Geschäftsmann ab. Sie hatten im ersten Jahr beinahe einhunderttausend Dollar gemacht – genug, um einem Mädchen das Gefühl zu geben, verliebt zu sein. Am Ende des zweiten Jahres hatten sie weitere fünfundsiebzigtausend verdient. Sie hatten das Geld in neue Ware gesteckt, die bei ihrer Festnahme unglücklicherweise beschlagnahmt worden war.

Donnie zwinkerte ihr zu. »An Sex kann ich mich immer erinnern. Alle anderen Einzelheiten aus dieser Phase sind ein wenig verschwommen.«

Sue dagegen erinnerte sich dummerweise nur allzu gut an alle Einzelheiten. Donnie, der gewöhnlich jeden mit seinem jungenhaften Charme um den Finger wickeln konnte, wurde unter Drogeneinfluss ziemlich aggressiv – besonders gern beim Sex. Mehr als einmal war es blutig ausgegangen, aber da er zu der Zeit die Fäden gezogen hatte, hatte sie so getan, als ob es ihr gefallen würde. Tja, wie sich die Dinge änderten, dachte sie. *Jetzt ziehe ich an den Fäden.* Aber sie hoffte doch, dass Donnie noch immer brutal werden konnte. Oder jemanden kannte, der es tat. Sie hatte Schulden einzutreiben, und es würde keinen Erlass geben.

»Erinnerst du dich an ein Mädchen namens Miranda?«

Er zog die Brauen zusammen. »Fällt mir im Moment nichts dazu ein.«

»Sie hat uns immer Bier besorgt«, sagte Sue trocken, und Donnie grinste wieder.

»An Sex und Bier erinnere ich mich immer.« Er dachte einen Moment nach. »Miranda. War die das nicht mit dem Baby, das du als Tarnung für das Zeug benutzt hast?«

Wie sie es sich gedacht hatte: Ganze Abschnitte der frühen Neunziger waren in der Küche seines Hirns zu Brei zerkocht. »So ähnlich«, murmelte sie, schwieg dann aber, bis sie den Wagen auf den Highway gelenkt hatte. Sie hatte sich gedacht, dass er nicht mehr wirklich wusste, was in den sieben Monaten geschehen war, die sie nach ihrem ersten lukrativen Jahr fort gewesen war. Sie war von einem gewöhnlichen Streifenpolizisten wegen Diebstahls hochgenommen worden, doch bei einer Leibesvisitation hatte man ihren Privatvorrat gefunden, woraufhin die Staatsanwaltschaft Klage wegen Drogenbesitzes erhoben hatte. Aber sie war nicht eingebrochen, hatte niemanden verraten, hatte sich nicht einmal von dem Versprechen auf Bewährung verführen lassen. Sie hatte Donnies Geheimnis gehütet, und er war nicht einmal klar genug im Kopf gewesen, um es anerkennen zu können.

Dann stellte sie zwei Monate nach Antritt der Haftstrafe fest, dass sie schwanger war. Die Horrorgeschichten über Gefängnisabtreibungen waren bekannt, also beschloss sie aus Furcht, das verdammte Balg tatsächlich auszutragen, obwohl es zu allem Unglück auch noch erst einen Monat nach ihrer Entlassung zur Welt kommen sollte. Sie wusste genau, dass Donnie sich nicht für eine unförmige und aus dem Leim gegangene Freundin interessieren würde, und so hatte sie sich an die einzige Person gewandt, die ihr eingefallen war. Die einzige Person, die dumm genug war, ihr immer wieder aus der Patsche zu helfen. Das hatte sie zumindest gedacht. Aber sie hatte sich geirrt.

Miranda Cook – nun die reiche Randi Vaughn. Leider gar nicht so dumm. *Aber leider, leider vom Pech verfolgt, denn jetzt habe ich sie da, wo ich sie hinhaben wollte.*

Donnie schüttelte den Kopf. »Willst du damit sagen, dass das Mädel mit dem Bier uns verpfiffen hat? Dieses langweilige Mäuschen?«

Manche mentalen Motoren brauchten etwas länger, um warmzulaufen. »Dieses langweilige Mäuschen hat mir zehn Riesen geklaut und auf dem Weg aus der Stadt mit dem Baby die 911 gewählt.«

»Was der Grund dafür ist, warum das Kind spurlos verschwand.«

»Bravo. Zehn Bonuspunkte für dich«, gab sie beißend zurück.

»Tja«, machte Donnie, während er sich im Sitz zurücklehnte. »Das wirft natürlich ein ganz anderes Licht auf den

Faktor Rache. Ich meine, die Tatsache, dass unser Vögelchen weiblich ist.«

»Darauf hatte ich durchaus gehofft.«

»Und, Suze – was steckt für dich da drin? Ich kann mir nicht vorstellen, dass du dir die ganze Arbeit gemacht hast, die Schnecke aufzutreiben, nur damit wir unseren Spaß mit ihr haben können.« Er verengte die Augen. »Was ist dein Gewinn daraus?«

»Keiner. Ihr könnt nur mit ihr ganz andere Dinge anstellen als ich.«

Auf Donnies Lippen erschien ein träges Lächeln. »Ah. Ich verstehe.«

Sue verließ den Highway und fuhr in die Richtung, aus der sie gekommen waren, zurück. »Da bin ich mir nicht wirklich sicher.«

Er wandte den Kopf und starrte aus dem Fenster. Als er wieder nach vorn blickte, erhaschte sie aus dem Augenwinkel einen Blick auf sein Gesicht. Und wusste, dass er verstand. Sehr gut sogar.

»Erzähl's mir«, sagte sie ruhig.

»Große, wichtige Jungs, die einem Neuen zeigen wollten, wer der Boss ist. Gott, ich dachte, ich sei hart im Nehmen. Aber ich wusste gar nicht, was das war. Eine Woche war ich im Krankenzimmer. Aber es ist nur einmal passiert. Ich habe schnell gelernt.«

Ja, man lernt vieles im Knast. »Das kann ich nachvollziehen.«

»Du auch?«

»Multiplizier es mit gut zweihundert Mal, und dann kommst du der Sache nahe.«

»Scheiße.« Er sah wieder aus dem Fenster. »Kerle?«

»Meistens. Aber inzwischen gibt es einen weniger.«

»Gut für dich, Suze. Ich war leider nicht so drauf. Ich wollte es einfach nur vergessen und weitermachen.«

Sie räusperte sich. »Jedenfalls wird Miranda morgen in Chicago eintreffen.«

»Warum nicht schon morgen? Warum bis Freitag warten?«

»Weil sie noch etwas hat, das ich haben will. Sobald das erledigt ist, kriegst du sie.«

Den Rest der Fahrt schwiegen sie, bis sie in die Zufahrt zur EL-Haltestelle fuhr, die dem Einkaufszentrum, wo er seinen Wagen abgestellt hatte, am nächsten war. »Und hier müssen wir uns voneinander trennen«, sagte Sue. »Ich fahre nicht zum Parkplatz zurück. Du kannst die Bahn oder ein Taxi nehmen. Ich rufe dich Freitagmorgen an und sage dir, wo unsere kleine Party am Abend stattfindet.« Sie holte den Karton unter dem Sitz hervor und reichte ihn ihm.

»Sauer wegen der Konfiszierung?«

»Nein. Im Grunde verstehe ich schon.« Er steckte seine Waffen wieder ein und nahm dann die Medikamente. »Ich verstehe sogar sehr viel besser, als du glaubst.«

Da erst begriff sie, dass er ihr eine Flasche so hinhielt, dass sie das Etikett lesen konnte. Und als sie es tat, wusste sie, dass Donnie noch einen weiteren Grund hatte, Randi Vaughn umzubringen. »Wie lange hast du's schon?«, fragte sie ihn ruhig.

»Diagnostiziert vor fünf Jahren. Große, wichtige Jungs mit Aids. Ich habe eine ziemlich dicke Rechnung mit unserem Vögelchen offen, Suze. Eine ziemlich dicke.«

18

Chicago
Mittwoch, 4. August, 23.30 Uhr

Drei Augenpaare schauten auf, als Dana in einer Dampfwolke aus Ethans Bad kam. Ihre Augen weiteten sich, und instinktiv zog sie den Bademantel enger um den Körper.

»Wir zeigen Sheriff Moore die Bilder von den Überwachungsbändern«, sagte Clay und deutete auf den Stapel Fotos auf dem Couchtisch. »In der Kanne ist Kaffee und im Kühlschrank chinesisches Essen.«

Sheriff Moore lächelte freundlich. »Ich habe Ihnen einen Jogginganzug von mir aufs Bett gelegt.«

Ethan, der hinter dem kleinen Schreibtisch saß, sah weg. Er war noch immer wütend auf sie, dass sie sich für einen Austausch anbieten wollte. *Dann soll er böse sein,* dachte sie trotzig. Aber es tat dennoch weh.

Dana beschloss, sich zuerst mit Sheriff Moore auseinanderzusetzen. »Und wo sind meine Sachen?«

»Mitchell hat einen Officer geschickt, um sie abzuholen. Sie hatten Blut von Sandy Stone auf ihrem Rock. Sie brauchen es vielleicht als Beweismaterial.«

Dana nickte. Dass sie Blut auf dem Rock hatte, war keine große Überraschung. Ihre Hände hatten von Sandys Blut

442

getrieft. Sie schaute auf ihre Finger herab, die nun sauber und schrumpelig waren. Mia hatte sie gedrängt, ein langes Bad zu nehmen.

Doch das Wasser und die Seife hatten im Grunde nichts geändert: Sie hatte dennoch Blut an den Händen. Evies wahrscheinlich. Alecs in gewisser Hinsicht ebenfalls. Sie hob den Blick, um gerade noch zu sehen, wie Moore und Clay sich stirnrunzelnd ansahen.

»Es geht mir gut«, sagte sie. »Ich muss nur …« *Was denn? Was nur?* »Ich brauche nur eine Minute.«

Clays tiefe Stimme drang zu ihr. »Dana, wenn Sie Ruhe haben müssen, dann legen Sie sich bitte ein wenig hin.«

Dana blieb im Türrahmen stehen. »Nein, ich hatte genug Zeit für mich allein, danke. Ich muss etwas tun, oder ich werde verrückt.«

Moores Jogginghose war etwas zu kurz im Bein und das Sweatshirt der Bostoner Polizei zu eng an den Schultern, aber es war besser, als im Hotelbademantel herumzulaufen, wenn alle anderen angezogen waren. Sheriff Moore drückte ihr einen Becher Kaffee in die Hand, als sie eine Minute später zurückkam.

»Wir wollten eben schon einen Suchtrupp losschicken«, murmelte sie mit einem kleinen Lächeln.

Danas Wangen wurden heiß. »Tut mir leid. Ich bin in der Badewanne eingeschlafen.« Sie sah überrascht auf die Uhr am Fernseher. »Wow. Mir war nicht klar, dass ich so lange gebraucht habe.«

»Das muss Ihnen nicht leid tun«, erwiderte Moore. »Sie hatten etwas Ruhe nötig.«

Danas Blick huschte zu Ethan, der sich stur weigerte, aufzusehen. »Du solltest auch schlafen, Ethan. Du bist seit vierundzwanzig Stunden aktiv.«

»Ich schlafe, wenn Zeit dazu ist«, sagte er knapp. »Geh du ins Bett. Wir sind hier bald fertig.«

Es war eine glatte Abfuhr, und alle sahen überrascht auf. Dana ignorierte ihn und setzte sich. »Haben Mia und Abe den Laden gefunden, von dem sie die letzte E-Mail abgeschickt hat?«

»Ja, aber er ist zu«, antwortete Clay. »Sie versuchen jetzt, den Inhaber ausfindig zu machen.«

»Damit wir wissen, welche Kreditkarte sie diesmal benutzt hat«, schloss Dana grimmig. »Eine andere würde wieder eine weitere tote Frau bedeuten. Gab es neue Anrufe?«

Clay schüttelte den Kopf. »Nein. Aber die Polizei konnte den Anruf zu einem Münztelefon am Kinopalast in der Camden Road zurückverfolgen.«

»Sie war in der Mall«, murmelte Dana. »Deswegen die Hintergrundgeräusche. Die Mall liegt in der Nähe der Gegend, in der Randi aufgewachsen ist.«

»Ja, das hat Mitchell auch gesagt.« Sheriff Moore lehnte sich zurück an die Sofakissen. »Sie sind hingefahren und haben sich dort umgesehen. Sues Onkel und Tante sind tot, das Haus ist ausgebrannt.«

Dana zog die Brauen zusammen. »Sue?«

»Nein«, sagte Clay. »Das Haus hat am Donnerstagmorgen in der Dämmerung gebrannt. Zu dem Zeitpunkt war Sue in Morgantown und stieg in den Bus, während Bryce in Maryland im Gefängnis saß. Es muss jemand anderes gewesen sein. Und da denken wir an diesen ominösen Lorenzano.«

»Er war in Wight's Landing«, fühte Moore hinzu. »Nachdem wir erfahren hatten, dass er Bryce im Gefängnis besucht hat, ließ ich meine Deputys sein Bild herumzeigen. Der Türsteher einer Bar hat sich erinnert, dass er mit der Bedienung angebändelt hat. Pattie will aber nichts sagen.« Dana nippte am Kaffee und versuchte, sich zu konzentrieren. »Ich könnte mir vorstellen, dass Sue ursprünglich vorgehabt hatte, zu Tante und Onkel zu gehen, ob sie sie nun dahaben wollten oder nicht. Dass das Haus abgebrannt war, dürfte ihre Pläne empfindlich gestört haben.« Clay schaute beeindruckt auf. »Das kann sein.«

Dana hob eine Schulter. »Falls sie Tammy aus dem Gefängnis kannte, wissen wir auch, wie sie zum Hanover House gefunden hat. Was mir aber nicht in den Kopf will, ist das Warum. Es würde nur Sinn ergeben, wenn es für Sue absolut kein anderes Versteck gegeben hätte. Selbst für sie muss es einen beträchtlichen Aufwand bedeutet haben. Ich meine, sie hat sich immerhin zusammenschlagen lassen. Und alles nur, um es ein paar Sozialarbeitern heimzuzahlen? Aber falls sie eigentlich zu ihren Verwandten wollte und dann genügend Angst vor Lorenzano hatte … das könnte doch Grund genug sein.«

»Hat sie gezögert, in die Öffentlichkeit zu gehen?«, fragte Moore.

»Ja, aber das tun sie anfangs alle. Unser Ziel ist jedoch Unabhängigkeit, also habe ich darauf bestanden, dass sie sich nach einer Arbeit umsieht – so wie ich es mit allen Frauen mache, die zu uns kommen. Sie meinte, sie hätte Angst, dass ihr Mann sie findet. Aber das sagen sie auch alle.« Dana seufzte. »Und die meisten Frauen haben auch Grund dazu.« Sie stand auf, plötzlich wieder nervös, und begann, unruhig auf und ab zu gehen. »Ich versuche ihnen beizubringen, mit ihrer Angst umzugehen, sich jeden Tag aufs Neue zu sagen, dass sie nichts zu befürchten haben. Falls sie dann in Panik geraten, soll es wie ein Mantra in ihrem Kopf sein.«

»Und funktioniert das?«, fragte Moore, noch immer freundlich.

»Manchmal.« Dana blieb stehen. »Nur nicht, wenn ich Killer ins Haus bringe.«

Ethan sah auf. Endlich. »Du konntest es nicht wissen, Dana.« Er sah ihr direkt in die Augen, der Blick herausfordernd. »Aber jetzt weißt du es. Alles, was du vorher getan hast, all die Frauen, die du vorher in dein Haus gelassen hast – das alles war ein kalkuliertes Risiko. Männer, die ihre Frauen schlagen, sind gefährlich. Aber hier haben wir es mit einer anderen Situation zu tun. Du kennst die Gefahr. Du weißt, wozu Sue Conway imstande ist.«

Tränen stiegen in ihre Augen. »Ich weiß, dass sie Evie und Alec töten wird, wenn ich nichts tue.«

Ethan schüttelte den Kopf. »Nein, du weißt es besser«, sagte er ruhig. »Sie hat keinen Grund, Evie und Alec gehen zu lassen. Sie haben sie gesehen. Sie können sie identifizieren, wenn sie geschnappt wird. Sie lässt sie nicht gehen, egal was du tust. Es macht keinen Unterschied.«

Moore stand auf und begegnete Danas Blick. »Er hat Recht, Dana. Ich habe in meiner Karriere schon an vielen Entführungsfällen gearbeitet. Man darf dem Täter keine Macht geben.«

»Wir müssen uns darauf konzentrieren, Conway zu finden, damit sie uns zu Evie und Alec führt«, fügte Clay hinzu. »Und das können wir nicht, wenn wir dauernd auf Sie aufpassen müssen … wenn wir uns Sorgen machen müssen, dass sie noch eine Geisel in die Finger bekommt, nur weil Sie sich aufgegeben haben.«

»Sie müssen mit uns zusammenarbeiten«, sagte Moore. »Wir brauchen Sie. Sie haben Zeit mit ihr verbracht. Sie müssen uns helfen zu verstehen, wie sie denkt. Evie und Alec brauchen Sie hier, wo Sie uns unterstützen können.«

Sie hatten Recht. Sie war in der Badewanne zu demselben Schluss gekommen, als sie gegrübelt, sich selbst in Frage gestellt, sich über ihre Motive klar zu werden versucht hatte. Und stellte sie sich nicht immer in Frage? Aber diese Menschen hier vertrauten ihrem Urteil. Sie hatten Vertrauen in sie. Sie beneidete sie für dieses Vertrauen, während sie gleichzeitig zutiefst gerührt war. Diese Menschen machten sich um sie Sorgen. Und sie hatten Angst um sie.

»Sie haben diese kleine Rede geübt«, stellte Dana unsicher fest, während sie von Moore zu Clay blickte. Dann zu Ethan, der stumm dasaß und sie anblickte, die Lippen fest aufeinandergepresst. Sie hätte gerne gewusst, was er sich nicht zu sagen zugestand.

Moore sah sie nüchtern an. »Sie müssen uns versprechen, dass Sie nichts unternehmen werden, das Ähnlichkeit mit einem Geiselaustausch hat. Andernfalls wird Detective Mitchell Sie in Schutzhaft nehmen.« Dana wusste, dass Mia das tatsächlich tun würde. »Ich gebe Ihnen mein Wort.« Sie spürte, wie die kollektive Anspannung nachließ. Sie hatten darauf gewartet, dass sie aus dem Bad kam, um sie zu überzeugen, nichts sträflich Dummes zu tun. »Ich habe inzwischen verstanden, dass ich alles nur noch schlimmer machen würde, wenn ich so etwas täte.«

Clay warf Ethan einen Blick zu. »Das war verdammt viel leichter, als du uns prophezeit hast.«

Danas Blick flog zu Ethan. »Wie bitte?«

Moore verdrehte die Augen. »Maynard, haben Sie noch nie etwas davon gehört, dass man manchmal besser schweigen sollte?«

Ethan funkelte seinen Partner wütend an. »Vielen Dank, Clay.«

Clays Lippen zuckten. »Oh, gern geschehen.« Er klopfte auf den leeren Stuhl neben sich. »Und jetzt setzen Sie sich, Dana. Ich will wissen, ob Sie die Tätowierung auf Sues Schulter gesehen haben.«

»Ich habe schon Mia und Abe gesagt, dass ich eine an ihrem Ringfinger gesehen habe, und da war auch etwas auf ihrer Schulter. Zeigen Sie mir die Fotos. Vielleicht fällt mir etwas ein, wenn ich sie sehe.« Dana ging die Bilder durch und schüttelte dann den Kopf. »Sie hat die Tätowierung mit Make-up zugedeckt, nicht wahr? Das war Evies Make-up. Evie ist nie aus dem Haus gegangen, ohne sich zu schminken.« Sie schluckte. »Und sie hat geglaubt, ich hätte die Schminke genommen.«

»Wie kommt sie denn darauf?«, fragte Ethan sanft, und Dana wünschte sich, er wäre aufgestanden und hätte sie in den Arm genommen. Hätte ihr gesagt, dass alles gut werden würde. Hätte sie angelogen, wenn es nötig gewesen wäre. Aber er blieb hinter dem Tisch sitzen, als wolle er absichtlich eine Barriere zwischen ihnen errichten.

»Ich habe ihr gesagt, sie solle das Haus nicht verlassen, weil ich dachte, dass Goodman draußen lauerte. Aber stattdessen war die Gefahr im Haus.« Sie blickte wieder auf ihre Hände. Falscher Ort, falsche Zeit. Falsche Entscheidung. *Meine falsche Entscheidung.* Für die Evie bezahlen würde.

»Dana, sieh mich an.« Sie tat es und sah, dass sein Blick weicher geworden war. Er war nicht mehr wütend. Und die Erleichterung war so groß, dass ihr die Knie weich wurden. »Weiß Evie, dass du sie liebst?«

Danas Kehle verengte sich. »Ja. Ich habe es ihr noch heute Morgen gesagt. Als ich zum letzten Mal mit ihr gesprochen habe.«

»Dann wird dieses Wissen sie aufrecht halten, bis wir sie gefunden haben.«

Clay räusperte sich, und Dana bemerkte, dass sie und Ethan sich quer durch den Raum angestarrt hatten. Ethan blickte weg, und Dana spürte, wie ihre Wangen sich erneut röteten.

»Ich denke, im Augenblick sind wir hier fertig«, sagte Clay. »Wir müssen alle etwas schlafen.«

»Und ich werde mich jetzt verabschieden«, sagte Moore. »Ich fliege morgen nach Maryland zurück.«

Dana zupfte an dem Sweatshirt. »Ihre Sachen.«

»Geben Sie sie Maynard mit. Er und ich besuchen den Bezirksanwalt, wenn er zurückkehrt.«

Clay verzog das Gesicht. Die Aussicht schien ihn nicht zu begeistern.

Dana runzelte die Stirn. »Er wird doch wohl nicht angeklagt werden, oder?«

»Nun, das liegt beim Staatsanwalt, aber ich denke eigentlich nicht. Ich habe vor, Bryce Lewis noch einen zweiten Besuch abzustatten. Jetzt, da ich weiß, was ich fragen muss, wird er vielleicht etwas umgänglicher sein.« Die Hand an der Türklinke, blieb sie stehen. »Wenn das alles vorbei ist, sollten Sie zu uns kommen. Das Rauschen der Wellen kann sehr tröstend sein.«

Clay stand auf, als Moore die Tür zuzog. »Und ich verschwinde jetzt auch. Ethan, wirfst du mir einen Karton *Lo mein* aus dem Kühlschrank zu?«

Ethan sah zum Kühlschrank, der ein gutes Stück von ihm entfernt war. »Hol's dir selbst, Maynard.«

Grinsend gehorchte Clay. Ein Blick auf Danas verwirrte Miene ließ ihn laut auflachen. »Gute Nacht.« Er ging ins Nebenzimmer, und sie und Ethan waren endlich allein.

Dana fühlte sich verlegen und linkisch wie ein Teenager, als sie sich zu Ethan umwandte. Er saß noch immer am Schreibtisch, die Hände verschränkt, die Kiefer zusammengepresst. »Geh ins Bett, Dana. Ich schlafe hier.«

Sie trat einen Schritt vor. »Ethan, wenn du noch immer wütend auf mich bist …«

»Bin ich nicht«, unterbrach er sie. »Ich muss nur über vieles nachdenken. Wir sehen uns morgen früh.«

Er sah nicht müde aus. Er sah fuchsteufelswild aus. Aber er war erwachsen, und wenn er allein sein wollte, um nachzudenken, so war das sein gutes Recht. »Fein.« Sie war froh, als er bei diesem Wort wenigstens zusammenzuckte. »Gute Nacht.« Sie ging ins Schlafzimmer und schloss die Tür, wobei sie hoffte, er würde hinterherkommen und sich für seine Laune entschuldigen. Aber natürlich tat er es nicht, und nachdem sie einen Moment gewartet hatte, gab sie auf und legte sich allein ins Bett.

Chicago
Donnerstag, 5. August, 0.15 Uhr

Sue schlich die Treppe in dem heruntergekommenen Wohnhaus hinauf. Die alte Frau musste in recht guter Form sein, dachte sie, wenn sie noch in ihrem Alter die drei Stockwerke schaffte. Ihr Name war Jackie Williams, und sie war vor elf Jahren Randi Vaughns Nachbarin gewesen. Sie war auch diejenige gewesen, die vor elf Jahren der Polizei gesagt hatte, wo sie Sue finden konnte. Ursprünglich hatte Randi die Polizei gerufen, aber Sue hatte sich verstecken können, während Donnie und die anderen festgenommen worden waren. Zwei Tage lang hatte Sue sich verborgen gehalten. Aber als sie herauskam, hatte Jackie Williams sie gesehen. Sie hatte ihr aufgelauert. Und nur darauf gewartet, die Cops anzurufen.

Sie war die Nächste auf Sues Liste. Die Rache würde dem Verbrechen der Frau entsprechen. Jackie Williams hatte sie beobachtet und dann geredet. Wenn eine Stunde vorbei war, würde sie beides nie wieder können.

Chicago
Donnerstag, 5. August, 0.15 Uhr

Alec hatte keine Ahnung, wie spät es war. Vielleicht war es noch Mittwoch, vielleicht aber auch schon Donnerstag, doch der Morgen war noch fern. Es war finster. Er hatte lange allein unter dem Bett gelegen. Sie hatte ihn dort deponiert, nachdem sie die Stricke fester gezogen hatte, die

Evie zu locker um seine Hände gebunden hatte. Irgendetwas stimmte mit Evies Händen nicht, dachte er. Sie hatte so lange mit den Stricken hantiert, dass das Miststück wütend geworden war. Sie hatte Evie ebenfalls gefesselt und sie ins Bad gestoßen. Schließlich war das Miststück wiedergekommen und hatte ein böses Lächeln auf den Lippen gehabt. Und Alec wusste, dass sie nun auch Evie getötet hatte. Sie hatte sein Medikament aus dem Rucksack geholt, es ihm gezeigt, dann wieder in den Rucksack geworfen. Er brauchte das Keppra, das wusste er. Ohne das Mittel würde er bald einen Anfall bekommen.

Und er musste vorher entkommen.

Sie hatte ihm den Mund zugeklebt, damit er nicht schreien konnte, und ihn unter das Bett geschoben. Hier war es noch viel muffiger als unter den Schwimmwesten, unter denen Cheryl ihn versteckt hatte. *Cheryl*. Er durfte nicht an sie denken. Er durfte nicht weinen. Der Staub unterm Bett war schlimm genug. Wenn er jetzt noch schniefte und schluchzte, würde er ersticken.

Er hatte Angst. Er fürchtete sich unter dem Bett, aber er fürchtete sich auch, hervorzurobben. Denn falls sie da war … Sie hatte diese Frau umgebracht, diese Freundin von Evie. Genauso wie Cheryl. Und den Arzt. Er schauderte, wie immer, wenn er an den Arzt und die Finger in der Kühlbox dachte. *Sie wird mich auch töten.* Und es war leichter, dort aufzuhören und nicht daran zu denken, was sie mit dem Messer noch alles anstellen konnte. Das Messer war schrecklicher als die Pistole.

Eine Spinne kroch über sein Gesicht. Die dritte, dachte er, vielleicht auch die vierte. Er biss die Zähne zusammen, um das Bedürfnis zu schreien niederzukämpfen, und zwang sich, an die bescheuert aussehenden Comic-Spinne auf der Karte zu denken, die Cheryl benutzt hatte, um mit ihm das Wort zu üben. *Spin-nä.* Wieder und wieder. *Kein Wort,* hatte Cheryl gesagt, und inzwischen glaubte er zu wissen, warum. Das Miststück wusste, dass er taub war. Aber nicht, dass er sprechen konnte. Nicht einmal seine Mutter wusste es. Nur Cheryl. Sie würden Fortschritte machen, hatte sie gesagt. Sie hatten »Big Mac, Pommes und eine Cola« geübt, damit er zu McDonald's gehen und seine Mutter überraschen konnte.

Aber er hatte es noch nie in Gegenwart einer anderen Person versucht. Niemals gesprochen, wenn jemand anderes da war. Er wusste nicht, wie er sich anhörte. Cheryl hatte von Fortschritt gesprochen, aber sie konnte ihn auch belogen haben. Er hörte sich vielleicht vollkommen blöd an, und niemand würde ihn verstehen. Aber Cheryl hatte nie gelogen. Sie war so mutig gewesen. Hatte versucht, ihn zu beschützen. Und nun war sie tot. *Ich schulde ihr mehr, als hier nur ängstlich unter dem Bett zu liegen,* dachte Alec und wappnete sich gegen das Schlimmste.

Er rollte sich unter dem Bett hervor und erwartete beinahe, dass das Miststück dort stehen und auf ihn herabschauen würde. So wie sie im Schrank auf ihn herabgesehen hatte. Aber sie war nicht da.

Die Luft hier war besser, aber er konnte immer noch nicht richtig atmen. Er konnte die Badezimmertür sehen, hinter der sich Evie befand. Tot oder lebendig, er wusste es nicht. Aber mit ihr würde er eine bessere Chance haben. Außerdem hatte auch sie versucht, ihn zu beschützen. Falls sie lebte, konnte er sie nicht einfach zurücklassen. Wenn er sich an der Tür aufrichtete, konnte er den Türknauf vielleicht drehen. Er holte durch die Nase so viel Luft, wie er konnte. Und begann, auf die Tür zuzurobben.

Chicago
Donnerstag, 5. August, 0.30 Uhr

Dana wollte keinen Sex. Sie wollte Nähe. In der vergangenen Nacht war jemand da gewesen, als die Alpträume sie überfallen hatten. Der Tag war grauenvoll gewesen, aber sie hatte es geschafft, nicht zusammenzubrechen. Sie hatte sich gezwungen, nicht darüber nachzudenken, wo Evie und Alec waren. Ob sie noch lebten. *Bitte lass sie unversehrt sein.*

Aber nun in der Stille der Nacht würden die Träume kommen. Das taten sie zuverlässig, und heute würden sich neue dazugesellen. Sie rollte sich auf den Rücken. Starrte auf ihre Hände. Sie hatte Blut an den Händen gehabt. Sandys Blut. Im Traum würde sie wieder Blut an den Händen haben. Und sie würde aufwachen, panisch sein, innerlich schreien, sie wusste es.

Und sie hatte so sehr gehofft, dass sie auch heute nicht allein sein musste.

Aber Ethan hatte ein Recht darauf, seine Ruhe zu haben, wenn es das war, was er wollte. Er hatte heute eine Menge durchgemacht. Hatte Alec gefunden, ihn wieder verloren. Hatte sich mit der Verzweiflung seiner Freunde auseinandersetzen und zwei Polizisten gestehen müssen, dass er

454

ihre Arbeit behindert hatte. Hatte ihr gestehen müssen, was er getan hat. Ihr – aber was war sie? Seine Freundin? Ein kurzes Abenteuer? Eine Geliebte?

Letzteres wohl. Und ihr Liebhaber hatte vor, ganz allein im Wohnzimmer zu schlafen. Wenigstens eine Decke und ein Kissen konnte sie ihm bringen. Sie nahm die Sachen, stand auf und öffnete die Tür.

Und blieb wie angewurzelt stehen, als sie Ethan Buchanan aufrecht in der Mitte des Raumes sah, nur in Boxershorts bekleidet, die Augen fest zugekniffen, die Kiefer so hart zusammengepresst, dass ein Gesichtsmuskel zuckte. *Er hat Schmerzen,* dachte sie, doch dann glitt ihr Blick seinen perfekten Körper entlang, und ihre Augen weiteten sich in schockierter Ehrfurcht. Wohl nicht nur das. Die Shorts konnten nichts verhüllen. Nur ein weiteres Wort kam ihr in den Sinn. *Erbarmen.*

Mit geschlossenen Augen roch Ethan die Seife, die sie in seinem Bad benutzt hatte, genau wie er sie gerochen hatte, als sie in einer duftenden Dampfwolke aus dem Badezimmer gekommen war. Er hörte, wie sie nach Luft schnappte. Und es war zu spät, sich wieder hinter dem Tisch zu verstecken.

»Es tut mir leid«, sagte er und wandte sich zu ihr um. Sie stand da mit einer Decke und einem Kissen, ein zweites Kissen zu ihren Füßen. Ihre Augen waren geweitet, ihr Atem ging unregelmäßig, und er war von sich selbst angewidert. Er hatte sie erschreckt. Als hätte sie heute nicht genug durchgemacht.

Sie schluckte hart. »Warum?« Ihre Stimme war heiser und tief und jagte ihm einen brennenden Schauder über die

Haut. Ließ ihn wünschen, sie gegen die Wand zu drücken und sie hier und jetzt zu nehmen. So wie er es sich die ganze verdammte Zeit gewünscht hatte, als sie in dem verdammten Badezimmer gewesen war, nackt und nass in der vollen Wanne. Und dann nackt unter dem verdammten Hotelbademantel. Dann nackt unter Moores zu kleinem Sweatanzug, der ohnehin mehr betonte als verhüllte.

»Ich … ich wollte dich nicht unter Druck setzen.«

Sie nickte langsam, starrte ihn jedoch immer noch mit großen Augen an. »Ich verstehe.« Sie sammelte sich sichtlich und bückte sich, um das Kissen, das ihr hingefallen war, aufzuheben. »Ich wollte dir das hier bringen. Die Couch ist bestimmt nicht sehr gemütlich.«

»Danke.« Er nahm die Decke aus ihrer Hand und hielt sie sich vor den Körper. »Dana, geh ins Bett.« *Bevor ich dich dorthin zerre.*

Sie wich zurück. Blieb stehen. Ihre Zunge kam hervor, um ihre Lippen zu befeuchten, und er biss die Zähne zusammen. »Du warst …« Sie deutete auf den Schreibtisch. »Schon die ganze Zeit?«

Er nickte, die Zähne noch immer zusammengepresst. »Es tut mir wirklich leid, Dana. Ich weiß, dass der Zeitpunkt schlecht gewählt ist, aber ich bin ein Kerl. Ich bin eben so gestrickt. Ich kann dich nicht in der Wanne sehen, ohne dich haben zu wollen.« Er trat einen Schritt zurück. Umklammerte die Decke. »Bitte geh ins Bett. Es ist schon okay. Geh einfach.«

Lautlos trat sie den Rückzug an, und er stieß erleichtert den Atem aus. Ließ seine Hände, die die Decke hielten, sinken. Es war ein höllischer Tag gewesen. Ohne jegliche

Erleichterung. Dann ging die Tür wieder auf, und er riss die Decke hoch, so jämmerlich der Schutz auch war.

»Ethan, ich muss dir etwas gestehen.«

Misstrauisch neigte er den Kopf und wartete schweigend.

»Als ich gestern Abend herkam, hatte ich zwei Gründe dafür. Zum einen hatte Mia mir gesagt, ich solle nicht ins Hanover House zurückkehren. Aber zum Zweiten brauchte ich dringend jemanden, der bei mir war. Ich hatte gerade die Sache mit Dr. Lee erfahren und brauchte …« Sie sah zur Seite. »Ich bin gekommen, weil ich Berührung brauchte. Ich wollte, dass du mich festhältst. Ich wollte dich.« Sie zuckte voller Unbehagen die Achseln. »Als ich gestern Nacht aufwachte, hatte ich einen Alptraum gehabt.«

Er dachte an ihre Schreie, daran, wie sie sich im Bett hin und her geworfen hatte. »Ich weiß.«

Ihr Blick schoss zu seinen Augen. Panisch. »Wirklich? Wieso? Was habe ich gesagt?«

Der Gedanke, sie könne im Schlaf sprechen, schien sie offenbar zu verstören. »Nichts. Du hast nichts gesagt.«

Die Panik in ihren Augen ebbte ab. »Na ja, jedenfalls bin ich aufgewacht, und du warst da. Du hast dafür gesorgt, dass ich meine Alpträume vergessen konnte. Und du sollst wissen, wie wichtig das für mich war.« Sie legte die Kissen auf einen Stuhl. »Gute Nacht, Ethan.«

»Dana, wenn du aber heute Nacht auch wieder schlecht träumst …«

Ihr Lächeln war kurz und gepresst, und ihre Augen wurden dunkler. »Warum sollte es heute Nacht anders als sonst sein? Das Kino wechselt, der Film bleibt der gleiche. Gute Nacht, Ethan.«

Er wollte sie wirklich gehen lassen. Ganz ernsthaft. Er sah zu, wie sie im Schlafzimmer verschwand, und warf Kissen und Decke auf die Couch. Sie hatte nicht gesagt, *Ethan, ich will dich, Ethan, komm mit mir ins Bett. Ethan, komm zu mir und dring in mich ein, bis keiner von uns mehr verzweifelt sein muss.* Er betrachtete Couch und Decke mit einem Seufzer. Nein, sie hatte ihm dafür gedankt, dass er sie gestern Nacht in den Armen gehalten hatte. Verdammt, er hatte eine Menge mehr getan, als sie nur zu halten. Er hatte jeden Zentimeter ihres herrlichen Körpers geküsst und geleckt und liebkost, bis sie vor Lust geschrien hatte. Aber heute Nacht war das nicht das, was sie brauchte. Er öffnete die Tür zum Schlafzimmer und sah sie am Fenster stehen und in die Nacht hinausblicken. Sie sah so allein aus. Und ängstlich. Sie wandte sich nicht um, als er hereinkam, sagte kein Wort, als er hinter ihr stehen blieb.

Aber ihr Körper erbebte, als er seine Arme um ihre Taille schlang. Er küsste sie in den Nacken und wiegte sie sanft, darauf bedacht, ihre Körper unterhalb der Taille auf Abstand zu halten. Er besaß nicht mehr viel Selbstbeherrschung. »Wir finden sie. Hör nur nicht auf, daran zu glauben.«

»Sie muss solche Angst haben«, flüsterte sie. »Wie damals. Ich will nicht, dass sie Angst hat, Ethan.«

»Was ist denn damals passiert, Dana?«

»Es war Carolines Ex-Mann. Er wollte an Caroline und Tom herankommen und hat Evie dazu benutzt. Sie brauchte dringend jemanden, der sie liebte, und er nutzte es aus. Aber dann begriff sie, wer er war. Und er …« Wieder erbebte ihr ganzer Körper. Sie hielt sich so krampfhaft aufrecht, dass er glaubte, sie müssen jeden Moment zusammenbrechen.

»Schon gut. Du musst es mir nicht sagen.«

»Er hat sie vergewaltigt, Ethan. Grausam. Dann hat er Hände und Gesicht mit dem Messer malträtiert, sie gewürgt und einfach liegen lassen.«

»Wer hat sie gefunden?«, murmelte er, obwohl er die Antwort schon wusste.

»Ich. Sie wohnte damals bei mir. Sie lag auf dem Bett und … überall war Blut.«

Er dachte daran, wie sie ihre Hände betrachtet hatte, die mit Sandy Stones Blut beschmiert gewesen waren. Jetzt verstand er. »Aber du hast Evie gerettet.«

Ihr Lachen klang spröde. »Na, sicher. Ich habe 911 gewählt. Sie wäre auf dem Weg zum Krankenhaus beinahe gestorben, aber sie haben sie zurückgeholt.«

»Und haben sie ihn gefasst? Den Ex von Caroline?« *Bitte sag, dass sie ihn gefasst haben.*

»Ja.« In diesem einen zufriedenen Wort steckte sehr viel mehr, das wusste er, aber das musste bis später warten. »Er wurde im Gefängnis erstochen.«

»Also gab es eine Gerechtigkeit.«

»Tja, das kann man so sagen«, sagte sie bitter. »Er ist tot, und Evie musste weiterleben. Plastische Chirurgie im Gesicht, der Versuch, die Hände wieder funktionsfähig zu machen. Therapien. Für den Körper und die Seele. Eine Gesichtshälfte ist noch immer gelähmt, und sie wird niemals Kinder haben können.«

»Aber sie hat weitergemacht.«

»Ja, im Verborgenen. Im Haus. Sie geht selten tagsüber

hinaus, will nicht mit Leuten ihres Alters zusammen sein. Sie studiert für eine Karriere, an die sie gar nicht glaubt. Sie will mit Kindern arbeiten, aber Kinder haben Angst vor ihr. Sie sehen nur ihr vernarbtes Gesicht und ziehen sich zurück.« Ihre Stimme brach. »Es ist so furchtbar, Ethan. Und jetzt hat Sue sie. Wieder eine Verrückte mit einem Messer. Kannst du denn nicht verstehen, dass ich alles tun würde, um sie davor zu schützen?«

Er strich mit den Lippen über ihr Haar und spürte ihren Schmerz so stark, dass ihm beinahe schlecht wurde.

»Doch.«

»Ich weiß, dass es dumm von mir war, einen Austausch vorzuschlagen. Aber wenn ich an Evie und Alec denke …« Ein Schluchzer brach aus ihr heraus, und ihre Schultern begannen zu zittern. »Ich kann das einfach nicht ertragen.«

Er drehte sie in seinen Armen um. »Ich weiß. Ich weiß.« Ihre Tränen strömten nun befreit, was ihn umso mehr erschütterte, da sie bisher so stark gewesen war.

»Ich weiß, dass ich schrecklich egoistisch bin – dass du dir wegen Alec genauso viel Sorgen machst.« Sie ballte ihre Fäuste an seiner Brust. »Ethan, er ist nur ein kleiner Junge. Wenn ich vorher etwas unternommen hätte …«

»Dann hätte sie dich umgebracht«, unterbrach er sie bestimmt. »Sie will ihren Plan durchführen, was immer es kostet. Du hättest sie daran nicht gehindert.«

Eine Faust schlug schwach auf seine Brust. »Aber ich hätte es versuchen können.«

»Dann wärst du jetzt tot«, sagte er schlicht, und sie verharrte. Und schwieg. Sein Herz setzte aus, als er begriff, was das bedeuten konnte. »Ist es das, was du wolltest, Dana?«

Müde machte sie sich von ihm los, wischte sich die Augen mit dem Ärmel und rieb sich die Stirn. »Nein. Ich bin vielleicht dumm, aber nicht selbstmordgefährdet.«

Nein, nicht im herkömmlichen Sinne, dachte er. »Weißt du, warum ich vorhin so wütend war?«

Sie seufzte. »Weil ich Mia gesagt habe, sie soll einen Austausch vorschlagen. Ich hab's verstanden, Ethan. Jetzt ist mir das klar.«

»Nein, das war es nicht. Sich als Geisel anzubieten ist ziemlich tapfer, kann sogar ein echtes Opfer sein. Wenn man weiß, dass es eine Kehrseite hat.«

Sie schaute durch die Wimpern auf, doch die Geste hatte nichts Schüchternes oder Kokettes. »Was?«

»Du hast dich ganz automatisch angeboten. Als ob es keinerlei Zweifel an deiner Handlungsweise geben könnte.«

»Gab es auch nicht«, presste sie zwischen den Zähnen hervor. Langsam machte er sie wütend.

»Und warum nicht?«

Sie machte auf dem Absatz kehrt und ging ins Bad. Er kam ihr nach und sah zu, wie sie sich kaltes Wasser ins Gesicht spritzte. »Ist dein Leben so wenig wert, dass du es ohne einen weiteren Gedanken wegwirfst?«

Ihre Hände verharrten unter dem Wasserstrahl, dann schüttelte sie sie, drehte den Hahn zu und nahm sich ein Handtuch. »Du kennst mich seit vier Tagen, Ethan. Als Richter bist du wohl kaum qualifiziert.«

Er packte ihre Schultern. »Jetzt hör mir genau zu. Ich kenne dich seit vier Tagen, die mir wie vier Jahre vorkommen. Als ich dich kennen lernte, bist du von einem Fremden niedergeschlagen worden, weil du einer Frau helfen wolltest.

Dann erfahre ich, dass das genau das ist, was du tust – du beschützt Frauen vor gewalttätigen Männern. Du begibst dich täglich in Gefahr, und ich frage mich, warum. Du lebst in Armut, und ich frage mich, warum. Natürlich kann jeder sehen, dass du an das, was du tust, glaubst. Aber, Dana – du weißt nicht, wie du ausgesehen hast, als du Mia gesagt hast, du wolltest dich als Geisel anbieten. Da war keine Trauer, keine Furcht. Nur Überraschung, dass irgendjemand tatsächlich etwas dagegen einzuwenden haben könnte. Das hat mir Angst gemacht, und darüber bin ich wütend geworden.«

Sie schloss die Augen. »Ich bin müde, Ethan. Ich gehe jetzt ins Bett. Du kannst schlafen, wo immer es für dich am bequemsten ist.« Sie löste sich von ihm, ließ ihn stehen und kroch ins Bett. Nach einer halben Minute folgte er ihr.

»Rutsch rüber.« Er legt sich hin und zog sie an sich, so dass sie hintereinanderlagen. Es würde reine Folter sein, ihr Hinterteil an seinen Lenden zu spüren, aber wenn sie das aushalten konnte, dann konnte er es auch. »Und weißt du noch was?«, knurrte er. »Es hat mich auch wütend gemacht, dass du nur von deiner blöden Idee mit dem Austausch abgegangen bist, weil es allen anderen mehr schaden als nützen würde.«

»Schlaf endlich, Ethan«, zischte sie durch zusammengebissene Zähne hindurch.

»Nicht, bevor du mir nicht gesagt hast, wieso. Warum machst du das? Warum soll dein Leben eine umfassende Buße sein?«

»Das. Ist. Es. Nicht.«

»Und ob es das ist.« Er hob sich auf einen Ellenbogen und drehte sie auf den Rücken. Ignorierte den heißen Zorn in den Augen, die normalerweise so ruhig waren. »Liebling, ich bin katholisch erzogen worden. Ich erkenne Buße, wenn ich sie sehe. Liegt es daran, dass du als Kind und als Jugendliche ein paar falsche Entscheidungen getroffen hast? Verdammt, glaubst du nicht, dafür hättest du schon ein Vielfaches abgeleistet?«

Das Feuer in ihren Augen schlug höher. »Du« – ihr Finger bohrte sich in seine Brust –»bist kein diplomierter Therapeut. Und du« – sie pikste wieder –»hast überhaupt keine Ahnung, wovon du redest. Also solltest du« – eine dritte Attacke, die bestimmt einen kleinen blauen Fleck hinterlassen würde – »am besten den Mund halten.«

Jetzt kam er der Wahrheit nahe. Er packte ihre Hand und hielt sie über ihrem Kopf fest, dann die zweite, als sie sich befreien wollte. Sie versuchte zu entkommen, aber er rollte sich auf sie. »Ich habe Männer kennen gelernt, die widerwillig getötet haben, weil es ihre Pflicht war, aber nicht einmal sie sind mit solchen Schuldgefühlen belastet.« Sie wand sich unter ihm, und der musste all sein Gewicht auf sie legen, um sie ruhig zu halten. »Du hast gesessen. Hast gekifft. Es ist ja nicht so, als ob du jemanden umgebracht hättest.«

Wie ein angestochener Ballon ging ihr die Luft aus, und sie hörte auf, sich gegen ihn zu wehren. Ihr Körper erschlaffte, und er lockerte seinen Griff, obwohl er beinahe erwartete, dass sie sich von ihm zu lösen versuchte. Aber sie tat es nicht. Lag nur da und starrte ihn an, als ob er sie geohrfeigt hätte. »Meine Mutter«, flüsterte sie schließlich. »Ich habe meine Mutter getötet. Bist du nun zufrieden?« Sie rollte sich herum, boxte ins Kissen und sagte kein einziges Wort mehr.

Chicago
Donnerstag, 5. August, 2.00 Uhr

Was Betten anging, hatte sie schon besser gelegen, dachte
Evie, allerdings auch schon schlechter. Die Badewanne in
diesem schmierigen kleinen Hotel war sauberer, als sie es
erwartet hätte, und wenn sie ihre Glieder nicht anspannte,
war es erträglich. Die Stricke, die ihre Hand- und Fußgelenke fesselten, saßen fest. Sie würde keine Chance haben,
sie zu lösen. Das Klebeband über ihrem Mund war eine
starke Motivation, nicht zu weinen. Wenn sie das täte,
würde ihre Nasenschleimhaut anschwellen und sie würde
ersticken.

Es war ihr gelungen, sich aufzusetzen, nur um festzustellen, dass Jane sie nicht nur gefesselt, sondern ihre Hände
auch noch am Haltegriff an der Wand festgebunden hatte.
Sie hatte daran gezogen, aber es war vergeblich gewesen,
und sie verfluchte sich einmal mehr, dass sie sich in den
vergangenen Jahren so hatte gehen lassen. Vor Winters war
sie gelaufen, hatte Gewichte gestemmt, aber seit dem Vorfall … seit dem Vorfall hatte sie nichts getan, außer sich zu
verstecken, wie Dana es immer so gerne ausdrückte.

Sie versuchte, sich keine Sorgen um Erik zu machen, den
Sue unter das Bett geschoben hatte. Ebenfalls gefesselt und
geknebelt. Inzwischen war es ziemlich klar, dass der Junge
nicht Janes Sohn war. Ihr Instinkt hatte sie also doch nicht
getrogen. Sie war der Meinung gewesen, dass Jane etwas
von einer Hamster-Mutter hatte, die ihre Jungen auffraß.
Und so weit war sie davon nicht entfernt gewesen.

Sie versuchte, sich nicht zu viele Gedanken über Dana zu

machen. Sie konnte nur hoffen, dass ihre Freundin wusste, in welcher Gefahr sie sich befand. Und sie war plötzlich sehr, sehr glücklich, dass sie am Morgen begonnen hatten, sich wieder einander anzunähern. Dana hatte einen Freund. Und den hatte sie schließlich verdient. Evie kannte niemanden, der sich intensiver seinem Job widmete. *Weil es mehr als nur ein Job ist,* dachte Evie und runzelte die Stirn, als die Tränen in ihrer Kehle aufstiegen. Keine Tränen. *Atmen ist gut. Ersticken ist schlecht.*

Ein Rumsen an der Tür riss sie aus ihren Gedanken. Jane war zurück. Sie wappnete sich gegen die kalten, leblosen Augen.

Und konnte nur überrascht blinzeln, als die Tür aufflog und ein erschöpfter Erik zu Boden glitt.

19

Chicago
Donnerstag, 5. August, 3.30 Uhr

Überall Blut. Überall. Es war an die Wände gespritzt, in den Teppich gesickert. Ihre Schuhe schmatzten, als sie losrannte. Rannte und neben der Gestalt auf die Knie sank. Sie wusste, dass die Frau tot war. Sie wusste immer, dass die Frau tot war. Und doch griff sie zu, versuchte es, aber da war zu viel Blut. Glitschig. Sie griff wieder zu, wie sie es immer tat. Es ist ein Traum. Nur ein Traum. Sie wusste es. Aber sie konnte nicht aufwachen. Konnte sich selbst nicht davon lösen. Konnte ihr Herz nicht daran hindern, vor Furcht zu rasen. Sie drehte die Gestalt um und wappnete sich gegen den Anblick des Gesichts. Wer würde es heute Nacht sein?

Der Schrei gellte durch ihren Kopf, als sie in das Gesicht blickte. Dann setzte das Klingeln ein. Sie tastete nach dem Telefon, doch es glitt ihr aus den Händen. Sie hielt die Hände hoch und spürte einen weiteren Schrei in ihrer Kehle aufsteigen. Blut. *Ihre Hände waren voll Blut. Und das Telefon klingelte und klingelte.*

Das Klingeln weckte sie. Zitternd, voller Entsetzen, kam Dana auf die Knie und schüttelte den Kopf, um sich von dem Traum zu befreien. Sie sah blinzelnd auf den Wecker und wusste mit einem Schlag wieder, wo sie war. Und bei wem. Und auch, was sie ihm verraten hatte. Sie griff nach dem Telefon neben dem Bett und starrte verwirrt auf den Hörer, als sie das Freizeichen hörte. Dann fiel ihr das Handy ein, das sie vor ihrem Bad gestern Abend auf den Nachttisch gelegt hatte.

Evie.

Neben ihr hob sich Ethan auf einen Ellenbogen und schaltete das Licht an. Neben der Lampe lag ihr Handy und seine Pistole. Er fixierte sie mit seinen ruhigen grünen Augen, während er ihr das Telefon reichte, und sie fühlte, wie ein wenig von der Spannung abebbte, als sie es entgegennahm. *Geh ran. Antworte.* »H-Hallo?«

»Miss Dupinsky?«

Dana blinzelte und schüttelte mit einem Blick zu Ethan den Kopf. »Ja, ich bin Dana Dupinsky.«

»Hier spricht Schwester Simmons vom Rush Memorial.«

Caroline. Danas Herz klopfte plötzlich so laut, dass sie kaum noch etwas hören konnte. »Ist etwas mit Caroline passiert?«

»Sie … es geht ihr nicht gut, Miss Dupinsky. Gar nicht.« Die Schwester stolperte über die Worte. »Sie fragt nach Ihnen. Können Sie vielleicht sofort kommen?«

Dana rang um Luft. »Ist es das Baby? Oder Caroline selbst?«

»Es geht um … beide. Das Baby ist gestorben, und Caroline fragt nach Ihnen.«

»Oh Gott, oh nein.« Dana schwang die Beine aus dem Bett. »Sagen Sie ihr, dass ich komme. Spätestens in einer halben Stunde bin ich da. Danke.«

Mit zitternden Händen ließ Dana das Telefon aufs Bett fallen und wollte sich aufrappeln, doch Ethan hielt sie fest – sanft zwar, aber dennoch so, dass sie nicht hochkam. »Lass mich, Ethan. Ich muss ins Krankenhaus.«

»Dana, Moment.« Die Ruhe in seiner Stimme drang durch ihre Panik. »Du hast mir gesagt, dass nur Evie die Nummer hatte. Hast du sie auch Caroline gegeben?«

Dana wandte sich langsam um. Ethan sah sie ernst und eindringlich an. Und plötzlich begriff sie. »Nein. Ich wollte, aber ich bin nicht dazu gekommen. Und David hat gestern gesagt, sie würden sie am Abend entlassen.«

»Ruf Max an. Vergewissere dich, dass alles in Ordnung ist.« Seine Stimme war immer noch ruhig, aber es lag ein zorniger Unterton darin.

Mit noch immer zitternden Fingern wählte sie Max' Handy. »Dana, was ist los?« Max klang benebelt. Er hatte geschlafen. Sie stieß den Atem aus.

»Ich weiß noch nicht. Sag mir die Wahrheit, Max. Ist mit Caroline alles in Ordnung? Ist etwas mit dem Baby?«

Einen Moment lang herrschte Stille. »Nein, Dana, alles okay. Caroline ist hier mit mir im Haus meiner Mutter. Der Arzt hat gesagt, es wäre besser, wenn sie im Moment keine Treppen steigen muss. Wieso?«

Dana holte schaudernd Luft. »Oh, Max, Gott sei Dank.« Ethan fuhr mit einer Hand ihren Arm aufwärts und drückte ihre Schulter. »Ich habe gerade einen Anruf von Schwester Simmons bekommen. Sie hat mir gesagt, ich solle sofort ins Krankenhaus kommen.«

»Dann hat sie gelogen, Dana«, erwiderte Max gepresst. »Es war die Frau, die Evie entführt hat, richtig?«

Ihr Herz, das sich gerade erleichtert beruhigt hatte, begann wieder zu rasen. Sue versuchte, sie hervorzulocken!

»Wahrscheinlich«, flüsterte sie. »Aber was, wenn es wirklich Schwester Simmons war?«

»Ist Buchanan bei dir?«, fragte Max barsch.

Dana warf Ethan einen Blick zu und spürte erneut Angst in sich aufsteigen. *Bitte nicht noch eine.* »Ja.«

»Dann gib ihn mir. Jetzt.«

Sie reichte Ethan das Telefon. »Max Hunter will dich sprechen.«

Ethan lauschte, ohne den Blick von Dana zu lassen. »Nein, werde ich nicht. Keine Sorge … Ich habe auch nicht wirklich geglaubt, dass sie es uns abkauft, aber der Versuch war es wert … Sicher. Danke.« Er unterbrach die Verbindung. »Ruf Mia an.«

Danas Hände zitterten nun noch stärker. Mia ging nach dem dritten Klingeln dran und klang ebenfalls verschlafen.

»Mia, hier ist Dana.«

Mias Reaktion auf die Neuigkeiten war ähnlich wie Max'.

»Okay, ich werde versuchen, den Anruf auf dein Handy zurückzuverfolgen, aber ich wette, dass sie den Krankenhauseingang beobachtet und auf dich wartet. Ich rufe Abe an, und wir fahren hin. Ist Buchanan bei dir?«

»Ja«, presste Dana durch die Zähne hervor. »Und ich gehe auch nirgendwo allein hin.«

Mia seufzte. »Es tut mir leid, Dana. Ich mache mir bloß Sorgen um dich. Ich bin deine Freundin. Ich darf das.«

»Finde sie einfach, Mia. Und ruf mich bitte an, wenn du Schwester Simmons siehst. Bitte. Ich muss wissen, ob es ihr gut geht.«

»Mach ich. Du bleibst, wo du bist. Ich stelle eine Streife ab, die stündlich am Haus von Max' Mutter vorbeifährt.«

Danas Herz setzte aus. Setzte einfach … aus. »Glaubst du, sie wird es noch einmal versuchen?«

Mia zögerte. »Woher, denkst du, wusste sie, dass Simmons Carolines Schwester war?«

Dana schlug sich entsetzt die Hand vor den Mund. »Sie war im Krankenhaus. In Carolines Nähe.« Ein Blick in Ethans grimmiges Gesicht sagte ihr, dass er zu demselben Schluss gekommen war.

»Wir werden das überprüfen«, versprach Mia. »Und du gehst wirklich nirgendwo allein hin, okay?«

»Versprochen.« Vorsichtig legte sie auf. »Simmons ist tot, nicht wahr, Ethan?«

Ethan zog sie an sich, drückte ihre Wange gegen seine Brust, und sie hörte sein Herz schlagen. »Vielleicht. Aber lass uns nicht vorgreifen. Warte. Ich muss wissen, ob Randi auch einen Anruf bekommen hat.« Ohne sie loszulassen, wählte er das Zimmer der Vaughns und unterhielt sich kurz mit Stan. Dann schaltete er die Lampe wieder aus und rutschte mit ihr unter das Laken. Hielt sie ein wenig zu fest.

Aber es machte nichts. Sie hielt ihn genauso fest. Die Angst packte sie wie eine Hand um die Kehle. »Sie hat versucht, mich zu überlisten.«

»Ich weiß, mein Schatz.« Die sanften Worte standen im starken Kontrast zu seinem verspannten Körper. »Aber sie kriegt dich nicht.«

»Sie war in Carolines Nähe.« Dana hörte, wie sich Panik in ihre Stimme schlich.

Er umfasste ihr Kinn. »Aber sie kriegt auch Caroline nicht.«

Nein, kriegt sie nicht. Max wird das nicht zulassen. Mia wird das nicht zulassen. Sie ist in Sicherheit. »Was hat Max gesagt?«

»Dass Caroline uns nicht geglaubt hat, dass du zu viel zu tun hattest, um am Abend vorbeizukommen. Sie weiß, dass etwas nicht stimmt. Max hat ihr die Wahrheit gesagt.«

»Okay.« Sie merkte, dass sie im Rhythmus seines Herzschlags atmete.

»Willst ... willst du darüber reden?«, fragte er ruhig.

»Darüber« erforderte keine weitere Erklärung. Die Bombe, die sie hatte platzen lassen. Die eine Sache, die sie niemals erzählen wollte. Und doch hatte sie damit angefangen, und nun musste sie eine Erklärung bieten. Aber der Alptraum war noch zu frisch. Der Anblick des Gesichts zu verstörend, als dass sie jetzt darüber nachdenken konnte. Dana hatte schon vor langer Zeit gelernt, ihre Ängste zu portionieren. Nun tat sie genau das, wohl wissend, dass das Schloss an der Kiste sehr zerbrechlich war. »Noch nicht. Bitte sei nicht böse auf mich. Ich kann nur ... noch nicht.«

»Ich bin nicht böse, Dana.« Er klang eher traurig, und das war schlimmer als Wut. Dennoch war Traurigkeit besser als Verachtung. *Portionieren. Einteilen. Neu fokussieren. Neues Thema.*

»Hat Randi denn noch einen Anruf bekommen?«

»Nein. Stan sagt, er hat sie endlich dazu gebracht, eine Schlaftablette zu nehmen, aber er ist bei ihr. Sheriff Moore hat wohl einen Deputy angewiesen, die Anrufe im Strandhaus auf Randis statt auf ihr Handy weiterzuleiten.«

»Mir gefiel die Frau. Sheriff Moore.«

»Mir gefällt sie um Längen besser, wenn Clay inklusive seiner Lizenz aus dieser Sache herauskommt.«

»Warum ist Clay kein Polizist mehr?«

Sein Seufzer verriet ihr, dass er um ihre Ausweichstrategie wusste, aber er spielte dennoch mit. »Burn-out-Syndrom, sagt er. Aber ich glaube, er ist teilweise wegen mir ausgestiegen. Er sagte, er habe schon länger überlegt, die Polizei zu verlassen, und da mir jegliche Perspektive fehlte, warum nicht mit mir ins Geschäft einsteigen?«

Dana empfand Dankbarkeit für Clay Maynard. »Er gefällt mir auch.«

»Den meisten Frauen gefällt er«, sagte Ethan trocken, und Dana hob den Kopf, um ihm ins Gesicht zu sehen.

»So meinte ich das nicht.«

Er sah ihr direkt in die Augen. »Gut.«

Dieses einzelne, geflüsterte Wort lenkte ihren Blick auf seine Lippen, die ganz nah bei den ihren waren. Sie könnte ihn haben. Seinen Mund. Könnte jeden Zentimeter seines Körpers haben, wenn sie es wollte. Wollte sie? Konnte sie? Sie wusste es nicht. Sie wusste nur, dass sie mit einem Kuss einen großen Teil des Schreckens, der am Rande ihres Verstandes lauerte, mildern konnte. Vorübergehend.

Seine Hand legte sich in ihren Nacken. Warm und stark. Und jagte ihr einen Schauder über den Rücken. Dennoch drängte diese Geste sie zu nichts, was genau der Antrieb war, den sie brauchte, um ihn zu küssen.

Er fuhr zusammen, als ihre Lippen seine berührten, und

sein ganzer Körper verspannte sich. Seine Hand zog sie in den Kuss, bis das, was tröstend gedacht war, zu etwas Sinnlichem wurde. Seine Hände lagen an ihren Wangen und drehten ihr Gesicht so, dass sie noch perfekter zusammenpassten. Ihr Herz pochte in ihren Ohren, ihr Blut rauschte, ihr Innerstes pulsierte. Und dabei berührte er sie nur an Lippen und Wangen.

Sie hob schwer atmend den Kopf. Er auch. Seine Augen glitzerten in der Dunkelheit. Aber er fragte nicht, verlangte nichts. Das würde er nicht. Aber er begehrte sie. So war er nun einmal gestrickt. *Und Gott helfe mir, ich auch.* Sie brauchte es. Nur ein wenig. Danach konnte sie sich erneut der Welt stellen. Den Bedrohungen in ihrem Inneren und denen von außen. Beide waren real. Beide waren scheußlich. Sie brauchte nur ein wenig Frieden. *Nur für eine kleine Weile.*

Sie legte eine Hand auf seine Brust und spürte das goldene Haar, und seine Augen blitzten auf. Sie ließ ihre Hand tiefer gleiten zu den harten Muskeln seines Bauches, die sich zusammenzogen, als sie sie berührte. Seine Hand hielt ihre fest. »Wir müssen das nicht tun.«

Nun musste sie es aussprechen. »Bitte, Ethan.« Sie schloss die Augen und legte ihre Stirn an sein Kinn. »Ich will nicht wieder schlafen. Ich kann nicht. Noch nicht.«

Plötzlich bewegte er sich, rollte sie herum, ragte über ihr auf. Seine Brust hob und senkte sich. »Du musst sicher sein.«

»Bin ich.«

Er schwang sich auf sie, so dass er über ihren Hüften saß. Seine Hände packten ihr Hemd. »Was willst du?«

Die Erregung stieg. *Was du zu geben hast. Alles.* »Dich.«

Er riss ihr das Hemd über den Kopf und warf es zu Boden. Dann glitt er abwärts, legte sich über sie, presste seine Lippen an ihre Brüste. Saugte, leckte. Gierig. So gierig.

Sie schrie. Bog sich ihm entgegen und er saugte stärker, so dass Schmerz und Lust ineinanderflossen. Er ließ ab von ihr, sah sie einen Moment lang an, dann widmete er sich der anderen Brust. Ihre Finger wühlten sich in sein Haar und zogen ihn näher an sich. Sie stemmte die Fersen in die Matratze und presste ihren Schamhügel an seine harte Brust. Alles pulsierte, sehnte sich nach ihm. Sie brauchte ihn. »Ethan, bitte.«

Er ließ von ihrer Brust ab, glitt tiefer nach unten, küsste und leckte und brachte jeden Zentimeter Haut ihres Körpers zum Glühen. Er erreichte das Gummiband der Sweathose, rollte sich von ihr, zerrte ihr die Hose über die Schenkel und rollte sich zurück zwischen ihre Beine. Und verharrte dort.

Sie spürte seinen heißen Atem genau dort … wo sie ihn wollte. »Ethan.«

Er hob den Kopf, sah zu ihr auf. Seine Lippen nur ein winziges Stück von dort entfernt, wo sie ihn spüren wollte. »Ich will, dass du alles vergisst«, sagte er heiser. »Alles außer mir.« Er küsste die zarte Haut des inneren Oberschenkels, und ihre Muskeln zitterten. »Denk nur an mich.« Er küsste den anderen Schenkel, und sie stöhnte. Er leckte einmal mit der Zungenspitze, und sie schnappte nach Luft.

Dann tauchte sein Mund in sie ein, und sie vergaß zu atmen. Die Lust war … scharf, aggressiv, mit Klauen und Zähnen versehen. Unbeirrbar riss sie sie mit, trieb sie weiter und weiter, bis sie nichts mehr hörte als ihren eigenen

Atem, ihr Schluchzen, ihr Flehen. Dann ein Schimmer, der heller und heller wurde, bis er sie blendete und sich alles in einem Wirbel aus Empfindung, Licht und Lust auflöste.

Sie rang um Luft, als sich das Gewicht von ihren Beinen hob. Sie mühte sich, die Augen zu öffnen, und sah, wie er am Nachttisch stand, die Schublade aufriss und ein Kondom aus der Schachtel holte. Ihr Blick glitt zum Bund seiner Boxershorts, und sie sah die Spitze seiner Erektion, die befreit sein wollte.

Fasziniert sah sie zu, wie er seine Hose abstreifte und mit bebenden Händen das Kondom überzog. Dann war er auf allen vieren über ihr, und sein Blick brannte sich in ihren.

»Sieh mich an«, murmelte er. »Denk an mich. Nur an mich.«

»Das tue ich. Das werde ich. Bitte, Ethan.«

Bebend vor Erleichterung drang er vorsichtig in sie ein.

»Oh Gott.« Er sog die Luft ein, seine Schultern sackten nach vorne, sein Gewicht gestützt von seinen starken Armen. »Das brauchte ich. Ich brauche dich.« Dann begann er sich zu bewegen, langsam und rhythmisch, als sie ihre Beine um seine Taille schlang. Überrascht schrie sie auf, als er die Hüften kreisen ließ und ihre inneren Muskeln mit präziser Gründlichkeit zu streicheln begann.

Sein Lächeln war rasiermesserscharf. »Magst du das?«

»Ja.« Ihre Stimme war wie die einer Fremden, rauchig und tief. Und als sie stöhnte, gab es kein Halten mehr. Er stieß zu, wieder und wieder, und sie klammerte sich an seine Schultern, als die Lust erneut anstieg, wuchs … und ihren Höhepunkt erreichte. Sie stemmte ihre Fersen gegen seine Schenkel und presste sich ihm entgegen, als er ein letztes Mal zustieß und kam. Lautlos. Gewaltig. Wunderbar.

Er ließ sich auf seine Unterarme fallen und vergrub das Gesicht an ihrer Schulter. Sein Herz hämmerte höllisch, seine Brust hob und senkte sich, als er um Atem rang. Minuten verstrichen, bevor er sprach, und als er es tat, klang seine Stimme wie Sandpapier. »Mein Gott.«

Vollkommen erschöpft strich sie ihm mit der Hand über die harte Ebene seines Rückens. Küsste ihn auf die Schulter, auf die Wange. Alles, was sie erreichen konnte, ohne sich bewegen zu müssen. Das Schuldgefühl würde sich irgendwann einstellen, dachte sie. Das Schuldgefühl, so unglaubliche Lust empfunden zu haben, wenn gleichzeitig jemand, den sie liebte, leiden musste. Aber jetzt war in ihr nur Platz für Erschöpfung. Und einen gewissen Frieden.

Irgendwann erhob Ethan sich und verschwand im Badezimmer. Als er zurückkam, zog er sie an sich und schlang seine Arme um ihre Taille, und diese Geste war, als wolle er seinen Besitzanspruch geltend machen. Seine Hand legte sich unter ihre Brust, und sie seufzte zufrieden.

»Und jetzt schlaf.« Er küsste ihre Schulter. »Keine Träume. Morgen finden wir sie.«

Sie betete, dass er Recht behalten würde.

Chicago
Donnerstag, 5. August, 4.30 Uhr

Sue beobachtete den Krankenhauseingang von ihrem Wagen aus, den sie auf der Straßenseite gegenüber geparkt hatte, und wurde mit jeder Minute, die verstrich, wütender. Dupinsky hatte sich nicht blicken lassen. Das Miststück wusste, dass sie sie hatte täuschen wollen. Mit einem Stirnrunzeln sah sie einen Wagen über den Parkplatz vor dem Haupteingang kommen. Der Wagen war schon einmal vorbeigefahren, dessen war sie sich sicher. Und ein Auto, das mehr als einmal langsam vorbeifuhr, konnte nur eines bedeuten – Bullen. Nicht nur, dass Dupinsky sie durchschaut hatte, sie hatte auch noch die Bullen gerufen.

Mit einem Knurren lenkte Sue ihr Auto zurück in den Verkehr. Es war nahezu unvorstellbar, dass Dupinsky das Krankenhaus angerufen und sich rückversichert hatte, bevor sie aus ihrem Versteck hervorkroch – wo immer dieses Versteck auch sein mochte. Sue war sicher gewesen, dass diese Frau rein intuitiv handelte, was eigentlich hätte bedeuten müssen, dass sie mit wehenden Fahnen zu der armen Caroline gestürmt kam. Verdammt. Und sie hatte geglaubt, sie hätte sich überzeugend angehört.

Annehmen, anpassen, verbessern. Sie brauchte eine andere Möglichkeit, an Dupinsky heranzukommen, das war alles. Wenn sie mit ihr erst einmal fertig war, würde diese Schlampe wissen, wie es sich anfühlte, wenn andere sich einmischten.

Chicago
Donnerstag, 5. August, 5.15 Uhr

Das Kind war verflixt zäh, dachte Evie. Sie hatte geglaubt, der Junge sei ohnmächtig geworden, nachdem er durch die Tür und auf den Boden gestürzt war, und es hätte sie nun wirklich nicht gewundert. Der arme Kerl hatte seit Tagen nicht mehr richtig gegessen; was sie ihm am Morgen gegeben hatte, als sie auf Sandy gewartet hatten, war wahrscheinlich die erste nennenswerte Mahlzeit in mindestens einer Woche gewesen. Sie beobachtete, wie er auf dem Boden lag, und hasste sich für ihre Hilflosigkeit. Aber Erik war nicht bewusstlos. Oder falls doch, kam er schnell wieder zu sich.

Dann wurde sie Zeuge der großartigsten Darbietung von Entschlossenheit, die sie je erlebt hatte, als er begann, sich mit gefesselten Händen und Füßen methodisch über den Boden zum Waschbecken zu schieben. Dort angelangt, richtete er sich auf, und es gelang ihm, mit Nase und Kinn den Hahn aufzudrehen. Er ließ das Wasser über das Klebeband über seinen Mund laufen und unterbrach ab und zu, um sein Gesicht an die Kante des Waschtischs zu drücken und am Klebeband zu schaben. Ein paar Mal fiel er zu Boden, doch er blieb nie lange liegen, sondern hob sich wieder auf die Knie und schob sich langsam, aber sicher aufwärts, bis er wieder über dem Becken stand. Schließlich hatte er einen Spalt in das Band geschabt, der groß genug zum Atmen war, denn sie hörte, wie seine Lungen sich rasselnd mit Luft füllten. Er beugte sich über das Becken und trank in gierigen Schlucken, wodurch sie daran erinnert wurde, wie lange sie nichts getrunken hatte.

Noch einmal schabte er am Waschtisch, dann war sein Mund sichtbar, und das Band baumelte an seinem Kinn. Er wandte sich um und sah sie an, und der wilde Stolz in seinen Augen entlockte ihr ein Lächeln. Doch da ihr Mund sich durch das Klebeband auf ihren Lippen nicht verzog, nickte sie ihm nur zu.

478

Er ließ sich neben der Wanne auf die Knie fallen und zog konzentriert die Brauen zusammen. Fest bissen seine Zähne auf die Unterlippe, dann öffnete er den Mund.

Und sprach! »Ebie letzt?«

Evie blinzelte überrascht. Er sprach. Nach sechs Tagen Schweigen sprach dieses Kind. Letzt? Verletzt. Ihre Augen brannten. Nach allem, was er durchgemacht hatte, galten seine ersten Worte ihrem Wohlergehen. Sie schüttelte den Kopf, dann deutete sie damit auf ihn. *Und du?*

Er lächelte grimmig, aber mit tiefer Befriedigung. Dann schüttelte auch er den Kopf. »Nein.« Dieses Wort kam klar und deutlich, und er fragte sich, warum er es nicht früher ausgesprochen hatte. Er stemmte sich hoch, beugte sich über den Badewannenrand und schob sich darüber, bis sein Oberkörper in der Wanne hing. Mit einem Grunzen holte er Schwung und fiel neben ihre Beine. Sein Atem kam stoßweise.

Einen Moment später lag er auf den Knien, sein Mund an ihrer Wange, seine Zähne nagten an dem Klebeband, das über ihren Lippen lag. Nach wenigen Sekunden nahm er den Kopf zurück. Seine magere Brust hob sich schwer, aber in seinen Augen stand noch immer Entschlossenheit. Sie konnte nur aufmunternd nicken, aber das war anscheinend genug. Er setzte erneut mit den Zähnen an und war nach einer Weile endlich in der Lage, ein Eckchen zu packen. Mit einem Rucken des Kopfes riss er es ab.

Und ihr Mund war frei. Der erste Atemzug dehnte ihre Lungen schmerzhaft, aber es war der schönste Schmerz, den sie je gefühlt hatte.

»Heff«, sagte er. *Schrei um Hilfe.*

Also tat sie es, schrie laut und kräftig. Dann warteten sie. Aber nichts geschah. Evie schüttelte traurig den Kopf. »Hier ist keiner, Erik.«

Seine hellblonden Brauen zogen sich zusammen. »Al… Alec.«

»Alec? Du heißt Alec?«

Sein Blick war auf ihren Mund fixiert, und als er ihn hob, glitzerten seine Augen. Er nickte.

»Alec, weißt du, wo wir sind?« Sie hatte im Kofferraum gelegen, als sie durch die Stadt gefahren waren, und keine Ahnung, wo sie waren. Aber Alec hatte vorn gesessen.

Wieder zogen sich seine Brauen zusammen, und er schürzte die Lippen. »Guh …« Er riss frustriert den Kopf zur Seite. Evie beugte sich vor und legte den Kopf schief, bis sie sein Gesicht sehen konnte. Sie lächelte freundlich.

»Versuch es, Alec.«

Er schloss die Augen. »Guh … ah … wie.« Zögernd schlug er die Augen wieder auf.

Guh-ah-wie. Evie sog scharf die Luft ein. »Gary? Gary, Indiana?«

Er nickte aufgeregt. »Sch… sch-uul. Sch…« Er brach ab, wieder frustriert.

Evie nickte ruhig, und er fasste sich wieder. »Häh…ch.«

Evie schüttelte den Kopf. »Tut mir leid, Alec. Hähch?«

Fest presste er die Lippen aufeinander. »Du … du … du.«

Seine Stimme war angestiegen, hoch, die letzte Silbe versickerte. Evie dachte hektisch nach, doch dann dämmerte es ihr und sie lächelte. »Hähnchen. Cock-a-doodle-doo.«

Er holte tief Luft und strahlte sie an. Dann fuhr sie zusammen, und er erstarrte, als sie hörte, wie die Moteltür sich öffnete. Und schloss. Und dann sah sie, wie das Entsetzen sich wieder in seine Augen stahl, als Jane mit gezogener Pistole und wütender Miene ins Bad platzte.

Sie trat vor und riss Alec aus der Wanne, als würde er nichts wiegen. Sie hielt ihn am Hemd und stieß ihn gegen die Wand. Alec sackte in sich zusammen und stöhnte.

»Tu ihm nichts«, fauchte Evie, aber Jane sah sie nur spöttisch grinsend an.

»Das habe ich auch nicht vor. Aber was dich betrifft … mit dir ist es eine ganz andere Sache. Dir werde ich gern etwas tun.« Sie zog eine Pistole aus dem Hosenbund. »Erkennst du die?«

Evie fuhr zusammen. Das war nicht die schwarze, schlanke Waffe, mit der sie Sandy Stone umgebracht hatte. Es war eine silberne, schwere Pistole. Sie gehörte Dana.

Chicago
Donnerstag, 5. August, 7.45 Uhr

Das Telefon weckte ihn. Ethan hob den Kopf und erkannte rasch, dass das Klingeln vom Hoteltelefon und nicht von Danas Handy kam. Er lehnte sich über ihren warmen, schlafenden Körper und nahm den Hörer auf, bevor es weiterklingeln konnte. »Ja?«

»Mr. Buchanan, hier spricht der Empfang. Entschuldigen Sie bitte die Störung, aber wir haben hier ein Paket, das von Detective Mitchell hinterlegt wurde. Die Dame meinte, es sei wichtig.«

Ethan erlaubte sich, ein wenig zu entspannen. Sein erster

Gedanke war gewesen, dass Sue Dana ein Päckchen mit ähnlichem Inhalt geschickt hatte wie das, was gestern bei Stan und Randi eingetroffen war, aber er hatte sich rasch klargemacht, dass das im Grunde unmöglich war. Sue glaubte noch immer, dass sie Goodman für den Verantwortlichen hielten. »Danke. Könnten Sie es mit einer Kanne Kaffee hinaufschicken lassen?«

»Das Paket ist in zehn Minuten da, der Kaffee könnte etwas länger dauern.«

Er hängte auf, legte sich aber nicht wieder hin. Stattdessen beugte er sich über Dana und betrachtete ihr Gesicht. Sie hatte die restliche Nacht tief und fest geschlafen, und falls sie Alpträume gehabt hatte waren sie nicht heftig genug gewesen, um sie zu wecken. Sie hatte gesagt, sie habe ihre Mutter getötet. Ethan wusste, dass das nicht stimmte, aber nach Danas eigener Auffassung von Schuld hatte sie anscheinend etwas getan, was sie in ihren Augen für den Tod ihrer Mutter verantwortlich machte.

Er hatte in der vergangenen Nacht ihren Schmerz ein wenig lindern können. Er hatte sie ihre Alpträume vergessen lassen und sie vor Lust zum Aufschreien gebracht. Er schauderte, als er an das Gefühl dachte, in ihr zu sein, denn es war noch sehr lebendig. Wie auch er. Aber das war ja zu erwarten, wenn ein Mann neben einer schönen, nackten Frau erwachte.

»Was soll ich nur mit dir machen, Dana Danielle Dupinsky?«, murmelte er. Konnte er in sein altes Leben zurückkehren, als sei nichts geschehen, wenn das alles vorbei war? Konnte er das wirklich? Er war ziemlich sicher, dass die Antwort darauf Nein lautete, aber nun war nicht der richtige Zeitpunkt, eine solche Entscheidung zu treffen. Sie musste warten, bis Alec und Evie gesund und munter zurückgekehrt waren. Er strich ihr das Haar aus der Stirn zurück und küsste sie auf die Schläfe. »Dann können wir reden.«

Er wälzte sich aus dem Bett, zog eine Jeans an und schloss leise die Schlafzimmertür. Sein Blick fiel auf den Stapel CDs auf dem Schreibtisch. Er hatte alle Videos auf CD kopiert und für Mitchell und Reagan weitere Exemplare gebrannt. Die Polizei würde die Aufnahmen genauestens durchgehen. Dennoch …

Etwas nagte an ihm, als er die oberste CD in die Hand nahm. Es war die Aufnahme aus dem Buchladen, wo Sue einen Kaffee getrunken hatte, bevor sie die Mail vom Dienstag abgeschickt hatte. Er schob die CD in den Computer und ließ sich auf den Stuhl fallen. Dann öffnete er die Datei, lehnte sich zurück und beobachtete einmal mehr, wie Sue in dem Buch las, die E-Mail schrieb und die Tastatur sorgsam abwischte, nachdem sie sie benutzt hatte. Nichts Neues zu sehen.

Es klopfte an der Tür, und Ethan öffnete. Ein Page stand mit einer Plastiktüte von *Gap* vor ihm, und als er hineinsah, entdeckte er Röcke und Poloshirts, die säuberlich gefaltet worden waren.

»Da ist eine Nachricht drin«, sagte der Page, und Ethan gab ihm ein Trinkgeld. »Danke.«

Die Nachricht lag oben auf dem Stapel Kleider und war offen, so dass Ethan sie lesen konnte. Mitchell wollte, dass sie um halb zehn zur Polizei kamen. Also konnte Dana noch etwas schlafen. Er stellte die Tüte ab und wollte gerade die Datei schließen, als er erstarrte. Er hatte das Video immer ausgemacht, sobald Sue gegangen war.

Das hätte er nicht tun sollen.

Wieder klopfte es, diesmal an der Tür zum angrenzenden Zimmer, das Clay bewohnte. »Komm rein«, rief Ethan aufgeregt. Die Tür öffnete sich einen Spalt, und Clay spähte hindurch.

»Ich habe gehört, dass jemand bei dir geklopft hat«, sagte Clay. »Ist alles in Ordnung?«

»Nur Kleidung, die Mitchell für Dana geschickt hat. Komm mal her und sieh dir das an.« Er setzte das Video zurück. »Hier ist Conway im Buchladen.«

»Wo sie das Buch über Zeichensprache liest«, bemerkte Clay.

»Ja. Und jetzt geht sie …« Er zeigte auf den Monitor. »Schau dir den Stapel Bücher an, den sie liegen lassen hat.« Eine Kellnerin kam, um den Tisch abzuräumen, und nahm die Bücher.

Clay pfiff, als der Einband des obersten Buchs deutlich von der Linse der Kamera eingefangen wurde. »*Michelins Parisführer*? Warum liest sie – … Verdammt! Du meinst, sie will nach Paris abhauen?«

»Vielleicht. Die EU liefert Amerikaner nicht aus, falls die Möglichkeit der Todesstrafe im Heimatland besteht.«

»Und die Todesstrafe gibt es sowohl in Maryland als auch in Illinois«, sagte Clay grimmig. »Wir müssen Reagan und Mitchell warnen. Wenn sie aus dem Land will, braucht sie einen Pass. Sie können den Behörden an den Flughäfen Bescheid geben.«

»Mitchell will, dass wir sie um halb zehn treffen. Dann

können wir es ihr sagen. Die internationalen Flüge starten am frühen Abend, es ist also noch Zeit genug.«

Clay sah sich im Zimmer um. Seine Brauen wanderten aufwärts, als er Ethans Kleider auf Kissen und die Decke auf dem Boden entdeckte. Er betrachtete Ethan eingehend, bis seinem Freund die Farbe ins Gesicht stieg. »Frag gar nicht erst.«

Clay grinste. »Okay.« Stattdessen hob er Ethans Sachen auf und legte sie über die Couchlehne. Dann bückte er sich erneut. Als er sich aufrichtete, hatte er eine steile Falte auf der Stirn. »Deine Pillen. Sie sind dir aus der Tasche gefallen.«

Als Ethan sich seine Kleider vom Leib gerissen hatte, so frustriert und erregt, dass es beinahe wehgetan hatte. Er hatte die Hose durchs Zimmer geschleudert. Kein Wunder, das die Packung herausgefallen war. »Danke.«

Clay hielt sie immer noch in der Hand. »Da fehlt eine, Ethan.«

Ethan spürte augenblicklich Verärgerung in sich aufsteigen. »Du zählst die Tabletten?«

»Ja, tue ich. Weil du mich anlügst. Und streite es nicht ab. Wann ist es passiert? Gestern ja wohl?«

Ethan schloss die Augen und zählte bis zehn. »Im Taxi, auf dem Rückweg von der Polizei.«

»Du bist also nicht gefahren?«

»Nein.« Er schlug die Lider auf und begegnete Clays Blick. »Ich stand sozusagen unter Stress.«

»Ja, und das wird auch nicht aufhören, bis das hier vorbei ist. Ethan, dein Leben ist mehr wert als deine Unabhängigkeit. Jedes Mal, wenn wir dieses Gespräch führen, weichst du mir aus. Diesmal nicht. Wenn du gefahren wärst, hättest du dich umbringen können.«

»Ich spüre es doch kommen, Clay«, versuchte er zu argumentieren. »Ich kann immer noch rechts ranfahren und –«

»Du hättest auch locker jemand anderen umbringen können«, unterbrach Clay ihn, und Ethan schloss den Mund. »Wie würdest du damit umgehen, Ethan? Wie würdest du das der Familie der Person erklären, die du getötet hast? Bitte. Versprich es mir.«

Ethan verharrte reglos. Dachte daran, wie wütend er gewesen war, als er begriffen hatte, wie gering Dana ihr Leben achtete, und seufzte tief auf. Er hatte einen Fehler gemacht, aber er konnte daraus lernen. »Ich verspreche es dir. Ich fahre nicht mehr, bis das vorbei ist und ich mindestens eine Woche anfallfrei gewesen bin.«

»Einen Monat«, sagte Clay ohne auch nur die Andeutung eines Lächelns.

»Das lassen wir den Arzt entscheiden. Und ich höre auch auf ihn, genau wie ich es das letzte Mal gemacht habe.«

»Und dieser gute Vorsatz wird direkt in die Tat umgesetzt. Wenn wir zur Polizei fahren, sitze ich am Steuer.«

Chicago
Donnerstag, 5. August, 8.15 Uhr

Evie hob den Kopf aus der harten, kalten Wanne und lauschte auf das Murmeln des Fernsehers. Jane war nebenan, war wach, und Alec war bei ihr. Sie hatte keinen Laut von dem Jungen gehört, seit Evie ihn wie einen Müllsack durch die Tür gezerrt hatte. Es war schwer zu sagen, wie lange sie schon dort drüben waren.

Die Tür ging auf, und Evie blinzelte, als das Licht hereinströmte. Dann trat Jane ein, stellte sich vor den Spiegel und begann, Farbe auf ihr weißblondes Haar aufzutragen. Anschließend setzte sie sich auf den Toilettendeckel und schlug die *Tribune* auf. Die Morgenausgabe. Jane blätterte von Seite zu Seite. Dann zerknüllte sie wütend die Zeitung und richtete ihren kalten Blick auf Evie.

»Ich mache jetzt das Klebeband ab. Wenn du ein Geräusch machst, das ich nicht erlaubt habe, eine Antwort, die ich nicht erfragt habe, dann bringe ich den Jungen um und du darfst zusehen.« Evie konnte das Zittern nicht unterdrücken, und Jane lächelte. Grausam. Es war ein erschreckender Anblick. »Hast du verstanden?«

Evie nickte, und Jane hievte sie einhändig in eine sitzende Position. Mit der anderen Hand riss sie das Band ab.

Evie sog die Luft ein und schluckte herunter, was ein Schmerzensschrei geworden wäre. Jane sah sie widerwillig beeindruckt an. »Und jetzt fragst du dich, ob ich dich umbringen werde.«

Evie blinzelte. Sagte nichts. Jane grinste. »Fragst du dich, ob ich dich umbringen werde?«

»Nein.«

»Ach nein? Und wie kommt das?«

»Weil ich weiß, dass du es tun wirst.«

»Immer noch cool. Das respektiere ich. Machst du dir Sorgen um das Kind?«

Evie nickte knapp. Sie verstand das Spiel jetzt. »Ja.«

»Er lebt. Noch. Wo wohnt Dupinsky?«

Evie biss die Zähne zusammen. Und gab ihr die Adresse. Und einmal mehr lächelte Jane ihr grausames Lächeln. »Das wusste ich natürlich schon. Daher habe ich ja schließlich ihre Pistole. Aber du wusstest es auch. Also jetzt eine echte Frage. Wer ist Danas neues Herzchen?«

»Das weiß ich nicht.« Jane verengte die Augen. »Wirklich nicht«, sagte Evie ruhig. »Sie und ich haben in der letzten Woche kaum miteinander geredet. Ich bin ihr aus dem Weg gegangen.«

Lange, quälende Sekunden verstrichen. Dann stand Jane auf. »Okay, ich glaube dir. Wo treibt sie sich häufiger rum? Ich brauche konkrete Angaben.«

Dana war also untergetaucht. Evie verspürte neue Hoffnung. Dana wusste, dass sie in Gefahr war. »Bei Caroline.«

Jane schüttelte den Kopf. »Da ist keiner. Ich habe schon nachgesehen. Sie sind alle im Haus der Schwiegermutter und passen auf sie auf, als ob sie die Königin von England sei. Was sonst?«

»Manchmal ist sie mit Detective Mitchell zusammen. Aber ihre Adresse kenne ich auch nicht.«

»Was ist mit dem Schwager?«

»David?« Evie schüttelte den Kopf. Versuchte, sich nichts anmerken zu lassen. »Er will etwas, sie nicht.«

Jane sah nicht überzeugt aus. »Wieso? Ist sie lesbisch?«

»Meines Wissens nicht«, erwiderte Evie gelassen, und Jane lachte laut auf.

»Du spielst deine Rolle gut, Scarface.« Sie lachte leise, als Evie zusammenzuckte. »Noch eins, bevor ich diesen Dreck hier ausspüle. Wusstest du, dass Goodman verhaftet worden ist?«

Evie riss den Kopf hoch. »Nein.«

»Gestern Morgen. Steht auf Seite zwanzig. Und ich nehme an, dass Mitchell Dupinsky das mitgeteilt hat, denkst du nicht?«

Evie schluckte. »Vermutlich.«

»Dupinsky hat gestern Abend versucht, mich in dem Glauben zu lassen, dass sie sich Sorgen um mich macht, während sie schon lange wusste, dass Goodman es nicht war, der die Nachricht hinterlassen hat.« Sie presste die Lippen zusammen. »Sie hat versucht, mich zurückzulocken.« Sie stand auf und riss ein Stück Klebestreifen ab. Drückte es über Evies Mund. »Im Moment sind wir fertig.«

Chicago
Donnerstag, 5. August, 9.30 Uhr

»Danke, dass Sie hergekommen sind«, sagte Mia und schloss die Tür zum Konferenzraum, in dem sie sich versammelt hatten. Hier war es auf jeden Fall weit angenehmer als im Verhörraum, in dem sie gestern gewesen waren, dachte Dana, die zwischen Ethan und Clay saß. Randi hatte neben Clay Platz genommen, und Stan schaffte es, sich so weit von den anderen fernzuhalten, wie es der Tisch ermöglichte. Abe Reagan, am Kopf des Tisches, machte ihre kleine Versammlung komplett.

Mia sah Dana an. »Wie ich sehe, hast du die Sachen bekommen.«

»Ja, danke. Mia, hast du Simmons finden können?«

Mia lächelte. »Ja, haben wir, es ist noch nicht lange her. Es geht ihr ganz wunderbar. Sie hatte den Hörer vom Telefon genommen, um nach der Schicht ungestört schlafen zu können. Und wir sind bei ihr eingebrochen und haben die Arme zu Tode erschreckt. Ich hoffe, ihr Herz schlägt inzwischen wieder normal.«

Dana sackte erleichtert in sich zusammen. »Dann muss Sue mich selbst angerufen haben.«

»Wir haben das Krankenhaus zwei Stunden lang beobachtet«, sagte Reagan. »Aber wenn sie da war, haben wir sie nicht gesehen.«

Dana holte tief Luft. »Habt ihr herausfinden können, ob sie bei Caroline im Krankenhaus war?«

»Ja«, gab Mia aufrichtig zurück. »Sie hat einen Blumenstrauß ins Schwesternzimmer gebracht, aber der Name auf der Karte existierte nicht in deren Kartei. Während die Dienst habende Schwester überlegte, wohin sie die Blumen geben sollte, hat Sue die Augen aufgehalten. Und Simmons mit Max sprechen sehen. Es war alles auf dem Überwachungsvideo.«

Danas leerer Magen brannte. Sie war Caroline so nah gewesen. Und sie hatte Evie. »Aber sie ist Max doch noch nie begegnet.«

Mia zuckte die Achseln. »Wohl aber David. Die Ähnlichkeit ist unverkennbar. Wir haben uns übrigens auch in Ihrer alten Wohngegend umgesehen, Mrs. Vaughn. Ein grauer Oldtimer wurde gesehen, wie er langsam an der Ruine vom Lewis'schen Haus vorbeifuhr. Der Wagen passte zu dem, der der alten Frau gestohlen wurde, die wir in Sandy Stones Wagen gefunden haben. Die Frau ist übrigens auf dem Weg der Besserung. Und den Wagen haben wir auch inzwischen gefunden.«

»Und was ist mit dem Internetcafé, in dem sie gestern die E-Mail abgeschickt hat?«, fragte Ethan.

Mia blickt zu Abe, dann wieder zu Dana, und Dana spürte, wie sich ihre Härchen im Nacken aufrichteten. »Sie hat eine Prepaid-Karte benutzt«, sagte Mia. »Der Name auf der Karte war Faith Joyce.«

Aus Danas Gesicht wich jegliche Farbe, und sie konnte nur wortlos zu Mia aufblicken. Mia erwiderte den Blick mit tiefem Bedauern. Dana schüttelte den Kopf, wollte einfach nicht glauben, was sie da hörte. »Was?«

Mia biss sich auf die Lippe.

»Mit derselben Karte wurde auch das Hotelzimmer im Excelsior reserviert, Dana. Die Buchung ist gestern gegen drei Uhr nachmittags erfolgt.«

Alle um sie herum waren still, und Dana konnte nur das Hämmern ihres Herzens hören, das in ihrem Kopf widerhallte. Das war nicht möglich. Das konnte nicht sein. Sie spürte Mias Hände, die ihren Kopf niederdrückten, spürte, wie jemand ihren Stuhl vom Tisch zurückzog. Ethan. Ethan kniete neben ihr und sah sie besorgt an. Dann begann sich alles zu drehen.

»Wer ist Faith Joyce?«, hörte sie Clay fragen, aber wieder drückte Mia ihren Kopf herab.

»Lassen Sie sie sich erst erholen. Dana, wag es ja nicht, jetzt ohnmächtig zu werden. Abe, kannst du ihr ein Glas Wasser holen?«

Dana holte in tiefen Zügen Atem, und als sie die Augen aufschlug, stand das Zimmer wieder still. Sie wehrte sich gegen Mias Hände. »Lass mich los. Du wirst mir noch den Hals brechen.« Augenblicklich nahm Mia die Hände weg. »Dann setz dich langsam auf. Wann hast du zum letzten Mal etwas gegessen?«

»Gestern.«

Mia sah sie finster an. »Mann. Nicht mehr Verstand als eine Rotznase.« Sie funkelte Ethan an, der noch immer an ihrer Seite kniete. »Sie hätten dafür sorgen sollen, dass sie isst, Buchanan.«

Dana nahm das Glas mit Wasser, das Abe ihr hinhielt. »Lass ihn in Ruhe, Mia«, sagte sie müde. »Er hat's versucht. Ich habe einfach nichts runtergekriegt.« Sie trank einen Schluck. Befahl ihrem Magen, sich zu beruhigen. »Es war Beverly. Ich habe sie gestern am Busbahnhof abgesetzt.«

Mia schluckte. »Verdammt«, flüsterte sie. »So etwas habe ich befürchtet.«

Clay stand auf und sah sie stirnrunzelnd an. »Wer ist Faith Joyce?«

Ethan tippte ihr unters Kinn, bis sie ihn ansah, und ohne den Blick von ihr zu nehmen, antwortete er. »Danas Mutter.« Als sie ihn nur anstarrte, strich er ihr mit dem Daumen über das Kinn. »Ich konnte gestern Nacht nicht schlafen. Da habe ich es überprüft.«

»Ich verstehe noch immer nicht«, meldete sich Randi zu Wort. »Wie kommt Sue an die Karte von Danas Mutter?«

Dana drückte sich die Finger auf ihre zitternden Lippen. Konzentrierte sich auf Ethans ruhige grüne Augen, wie sie es zuvor schon so oft getan hatte. »Wenn Frauen Hanover House verlassen wollen, um in eine andere Stadt zu ziehen, geben wir ihnen Prepaid-Karten mit, die sie benutzen können, bis sie sich zurechtgefunden haben. Wenn sie lange genug bei uns bleiben, können sie sich eine Arbeit suchen und das Geld davon auf die Karte übertragen. Es ist wie eine Art Sparplan. Wir benutzen immer den Namen Faith Joyce. Joyce war der Mädchenname meiner Mutter.«

Ethan nahm ihre Hand und hielt sie. »Ich habe darüber gelesen, Dana. Ich weiß, was passiert ist.«

Sie drückte seine Hand und schaute zu Mia auf. Sie war sich bewusst, dass jeder im Raum sie anblickte. »Beverly hatte fast neunhundert Dollar auf der Karte.« Danas Stimme brach, und sie räusperte sich. »Ich habe sie gestern Morgen verabschiedet. Sie wollte nach Kalifornien.«

Mia packte Danas Schulter. »Was hatte Beverly sonst noch dabei?«

Dana sah Ethans verwirrte Miene aus dem Augenwinkel. Auf diese Sache war er noch nicht gekommen, nahm sie an. Mia schon. Und vielleicht wusste sie es schon lange. »Führerschein. Und Sozialversicherungskarte.« Sie schürzte die Lippen. »Und einen Pass.«

Mias Kopf fiel zurück, und sie stöhnte leise. »Scheiße. Dreck. Verdammter Mist.«

Dana stieß die Luft aus, die sie angehalten hatte, und ließ das Kinn auf die Brust sinken. »Mia, vielleicht ist Beverly tot. Bitte schick jemanden zum Busbahnhof. Ich will mir nicht vorstellen, dass sie einfach irgendwo ... herumliegt.«

Schweigen herrschte, während Abe die Nummer vom Busbahnhof wählte. Als er auflegte, hob Dana den Kopf.

»Und?« *Bitte nicht Beverly. Sie hatte ein neues Leben vor sich.*

»Sie haben sie heute Morgen gefunden, als die Müllabfuhr die Container leeren wollte. Sie lag zwischen Container und Wand.« Abe sah sie traurig an. »Es tut mir leid, Dana. Sie haben sie ins Leichenschauhaus gebracht. Als Jane Doe. Kannst du sie identifizieren?«

Dana nickte betäubt.

»Wie war der Name auf dem Ausweis, Dana?«, fragte Mia leise.

»Carla Fenton«, flüsterte sie.

Stan Vaughn stand auf und beugte sich vor. »Wenn ich das richtig verstehe«, sagte er kalt, »ist die Frau, die Alec hat, nun in Besitz eines Passes, mit dem sie das Land verlassen kann?«

Mia wandte sich um und sah ihn verächtlich an. »Sie haben ihr fünfundzwanzigtausend Dollar in die Hand gegeben, Mr. Vaughn. Hätte sie nicht Beverlys Pass gestohlen, hätte sie genug Geld gehabt, um sich einen zu kaufen. Setzen Sie sich jetzt bitte wieder, bis wir hier fertig sind.«

Mit zusammengepressten Kiefern gehorchte Stan.

Dana schloss die Augen. »Wenn sie Beverlys Pass benutzen will, muss sie sich die Haare braun färben und braune Kontaktlinsen tragen. Ihr müsst die Optiker informieren.«

»Weißt du eigentlich, wie viele Optiker es in Chicago gibt?«, knurrte Mia, dann fluchte sie. »Verdammt, wenigstens können wir ihr möglicherweise jetzt einmal einen Schritt voraus sein.«

Abe stand auf und kam um den Tisch herum. Hockte sich vor Danas Stuhl. »Ich besorge uns eine Liste, damit wir gleich anfangen können. Aber zuerst – woher hat Beverly ihre Papiere bekommen, Dana?«

Dana unterdrückte einen Schluchzer. Sah Abe Reagan direkt in die Augen. Und log. »Ich habe keine Ahnung. Ich mache nur die Fotos für die Pässe.« *Danke, David,* dachte sie inbrünstig.

»Dein Fotogeschäft«, murmelte Ethan und ließ sich auf einen Stuhl fallen.

Sie wandte sich zu ihm um und erkannte, dass er begriff. »Ja.«

Abe sah zu Mia auf, die Zunge in der Wange, die Braue hochgezogen. Mia zuckte die Achseln. Und schwieg.

»Also, dann nehmen wir uns mal die Optiker vor«, sagte er. »Wir fangen mit denen in dem Einkaufszentrum an, wo sie gestern Abend gewesen ist.« Er stand auf. »Aber schauen wir uns zuerst Jane Doe an. Vielleicht irren wir uns ja.«

Ethan half Dana auf die Füße. »Ich komme mit.«

»Das musst du nicht«, murmelte sie.

Er legte ihr einen Arm um die Schulter. »Doch, muss ich.«

»Und wir? Sollen wir einfach hier bleiben?«, fragte Stan barsch.

Abe sah aus, als würde ihm der Geduldsfaden reißen. »Falls Sie nicht gerade einen Ausflug ins Leichenschauhaus machen wollen, ja. Wenn wir fertig sind, bringe ich Sie zum Flughafen, damit es so aussieht, als ob Sie von dem Flug über D.C. gekommen sind. Jemand wird Ihnen folgen, bis Sie im Hotel ankommen. Wir haben heute Morgen schon Leute hingeschickt, die den Raum verwanzt haben

495

und sich als Reinigungspersonal ausgeben. Ich hoffe doch, dass unsere Vorbereitungen auf Ihre Zustimmung stoßen«, fügte er sarkastisch hinzu.

»Oh, eine Sache noch«, sagte Ethan, den Arm fest um Danas Taille. »Auf einem der Bänder sah ich Conway ein Buch über Paris lesen. Falls sie das Land verlassen will …«

Abe bedachte Ethan mit einem beeindruckten Blick. »Wir kümmern uns darum. Jetzt kommen Sie, Dana.«

20

Chicago
Donnerstag, 5. August, 10.30 Uhr

Mia hatte in ihrem Arbeitsleben schon viel menschliches Leid gesehen, aber wenig übertraf den Schmerz in Danas Gesicht, als Julias Assistent Beverly aufdeckte. Dennoch hielt Dana sich tapfer aufrecht. Sie stand am Fenster, Buchanans Hände auf den Schultern, und nickte. Erst als der Assistent die Leiche wieder zugedeckt hatte, sah Mia einen Riss in der Fassade ihrer Freundin. Sie trat einen Schritt vor, doch da drehte Buchanan Dana schon um und drückte sie an sich, als der Damm endlich brach und sie haltlos an seiner Schulter zu schluchzen begann.

»Sie wird schon wieder«, murmelte Abe neben ihr. »Sie ist stark.«

Mia schluckte, während sie Danas Weinen lauschte.

»Niemand ist so stark, Abe.«

Abe schwieg einen Moment, dann fragte er ruhig: »Wie lange weißt du schon davon, Mia?«

Mia wandte sich um und sah ihn ausdruckslos an. »Was? Dass Dana Fotos für Pässe macht? Eine Weile schon. Meins hat sie auch gemacht.«

Er neigte den Kopf. »Du weißt genau, was ich meine.«

Er hätte einschüchternd auf sie gewirkt, wenn sie ihn nicht so gut gekannt hätte. »Abe, lass gut sein. Bitte.«

Er verengte die Augen. Verdrehte sie dann. »Also gut. Aber du bist mir was schuldig, Mitchell.«

Mia wandte sich wieder zu Dana um, die noch immer an Buchanans Schulter weinte. Der Anblick ließ auch ihr Tränen in die Augen treten. In all den Jahren, die sie Dana kannte, hatte sie sie nie weinen sehen. Nicht so jedenfalls. »Okay.« Mia straffte den Rücken, als die Gerichtsmedizinerin auf sie zutrat.

»Geht's mit deiner Freundin?«, fragte Julia.

Mia nickte knapp. »Ja. Und?«

Julia zuckte die Achseln. »Dein Mädel ist jedenfalls beständig. Sieht aus wie bei den anderen. Neun Millimeter mit Schalldämpfer. Hatte die Frau Familie?«

»Nur Dana. Kannst du die Leiche eine Weile verwahren, Julia? Nur bis alles vorbei ist? Dana möchte sich sicher um die Beerdigung kümmern.«

»Ich versuch's, aber mir geht langsam der Platz aus.« Sie zog die Brauen zusammen. »Ihr müsst dafür sorgen, dass das aufhört.«

»Danke, Julia«, sagte Abe trocken. »Wir werden daran denken.«

Julia wand sich. »Du weißt, was ich meine.«

Abe drückte ihre Schulter. »Ja, schon gut. Du hast verdammt viel zu tun.«

»Ich bin in den letzten zwei Tagen keine zehn Stunden zu Hause gewesen.«

»Aber Jack hält doch die Stellung, oder?«, fragte Mia, während sie beobachtete, wie Buchanan ein Taschentuch hervorholte und zärtlich Danas Augen abtupfte. Sie konnte auch nicht wegsehen, als er ihren Kopf anhob und ihr einen Kuss auf die Stirn drückte. Vielleicht hatte diese ganze schreckliche Geschichte ja doch etwas Gutes.

Julia lächelte. »Jack und ich … wir ergänzen uns ziemlich gut.« Ihr Lächeln verblasste. »Übrigens hat ein Reporter angerufen. Ich habe keinen Kommentar abgegeben. Aber es ist nur eine Frage der Zeit, bis etwas durchsickert. Da sind ein paar Leichen zu viel hier. Selbst für uns.«

Abe seufzte. »Darum kümmern wir uns, wenn es so weit ist.«

Buchanan flüsterte Dana etwas ins Ohr, und sie versteifte sich. Dann wandte sie den Kopf, begegnete Mias Blick und nickte zittrig.

»Es geht wohl wieder«, sagte Mia. »Dann lass uns verschwinden. Wir müssen die Vaughns zum Flughafen bringen.«

Abe zog eine dunkle Braue hoch. »Und wenn wir da sind, überprüfen wir, ob eine Carla Fenton ein Ticket nach Paris gekauft hat.«

Chicago
Donnerstag, 5. August, 10.45 Uhr

»Und jetzt?«, fragte Clay, der am Steuer saß. Er sah in den Rückspiegel zu Dana und Ethan auf der Rückbank.

Dana hielt Ethans Hand umklammert. Sie legte den Kopf zurück und schloss die Augen. Ihre Tränen hatten ihr höllische Kopfschmerzen eingebracht und nichts geändert.

Beverly war tot. Dr. Lee war tot. Sandy war tot. Und Evie war vielleicht auch schon tot.

»Hör auf zu denken«, sagte Ethan ruhig. Sie schlug die Augen auf und sah in seine grünen Augen. An Clay gewandt, setzte er hinzu: »Ich brauche etwas zu essen.« Dann lächelte er freudlos. »Danach gehen wir in dieses Internetcafé, aus dem Conway die Mail abgeschickt hat.«

Aus seiner Stimme klang Entschlossenheit, die Dana als seltsam tröstend empfand. »Was hast du vor?«, fragte sie.

»Etwas, das Mitchell eben gesagt hat, geht mir nicht aus dem Kopf. Dass Stan Sue fünfundzwanzigtausend Dollar gegeben hat und dass sie sich einen Pass hätte kaufen können, wenn sie es gewollt hätte.«

»Das brauchte sie ja nicht«, murmelte Dana. »Ich habe ihn ihr ja praktisch geschenkt.«

Ethan nahm ihr Kinn in die Hand. »Von jetzt an will ich kein *Hätte ich doch nur* oder *Wenn ich bloß nicht* mehr hören. Du wusstest es nicht. Wenn es so gewesen wäre, hättest du sie niemals bei euch aufgenommen. Du hättest die Polizei gerufen, damit sie Alec holt. Haben wir uns verstanden?«

Seine grimmige Bestimmtheit hüllte sie ein, richtete sie auf. »Ja.« Ihre Lippen verzogen sich leicht. »Sir.«

Er lächelte und strich mit dem Daumen über ihre Lippen. »So ist es brav. Ich habe es satt, Sue Conways Opfer zu sein. Das Erste, was wir tun, ist, ihr ihre finanzielle Unabhängigkeit zu nehmen.«

»Das Geld ist doch längst weg, Ethan«, protestierte Clay. »Wir würden Tage brauchen, uns in ihr Auslandskonto einzuhacken.«

»Keine Tage.« Ethan betrachtete die Imbissbuden, die die Straße säumten. »Nach dem Essen holen wir uns ein paar Cookies zum Nachtisch.«

Dana runzelte die Stirn. »Wovon redest du?«

Ethan lehnte sich mit einem zufriedenen Lächeln auf den Lippen zurück. »Computerfachsprache. Jedes Mal, wenn man eine Website besucht, hinterlässt man Informationen. Das nennt man einen Cookie.«

»Ich habe mich immer schon gefragt, was das ist«, murmelte Dana. »Ich habe meinen PC so eingestellt, dass er keine akzeptiert, weil ich in der Hinsicht paranoid bin.«

»Ich baue darauf, dass das Internetcafé nicht paranoid ist. Diese Mietcomputer sind wie gut beschäftigte Huren. Man weiß nie, wo sie gewesen sind oder wie viele Leute sie benutzt haben. In der letzten E-Mail hat sie gesagt, dass wir die Sache mit dem Vorschuss gut gemacht haben. Das heißt, sie hat ihr Konto überprüft, und das könnte sie online gemacht haben.«

Dana verarbeitete die Information und verdrängte den pochenden Schmerz. »Wenn Sue also die Zahlen ihres Auslandskontos eingegeben hat, sind sie als Cookie auf dem Computer gespeichert.«

»Aber du brauchst immer noch das Passwort«, warf Clay ein, dann schüttelte er den Kopf. »Okay, schon gut.«

Ethan warf ihm einen herablassenden Blick zu. »Nicht wahr? Das ist ein Kinderspiel. Falls« – er wandte sich wieder Dana zu –»ich etwas über ihren Hintergrund weiß. Die meisten Menschen benutzen Passwörter, die für sie persönlich eine Bedeutung haben, obwohl man eigentlich zufällig Zahlen und Buchstaben aussuchen sollte. Wenn du mir Informationen über Sue verschaffen kannst – mehr, als Randi uns hat sagen können –, sollte es mir gelingen, auf ihr Konto zu kommen.«

Dana schwieg, als Clay auf den Parkplatz eines Fast-Food-Restaurants bog, und verspürte plötzlich eine ähnliche Entschlossenheit. »Ich will einen Burger mit extra Gurken. Und eine Riesenportion Pommes frites.«

Ethan zog sie an sich und drückte sie fest. »Braves Mädchen.«

Dana lehnte sich an ihn, und ihr fiel auf, wie sehr sie sich in der kurzen Zeit schon daran gewöhnt hatte, sich auf seine Stärke zu verlassen. Wenn das alles vorbei war und er nach Hause ging ... Brüsk machte sie sich los. »Trennen wir uns oder bleiben wir zusammen?«

Ethans Augen verengten sich. »Wenn du glaubst, dass ich dich aus den Augen lasse, hast du nicht mehr alle Tassen im Schrank.«

Er war tatsächlich zusammengezuckt, als sie von ihm abgerückt war. »Ich meinte, ob du schon zum Internetcafé fahren willst, während Clay mich zum Sozialamt fährt. Ich bin nicht blöd, Ethan. Ich habe versprochen, nirgendwo allein hinzugehen, und das werde ich auch nicht.«

»Warum bleiben wir nicht alle zusammen?«, sagte Clay sanft. »Falls Conway Dana immer noch verfolgt, kann ich draußen warten und nach ihr Ausschau halten, während ihr zwei euch im Internetcafé vergnügt.«

»Und dann lasst uns zu Sandys Büro fahren«, fügte Dana hinzu. »Sue hasst Sozialarbeiter so sehr, dass sie eine Akte haben muss. Falls die in Chicago ist, kann sie uns ein Kollege von Sandy besorgen.«

»Vielleicht sollten wir es der Polizei überlassen, die richtigen Fragen zu stellen«, wandte Clay ruhig ein.

Dana schüttelte den Kopf. »Wenn Sues Akte versiegelt ist, können sie Mia das Ding nicht ohne richterlichen Beschluss überlassen. Aber nach dem, was gestern mit Sandy passiert ist, wird irgendjemand aufgebracht genug sein, um mit mir ohne diesen Wisch zu sprechen.«

Ethan sah seinen Freund besorgt an.

»Clay, ich reiße dich immer tiefer hinein. Wir können auch allein dorthin gehen.«

»Halt die Klappe, Ethan«, sagte Clay freundlich und fuhr an den Schalter des Drive-ins. »Ich suche nicht mit leerem Magen nach Cookies.«

Chicago
Donnerstag, 5. August, 12.10 Uhr

»Nicht perfekt, aber für meine Zwecke ausreichend«, murmelte Sue, als sie sich ihren Weg durch den mit Müll übersäten Kellerflur des Wohngebäudes bahnte. Das Haus war identisch mit dem zwei Gebäude weiter, das ihr eigentliches Wunschobjekt gewesen war. Dummerweise lebten noch Menschen in dem Haus zwei Gebäude weiter, hier jedoch hielt sich schon lange keiner mehr auf. Jedenfalls nicht dauerhaft. Das Schloss war kaputt, und man konnte kommen und gehen, wie man wollte. Sie trat gegen eine leere Bierdose, die scheppernd gegen eine andere stieß. Unter einer alten Zeitung sah sie ein gebrauchtes Kondom hervorlugen. Ein paar Nadeln. Das war gut. Das bedeutete, dass die Nachbarn an wilde Partys gewöhnt waren. Niemand würde sich um laute Musik kümmern. Oder um ein oder zwei Schreie.

Sie und Donnie und die Jungs – verdammt, sie würden sich wunderbar hier einfügen.

Sie ging auf ein paar Kartons zu und scheuchte eine Horde Mäuse auf. Sie war angenehm überrascht gewesen, dass das Licht funktionierte. Das war ziemlich gut.

Sie ging weiter, bis sie die Wand erreichte, hinter der sich die Mietkeller befanden. Und runzelte die Stirn, als sehr unangenehme Erinnerungen auf sie einströmten. Hier hatte sie sich versteckt. Sie war unterwegs gewesen, um einen Auftrag zu erledigen, und hatte bei ihrer Rückkehr einen Haufen Bullen entdeckt, die überall herumschnüffelten und Randis Wohnung, zwei Gebäude weiter, durchsuchten. Sie war zu Donnies Wohnung geflüchtet, nur um zu sehen, wie sie Donnie in Handschellen abführten. Die Polizei hatte all die Ware beschlagnahmt. Also war sie weggelaufen. Zurück zu dem Haus, in dem sich Mirandas Wohnung befand. In der sie einen Notgroschen in einem Loch in der Wand hinter dem Herd versteckt hatte. Doch zunächst hatte sie sich im Keller versteckt, hatte beinahe zwei Tage ohne Nahrung und Wasser ausgehalten, bis sie glaubte, dass die Polizei nun gegangen sein würde. Sie war aus ihrem Versteck gekrochen, war in die Wohnung hinaufgeschlichen, doch das Geld war fort gewesen. Und ein Polizist hatte auf sie gewartet. *Wo ist Ihr Baby?* Es ging ihnen nur um das verdammte Balg. *Wo ist Miranda? Haben Sie auch sie umgebracht?* Sie hörte die Fragen noch so deutlich im Kopf, als sei es gestern gewesen.

Zehn Jahre später war sie als freie Frau aus dem Hillsboro-Gefängnis marschiert. Nur, dass sie nicht wirklich frei gewesen war. Das würde sie erst sein, wenn Randi Vaughn wusste, wie es war, sich verstecken zu müssen. Sich fürchten zu müssen. Wie es war, ohne Essen und Trinken auskommen zu müssen. Sich dem Willen von Männern beugen zu müssen, die tun konnten, was immer sie wollten, weil sie größer und stärker waren.

Morgen Abend würde dieser Keller zu Randi Vaughns privater Hölle werden.

Aber heute war es ein guter Platz, um das Mädchen zu verstecken. Sie würde sich hüten, die beiden noch einmal zusammen allein zu lassen. Sie wandte sich um und heftete ihren Blick auf Scarface, die mit gefesselten Händen und Füßen auf dem Boden saß. Ihre dunklen Augen über dem Klebeband, das ihr den Mund zuklebte, waren trotzig und hasserfüllt.

Um nicht noch einmal eine böse Überraschung zu erleben, hatte Sue das Band ganz um den Kopf gewickelt. Dreimal. Dieses Mal dürfte es verdammt schwer sein, es zu lösen.

»Ich hoffe, du fürchtest dich nicht vor Mäusen«, sagte sie und sah befriedigt, wie der Blick des Mädchens nervös umherhuschte. Sie zerrte sie auf die Füße und zog sie dorthin, wo früher der Heizungskeller des Hauses gewesen war. »Ich hole dich später wieder ab.«

Ocean City, Maryland
Donnerstag, 5. August, 13.45 Uhr

Detective Janson wartete in seinem Büro in Ocean City auf sie, und sowohl er als auch Sheriff Eastman standen auf, als Lou eintrat. »Sie haben sich beeilt«, sagte Eastman ohne Begrüßungsfloskel. »Wir haben eine Viertelstunde, bevor Lewis' Anwalt hier eintrifft.«

Dann sah er sie ungläubig an. »Habe ich das richtig verstanden, dass Chicago vier Leichen hat, die auf das Konto dieser Frau gehen?«

Lou setzte sich auf eine Stuhllehne. »Ja. Vier Leichen in drei Tagen. Alle Kopfschüsse, alle die gleiche Waffe.«

»Dieselbe Methode wie bei meinen zwei«, sagte Janson. »Rickman und Samson.«

»Aber eine andere als Ihr Bursche im Schuppen«, warf Eastman ein. »Wie wollen Sie denn etwas von alldem Lewis anhängen?«

»Wollen wir gar nicht.« Lou rieb sich den Nacken, der durch die lange Fahrt steif geworden war. »Wir wollen ihm damit eigentlich nur zeigen, wie eiskalt seine Schwester ist. Sie wird nicht kommen und ihn auslösen. Sie hat einen Pass und will das Land verlassen.«

Ein Last-Minute-Update bei Mitchell hatte ihr diese Information verschafft.

»Die Polizei in Chicago hat zwar noch keine Buchung gefunden, aber sie haben Grund zu glauben, dass sie nach Frankreich will. Sie will Lewis die Entführungsgeschichte ausbaden lassen.«

»Das eigene Kind«, knurrte Eastman. »Die Verteidiger

werden vor Entzücken Luftsprünge machen. Von wegen Entführung, werden sie jauchzen.«

»Ich habe nicht vor, Lewis zu erklären, dass das Kind sein Neffe ist, solange ich das nicht muss. Und Lewis ist ja davon ausgegangen, dass er eine Straftat begangen hat. Die Absicht können wir ihm durchaus anhängen.«

Eastman zuckte die Achseln. »Tja, heute Nachmittag läuft gerade nichts Richtiges im Fernsehen. Ich bin also dabei.«

Lou nahm ihre Notizen mit einem leisen Lachen auf. »Plaudern wir ein wenig mit Mr. Lewis.«

Fünfzehn Minuten später saßen sie und Janson Lewis und seinem Anwalt gegenüber an einem Tisch. Eastman lehnte an der Wand. Lewis wirkte, als habe er schon bessere Zeiten gesehen. Seine Verletzungen heilten, aber die Müdigkeit hatte eingesetzt. Die ständige Wachsamkeit, die erforderlich war, um die Avancen der Mitinsassen abzuwehren, forderte anscheinend ihren Tribut.

»Gut, machen wir es kurz, einverstanden?«, begann Lou, bevor der Anwalt es sagen konnte. Lou sah Lewis direkt in die Augen. »Mr. Lewis, wir wissen von Ihrer Schwester, der Entführung und dem Lösegeld.« Befriedigt sah sie, wie Lewis erbleichte. »Wir wissen auch von dem Mann, der Sie besucht hat. Wir wissen, dass er das Haus Ihrer Verwandten niedergebrannt hat. Übrigens befanden diese sich noch darin.«

»Wow«, sagte der Anwalt. »Was für spannende Krimis haben Sie denn gelesen? Oder haben Sie irgendeinen Beweis für Ihre Unterstellungen?«

Lou lächelte. »Ja, keine Sorge, den kriegen Sie schon. Mr. Lewis, es wird Sie vielleicht interessieren, dass Ihre Schwester in Chicago ist, wo sie seit Montag vier Menschen umgebracht hat. Zählen Sie noch McMillan, Rickman und eine andere Person in Morgantown hinzu, haben wir sieben Tote.« Lewis zog den Kopf ein, machte aber keine Anstalten, etwas abzustreiten.

»Wie groß sollte Ihr Anteil am Lösegeld sein, Mr. Lewis?«, fragte Lou mit aufrichtigem Interesse. »Eine Million? Zwei?« Lewis' Blick flackerte. Seine Augen verengten sich. Lou konnte wachsenden Zorn darin erkennen. »Oh, so ist das also«, sagte sie. »Sie hat Ihnen weit weniger versprochen. Das dachte ich mir schon.« Sie griff in ihre Brieftasche und holte eine Kopie der E-Mail heraus, die Conway an die Vaughns geschickt hatte. »Schauen Sie mal, Mr. Lewis. Der Preis für den Jungen, den Sie beide entführt haben, ist fünf Millionen.«

Lewis schwieg immer noch, aber seine Hände krallten sich in seine Oberarme. Fest.

Lou beugte sich vor. »Früher oder später werden wir in der Lage sein, Sie damit in Verbindung zu bringen, Mr. Lewis. Und wenn ich eigenhändig jede Oberfläche einstäuben muss – Ihre Fingerabdrücke finde ich schon. Aber zum Glück habe ich Hilfe. Entführung ist ein Verbrechen, das die Bundesagenten beschäftigt. Die freuen sich schon drauf, denn Sie haben nicht nur ein Kind entführt, sondern auch Cheryl Rickman, die nun tot ist.«

»Wir haben doch bereits festgestellt, dass mein Klient ein Alibi für den Mord an Rickman hat«, erklärte der Verteidiger eisig. »Falls Sie nichts haben, was der Diskussion würdig ist, würde ich sagen, dass wir jetzt fertig sind.« Er stand auf, nahm Lewis' Arm und führte ihn zur Tür.

»Sue hat einen Pass und ein Ticket nach Frankreich«, sprach Lou die halbe Lüge aus und sah, wie Lewis, der gerade über die Schwelle treten wollte, verharrte. Er drehte sich um. Seine Augen waren kalt.

»Sie wird Sie fallen lassen und alles auf Sie abwälzen, Mr. Lewis«, sagte Lou freundlich. »Wollen Sie ihr das erlauben?«

Sein Anwalt flüsterte ihm etwas ins Ohr. Lewis nickte. »Was haben Sie anzubieten?«

Lou zuckte die Achseln. »Kommt darauf an, was er zu sagen hat.« Sie klopfte auf den Tisch. »Reden Sie mit mir, Bryce. Wir sind Ihre einzige Hoffnung, denn wir wollen Ihre Schwester weit mehr, als wir Sie wollen.«

Lewis ließ sich wieder auf den Stuhl fallen. »Es war ihre Idee.« Er schaute auf, und die Müdigkeit kämpfte mit dem Zorn in seinen Augen. Plötzlich sah er aus wie siebzehn. »Niemandem sollte etwas passieren.«

Lou holte ihr Notizbuch heraus. »Wir hören.«

Chicago
Donnerstag, 5. August, 16.45 Uhr

Sandys Freunden zu begegnen war eine emotionale Erfahrung gewesen. Sie waren von Schmerz und Wut überwältigt gewesen, aber sie hatten geholfen und Dana Zugriff auf Sue Conways Akte gewährt. Diese Akte war ziemlich dick gewesen, denn in ihrer Jugend hatte Sue mit einer ganzen Menge von Sozialarbeitern zu tun gehabt. Es war hart für Dana, die Akte zu lesen und gleichzeitig anzuerkennen, dass die Frau, die Evie und Alec festhielt, selbst so vieles durchgemacht hatte. Nur Dana durfte die Akte lesen; bei aller Hilfsbereitschaft waren Sandys Kollegen doch darauf bedacht, nach ihrem Berufsethos zu handeln. Nun, wieder im Hotelzimmer, saß Ethan vor seinem Laptop. »Okay, ich bin jetzt auf der Website von Sues Bank. Ich habe zwei Cookies auf dem Computer gefunden, den sie gestern benutzt hat. Zwei Konten. Sie deponiert das Geld erst auf dem ersten und transferiert es dann auf das zweite, von dem sie glaubt, dass wir nichts davon wüssten.«

»Und jetzt musst du ihr Passwort knacken«, murmelte Dana.

»Sagen Sie uns, was Sie gefunden haben«, forderte Clay sie auf.

Als sie aus dem Archiv gekommen war, hatte Ethan begonnen, sie zu löchern, aber sie musste so elend ausgesehen haben, dass er sofort damit aufhörte. Doch ihre Pause war vorbei. Es war Zeit, zu reden.

»Sues Mutter war drogenabhängig, aber es gelang ihr stets, den Behörden einen Schritt voraus zu sein, bis eines Tages das Jugendamt kam und Bryce und Sue wegholte. Bryce war noch ein Kleinkind. Ihre Mutter finanzierte ihre Drogen mit Prostitution.« Sie sah Ethan an. »Ihre Mutter hat Sue ab und an verkauft, wenn sie sich danebenbenommen hatte. Scheinbar war das ihre Art, zu strafen.«

Ethan erbleichte. »Mein Gott.«

»Und so hat Sue Sex schon früh mit Macht gleichgesetzt.«

»Und mit Bestrafung«, fügte Clay leise hinzu.

Dana nickte. »Ja. Ihre Mutter hat sie darauf gedrillt, dass Sozialarbeiter miese Typen sind, die nur darauf aus waren, sie zu holen. Sie sind ständig umgezogen, um den Behörden aus dem Weg zu gehen. Das passt alles ganz gut zu den Schnittnarben, die ich auf ihren Armen gesehen habe. Meistens verletzen sich Mädchen, deren Leben ein einziges Chaos ist. Sie versuchen, ein gewisses Maß an Kontrolle auszuüben. Und als Kind hatte sie so gut wie gar keine Möglichkeit, Einfluss auf etwas zu nehmen.«

»Ich würde sagen, dem hat sie abgeholfen«, bemerkte Ethan trocken.

»Ja«, stimmte Dana zu. »Das würde ich wohl auch sagen. Sue war bei ihren Pflegeeltern genau so, wie Randi sie beschrieben hat. Selbstzerstörerisch, rebellisch, gewalttätig. Sie behauptete, ihre Pflegeeltern hätten sie missbraucht, aber es gab keine Beweise, die die Anschuldigung gestützt hätten, und die Familie hatte einen makellosen Ruf. Für Sue war Sex Macht, und sie versuchte, ihn genau dazu einzusetzen. Schließlich lief Sue weg und suchte ihren Vater. Er war gerade aus dem Gefängnis gekommen.«

»Da lässt sich ein Muster erkennen«, sagte Clay.

»Wie immer im Grunde. Der Vater beantragte das Sorgerecht für Sue und bekam es, aber nicht das für Bryce. Sie durften ihn besuchen, daher wusste sie, wo er wohnte. Eines Tages nahm sie ihn mit.«

Clay stieß einen Pfiff aus. »Genau wie Randi.«

»Ja, ich weiß. Es ist irgendwie unheimlich. Der Vater fuhr mit Sue und dem kleinen Bryce im Wagen in Richtung Süden, als er auf die schlaue Idee kam, einen Laden zu überfallen, der rund um die Uhr geöffnet hatte. Was Bryce später ebenso machte.«

»Der Apfel fällt nicht weit vom Stamm«, sagte Ethan.

Dana seufzte. »Dad wird von der Polizei erschossen. Sue,

sie ist gerade zwölf, sieht es, gerät in Panik, setzt sich ans Steuer und fährt den Wagen zu Schrott. Die Sozialarbeiter sammeln sie und Bryce auf, aber dieses Mal tritt die Tante auf den Plan. Mom ist an einer Überdosis gestorben, und Sues Tante Lucy hofft, das Richtige zu tun.«

Ethan bearbeitete die Tastatur. »Okay, ich habe das erste Konto hier. Gib mir ein paar Namen.«

»Ihr Vater hieß Walter«, sagte Dana.

»Gut. Wann geboren? Dieses Passwort verlangt Buchstaben und Zahlen.«

Dana sah auf ihre Notizen. »1955.«

Er tippte und jubelte. »Verdammt, das war ja fast zu leicht. Walter1955. Kein Geld mehr auf dem ersten Konto. Schauen wir mal, ob dasselbe Passwort auch für das zweite Konto gültig ist.« Die Tasten klackerten. »Na ja, das wäre auch zu viel Glück gewesen. Wann ist er gestorben? Walter?«

Dana sah nach. »1987.«

»Bingo.« Ethan trommelte mit den Fingern auf den Tisch und wartete. »Und … neunzehntausend achthundert im Plus. Neue Transaktionen … Fünftausendzweihundert an die Western Union.« Er tippte wieder rasch etwas ein und blickte dann auf. »Die Filiale befindet sich in dem Einkaufszentrum, von dem sie gestern angerufen hat.«

»Wir müssen Mia und Abe Bescheid geben«, sagte Dana. »Was willst du mit dem Geld machen?«

Ethan stieß den Atem aus. »Ich würde es ihr gern abnehmen, nur um ihr richtig auf die Zehen zu treten, aber dann weiß sie, dass wir ihr auf den Fersen sind. Sollen Reagan und Mitchell eine Entscheidung treffen. Ruf sie an, Dana, und sag ihnen, dass wir reden müssen.«

21

Chicago
Donnerstag, 5. August, 18.00 Uhr

Dann schieß los«, sagte Mia und ließ sich auf einen Stuhl im Konferenzsaal des CPD fallen.

Sie hatten ausgelost, dass Dana reden sollte, also fing sie ohne Umschweife an. »Wir haben Zugang zu Sues Bankkonten.«

Abe hüstelte. »Wie meinen?«

Mia bedachte ihn mit einem missbilligenden Blick. »Will ich wissen, wie ihr da reingekommen seid?«

»Wir haben nichts Illegales getan«, sagte Dana trotzig. »Ethan hat sich den Computer angesehen, den sie gestern benutzt hat. Dann hat er ihr Passwort herausgefunden.«

Mia rieb sich die Stirn, und als sie zu sprechen begann, hatte sie ihren Zorn kaum unter Kontrolle. Dana hatte sie noch nie so erlebt. »Und er hat einfach geraten? Was ist er – Nostradamus oder was? Dann kann er ja vielleicht auch erraten, wo Conway sich aufhält, denn *wir* wissen es leider nicht!«

Dana warf Abe einen Blick zu, der den Kopf schüttelte. »Was ist passiert?«

»Wir haben den Optiker gefunden«, sagte Abe mit einem Seufzen.

»Wer?«, fragte Dana schlicht.

»Ein Typ in Lincoln Park. Seine Frau fand ihn vor zwei-
einhalb Stunden tot auf dem Boden seines Untersuchungs-
raums. Bei der Inventur stellte sich heraus, dass ein Paar
brauner Kontaktlinsen fehlte.«

Dana setzte sich auf die Lehne von Mias Stuhl und legte
ihr einen Arm um die Schultern. »Es tut mir leid.«

»Mir auch. Und jetzt ist die Presse an der Geschichte.«
Mia schauderte.

Danas Herz setzte einen Schlag aus. »Musst du ihnen ein
Bild von ihr geben?«

»Unser Lieutenant drängt darauf«, gab Abe zu. »Wir würden Sue Conways Identität gerne unter Verschluss halten,
damit sie nicht ausrastet und Evie oder Alec etwas antut,
aber die Sache wird langsam zu groß. Er hat uns bis morgen Mittag Zeit gegeben. Wenn wir sie bis dahin nicht gefasst haben, müssen wir an die Öffentlichkeit treten. Er
stellt uns zwei weitere Detectives und so viele Uniformierte, wie wir benötigen, ab.«

Mia biss sich auf die Lippe. »Aber das ist noch nicht alles.
Wir haben heute noch zwei weitere Leichen gefunden. Eine
alte Frau, die in dem Haus wohnte, in dem auch Randi
Vaughn vor elf Jahren gelebt hat, und einen ihrer ehemaligen Partner. Unsere Gerichtsmedizinerin hat dasselbe
Schalldämpfermuster entdeckt, das wir auch bei Dr. Lee
und Kristie Sikorski gefunden haben. Die alte Frau hieß Jackie Williams.«

Abe schlug sein Notizbuch auf. »Ich habe den Namen
Williams in den alten Polizeiberichten von Sues Verhaftung gefunden. Sue hatte sich ein paar Tage vor der Polizei
verstecken können, aber Williams hat gut aufgepasst. Sie

hat Sue in Randis Wohnung gehen sehen und sie angezeigt. Die Frau ist vor ihrem Tod gefoltert worden. Man hat ihr Bleiche in die Augen geschüttet und die Zunge herausgeschnitten.«

»Mein Gott«, murmelte Ethan entsetzt. »Mein Gott.« Er räusperte sich. »Und der zweite Mord?«

Mia verzog das Gesicht. »Leroy Vickers hat damals gegen Sue ausgesagt. Sagen wir einfach, er wird es wohl nie wieder tun.«

Abe seufzte. »Wir lassen die anderen, die mit Conways Verhaftung zu tun hatten, rund um die Uhr überwachen. Den Officer und den Staatsanwalt.«

Stille breitete sich aus, dann räusperte Clay sich. »Haben Sie etwas von Lou Moore gehört?«

Mia nickte.

»Sie hat vor ein paar Stunden angerufen. Bryce Lewis hat geplaudert. Sue hat vor ein paar Wochen überraschend mit ihm Kontakt aufgenommen. Sie hatten jahrelang nicht miteinander gesprochen. Die Lewis' erlaubten ihm nicht, sie im Gefängnis zu besuchen, und er dachte, sie sei noch dort. Sue erzählte ihm irgendeine tragische Gesichte und dass sie Geld brauchte, also besorgte er ihr über die Kreditkarte seines Onkels etwas.

Sie trafen sich hier in Chicago und fuhren zusammen nach Maryland. Er behauptet, er habe nichts von der geplanten Entführung gewusst, bis sie in das Strandhaus gestürmt waren. Sie habe ihm versprochen, dass niemandem etwas geschehen würde und sie das Kind zurückbringen würden, sobald sie das Geld hatten.«

»Moore meinte, Bryce Lewis sei nicht besonders aufgeweckt«, fügte Abe hinzu. »Sie vermutet irgendeine Behinderung wie Lernschwäche oder so etwas.«

Dana nickte. »Das würde zu dem passen, was ich über Sues Mutter weiß. Sie war ein Junkie und eine Alkoholikerin, als sie mit ihm schwanger war. Dass er dadurch beeinträchtigt wurde, ist nicht weiter überraschend.«

»Er wusste auch von der Tätowierung«, sagte Abe. »Sie hat angeblich immer gern das Motto ihres Vaters zitiert: Annehmen, anpassen, verbessern. Wo das aber hingehört, weiß ich nicht.«

Neben ihr verspannte Ethan sich. »Das Motto der Tafelrunde«, murmelte er. »Das ist als Scherz gemeint.«

Mia sah ihn entgeistert an. »Ein Scherz?« Sie hatte Mühe, die Worte herauszubekommen.

»Ich fürchte ja. Die Monty Pythons haben in den Siebzigern einen witzigen Film gemacht. Ein Räuber will eine Bank ausrauben, landet aber in einer Wäscheboutique. Er sagt: ›Annehmen, anpassen, verbessern‹, das Motto der Tafelrunde, und stiehlt Unterwäsche«, erklärte Ethan traurig. »Sue hat genau das in der letzten Woche häufig getan – ihren Plan je nach Situation angepasst.«

»Teufel noch mal.« Mia stand auf und begann umherzuwandern. »Wir haben elf Tote und keine Ahnung, wo diese Frau ist. Sie bereitet die Bühne für ihre Inszenierungen, und wir laufen ihr immer ein Stückchen hinterher.«

Ethan hielt die Hand hoch. »Moment mal. Wir hatten doch von zehn Toten geredet. McMillan, Rickman, Samson, Sikorski, Dr. Lee, Beverly, Sandy und der Optiker sind acht. Williams macht neun, Vickers zehn.«

»Wir haben Fred Oscolas Leiche gefunden«, sagte Abe

und schnitt eine Grimasse. »Heute Nachmittag in einem Hotel. Sue hat das ›Bitte nicht stören‹-Schild an die Tür gehängt, so dass das Zimmermädchen nicht gewagt hat, einzutreten.«

»Bis er anfing zu riechen«, fügte Mia hinzu. »Wir mussten auf sein Gebiss zurückgreifen, um ihn zu identifizieren. Viel hat Sue von ihm nicht übrig gelassen. Sie hat ihm nicht nur die Finger abgeschnitten, sondern auch seinen Penis. Julia meint, er habe dabei noch gelebt.«

»Sie hat ihn mit Inbrunst gehasst«, sagte Dana. »Es würde mich nicht überraschen, wenn Mr. Oscola seine Macht als Gefängniswärter dazu benutzt hat, die weiblichen Insassen zum Geschlechtsverkehr zu zwingen. Was sich wunderbar in Sues Einstellung zu Sex einfügt. Sex gleich Macht. Sie wurde in ihrer Jugend missbraucht.«

Dana schob ein Blatt aus ihrem Notizbuch über den Tisch. »Ich bin heute bei Sandy Stones Kollegen gewesen. Du kannst mich gern später zusammenfalten, aber ich wusste, sie würden ohne Gerichtsbeschluss nicht mit dir reden. Ich habe ein paar Adressen aufgeschrieben, die wir überprüfen können.«

Abe nahm das Blatt. »Wir hätten die richterliche Verfügung spätestens morgen gehabt. Wir haben sie nämlich bereits angefordert.«

Dana zuckte die Achseln. »Dann haben Sie dieses hier schon einen Tag früher.«

Abe blinzelte und rieb sich die Augen, und Dana fragte sich, wie viel Schlaf er und Mia wohl vergangene Nacht bekommen hatten. »Da steht auch drauf, wo sie in Pflege genommen wurde.«

Mia blieb stehen und blickte über Abes Schulter auf das Blatt. »Wieso?«

»Wir haben gedacht, dass Sue vielleicht Evie und Alec dort versteckt hat, wo sie sich damals einsam und isoliert gefühlt hat«, antwortete Dana. »Sie inszeniert ein Drama, und das ist persönlich. Also muss auch die Inszenierung selbst persönlich sein. Ich kann mir vorstellen, dass sie ursprünglich das Haus ihres Onkels nehmen wollte. Sie hat es gehasst. Und es scheint mir als Annahme ganz vernünftig, dass der Ort, den sie sich als Ersatz aussucht, ihr ähnlich verhasst gewesen ist.«

Mia ließ sich neben Dana auf einen Stuhl fallen. »Rede weiter, Schätzchen. Was hast du dir noch überlegt?«

Dana wusste, dass ihr verziehen worden war. »Hier geht es vor allem um Rache. Randi hat sie nicht nur einmal betrogen, sondern gleich zweimal. Sie hatte zehn Jahr Zeit, das hier zu planen. Sie tut vieles symbolisch, und all das Leid, das sie erlebt hat, fließt hinein. Ich würde dieses Leid – real oder eingebildet – gern besser verstehen. Habt ihr mit dem Gefängnis gesprochen?«

»Ja.« Abe blätterte in seinem Notizbuch. »Sue war fünf Jahre lang Zellengenossin von Tammy Fields, der Frau, von der du gesprochen hast.«

Dana verzog das Gesicht. »Dann hat sie über Tammy von uns erfahren. Und jetzt wissen wir auch von Fred Oscola.«

»Und können uns aus der Art, wie seine Leiche zugerichtet war, einiges denken«, fügte Mia hinzu. »Seine Finger abzutrennen gehörte zum Geschäft. Sie brauchte etwas, um den Vaughns einen gehörigen Schrecken einzujagen.«

»Aber seinen Penis abzutrennen war persönlich«, beendete Dana trocken die Überlegung, und die anwesenden Männer zogen den Kopf ein. »Sie ist also vermutlich im Gefängnis vergewaltigt worden. Wie lange war Oscola dort angestellt?«

»Die ganzen zehn Jahre, die sie da gewesen ist«, sagte Abe, der sich noch immer nicht wohl zu fühlen schien.

»Das ist eine verdammt lange Zeit.« Dana sah Mia stirnrunzelnd an. »Versteh mich nicht falsch, aber wenn ich zehn Jahre lang Vergewaltigungen ertragen müsste, dann würde ich der Person, die mir das angetan hat, etwas Ähnliches antun.«

»Dann hätte sie Oscola nicht töten müssen«, sagte Mia.

»Wieso nicht? Auch er hat ihr Leid angetan«, sagte Dana.

»Aber ich bin mir ziemlich sicher, dass sie Randi Vaughn genau beobachtet. Und was immer Sue für sie geplant hat – es wird nicht schön sein.«

»Und was ist mit Ihnen, Dana?«, fragte Abe leise. »Was mag sie für Sie geplant haben?«

Dana schob ihre Gedanken mental in eine Kiste. Das Schloss an der Kiste wurde von Mal zu Mal brüchiger. »Wahrscheinlich auch nicht viel Schöneres. Ich stehe für jede Sozialarbeiterin, die sie je von ihren Eltern getrennt oder zu Pflegeeltern gegeben hat, die sie je gezwungen hat, etwas zu tun, was sie nicht tun wollte.«

Mia warf Ethan einen eindringlichen Blick zu. »Sind Sie bewaffnet?«

Ethan nickte, die Kiefermuskeln angespannt. »Gemäß der Regelungen der Waffengesetze von Illinois, ja.«

Mias Blick flackerte. »Gut. Dana hast du deine .38 noch?«

Dana dachte an ihre Pistole, die sich noch in der Tasche ihres Bademantels befand. Sie konnte kaum glauben, wie unvorsichtig sie gewesen war. Noch nie hatte sie die Waffe geladen außerhalb des üblichen Verstecks liegen gelassen, aber sie hatte es so eilig gehabt, zu Evie zu kommen. »In meiner Wohnung. Kann ich sie holen?«

»Ich gehe«, sagte Ethan bestimmt.

Mia sah Abe an, als hätte Ethan nichts gesagt. »Conway könnte ihre Wohnung beobachten.«

»Ich gehe«, wiederholte Ethan durch zusammengebissene Zähne.

Abe zögerte. »Wenn sie das Haus beobachtet, kommt sie vielleicht hervor, wenn sie Dana sieht.«

Ethan sprang auf die Füße. »Nein! Sie werden sie nicht als Köder benutzen.«

Dana zog an seinem Arm. »Setz dich, Ethan. Bitte.«

Er ignorierte sie, blieb stehen und deutete auf Mia. »Gestern Abend waren Sie noch bereit, sie in Schutzhaft zu nehmen, weil sie sich für einen Austausch anbieten wollte. Was soll das jetzt?«

»Wir haben acht Leichen in der Kühlkammer, Mr. Buchanan«, sagte Mia ruhig. »Dana ist eine meiner besten Freundinnen. Denken Sie wirklich, ich würde sie einer Gefahr aussetzen, in der sie sich nicht schon befindet?«

Ethan sah sie drohend an. »Sie werden aus ihr keinen Lockvogel machen.«

»Wir werden auch da sein«, sagte Abe. »Und von der Straße aus alles beobachten.«

Ethan schüttelte den Kopf. »Und wenn Conway drinnen auf sie wartet?«

Abe ließ sich nicht beirren. »Wir verdrahten sie.«

Ethans Wangen färbten sich zu einem zornigen Rot. »Damit Sie das Ploppen hören können, wenn Sue sie mit Schalldämpfer erschießt? Bei allem nötigen Respekt, *Detectives,* nur über meine Leiche.«

»Mr. Buchanan«, sagte Abe gelassen. »Die Frau hat in der letzten Woche elf Menschen umgebracht. Sie hält zwei Geiseln fest. Die Vaughns sitzen im Excelsior wie im Goldfischglas, aber bisher ist nichts passiert. Wir haben Officers zu allen Adressen auf unserer Liste geschickt, um die Leute zu warnen, und vielleicht kriegen wir sie auf diese Art. Vielleicht aber auch nicht, und daher betrachte ich diese Möglichkeit als ein annehmbares …«

»*Annehmbares?*«, brüllte Ethan.

»Ein annehmbares, kontrolliertes Risiko«, fuhr Abe, noch immer gelassen, fort. »Vorausgesetzt, Dana willigt ein.«

»Das tue ich«, antwortete Dana ruhig. Sie stand auf und nahm Ethans Gesicht zwischen ihre Hände. Seine Augen brannten und blitzten, und sie spürte, wie er zitterte. »Ethan, ich muss das tun. Im Übrigen hätte sie mich heute jederzeit umbringen können. Sie hätte es zum Beispiel vor dem Krankenhaus tun können. Ich jedenfalls will so nicht weitermachen. Bitte versteh doch, dass ich es tun muss – sowohl für mich als auch für alle anderen.«

Ethan packte ihre Handgelenke und nahm die Hände weg. Er wandte sich zu Mia um. »Sie gehen mit ihr.«

Mia schüttelte den Kopf. »Conway hat mich am ersten Abend im Hanover House gesehen. Sie weiß, dass ich Polizistin bin. Und wenn sie einen Polizisten sieht, kommt sie nicht aus ihrem Versteck.«

Ethan deutete mit dem Kopf auf Abe. »Dann er.«

Wieder schüttelte Mia den Kopf. »Falls sie gestern Abend vor dem Krankenhaus auf Dana gewartet hat, hat sie uns zusammen gesehen.«

Ein Muskel in Ethans Kiefer zuckte. Er ballte die Fäuste. »Dann gehe ich mit.«

Dana sah erst Mia, dann Abe an. »Okay?«

Er funkelte Mia an. »Und sie kriegt eine schusssichere Weste.«

Mia nickte. »In Ordnung.«

Im Raum wurde es vollkommen still, während Ethans Atem sich ein wenig normalisierte. Dann räusperte sich Clay. »Wir haben da noch die Kleinigkeit von neunzehntausend Dollar auf ihrem Konto. Was wollen Sie damit anstellen?«

Grimmig streckte Abe die Hand aus. »Geben Sie mir die Daten. Ich lasse jemanden das Geld blockieren. Wenn wir schon nicht an sie herankommen, können wir sie wenigstens etwas ärgern.«

Ethans Augen wurden kalt. »Ich habe gehofft, dass Sie das sagen würden.«

Chicago
Donnerstag, 5. August, 19.30 Uhr

»Das ist eine gottverdammt blöde Idee«, knurrte Ethan, als er hinter ihr die schmutzige Treppe hinaufstieg.

»Sch«, machte Dana über ihre Schulter. »Sei still.«

Weil er die Furcht in ihren Augen sah, gehorchte er. Sie

schloss die Tür auf, drückte dagegen und atmete aus. »Sieht gut aus, Mia«, murmelte sie in das Mikrofon, das an ihrem T-Shirt befestigt war.

Ethan schob sich an ihr vorbei. Küche und Badezimmer waren in Ordnung, wie auch das zweite Schlafzimmer, in dem sich keinerlei Möbel befanden. Er warf ihr einen raschen Blick zu, aber sie schüttelte nur den Kopf. »Das war Evies Zimmer. Vor dem Überfall.«

Ihr Schlafzimmer sah noch genauso aus wie am Tag zuvor, als sie die Wohnung in aller Eile verlassen hatte. Als sie solche Angst um Evie gehabt hatte. Ihre Kleider lagen noch überall herum.

»Sieht aus, als wäre alles in Ordnung«, bemerkte er, doch sie hatte die Brauen zusammengezogen.

Sie bückte sich und hob ihren Morgenmantel auf. Seide. Seide trug auf. Er dachte daran, wie sie ihn gestern angehabt hatte. Wie die Tasche sich ausgebeult hatte. Nun beulte nichts.

»Mia«, sagte sie zitternd ins Mikro. »Die Pistole ist weg.« In weniger als sechzig Sekunden waren Mia und Abe da. Schwer atmend. »Das Schloss an der Eingangstür ist in Ordnung?«

»Ja. Evie hat einen Schlüssel, also hat Sue einen Schlüssel.« Dana schüttelte schwach den Kopf. »Daran hätte ich eher denken müssen.«

Mia legte ihr einen Arm um die Schultern. »Hat sie sonst noch etwas mitgenommen? Sieht aus, als hätte sie ziemliches Chaos hier veranstaltet.«

»Nein. Das war Caroline.« Ihre Stimme war kaum hörbar, und Mitchell sah sie besorgt an.

»Caroline hat ihr Montagabend geholfen, das Passende zum Anziehen zu finden«, erklärte Ethan. »Es sah gestern schon so aus, als ich herkam. Sie hat sich umgezogen, um ins Hanover House zu fahren, weil wir dachten, Sue sei noch da. Sie hat die Waffe in der Tasche des Morgenmantels auf dem Bett gelassen. Lässt sich herausfinden, wann Sue hier gewesen ist?«

»Wir können fragen, ob jemand etwas gesehen hat«, sagte Reagan, aber er klang, als würde er nicht wirklich daran glauben.

»Ethan, nehmen Sie sie mit ins Wohnzimmer, damit sie sich setzt«, ordnete Mia an. »Sonst wird sie uns gleich ohnmächtig.«

Dana ließ den Mantel wieder zu Boden fallen. »Ich werde nicht ohnmächtig. Warum sollte sie meine Waffe stehlen, Mia? Sie hat doch eine, das wissen wir.«

»Ist die Waffe auf Ihren Namen registriert?«, fragte Reagan.

Sie schlug die Augen nieder. »Nein.«

Mitchell seufzte. »Verdammt.«

Reagan neigte den Kopf. »Auf wen dann?«

Dana schluckte. »Auf den Namen meiner Mutter.«

Reagan zog die Brauen hoch. »Interessant, was man alles so erfährt. Warum lassen Sie Ihre Pistole auf den Namen Ihrer verstorbenen Mutter registrieren?«

Dana pustete sich die Ponyfransen aus der Stirn. »Weil ich eine Vorstrafe wegen Autodiebstahls habe. Es war klar, dass ich keine Waffe kriegen würde, aber ich hatte Angst vor meinem Ex. Meine Mutter hat ihren Namen auf den Antrag gesetzt.«

Reagan verdrehte die Augen. »Mia, ich habe einiges bei dir gut, wenn die Geschichte hier vorbei ist.«

»Kann ich alles wissen?«, fauchte Mia. »Buchanan, bringen Sie sie ins Wohnzimmer. Und fassen Sie ja nichts an. Wir rufen die Spurensicherung.«

Er führte sie ins Wohnzimmer, wo Dana sich vorsichtig auf die Kante ihrer alten Couch niederließ und an der Unterlippe nagte. »Sie will meine Pistole benutzen, nicht wahr? Sie wird jemanden mit meiner Pistole erschießen.« Der Rest Farbe wich aus ihrem Gesicht. »Sie wird Evie mit meiner Waffe erschießen.«

Ethan hatte sofort daran gedacht, als sie festgestellt hatten, dass die Waffe fort war, aber er hatte sie nicht noch mehr ängstigen wollen. »Das weißt du nicht, Liebes. Vielleicht will sie nur dafür sorgen, dass du *sie* damit nicht umbringst.«

Sie sah ihn durch verengte Lider an. »Ich bin kein kleines Kind, Ethan.«

Er setzte sich neben sie und nahm ihre Hand. »Okay. Ich habe dasselbe gedacht.«

Sie saß da und starrte auf den Fußboden. »Das ist schlimmer als meine Alpträume.«

»Willst du jetzt darüber reden?«, fragte er sanft, aber wieder schüttelte sie den Kopf, ohne den Blick von der Stelle am Boden zu heben.

Auch er musterte nun den hässlichen alten Läufer, der schief auf dem Boden lag. Aber er hatte auch schon gestern und am Sonntagabend schief auf dem Boden gelegen. Er hatte nur einen kurzen Moment Zeit, um sich darüber zu wundern, als Reagan hinter ihnen erschien, ebenfalls ihrem

Blick folgte und an der Teppichkante in die Hocke ging.
Er schlug den Läufer zur Seite.

»Nicht.« Dana sprang auf die Füße, aber es war zu spät.
Unter dem Läufer wurde ein großer dunkelbrauner Fleck
sichtbar, der genauso breit und gut halb so lang wie der
Teppich war. Reagan betrachtete ihn eine Weile, dann
wandte er den Kopf und sah Dana an, die ihn wiederum
anstarrte wie ein Reh, das im Scheinwerferlicht erstarrt
war.

Ethans Magen drehte sich um, und er musste die aufstei-
gende Galle niederzwingen. Aber es war nicht der Anblick
des Flecks, der ihm Übelkeit bereitete, sondern die
Erkenntnis, die mit ihm kam.

»Du bist damals nicht umgezogen, richtig?«, fragte er
heiser.

Sie sah ihn nicht an. »Nein.« Ihre Lippen formten das
Wort nur. Kein Laut war zu hören.

Sie war hier gestorben, Danas Mutter. In dem Artikel, den
er gefunden hatte, hatte gestanden, dass ihre Tochter sie
gefunden hatte, entsetzlich zerschlagen und aus zahl-
reichen Wunden blutend. Aber in der Zeitung hatte weder
etwas vom Tatort noch vom Täter gestanden. Er dachte an
den Ausdruck in ihren Augen, als sie ihm von ihrem Leben
erzählt hatte, von der Gewalt, die sie zuerst durch ihren
Vater, dann durch ihren Stiefvater erlebt hatte. Als er den
Artikel gelesen hatte, hatte er vermutet, dass der Stiefvater
der Verantwortliche war, und seine Vermutung war bestätigt worden, als er den Namen auf der Liste der Lebens-
länglichen im Bundesgefängnis entdeckt hatte.

Aber er hatte auch angenommen, dass sie umgezogen war.

Wer hätte das nicht getan? Aber Dana Dupinsky war nicht irgendwer. Irgendwie hatte sie die Szene eines sinnlosen, gemeinen Verbrechens in ihre eigene, private Hölle verwandelt. Jedes Mal, wenn sie nach Hause kam, musste sie es wieder sehen, musste sie die Szenerie wieder betreten. Dieses Haus mit seinen Junkies und Dealern war ein großes, elendes Fegefeuer.

»Gott, Abe«, sagte Mitchell hinter ihnen.

Reagan kam auf die Füße. »Sag's mir nicht. Ihre Mutter?«

Mitchell bedachte die bleiche, bebende Dana mit einem derart fürsorglichen Blick, dass Ethan ihr beinahe vergeben hätte, Dana solch einer Gefahr ausgesetzt zu haben.

»Ja. Deck es bitte wieder zu. Und, Ethan, bringen Sie Dana wieder ins Hotel zurück. Rufen Sie mich an, wenn Sie da sind, okay?«

Chicago
Donnerstag, 5. August, 23.00 Uhr

Irgendetwas stimmte da nicht. Sue saß einen Block entfernt in ihrem Auto und blickte auf das kleine zweigeschossige Gebäude, das dem Officer gehörte, der sie vor elf Jahren verhaftet hatte. Er hieß Taggart. Er lebte allein, aber sie konnte die Schatten von anderen Personen erkennen. Ihr Instinkt meldete sich mit aller Macht. Da drin waren Bullen und warteten. Warteten auf sie.

Tja, nun, sie würden enttäuscht sein, dachte sie. Sue trommelte nachdenklich mit den Fingern aufs Lenkrad. Für die Tatsache, dass Polizei anwesend war, gab es nur eine

Erklärung, und die lautete, dass Randi Vaughn ihnen einen Hinweis gegeben hatte. Sue hätte geglaubt, dass die Entführung des Jungen für Randi Motivation genug war, ihren Mund zu halten. Dass Randi inzwischen wusste, wie dumm es war, die Polizei hinzuzuziehen. Offensichtlich ließen sich alte Gewohnheiten aber nur schwer ablegen. Nun, Randi würde es schon noch lernen.

Jetzt, da Randi Vaughn die Polizei gerufen hatte, würde sie auch sicher das Hotel beobachten. Das erforderte eine Änderung in der Logistik des morgigen Tages. Der Ort der Party blieb, aber der Ehrengast musste auf anderem Weg dorthin gelangen. Sie würde Donnie morgen Anweisungen geben. Nun musste sie erst einmal eine Tankstelle aufsuchen und die Kanister im Kofferraum füllen.

Zumindest was den heutigen Abend betraf, würde sich nichts ändern.

Chicago
Donnerstag, 5. August, 23.45 Uhr

»Dana, du musst wirklich etwas essen«, sagte Ethan, der in der Tür zum Schlafzimmer stand.

Sie konnte sein Spiegelbild im Fenster sehen, als sie auf die hellen Lichter der Stadt blickte. Er versuchte, sie zum Essen zu überreden, seit sie ins Hotel zurückgekehrt waren, aber allein der Gedanke daran verschloss ihr die Kehle. »Ethan, ich kriege wirklich nichts runter«, sagte sie gereizt in der Absicht, ihn wieder ins Wohnzimmer zurückzutreiben.

Stattdessen kam er, wie sie im Fenster sah, auf sie zu. Sie schauderte, als er seine warmen Hände auf ihre Schultern legte und sanft ihre Schläfe küsste.

»Gib nicht auf, Süße«, murmelte er, aber das Spiegelbild verriet die Sorge in seinen Augen.

»Tue ich nicht«, murmelte sie zurück, aber sie konnte selbst hören, wie falsch es sich anhörte. Sue hatte Evie, und Sue hatte ihre Pistole. Sue hatte elf Menschen getötet, und niemand wusste, wo sie war.

Er zog an ihrer Schulter. »Du stehst seit zwei Stunden hier und starrst aus dem Fenster. Komm ins Bett, Dana. Du musst schlafen.«

Sie machte sich von ihm los.

»Nein. Ich will nicht schlafen.«

»Weil du träumst?«

Sie biss die Zähne zusammen. Der Ärger lauerte dicht unter der Oberfläche. Normalerweise konnte sie ihn niederzwingen und in den Karton sperren, aber nicht heute. »Ach, meinst du?«, fragte sie beißend.

Der Mann rührte sich nicht, und dafür verfluchte sie ihn.

»Ja, meine ich. Bist du jetzt bereit, es mir zu erzählen?«

Als sie die Zähne nur noch fester zusammenbiss, legte er seine Hände erneut auf ihre Schultern und begann, sie zu massieren. »Weißt du noch, der erste Abend in Wrigleyville? Du hast mich dazu gebracht, über Richard zu sprechen, und danach ging es mir besser. Du solltest einmal anfangen, dir selbst zuzuhören.«

Ihr Lachen klang bitter. »Was, Doktor? Hilfe zur Selbsthilfe?«

»Wenn der Schuh passt.« Seine Hände glitten abwärts und

schlossen sich um ihre Taille, und obwohl sie nicht wollte, schien ihr Körper besser zu wissen, was sie brauchte. Sie lehnte sich gegen ihn und legte den Kopf zurück an seine Schulter.

»Warum bestehst du nur immer wieder darauf, dass ich dir von meiner Mutter erzähle?«

»Weil du glaubst, dass es dein komplettes Leben einnehmen müsste«, murmelte er.

Dana blinzelte und wandte sich zu ihm um. »Was?«

»Dana, du verbindest alles, was du aus deinem Leben machst, mit einem einzigen schrecklichen Vorfall.« Er strich mit dem Daumen über ihre Augenbrauen, und ihre Lider sanken herab. »Mit der Nacht, in der deine Mutter umgebracht wurde. Aber du hast sie nicht getötet«, fügte er hinzu, »auch wenn du dir das eingeredet hast.«

»Du hast es überprüft«, sagte sie müde und legte ihre Stirn an seine Brust. »Du musst doch geglaubt haben, dass etwas Wahres dran ist, wenn du es überprüfen wolltest.«

»Nein. Ich habe nie geglaubt, dass etwas Wahres dran ist. Du könntest kein menschliches Wesen töten.«

»Doch. Sue schon«, erwiderte sie heftig, und er schlang die Arme um sie.

Er drückte sie fest an sich. »Wie ich schon sagte, kein menschliches Wesen.«

Sie atmete ein, nahm seinen Duft auf. »Okay, gutes Argument.«

»Dana, rede mit mir. Erzähl mir, was in jener Nacht geschehen ist. Ich muss es wissen, damit ich dir helfen kann.«

Nun schaute sie auf, suchte seinen Blick. Musterte seine

ruhigen, grünen Augen, die sie immer an Frühling denken ließen. Oder an ein neues Leben. »Warum?«

Sein Blick wurde traurig. »Fällt es dir so schwer, anzuerkennen, dass du mir wichtig sein könntest?«

Ihre Augen brannten plötzlich. »Ja.«

Seine Finger strichen ihr die Haare aus dem Gesicht. »Hast du irgendwelche Freunde, denen du mehr geholfen hast, als sie dir geholfen haben? Und wann bist du die Person, die nimmt, nicht die, die gibt?«

Die Frage traf sie unvorbereitet. »Ich weiß nicht.«

»Dann denk mal darüber nach.« Er küsste ihre Lippen so zärtlich, dass sie am liebsten geweint hätte. »Und dann denk einmal darüber nach, wie es wäre, wenn du einmal nehmen würdest. Wenn du den Leuten erlauben würdest, etwas für dich zu tun, ohne etwas zurückgeben zu müssen.« Er legte ihr den Arm um die Schulter und führte sie zum Bett. »Wie jetzt zum Beispiel. Lass mich dir beim Einschlafen helfen. Ohne Verpflichtungen.« Seine Stimme war tief, weich und rau zugleich, seine Hände sanft, als er ihre Schuhe, ihr Hemd auszog. Wie einem kleinen Kind streifte er ihr eines seiner T-Shirts über den Kopf. »Schlaf, mein Schatz. Wir reden morgen früh.«

Er deckte sie zu und löschte das Licht, und sie hörte, wie er sich selbst auszog. Er schlüpfte hinter ihr ins Bett und zog sie an sich. Sie spürte seine Erektion pulsieren, aber es war eher ein Trost als eine Verführung. Er war da. Er würde da sein, wenn sie nachts aufwachte. Denn sie *würde* nachts aufwachen, so wie jede Nacht.

»Morgen, Liebes«, murmelte er. »Morgen finden wir sie.«

»Das hast du gestern Nacht auch gesagt.«

»Und ich werde es morgen wieder sagen. Bis es wahr ist. Bis alles vorbei ist.«

In der Geborgenheit seiner Arme begann sie wegzudämmern. »Und du nach Hause gehst.«

Er verspannte sich, entspannte sich wieder. »Und ich nach Hause gehe. Was wirst du machen? Wenn es vorbei ist?«

Sie blinzelte, sah nur Dunkelheit, spürte nur ihn. »Ich weiß nicht. Aber was immer es sein wird, hier geht es nicht mehr.«

Er hob den Kopf, und sie konnte sein Stirnrunzeln eher fühlen als sehen. »Hier?«

»In Chicago. Es ist zu gefährlich.« Sie gähnte, schmiegte sich an ihn. »Caro und Evie ... brauchen mehr Sicherheit in ihrem Leben.«

»Aber nicht du«, sagte er viel zu sanft, und zu spät erkannte sie ihren Fehler.

»Nein. Ich nicht«, antwortete sie aufrichtig.

»Wohin willst du gehen?«

»Oh, ich weiß noch nicht.« Ihre Stimme schwankte. »New York, Atlanta ... vielleicht nach Philadelphia.«

Eine lange Pause. »Nicht nach Washington?«

Sie sagte nichts, konnte nichts sagen.

Sein Körper versteifte sich, aber seine Stimme blieb sanft. »Ich bin dir zu nah gekommen, richtig?«

»Ethan ...«

»Schlaf, Dana.«

Chicago
Freitag, 6. August, 3.00 Uhr

»Wach auf.«

Evie riss die Augen auf, als Janes Faust gegen ihr Kinn krachte. Sie blinzelte und konzentrierte sich auf die Gestalt in der schwer zu durchdringenden Dunkelheit. Und kämpfte ein Wimmern zurück, als sie auf die Füße gezerrt wurde. Schloss die Augen wieder, als ihr kaltes Metall unters Kinn gedrückt wurde. Jetzt also. Jetzt würde sie sterben. Durch Danas Pistole.

Jane lachte leise. »Noch nicht, Süße. Du hast noch etwas zu tun, bevor ich dich aus dem Spiel nehme. Ich werde dir jetzt die Füße losbinden, und du wirst hier rausgehen. Die Hände bleiben gefesselt, der Mund zugeklebt. Versuch irgendeine Dummheit, und ich schieße dich sofort über den Haufen. Verstanden?«

Evie tat nichts, und Jane rammte ihr den Lauf der Waffe fester in den Hals, so dass sie keine Luft mehr bekam.

»Zeig mir, dass du mich gehört hast«, sagte Jane. Evie nickte, und das war offenbar genug, denn der Druck gegen ihre Luftröhre ließ nach. Sie sog die Luft durch die Nase ein, und Jane lachte wieder leise.

»Dann lass uns das Ding mal auf den Weg bringen. Ich muss noch ein bisschen schlafen, bevor Teil zwei der Vorstellung beginnt.«

Chicago
Freitag, 6. August, 3.30 Uhr

»Nein.«

Das Stöhnen weckte Ethan, und er drehte sich um, um auf die Uhr auf dem Nachttisch zu sehen. Es war mitten in der Nacht, und Dana träumte. Er schaltete die Nachttischlampe an, stützte sich auf einen Ellenbogen und schüttelte sie leicht an der Schulter.

»Wach auf, Dana, wach auf.«

Sie fuhr hoch, riss die Augen auf und starrte hellwach in das dunkle Zimmer.

»Es tut mir leid.« Ein heiseres Flüstern. Ihr Atem kam in kurzen Stößen, ihr Körper zitterte. Ihre Lippen bebten, als würde sie gleich in Tränen ausbrechen. Er hätte gern gewusst, ob sie es getan hätte, wenn sie allein gewesen wäre.

»Das sagst du immer«, murmelte er. »Jetzt sag's mir. Was träumst du?«

Sie schloss die Augen. »Du weißt es doch schon.«

»Ich kenne die Fakten, Dana. Warum vertraust du mir nicht den Rest an?«

Das veranlasste sie, die Augen wieder aufzureißen. »Mit Vertrauen hat das nichts zu tun, Ethan. Meine Güte, ich schlafe neben dir. Zeigt das nicht, dass ich dir vertraue?«

»Du schläfst die meiste Zeit ja gar nicht«, schlug er zurück. »Hast du jede Nacht diese Träume?«

Sie schien sich ins Kissen zurückziehen zu wollen. »Nein. Nur wenn ich eine ganze Nacht zum Schlafen habe.«

»Was wie oft ist?«

Sie hob eine Schulter. »Ein paar Mal pro Woche. Manchmal stehe ich am Busbahnhof. Meistens bleibe ich mit einer Klientin oder einem der Kinder wach.«

»Du gehst dem Schlaf aus dem Weg.«

Sie seufzte. »Wahrscheinlich.«

»Scheint mir ausgesprochen gesund«, antwortete er sarkastisch. »Hilft es denn?«

Langsam schüttelte die den Kopf. »Anscheinend nicht.«

»Na ja, wenigstens in einem Punkt sind wir uns einig.«

Sie biss sich auf die Lippe. »Ich weiß nicht, wo ich anfangen soll.«

»Ich helfe dir. Lebte deine Mutter noch, als du den Biker geheiratet hast?«

»Ja. Aber ich habe Eddie nie mit nach Hause genommen, obwohl er und mein Stiefvater einiges gemein hatten.« Abrupt rollte sie sich zur Seite und knüllte das Kissen unter ihrem Kopf zusammen. »Ich hasste ihn.«

»Eddie oder deinen Stiefvater?«

Sie schwieg einen Moment. »Beide. Aber meinen Vater wohl ganz besonders.« Sie seufzte wieder. »Unterschwellig, denke ich, habe ich aber meine Mutter am meisten gehasst.«

Er strich ihr mit der flachen Hand über den Rücken und spürte, wie ihre Anspannung ein wenig nachließ. »Warum?«

»Weil sie bei ihm blieb, weil sie auch bei meinem richtigen Vater geblieben ist. Ich habe mir früher immer sehnlich gewünscht, sie würde uns einpacken und mit uns verschwinden. Irgendwohin gehen, wo wir in Sicherheit waren und Dad uns nicht finden konnte. Dann starb er, und ich war so froh. Weißt du, was für ein schlechtes Gewissen es einem Kind macht, wenn es froh über den Tod seines Vaters ist?«

»Nein«, antwortete er schlicht und setzte seine Liebkosung fort. »Aber ich kann es mir vorstellen.«

»Ich glaube kaum, dass du in deiner Vorstellung dem Gefühl nahekommst«, sagte sie voller Bitterkeit. »Jedenfalls war ich glücklich. Ein paar Monate waren wir nur zu dritt. Wir wohnten bei meiner Großmutter.«

»Du hattest eine Schwester?«

»Hab ich noch irgendwo«, antwortete sie, noch immer bitter. »Obwohl Maddie das anders sieht. Sie meint, sie habe keine Schwester mehr.«

»Sie macht dich also für den Tod eurer Mutter verantwortlich?«

»Ja.«

»Das verstehe ich nicht. Es war doch dein Stiefvater. Er sitzt eine lebenslange Haftstrafe ab.«

»Das hast du alles überprüft, hm? Ja, lebenslang. Er hat inzwischen Krebs, so dass er es wohl nicht mehr lange machen wird. Es wird mir auch nicht leid tun, wenn er abtritt.«

»Deine Mutter ist also vom Regen in die Traufe gesprungen?«

»So ungefähr. Sie schleppte diesen Mann bei meiner Großmutter zu Hause an. Ich mochte ihn nicht, und das sagte ich auch. Und schon lag ich auf dem Boden.«

Ethan zog die Stirn kraus. »Er hat dich niedergeschlagen, und deine Mutter hat ihn trotzdem geheiratet?«

»Er war ein guter Versorger«, sagte sie beißend. »Da mussten wir nicht mehr bei Großmutter leben.«

»Ich glaube, langsam verstehe ich«, murmelte er, hob seine Hand und strich ihr übers Haar.

»Als ich Eddie verließ, wollte ich ein echtes, eigenes Leben«, fuhr sie plötzlich in einer anderen Richtung fort. »Ich kellnerte, um Geld fürs College zu verdienen. Belegte so viele Kurse, wie ich mir leisten konnte. Eines Abends auf dem Campus bekam ich einen Flyer in die Finger, auf dem etwas über Selbsthilfegruppen für Opfer von Misshandlungen stand, und ich ging hin. Die Frau, die die Gruppe leitete, hatte ein Frauenhaus – das Hanover House.«

»Ich dachte, du hättest es gegründet.«

»Nein. Das war Maria.« Ihre Stimme wurde warm. »Sie war der erste Mensch, der sich wirklich etwas aus mir machte. Ihretwegen fing ich an, Psychologie zu studieren. Ich wollte wie sie sein. Und mich selbst therapieren«, fügte sie selbstironisch hinzu. »Jedenfalls fing ich an, den Teufelskreis von häuslicher Gewalt zu begreifen. Und der Hass auf meine Mutter ließ ein wenig nach. Ich versuchte, sie zu überreden, in eine von Marias Gruppen zu gehen, aber sie wollte nicht. Ich glaube, in dem Moment begann ich zu begreifen, dass ich es meiner Mutter vor allem verübelte, den leichtesten Weg gewählt zu haben, statt an uns zu denken. Sie tat immer so, als hätte sie keine Wahl. Ich fand das jämmerlich. Sie liebte uns nicht genug. Aber ich gab nicht auf. Immer wieder bedrängte ich sie, zu der Gruppe zu kommen, ihn zu verlassen. Er schlug sie immer weiter. Und eines Tages landete sie in der Notaufnahme. Sie rief mich an.«

»Und du hast sie abgeholt.«

»Natürlich. Sie war meine Mutter. Ich brachte sie in meine Wohnung. Sagte ihr, dass sie da bleiben solle, und ich glaube, sie hatte einfach keine Kraft mehr, sich gegen mich zu wehren. Mein Stiefvater kam in den Laden, wo ich kellnerte. Er war außer sich. Und ich glaube, da bin ich einfach … ausgerastet. Ich brüllte ihn an, dass er ein Tier sei, ein Dreckschwein, das Kinder schlug. Und meine Mutter hätte endlich begriffen, dass ich mehr wert sei als er.«

»Und er?«

»Drehte durch. Der Restaurantmanager musste ihn rauswerfen. Und er hätte fast auch mich deswegen rausgeworfen. Ich dachte, er würde abhauen, seine Wunden lecken und dann zu mir zurückkommen.«

»Aber er hat deine Mutter gesucht.«

»Und gefunden.« Sie schwieg. Lange. Dann: »Als ich nach Hause kam, fand ich sie.«

Seine Hand verharrte auf ihrem Rücken. »Lebte sie noch?«

»Nein.« Sie flüsterte das Wort.

»Es tut mir leid.«

Wieder schwieg sie eine lange Weile. Als sie wieder sprach, war ihre Stimme kaum hörbar. »Da war so viel Blut. Überall. Ich … es war an die Wände gespritzt. In den Teppich gesickert. Ich … ich hörte, wie es patschte. Unter meinen Füßen.« Sie schauderte. »Ich höre es immer noch.«

»In deinen Träumen.«

Sie nickte und holte dann tief Luft, als wollte sie sich gegen die nächsten Worte wappnen.

»Es war scheußlich. Er hatte sie zusammengeschlagen. Und mit einem von meinen Küchenmessern auf sie eingestochen. So viel Blut. Ich drehte sie um und schrie, als ich ihr Gesicht sah. Es war gar nicht mehr zu erkennen. Ich schrie, jemand müsse die 911 anrufen, aber niemand hörte mich. Schon damals war das Haus nicht gerade die erste Adresse. Niemand wagte sich vor die Tür, wenn er nicht musste.«

Er hatte wieder zu streicheln begonnen. »Wie hast du dann Hilfe bekommen?«

»Ich schaffte es irgendwie, aufzustehen und zum Telefon zu gehen, aber es rutschte mir immer wieder aus den Fingern, und erst da merkte ich, dass meine Hände ebenfalls voll Blut waren.«

Er dachte daran, wie sie auf ihre Hände gestarrt hatte, als sie am Abend zuvor aus dem Bad gekommen war. Er wusste nicht, was er sagen sollte, also schwieg er. Und streichelte sie weiter.

»Ich rief also den Notarzt und wartete. Sie brauchten ewig. Als sie endlich kamen, war ich ... hysterisch. So hat man es mir jedenfalls später erzählt. Ich musste sie gebeten haben, Maria anzurufen, denn sie kam, als sie meine Mutter wegbrachten.« Sie schnitt eine Grimasse. »Maria führte mich in die Küche, damit ich nichts sah, aber ich höre immer noch das Geräusch des Reißverschlusses, als sie den Leichensack zuzogen. Maria fing an, mich zu waschen, als das Telefon klingelte.«

Sie schwieg, bis er fragte: »Wer war dran?«

»Mein Stiefvater. Seine Stimme bebte. Er war noch immer im Blutrausch.«

»Was hat er gesagt?«

Sie schien nicht mehr zu atmen. Schwieg.

»Dana, Liebes, was hat er gesagt?«

Sie schauderte. »Er sagte: ›Du hast deine Mutter umgebracht. Bist du nun zufrieden?‹«

Ethans Hand verharrte auf ihrem Rücken. Es waren exakt die Worte, die sie in der vergangenen Nacht gesagt hatte. *Ich habe meine Mutter umgebracht. Bist du nun zufrieden?* »Du weißt, dass das nicht wahr ist, Dana.«

»Habe ich sie mit meinen Fäusten geschlagen?«

Sie sprach jetzt sehr ruhig. Zu ruhig.

»Nein. Hab ich mit meinem Küchenmesser auf sie eingestochen? Nein. Habe ich sie in eine Situation gebracht, mit der sie nicht umgehen konnte? Oh, ja, das habe ich. Dann habe ich es noch schlimmer gemacht, indem ich ihn öffentlich demütigte. Ich bin schuld, dass er seinen Tobsuchtsanfall bekam. Ich habe meine Mutter nicht eigenhändig getötet, aber ich bin dafür verantwortlich. Ich habe die Ereignisse in Gang gebracht.«

»Die Ereignisse wurden in Gang gebracht, noch bevor du geboren wurdest, Dana. Deine Mutter hat ihre Wahl getroffen. Du warst ein Kind.«

»Ich war kein Kind mehr, als ich sie dazu gedrängt habe, die letzte Wahl zu treffen.« Noch immer diese unheimliche Ruhe. »Aber ich habe mich wie ein Kind benommen. Er oder ich. Wähle. Wenn sie ihn gewählt hätte, wäre sie vielleicht heute noch am Leben.«

Er wusste nicht, wie er sie davon hätte überzeugen können, dass sie nicht verantwortlich war. »Und was geschah dann?«

»Maria war die ganze Zeit über für mich da. Sie gab mir die Chance, im Hanover House zu arbeiten. Sie sorgte dafür, dass ich an ihrer Seite blieb. Wenn ich zurückblicke, erkenne ich, dass sie das tat, um mich wieder zu stabilisieren. Aber dann wurde es ...« Sie seufzte. »Zu meinem Leben. Maria starb, kurz nachdem ich meinen Abschluss gemacht hatte. Sie hatte Herzprobleme. Als ich sie über ihren Schreibtisch gebeugt fand, dachte ich, sie sei nur eingeschlafen. Aber sie trat ab, wie sie es sich gewünscht hätte, glaube ich. Bei der Arbeit. Die ersten fünf Jahre im Hanover House setzte ich mein Studium fort. Bekam mein Diplom als Therapeutin. Und ... das war's.«

Das war weit davon entfernt, *es* zu sein, das wusste er. »Wann hast du damit angefangen ... Fotos für die Pässe zu machen?«

»Ungefähr ein Jahr davor. Maria versuchte immer, den Frauen eine neue Identität zu besorgen.« Sie legte sich auf den Rücken und sah ihm direkt in die Augen. »Ich mache nicht bloß die Fotos, Ethan. Ich mache alles. Die Pässe, die Führerscheine ... alles.«

»Das dachte ich mir schon.« Aber dass sie es ihm gesagt hatte, rührte ihn zutiefst. »Wie vielen Frauen konntest du auf diese Art helfen?«

»In den vergangenen zehn Jahren vielleicht zwei Dutzend. Es gestaltet sich seit dem 11. 9. ein ganzes Stück schwieriger. Allerdings ist die Computertechnologie auch um einiges besser geworden.«

Er zog die Brauen hoch. »Du willst das also weitermachen?«

Eine Falte erschien auf ihrer Stirn. »Ich weiß es nicht. Wahrscheinlich nicht. Dieses Mal bin ich ja fast erwischt worden.«

Sein Puls beschleunigte sich, als er darüber nachdachte. »Gott. Wenn sie das Haus durchsuchen …«

»David hat alles ausgeräumt. Das Werkzeug, die Laminierausrüstung.«

Sein Herzschlag beruhigte sich wieder, obwohl die Eifersucht an ihm nagte, als er die traurige Zuneigung in ihrer Stimme hörte. Er erinnerte sich an den Ausdruck in Hunters Augen, als sie sich kennen gelernt hatten. Hunter liebte Dana, dazu musste man kein cleverer Ermittler sein. Aber er glaubte nicht, dass Dana diese Liebe erwiderte.

»Anständig von ihm.«

Sie schluckte. »Ja, das war es.«

Er musste einfach fragen. »Dana … liebst du ihn?«

»Ja, aber nicht auf die Art, die du meinst. Er und Max und die Hunters – sie haben mich aufgenommen. Haben mich in ihre Familie integriert. David ist für mich wie der Bruder, den ich nie hatte. Er empfindet dasselbe für mich.«

Erleichterung ließ ihn lächeln, obwohl er stark bezweifelte, dass sie mit dem letzten Satz Recht hatte. »Gut.« Er beugte sich herab und küsste sie leicht. »Was träumst du, Dana?«

Der Ausdruck ihrer Augen wechselte von beginnender Lust zu Verärgerung. »Du gibst niemals auf, was?«

»Ich halte das für eine Tugend.«

»Ich … Verdammt, Ethan.« Sie verschränkte die Arme vor der Brust und starrte an die Decke. »Ich sehe mich, okay? Ich gehe durch all das Blut. Höre das schmatzende Geräusch unter meinen Füßen.« Sie verzog das Gesicht. »Ich drehe die Leiche immer um, und meine Hände sind immer voller Blut. Aber es ist nicht immer ihr Gesicht. Nachdem das mit Evie passiert war, sah ich lange Zeit ihres. Manchmal ist es das Gesicht einer Frau, die gerade zu uns gekommen ist.« Sie brach ab. Schloss die Augen. »Gestern sah ich zum ersten Mal … mein eigenes Gesicht.« Sie schlug die Augen auf. Zuckte die Schultern. »Und das … das hat mich wohl etwas aufgewühlt.«

Er befeuchtete seine trockenen Lippen. »Muss wohl. Und eben?«

Ihr Lächeln war grimmig. »Noch mal mich. Jetzt weißt du alles, Ethan. Jede kleine Macke, die ich besitze. Und jetzt muss ich wieder schlafen. Ich gebe mir Mühe, dich nicht noch einmal aufzuwecken.«

Sie versuchte, sich von ihm wegzudrehen, aber er hielt sie fest und drückte ihr einen harten, wilden Kuss auf die Lippen, und sein Herzschlag begann zu rasen, als sie den Kopf hob und ihm mehr als nur auf halber Strecke entgegenkam. »Das macht mir nichts«, murmelte er, als ihre Arme sich von der Umklammerung ihres eigenen Körpers lösten und sich um seinen Nacken schlangen.

»Ich hasse den Traum«, flüsterte sie. »Und dass du mich so siehst.«

So verletzlich, dachte er. »Menschlich?«, sagte er stattdessen.

»Ich habe mir immer gewünscht, dass jemand mich in den Arm nimmt, wenn ich träume. Danke, dass du diese Woche für mich da gewesen bist. Ich weiß nicht, ob ich das ohne dich durchgestanden hätte.«

Und wenn es vorbei ist?, wollte er fragen. Er öffnete den Mund, um die Worte auszusprechen, schloss ihn aber wieder, weil er sich vor der Antwort fürchtete. »Auch du

warst für mich da. Immer, wenn du in meiner Nähe warst
… konnte ich weitermachen – weiter nach Alec suchen.«
Ihr Lächeln schwand. »Ich habe Angst, Ethan.«
»Ich auch.« Er küsste sie auf die Stirn. »Ich auch.«
»Sag's mir noch einmal, bitte.«
»Morgen, Liebes. Morgen finden wir sie.«

22

Chicago
Freitag, 6. August, 4.15 Uhr

Die letzte Stunde über hatte Jane kein Wort gesagt, hatte nur ihr unheimliches Lächeln gelächelt und war gefahren. Ab und zu wagte Evie, ihr einen Blick zuzuwerfen, aber die meiste Zeit starrte sie stur geradeaus. Und merkte sich die Strecke, die sie fuhren. Wie Alec es getan hatte.

Alec. Wo war er? Im Kofferraum? Auf dem Rücksitz jedenfalls nicht. Evie hatte einen Blick nach hinten werfen können, als Evie sie auf den Beifahrersitz gestoßen und ihre Hände vorne statt hinten zusammengebunden hatte. Auch die Füße waren wieder gefesselt, aber sie trug keinen Knebel und diesmal auch keine Augenbinde. Nachdem sie einen merkwürdigen Kreis um die Stadt gezogen hatten, fuhr Jane in Richtung Westen. Derselbe Weg wie zu Carolines Haus.

Caroline. War sie in Ordnung? Und das Baby? Ging es ihnen gut?

Der Wagen wurde langsamer, als Jane die Ausfahrt nahm. »Ich muss tanken«, sagte sie. »Wenn du einen Laut von dir gibst, bist du tot, klar?«

Jane hielt an, stieg aus, streckte sich und trank den Rest aus der Wasserflasche, die zwischen den Sitzen gestanden hatte. So nah und doch unerreichbar. Durstig wie nie zuvor, leckte sich Evie die trockenen Lippen, bevor sie wusste, was sie tat. Jane sah es, lachte und warf die leere Flasche in den Müll, bevor sie den Zapfhahn aus der Säule nahm. Als sie fertig war, wollte sie wieder in den Wagen einsteigen, verharrte aber plötzlich. Sie sah sich um. Die Straße war leer. Kein Wagen außer dem ihren.

»Ich muss pinkeln«, sagte Jane. »Ich bin eben im Shop. Du wirst nicht weit kommen mit den gefesselten Füßen, und ich hole dich in jedem Fall wieder ein. Also, bleib sitzen, wenn du noch weiter am Leben bleiben willst. Oh, und wenn du versuchst, dir Hilfe zu holen, zum Beispiel von dem Typ da drin, dann ist auch er tot, kapiert?« Sie verschloss alle Türen und marschierte rasch über die Tankstelle. Evie blickte sich im Wagen um und suchte nach etwas, das sie zur Flucht gebrauchen konnte.

Und erstarrte. Auf dem Sitz lag Janes Handy. Sie hatte es vergessen. Mit einem raschen Blick zur Kasse nahm Evie das Handy und wählte.

Das Telefon weckte sie. Ethan griff bereits nach dem Lichtschalter, und einen Moment später war das Telefon in ihrer Hand und sein Arm um ihre Schultern. Bebend drückte Dana auf »Annehmen«.

»Ja?«

Ein gebrochener Schluchzer. »Dana, ich bin's.«

Oh Gott, oh Gott. Danas Herz begann zu hämmern. »Evie! Liebes, wo bist du?«

Ethan griff bereits nach dem Hoteltelefon. Wählte Mias Nummer.

»Dana, sie hat mich entführt. Jane.«

»Ich weiß. Wo bist du?«

»An einer Tankstelle. Drei Ausfahrten von der einen, die wir immer zu Caroline nehmen.«

»Wo ist sie, Evie?«

»Sie ist auf der Toilette. Dana, hör zu. Sie hat auch Erik bei sich. Er heißt in Wirklichkeit Alec. Ich weiß nicht, wo er jetzt ist, aber heute Morgen war er noch in einem Motel in Gary. Alec hat gesagt, er hat ein Hähnchenemblem und eine Schule gesehen. Mehr Zeit zum Reden war nicht. Such ihn, Dana. Sie hat ihn mit seinen Medikamenten betäubt und unter das Bett geschoben. Shit, da kommt sie. Ich muss aufhören. Sie hat deine Pistole. Ich liebe dich.«

Die Leitung war tot. »Evie!« Nichts. Dana riss Ethan den Hörer aus der Hand. »Mia, das war Evie. Sie ist an einer Tankstelle, ungefähr zehn Meilen von Carolines Haus entfernt.«

»Beruhig dich, Dana, wir fahren los.«

»*Warte!* Sie weiß, wo Alec ist.« Ethans Kopf fuhr herum, und er starrte sie an, verzweifelte Hoffnung in den Augen. Sie nickte ihm zu. »Ein Motel in Gary. Eine Schule und ein Hähnchenemblem in der Nähe. Sie sagt, Alec hätte es ihr gesagt. Ich wusste nicht, dass er sprechen kann.«

Ethan schüttelte den Kopf. »Ich auch nicht.«

»Alles klar, wir kümmern uns drum«, sagte Mia.

»*Warte!* Du brauchst einen Krankenwagen. Sue hat ihn betäubt.«

»Okay.« Es klickte, und Mia war weg.

Dana legte auf und sprang aus dem Bett. »Sue bringt sie zu Carolines Haus.«

Ethan packte sie am Arm. »Weswegen du hier bleiben wirst.«

Dana riss sich los und schüttelte heftig den Kopf. »Ich habe zwei Tage von dir gehört, dass wir sie finden werden. Jetzt haben wir sie gefunden, und ich werde nicht hier herumsitzen und warten. Du kannst machen, was du willst, Ethan, aber du wirst mich nicht hier festhalten.«

Er zögerte einen Moment, dann rollte er sich aus dem Bett und griff nach seiner Hose. Einen Moment später hämmerte er an die angrenzende Tür zu Clays Zimmer. Dana kam aus dem Schlafzimmer und zog sich das T-Shirt über und warf einen kurzen Blick auf Clays Boxershorts.

»Beeilen Sie sich. Wir fahren in dreißig Sekunden. Mit Ihnen oder ohne Sie.«

Clay zog seine Hose an und zerrte im Gehen an dem Reißverschluss. »Ich bin fertig.«

Ethan hielt eine Hand hoch. »Moment. Clay, wir glauben, Conway will Evie zu Carolines Haus bringen. Wir fahren hin. Du gehst zur Polizei. Evie hat angerufen und Dana gesagt, wo Alec ist. Irgendwo in Gary, Indiana. Mitchell ist schon unterwegs.«

»Ich kümmere mich um Stan, Randi und Alec«, sagte Clay, während er sein Hemd zuknöpfte. »Ihr sucht Evie.«

Evie ließ das Telefon fallen, als Jane mit einer neuen Wasserflasche und drei Päckchen Zigaretten in der Hand den Laden verließ. Sie versuchte, ihren Atem zu beruhigen. Nicht schuldbewusst auszusehen. Jane stieg in den Wagen, zündete eine Zigarette an und startete den Motor. Griff dann gelassen nach dem Handy und drückte ein paar Tasten. Blickte aufs Display.

Sie weiß es. Jetzt bringt sie mich um.

Stattdessen lächelte Jane nur. »Danke schön. Sie ist so misstrauisch, deine kleine Dana. Es ist schwer, sie aus ihrem Loch zu locken. Aber dank dir und deiner wahrscheinlich äußerst überzeugenden Vorstellung treffen wir sie jetzt genau da, wo ich sie haben wollte.«

Evies Kinnlade fiel herab, und Jane lachte, als sie den Wagen wieder auf die Straße fuhr.

Chicago
Freitag, 6. August, 4.50 Uhr

Sie waren noch eine Viertelmeile entfernt, als sie den roten Schimmer am Himmel sahen. Ethan fluchte, und Danas Herz setzte aus. »Carolines Haus brennt.« Sie trat aufs Gas, fuhr schleudernd in die Auffahrt und kam wenige Minuten später mit quietschenden Bremsen zum Stehen. Sie war aus dem Wagen und schon auf dem Weg zum Haus, als Ethan sie einholte und sie festhielt.

»Lass mich los!«, schrie sie unter Tränen und kämpfte gegen ihn an. »Evie ist da drin. Sie wird verbrennen.«

Mias Wagen bremste hinter ihnen, und Mia stieg aus, bevor die Räder noch standen, das Funkgerät an den Lippen. »Wir brauchen die Feuerwehr und einen Krankenwagen. *Sofort!*«

Eine Minute später kam ein Geländewagen hinter Mias Auto zum Stehen, und Abe sprang heraus und rannte zum Haus hinauf, nur um eine Sekunde später vor der bereits intensiven Hitze zurückzuweichen. Mia wandte sich wütend zu Dana um. »Was zum Teufel hast du hier zu suchen?« Sie bedachte Ethan mit einem zornigen Blick. »Was haben Sie sich nur dabei gedacht, sie hierherzubringen?« Ohne eine Antwort abzuwarten, presste sie sich ein Taschentuch über das Gesicht und folgte Abe.

Ethan nahm Dana an den Schultern und schüttelte sie leicht. »Wo ist Carolines Sohn?«

Dana blinzelte. »Bei Max' Mutter. Sie sind alle dort. Sollten sie jedenfalls sein. Wir müssen anrufen.«

»Gib mir die Nummer«, sagte Ethan. »Ich mache es.«

Sie stand da wie angewurzelt und starrte in die Flammen, die sich in den Himmel reckten, während Ethan mit Max' Mutter sprach. *Evie ist da drin. Oh, Gott, bitte. Bitte lass sie uns finden. Bitte lass sie nicht verbrennen. Bitte.*

»Tom ist bei Hunters Mutter«, bestätigte Ethan endlich. »Mrs. Hunter ist auf dem Weg hierher. Ich habe Max gesagt, er soll lieber bei Caroline bleiben.«

Die nächsten Minuten krochen vorbei wie Schnecken im Winter. Dana bemühte sich, einen klaren Kopf zu behalten, und prägte sich ein, was sie sah, um nicht verrückt zu werden. *Evie ist da drin. Sie verbrennt.* Drei Feuerwehrwagen aus zwei verschiedenen Städten – Wheaton und Lawndale – brausten heran. Zwei Feuerwehrleute stürzten sich tapfer in die Flammen, um Evie zu suchen. Die anderen begannen, den Brand zu löschen.

Dana und Ethan konnten nur hilflos zusehen, wie das Hunter'sche Haus von den Flammen verzehrt wurde. In der Dämmerung erkannten sie dunkel gekleidete Gestalten, die mit Schläuchen gegen das wütende Feuer ankämpften. Mia und Abe standen so nah am Haus, wie die

Feuerwehrleute es ihnen erlaubten. Als plötzlich einer der Brandbekämpfer mit leeren Händen aus dem Haus kam, begann Dana auf ihn zuzulaufen. Ethan riss sie zurück.

»Nein.« Sie spürte den Schrei in ihrer wunden Kehle, doch der Laut wurde von dem Brausen des Feuers verschluckt. »Sie *ist* da drin.« Sie riss sich los, rannte vorwärts, stolperte. Sie ignorierte Ethans Schreie, fiel, rappelte sich auf und taumelte weiter, während jeder Schluchzer sich beißend in ihre Luftröhre brannte.

»Dana, nein!« Ethan war hinter ihr, packte sie am Hemd, zog sie erneut zurück.

Aber wieder gelang es ihr, sich loszureißen, und dann erreichte sie den Mann, als sein Kollege ebenfalls aus dem Haus kam. Sie packte ihn an der Jacke. »Bitte!« Tränen rannen ihr über die Wangen, und ihre Augen brannten. »Bitte suchen Sie noch mal. Ich weiß, dass sie da drin ist!« Ein Hustenanfall schüttelte sie. »*Bitte!*«

Die Männer sahen einander an, dann Ethan, der Danas Hände sanft von der Jacke des Feuerwehrmanns löste.

»Ich habe niemanden gesehen«, sagte der eine.

»Sind Sie denn sicher, dass jemand im Haus gewesen ist?«, fragte der zweite.

»Wir sind uns inzwischen über nichts mehr sicher«, antwortete Ethan grimmig. »Komm, Liebes. Lass die Männer ihre Arbeit tun.« Er zupfte sie sanft am Arm, bis sie sich weinend und keuchend an ihn lehnte.

Ein dritter zog einen Schlauch vorn ums Haus herum. »Weg aus diesem Bereich!«, schrie er, als ein Krachen den Boden erzittern ließ. Mit einer einzigen, fließenden Bewegung riss Ethan Dana in seine Arme und rannte mit ihr zurück, und Dana klammerte sich an ihn, presste ihr Gesicht an seine Brust und schluchzte so verzweifelt, dass es ihm im Herzen wehtat.

»Sie ist da drin, Ethan, ich weiß es. Bitte sag ihnen, dass sie zurückgehen sollen.«

Ethan wandte sich mit ihr auf dem Arm um und wich rückwärts zurück, den Blick auf die obere Fensterreihe gerichtet. Wenn Evie wirklich noch da drin war, dann hatte sie inzwischen verdammt viel Rauch eingeatmet. Eine Scheibe zerplatzte, und Glassplitter regneten auf sie herab. Ethan duckte sich, schützte sie mit seinem Körper und wich rascher zurück.

»Sir.« Er blickte über die Schulter und sah eine weibliche Brandbekämpferin, die den Helm auf ihrem Kopf zurechtrückte. »Ich bin Stephanie Kelsey, Sir, Rettungssanitäterin vom Lawndale Fire Department. Mein Partner dort drüben sagte, ich solle nach der Lady hier sehen.«

Mit geschickten Händen half Kelsey ihm, Dana auf die Füße zu stellen. Dana wehrte sich nicht mehr, stand da, den Blick auf das Haus gerichtet, das Gesicht nass von den Tränen, die nicht zu fließen aufhören wollten. Kelsey hob Danas Kinn an, drehte es sanft zur Seite, um nach Verletzungen zu suchen. »Hat sie Glassplitter abbekommen?«

»Ich glaube nicht.«

»Sie steht unter Schock.«

Er musterte Dana, die in die Flammen starrte. Ein Schock war sehr wahrscheinlich. »Sie hat in den letzten Tagen viel durchgemacht«, erklärte er. »Sie ist vollkommen erschöpft.«

»Wir werden ihr helfen, keine Sorge. Hier entlang.« Kelsey

führte sie um die andere Hausecke herum. Ethan zog plötzlich die Brauen zusammen. Der Rettungswagen hatte dort nicht geparkt. Die Haare in seinem Nacken richteten sich auf, und es war, als hätte ihn ein Ziegelstein direkt zwischen die Augen getroffen. Nun bemerkte er, wie schlecht Kelseys Jacke saß. Dass sie Tennisschuhe trug. Eine Falle. Das war eine Falle. *Conway.* Er blieb wie angewurzelt stehen, riss Dana aus dem Griff der Frau und zog seine Waffe aus dem Hosenbund. *»Nein!«*

Aber es war zu spät. Conways Waffe glänzte silbern im Schein des Feuers, als sie sie direkt auf sein Gesicht richtete. Ein weiteres Krachen übertönte das Brausen des Feuers, und ein Funkenregen ging auf sie herab. Hier würde sie keiner hören. Keiner würde einen Schrei hören. Oder einen Schuss. Es würde klingen, als brächen die Hausbalken zusammen. *Verdammt!*

»Dana, lauf!« Er sah das weiße Blitzen vor ihm, hörte Dana schreien, und dann traf es ihn mit Wucht, riss ihn zurück, ließ ihn in die Knie sinken. Wellen brennenden Schmerzes durchfuhren seinen Arm und brandeten in seine Brust. Seine rechte Hand öffnete sich, und die Waffe fiel nutzlos zu Boden.

Er war getroffen.

Er war getroffen, und es tat weh. *Verdammt, es tut weh.* Seine linke Hand hob sich instinktiv zu seinem Arm und presste sich auf die Wunde, aus der bereits Blut quoll.

»Du!« Er hörte Dana schreien, ihre Stimme heiser vom Rauch.

Er sah blinzelnd auf, sah Danas Hand, die sich um Conways Handgelenk geschlossen hatte, sah den verzehrenden

553

Hass auf ihrem Gesicht, als sie versuchte, Conway die Waffe zu entreißen. »Du hast das getan.« Noch immer strömten Tränen über ihr Gesicht. »Du verfluchtes Miststück, du hast das getan.«

Er erinnerte sich daran, dass sie die Waffe auf sein Gesicht gerichtet hatte, doch der Schmerz saß zwanzig Zentimeter tiefer. Dana hatte verhindert, dass Conway ihn mit einem Kopfschuss tötete. Der Gedanke durchdrang den Schmerz, als Sue Danas Arm packte und ihn ihr auf den Rücken drehte. Den Lauf der Pistole an Danas Kopf drückte. Die Pistole schimmerte silbern. Danas .38. Er war mit Danas Waffe angeschossen worden. Verdammt, es tat weh.

Sue zerrte sie von ihm weg. Der Gedanke riss den Nebel in seinem Kopf auseinander und jagte ihm pures Adrenalin durch den Körper. Mit einem Aufschrei kam er auf die Füße, hob mit der linken Hand seine Waffe vom Boden. Versuchte, seinen Beinen seinen Willen aufzuzwingen. Stolperte. »Nein!« Er presste den Schrei hervor, als Conway Dana weiter vom Haus wegzerrte, weg von ihm. »Du kriegst sie nicht!«

Seine Sicht verschwamm, und er fiel wieder auf die Knie. Wie durch Wasser sah er Danas weit aufgerissene Augen im Licht des Feuerscheins. Sah, wie sie ihre Nägel in Conways Arm bohrte, der um ihren Hals lag, sah, wie sie den Kopf zur Seite riss, als der Lauf fester gegen ihre Schläfe gedrückt wurde. Sah, wie ihre Gegenwehr nachließ.

Er zwang sich erneut auf die Füße und taumelte hinter den beiden her, doch Conway stieß Dana auf den Beifahrersitz eines weißen Autos, auf dessen Dach eine blinkende Lichtleiste befestigt war. Ethan sah das Emblem des Wheaton

Fire Departments auf der Fahrertür. Und dann fuhr der weiße Wagen am Waldrand entlang über das Gras im Garten der Hunters und auf den Weg, der zur Straße führte.

Hilfe. Er brauchte Hilfe. Plötzlich kamen ihm die zweihundert Fuß bis zum Haus wie zweitausend vor. Zitternd ließ er die Waffe fallen und wühlte ungeschickt nach seinem Handy. Beobachtete wie in Trance, wie es, glitschig vor Blut, aus seiner Hand rutschte. Und er dachte an Danas Traum. Das Blut an ihren Händen. Das Gesicht der Leiche war ihres gewesen.

Nicht heute. Er ließ sich auf die Knie fallen und suchte im trockenen Gras nach dem Handy. Wischte sich die linke Hand an der Hose trocken, als er es gefunden hatte. Sie würde nicht heute sterben.

Chicago
Freitag, 6. August, 5.50 Uhr

Der Himmel begann Farbe anzunehmen, als Sergeant Elliot vom Wheaton Police Department sich vorstellte. »Würden Sie uns vielleicht erklären, was es mit der Sache auf sich hat?«

»Natürlich.« Mia schaute sich um, als ein anderer Wagen quietschend hinter dem Feuerwehrwagen zum Stehen kam. Ein großer, dunkler Mann sprang heraus und kam auf sie zugelaufen. Ein großer blonder Junge kletterte vom Beifahrersitz. Tom. Er half einer älteren Frau aus dem Wagen und führte sie an den vielen Autos vorbei. »Sieht aus, als sei die ganze Familie hergekommen. Das ist David

Hunter, der Bruder des Mannes, der hier wohnt. Der Junge ist Tom Hunter.«

Elliot sah stirnrunzelnd zum Haus hinauf. »Dr. Max Hunter. Ich kenne ihn. Ist der Coach vom Basketball-Team, bei dem mein Junge spielt. Seine Frau ist bei einem Unfall mit Fahrerflucht am Montagabend verletzt worden.« Er wandte sich zu ihr um, die Brauen zusammengezogen. »Das war Brandstiftung, Detective. Wir haben leere Benzinkanister im Haus gefunden. Was zum Teufel geht hier vor?«

»Tja, das meiste davon kann ich Ihnen erklären. Warten Sie einen Moment.« Sie sah David Hunter entgegen, der schwer atmend auf sie zugerannt kam, das Gesicht vor Angst verzerrt. Wieder krachten Balken im Haus zusammen, und Hunter packte Mias Arm.

»Was ist passiert?«

»Wir gehen davon aus, dass Conway dafür verantwortlich ist. Dana hat vor etwa einer Stunde einen Anruf von Evie erhalten. Evie ist es gelungen, mit Conways Handy zu telefonieren, als sie tanken musste. Dana hat uns hier getroffen.«

Mias Herz setzte einen Schlag aus, dann einen zweiten, als eine Ahnung in ihr aufkeimte. Und wuchs. »Oh Gott. Wo ist Dana?« Sie wirbelte herum und sah Abe mit dem Hauptmann der Feuerwehr von Wheaton sprechen. »Abe, *wo ist Dana?*«

Abe hob alarmiert den Kopf. »Ich sehe sie nicht.«

Neben ihr flüsterte David Hunter: »O mein Gott.«

Der Feuerwehrmann zog die Stirn in Falten. »Die Frau mit dem kurzen roten Haar? Sie hat versucht, meine Männer dazu zu bringen, noch einmal ins Haus zu gehen und das vermisste Mädchen zu suchen. Ihr Freund hat sie weggebracht.«

Ein anderer Feuerwehrmann trat vor und wischte sich schmutzigen Schweiß aus dem Gesicht. »Ich habe sie gesehen. Die Ambulanz hat sich um sie gekümmert.«

»Beschreiben sie den Sanitäter«, sagte Mia knapp.

»Kein Er«, gab der Mann zurück. »Eine Sie.«

Der Hauptmann riss die Augen auf. »Wir haben keine weiblichen Sanitäter.«

Der Lawndale-Feuerwehrmann schien zu begreifen. »Wir auch nicht.«

»Scheiße«, zischte Mia. »Wo entlang?« Der Feuerwehrmann deutete in die Richtung, und sie rannte bereits, als ihr Handy in der Tasche zu klingeln begann. Die Nummer auf dem Display ließ ihr das Blut gefrieren. »Wo ist sie, Buchanan?«

»Weg. Weißes Auto. Ambulanz.«

Mia bog um die Ecke des Hauses und sah sich suchend um. »Wo sind Sie?«

»Spielfläche. Hufeisen. Verdammt.« Er sprach schleppend. Mia warf David Hunter einen Blick zu, der neben ihr herlief. »Wo spielen Sie Hufeisenwerfen?« Hunter deutete in eine Richtung, und Mia blinzelte im Halbdunkeln. Da sah sie Buchanan, der durch das Gras kroch. »Verdammt. Er ist verletzt.« Sie wandte sich um und ging zurück. »Abe, Conway hat Dana in einem weißen Auto der Feuerwehr weggebracht.«

»Als wir herkamen, ist uns einer entgegengekommen«, sagte David gepresst. »Er ist auf der Hauptstraße in Richtung Westen gefahren.«

Abe gab bereits die Informationen weiter und forderte Verstärkung an. Sergeant Elliot rannte auf seinen Mannschaftswagen zu, und der Hauptmann brüllte seinen Sanitätern Befehle zu.

»Detective, warten Sie.« Der Feuerwehrmann, der Dana und Conway gesehen hatte, drängte sich durch die anwachsende Menge von Feuerwehrleuten und Polizisten. »Sie hat eine Uniform getragen. Von Lawndale.«

Mia packte den Arm des Hauptmanns. »Zählen Sie Ihre Leute durch. Kann sein, dass einer fehlt.«

Leute stürmten herbei, drückten ihn auf den Boden, schnitten sein Hemd vom Körper. Ethan blinzelte und sah zwei Sanitäter auf ihn herabblicken. »Haben Sie noch mehr Verletzungen?«, fragte der eine, und er schaffte es, den Kopf zu schütteln. Sein Blick ging flackernd nach rechts, und er sah Mias grimmiges Gesicht. »Sie hat sie mitgenommen, Mia. Als Sanitäterin verkleidet. Hat mich ausgetrickst. Verdammt.«

»Ich weiß, Ethan.«

»Nicht reden, Sir«, befahl einer der Sanitäter.

»Hat sie entführt«, fuhr Ethan unbeirrt fort. »Holen Sie sie zurück«, sagte er heiser. »Sie hat sich gewehrt wie der Teufel. Mir mein verdammtes Leben gerettet.«

Mia nahm seine blutige Hand und drückte sie. »Ich finde sie. Versprochen.«

»Zurück bitte«, befahl der erste Sanitäter. »Auf drei. Eins, zwei, drei.«

Ethan stöhnte, als er auf eine Trage gehoben wurde. Festgeschnallt wurde. Tränen quollen aus seinen Augen. Er schaute auf und sah Max Hunter, der neben der Trage herjoggte und auf ihn herabsah. *Hunter kann nicht laufen,* dachte er dumpf, als ihm der Stock des Mannes einfiel. *David Hunter.* Liebt Dana Dupinsky. Er konnte es dem Mann nicht verdenken. Verdammt leicht, Dana Dupinsky zu lieben. *Könnte es vielleicht eines Tages selbst probieren.*

»Buchanan!« Davids Rufen drang durch seine Benommenheit, und er schaute erneut auf, versuchte, das Gesicht scharf zu sehen. »Hat sie ihr etwas getan?«, fragte David. »Bitte. Lebt Dana?«

»Ja.« Er rang um Luft. »Ich habe versucht, sie aufzuhalten, aber ich konnte nicht. Tut mir leid, Hunter. Ich hab's versucht!«

»Zurück«, brüllte der Sanitäter. »Eins, zwei, drei.« Wieder stöhnte Ethan, als die Trage in den Krankenwagen geschoben wurde.

»Wohin bringen Sie ihn?«, rief Hunter.

»County. Er hat ein höllisches Loch im Arm. Damit können wir hier nicht umgehen. Los jetzt.« Der Sanitäter setzte sich neben Ethan, und die Türen schlugen krachend zu. »Ich werde jetzt mit einer Transfusion beginnen, Sir. Aber machen Sie sich keine Sorgen. Sie schaffen das locker. Sie haben bloß eine Menge Blut verloren.«

Er biss die Zähne zusammen, als der Sanitäter seine Schulter abpolsterte. Im Geist sah er Danas entsetzten Blick, als sie davongezerrt wurde. »Ich habe verdammt viel mehr als das verloren.«

559

Chicago
Freitag, 6. August, 6.05 Uhr

»Na, das hat Spaß gemacht.« Sue ließ sich auf dem Fahrersitz eines grauen Ford Taurus nieder und lachte leise. »Es geht doch nichts über ein bisschen Aufregung am Morgen, wenn man schnell wach werden will.« Sie wandte sich mit einem Lächeln Dana zu, während sie sich rasch von Carolines Haus entfernten. Von Mia und Abe. Und Ethan. »Schön, Sie wiederzusehen, Miss Dupinsky.«

Dana saß auf dem Beifahrersitz und starrte die Frau an, die sie eine Woche zuvor in ihrem Haus willkommen geheißen hatte. Sie hatte Ethan niedergeschossen. *Mit meiner Waffe.* Er hatte höllisch viel Blut verloren, aber wieder und wieder versucht, ihnen zu folgen. *Er kommt durch*, sagte sie sich. Und schob die Angst in eine Kiste. *Man wird ihn schnell finden. Er schafft es.*

Ich dagegen vielleicht nicht. Sie hatten den weißen Wagen der Feuerwehr am Straßenrand stehen lassen und waren in den Ford umgestiegen, den Sue offenbar zu diesem Zweck dort geparkt hatte. Mia würde bald merken, dass sie weg war, und wenn Ethan bei Bewusstsein blieb, konnte er ihr sagen, dass sie im Feuerwehrwagen geflohen waren. Mia würde sie finden. Irgendwann.

Mia würde sie suchen, genau wie sie nach Evie und Alec suchte. Evie. Alec. Mit etwas Glück hatte die Polizei ihn inzwischen in diesem Motel in Gary gefunden. Aber für den Fall, dass dem nicht so war, würde Dana ihnen so viel Zeit wie möglich verschaffen, nach ihm zu suchen. Sie würde nicht verraten, was sie schon alles über Sue und

Alec wusste. Sie kannte diese Frau nur als Jane, deren Sohn Erik hieß.

»Was hast du mit Evie gemacht?«, fragte sie kalt, und Sue zog eine Braue hoch.

»Du hast ihren Anruf bekommen, nicht wahr? Das hatte ich gehofft. Du warst verdammt schwer zu finden.«

»Wo ist sie, Jane?«

Sue grinste höhnisch. »Schau hinter dich.«

Dana wandte sich auf dem Vordersitz und tat es. Und sah nichts. Nur eine fadenscheinige Decke. Ihr Blut gefror. Sue machte sich grausam über sie lustig. Evie war nicht da.

»Ist sie tot?«, hörte Dana sich tonlos fragen.

»Nein, die schläft wahrscheinlich nur. Piks sie mal. Ich würde gerne eure Wiedervereinigung miterleben.« Dann lachte Sue. »Ach ja, geht ja nicht. Deine Fesseln sind etwas hinderlich. Dann mache ich es.« Sie griff nach hinten und tastete in der Luft, während Dana die Erkenntnis mit einer Wucht traf, die ihr beinahe den Atem raubte.

Evie war fort. *Entkommen.* Es war noch dunkel gewesen, als sie den Wagen gewechselt hatten, und Sue hatte es eilig gehabt. Hatte nicht nachgesehen. Evie war weg. *In Sicherheit.* Ein Gefühl des Triumphs überwältigte sie, aber sie kämpfte es zurück. Zog ein wütendes Gesicht. »Fass sie nicht an!« *Du sollst nicht merken, dass sie weg ist. Noch nicht.* Amüsiert zuckte Sue die Achseln und legte ihre Hand wieder aufs Lenkrad. »Ich werde bald viel mehr machen, als sie nur anfassen. Und du auch.«

Was eigentlich Entsetzen hätte sein müssen, wurde heißer Zorn, und wieder kämpfte Dana ihn nieder. Und ließ ihre Stimme ängstlich klingen. »Wovon sprichst du?«

»Das wirst du schon früh genug erfahren.«

»Wo ist Erik, Jane? Geht es ihm gut?«

»Durchaus«, sagte Sue fröhlich. »Ich würde mir an deiner Stelle eher Sorgen um mich selbst machen.« Sie wandte sich ihr zu, ihre Miene plötzlich verärgert. »Aber das tust du ja nicht, nicht wahr? Du bist viel zu sehr damit beschäftigt, dich in das Leben anderer einzumischen.«

Dana betrachtete Sues braun gefärbtes Haar. *Sie will Beverlys Ausweis noch immer benutzen,* dachte sie und spürte einen neuen Schub Wut. »Du hast dein Haar verändert.«

Sue wandte sich ihr wieder zu und klimperte mit den Wimpern. So dass ihre braunen Augen zu sehen waren, die einen Optiker das Leben gekostet hatten. »Auch die Augen. Ein ganz neues Ich.«

»Was hast du mit mir vor?«

Sue lachte. »Frag mich lieber, was ihr zwei euch gegenseitig antun werdet. Dein Mündel wird mit deiner Waffe erschossen, und man wird ein viertel Kilo bestes Kokain bei ihr finden. Du wirst mit aufgeschlitzter Kehle neben ihr liegen. Wenn man dann deine kleine Fälscherwerkstatt findet, können die Behörden bestimmt eins und eins zusammenzählen. Dana Dupinsky, Fälscherin und Dealerin, die ein Frauenhaus als Tarnung benutzt. Du und Evie habt euch die ganze Woche in den Haaren gelegen – deine ›Klientinnen‹ werden es bezeugen. Und ich denke, Scarface wird versuchen, dir das Gesicht zu zerschneiden, bevor sie dich umbringt. Sie will sich natürlich rächen. Du wirst wütend, und – bamm! – ist sie tot.«

Dana starrte sie entsetzt an. »Evie würde mir niemals etwas antun.«

Sue zeigte die Zähne. »Sie nicht, nein. Aber ich schon. Und ich freue mich drauf. Ich weiß übrigens, wie man jemandem die Kehle so durchschneidet, dass er überlebt. Und wenn du es tust, wirst du in Handschellen im Krankenhausbett aufwachen.« Sie seufzte lustvoll. »Die Wachen im Knast werden dich lieben, Herzchen. Drogenhandel, Fälscherei, Mord. Wenn du überlebst, wirst du eine lange Zeit sitzen.«

»Du hast dir ziemlich viele Gedanken darüber gemacht«, sagte Dana ruhig, und Sue grinste zufrieden.

»Nicht so viele wie über andere Dinge«, sagte sie. »Aber genug.«

Chicago
Freitag, 6. August, 6.15 Uhr

Mia schlug die Wagentür zu und hörte Abe dasselbe tun, während sie auf den weißen Wagen zurannte. Leer. Dahinter stand ein Auto der örtlichen Feuerwehr, daneben ein Officer. »Nichts drin«, sagte er. »Aber wir haben jemanden gefunden.«

Mias Herz stieg in ihre Kehle. *Dana.* »Tot?«

»Bewusstlos. Sie hat sich wahrscheinlich den Kopf aufgeschlagen, als sie die Böschung hinunterrollte. Der Notarzt ist schon informiert.« Mia stolperte bereits den Abhang hinunter, rutschte mehr, als dass sie kletterte. Der Partner des Polizisten kniete am Boden und versperrte ihr die Sicht. Dann war sie neben ihm, ließ sich auf die Knie sinken und spürte gleichermaßen Erleichterung wie Schock. »Abe«, schrie sie. »Es ist Evie.«

Mit ernster Miene, und etwas vorsichtiger als sie, kam er herunter.

»Die eine wieder da, die andere fort«, sagte er ohne eine Spur von Humor. »Ich habe gerade einen Anruf von Sergeant Elliot bekommen. Sie haben den Feuerwehrmann von Lawndale gefunden. Er ist auf dem Weg zum County mit einer neun Millimeterkugel in der Brust.«

»Aber Buchanan hat doch gesagt, sie habe Danas Pistole.« Abe ließ sich auf ein Knie nieder und strich Evie sanft Schmutz und Steinchen aus dem Gesicht. »Wie du selbst gesagt hast, Mia, sie hält Geschäftliches und Privates strikt getrennt. Dana und dadurch auch Buchanan sind rein privat.«

Chicago
Freitag, 6. August, 8.30 Uhr

Nun wusste Sue also, dass Evie entkommen war, dachte Dana, als ihre Knie krachend auf dem Betonboden aufschlugen. Der Tritt zwischen die Schulterblätter schmerzte, ihre Ohren klingelten von Sues Wutschrei. Auch ihr Kopf dröhnte noch von dem Faustschlag, den Sue ihr vor einer Viertelstunde verpasst hatte, als sie erneut den Wagen wechseln wollte und festgestellt hatte, dass der Fußraum der Rücksitze leer war. Dann hatte sie Dana Mund und Augen zugeklebt, sie in den Fußraum gestoßen und hergebracht. Wo immer das war. Sie waren zwei Treppen hinabgestiegen, und die beiden Türen, durch die sie gegangen waren, hatten sich schwer und eisern angehört.

564

Dana verbiss sich den Schrei, als Sue ihr das Klebeband von den Augen abriss und ein Teil der Brauen mitnahm. Verzog das Gesicht beim Anblick der gebrauchten Kondome und rostigen Nadeln, die neben ihren Knien lagen. Blinzelte zu Sue auf, die über ihr stand, die Fäuste geballt, den ganzen Körper vor Wut angespannt. *Jetzt. Jetzt bringt sie mich um.*

Sie hatte immer geglaubt, dass sie Angst empfinden würde. Hatte immer mit der Angst gekämpft. Hatte sie in eine Kiste gesperrt und verschlossen. Aber nun, da sie in das Gesicht der Frau blickte, die ohne Hemmungen so viele Menschen getötet hatte, empfand sie keine Angst.

Nur Kummer. Er wallte tief in ihr auf, drückte hart auf ihre Brust und stieg in ihre Kehle, als sie nicht an den Augenblick, an das Jetzt dachte, sondern an all das, was sie nun nicht mehr erleben konnte. Caroline. Das neue Baby. Evie. David und Max und Tom und Phoebe. Ihre Familie. Und Ethan. Er hatte Recht gehabt. Das Leben war zu kostbar, um damit unbekümmert zu handeln. *Sogar meins.* Dieses unbeschreibliche Gefühl des Verlustes ... Sie hatte nie lange genug innegehalten, um zu erkennen, dass es das war, was sie jedes Mal, wenn sie ihr Leben riskierte, aufs Spiel setzte. Hatte niemals die Kosten gegen den Gewinn abgewogen. Hätte sie es getan, hätte sie sich vielleicht noch immer in Gefahr begeben, aber dann im vollen Bewusstsein des Preises, den sie dafür zu zahlen haben würde. Was das Resultat umso kostbarer gemacht hätte. Das war es, was Ethan mit Opfer meinte.

Die Art von Opfer, das sie heute nicht zu bringen bereit war.

Also straffte sie den Rücken und starrte zu Sue auf, die sich sichtlich zusammenzureißen versuchte. Die Frau hatte die Hände vor der Brust verschränkt, wiegte sich vor und zurück und kontrollierte ihren Atem, bis er wieder langsamer, normaler ging. Einen Moment später war sie wieder die beherrschte Sue Conway mit den kalten Augen. »Annehmen, anpassen, verbessern«, murmelte sie.

Die Tätowierung, erkannte Dana. Annehmen und anpassen. Das hatte Sue definitiv getan.

Dann lächelte Sue, und Dana wurde trotz der drückenden Hitze im Kellerraum eiskalt. Sue zog ihr Handy aus der Tasche und drückte ein paar Tasten. »Donnie, es gibt eine kleine Änderung im Plan ...« Sie wirkte verärgert. »Natürlich kriegt ihr eure kleine Party. Warum sollte ich euch anlügen? Allerdings werde *ich* den Ehrengast abholen ...« Der Ärger wuchs. »Ich habe dir schon gesagt, dass ich niemandem traue, aber das hier hat gar nichts mit Vertrauen zu tun – nur mit Logistik. Ich hole sie ab. Du schleppst nur die Jungs an und alles an Partyutensilien, was dein Herz begehrt ...« Sie schaute mit ihrem eisigen Lächeln auf Dana herab. »Ich habe dem Menü nur einen weiteren Gang hinzugefügt, das ist alles. Weißt du noch, wo ich gewohnt habe? Zwei Häuser weiter in Richtung Süden, im Keller. Zehn Uhr.«

Sie ließ ihr Telefon wieder in die Tasche gleiten und schulterte den Rucksack. »Verstauen wir dich, wo dich niemand sieht. So bist du für die Jungs eine hübsche kleine Überraschung. Ich habe noch ein paar Kleinigkeiten zu erledigen, bevor die Festivitäten beginnen. Und sosehr ich es liebe, dich auf den Knien zu sehen – jetzt musst du leider aufstehen.« Sie durchtrennte den Strick um ihre Fußknöchel, packte sie am Hemd und zog sie auf die Füße. »Geh langsam und mach keine Dummheiten.«

Dana zwang ihre Füße voran und ging mit wackeligen Beinen, während sie den Lauf ihrer eigenen Waffe am Schädel spürte. Ihr Magen begann zu brennen, als sie begriff, was Sue vorhatte. Sue war wiederholt von dem Wachmann vergewaltigt worden – Fred Oscola. Sie wollte, dass Randi Vaughn dasselbe erlitt. *Und ich bin ein weiterer Gang in ihrem Menü.*

Chicago
Freitag, 6. August, 8.30 Uhr

Ihr Kopf ... tat so weh. Und das Licht war so hell. Es brannte in ihren Augen, also schloss sie sie wieder.

»Evie? Bitte, Liebes, mach die Augen auf.«

Evie versuchte es, schaffte es und sah Davids Gesicht. Und dann strömte alles wieder auf sie ein. Sein Lächeln war unecht, und sie wusste, dass es keine guten Nachrichten gab. Dennoch musste sie fragen. »Dana?«

Davids Kehlkopf arbeitete, als er hart schluckte. »Sie hat sie entführt. Aber Mitchell und Reagan kümmern sich darum. Sie wollen mit dir reden, vielleicht weißt du etwas, was ihnen nutzen kann. Warte, ich komme wieder.«

Ein paar Minuten später trat er wieder ein und brachte Mia und ihren Partner mit. Mia beugte sich mit einem müden Lächeln über das Bett. »Du bist wieder bei uns. Wo hat sie dich festgehalten, Evie?«

Evies Augen füllten sich mit Tränen. »Ich weiß es nicht«,

flüsterte sie. »Ich hatte eine Binde über den Augen. Ich weiß, dass es heiß war und ab und zu ein paar Kids kamen, um zu kiffen. Es war irgendwo in der Stadt, aber ich weiß nicht, wo. Es tut mir so leid, Mia. Ich war so froh, dass ich Dana anrufen konnte, und dann war das ... war das ein Trick.« Tränen liefen ihr über die Wangen. »Sie konnte sie nicht finden, also hat sie mich benutzt, um Dana hervorzulocken.«

Mia tätschelte ihre Hand. »Wie hast du entkommen können?«

»Sie hat mich im Auto zurückgelassen, hinten im Fußraum. Ich habe mich hochgekämpft, bis ich saß, dann habe ich die Türverriegelung mit den Zähnen aufgemacht.« Ihr Kopf tat weh ... so weh. Evie konnte das Stöhnen nicht unterdrücken, und David kam an die andere Bettseite und nahm ihre Hand.

»Und wie hast du die Tür aufbekommen?«, fragte Mia sanft.

»Sie hatte mir die Hände vor dem Körper zusammengebunden – sie wollte ja, dass ich Dana anrief.« Ihre Lippen zitterten, aber sie presste sie zusammen. »Aber als sie mich allein ließ, hat sie mich wieder hinter dem Rücken gefesselt. Ich musste mich drehen, bis ich den Griff ziehen konnte. Ich fiel heraus, aber ich wollte nicht, dass sie die offene Tür sah, und daher« – sie erinnerte sich an den Triumph, den sie empfunden hatte, als sie auf dem Boden gelandet war, als sie in den offenen Nachthimmel geblickt hatte – »trat ich die Tür zu.«

»Kluges Mädchen«, murmelte Mia, immer noch lächelnd. Immer noch müde lächelnd. »Und dann?«

»Ich hatte Angst, dass sie mich sehen würde, wenn sie zurückkäme, aber ich konnte nicht laufen, weil meine Füße auch gefesselt waren. Also rollte ich auf die Böschung zu und herunter, aber sie war steiler, als ich gedacht hatte.« Sie sah weg. »Das war reichlich blöd.«

»Nein, es war verdammt klug«, wandte Mia ein. »Du hast dir den Kopf angeschlagen, aber dir wird es bald besser gehen.« Sie drückte die Hand, die David hielt. »Dana wird so stolz auf dich sein. Du hast das einfach großartig gemacht. Und durch dich haben wir Alec gefunden.«

Alec. »Wie geht es ihm? Ist er unversehrt?«

Mia lächelte traurig. »Es wird ihm bald wieder besser gehen. Und jetzt ruh dich aus, damit du zu ihm kannst, wenn er wieder so weit ist.«

Chicago
Freitag, 6. August, 8.30 Uhr

Marsden legte mit zitternder Hand den Hörer auf die Gabel. »Das war Suze.«

James legte den Zweithörer ab. »Ich weiß. Zehn Uhr heute Abend. Was hat dieser Ort für eine Bedeutung?«

»Der Keller eines Wohnhauses in der Nähe ihrer früheren Wohnung. Sie hat sich dort versteckt, als wir aufgeflogen sind.«

»Und da wird sie sein?«

»Sie bringt den Ehrengast mit«, sagte Marsden bitter. Randi Vaughn, geborene Miranda Cook. »Kann es sein, dass du enttäuscht bist, weil die kleine Party heute Abend nun doch nicht stattfindet?«

»Ja, ich habe mich darauf gefreut.«

James stand auf und schob seine Pistole ins Schulterholster. »Hör zu, Marsden, ich habe nichts dagegen, dass du deine Rache bekommst. Von dem, was ich gehört habe, hast du sie dir verdient. Aber du verrätst ein Wort an Sue Conway, und du erlebst den morgigen Tag nicht. Verstanden?«

Marsdens Lächeln war falsch und wölfisch. »Ja, verstanden.«

James warf ein Bündel Scheine auf den Tisch. »Deine Kopfprämie, wie wir besprochen haben. Und danke.«

23

Chicago
Freitag, 6. August, 10.45 Uhr

Ethan wachte nur langsam auf und war sich zuerst der Kleinigkeiten in seiner Umgebung bewusst. Das rhythmische Piepen des Monitors, der antiseptische Geruch. Die Tatsache, dass sein Arm nur noch pochte. Der weiß glühende Schmerz war fort. Dann schlug er die Augen auf und blickte geradewegs in besorgte schwarze Augen. Clay. Genau wie das letzte Mal, als er im Krankenhaus erwacht war.

»Ich bin hier, Ethan. Du bist bald wieder auf dem Damm.«

Und dann strömten die Ereignisse in seine Erinnerung zurück. *Dana.* Er kämpfte, um sich aufzusetzen, wurde aber sanft zurückgedrückt.

»Langsam, Kumpel«, sagte Clay beruhigend.

Schwach packte Ethan Clays Handgelenk. »Dana?«

Clay zögerte. »Wir haben sie noch nicht gefunden.«

In seinem Kopf herrschte zäher Nebel. Zu dicht, um zu denken. Zu dicht, um die Panik zurückzudrängen. »Wie spät ist es?«

»Viertel vor elf, Freitagmorgen.«

Ethan fuhr hoch. »Fünf Stunden. Verdammt.«

»Du bist operiert worden, Ethan«, erklärte Clay. »Die Kugel hat deinen Oberarm glatt durchschossen, aber dabei eine Arterie getroffen. Du hast verdammt viel Blut verloren. Sie mussten dich wieder zusammenflicken. Es hat eine Weile gedauert, aber man hat mir gesagt, dass du morgen wieder auf den Füßen sein wirst.«

Ethan blinzelte, bis er Clays Gesicht wieder klar sah. »Nicht morgen. Heute noch.«

Clay schüttelte den Kopf. »Wir werden sehen, E.«

»Habt ihr Alec gefunden?«

Clays Miene wurde grimmig. »Er ist hier. Die Polizei von Gary hat ihn in einem Motel in der Nähe einer alten Schule und eines Restaurants mit einem Huhn auf dem Dach gefunden. Sue hat ihm zu viel Phenobarbital gegeben, und er ist ins Koma gefallen. Sie haben ihn mit dem Rettungshubschrauber hergebracht.«

Ethan ließ sich aufs Kissen zurückfallen, als ob man ihn geschlagen hätte. »Koma?«

»Reversibel, Ethan«, sagte Clay. »Die Ärzte filtern sein Blut. Sie sagen, dass sie bei Kindern in seinem Alter gute Erfolge damit erzielen. Er sollte in drei oder vier Stunden wieder wach sein. Randi und Stan sind jetzt bei ihm. Und, Ethan, wir haben Evie gefunden.«

Ethan traute sich kaum zu fragen. »Lebt sie?«

»Ja. Sie war bewusstlos, aber sie ist aufgewacht, nachdem sie hier eingeliefert wurde. Mia hat darauf bestanden, dass sie ins County gebracht wurde. Sie will alle zusammenhalten.«

»Und wo ist Mia?«

»Auf der Suche nach Dana.«

Die Panik quoll erneut auf und mit ihr der dringende Wunsch ... etwas zu tun. Aber er konnte nicht einmal aus eigener Kraft den Kopf heben. »Conway wird sie umbringen«, flüsterte er. »Verdammt, Clay, sie hätte abhauen müssen. Ich hab's ihr gesagt. Aber sie ist geblieben.«

Seine Sicht begann wieder zu verschwimmen, und er schloss die Augen. »Conway hatte die Waffe direkt auf mein Gesicht gerichtet. Sie wollte mir den Kopf wegschießen, aber Dana ist ihr in den Arm gefallen.«

Eine Woge der Wut überflutete ihn. »Warum ist sie nicht abgehauen?«

»Vielleicht ...« Clay räusperte sich. »Vielleicht meinte sie, dass du es wert bist, gerettet zu werden. Hör mal, die Schwester guckt mich schon böse an. Ich warte draußen, und du ruhst dich aus. Ich bin da, wenn du aufwachst.«

Chicago
Freitag, 6. August, 14.30 Uhr

»Und?«

Mia blickte zu einem Lieutenant hinüber, der an der Wand neben dem Stadtplan lehnte, auf dem Stecknadeln alle Orte markierten, die Sue Conway im Laufe ihres elenden Lebens aufgesucht hatte.

Lieutenant Marc Spinellis Miene drückte Sorge aus, seine Augen blickten freundlich. Mia biss die Zähne zusammen und konzentrierte sich wieder auf die Karte. Im Moment wollte sie weder Sorge noch Freundlichkeit. *Im Moment will ich nur, dass diese verdammten Nadeln sich zu einem*

Pfeil sortieren, der mir zeigt, wo Sue Conway meine Freundin gefangen hält. Aber natürlich geschah nichts dergleichen.

»Nichts. Evie konnte uns nur sagen, dass ein paar Kiffer hereinkamen.«

»Tja, das grenzt unsere Suche gewaltig ein«, sagte Spinelli trocken. »Mia, du schwankst schon, und dieser Fall ist zu wichtig und zu weit gediehen. Geh nach Hause und schlaf dich aus. Murphy wird für dich einspringen.«

Mia warf einen Blick über die Schulter zu Abe, der alte Akten durchging. »Abe ist noch hier, ich bin noch hier. Ich gehe nicht, Marc. Aber danke.«

Abe sah mit gerunzelter Stirn auf. »Ich komme immer wieder auf die zeitliche Lücke zurück – auf die zwei Tage vor Conways Verhaftung, in denen man sie nicht finden konnte. Der anonyme Anruf mit dem Hinweis auf die Dealer, die ein Baby zum Schmuggeln benutzten, ging am Dienstag ein. Wir wissen, dass Randi Vaughn die anonyme Anruferin war. Ein Nachbar hat Besucher in der Wohnung von Fotos mit verdächtigen Dealern identifiziert.«

»Das war Jackie Williams, die Frau, die gestern ermordet wurde«, sagte Mia.

»Okay. Am Mittwoch bekommen sie einen Durchsuchungsbefehl für Randis Wohnung und finden die leeren Behälter für Babyfertignahrung, aber kein Kokain. Am gleichen Abend nehmen sie Donnie Marsden und sechs andere Männer in seiner Wohnung fest, wo sie alle gerade brav Kokain in Tütchen abfüllen. Sie finden außerdem zwei Fertignahrungsflaschen, die noch voll mit Koks sind. Sue ist nicht da. Marsden und die anderen schwören, sie hätten keine Ahnung, wo sie ist oder was es mit dem Baby auf sich hat.«

»Obwohl sie mit Babynahrung herumgespielt haben«, bemerkte Spinelli trocken.

Abe warf ihm einen Blick zu. »Dealer, die lügen? Gibt es doch gar nicht.« Er ging durch die Papiere und fand die Seite, die er suchte. »Conway wird erst zwei Tage später gefasst. Sie kommt am Freitag kurz nach Mitternacht aus ihrem Loch, und Jackie Williams verpfeift sie.«

»Sie hat sich versteckt.« Mia blinzelte, um den Bericht zu lesen. »Wo hat sie sich versteckt?«

»Das ist es, was ich herauszufinden versuche. Steht nicht im Bericht. Die Drogenfahnder hatten befürchtet, dass sie ein Versteck für das Baby hatte – oder dass es sogar tot war. Sie wollten sie mit Kind erwischen. Sie ertappten sie dabei, wie sie den Herd wegzog, aber sie suchte nicht nach dem Kind, sondern nach Geld, das sie dort deponiert hatte. Aber es war fort.«

»Es wundert mich nicht, dass ihr das Geld wichtiger als der Sohn war«, sagte Mia. »Sue hat sich irgendwo zwei Tage versteckt gehalten. Lass uns den Officer fragen, der sie verhaftet hat. Vielleicht erinnert er sich an irgendetwas, das uns hilft.« Bevor sie ihr Telefon nehmen konnte, klingelte Abes Handy. »Ich rufe an«, sagte Mia und nahm sich den alten Polizeibericht. »Geh du bei dir ran.«

Sie umrundete den Schreibtisch und wollte gehen, als Abe so abrupt aufstand, dass sein Stuhl zurückrollte. »Sie machen Witze«, sagte er und bedeutete Mia zu warten. »Ja, wir kommen.« Er legte grinsend auf. »Rate mal, wer versucht hat, ins Zimmer der Vaughns im Excelsior einzubrechen? Donnie Marsden, der Anführer von Sues Drogenring. Er hatte einen Zentralschlüssel vom Hotel. Murphy bringt ihn gerade her.«

Spinelli nahm Mia die Akte aus der Hand. »Ich lasse jemand anderen den Officer anrufen. Ihr zwei marschiert los und hört euch an, ob Marsden jetzt etwas weiß, was er damals nicht wusste.«

Chicago
Freitag, 6. August, 15.20 Uhr

Ethan blieb auf der Schwelle zu Alecs Krankenzimmer stehen und war dankbar für Clays stützende Hand an seinem Rücken. Seine Beine zitterten, aber sie hielten ihn immerhin aufrecht. So viele Menschen hatten für Sue Conways Rache zahlen müssen. Düster überlegte Ethan, wie viele wohl noch bezahlen mussten, bis alles vorbei war. Wie viel er würde bezahlen müssen. Dana war immer noch fort.

Aber Alec war in Sicherheit. Und Evie auch. Und Ethan wusste, dass das genau das war, was Dana gewollt hätte. Sie war nicht brav mitgegangen wie ein Lamm, das zur Schlachtbank geführt wird. Oder unbekümmert, als würde es nichts bedeuten. Sie hatte sich gewehrt, sie hatte getreten, geschrien, gekämpft. Sie hatte Angst gehabt. Ein Schauder schüttelte ihn, und er musste sich an den Türrahmen lehnen. Seine Haut fühlte sich klamm und kalt an.

»Denk nicht drüber nach«, murmelte Clay. »Konzentrier dich im Moment auf die Tatsache, dass Alec lebt. Der Arzt sagt, er wird wieder ganz genesen, auch wenn es im Moment vielleicht nicht so aussieht.« Tatsächlich sah Alec aus wie ein kleiner Geist. Seine Haut war beinahe so weiß wie die Bettwäsche, in der er lag. Überall schienen Schläuche herauszuragen. Aber seine Brust hob und senkte sich, wenn auch nicht stark.

Stan stand mit unergründlicher Miene an einer Seite, und Randi saß auf dem Bett. Sie schaute auf und lächelte Ethan schwach an. »Du sollst doch bestimmt noch nicht aufstehen«, sagte sie leise.

»Das sage ich ihm auch schon die ganze Zeit«, meinte Clay. »Aber er hört natürlich nicht zu. Er nimmt noch nicht einmal den Rollstuhl, den ich ihm besorgt habe.«

Ethan ignorierte beide, als er langsam auf das Bett zuging und den Arm in der Schlinge vorsichtig mit der anderen Hand stützte. »Ich wollte ihn selbst sehen«, murmelte er. Er sank auf einen Stuhl, weil ihm von dem kurzen Marsch zur Kinderstation schummrig war. »Ist er schon aufgewacht?«

»Ja, einmal kurz«, sagte Randi. »Der Arzt meint, er wird trotzdem noch viel schlafen. Ethan …« Ihre Stimme schwankte. »Wie kann ich dir danken?«

Ethan sah sie an, nahm ihre Hand und drückte sie. »Das hast du gerade. Wir sind quitt.«

Stan räusperte sich, und seine Stimme klang hart und gezwungen. »Danke, Ethan.«

Es waren die ersten Worte, die Stan zu ihm gesagt hatte, seit er Ethan an jenem Abend in Wight's Landing um Hilfe gebeten hatte. *Tu es für Richard*, hatte er gesagt. *Das wenigstens schuldest du ihm.* Aber nun, da er hier saß und das Kind betrachtete, wusste er, dass er es genauso Alec geschuldet hatte. Er hatte eine Verantwortung übernommen und sie vernachlässigt. Seit zwei Jahren war er Alecs Pate, aber er hatte diese Zeit verschwendet. Er hatte immer vorgegeben, dass Stan ihm nicht erlaubte, Teil von Alecs Leben zu sein, aber das war nichts weiter als eine Ausrede gewesen. Die Wahrheit war, dass er die Tür zu seinen Gefühlen verschlossen hatte. Bis Dana sie wieder weit aufgerissen hatte.

Ethan sah Stan an. »Gern geschehen. Auch wir sind quitt.« In diesem Moment hoben sich flatternd Alecs Lider. Der Junge weitete bei Ethans Anblick überrascht die Augen.

Ethan nahm eine von Alecs mageren Händen in seine. Die Knochen fühlten sich an wie spröde Zweige. Bedauern und Trauer durchfuhren ihn, als er sich klarmachte, dass er mit seinem Patenkind nicht kommunizieren konnte. Er hatte zwei Jahre Zeit gehabt. Er hätte die Zeichensprache lernen sollen. Aber das war ein Versäumnis, das er wieder gutmachen würde, denn wenn all das hier vorbei war, *würde* er sich zu einem Teil von Alecs Leben machen. »Randi, kannst du ihm etwas von mir sagen?«

»Natürlich.«

»Sag ihm, dass ich stolz auf ihn bin.« Er wartete, bis Randi die Worte in Zeichen umgesetzt hatte. Der Blick des Jungen aus den großen, tief liegenden Augen schoss zu ihm. »Sag ihm, dass es Evie gut geht.« Alec sank erleichtert ins Kissen zurück. »Sag ihm, dass Evie uns erzählt hat, wie er mit ihr gesprochen hat, und dass wir ihn nur so haben finden können.« Alecs Lippen bebten, und seine Augen füllten sich mit Tränen, aber er blinzelte energisch, und seine Miene verhärtete sich. Er entzog Ethan seine Hand und machte zu Randi einige Zeichen.

»Er will wissen, ob ihr die Frau mit den weißen Augen schon habt.« Sie stieß ein zittriges Lachen aus. »Er nennt sie Miststück. Und ich kann's ihm nicht verübeln.«

»Sag ihm, dass wir sie noch nicht haben, aber sie finden werden. Frag ihn, ob sie ihn irgendwo anders außer in dem Motel festgehalten hat.«

Alec sah zu, dann schüttelte er den Kopf. Machte Zeichen mit den Händen und wirkte viel zu alt für sein Alter.

»Er will wissen, warum sie ihn entführt hat. Warum sie Cheryl und Paul getötet hat«, übersetzte Randi. »Ich will nicht, dass er das von Sue erfährt, Ethan.«

Ethan sah mit einem Stirnrunzeln auf. »Er wird es ohnehin früher oder später erfahren. Aber wenn du es ihm sagst, ist es deine eigene Entscheidung. Für mich steht nun an erster Stelle, Dana zu finden.« Er wandte sich wieder dem Jungen zu, der ihn mit misstrauischem Blick ansah. »Frag ihn bitte, ob er sich an die Frau mit den kurzen roten Haaren erinnert.«

Alec nickte. »Sie war Evies Freundin. Sie war nett«, übersetzte Randi. »Und er will wissen, warum du fragst.«

»Weil sie jetzt auch entführt worden ist.« Alecs Blick flog schockiert von den Händen seiner Mutter zu Ethans Augen. »Ich muss wissen, ob er sich an irgendetwas anderes erinnert.«

Alec verharrte einen Moment lang reglos. Dann bewegten sich seine Hände langsam. Und Randis Stimme wurde immer belegter, während sie jede grausige Einzelheit berichtete, die ihr Sohn erlebt hatte. »Ethan, mehr weiß er nicht. Es tut mir leid.«

Ethan drückte leicht den Arm des Jungen. »Ich komme

später wieder zu dir.« Er stand auf und begegnete Stans steinernem Blick. »Ich werde ihn besuchen, Stan. Das Recht habe ich mir mehr als verdient.« Er wartete, bis er und Clay im Korridor waren. »Kannst du mir nachher einen Gefallen tun?«

Clay sah ihn misstrauisch an. »Normalerweise ja, aber vor einer Stunde habe ich mich genau deswegen bei den Schwestern ziemlich unbeliebt gemacht, weil ich dir ein neues Hemd gekauft und dir aus dem Bett geholfen habe.«

»Diesmal kriegst du keine Schwierigkeiten. Kannst du, wenn sich der Staub gelegt hat, in einen Buchladen gehen und mir ein Buch über Zeichensprache besorgen? Es wird Zeit, dass ich Pate werde.«

Clay warf einen Blick durch die Tür zu Stan. »Er wird auch einen brauchen. Und du wirst deine Rolle sehr gut ausfüllen, Ethan. So, und jetzt gehst du in dein Zimmer zurück und legst dich hin, ja?«

»Nein, jetzt gehe ich erst zu Evie. Dann verschwinde ich hier und sehe zu, dass ich Mitchell und Reagan finde, und du wirst kein einziges Wort dagegen sagen. Im Gegenteil – du wirst mich fahren.«

»Ethan …«

Ethan konzentrierte sich darauf, den Korridor entlangzugehen, ohne gegen die Wände zu prallen. »Ich meine es ernst. Ich werde nicht …«

»Ethan, warte doch. Da ist ein Anruf.« Ethan drehte sich um und sah, wie Clay sein Handy ans Ohr hielt. »Das war Mitchell. Kann sein, dass sie etwas haben.«

Chicago
Freitag, 6. August, 15.55 Uhr

Der Wecker schrillte. Gähnend drückte Sue den Knopf. Dieses Hotelzimmer war nicht so schön wie das, das sie im Excelsior gebucht hatte, aber der Laden wimmelte nur so von Bullen. Und außerdem war es hier immer noch netter als in der Absteige, in der sie den Jungen gelassen hatte. Sie würde in ein paar Stunden nach Gary fahren, ihn holen und in den Keller bringen, wo Randi ihrem Schicksal begegnen würde.

Sue verspürte ein Kribbeln der Erregung. Bald würde sie sehen, wie Männer mit Miranda Cook Dinge anstellten, die sie sich in ihren schlimmsten Träumen nicht hätte ausmalen können, und zwar Männer, die Jahre Zeit gehabt hatten, ihren Zorn zu kultivieren. Sechs wütende Männer konnten einer Frau verdammt viel Schlimmes antun. Es war clever, Dupinsky als zweiten Gang in Reserve zu haben. Wenn die Jungs einmal begonnen hatten, würde ein Opfer nicht ausreichen. Sie würde ihnen Dupinsky ausliefern, während sie selbst Miranda den Rest gab.

Miranda würde verletzt und gedemütigt und völlig vernichtet sein – aber bei Bewusstsein. Genau wie Sue es haben wollte, denn wenn sie an der Reihe war, würde sie das Kind ins Spiel bringen. Sue hoffte, dass der Junge nach den vielen Tabletten noch am Leben war. Sie wünschte sich jetzt, sie wäre etwas zurückhaltender gewesen, aber zu dem Zeitpunkt war sie so wütend über den Fluchtversuch gewesen … Nun, sie hatte den Kopf verloren. Aber wenn er starb, wäre das auch nicht weiter schlimm. Sue konnte behaupten, er sei nur bewusstlos, und Miranda würde es ihr schon glauben. Miranda hatte ihr immer schon alles Mögliche und Unmögliche geglaubt.

Sue würde das Kind irgendwo hinlegen, wo Miranda es während der letzten Minuten auf dieser Erde sehen konnte. Sue würde Miranda foltern, wie sie es mit Mirandas Mutter gemacht hatte, mit kleinen, wohl platzierten Schnitten und Hieben, die Knochen brechen ließen. Miranda würde um Gnade betteln, aber es würde keine geben. Und dann, wenn der Schmerz so groß war ... so gewaltig, würde sie Miranda die alles vernichtende Strafe verpassen.

Eine kleine Pille. Die einen Menschen rasch tötete. Miranda würde dann die Wahl haben. Das Leben des Kindes gnädig zu beenden oder selbst schmerzlos zu sterben. »Sophies Entscheidung« war nichts dagegen.

Und wie sie Miranda kannte, würde sie keine Wahl treffen. Sie würde nur daliegen und verbluten, während Sue zusah. Aber das wäre auch nicht so übel, denn vielleicht schlimmer als der körperliche Schmerz würde für Miranda das Wissen sein, dass sie definitiv sterben musste und der Junge noch lange neben ihr liegen würde. Ungeschützt. Vielleicht stunden-, tagelang. Allein. Hungrig. Dehydriert. Die Anfälle würden kommen, doch es gäbe keine Medikamente, die sie unterdrückten. Das Kind würde langsam krepieren, und Miranda würde in dem Wissen sterben, dass sie nichts, aber auch gar nichts dagegen unternehmen konnte.

Dann, und erst dann, wusste Miranda wirklich, was es bedeutete, machtlos zu sein.

Es war ein guter Plan, und Sue war zufrieden mit sich. Sie

sprang beschwingt aus dem Bett. Das Nickerchen hatte sie erfrischt. Heute Abend hatte sie zu tun, und morgen war sie auf dem Weg nach Toronto, wo sie einen Flug nach Paris unter dem Namen Carla Fenton gebucht hatte – unter einem Namen, den die Polizei niemals aufspüren würde. *Und heute um fünf Uhr werde ich reich sein.*

Um fünf? Sie war hier in Chicago, und nach der hiesigen Zeit war bis dahin nur noch ein paar Minuten Zeit. Lächelnd holte sie ihren neuen Laptop aus dem Rucksack, den sie mit dem Geld der Vaughns bezahlt hatte. Der Laptop war mit allem ausgestattet, was eine vermögende Frau brauchte, natürlich auch mit Internetzugang, so dass sie nun nicht mehr auf Cafés angewiesen war. Und keinen Ausweis mehr benötigte, wenn sie einen Blick auf ihre Millionen werfen wollte.

Sie war vorsichtig gewesen mit den Identitäten, die sie gestohlen hatte, dachte sie, während sie den Rechner hochfuhr und in die Telefonbuchse einstöpselte. Sie hatte die Kreditkarten nie wirklich benutzt, sondern sie nur vorgezeigt, wenn es nötig war, wie es in Internetcafés der Fall war. Sofern man bar zahlte, behielt das Personal die Karte nur zur Sicherheit ein, während der Kunde am Rechner beschäftigt war, und Sue hatte immer bar bezahlt. Niemand würde die Kinderschwester oder die Kellnerin auf sie zurückführen können. Und falls Bryce die Klappe hielt, konnte sie mit keinem Mord in Verbindung gebracht werden.

An der Ostküste war es nun beinahe fünf Uhr. Die Vaughns mussten das Geld inzwischen auf dem ersten Konto hinterlegt haben. Sie ging auf die Website der Bank, gab ihre Kontonummer ein und schrieb dann ihr Passwort, *Walter1955.*

Guter alter Dad. *Wenn er mich jetzt sehen könnte.* Er hatte einen lächerlichen Job verbockt, war an einem winzigen Supermarkt gescheitert, verdammt noch mal. Sie dagegen besaß jetzt fünf Millionen Dollar. Ganz abgesehen davon, dass Miranda Cook das bekam, was sie verdient hatte. Und wenn das alles vorbei war, würde sie …

Die kleine Sanduhr verschwand, und Sue zog die Brauen zusammen. Das Geld war nicht da. Das Konto war leer. Sie hätten inzwischen doch zahlen müssen. Ihr Herz begann härter zu schlagen. Vielleicht wollten sie gar nicht mehr zahlen. Aber, verdammt, sie brauchte das Geld. Wollte das Geld. Sie presste die Kiefer aufeinander. *Sie schulden es mir!*

In einer plötzlichen Eingebung rief sie das zweite Konto auf – das Konto, von dem nur sie wusste. *Walter1987.* Und erstarrte. Fassungslos. *Das ist doch unmöglich.* Das Konto war leer.

Unmöglich. Auf dem Konto waren über neunzehntausend Dollar gewesen. *Und jetzt ist alles weg.*

Sie wussten Bescheid. Irgendwie hatten sie von dem zweiten Konto erfahren. Ihr gefror das Blut in den Adern, während ihre Gedanken zu rasen begannen. Wie hatten sie sie gefunden? Wie hatten sie davon erfahren? Sie hatte niemandem von dem zweiten Konto erzählt. Niemandem. Aber irgendwie hatten sie es trotzdem herausgefunden. Ihr Magen beruhigte sich wieder, und sie entspannte sich langsam. Sie musste den Jungen holen. Sie hatte ein Versprechen gegeben, und ein Versprechen durfte nicht gebrochen werden. Sie würde den Vaughns das Kind in fünf Millionen Stückchen zurückschicken.

Chicago
Freitag, 6. August, 16.15 Uhr

»Also, was hat er Ihnen gesagt?«, wollte Ethan wissen, als er, auf Clays Arm gestützt, ins Büro der Detectives kam.

Reagan schaute von seinem Computer auf und tauschte einen Blick mit Mitchell. »Du ermutigst ihn doch nur, Mia. Er sollte wieder ins Krankenhaus gehen.«

Mia zuckte die Achseln. »Sie waren doch schon hier. Ich dachte, es ist anstrengender, sie zu überreden, wieder zu verschwinden, als ihnen eine Besuchererlaubnis auszuschreiben. Setzen Sie sich, Buchanan, bevor Sie mir hier zusammenklappen.«

Ethan nahm auf Mitchells Stuhl Platz. Obwohl sein Arm heftig pochte, konnte er nur an das Stück Dreck denken, das die Polizei in Randis Hotel erwischt hatte. »Was hat Marsden Ihnen gesagt?«

»Nicht viel«, meine Reagan. »Er hat einen Hauptschlüssel vom Hotel, sagt aber nicht, wie er daran gekommen ist.«

»Conway wird ihn ihm gegeben haben«, explodierte Ethan.

»Ja, natürlich«, fauchte Mitchell zurück. »Aber er gibt es nicht zu.« Sie milderte ihren Tonfall ein ganz klein wenig. »Ich weiß, dass Sie frustriert sind, Ethan. Aber wir tun alles, was wir können.«

»Marsden hat seinen Anwalt angerufen«, fügte Reagan düster hinzu. »Jetzt können wir nicht mehr an ihn heran.«

Heißer Zorn kochte in Ethan hoch, und mit ihm die nackte Angst. »Verdammt noch mal. Er weiß etwas. Er muss etwas wissen. Geben Sie mir fünf Minuten mit ihm, und wir haben, was wir brauchen.«

Mitchell bedachte ihn mit einem eiskalten Blick. »Beherrschen Sie sich, oder Sie gehen zurück ins Krankenhaus.«

»Reg dich ab, E«, murmelte Clay hinter ihm. »Die zwei da sind auf deiner Seite.«

Zitternd und mit hämmerndem Herzen versuchte Ethan, sich zusammenzureißen. »Verzeihen Sie.« Er legte die flache Hand auf das Hosenbein, das noch mit Grasflecken und Blut verschmiert war. Er durfte die Augen nicht zumachen, weil er dann jedes Mal Dana sah, wie sie, ängstlich, panisch, von ihm fortgezerrt wurde. Er schluckte und zog ein Gesicht, als Clay eine Hand auf seine unverletzte Schulter legte. »Verzeihen Sie«, wiederholte er. »Aber …«

Er schaute auf und begegnete Mias Blick. »Ich sehe sie immer wieder vor mir. Sie hatte solche Angst.«

Mitchell nickte traurig. »Ich verstehe Sie sehr gut, aber wir müssen Ruhe bewahren. Wenn wir es nicht tun, können wir sie nicht finden.«

»Okay. Ich bin ruhig.« Das war er nicht, aber das würde sich auch nicht ändern, bis Dana wieder bei ihm war. »Dieser Kerl, Donnie Marsden. Er war doch einer der Männer, die damals mit Sue Conway verhaftet wurden, oder? Es kann also kein Zufall sein, dass er in Randis Hotelzimmer einbricht, richtig?«

Mitchell nickte. »Richtig.«

»Also gehört er zu dem, was immer Conway plant.«

»Möglich. Aber falls ja, sagt er nichts. Im Moment könnten wir ihm allenfalls Einbruch anhängen.«

»Es sei denn, Sie finden irgendeinen Hinweis, dass er in

der vergangenen Woche mit Sue Kontakt hatte«, sagte Clay. »Dann ist es Verabredung zu einer Straftat.«

»Sie muss ihn angerufen haben«, sagte Ethan. »Haben Sie seine Telefonleitung überprüfen lassen?«

»Alle Anrufe von dieser Woche«, sagte Reagan tonlos und hob einen dicken Stapel Ausdrucke in die Höhe. »Marsden ist Buchmacher. Erhält jede Woche Hunderte von Anrufen. Noch mehr, wenn Basketballsaison ist. Wir können froh sein, dass es diese Woche nur Baseball und Pferde gab. Und wir sind bereits dabei, alle eingehenden Anrufe zurückzuverfolgen, um die echten Spieler von Sue zu unterscheiden.«

»Aus den alten Polizeiberichten geht hervor, dass Sue sich zwei Tage versteckt gehalten hat, bevor man sie gefasst hat«, fügte Mia hinzu. »Wir versuchen herauszufinden, wo. Dana war sicher, dass die ganze Rache symbolische Bedeutung hat, daher könnte das Versteck uns weiterhelfen.«

»Und außerdem«, sagte Reagan und seufzte, »haben wir Sheriff Moore gebeten, noch einmal Bryce Lewis zu besuchen und zu versuchen, mehr aus ihm herauszukriegen. Darüber hinaus sind wir für alle Ideen und Anregungen dankbar, die uns keinen Ärger mit der Dienstaufsichtsbehörde verursachen.«

Ethan sackte auf seinem Stuhl zusammen. »Tut mir leid. Ich weiß, dass Sie tun, was Sie können.«

»Ethan, ich war einmal in einer solchen Lage wie Sie jetzt«, sagte Reagan und sah ihn eindringlich an. »Es ist furchtbar zu wissen, dass der Mensch, den man liebt, in Gefahr ist. Wir wollen Dana genauso sehr retten wie Sie, und wir ver-

587

stehen, was Sie durchmachen. Aber lassen Sie uns bitte unseren Job machen.«

»Gehen Sie in Ihr Hotel, Ethan«, sagte Mia sanft. »Ich verspreche, Sie anzurufen, sobald wir etwas wissen.«

Ethan kam schwerfällig auf die Füße. »In Ordnung.« Er ließ seinen Blick ein letztes Mal über Mias Tisch und den Aktenordner schweifen, der geöffnet auf der Ablage lag. Und erstarrte. Fassungslos. »Clay. Sieh dir das an.«

Clay sah auf die Bilder in dem Ordner herab. »Marsdens Fotos für die Kartei?«

»Sieh dir das Gesicht an, das Kinn.«

»Mein Gott«, murmelte Clay.

Mit bebenden Händen tastete Ethan nach seiner Brieftasche und öffnete sie mühsam mit einer Hand. »Clay, hilf mir, die Fotos rauszuholen.« Clay tat es, und Ethan ging die Bilder durch, bis er eins von Alec fand, das im vergangenen Jahr aufgenommen worden war. Clay zog das Bild aus der Kunststoffhülle und legte es neben Marsdens Karteifotos.

Reagan stieß einen Pfiff aus. »Sieht aus, als ob Sue und Donnie nicht nur gemeinsam Drogen vertrieben haben.«

Mia ging durch die Papiere in der Prozessakte. »Als Marsden verhaftet wurde, sagte er aus, dass das Baby, das Sue mit sich herumschleppte, zu einer Freundin gehörte. Ich denke, er hat es wirklich geglaubt. Schließlich hat sich Randi auch damals schon um Alec gekümmert.« Sie begegnete Ethans Blick mit einem zufriedenen Grinsen. »Ich wette, er weiß nicht, dass er Papa ist.«

Reagan nahm Alecs Foto. »Es kann durchaus sein, dass es ihm egal ist, aber gehen wir und gratulieren wir dem Mann.«

Mitchell blieb an der Tür stehen und drehte sich um. Verengte die Augen. »Aber Sie beide können hier nicht bleiben.«

»Dann kommen wir mit«, sagte Ethan.

»Aber kein Wort, verstanden?«, warnte Mia. »Nur ein Mucks, und ich werfe Sie hinaus.«

»Ja«, sagte Ethan verdrossen. »Verstanden.«

Gary, Indiana
Freitag, 6. August, 16.55 Uhr

Er war weg! Sue fletschte nahezu die Zähne, als sie an dem schäbigen Motel vorbeifuhr, das nun mit gelbem Absperrband versehen war. Der Junge war weg. Der Typ im Supermarkt, der ihr die Zigaretten verkauft hatte, hatte ihr erzählt, dass heute Morgen mindestens zehn Streifenwagen vor dem Motel vorgefahren waren. Polizisten in voller Sonderkommando-Ausrüstung hatten den Laden gestürmt, das Kind herausgeholt und per Hubschrauber ins County General in Chicago geflogen.

Sie hielt an einem Münztelefon, wählte das County an und anschließend die Kennzahl für die »Patienteninformation«.

»Ich hätte gerne Informationen über einen Alec Vaughn, bitte.«

Eine kurze Pause. »Der Computer sagt, sein Zustand sei stabil.«

»Vielen Dank.« Langsam legte Sue auf. Ihre Träume brachen um sie herum zusammen.

Zehn Jahre. Jetzt konnte sie Randi Vaughn nicht mehr aus ihrem Hotel locken. Jetzt würde sie keine Rache mehr bekommen. Sie würde nicht zusehen können, wie Donnie und seine Jungs sie zu Hackfleisch verarbeiteten. Es würde keine »Sophies Entscheidung« geben. Keine Schnitte, keine Schläge.

Zehn Jahre. Sie hatte zehn beschissene Jahre gewartet. Für nichts. *Nichts.* Sie hatte nichts.

Mit einem frustrierten Knurren wendete Sue den Wagen und fuhr zurück nach Chicago. Sie hatte doch noch etwas. Sie hatte Dupinsky. Donnie und die Jungs mussten sich mit ihr zufrieden geben.

Ocean City
Maryland, Freitag, 6. August, 18.00 Uhr

Bryce Lewis' Verteidiger schlug ungeduldig mit der flachen Hand auf seine Aktentasche auf dem Tisch. »Wenn Sie nichts mehr anzubieten haben, Sheriff, dann gibt es hier auch nichts mehr zu sagen. Sie verschwenden meine Zeit.«

Lou Moore musste sich zusammenreißen, um dem Anwalt nicht ein paar saftige Verwünschungen entgegenzuschleudern. Wie gern hätte sie ihm gesagt, er solle sich seine verschwendete Zeit sonst wohin stecken. Stattdessen beugte sie sich vor, um Lewis' Blick einzufangen. »Bryce, ich brauche Ihre Hilfe. Ihre Schwester hat den kleinen Jungen heute Morgen einfach zum Sterben liegen gelassen. Sie hat ihn gezwungen, eine halbe Flasche von dem Epilepsie-Medikament zu schlucken.«

»Mein Klient kann nicht ändern, was seine Schwester tut, da sie einige Meilen auseinander sind.«

»Ich weiß, darum geht es nicht. Aber, Bryce, es gibt etwas, das Sie über diesen Jungen wissen sollten.« Sie zog eine Kopie der Geburtsurkunde vom Clark County Hospital hervor, auf dem stand, dass Susan Conway einen Jungen geboren hatte. Sie schob Lewis das Dokument über den Tisch. »Der Junge ist der Sohn Ihrer Schwester, Bryce.«

Bryces Kopf fuhr hoch, und seine Augen verengten sich, als er die Urkunde studierte. Dann sah er seinen Anwalt an. »Ist das echt?«

Der Verteidiger nahm das Blatt. »Eine gefaxte Kopie. Keine Ahnung.«

»Es ist echt«, sagte Lou. »Bryce, hören Sie mir bitte genau zu. Ich habe gesehen, wie Sie reagiert haben, als Sie von Paul McMillan gehört haben. Sie sind kein kaltherziger Mensch. Eine Frau hat versucht, dem Jungen zu helfen. Heute Morgen hat Sue den Freund dieser Frau niedergeschossen und sie entführt. Wir wissen, dass sie die Absicht hat, diese Frau zu töten. Ihren Sohn umzubringen, hat sie nicht geschafft, wir haben ihn dank dieser Frau und anderen noch rechtzeitig gefunden. Aber uns läuft die Zeit weg.«

»Was für einen Deal wollen Sie uns anbieten?«, mischte sich der Verteidiger ein.

Lou seufzte. »Bryce, Sie sind in einen Mordfall und eine Entführung verwickelt.«

»Moment«, unterbrach der Verteidiger. »Wenn das Kind zu seiner Schwester gehört, war es keine Entführung.«

Lou wandte ihren Blick nicht von Bryce Lewis. »Aber

Miss Rickman wurde entführt, über Staatsgrenzen gebracht und schließlich ermordet, Bryce. Und an dieser Straftat haben Sie mitgewirkt. Ich kann mildernde Umstände anführen, aber letztendlich ist das Sache des Staatsanwalts. Aber wenn Sie dabei helfen, diese Frau zu finden, haben Sie ein paar Punkte gemacht.«

Steif stand Bryce auf. »Ich denke darüber nach.«

»Denken Sie nicht zu lange. Wir befürchten, dass wir nur noch wenige Stunden Zeit haben.«

Bryces Blick war kalt. Eine Woche Gefängnis hatte den Jungen härter gemacht. »Ich sagte, ich denke darüber nach.«

Chicago
Freitag, 6. August, 17.10 Uhr

Ethan sah mit düsterer Miene durch die Scheibe, hinter der Reagan und Mitchell seit fünfundzwanzig Minuten Donnie Marsden verhörten, ohne auch nur einmal das verdammte Bild gezeigt oder Alecs Namen erwähnt zu haben.

»Warum sagen sie ihm denn nichts von dem Jungen?«, murmelte Ethan.

»Sch«, machte Clay. »Weil sie verdammt gute Cops sind. Gute Verhörtechnik.«

»Schön, dass es Ihnen gefällt«, sagte der Lieutenant trocken. Spinelli war kurz vor Beginn des Verhörs erschienen und hatte den zweiten Staatsanwalt mitgebracht, den Abe Reagan angerufen hatte, um jeden Deal, der nötig sein könnte, sofort in die Wege zu leiten.

Clay warf Spinelli einen Blick zu, »Ich meine es ernst.«
Spinelli zog eine Braue hoch, ohne den Blick von der Scheibe zu nehmen. »Ich auch, Mr. Maynard.«

»Clay«, sagte Clay.

»Clay. Ich bin aber noch immer Lieutenant Spinelli für Sie.« Spinellis Schnurrbart zuckte.

»Verstanden, Sir«, fügte Clay nach einem absichtlichen Zögern hinzu. Dann: »Hör zu, Ethan. Mitchell stellt ihm sein Azidothymidin auf den Tisch. Er hat Aids, und er will nicht im Gefängnis sterben, okay? Reagan hält ihm seine Buchmachervergehen vor, das kostet ihn eine Menge Jahre. Er verrät Sue wahrscheinlich sowieso. Sie halten das Bild für den Fall zurück, dass er noch einen kleinen Schubs braucht.«

»Den kleinen Schubs würde ich ihm gern geben«, knurrte Ethan. »Randi hat genauso ihn wie Sue verraten. Wenn er sich im Gefängnis Aids eingefangen hat, hat er umso mehr Grund, Groll gegen sie zu hegen. Er ist in das Hotelzimmer eingebrochen, um es ihr heimzuzahlen.« Und allein der Gedanke bereitete ihm Übelkeit.

»Ja, aber wieso jetzt?«, murmelte Clay. »Wieso versucht Marsden, sich Randi heute Nachmittag zu schnappen? Wenn Sue das alles angeleiert hat, hätte sie bis nach fünf gewartet.«

»Wenn die fünf Millionen hinterlegt worden wären.« Ethan stieß den Atem aus. »Du hast Recht.«

»Das hat er.« Spinelli sah Clay nachdenklich an. »Sie haben die DCPD verlassen. Warum?«

Clays Gesicht verhärtete sich.

»Das ist meine Sache, Sir.«

593

Spinelli betrachtete ihn noch einen Moment lang, dann nickte er. »Natürlich.«

Marsden sackte inzwischen mit mürrischer Miene auf seinem Stuhl zusammen, während der Anwalt ihm etwas ins Ohr flüsterte. Marsden nickte, und der Anwalt blickte auf. »Über was für einen Deal reden wir?«

»Das liegt ganz beim Staatsanwalt«, erwiderte Mia glatt. »Wir handeln hier nichts aus, wir geben *Empfehlungen*.«

Der Anwalt runzelte die Stirn. »Was für Empfehlungen?«

Reagan beugte sich mit verengten Augen vor. »Marsden, wir wissen, was Sie in dem Hotelzimmer vorhatten. Sie und Conway haben eine Art Rache geplant. Das hängen wir Ihnen nicht an. Noch nicht. Aber Sie werden mit Conway untergehen, wenn wir das möchten, denn wir haben genug in der Hand, um Sie wegen Planung einer Straftat dranzukriegen. Nun wollen wir Sue Conway aber viel dringender als Sie. Und wenn wir sie zuerst in die Finger kriegen …« Reagan zuckte die Achseln. »Dann reden wir nicht mehr über Empfehlungen. Sagen Sie uns, wo sie ist, und wir empfehlen dem Staatsanwalt, sich auf die Buchmachergeschichte zu beschränken.«

Marsden rutschte auf seinem Stuhl herum, schwieg aber.

Mitchell schob einen Stuhl so kräftig gegen den Tisch, dass Marsden und sein Anwalt zusammenfuhren. »Wissen Sie, ich denke, ich habe genug von Ihnen beiden. Wenn Sie, Marsden, nicht in den nächsten dreißig Sekunden zu reden beginnen, dann *empfehle* ich dem Staatsanwalt, Entführung und Mord auf Ihre Karte zu setzen.«

Marsden fuhr hoch. »Mit Entführung und Mord habe ich nichts zu tun. Ich habe die Frau nicht angefasst.«

Mitchell beugte sich vor. »Weil Sie keine Chance dazu hatten. Aber wir reden nicht über Mrs. Vaughn, wir reden über das Kind.«

Marsden sprang auf die Füße. »Ich weiß nichts von einem Kind.«

Mitchell und Reagan sahen sich einen langen Augenblick an. Dann zuckte Mitchell die Achseln. »Okay, dann nicht.« Und mit großer Geste sah sie auf ihre Armbanduhr. »Fünfzehn Sekunden, Mr. Marsden.«

»Verdammt, ich weiß nichts von einem Kind!«

»Fünf Sekunden.« Mitchell hob wieder die Schultern. »Okay, das war's. Ich hoffe, Sie können den Gefängnisarzt leiden, Mr. Marsden. Sie werden viel Zeit mit ihm verbringen.« Ihre Hand lag an der Tür, als Marsden sich auf den Stuhl fallen ließ.

»Dann muss es Vaughns Kind sein«, fauchte er. »Sue hat gesagt, sie lockt Miranda Cook wieder nach Chicago, weil sie etwas hat, was Miranda haben will. Ich habe nicht gewusst, dass sie Randi Vaughn ist, bis ich im Hotelregister nachgesehen habe. Aber ich habe kein Kind gesehen.«

Reagan beugte sich perplex vor. »Wieso beschützen Sie diese Frau noch?«

Marsden seufzte. »Weil sie ihren Teil schon von jemand anderem kriegen wird als euch Jungs. Und tot zu sein ist besser, als in den Knast zu gehen.«

Reagan nickte. »Lorenzano?« Marsdens Augen weiteten sich, und Reagan lachte leise. »Wir wissen eine ganze Menge, Donnie-Boy. Lorenzano ist also bei Ihnen aufgetaucht? Und wie viel war es wert?«

»Fünfzehntausend«, murmelte Marsden.

Mitchell setzte sich auf die Tischkante. »Damit kann man eine Menge AZT kaufen. Ich hätte vielleicht dasselbe getan. Sie haben Sue also an Lorenzano verkauft. Und nun weiß er, wo er sie findet.«

»Er weiß, wo er sie um zehn Uhr heute Abend findet.«

»Und was geschieht um zehn heute Abend, Donnie-Boy?«, fragte Reagan.

Marsden blickte zur Decke. »Ich und die Jungs, die Miranda verpfiffen hat, haben eine halbe Stunde, um zu tun, was immer wir wollen.«

Ethan presste sich eine Hand auf den Mund, um das Würgen zu unterdrücken.

»Sie wird aber nicht Randi haben«, flüsterte er entsetzt. »Sondern Dana.«

Mitchells Gesicht sah wie versteinert aus. »Das ist mit Abstand das Widerlichste, was ich seit langem gehört habe. Und was hat Sue davon?«

»Sie gibt ihr den Rest.«

Reagan zog eine Braue hoch. »Heißt was?«

»Tötet sie.«

Marsdens Anwalt hielt die Hand hoch. »Ich will den Staatsanwalt hier haben.«

»Mein Stichwort.« Der Anwalt vor der Sichtscheibe nickte Ethan und Clay zu. »Meine Herren.« Eine halbe Minute später ging die Tür des Verhörraums auf, und der Mann trat ein. »Sie wollten mich sprechen?«

Marsdens Anwalt warf ihm einen bitterbösen Blick zu. »Was für ein Zufall.«

Der Staatsanwalt warf seine Aktentasche auf den Tisch. »Wenn er uns sagt, wo sie ist, und verspricht, das, was wir eben gehört haben, unter Eid auszusagen, bleiben wir bei der Anklage wegen Buchmachervergehen.«

»Und was bieten Sie an?«, fragte der Anwalt höhnisch.

»Sieben bis zehn. Drei Jahre sitzt er ab. Wenn er danach noch lebt, macht er den Rest in einem Arbeitsprogramm. Das ist ein verdammt guter Deal.«

Marsden sah düster von einem zum anderen. »Das ist ein verdammtes Todesurteil. Drei Jahre! Shit!«

Mitchell zog ihren Stuhl näher heran. »Und Sie meinen, sie ist besser tot, als dass wir sie kriegen? Vielleicht wären Sie nicht mehr ganz so großzügig, wenn Sie etwas wüssten, was wir wissen.«

Marsden zögerte. »Und was wissen Sie?«

Reagan holte das Bild von Alec aus seiner Tasche. »Das Kind, mit dem als Tarnung Sie vor Jahren Drogen geschmuggelt haben, war nicht Miranda Cooks Sohn. Es war Sues Sohn.«

Marsden sah ihn ungläubig an. »Das kann überhaupt nicht sein. Nicht einmal Sue würde so was tun.«

»Oh, sie tut so etwas«, schnurrte Mitchell. »Und noch eine ganze Menge mehr.«

Marsden verharrte reglos. »Was hat sie getan?«

»Tja, sie hat letzte Woche diesen Jungen entführt und elf Menschen getötet. Und sie hat den Jungen, vollgepumpt mit Medikamenten, in einem Motel in Gary liegen lassen – in dem vollen Bewusstsein, dass er wahrscheinlich sterben würde. Aber das ist noch nicht das Schlimmste, Mr. Marsden, jedenfalls nicht aus Ihrem Blickwinkel.« Sie beugte sich vor, nahm das Foto aus Reagans Fingern und legte es vor Marsden.

»Erkennst du ihn, Donnie-Boy?«, fragte Reagan beißend.

»Das sollten Sie jedenfalls, Mr. Marsden.« Mitchell beugte sich noch weiter vor. Marsden zitterte nun. Er hatte es sofort erkannt, dachte Ethan. »Es ist Ihrer. Sie hat mit Ihrem Sohn Drogen geschmuggelt. Und ihn heute zum Sterben zurückgelassen. Sie hat vorgehabt, von den Vaughns fünf Millionen Lösegeld zu kassieren. Denken Sie immer noch, man sollte sie einfach umbringen?«

Marsden holte tief Luft. »Ein leer stehendes Wohnhaus auf der Central.« Er blickte Mia hinterher, die bereits auf die Tür zulief. »Lebt er? Mein Sohn?«

»Ja, aber das ist nicht Conway zu verdanken«, fauchte Mia.

»Ich will ihn sehen.«

»Machen Sie das mit den Anwälten aus, Donnie-Boy«, sagte Reagan. »Los, Mia.«

Ethan kam mit Clay auf den Fersen aus dem Hinterzimmer. »Ich komme mit.«

»Sie bleiben hier«, fuhr Reagan ihn an. »Wir brauchen die Sonderausrüstung, Mia.« Und dann waren sie weg und ließen einen zitternden Ethan zurück, der sich auf Clay stützte.

»Denk nicht einmal dran, Ethan«, warnte Clay.

»Ich gehe mit. Du kannst tun, was du willst.«

Clay verdrehte die Augen. »Verdammt. Dann los.«

24

Chicago
Freitag, 6. August, 17.40 Uhr

Dana erwachte schlagartig, als die Kellertür zukrachte. Jemand kam. Sie blinzelte, versuchte etwas zu sehen, aber die Dunkelheit war absolut. Mäuse klangen in der Dunkelheit sehr viel größer, wie sie festgestellt hatte. Sie hatte keine Ahnung, wie spät es war, aber es musste langsam Abend werden, denn die Hitze war längst nicht mehr so drückend wie zuvor. Ihre Muskeln schmerzten durch den Mangel an Bewegung, die Kunststofffesseln saßen fest. Sie war erschöpft, und ihr war heiß, und sie hatte furchtbaren Durst. Und mit jeder Minute, die verstrich, bekam sie mehr Angst. Sie hatte versucht, ihre Furcht einzuteilen und wegzuschließen, aber sie war zu groß geworden.

Die Schritte kamen näher. Dieses Mal waren es keine Jugendlichen, die einen Joint rauchen wollten. Ihr Herz begann, härter und schneller zu schlagen. Bitte lass es nicht Sue und ihre Freunde sein. Denn Randi Vaughn war nicht hier. *Nur ich bin hier.* Bilder von dem, was ihr bevorstand, waren ihr den ganzen Tag durch den Kopf gegangen, denn man musste kein Spitzenwissenschaftler sein, um sich auszumalen, was Sue für Randi geplant hatte. Sue setzte Sex mit Macht und Strafe gleich.

Was immer kommen würde, würde schlimmer als Danas übelste Alpträume sein. Sie würden sie vergewaltigen. Ihr wehtun. Sie töten. Sie würde ihre Familie oder Freunde nie wiedersehen. Evie, Caroline, Mia.

Ethan. Sie würde nie mehr spüren, wie er sie in den Armen hielt. Wie er ihre Ängste milderte. Niemals mehr das Gefühl haben ... *ganz* zu sein. Er hatte ihr das Gefühl gegeben, ganz und komplett zu sein, erkannte sie jetzt. Körperlich und emotional. In der vergangenen Nacht hatte er etwas so Richtiges gesagt. Er war ihr zu nah gekommen, und sie hatte ihn weggestoßen. Jetzt bereute sie das zutiefst. Sie würde es wieder geraderücken, wenn sie ihn jemals wiedersah.

Die Deckenbeleuchtung ging an, und sie blinzelte. Ein paar Sekunden später blickte sie zu Sue Conway auf, die drohend vor ihr aufragte, die Augen verengt und voller Zorn. Und bevor Dana sich fürchten konnte, trat Sue ihr schon mit aller Kraft in die Rippen, und ohne dass Dana mit den gefesselten Händen den Sturz abbremsen konnte, schrammte sie mit dem Gesicht über den Boden. Ein zweiter Tritt traf sie ins Rückgrat, ein dritter ihren Oberschenkelknochen. Dann bückte Sue sich, riss Dana am T-Shirt hoch und rammte sie gegen die Betonwand.

Irgendwas ist schief gelaufen, war alles, was Dana durch den dichten Nebel aus Schmerz denken konnte. Dies war nicht die kalte, beherrschte Sue, die annahm, anpasste und verbesserte. Diese Frau war nicht weit von einem knurrenden, zähnefletschenden Tier entfernt, das man in die Ecke getrieben hatte. Freude und Erleichterung drang durch die Schmerzen. Bestimmt hatten sie Alec gefunden. Und ohne Alec war Sues Plan gescheitert.

Die Freude war jedoch nur von kurzer Dauer, als Sues Faust gegen ihren Wangenknochen krachte. Tränen brannten in ihren Augen, und sie zog den Kopf ein, unfähig, sich vor dem nächsten Schlag zu schützen. Seit Eddie war sie nicht mehr verprügelt worden.

Eddie, ihr Vater, ihr Stiefvater. Sie schaffte es nicht, den Schmerzensschrei zu unterdrücken, als Sue ihr das Klebeband von den Lippen riss und die oberste Hautschicht mitnahm.

»Du wirst dich noch auf den Tod freuen«, sagte Sue heiser. »Du wirst mich anbetteln, dich umzubringen, bevor ich mit dir fertig bin.«

Dana holte tief Luft, das erste Mal, dass sie es konnte, seit Sue ihr den Mund zugeklebt hatte. Wie lange war das her? *Wie spät ist es?*

»Du hast Alec verloren«, stellte Dana fest und erlebte das Vergnügen, Sue einen Moment fassungslos zu sehen, aber auch dieses Vergnügen war kurzlebig. Ein weiterer harter Schlag traf ihren Kiefer, und es knirschte so grausig, dass Dana glaubte, er sei gebrochen. Dennoch konnte sie nicht aufhören, diese Frau zu reizen. »Du solltest mit deinem Sohn wirklich achtsamer umgehen, Sue. Das ist das zweite Mal, dass du ihn verloren hast. Wird das eine Angewohnheit?«

Sues Augen verengten sich. »Was weißt du?«, fragte sie mit eiskalter Stimme.

Dana drängte die Angst zurück und sah in Sues Augen. »Ich weiß ziemlich viel über dich, Sue Conway. Tatsächlich eine ganze Menge mehr, als du über mich weißt.«

»Das will ich hören«, erklang eine männliche Stimme, und

Dana sah über Sues Schulter, als die andere sie auch schon gegen die Wand drückte und herumwirbelte.

Ein Mann Ende vierzig, vielleicht Anfang fünfzig näherte sich, in seiner Hand eine Pistole. Er sah aus wie der distinguierte Meisterdieb, wie man ihn aus dem Kino kannte, und seine silbernen Schläfen verliehen ihm eine Aura der Würde.

Mit plötzlicher Erkenntnis begriff Dana, wer das war und warum er hier war.

»Sie sind Lorenzano«, sagte Dana und sah, wie seine Lippen sich zu einem Lächeln verzogen.

»Von mir weißt du also auch.« Er kam noch ein paar Schritte näher, ohne den Lauf der Pistole von Sue zu nehmen. »Ich warte schon den ganzen Tag auf dich, Sue. Du kannst dich vor mir nicht verstecken.«

»Ich habe mich vor dir versteckt, James«, sagte Sue, »bis irgendjemand mich verkauft hat. Wer war es?«

»Donnie Marsden.«

Sues Augen leuchteten hasserfüllt auf. »Dieses miese kleine Schwein«, murmelte sie. »Hat er wenigstens mehr als fünfzehn verlangt?«

»Nein«, antwortete James fröhlich. »Er war preiswert, aber ich bin es nicht. Bryce hat mir gesagt, was du vorhast – ein Kind entführen, Lösegeld verlangen. Wie viel hast du verlangt?«

»Geh zur Hölle«, knurrte Sue.

»Fünf Millionen«, sagte Dana, und Lorenzano wirkte beeindruckt. Sue warf ihr einen Blick zu.

»Du schuldest mir noch etwas dafür, dass ich Randis Mutter für dich ausfindig gemacht habe«, sagte Lorenzano.

»Und vergessen wir die Krankenhausrechnung nicht. Ich will fünfundsiebzig Prozent.«

Sues Blick sank auf die Pistole. »Fünfzig Prozent.«

Lorenzano sah sie überrascht an. Dann misstrauisch. »Ich staune, dass du überhaupt zustimmst.«

»Das kann sie, weil sie weiß, dass sie nichts hat«, sagte Dana. »Fünfzig, siebzig oder hundert Prozent von null sind immer noch eine dicke, fette Null. Was genau das ist, was sie von den Vaughns kriegt.«

Sue wandte sich um und bedachte sie mit einem Blick, der ihr einen kalten Schauder den Rücken hinabjagte. »Halt dein Maul.«

»Nein, erzähl nur weiter«, sagte Lorenzano. »Wer bist du überhaupt?«

»Sues schlimmster Alptraum«, erwiderte Dana leichthin. »Ich bin eine Sozialarbeiterin, die sich überall einmischt.«

Lorenzano hob seine dicken Brauen. »So, so, Sozialarbeiterin. Du hast sie bei dir versteckt?«

»Unwissentlich. Ja.«

»Und woher weißt du, dass es kein Lösegeld gibt?«, fragte Lorenzano.

»Weil die Polizei ihr Auslandskonto ausfindig gemacht und ihr das Geld abgenommen hat.«

»Woher weißt du das alles? Bist du wirklich eine Sozialarbeiterin« – seine Augen verengten sich zu Schlitzen – »oder bist du ein Bulle?«

»Ersteres. Mein Freund ist Privatermittler.« Dana bedachte Sue mit einem kalten Blick. »Und der Pate von Alec Vaughn.« Und einmal mehr hatte sie das Vergnügen, Sue schockiert und sprachlos zu erleben.

Lorenzanos Lächeln blitzte weiß im gebräunten Gesicht. »Sieh an. Interessant, wessen Pfade sich im Leben kreuzen. Und nun, Miss Sozialarbeiterin, ist es Zeit für Sie, zu gehen. Sue und ich haben noch eine Kleinigkeit zu besprechen.« Er berührte seinen Hals. »Ich muss sie in die hohe Kunst des Kehlenaufschlitzens einweisen. Das letzte Mal hat sie schlampig gearbeitet.«

Dana riss die Augen auf, als er die Waffe auf ihre Brust richtete. Und sog scharf die Luft ein, als ein Schuss krachte, Lorenzano mit einem Gurgeln in die Knie ging und schockiert an sich herabblickte. Ein roter Fleck, der rasch größer wurde, prangte auf seinem weißen Hemd. Ein paar Sekunden später fiel er zurück. Sue stand, Danas Pistole in der Hand, vor ihm und betrachtete ihn verächtlich.

»Dreckskerl«, sagte Sue. »Nie im Leben hätte ich erlaubt, dass er dich umbringt. Du bist alles, was mir geblieben ist.« Sie packte Dana am T-Shirt und riss sie hoch. »Ich habe einen Abend mit dir, Sozialarbeiterflittchen, und wenn ich fertig bin, bist du in der Hölle.«

»Und du in Frankreich?«, fauchte Dana. »Carla Fenton?« Sue blinzelte, dann lächelte sie. »Ja, dank deinen Bemühungen. Wirklich schade, dass du dein Talent nur für den guten Zweck einsetzt. Du hättest als Fälscherin richtig Kohle verdienen können.«

Das Donnern vieler Füße auf der Außentreppe ließ beide zusammenfahren. »Verdammte Scheiße«, knurrte Sue und richtete die Pistole auf die Decke. Ein zweiter Schuss zerstörte die Deckenlampe, und sie befanden sich im Dunkeln. Der Lauf der Waffe wurde gegen Danas Schläfe gepresst, und Sues starker Arm legte sich um ihren Hals und

drückte, bis Dana kaum noch Luft bekam. »Ein Laut, und
du bist tot.« Dann zerrte sie Dana rückwärts mit sich.
Danas Puls beschleunigte sich. Die Kavallerie war da.

Chicago
Freitag, 6. August, 18.00 Uhr

Ethan wartete, bis der Wagen hielt. Beinahe hielt. Dann
war er schon aus der Auto und lief auf den letzten Wagen
einer langen Reihe Fahrzeuge des Sondereinsatzkomman-
dos zu, die die Straße vor dem leer stehenden Gebäude
blockierte.

Ethan blieb schwer atmend stehen. Er sah, wie ein Dutzend Männer und Frauen in voller Ausrüstung die Umgebung absperrten. Er wagte nicht, näher heranzugehen.
Clay sah mit kritischem Blick zu und nickte anerkennend.
Das bedeutete eine Menge, dachte Ethan. Die Polizei von
Chicago wusste, was sie tat. Sie hatte die Lage unter Kontrolle. Und nun gelang es auch Ethan, seinen Herzschlag
unter Kontrolle zu bekommen.

»Sie holen sie raus«, murmelte Ethan.

»Das werden sie«, sagte Clay.

»Sie müssen sie rausholen.« Ethan fragte sich, wie oft er
diesen Satz schon ausgesprochen hatte, aber Clay erwiderte stets das, was er hören musste.

»Du wirst sie zurückbekommen«, sagte sein Freund nun
auch wieder. »Sie ist eine starke Frau. Sie hält durch.«

Sie hält durch. Dana Dupinsky war keine Frau, die bei ein
wenig Gefahr zusammenbrach. Sie war keine Frau, die bei

den ersten Anzeichen von Ärger die Flucht ergriff. Bis zu diesem Augenblick hatte Ethan nicht gewusst, dass er genau darauf gewartet hatte. Auf eine Frau, die durchhielt. Die nicht weglief. Die, die für ihn gemacht war. Sie war es. Aber, verdammt – wäre sie ängstlicher gewesen, hätte er nun nicht um sie fürchten müssen.

Clay verspannte sich, und Ethan richtete seine Aufmerksamkeit wieder auf das Sondereinsatzkommando. »Was ist los? Warum gehen sie nicht rein?«

Clay hob die Achseln. »Ich weiß nicht.«

Dann zerriss ein Schuss die Luft, und Ethans Herz setzte einfach aus. Der Schuss kam aus dem Gebäude. Wo Dana war. »Oh, Gott, Clay.« Er packte Clays Arm, als die Leute des Teams ins Gebäude stürmten und die Kellertreppe hinabliefen.

Noch ein Schuss. Wieder im Gebäude. Und sie warteten, er und Clay. Warteten, dass etwas geschah. Dass sie etwas erfuhren. Irgendetwas. Aber es war nichts zu hören.

Wight's Landing
Freitag, 6. August, 19.00 Uhr

Huxley folgte Lou in ihr Büro. »Hat Lewis uns geholfen?«

»Nein.« Lou rieb sich die Stirn. »Verdammt, Huxley, Dana Dupinsky war ein so netter Mensch. Ein bisschen viel Johanna von Orleans, aber sehr, sehr nett dabei. Ich glaube, sie und Ethan Buchanan hätten ein ziemlich hübsches Paar abgegeben.«

»Glauben Sie denn, dass sie schon tot ist?«

»Wenn sie sie nicht bald finden, ist sie es ganz sicher.«

Dora erschien mit einer Flasche Aspirin. »Anruf auf Leitung drei. Dieser Sheriff Eastman.«

Lou griff hastig nach dem Telefon. »Hier Sheriff Moore. Was ist los?«

»Ein Akt der Gnade«, erwiderte Eastman. »Aus der Güte seines Herzens. Lewis gibt Ihnen die Handynummer seiner Schwester. Mehr weiß er nicht.«

»Ich habe einen Stift. Diktieren Sie.«

Chicago
Freitag, 6. August, 18.05 Uhr

»Polizei!« Mia folgte dem Team die Treppe hinab und durch die Tür in eine schwarze Höhle. Kein einziger Lichtschimmer drang von außen hinein. Einer der Officer ertastete den Lichtschalter, aber nichts geschah. Sie schwärmten aus, suchten Deckung hinter Stützbalken und anderen Gegenständen, die breit genug waren, um einen Körper zu schützen. Ein anderer Officer leuchtete mit einer starken Lampe und beschien die Deckenbeleuchtung. Sie war zerschossen. Also hatte einer der Schüsse die Lampe getroffen, keinen Menschen. Als der Boden abgeleuchtet wurde, entdeckten sie die Gestalt.

Mia stieß den Atem aus, als sie erkannte, dass es sich um einen Mann handelte. »Dana?«, rief sie. Betete um eine Antwort. Ein Stöhnen. *Irgendetwas*. Aber da war nichts. Die Enttäuschung fraß sich tief ein.

Der Anführer des Teams erschien an ihrer Seite. »Wir gehen mit Infrarotbrillen hinein«, sagte er ruhig. »Dann sehen wir sie.«

Mia sah sich um und versuchte, die Dunkelheit zu durchdringen. »Wir bleiben hier.«

Danas Atem kam rasch und flach. Es tat weh. Rippen und Rücken schmerzten von Sues Tritten, ihr Gesicht von den Schlägen. Aber der Schmerz war nichts im Vergleich zu dem kalten Druck des Laufs an ihrem Hinterkopf, der zu ihrer eigenen Waffe gehörte. Sie waren ganz hinten im Keller angelangt, und ihre Wange presste sich gegen den Maschendraht eines Mietkellers. Es hatte einmal eine Zeit gegeben, als Familien ihre Sachen hier verstaut hatten. Falls Mia sich nicht beeilte, würde Dana hier sterben. Sue hatte garantiert nichts mehr zu verlieren.

Sue stand hinter ihr. Ihr Körper war angespannt, ihr Atem ging lautlos, und ihre freie Hand lag um Danas Kehle. Sie waren in die Ecke getrieben worden. Mia und die Polizei hatten den Ausgang versperrt. Wie dumm von Sue, dachte Dana betäubt. Für ihre letzte Rache einen Schauplatz auszuwählen, der nur einen Ausgang hatte. *Wollen wir doch mal sehen, wie sie diese Situation annimmt, anpasst und verbessert.*

Dann plötzlich drückte Sue den Daumen auf ihren Kehlkopf, und die Waffe noch fester gegen den Schädel. Ihr Atem strich über ihr Ohr, ihr Flüstern war kaum hörbar, aber Dana verstand trotzdem. »Ein Laut und ich schieß dir den Schädel weg. Auf die Knie.«

Bebend gehorchte Dana. Der Daumen verschwand von ihrem Kehlkopf, aber die Waffe blieb, kalt und hart. Ein Rascheln wurde von einem scharfen Klicken begleitet. Die Spitze eines Messers drückte sich an die Stelle, an der eben noch Sues Daumen gewesen war. Ein Springmesser.

Danas Magen drehte sich um. Das Messer, das Sue dazu benutzt hatte, um die Finger des Gefängniswärters abzutrennen. Und um Lorenzano die Kehle durchzuschneiden. *Und das wird sie jetzt auch tun. Sie schlitzt mir die Kehle auf.* Denn es würde lautlos geschehen. Anders als ein Mord mit einer .38.

Sie spürte Sues lautloses Lachen als leichtes Beben der Klinge an ihrem Hals. Dann war die scharfe Spitze weg, nur um an dem Band an ihren Knöcheln wieder aufzutauchen. Eins, zwei, drei Schnitte und die Fesseln waren durchtrennt.

»Steh auf«, kam das atemlose Flüstern. Sues Unterarm schlang sich um ihren Hals und gemeinsam mit dem aufwärtsgerichteten Druck an ihrem Schädel hob Dana sich auf die Füße. Sie stolperte, die Füße betäubt von der langen Reglosigkeit. Sue presste sich an sie. »Ich sagte, geh!« Dana ging, rückwärts durch die Dunkelheit, und betete, dass sie nicht noch einmal stolperte. Ihre Augen gewöhnten sich langsam an die Dunkelheit. Sie waren in einem Flur, und sie konnte die Umrisse eines Fahrstuhls erkennen. Ein Lastenaufzug, dachte sie, als sie nach rechts auf die Wand zu gerissen wurde. Weitere Türen.

Es gibt also doch noch einen Ausgang. Ich hätte mir denken können, dass Sue nicht so dumm ist.

Und dann stieß Sue sie auch schon durch die Tür. Der Arm um ihren Hals lockerte sich, als Sue die Tür auffing, damit sie nicht zuschlug. Nun waren sie in einem Treppenhaus, und von oben drang dämmriges Licht herab. »Beweg dich«, knurrte Sue und stieß sie die Treppe hinauf. »Ich verschwinde hier und du kommst mit. Ich bring dich um, wenn du eine Bewegung oder ein Geräusch machst, das ich nicht mag. Hast du mich verstanden?«

Dana nickte kurz, aber das schien genug.

Mias Kinn fuhr bei dem Geräusch hoch. »Was war das?« Abe bewegte sich rasch vorwärts. »Das kam von dahinten.« Er sprach in das Mikro, das an seiner Jacke befestigt war. »Zu den Hinterausgängen. Vielleicht will sie da raus.«

»Wir könnten auch Brillen gebrauchen«, murmelte Mia in ihr eigenes Mikro, während sie Abe folgte und ihren Weg beleuchtete. »Wenn sie hier ist, sind wir mit diesen Taschenlampen ein leichtes Ziel.«

Spinellis Stimme drang blechern durch den Ohrstöpsel. »Die Dinger sind schon nach unten unterwegs. Soweit wir sehen, ist sie noch da drin, Mia. Bleibt zurück und macht die Lampen aus.«

Abe und sie schalteten die Taschenlampen augenblicklich aus. Aber beide bewegten sich weiter voran. Dana war hier irgendwo drin.

Bitte lass sie noch leben, betete sie. *Bitte*.

Er hatte vor Höhlen in der Wüste gelauert und darauf gewartet, hineinzustürmen und bewaffnete Terroristen hochzunehmen, die ihn skrupellos über den Haufen schießen würden. Die Augenblicke vor solchen Angriffen waren entsetzlich gewesen. Die Anspannung gewaltig, das

Wissen, was kommen könnte, erschreckend. Aber sie waren nichts im Vergleich gewesen zu dem Hier und Jetzt, als Ethan vor dem verdammten Gebäude stand und auf den Eingang starrte. Auf eine Bewegung wartete. Auf irgendeinen Hinweis wartete, dass etwas dort unten geschah.

Aber die Minuten tickten vorüber, und es passierte nichts. Bis einer der Männer in Schwarz die Treppe hinaufkam. Clay, der neben ihm stand, verengte die Augen. »Sie holen Nachtsichtbrillen. Da unten muss es dunkler sein als in einem Grab.« Er fuhr zusammen, sobald er es ausgesprochen hatte. »Tut mir leid, E.«

Ethan hörte ihn kaum. Sein Blick war auf Lieutenant Spinelli geheftet, der etwas abseits stand. Sein Gesicht war vor Sorge verzerrt. »Spinelli weiß, was da geschieht«, sagte Ethan verzweifelt.

»Und er wird es gar nicht gern sehen, wenn wir ihm jetzt auf die Nerven gehen«, bemerkte Clay fest.

»Er mag dich, Clay. Vielleicht kannst du *irgendwas* aus ihm herauskriegen. Ich muss wissen, ob sie lebt oder …«

Clay warf ihm einen frustrierten Blick zu. »Also gut.« Er streifte sein Jackett ab, zog seine Pistole aus dem Hosenbund und gab sie Ethan. »Halt mal. Ich habe keine Lust, dass irgendwer auf mich schießt, weil ich heimlich eine Waffe trage.«

Ethan sah zu, wie Clay sich Spinelli näherte und erst auf das Gebäude, dann auf Ethan deutete, und der Lieutenant scheuchte ihn nicht weg. Ethan musterte Clays Gesicht und suchte nach irgendeinem Anzeichen für gute oder schlechte Nachrichten, als plötzlich Clays Handy zu brummen begann. Ethan schob seine Hand in die Tasche und klappte das Handy auf, ohne auf die Nummer auf dem Display zu achten. »Ja?«

»Maynard?«

Ethan blinzelte. »Sheriff Moore?«

»Ja. Wieso haben Sie Maynards Handy? Ist ihm etwas passiert?«

»Nein. Ich halte nur seine Jacke. Was gibt's?«

»Ich habe eine Nachricht für Mitchell. Ich habe es über ihr Handy versucht, kriege aber immer nur die Mailbox.«

Ethan straffte augenblicklich den Rücken und ignorierte den Schmerz, der seinen Arm durchfuhr. »Sie und Reagan glauben, dass sie Conway in die Enge getrieben haben. Man kann sie im Moment nur über Funk erreichen.«

»Dann sagen Sie ihr Folgendes.« Moore rasselte eine Telefonnummer mit der Vorwahl für Maryland herunter. »Bryce Lewis hat uns Conways Handynummer gegeben. Sagen Sie mir Bescheid, wie es ausgegangen ist.«

»Danke.« Ethans Herz schlug schneller, aber diesmal war es Hoffnung, die seinen Puls beschleunigte. Wenn Conway ihr Telefon dabeihatte, konnte das Klingeln ausreichen, um sie abzulenken oder zumindest zu verraten, wo sie sich aufhielt. Sein Arm pochte schmerzhaft, als er sich in Bewegung setzte, auf Spinelli zuging und dabei ungeschickt die Pistole in den Hosenbund schob.

Und dann brach hinter ihm die Hölle los.

»Stehen bleiben! Ich sagte stehen bleiben!«

Ethan stoppte und drehte sich nach dem Geräusch um, doch die heftige Bewegung ließ ihn schwindeln, und er musste sich an seinem Auto abstützen. Die Polizei hatte das Gebäude umstellt, aber jede Aktivität konzentrierte sich nun auf einen ebenerdigen Ausgang, wo zwei Officers mit gezogenen Waffen in Lauerstellung standen.

Conway. Und Dana. Mit einer Waffe an ihrem Kopf, genau wie er sie zum letzten Mal gesehen hatte.

Ethans Eingeweide zogen sich heftig zusammen, als sein Verstand sich bemühte, den Anblick zu verarbeiten. Conway hatte Dana den Arm um den Hals geschlungen und hielt sie eng an ihrem Körper. Dana war ihr Schutzschild. Conway musterte die Szenerie mit einem Knurren. »Waffen runter oder sie stirbt.«

Ethan hielt den Atem an, und es dauerte scheinbar eine Ewigkeit, bis beide Männer langsam die Waffen sinken ließen und zurückwichen. Conway riss Dana mit sich, und Ethans Herzschlag setzte aus. Eine Seite von Danas Gesicht war zugeschwollen und schwärzlich rot und ihr Hemd war voller Blut. Ihre Füße bewegten sich seltsam, und Conway schleifte sie die nächsten Schritte mit. »Beweg dich, Dupinsky«, fauchte sie, »oder ich schwöre bei Gott, ich puste dir den Schädel weg.«

Verzweifelt starrte Dana die beiden Polizisten an, die reglos dastanden, während sie vorbeigingen. »Schicken Sie die Leute weg«, verlangte Sue. »Sagen Sie den Männern über Funk, dass sie verschwinden sollen.« Die Hand mit dem Revolver ruckte, und Dana fuhr zusammen.

Sie hatte ihn noch nicht gesehen, erkannte Ethan. Und Conway auch nicht. Er trat langsam zurück, langsam genug, um nicht ihre Aufmerksamkeit zu erregen. Er duckte sich hinter seinen Wagen, zog Clays Waffe aus dem Bund und legte sie neben seinen Fuß. Er konnte sie noch immer sehen. Er konnte Danas stolpernde Schritte hören. Sie kamen näher. Er tastete linkisch nach Clays Handy und senkte den Blick lang genug, um die Nummer einzugeben, die Moore ihm genannt hatte. Dann ließ er das Telefon fallen, nahm die Waffe und richtete sich auf.

Und überraschte Conway damit vollkommen. Ihre blassen Augen weiteten sich schockiert. Dann zog sie ihren Arm noch enger um Danas Hals. »Zurück«, zischte sie, »oder ich knall sie ab. Ich schwör's, ich knall sie ab. Ich hab nichts mehr zu verlieren.«

Aber ich, dachte er. *Ich habe alles zu verlieren*. Dana starrte ihn an, aber er durfte sich nicht erlauben, in ihre Augen zu sehen, durfte sich keine Sekunde ablenken lassen. Stattdessen blickte er direkt in Conways Augen. »Dana, halt dich bereit«, murmelte er.

Und dann klingelte Conways Telefon, und sie schaute sich um, um das Geräusch zu lokalisieren. In einem Reflex nahm sie die Hand mit dem Revolver von Danas Kopf und richtete ihn auf ihn, und in der gleichen Sekunde schüttelte Dana ihren Arm ab und fiel wie ein totes Gesicht zu Boden. Der Lauf des Revolvers folgte ihr.

Dana lag keuchend und zusammengekrümmt auf dem Straßenpflaster. Bebend vor Wut richtete Conway den Lauf direkt auf Danas Kopf. »Zurück!«

Doch stattdessen drückte Ethan ab. Ganz ruhig. Er schoss ihr in den Oberarm. *Quid pro quo,* dachte er, als sie zurücktaumelte und ihr Schmerzensschrei die Luft zerriss. Wie in Zeitlupe öffneten sich ihre Finger, und Danas .38 plumpste auf die Straße, und der Boden erbebte, als nicht weniger als zehn Uniformierte die Szenerie stürmten und alle ihre entsicherten Waffen auf Conway richteten.

614

Dann beschleunigte sich das Tempo wieder. Ethan ließ Clays Waffe auf den Kofferraumdeckel fallen und sank neben Dana auf die Knie. Unbeholfen zog er sie mit seinem gesunden Arm an sich, als sie erbebte, ihr Gesicht an seiner Brust verbarg, die Hände noch immer hinter ihrem Rücken zusammengebunden. Er legte seine Hand in ihren Nacken, drückte sie an sich, vergrub sein Gesicht in ihrem Haar.

Im Hintergrund konnte er die Polizisten nach der Ambulanz rufen hören, und jemand las Conway so laut ihre Rechte vor, dass er dabei ihre heftigen Verwünschungen übertönte. Aber nichts davon hatte im Augenblick Bedeutung. Alles, was er hören wollte, war Danas abgerissener Atem. Alles, was er spüren wollte, war ihr Puls, der unter seinen Fingern hämmerte.

Und dann wurde ihm bewusst, dass sie das schon einmal erlebt hatten, und es war eine Woche er. Er hatte neben ihr gekniet und den Puls gefühlt. Der Kreis war geschlossen. Richtiger Ort, richtige Zeit.

»Bist du in Ordnung?«, flüsterte er in ihr Ohr, und sie erzitterte wieder heftig. Aber sie nickte und drückte ihre Stirn fest gegen seine Brust, wodurch ein beißender Schmerz durch seinen Arm schoss. Aber der Schmerz bedeutete nichts. Sie lebte, und das war alles, was zählte.

»Sieh mich an, mein Schatz.«

Sie hob den Kopf und begegnete seinem Blick, ihre Augen voller Entsetzen, dann füllten sie sich mit Tränen. »Ethan«, flüsterte sie. Das war alles, nur sein Name. Aber es war genug.

Sanft fuhr er ihr mit den Händen durchs Haar und legte ihre

unverletzte Wange an seine unverletzte Schulter. Drückte ihr einen Kuss auf den Scheitel und stieß bebend den Atem aus, als vertraute Gestalten in seinem Blickfeld auftauchten. Reagan und Mitchell. Spinelli und Clay. Mitchell sah Dana in seinen Armen und beschleunigte ihr Tempo, nur um kurz bei einem Sanitäter anzuhalten, der die noch immer fluchende Conway auf einer Trage festschnallte. Mia ließ sich ein Skalpell geben, hockte sich neben Dana und trennte die Fesseln von ihren Handgelenken.

»Du musst ins Krankenhaus«, sagte Mia mit gebrochener Stimme.

Dana straffte den Rücken und rieb ihre Handgelenke. »Nein. Ich bin nicht verletzt.«

»Du …« Mia holte tief Luft. »Du hast Blut auf dem T-Shirt.«

»Das ist nicht meins.« Dana sah über die Schulter zu Conway, die auf einen Notarztwagen zugeschoben wurde. »Lorenzano stand dicht bei mir, als sie ihn erschoss. Er wollte mich töten, aber sie hat *ihn* umgebracht.« Sie sah Mia ängstlich an. »Wo ist Evie?«

»Es geht ihr gut, Dana«, antwortete Mia. »Sie hat eine Beule am Kopf, aber sie ist bestimmt schon wieder zu Hause bei Max und Caroline.«

»Gut. Und Randi Vaughn?«

Ethan nahm ihre Handgelenke und massierte sie. »Bei Alec im Krankenhaus.«

Dana schloss die Augen und ließ die Schultern nach vorne sinken. »Sie … sie wollte Randi …«

»Das wissen wir«, murmelte Mia. »Wir hatten Angst, dass sie es dir antun könnte.«

»Sie hatte es vor.« Dana schluckte. »Sie hatte es vor.«

»Aber sie hat es nicht geschafft«, sagte Reagan freundlich, ließ sich neben sie auf ein Knie herab und bot ihr eine Hand. »Können Sie aufstehen?«

Mia und Reagan zogen Dana auf die Füße und führten sie zu einem Rettungssanitäter, der bereits darauf wartete, sie zu untersuchen.

Clay bot auch ihm eine Hand, und Ethan zog sich hoch, ohne den Blick von Dana zu nehmen.

»Gut gemacht, E«, murmelte Clay. »Woher wusstest du ihre Nummer?«

»Lou Moore hat sie dir durchgeben wollen.« Er warf Clay einen Blick aus dem Augenwinkel zu. »Sie schien ziemlich besorgt, weil sie einen Moment lang glaubte, dir sei etwas geschehen.«

Auf Clays Lippen erschien ein kleines Lächeln. »Interessant. Hast du vor, nach Chicago umzusiedeln, E?«

Ethans Blick war wieder auf Danas Gesicht geheftet. Der Mann von der Ambulanz wand ihr gerade die Bandage zum Blutdruckmessen um den Arm, als sie entdeckte, dass er sie anstarrte, und ihm ein kleines Lächeln schenkte. Er hoffte für den Sanitäter, dass sie keine Spritze brauchte.

»Und falls ich es täte?«

»Dann freue ich mich für dich.«

»Und das Geschäft?«

»Das sind Einzelheiten, E, nur Einzelheiten. Du kannst deinen Anteil am Computer von überall machen. Wir werden schon eine Lösung finden. Jetzt geh zu ihr. Du weißt, dass nichts anderes zählt.«

Ethan setzte sich in Bewegung.

»Sie sollten sich röntgen lassen«, sagte der Sanitäter, und Dana sah ihn mürrisch an.

»Wieso? Gebrochene Rippen kann man sowieso nicht eingipsen. Sie müssen von alleine heilen.«

Er seufzte nur. »Ich nehme an, es würde nicht viel nützen, wenn ich Ihnen sage, dass der Schnitt über Ihrem Auge genäht werden muss?«

»Nicht viel«, antwortete sie und starrte Ethan an, der nun auf sie zukam. Nichts und niemand auf der Welt sah besser aus als Ethan Buchanan. *Er hat mir das Leben gerettet.*

»Woher hast du diesen Schnitt, Dana?«, fragte Mia. »Da lagen ziemlich ekelige Sachen auf dem Boden. Du brauchst wahrscheinlich eine Tetanus-Spritze.«

Das Wort »Spritze« riss Dana aus ihren Gedanken, und sie schüttelte sich angewidert. »Keine Spritzen!«

Ethan blieb neben ihr stehen und sah den Sanitäter an. »Sie hat Angst vor Spritzen.«

Der Mann seufzte wieder. »Dem äußeren Anschein nach ist sie unverletzt. Die Wunde sollte vermutlich besser genäht werden, aber es muss nicht unbedingt sein. Die Sache mit der Tetanusspritze ist jedoch wirklich nötig. Tun Sie, was Sie können.«

Er packte seine Ausrüstung ein. »Wenn Sie dieses Formular unterschreiben und damit offiziell auf medizinische Versorgung verzichten, können Sie gehen.«

Obwohl ihre Hände schmerzten, unterschrieb Dana hastig. »Ich will hier weg.«

»Und wir haben einen Bericht zu schreiben.« Mitchell zauste Dana durchs Haar, und Ethan sah, dass ihre Hand zitterte. »Du bist dreckig, Schätzchen. Geh nach Hause und wasch dich.« Und damit wandte sie sich um und ging auf den Wagen der Gerichtsmedizin zu, die wegen Lorenzanos Leiche gekommen war. Reagan sah ihr nach, dann drückte er Dana an sich.

»Sie hat geweint«, murmelte er. »Sie weint nie, aber als sie erfuhr, dass Sie entführt worden waren, hat sie wie ein Kind geheult. Rufen Sie mich an, wenn Sie irgendetwas brauchen.« Mit diesen Worten ging er Mia nach und ließ Dana und Ethan endlich allein. Ethan führte sie zu seinem Wagen und drängte sie sanft, sich seitlich auf den Rücksitz zu setzen, die Füße noch auf der Straße. Dann sah er sie lange an, musterte sie genau, konnte nicht genug von ihrem Anblick bekommen. Er presste die Lippen zusammen.

»Sie hat dich geschlagen.«

»Sie hatte extrem schlechte Laune, weil Alec weg war«, erwiderte sie mit aufgesetzter Fröhlichkeit.

»Bist du sonst noch irgendwo verletzt?«

»Ich bin vollkommen steif und habe wohl den einen oder anderen blauen Fleck.« Sie betrachtete die Schlinge um seinen Arm und das Blut auf seiner Hose. »Ich denke, du hast den Preis für die schlimmste Verletzung gewonnen.«

»Ach, unbedeutend«, sagte er, und sie schüttelte lächelnd den Kopf.

»So ein harter Bursche.« Sie wischte über den Staub auf seinem Hemd. »Aber ich denke, in puncto Schmutz machen wir uns Konkurrenz.«

Ethan nahm ihre linke Hand, dann ihre rechte und untersuchte sie genau. »Sauber«, bemerkte er, und sie lächelte, diesmal breiter.

»Tja. Einmal in meinem Leben sind meine Hände sauber.«

619

Ihre Blicke verschränkten sich ineinander, ihr Lächeln schwand. »Du hattest übrigens Recht.«

Er nahm ihr Kinn in die Hand und berührte sanft ihre aufgeschürften Lippen. »Womit?«

»Es ist nur dann ein Opfer, wenn man weiß, was man zu verlieren hat.«

Er schauderte, als er daran dachte, was er beinahe verloren hatte. »Und was hättest du verloren, Dana?«

»Meine Familie«, flüsterte sie. »Meine Freunde. Und dich, Ethan. Ich hätte dich so vermisst.« Sie schloss die Augen, und er spürte, wie sie zitterte. »Du hast gesagt, du seist mir zu nah gekommen. Du hattest Recht, Ethan. Ich wollte keine Beziehung. Ich habe alles versucht, um niemanden kennen zu lernen.« Sie blickte auf. »Ich wollte dir nicht begegnen.«

Ethan räusperte sich, aber seine Stimme blieb heiser. »Ich erinnere mich.«

»Aber ich bin dir begegnet, und das war Schicksal. Nun muss ich meinen Weg wählen.«

»Das hast du immer schon getan, Dana.«

Sie schwieg einen Moment und dachte über die Bedeutung seiner Worte nach. »Ja, das ist wohl wahr. Und während ich auf mancher Ebene eine gute Wahl getroffen habe, habe ich in anderer Hinsicht auch ziemlich danebengelegen.«

»Ich glaube, das nennt man menschlich. Du hast meine Frage nicht beantwortet, Dana.«

»Ich komme noch dazu.« Sie holte tief Luft. »Ich versuche es zumindest. Du hast mir einmal gesagt, dass wir das sind, was uns die meiste Befriedigung verschafft, weißt du noch?«

Wie hätte er das vergessen können? »Es war, kurz bevor wie zum ersten Mal miteinander geschlafen haben.«

Sie sah wieder auf, der Blick nun eindringlich. »Ja. Für mich, Ethan, bedeutet das, anderen Menschen zu helfen. Es stimmte, was du gesagt hast, es war wie eine Buße. Aber es war auch der Weg, den ich gewählt hatte. Das mit der Buße hat sich, glaube ich, erledigt. Aber der Weg ist geblieben.«

Er legte ihr eine Hand an die Wange und strich sanft über die Prellungen. Er musste sie einfach anfassen. »Aber der Weg muss nicht einspurig sein, Dana.« Er hielt den Atem an. Wartete.

Sie legte ihre Wange in seine Hand und schloss die Augen. »Ich habe gehofft, dass du das sagen würdest. Wir sind zu weit gegangen, um nur Freunde zu sein. Ob wir eine Familie werden können … ich weiß es nicht. Es ist zu früh, um darüber zu urteilen.« Sie sah zu ihm auf, und er sah Verletzlichkeit in der Tiefe ihrer braunen Augen. »Jedenfalls will ich es herausfinden.«

Er senkte seine Stirn an ihre. Jetzt und hier war das genug. »Das will ich auch. Aber im Moment hast du eine Familie, die sich Sorgen um dich macht. Lass mich dich nach Hause bringen, Dana.«

621

25

Chicago
Freitag, 6. August, 8.45 Uhr

Clay hielt Ethans Wagen vor dem Haus von Max Hunters Mutter an, wo nicht weniger als zehn Autos die ruhige Vorstadtstraße säumten. »Wollt ihr, dass ich auf euch warte?«

»Wenn es Ihnen nichts ausmacht«, sagte Dana. »Ich werde nicht lange bleiben. Caro und Evie müssen sich ausruhen, und ich brauche, ehrlich gesagt, unbedingt ein Bad.«

Clay grinste breit. »Ich wollte ja nichts sagen, aber, ja, das brauchen Sie wirklich.«

Dana lachte leise. »Takt ist nicht wirklich Ihre Stärke, nicht wahr, Clay? Verbringen Sie doch mal einen Tag auf einer Müllhalde, auf der es heiß wie in einer Sauna ist, und dann wollen wir mal sehen, wie gut Sie riechen. Ethan, kommst du mit?«

Er hatte sie schweigend angesehen, als habe er nur auf diese Frage gewartet. »Ja.« Er rutschte sehr vorsichtig vom Rücksitz und stieg aus.

Er hatte einen weiteren »Vorfall« gehabt, während sie bei der Polizei darauf gewartet hatten, dass man ihre Aussagen aufnahm. Er hatte keine Tablette nehmen können, weil die Packung ihm in Carolines Garten aus der Tasche gefallen war und dort noch irgendwo im Gras liegen musste. Es war schwer zu glauben, dass so vieles an nicht einmal einem ganzen Tag geschehen war.

Dana und er sahen aus wie Überlebende einer Schlacht – verdreckt und zerschlagen. Und das waren sie ja wohl auch, fand Dana. Sie waren von Mia und Abe bearbeitet, von der Presse ausgequetscht und von den Sanitätern durchgecheckt worden, und alles, was sie sich nun noch wünschte, war ein langes, heißes Bad. Und Schlaf. Sie ließ ihren Blick über Ethans Körper wandern, der sich mit Mühe aufrichtete. Und natürlich Sex. Selbst so malträtiert erregte sein Körper sie, und sie spürte das schlechte Gewissen, als das Verlangen wuchs. Er war keinesfalls in dem Zustand, heute Nacht mit ihr zu schlafen. Sie musste innerlich lachen. *Und ich wohl auch nicht. Aber ausprobieren würde ich es gern.*

Ethan musterte die Autos, die am Straßenrand standen. »Halb Chicago scheint hier zu sein.«

»Die Familie«, sagte Dana. »In Krisenzeiten kommt sie immer zusammmen.«

Ethan führte sie zur Tür des Hauses, und Dana zögerte. »Ich weiß nicht, was ich Max und Caroline sagen soll, Ethan. Sie haben kein Haus mehr. Und dabei war es seit Generationen im Familienbesitz.«

Er klopfte mit seiner gesunden Hand, dann legte er sie ihr um die Taille. »Du hast das Haus nicht niedergebrannt, Dana. Sue war es. Und glaubst du nicht, dass ihnen deine Unversehrtheit wichtiger ist als ein Gebäude?«

Die Tür wurde von Max' Mutter, Phoebe, geöffnet. Als sie Dana auf ihrer Schwelle entdeckte, stieß sie einen kleinen

Schrei aus und zog sie augenblicklich in eine so feste Umarmung, dass Danas Rippen schmerzten. Tränen strömten über Phoebes Wangen, und sie küsste und herzte Dana, wie nur Mütter es tun. »Ich bin so froh, dich zu sehen.« Sie warf Ethan mit hochgezogener Braue einen Blick zu. »Und das ist dein Kriegsheld«, fügte sie hinzu, und Dana lachte. »Caroline hat geplaudert.«

Phoebe ließ Dana mit einem Grinsen frei. »Und wild eingekauft. Es ist schon ein ernüchternder Anblick, wenn eine Frau aus Frust drei Kataloge und QVC über Telefon und das Internet attackiert. Lieber Himmel.« Sie streckte Ethan eine Hand entgegen. »Schön, Sie kennen zu lernen, Ethan. Sie sind bei uns stets willkommen.« Sie deutete hinter sich. »Caroline ist da drinnen und hält Einkaufshof.«

Sie brauchten eine Weile, um zu Caroline zu kommen, denn Dana wurde von allen Hunters aufgehalten, umarmt, gedrückt und beweint. Sie hatte erwartet, dass sie wegen Evie und Caroline gekommen waren, aber auf die Woge der Liebe, die sie überflutete, war sie nicht vorbereitet gewesen. Als sie endlich das hintere Schlafzimmer erreichte, waren auch ihre Augen feucht, und Ethan bedachte sie mit dem »Habich'sdirnichtgesagt?«-Blick.

»Wie viel haben wir jetzt, Max?«, fragte Caroline gerade, als sie das Zimmer betraten, in dem Caroline im Bett lag und auf den Fernseher oben an der Decke blickte.

»Vier Doppellaken, zwei weitere große. Alle in Blau«, antwortete Max gehorsam.

»Schön. Evie, jetzt brauchen wir noch ein paar weiße. Gleiche Anzahl.«

Danas Lippen verzogen sich zu einem breiten Grinsen,

während Evie weitere Bettlaken bestellte, die auf dem QVC-Bildschirm zu sehen waren. Evie saß auf einem Stuhl neben Carolines Bett. Sie trug einen Verband um den Kopf und einen Bademantel, sah aber trotz allem, was ihr zugestoßen war, erstaunlich gut aus. Dana wartete ab, bis Evie sie entdeckte, und spürte wieder ein Brennen in den Augen, als das Mädchen aufsprang und sich mit einem Freudenschrei auf sie stürzte. Dann lagen Evies Arme um Dana, und sie drückte so fest, dass Dana um Atem ringen musste.

Trotzdem hielt sie Evie fest und wiegte sie leicht, ließ nicht los, bis sie glaubte, nicht mehr atmen zu können. Sie lösten sich voneinander, und Evie legte ihren beiden Händen an die Wangen. »Du bist da«, sagte sie unsicher. »Du bist wirklich da.«

Dana lächelte sie an. »Ich bin da. Und in einem Stück.« Sie hielt Evie auf Armeslänge von sich und musterte sie kritisch. »Du siehst verdammt gut aus, muss ich sagen.«

Evie zog eine Mundhälfte hoch. »Ich habe schon schlimmer ausgesehen.« Sie sah über Danas Schulter. »Sie sind Ethan Buchanan.«

Ethans Hand lag auf Danas Rücken. »Der bin ich. Ich freue mich, Sie endlich kennen zu lernen, Evie.«

»Ganz meinerseits, Ethan.« Sie senkte den Blick nicht, sondern sah ihm direkt in die Augen. »Sie haben sie gerettet. Danke.«

»Gern geschehen«, sagte Ethan ruhig. »Sie haben Alec gerettet. Danke.«

Ethan hatte ihr vernarbtes Gesicht betrachtet, ohne einmal zusammenzuzucken, und Dana sah, wie Evie sich ent-

625

spannte. Ihr Herz stolperte, als sie sich fragte, ob man sich
wegen eines einzigen einfachen Blicks in jemanden verlieben konnte, aber Dana wusste, dass es nicht nur ein einfacher Blick war. Es war Takt und Anstand. Es war Ethan
Buchanan.

Dana fasste sich wieder und drehte Evies Kopf zur Seite,
um sich den Verband anzusehen. »Ich dachte, ich kriege
einen Herzanfall, als ich sah, dass du entkommen warst.
Kluges Kind.«

Evie zog amüsiert eine Braue hoch. »Stimmt. *Ich* brauchte
kein Sondereinsatzkommando, um mich rauszuhauen.«

»Nur die gesamte Feuerwehr von Wheaton«, sagte Caroline gedehnt. »Komm her, Dana, ich muss dich ansehen.«

Dana setzte sich aufs Bett und ließ Carolines Musterung
geduldig über sich ergehen. Dann begannen Carolines
Lippen zu zittern, und ihre Augen füllten sich mit Tränen.
»Ich musste selbst sehen, dass du in Ordnung bist.«

Dana tupfte auf Carolines nasse Wangen. »Wie ich gehört
habe, hast du den Tag mit Bravour überstanden. Keine
Wehen, und dem Kind geht's prima.«

Carolines Lachen war brüchig. »Dieses Baby muss das ge-
lassenste Kind der Welt sein.«

»Oder das mit dem stärksten Willen«, entgegnete Max.
»Wetten nehmen wir später an.«

Dana grinste beide an. »Was kauft ihr denn alles so ein?«

»Ich habe ein ganzes Haus neu auszustatten«, sagte Caroline mit einem Leuchten in den Augen. »Und genügend
Geld von der Versicherung. Evie hilft mir bei der Wäsche
und den Accessoires. Max' Schwester hat den Auftrag, die
Möbel zu kaufen.«

Danas Lächeln verebbte. »Es tut mir so leid. Euer Haus …«

»Ist nur ein Haus gewesen, Dana«, sagte Max fest. »Wir bauen ein neues. Was allein zählt, ist, dass du wieder bei uns bist.« Seine Stimme wurde rau, und er räusperte sich. »Und gesund und munter dazu.«

Dana streckte den Arm über Caroline hinweg aus und nahm Max' Hand. »Habt ihr etwas retten können?«

Er schüttelte den Kopf. »Nicht viel. Tom und David sind gerade drüben und schauen sich im Schutt um. Was das Feuer nicht zerstört hat, hat das Wasser vernichtet.«

»Was bedeutet, dass mir nichts bleibt, als die nächsten Wochen flach auf dem Rücken zu liegen und zu shoppen«, sagte Caroline. »Oh, seht mal. Jetzt kommen Lampen. Was haltet ihr von denen?«

Dana wandte sich um und sah auf den Fernseher. »Die sind abscheulich, Caroline.«

Caroline schmunzelte. »Mir gefallen sie. Evie, bestell zwei für das Gästezimmer.«

»Oh, seht nur. Kochtöpfe«, veralberte Evie Carolines Tonfall und deutete mit einem Grinsen auf den Laptop. »Aus Kupfer!«

Dana lachte. »Mein Stichwort, um hier zu verschwinden.« Sie drückte Caroline einen Kuss auf die Stirn. »Ich komme morgen wieder und schmuggele ein Chili-Hotdog ein.«

»Und danach werden wir ein für alle Mal jede heimliche Aktivität beenden«, murmelte Caroline gerade laut genug, dass sie es hören konnte. »Wir sind zu alt für diesen ganzen Verschwörungskram, Dana. Außerdem soll die Patentante meines Babys dem Gefängnis fernbleiben.«

Danas Lippen zuckten. »Ja, Ma'am.«

Chicago
Samstag, 7. August, 10.25 Uhr

Das Telefon weckte ihn. Stöhnend tastete Ethan mit der gesunden Hand nach dem Hörer. Sein rechter Arm pochte entsetzlich, und er fühlte sich, als sei sein ganzer Körper mit einem Fleischklopfer bearbeitet worden. »Ja?«

»Hier ist Mia. Seid ihr noch am Leben?«

Ethan sah blinzelnd auf die Uhr. Sie hatten beinahe zwölf Stunden geschlafen. »So ähnlich.«

»Die Erschöpfung nach dem Adrenalinrausch.« Mia machte ein mitfühlendes Geräusch. »Ist Dana schon wach?«

Er spähte durch Augenlider, die sich anfühlten, als seien sie mit Sand gewaschen worden. »So ähnlich.«

»Na, dann sagen Sie ihr, dass hier jemand ist, der mit ihr reden will.«

Ethan schüttelte Danas Schulter. »Wach auf.«

Sie grunzte verschlafen. »Will nicht.«

»Es ist Mia.«

Mit einem wütenden Blick schob Dana sich das Haar aus den Augen und nahm den Hörer. »Hallo?« Augenblicklich veränderte ihre Miene sich, und sie setzte sich auf. »Naomi, Liebes.« Ihre Stimme klang weich, gurrend, mütterlich. Ethan forschte in seiner Erinnerung, dann wusste er es wieder. Naomi war die Tochter einer früheren Klientin. Die, die vor einer Woche von ihrem Mann getötet worden war.

»Mir geht's gut, mein Schatz, wirklich …« Dana lächelte. »Ich wollte euch schon die ganze Woche besuchen …«

Ihr Lächeln schwand. »Ich weiß, Liebes. Ich weiß, was

geschehen ist …« Sie schluckte hart, während sie lauschte. »Vielleicht wird Ben diese Träume noch lange haben, Naomi. Kannst du denn schlafen? … Natürlich mache ich das. Heute noch. Gib mir mal wieder Detective Mitchell, okay?« Sie seufzte und rieb sich die Stirn. »Wo sind sie jetzt, Mia?« Sie zog ein Gesicht. »Und sind die Leute gut? Die beiden haben die Hölle durchgemacht. Sie brauchen Menschen, die ihnen durch das Trauma helfen können. Wann kann ich sie sehen? … Okay, also dann. Ich treffe dich in einer Stunde in der Hotellobby.« Sie legte auf und ließ sich mit einem Seufzen zurücksinken.

»Die Goodman-Kinder?«, fragte Ethan.

»Ja. Ich denke die ganze Zeit, dass für mich jetzt alles vorbei ist, aber für sie fängt es gerade erst an.«

»Du wirst ihnen dabei helfen können«, murmelte er.

Sie schloss die Augen. »Ich werde es auf jeden Fall versuchen. Es tut mir leid, Ethan. Ich weiß, dass du morgen mit Clay nach Hause fahren wirst, um deine Angelegenheiten in Maryland zu klären. Ich wäre am liebsten den ganzen Tag mit dir zusammen, aber die Kinder warten schon eine Woche.«

Er hatte vorgehabt, sie zu bitten, mit ihm nach Maryland zu kommen, aber nun wusste er, dass er das nicht tun konnte. »Sie brauchen dich auch.«

Sie schlug die Augen auf. »Auch?«

Ihr trauriges Lächeln tat ihm im Herzen weh. »Ich habe dir schon gesagt, dass ich dich brauche, Dana, und ich meinte nicht nur für eine Nacht oder solange wie die Sache mit Alec gedauert hat.«

Sie betrachtete ihn einen Moment ausdruckslos. »Dann,

denke ich, sollten wir anfangen, an gewissen Einzelheiten zu arbeiten, die uns im Weg stehen, Ethan. Dein Wohnort und meine Arbeit.«

Panik begann sich in seinen Eingeweiden festzusetzen. »Ich muss in Alecs Nähe bleiben. Wenn Randi weiterhin mit ihm in Baltimore leben will, dann muss ich dort auch hin. Würdest du mit mir gehen?«

Unentschlossenheit war in ihren Augen zu sehen. Alles, was sie besaß, jeder, den sie kannte, war hier. Das wusste er. Er wusste, was er von ihr verlangte, und er wusste, was es sie kostete. Er erwartete nicht wirklich Zustimmung und war verblüfft, als sie nickte.

»Ethan, ich bin diese Nacht wieder aufgewacht.« Sie verzog das Gesicht. »Derselbe Traum, nur diesmal wieder das Gesicht meiner Mutter. Aber du warst da, hast den Arm um mich gelegt und mich festgehalten.«

»Ich habe gar nicht gemerkt, dass du einen Traum hattest.«

»Eben. Du hast es automatisch getan. Mir ist noch nie jemand wie du begegnet, Ethan. Ich kann nicht einfach gehen. Von dir weggehen.« Sie hob die Hand und strich ihm mit den Fingern über die Bartstoppeln. »Ich verdanke dir so viel. Du hast mich gerettet, aber nicht nur vor Sue.« Sie schwieg einen Moment nachdenklich, dann fuhr sie fort. »Du hast mich vor mir selbst gerettet, Ethan. Das war es auch, was Evie gestern meinte. Das ist es, was ich meine. Und was ich jetzt will, ist die Zeit, um herauszufinden, ob das, was zwischen uns beiden ist, von Dauer sein kann. Wie das, was Caroline und Max haben. Oder Richard und seine Frau hatten. Wenn ich nach Baltimore ziehen muss, um mir diese Zeit zu nehmen, dann schulde ich es uns beiden, denkst du nicht auch?«

Er schluckte, zutiefst bewegt. »Ja, das denke ich auch.« Er küsste sie auf den Mundwinkel, der noch immer aufgerissen war. »Habe ich eben gehört, dass du Mia gesagt hast, du seiest in einer Stunde unten?«

Ihr kleines Lächeln wuchs, und sein Körper reagierte sofort. »Jetzt sind es nur noch fünfundfünfzig Minuten«

»Wie lange brauchst du, um dich fertig zu machen?«

»Ich bin der pflegeleichte Typ Mädchen. *Wash and go.* Höchstens zwanzig Minuten. Also hätten wir noch fünfunddreißig Minuten Zeit.« Sie legte ihm die Hand auf die Brust und drückte ihn sanft aufs Bett zurück. »Und in deinem momentanen Zustand solltest du mich die Arbeit erledigen lassen.« Ihre Hand wanderte abwärts, und sie lachte leise. »Na ja, vielleicht doch nicht die ganze.«

Ethan stieß den Atem aus. Bog sich ihr entgegen, als sie ihn in die Hand nahm. »Hör auf zu reden, Dana.«

»Ja, Sir.«

Epilog

Chicago
Samstag, 9. Oktober, 15.30 Uhr

Jubel brandete auf und erschreckte ihn einen kurzen Moment, dann gab Tom Hunter ihm einen kleinen Schubs und zeigte zur ersten Base. Alec ließ den Schläger fallen, rannte, so schnell er konnte, und kam rutschend auf der Base an. Stolz stand er auf, klopfte sich den Schmutz ab und schaute zur dritten Base, wo Ethan stand und ihm den erhobenen Daumen zeigte. Sie waren mit den Hunters hier, ein Picknick im Grünen mit einer Partie Softball. Er kannte die meisten der Hunters. Sie hatten ihn im Krankenhaus besucht. Sie feierten heute, dass Max' und Carolines Haus endlich ein Dach hatte. Sie hofften, zu Weihnachten einziehen zu können, wie Tom ihm erzählt hatte. *Erzählt* hatte. Carolines Sohn Tom hatte gesprochen, und Alec hatte zugehört. Er hatte einige Wörter erraten, andere von den Lippen abgelesen, aber letztendlich hatte er von allein verstanden. Er machte Fortschritte mit seiner neuen Therapeutin. Keiner privaten mehr, wie Cheryl es gewesen war, und er vermisste sie noch immer. Aber die neue Lady war beinahe genauso gut. Sie arbeitete in der Schule, in die er nun ging. Hier in Chicago, wo seine Mutter geboren war.

Alec runzelte die Stirn. Seine Mutter. Nicht Sue Conway. Randi Vaughn war es und würde es immer bleiben. Und Stan Vaughn würde sein Vater bleiben, was immer er auch getan haben mochte. Alec wusste, was sein Vater getan hatte. Er hatte die Zeitungen gelesen. Er wusste, dass sein Vater eine Zeit lang im Gefängnis sitzen musste. Aber das war nichts verglichen mit dem Schmerz in den Augen seiner Mutter, als sie ihm erzählt hatte, dass sein Vater sie mit anderen Frauen betrogen hatte und sie sich von ihm scheiden lassen würde.

Sie hatte lange mit Onkel Ethan gesprochen, und schließlich waren sie nach Chicago gezogen. Eine Großmutter, die er nicht gekannt hatte, war vor kurzem gestorben und hatte etwas Geld hinterlassen. Genug, dass sie sich ein kleines Haus hatten kaufen können. Aber im Grunde waren sie viel häufiger bei Dana und ihrer Familie.

Er sah zu, wie Evie an ihren Platz trat und den Schläger mit beiden Händen fasste, und machte sich zum Laufen bereit. Er wurde langsam ein guter Läufer. Ethan und er liefen jeden Tag. Er war stärker geworden und schneller. Und als Evie den Ball zurückschlug, stürmte er los und schaffte es rechtzeitig, während Ethan zur Homeplate sprintete, wo Dana ihn mit einem dicken, feuchten Kuss in Empfang nahm.

Er hatte sich daran gewöhnt, dass die beiden sich küssten. Sie taten es ständig, besonders heute, seit sie zu Anfang des Picknicks verkündet hatten, dass sie heiraten würden. Ethan hatte es ihm schon am Morgen gesagt, als er ihn und seine Mom abgeholt hatte. Hatte es ihm mit den Händen, auf Zeichensprache, gesagt. Ethans Zeichen waren noch sehr unbeholfen, aber er gab sich Mühe und hatte sogar einen Abendkurs am College belegt. Ethan hatte in zwei Monaten mehr gelernt als sein Vater in … in seinem ganzen Leben. Aber er wollte jetzt nicht an seinen Vater denken. Tom hatte den Schläger, und Alec wollte seine persönliche Rekordzeit laufen.

»Sieh ihn dir an«, sagte Dana und lehnte sich gegen Ethan. »Er hat solchen Spaß.«

Ethan zog Dana enger an sich, ihren Rücken an seiner Brust, seine Arme um ihre Taille. Er legte sein Kinn auf ihren Kopf und sah zu, wie Alec sich leicht duckte und darauf wartete, dass Tom den Ball aus dem Feld schlug. »Ja, er hat Spaß«, sagte er. »Ich bin froh, dass wir das hier für heute geplant haben. Stans Prozess hat gestern angefangen. Alec war ziemlich niedergeschlagen.«

Dana seufzte. »Warum hat Stan denn nicht einfach gestanden, um Alec und Randi den Kummer zu ersparen?«

»Ich habe versucht es zu verstehen, habe hin und her überlegt, aber ich denke, manchmal kann man das eben nicht.« Stan würde schuldig gesprochen werden, das wusste er. Er würde wahrscheinlich nur ein oder zwei Jahre in einer Strafanstalt für mindere Vergehen einsitzen, aber er hatte seine Familie auf Lebenszeit verloren, was jedoch eher an seiner Untreue als an seiner finanziellen Unehrlichkeit lag. Clays Kooperation mit dem Büro des Sheriffs garantierte seine Verurteilung, genau wie sie garantierte, dass gegen Clay keine Klage erhoben werden würde. Das war eine große Erleichterung gewesen.

Noch eine größere Erleichterung war die Zukunft gewesen, der Sue Conway entgegensah. Die Staatsanwälte dreier

Bundesstaaten – Illinois, Maryland und Florida – plädierten für die Todesstrafe. Aber selbst wenn ihr elendes Leben verschont werden würde, konnte sie niemals mehr frei durch die Straßen wandern. Das bot ihnen ein wenig Trost, selbst wenn es nichts an Alecs oder Danas Alpträumen änderte.

Ethan drückte Dana einen Kuss auf den Kopf. »Und Naomi und Ben scheinen auch mächtig Spaß zu haben.« Dana hatte die Vormundschaft für Lillian Goodmans Kinder beantragt. Sie hatte versucht, sie zu adoptieren, aber ihr Vater hatte den Antrag blockiert und aus dem Gefängnis sein Recht eingeklagt. Doch Dana würde nicht aufgeben. Sie würde für diese Kinder kämpfen, damit sie ihnen das Leben bieten konnte, das Lillian sich für sie gewünscht hätte. Das Leben, für das Danas eigene Mutter nicht gekämpft hatte.

»Oh ja. Phoebe hat sie unter ihre Fittiche genommen, als ob sie ihre eigenen Enkel wären.«

»Das kann sie gut.« Phoebe Hunter hatte auch Ethan im Hunter-Clan akzeptiert. »Sie erinnert mich an meine eigene Großmutter. Die dich übrigens geliebt hätte.«

Dana drehte sich zu ihm um. Ihre Augen lächelten. »Danke.« Sie blickte auf ihren Verlobungsring. »Den habe ich Caroline gestern gezeigt. Sie meint, ich soll dich behalten.«

»Sehr beruhigend«, sagte Ethan, nur halb im Scherz. Er verdankte dieser Frau, die Dana damals dazu gedrängt hatte, mit ihm essen zu gehen, eine Menge. Damals, an jenem Tag im August, der sein ganzes Leben verändert, ihm Dana und Alec geschenkt hatte. »Kommen sie heute auch noch?«

Dana drehte sich wieder nach vorn und schmiegte sich an ihn, und wie immer reagierte sein Körper prompt. Dana bewegte ihr Hinterteil extra, um ihm zu bedeuten, dass es ihr nicht entgangen war. »Wahrscheinlich nicht. Es ist etwas zu kühl für das Baby.«

Das Baby, das Caroline vor knapp einem Monat zur Welt gebracht hatte. Zwei Wochen zu früh, doch das Mädchen war gesund und kräftig gewesen. Max und Caroline hatten es Mary Grace genannt, und Dana hatte ihm erzählt, dass das Carolines Name gewesen war, bevor Dana ihr eine neue Identität verschafft hatte. Dass das Baby nun Carolines alten Namen trug, war ein passender Tribut an den Mut dieser beiden Frauen, dachte Ethan. Er legte seine Hände um Danas Mitte. Ob sie wohl auch bald ein eigenes Kind haben würden? Aber ob das eigene oder nicht – dass sie das Haus stets voller Kinder haben würden, stand jetzt schon fest.

»Ich war heute Morgen beim Makler«, sagte er, ohne sich sicher zu sein, was aufregender war: die Neuigkeiten des Maklers oder die Tatsache, dass er selbst zu der Verabredung gefahren war. Er war nun seit beinahe zwei Monaten vorfallfrei. Es war erstaunlich, wie sehr die abgeschlossene Jagd nach einer mordenden Irren das Stressniveau eines Menschen senken konnte.

Dana fuhr mit weit aufgerissenen Augen herum. »Beim Makler? Warum hast du denn nichts gesagt?«

»Du hattest so viel zu tun, allen den Ring zu zeigen, da wollte ich nicht stören. Der Makler meint, wir kriegen das Haus zu dem Preis, den wir ihm geboten haben.«

Ihr Gesicht leuchtete auf. »Oh, Ethan.«

Er küsste sie. »Bald bist du in der Lage, noch weitere sechs oder sieben Pflegekinder aufzunehmen.« Nach langer Überlegung hatte Dana beschlossen, die einmal eingeschlagene Richtung für ihren Lebensweg ein wenig zu ändern. Sie würde nicht länger mitten in der Nacht im Busbahnhof auf verprügelte Frauen warten. Sie würde nicht länger Zielobjekt wütender Ehemänner sein. Gemeinsam hatten sie entschieden, Kindern, die Opfer häuslicher Gewalt waren, ein neues Heim zu bieten. Ethan konnte sich nicht vorstellen, dass es einen Menschen gab, der diese Vision besser realisieren konnte als diese Frau, die ihn nun ansah, als ob er ihr die Welt zu Füßen gelegt hatte. »Und«, fuhr er fort, »ich habe gestern das Okay von einem neuen Kunden bekommen. Ihr Server ist schon dreimal von Schülern geknackt worden, und sie wollen, dass ich sofort anfange. Der Vorschuss wird die erste Rate für das Haus decken.«

»Ich liebe dich, Ethan.«

Der schlichte Satz fuhr ihm durch Mark und Bein, genau wie das erste Mal, als sie es gesagt hatte – kurz nachdem er sie beinahe verloren hatte. Sie hatte ihn in Washington besucht, und sie waren gemeinsam zur Ostküste gefahren. Er hatte ihr gezeigt, wo er aufgewachsen war, und in der Stille der Bucht hatte er sie in den Armen gehalten, als sie es sagte. Und es war so natürlich gewesen, es zu erwidern. Genau wie es das jeden Tag danach gewesen war und jeden Tag für den Rest seines Lebens sein würde.

»Ich liebe dich auch, Dana.« Er stupste sie sanft an. Alec war an der dritten Base und sah hoffnungsvoll zu ihnen herüber. »Du bist dran. Schlag den Ball aus dem Park, so dass er es nach Hause schafft.«

Sie tat es, und Alec rannte, auf dem Gesicht ein breites Grinsen, als er die Home Plate überquerte. »Ich hab's geschafft«, sagte er.

»Ja, das hast du.« Alec versetzte ihm einen Knuff. Sah zu Dana hinüber. *Und das habe ich auch.*

Dank an ...

... Phyllis Towzey für die juristische Hilfe, mit der meine Helden auf der guten Seite des Gesetzes bleiben konnten.

... Stacy Landers für alle Informationen über Privatermittler und polizeiliches Vorgehen.

... Marc und Kay Contrato, die mir, wie immer, mit medizinischer Fachkenntnis zur Seite standen und außerdem liebe Freunde sind.

... all die wundervollen Ehefrauen von Soldaten der U.S.-Armee, die mir von ihren Männern erzählt haben. Ich danke ihnen für die Opfer, die sie unserem Land gebracht haben.

... meine kritische Partnerin und beste Freundin Terri Bolyard, die mir half, die Drehungen und Wendungen in meinem Plot zu entwirren, und natürlich auch für alles andere.

... meinen Schreibkurs im vierten Semester, deren Teilnehmer in der Endphase meines Buches unendliche Geduld aufgebracht haben und deren erstaunliche Kreativität mich immer wieder inspiriert. Leute, ihr werdet Großes zustande bringen!